ANKE WEIDINGER

Ein Meer voller Träume

SCM Hänssler

SCM

Stiftung Christliche Medien

Bestell-Nr. 395.190
ISBN 978-3-7751-5190-0

Internet: www.scm-haenssler.de
E-Mail: info@scm-haenssler.de
Umschlaggestaltung: OHA Werbeagentur GmbH, Grabs, Schweiz;
www.oha-werbeagentur.ch
Titelbild: istockphoto.com
Satz: Satz & Medien Wieser, Stolberg
Druck und Bindung: CPI – Ebner & Spiegel, Ulm
Printed in Germany

Auf meinem Wege bei mir weile,
in meiner Unrast bei mir steh'.
In meiner Ferne mich ereile
und mit mir durch das Dunkel geh'.
Verfasser unbekannt

Dieses Buch ist der Freundschaft, der Liebe
und der Heimat gewidmet.
Und Evi.

Prolog

London, Oktober 1992

»Vorsicht!!!«

Zu spät sah die junge Frau auf, um noch ausweichen zu können, und im nächsten Moment fühlte sie, wie sich eine heiße Flüssigkeit über ihr T-Shirt ergoss und es binnen Sekunden vollkommen durchnässte.

»Auutsch! Können Sie denn nicht aufpassen?!«

»Es tut mir leid, ich hatte Sie nicht gesehen, Miss. Warten Sie, ich habe ein Handtuch dabei. Und ein T-Shirt. Dort drüben ist ein Café, da könnten Sie sich umziehen. Ich heiße übrigens Alan. Alan Rodgers.«

Noch immer leise vor sich hin schimpfend, hob die junge Frau den Blick – und war auf der Stelle verloren. Noch nie hatte sie ein Paar so stechend schwarzer Augen gesehen, oder ein so markantes, scharf geschnittenes Gesicht, das sie auf eigenartige Weise faszinierte. Alan war mindestens einen Meter neunzig groß und von oben bis unten in Schwarz gekleidet. Auch sein Haar war schwarz und fiel in dichten Locken bis auf seine Schultern hinab.

»Ich … mein Name ist Annika. Annika Köhler. Ich komme aus Deutschland.«

Ich komme aus Deutschland! O Mann. Als ob er das nicht schon am Namen merken könnte – abgesehen vom Akzent. Jetzt hält er mich bestimmt für ein total dummes Hühnchen.

Alan streckte ihr seine Rechte entgegen. »Guten Tag, Annika Köhler. Ich spreche ein bisschen deutsch – nicht viel, aber immerhin. Und ich weiß, dass man sich in Deutschland die Hand zur Begrüßung reicht.«

Er lächelte – ein charmantes, geradezu unwiderstehliches Lächeln. Das Lächeln eines Mannes, der es gewohnt war, zu gewinnen. Als wäre es die selbstverständlichste Sache der Welt, legte er ihr auch noch einen Arm um die Schulter. Annika schauderte unwillkürlich.

»Kommen Sie, Sie sind ja ganz nass. Darf ich Sie vielleicht auf einen Kaffee einladen, wenn Sie sich umgezogen haben – ganz ungefährlich, Tasse auf Untertasse, und das Ganze auf einem festen Tisch … überredet?«

Annika lachte. »Überredet! Aber ich fürchte, Sie werden noch jemanden einladen müssen. Ich kann meine Freundin schließlich nicht einfach draußen stehen lassen. Da kommt sie schon – Jenny, das ist Alan. Alan, das ist meine Freundin Jenny.«

Jenny zog überrascht die Augenbrauen hoch, als sie Annikas vormals schneeweißes T-Shirt sah, das jetzt so dicht an ihrem Oberkörper klebte, dass man praktisch alles darunter sehen konnte. Annika schien das allerdings nicht bemerkt zu haben, ebenso wenig wie die eindeutigen Blicke des Mannes, die immer wieder auf ihrem Busen haften blieben.

»Aha«, war alles, was sie dazu sagen konnte, nachdem die beiden ihr die Geschichte mit dem Cappuccino erzählt hatten, und selbst dieses *Aha* klang etwas lahm.

Auch wenn Jenny keine Ahnung hatte, worauf sie sich da einließen – vor allem: worauf *Annika* sich einließ –, stimmte sie zu, als Alan sie beide in seinem hinreißenden Deutsch zum Cappuccinotrinken einlud. So saßen sie wenige Minuten später alle drei in dem besagten Café. Annika verschwand sogleich in der Damentoilette, um sich umzuziehen.

Jenny sah ihrer Freundin nachdenklich hinterher. Dieser Alan schien ja bestens ausgerüstet zu sein – Handtuch, T-Shirt, alles hatte er zufällig in seinem Rucksack dabei. Passierten ihm öfters solch folgenreiche Zusammenstöße? Und sollte ihnen das zu denken geben?

Aber als Annika wenige Augenblicke später zurückkam, war Jenny klar, dass zumindest ihre Freundin bereits hoffnungslos verloren war. Ein T-Shirt mit dem Logo von *Les Misérables*! Besser hätte es gar nicht kommen können, dachte Jenny. Oder schlimmer, je nachdem, wie man es sah.

»Ich bin Schauspieler«, erklärte Alan mit einem Lächeln, das fast entschuldigend wirkte. »Ich spiele bei *Les Misérables* mit, deswegen auch das T-Shirt. Wenn ihr heute Abend ins *Palace Theatre* kommen wollt, um die Show zu sehen, lade ich euch gerne ein. Habt ihr Lust?«

Was für eine Frage! Auch wenn Jenny bei Weitem kein so großer Musical-Fan war wie Annika, freute sie sich natürlich über die unerwartete Einladung. Sie waren erst gestern in London angekommen, um vor Semesterbeginn ihr Englisch ein wenig aufzufrischen und etwas Spaß zu haben, und nun entwickelte sich der Kurzbesuch in der Metropole zum reinsten Abenteuer. Und für Abenteuer war auch Jenny immer zu haben.

Die Szene, wie sie sich ihnen kurz vor der Pause auf der Bühne darstellte, zeigte ein Café im Paris des Jahres 1832. Dort traf sich eine Gruppe idealistischer Studenten, um den Aufstand gegen die armenfeindliche Obrigkeit zu planen.

»Und wer ist jetzt Alan?«, flüsterte Jenny. »Ich meine, wer ist dieser Enjolras?«

»Na, der, der jetzt zu Marius spricht. Marius ist nicht richtig bei der Sache, weil er im Park ein Mädchen getroffen hat, in das er sich Hals über Kopf –«

»Ich weiß doch, wer *Marius* ist, so blind bin ich nun auch wieder nicht, und die Szene im Park habe ich auch gesehen«, unterbrach Jenny ihre Freundin. »Ich wollte nur wissen, wer Enjolras ist – da, jetzt singt er. Wow, was für eine Stimme!«

Annika seufzte. Was würde sie darum geben, selbst da unten auf der Bühne zu stehen und zu singen!

Red – the blood of angry men!
Black – the dark of ages past!
Red – a world about to dawn!
Black – the night that ends at last!

Annika hatte die Augen immer noch geschlossen, als es längst zur Pause geklingelt hatte und sich die Leute um sie herum alle erhoben hatten, um im Foyer ein Glas Sekt oder Wein zu genießen. Sie träumte. Von der Bühne, vom Gesang, von der Liebe – und von Alan. Vor allem von Alan.

1

Mit einem Krachen fiel die Haustür hinter Annika ins Schloss, und als sie bei den Postkästen im hinteren Teil des geräumigen Flurs angekommen war, steckte Frau von Stein, die Leiterin des Studentenwohnheims an der Kieler Förde, ihren aschblonden Schopf aus ihrem Büro heraus:

»Es geht wohl auch ein wenig leiser, Fräulein Köhler?«

Annika, den Kopf praktisch im Postfach vergraben, schnitt eine Grimasse. Diese blöde Zicke, immer hat sie etwas zu meckern!

Annika angelte die Post aus ihrem Fach und schloss es geistesabwesend zu, während sie die drei Umschläge fächerte, um einen Blick auf die Absender zu werfen. Ein Brief aus Bonn – wahrscheinlich vom Pädagogischen Austauschdienst, bei dem sie sich im November um eine Stelle als Fremdsprachenassistentin in London beworben hatte –, einer von ihrer Schwester, eine Postkarte von Katja, die bereits in Australien weilte, obgleich die Semesterferien streng genommen erst in der nächsten Woche anfingen, und … – ihr Herz machte einen Sprung – ein Brief mit englischer Marke.

Hastig sah sie auf den Absender, um ganz sicher zu gehen, dann presste sie den Brief kurz und innig an ihre Brust, aus der ihr ein leiser, glücklicher Seufzer entfuhr: Es war tatsächlich ein Brief von Alan!

Sie widerstand der Versuchung, den Umschlag gleich hier im Flur aufzureißen und stürmte stattdessen zu ihrem Zimmer im zweiten Stock hinauf, wobei sie die Zwischentür geräuschvoll hinter sich zufallen ließ.

»'Tschuldigung, Frau von Stein, war keine Absicht!«, rief sie nach unten. Ohne eine Antwort abzuwarten, schloss sie die Tür zu ihrem Zimmer auf und warf sich mitsamt der Post auf ihr Bett.

Nachdem sie die übrigen Briefe achtlos zur Seite geschoben hatte, riss sie den Umschlag auf, der Alans etwas ungelenke und dadurch kaum lesbare Handschrift trug. Annika nahm eine niedliche Karte mit heraus, auf deren Vorderseite ein Igel einen alten Besen küsste.

To Someone Special stand in pinkfarbener Schreibschrift darunter. *An jemand Besonderes.* Eine Valentinskarte, natürlich. Wie hatte sie das vergessen können.

Liebste Annika, ich weiß, du hast lange auf einen Brief von mir warten müssen, und es tut mir aufrichtig leid, wenn ich dir deswegen Kummer bereitet habe …

Kummer! Ach, was machte es denn schon, tage-, ja wochenlang auf seinen Brief gewartet zu haben, jetzt, wo sie ihn endlich in Händen hielt? Da war all ihr Kummer auf einen Schlag vergessen.

Ich war in den letzten Wochen sehr beschäftigt, die neue Saison beginnt am 1. März, und von da an stehe ich bis zum Sommer beinahe jedes Wochenende und auch einige Wochentage auf der Bühne. Ich spiele Marius, wie findest du das? Es ist meine erste große Rolle im Palace, und ich freue mich darauf, die Herausforderung anzunehmen. Es wird sich außerdem gut in meinem Lebenslauf machen, falls ich mich vielleicht eines Tages am Broadway bewerben sollte. Das ist natürlich nur ein Traum!

Ein Traum! Das ganze Leben war ein Traum, seit es Alan gab. Annika seufzte und drehte sich zur Seite. Sie schloss die Augen und versuchte sich vorzustellen, wie es wäre, gemeinsam mit Alan auf der Bühne zu stehen. Wenn er Marius war, dann musste sie natürlich Cosette sein, die Frau, die er verehrte und bewunderte. Und er würde für sie singen –

A heart full of love, a heart full of you …

Ein Herz voller Liebe, ein Herz voll von dir.

The words are foolish, but they're true.

Die Worte sind töricht, aber wahr.

Cosette, Cosette (Es müsste natürlich Annika heißen, aber das klang nicht so gut und reimte sich außerdem nicht auf *met.*)

Or were we dreaming when we met?

Oder träumten wir, als wir einander trafen?

Nein, sie hatte nicht geträumt. Sie hatte Alan wirklich getroffen, und sie würde ihn schon bald wiedersehen – ach, wenn sie nur wüsste, wann! Und wo. Und wie …

Schnell nahm Annika den Brief wieder zur Hand, um weiterzulesen.

Wie geht es dir, meine schöne Annika? Wann kommst du nach London? Du kannst gerne bei mir wohnen, ich habe Platz – zur Not werfen wir eben das Sofa hinaus …

Annika schüttelte grinsend den Kopf. *Das würdest du sofort tun, ohne Zweifel. Und ich wäre dir dann hilflos ausgeliefert – wie praktisch!*

Aber jetzt erzähle ich dir noch etwas Schönes, damit du mir nicht mehr böse bist: Ich komme dich besuchen! Wann führt ihr euer Theaterstück auf? Ich kann es kaum erwarten, dich auf der Bühne zu sehen.

Oh ja, klar, dachte Annika und schnaubte, *und ich bekomme dann wahrscheinlich keine zwei zusammenhängenden Sätze heraus, wenn du im Publikum sitzt.*

Schreibe mir schnell, oder rufe mich an (ich bin selten zu Hause, aber vielleicht sprichst du auch auf meinen Anrufbeantworter, und dann rufe ich dich zurück. Oder gibt es eine Zeit, in der man in eurem christlichen Studentenwohnheim nicht mehr anrufen darf?).

Viele 1000 Küsse und Umarmungen – Dein Alan

Dein Alan! Ein schriller, fast quietschender, und sehr, sehr langer Seufzer entfuhr Annika, bevor sie sich überglücklich, den Brief an ihre Brust gepresst, auf ihrem Bett zusammenrollte. Alan wollte kommen! Das war einfach unglaublich, viel zu schön, um wahr zu sein. Konnte es denn wahr sein?

Konnte es sein, dass einer ihrer sehnlichsten Träume gerade dabei war, in Erfüllung zu gehen?

»Eva! Eva, wo steckst du denn schon wieder? Die Kartoffellieferung ist da, du musst gleich mit dem Schälen anfangen, sonst haben wir nicht genug auf Vorrat, wenn in einer Stunde die ersten Gäste kommen – und heute steht Labskaus auf der Mittagskarte. Komm endlich, beeil dich, bevor Vater wach wird und dich vermisst!«

Mit einem schweren Seufzer ließ Eva den Bleistift fallen und warf noch einen letzten Blick auf ihre angefangene Zeichnung von der alten Dorfkirche, bevor sie ihren Stuhl zurückschob und »Ich komme! Bin gleich unten!« hinunterrief.

Dann stellte sie sich vor den Spiegel, band das dicke, lange, dunkelbraune Haar zu einem festen Knoten zusammen – Mutter hasste es, wenn ihr auch nur eine einzige lose Strähne ins Gesicht hing, wenn sie in der Küche arbeitete – und stopfte das verwaschene hellblaue T-Shirt in die Jeans.

Heute steht Labskaus auf der Mittagskarte. Na, super. Das bedeutete pfundweise Kartoffeln schälen, schneiden, kochen und stampfen, bis ihr die Arme wehtaten. Und dann noch all die anderen Arbeiten, die in der Küche des kleinen, elterlichen Restaurants auf sie warteten – nie hörte die Liste auf, nie war Mutter zufrieden mit ihr, und nie gab es ein freundliches Wort. Jedenfalls fast nie. Nur manchmal, wenn Eva spätabends den Kopf ins Büro steckte, um Gute Nacht zu sagen, nahm Irene Martin ihre Tochter in die Arme, drückte sie kurz an sich und flüsterte: »Du bist ein tapferes Mädchen, Eva. Ich weiß, dass es schwer für dich ist, aber weißt du … so ist nun mal das Leben. Ohne dich könnten wir den Laden hier dichtmachen, das weißt du doch, oder? Besonders jetzt, wo die Konkurrenz hier im Dorf aufgetaucht ist … Da müssen wir schon alle zusammenhalten. Es kommen bessere Zeiten – hab nur Geduld mit deinem alten Vater, Eva. Hab Geduld.«

Geduld. Ja, Geduld musste man haben, wenn man in so einem kleinen, heruntergekommenen Wirtshaus an der Nordseeküste lebte und von morgens bis abends auf den Beinen war, weil der Vater sich gerade »nicht fühlte«. Jens-Uwe Martin war mit seinen dreiundfünfzig Jahren nicht alt, er war auch nicht wirklich krank, er trank nur zu viel und hatte aufgrund dieser »kleinen Schwäche«, wie seine Frau es immer beschönigend nannte, längst den Überblick über den Restaurantbetrieb verloren.

Das »Kleine Wirtshaus am Deich« war ein über hundert Jahre altes, reetgedecktes, hellrotes Backsteinhaus und würde, wenn man das Dach erneuerte und endlich Geld für neue Fenster hätte, eigentlich sehr hübsch aussehen, aber ihr Vater hatte noch nie besonderen Wert auf diese »Äußerlichkeiten« gelegt, wie er es nannte. Die Leute bekämen bei ihm ein anständiges Essen und ein kühles Helles und würden dann ohnehin wieder ihrer Wege ziehen. Es gäbe ja hier sonst nichts weiter, sagte er – was bis vor Kurzem auch gestimmt hatte. Im letzten Herbst allerdings hatte ein neues Hotel am Ort eröffnet, ein Wellnesshotel, das keine Wünsche offen ließ.

Natürlich auch mit einem Restaurant – einem sehr guten sogar. Und genau das bereitete dem kleinen Familienbetrieb echte Probleme.

Die nicht gelöst werden, wenn man sie in Alkohol ertränkt, dachte Eva bitter, während sie die knarrende, alte Holztreppe hinuntereilte.

»Meine Güte, wo ist denn nur das Mädchen … – na, endlich! Komm, mach schnell, ab in die Küche mit dir. Dass du dich immer so davonschleichen musst! Du weißt doch, dass es deinem Vater heute nicht gut geht, da musst du eben ein bisschen mehr mit anpacken. Und außerdem hattest du gestern den ganzen Abend frei!«

Irene Martin stand in der Tür, die das Restaurant vom Privatbereich trennte, und hatte beide Arme in die Hüften gestemmt, ein schmutziges Geschirrtuch in der Hand. Sie war einmal eine sehr hübsche Frau gewesen, mit langen, dichten, schwarzen Locken und glänzenden braunen Augen. Jetzt, mit Ende vierzig, sah sie nach den langen Jahren harter Arbeit und wegen des Kummers mit ihrem Mann älter aus als sie eigentlich war. Sie hatte etliche Kilo zugenommen, ihr Haar war ergraut, und ihre Augen hatten fast allen Glanz verloren. Ihr Gesicht war gerötet, und sie sah immer müde aus. So müde.

Mein Gott, gibt es denn keine Gerechtigkeit auf der Welt, dachte Eva, als sie ihre Mutter so sah. Warum mussten sie sich so abschuften, Mutter und sie – für was? Für ihren Vater, der sowieso alles versoff? Für das Haus, das zu einem Großteil der Bank gehörte und das sie niemals erben würde, selbst wenn sie es wollte? Und sie wollte es nicht, ganz bestimmt nicht!

»Tatütata, tatütata … Platz da, jetzt kommt die Feuerwehr, da hinten brennt's … oh, krieg ich auch einen?«

Der sechsjährige Daniel schob sein Playmobil-Einsatzfahrzeug um die Ecke und hielt kurz inne, um seine anderthalb Jahre jüngere Schwester Marie vorbeizulassen, die einen knallorangefarbenen Plastikteller, bis an den Rand gefüllt mit Butterkeksen, vor sich her trug. »Nee, du, die sind alle für Lena und mich, hat Mama gesagt. Wir machen nämlich einen Kaffeeklatsch! Du kannst dir selbst welche holen.«

»Hat Mama die Kekse etwa abgezählt?«, maulte Daniel, doch da war Marie bereits in ihrem Zimmer verschwunden.

Mädchen! Brummelnd schob Daniel sein Auto weiter in Richtung Wohnzimmer, aber irgendwie war ihm die rechte Lust am Spiel plötzlich vergangen.

Glücklicherweise drehte sich gerade in diesem Moment der Schlüssel in der Haustür, und Markus kam herein, den Arm voller Einkaufstüten. Er war Krankengymnast von Beruf und hatte sich vor Kurzem selbstständig gemacht, zusammen mit einem anderen jungen Kollegen. Mama war die Schwester von Markus, eine von dreien, und dann gab es noch einen Onkel, von dem aber nie jemand sprach. Daniel hatte ihn auch noch nie gesehen – vielleicht war er schon gestorben, so wie Uroma Kruse letztes Jahr. Die war aber auch schon uralt gewesen, mindestens achtzig. Und so alt konnte ein Onkel doch unmöglich sein.

»Hey, kleiner Mann, wo brennt's denn? Kann man die Küche noch betreten oder ist da schon alles voller Rauch?«

Daniel kam in die Küche, das Feuerwehrfahrzeug im Arm, und stellte sich neben seinem Onkel an den Tisch, um in die Taschen zu spähen. Vielleicht war ja etwas Süßes dabei …?

»Hast du was vom Bäcker mitgebracht?«

In der Frage des Jungen lag eine solche Sehnsucht, dass Markus beinahe lachen musste, aber er verkniff es sich. Sechsjährige Jungen hatten es nicht gern, ausgelacht zu werden. Daniel jedenfalls war da sehr empfindlich. Er war stolz darauf, der Älteste zu sein – noch dazu der einzige Junge, denn außer Marie hatte er noch eine Schwester, die allerdings erst ein Jahr alt war und folglich noch nicht richtig zählte – und konnte es kaum erwarten, im Sommer zur Schule zu kommen.

Christina und Jürgen wohnten mit ihren drei Kindern im Westflügel des weitläufigen Anwesens am Ortsrand von Hattstedt, ihre Eltern mit dem Großvater im Mittelteil, wo auch Markus noch sein Zimmer hatte. Im Ostflügel war das private Seniorenwohnheim untergebracht, das Annemarie und Hans-Werner Feuerbach betrieben, seit sie das Haus von den Großeltern übernommen hatten. Fast immer hatten hier mehrere Generationen zusammen unter einem Dach gelebt – Langeweile gab es auf Gut Immensee nicht.

»Nein, dieses Mal gab's nicht so viele Reste, dass es sich gelohnt hätte. Aber hier, ich habe noch einen Schokoriegel von der Arbeit, den kannst du haben.«

Glücklich griff Daniel nach dem Schokoriegel und riss das schwarze Papier auf. Dann erklärte er mit vollen Backen: »Wir hatten heute nicht mal ein richtiges Mittagessen, nur Suppe. Mama und Papa gehen heute Abend noch aus, ins Restaurant.«

Markus zog die Augenbrauen hoch und nickte. »Verstehe … Und in der Suppe war nichts drin?«

»Na ja«, erwiderte Daniel, immer noch kauend, »ein paar Hackklößchen waren schon drin, aber das ist ja nicht mal was für'n hohlen Zahn!«

Markus musste lachen. »Nee, das stimmt, für so einen Feuerwehrmann im Großeinsatz ist das natürlich nicht mal was für'n hohlen Zahn. Wo steckt eigentlich deine Schwester?«

Daniel schluckte den letzten Bissen Schokolade, ein riesiges Stück, auf einmal hinunter und zuckte gleichgültig mit den Achseln. »Die hält Kaffeeklatsch. Lena ist da, und sie sitzen schon seit heute Mittag in Maries Zimmer und kichern.« *Und essen haufenweise Kekse.*

Markus erhob sich von seinem Stuhl. »Na, dann werde ich mal mit dem Aufräumen anfangen. Passen Oma und Opa heute Abend auf euch auf?«

Meistens taten Annemarie und Hans-Werner das, wenn die jungen Leute ausgehen wollten.

»Ja, leider. Gehst du weg?«

»Nein, eigentlich nicht. Aber ich bin ziemlich müde, wahrscheinlich schlafe ich bald vor dem Fernseher ein. Also keine Chance auf wilde Partys!«

»Wer feiert hier wilde Partys?«

Ein hellblonder Wuschelkopf erschien in der Küchentür. Markus ging auf seine Schwester zu und drückte ihr einen Kuss auf jede Wange. »Hallo, Christina. Keiner feiert hier wilde Partys, höchstens ihr beiden vielleicht, wenn ihr nachher noch losgeht. Alles Gute zum Hochzeitstag, Schwesterherz. Das ist doch heute, oder?«

Christina nickte. »Danke. Oh, du hast eingekauft, super, da wird Mama sich freuen. Warte, ich helfe dir. Oder soll ich uns lieber einen Kaffee machen?«

»Andersrum, du räumst hier weiter auf und ich mache den Kaffee. Sonst meckert Mama, weil ich es mal wieder nicht richtig gemacht habe. Wohin geht ihr denn heute Abend?«

»Ach, wir wollten mal das neue Hotel ausprobieren, die haben eine ziemlich breit gefächerte Speisekarte – italienisch, griechisch, Fischgerichte …«

»Ja, dieses neue Hotel wird den Martins ziemlich zu schaffen machen, fürchte ich. Ich habe Frau Martin eben auf dem Weg nach Hause getroffen – ihr Mann hat wohl gerade wieder eine seiner ›schlechten Phasen‹, wie sie das nennt.«

»Oh je, die arme Frau …«

Und die arme Eva, dachte Markus. Ob ihre Eltern sie überhaupt bezahlten?

»Aber müsst ihr dann ausgerechnet *da* essen gehen? Ich meine, es gibt ja nicht gerade wenige Restaurants in der Stadt, und so weit ist es nach Husum doch auch nicht …«

»Schon, aber wir würden Johanna gerne auch hier lassen. Wenn dann was ist, sind wir von Husum doch ein ganzes Stück länger unterwegs. Außerdem können wir zu Fuß gehen, dann kann Jürgen auch mal ein Glas Wein trinken. Schließlich ist heute ein besonderer Anlass – oh, es klingelt an der Tür, das ist bestimmt Lenas Mutter. Komme gleich wieder!«

Markus sah ihr nach. Wie schaffte Christina es nur, immer so fröhlich und sorglos zu sein? Immerhin hatte sie drei Kinder und einen Beruf, den sie sehr ernst nahm – sie war gelernte Altenpflegerin und arbeitete natürlich im Haus. Dazu kümmerte sie sich auch noch um Opa, der seit dem Tod seiner Frau allen anderen gegenüber sehr verschlossen war. Jemand anderen als Christina ließ er nicht an sich heran. Markus war es schon ein Rätsel, woher sie die Geduld nahm. Es konnte nicht nur an ihrem Glauben liegen, er war ja schließlich auch gläubig und hatte trotzdem seine schwachen Phasen, in denen er am liebsten einfach nur den Kopf in den Sand stecken würde. Im Übrigen waren alle Feuerbachs überzeugte Christen: Ihr Glaube war das Fundament, auf dem sie standen. Dieser Glaube trug sie durch alles hindurch, was das Leben ihnen auch als Hindernis in den Weg stellen mochte. Schon als Kind bekam man den Glauben an Jesus

Christus quasi mit in die Wiege gelegt, und bisher hatte sich noch keiner von ihm abgewandt.

Keiner, bis auf Hannes.

Hannes war der Älteste der fünf Geschwister, der »verlorene Sohn«, der mit achtzehn das Elternhaus verlassen hatte, um in Australien sein Glück zu versuchen. Ob er es dort gefunden hatte, wagte Markus zu bezweifeln. Andererseits war er selbst erst zwölf gewesen, als Hannes ging. So gut konnte er sich nicht mehr an ihn erinnern. Es kam nur selten vor, dass von Hannes gesprochen wurde – eigentlich nie. Alljährlich schickte er den Eltern eine Weihnachtskarte, die seine Mutter in einem alten Schuhkarton in ihrem Nachttisch aufbewahrte – einem Kinderschuhkarton, von dem Markus sicher zu wissen glaubte, dass er noch aus Hannes' Kinderzeit stammte. Ganz sicher war er sich dessen natürlich nicht, und er wagte nicht zu fragen.

Annemarie Feuerbach war eine stille, in sich gekehrte Frau, die sehr viel Ruhe, Zufriedenheit und Herzenswärme ausstrahlte. Doch tief in ihrem Inneren, das wusste Markus, war sie traurig und verzweifelt über das, was sie als ihr eigenes Versagen ansah – den Verlust des geliebten ersten Sohnes.

Dann waren da noch Esther und Magdalene, die Zwillinge, gerade zweiundzwanzig. Sie studierten beide, die eine in Kiel, die andere an der Fachhochschule in Eckernförde, und teilten sich in Kiel eine kleine Wohnung in der Altstadt. Wenn sie nach Hause kamen – und das kam oft genug vor –, war es auf Immensee gleich doppelt so lustig, denn die beiden hatten jede für sich schon Temperament und Lebensfreude für zwei.

Markus schob mit einem Seufzer die Kaffeetasse von sich und stand auf, als er seinen Vater von nebenan rufen hörte. Hoffentlich brauchte er nicht schon wieder seine Hilfe bei dem geistig verwirrten Herrn Dorn, der immer kurz vor dem Abendessen sein Gebiss suchte und dann ganz zornig wurde, wenn man versuchte ihm klarzumachen, dass es felsenfest in seinem Mund saß.

2

Der Wind blies Eva hart ins Gesicht und sie musste den Kopf gesenkt halten, um überhaupt vorwärts zu kommen. Doch sie ließ sich nicht beirren, stapfte immer weiter und weiter den öden, leeren Strand entlang in Richtung Süden, nach Husum hin. Die Steine und Muscheln, die von der Flut herangespült worden waren, knirschten unter ihren Füßen. Über ihrem Kopf zogen ein paar Möwen ihre Kreise, hier und da hörte sie eine von ihnen schrill kreischen, ansonsten war da nur das beständige Heulen des Windes und das Tosen des aufgewühlten Meeres zu ihrer Rechten.

Nirgendwo sonst fand Eva so viel Ruhe, so viel Frieden wie hier unten am Strand, und ganz besonders genoss sie diese Spaziergänge im Winter, wenn morgens um acht noch keine Menschenseele weit und breit zu sehen war. Die Urlauber waren jetzt, Mitte Februar, noch nicht da; doch schon bald würde es hier vor Menschen nur so wimmeln.

Eva seufzte. Was würde sie darum geben, einmal in ihrem Leben Urlaub machen zu können, richtigen Urlaub! Dann würde sie wenigstens für ein paar Tage oder Wochen all das hier vergessen, könnte sich wenigstens für eine kurze Zeit vorstellen, wie es wäre, frei zu sein. Wirklich frei.

Aber sie war nicht frei, sie war die stets gehorsame Tochter von Jens-Uwe und Irene Martin, durch die sie für immer an dieses leidige Wirtshaus am Deich (welche Ironie, das Haus lag mindestens zweieinhalb Kilometer vom Deich entfernt!) gebunden sein würde.

»Hallo, junge Frau, so früh schon allein unterwegs?«

Eva dreht sich um und sah einen Mann auf sich zukommen, der eine Hundeleine in der einen, einen Rucksack in der anderen Hand hielt und sie ziemlich unverhohlen angrinste. Obwohl er wahrscheinlich vollkommen harmlos war und überhaupt nichts von ihr wollte, drehte Eva sich abrupt um und begann zu laufen.

»Hey, hey, ich tue Ihnen doch gar nichts! Junge Frau!!«

Weg hier, nur weg, war alles, was Eva denken konnte. Ihr Herz klopfte wild und ihre Seiten begannen schon bald zu schmerzen, doch sie lief weiter.

Nur weil sie als Frau morgens alleine am Strand spazieren ging, machte sie das noch lange nicht zum Freiwild für Männer wie diesen da. Oder wie die Männer, die gestern Abend ihre Skatrunde im Wirtshaus ihrer Eltern gehabt hatten.

»Sei nett zu den Herrschaften, Evchen, und komm, mach mal hier ein bisschen lockerer!«, hatte ihr Vater gesagt und nach dem Bändchen, das das eng geschnürte Oberteil ihres schwarzroten Trachtenkleides zusammenhielt, gegriffen. Entsetzt hatte Eva ihn angestarrt und sich dann voller Ekel abgewandt.

Jens-Uwe Martin würde für ein Bier und einen Schnaps seine eigene Tochter verkaufen, hatte der Dorfpfarrer einmal zu seiner Frau gesagt, nachdem er Eva vor der Tür des Wirtshauses hatte fegen sehen.

Als das Rufen des Mannes hinter ihr verklungen war, verlangsamte Eva ihr Tempo und ging zügig weiter, den Kopf gesenkt, beide Hände in den Hosentaschen vergraben.

Inzwischen hatte sich die Wintersonne ihren Weg durch die Wolken gebahnt und stand nun blassgelb am Himmel über dem Deich zu Evas Linken. Allmählich wurde es auch etwas wärmer, und als Eva eine halbe Stunde später Husum erreichte, war der Himmel über ihr von einem so frischen Blau, wie es das wohl nur kurz vor Frühlingsanfang gab.

Sie seufzte leise und drückte dann tapfer lächelnd die Klinke zu Kühls Backstube herunter.

»Guten Morgen, Eva. Na, auch schon wieder so früh auf den Beinen? Was darf es denn heute sein? Ein Schokoladencroissant und einen großen Kaffee, wie immer?«

»Ja, bitte, und eine Zeitung.«

Eva setzte sich mit ihrem Kaffee und ihrem Croissant in eine Ecke der Bäckerei, wo ein paar Tische und Stühle standen, und schlug die Zeitung auf.

»Moin, Frau Kühl!«

Eva fuhr beim Klang der vertrauten Stimme herum und sah Markus Feuerbach die Bäckerei betreten. Er entdeckte sie im selben Moment und zwinkerte ihr fröhlich zu, ehe er sich wieder an Frau Kühl wandte, um seine Brötchenbestellung aufzugeben. Heute war Samstag, wahrscheinlich war mal wieder Familienfrühstück im großen Kreis angesagt. Markus, seine Eltern, seine drei Schwestern, der Schwager und die drei Kinder natürlich. Zehn Leute, mit dem griesgrämigen Opa Kruse sogar elf.

»Hallo, Eva, guten Morgen! Was machst du denn hier schon so früh?«

»Ach …« Eva sah von ihrem halb leer getrunkenen Becher auf. »Nichts Besonderes. Ich … ich träume so vor mich hin.«

Von einem Frühstück in großer Runde. Von lachenden Leuten zu meiner Linken und meiner Rechten, von Geschwistern, Eltern, Nichten und Neffen. Von einer glücklichen Familie eben.

»Das ist schön. Darf ich dich trotzdem kurz stören?«

»Klar.«

Sie deutete auf den leeren Stuhl ihr gegenüber und Markus setzte sich.

»Bringen Sie mir bitte auch einen Kaffee, Frau Kühl, ja?«, rief er zum Tresen hinüber. Dann wandte er sich an Eva. Sie sah wunderschön aus mit ihren zerzausten, dunkelbraunen Locken, die ihr bis weit über die Schultern hinabfielen, den vom Wind leicht geröteten Wangen, den leuchtenden schwarzbraunen Augen und den vollen, dunkelroten Lippen. Und doch ahnte er, wie erschöpft sie sein musste, wie müde und wie traurig. Armes Ding. Arme, schöne Eva.

»Wie geht es dir, Eva?«

Eva zögerte. Markus war einer der wenigen, dem sie sich hin und wieder anvertraute, weil er ihr wirklich zuhörte, sie wirklich ansah, ohne dabei mehr oder weniger heimlich nach den Reizen ihres Körpers zu schmachten. »Ach … mir geht's eigentlich gut.«

Markus nickte, nahm Frau Kühl den Kaffeebecher ab und stellte ihn vor sich auf den Tisch. »Und was macht die Kunst? Hast du die Hattstedt-Serie fertig? Die Bilder von der alten Kirche?«

»Fast. Du kannst sie wahrscheinlich nächste Woche bekommen. Sag Katharina Bescheid, ja? Ich hoffe, dass ich es bis Donnerstag schaffe.«

Markus nahm hin und wieder ein paar ihrer Bleistift- und Kohlezeichnungen mit zu *Kanehls Kleinem Antikstübchen* in der Altstadt, wo die Bilder dann verkauft wurden. So konnte Eva sich einen kleinen Notgroschen zusammensparen – falls sie doch irgendwann einmal von all dem Elend die Nase voll haben sollte. Aber je länger Markus sie kannte, desto weniger glaubte er daran. Eva Martin war eine treue Seele, die ihre Eltern so schnell nicht im Stich lassen würde. Umgekehrt war er sich da nicht so sicher.

Markus rührte Zucker und Milch in seinen Kaffee. »Hast du was von Annika gehört? Sie müsste doch eigentlich auch jeden Tag hier eintrudeln, oder?«

»Ja, sie wollte am Wochenende kommen. Arbeitet sie in diesen Ferien nicht wie sonst auch bei deinen Eltern?«

»Ich denke schon. Jedenfalls habe ich bis jetzt nichts Gegenteiliges gehört.«

Eva trank ihren Kaffee aus und schob ihren Teller zur Seite. Draußen hatte es angefangen zu regnen, ein leiser, stetiger Nieselregen, kalt und äußerst unangenehm.

»Sag mal, Markus ... Könntest du mich vielleicht mit nach Hause nehmen? Ich muss nämlich spätestens um zehn wieder da sein ...«

Markus warf einen Blick auf seine Armbanduhr. »Na klar. Aber es ist ja erst halb neun. Wollen wir noch ein Stück spazieren gehen? – Oh, ich sehe gerade, dass es regnet. Aber ich könnte dir meine neue Wohnung zeigen. Was meinst du?«

Eva faltete die Zeitung zusammen und lächelte ihn an. »Gerne. Ich wusste gar nicht, dass du ausziehen wolltest. Wie kommt das?«

»Ach ...« Markus lachte etwas verlegen. »Ich dachte, es wird langsam mal Zeit. Immerhin werde ich nächstes Jahr dreißig. Und jetzt, wo wir die Praxis aufgemacht haben ... Sei's drum, wir fahren jetzt mal schnell hin und sehen sie uns an, ja? Und hinterher bringe ich dich nach Hause. Versprochen.«

»Aber du hast doch deinen Kaffee noch gar nicht ausgetrunken ...«

Markus, schon auf dem Weg zur Tür, winkte ab. »Ich bekomme nachher noch genug davon. Komm, lass uns gehen. Tschüs, Frau Kühl, schönes Wochenende!«

Eva folgte ihm auf die Straße hinaus. Markus hielt ihr die Autotür auf und sie ließ sich in den Beifahrersitz sinken und schloss die Augen. *Noch eine Stunde Ruhe ...*

»Eins, zwei, drei, vier, fünf... siebenunddreißig, achtunddreißig, neun ... – uff, ich kann nicht mehr!«

Sylvia Köhler ließ sich atemlos zu Boden fallen. Mai-Britt, ihre beste Freundin, nahm das Springseil in die Hand und betrachtete es kopfschüttelnd. »Komisch, du bist doch sonst Klassenbeste im Sport. Verstehe ich nicht. Warum schaffst du keine vierzig Sprünge?«

Sylvia zuckte mit den Achseln, ging zur Küche hinüber und nahm eine Flasche Orangensaft aus dem Kühlschrank.

»Willst du auch was trinken?«

»Oh ja! Ich dachte schon, ich müsste verdursten, wenn du mich nicht gleich fragst. Wo steckt deine Mutter eigentlich? Wir müssen bald los, Ballett fängt um halb vier an.«

»Keine Ahnung. Eigentlich müsste sie jeden Moment hier sein – ach, guck, da kommt sie ja schon!«

Margarete Köhler sah wirklich müde und erschöpft aus, als sie in den Flur kam, aber sie lächelte die beiden Mädchen herzlich an. »Na, ihr zwei, schon wieder am Springseil üben? Wer von Euch beiden schafft denn als Erstes die Fünfzig?«

Ihre Tochter verdrehte die Augen. »Ach, Mama, ich schaffe ja nicht mal die Vierzig heute. Möchtest du auch ein Glas Orangensaft?«

»Nein, danke, ich mache mir gleich einen leckeren heißen Cappuccino. Das heißt ... o je, schon nach drei. Dann müsst ihr ja gleich los zum Ballett.« Sie seufzte. »Okay, also kein Cappuccino. Gebt mir fünf Minuten, dann bin ich fertig.«

Mai-Britt trank ihr Glas in einem Zug leer und stellte es auf den Küchentisch. »Komm, wir gehen schon nach draußen, es hat aufgehört zu regnen. Hast du dein Zeug?«

Sylvia zuckte unwillkürlich zusammen. Dann kniff sie kurz die Augen zu, schüttelte den Kopf und ging zu dem Einbauschrank in der Diele, in dem ihr Beutel mit den Ballettsachen hing.

»Bin fertig. Hast du was zu trinken mit?«

Mai-Britt nickte und schwenkte dabei energisch ihren pinkfarbenen Rucksack. »Alles dabei, du brauchst gar nichts mehr mitzunehmen ... Oh, hallo, Annika!«

Annika kam zur Tür herein, einen Koffer in der einen, eine Reisetasche in der anderen Hand, und ließ beides auf der Stelle zu Boden fallen. Dann schob sie die Tür hinter sich zu und rief:

»Hallo, Mama, ich bin wieder zu Hause!«

An die Mädchen gewandt, sagte sie lächelnd: »Na, und ihr beiden seid schon unterwegs zum Ballett, wie ich sehe. Soll ich euch schnell hinfahren? Ich habe den Wagen sowieso mitten in der Auffahrt stehen gelassen, da kommt Mama nicht dran vorbei.«

»Super! Mama ist gerade erst nach Hause gekommen. Die ist bestimmt froh, wenn sie nicht gleich wieder los muss, glaube ich. Komm, Mai-Britt!«

Mit der Ungeduld einer fast Dreizehnjährigen schob Sylvia ihre Freundin zur Tür hinaus.

»Hehe, kann ich wenigstens schnell meine Große begrüßen, bevor ihr zwei sie gleich wieder abschleppt?«

Margarete Köhler kam in die Diele, eine Strickjacke in der Hand, und umarmte Annika.

»Willkommen zu Hause, meine Große! Schön, dass du da bist. Ich mache uns beiden einen Kaffee, während du weg bist, ja?« Sie senkte die Stimme und flüsterte: »Und ich habe auch noch Butterkuchen eingefroren vom letzten Wochenende, den schiebe ich uns schnell in den Ofen.«

Annika grinste. Den Kuchen hatte ihre Mutter bestimmt schon letztes Wochenende gebacken, weil sie wusste, dass sie nichts lieber aß als ofenfrischen Butterkuchen mit einer dicken, süßen, klebrigen Schicht gezuckerter Buttermandeln darauf. »Ich freue mich schon drauf – bis nachher! Soll ich noch etwas aus der Stadt mitbringen?«

»Nein, danke, da komme ich ja gerade her. Viel Spaß, Mädels!«

So kletterten die drei in Annikas weißen Golf, den ihre Eltern ihr überlassen hatten. Er war zwar schon etwas betagt, aber zuverlässig, und Annika war froh, an den Wochenenden nicht auf Mitfahrgelegenheiten angewiesen zu sein. Sie kam nicht allzu oft nach Hause, aber wenn sie das Heimweh packte, brauchte sie sich nur in ihren Golf zu setzen und loszufahren. Annika liebte die Nordseeküste und hätte sich niemals vorstellen können, weit weg vom Meer zu studieren. Da war Kiel schon ein guter Kompromiss, fand sie. Immerhin lag es an der Förde, und die Schwentine floss hindurch, ebenso der Kanal.

Annika studierte Englisch und Geschichte und wollte im Herbst des kommenden Jahres, wenn sie aus London zurückkehrte, ihr erstes Lehrerexamen ablegen. Und dann schnell zurück in die Heimat.

Es sei denn …

Ein stilles Lächeln breitete sich über Annikas schmalem Gesicht aus, während sie an einer Ampelkreuzung am Ortseingang zum Stehen kam. *Es sei denn, dass dort drüben etwas ganz Wunderbares passiert und ich gar nicht erst zurückkomme …*

»Das ist ja wirklich das Letzte! Sag bitte nicht, dass du darauf eingegangen bist.«

Es war Montagnachmittag, Annika und Eva saßen auf einer Bank auf dem Hattstedter Friedhof. Eva hatte ihrer Freundin gerade von den neuesten »Ideen« ihres Vaters erzählt. Seit dem Skatabend vorletzte Woche hatte er zwar nichts mehr gesagt, aber sie wusste, dass er besonders gegenüber den männlichen Gästen eine gewisse »Offenheit« von ihr erwartete. Die Zeiten waren hart, und das *Wirtshaus am Deich* hatte nicht viel zu bieten – außer dem gutbürgerlichen Essen, das Irene Martin kochte, und dem Liebreiz der Tochter des Hauses.

»Er kann doch nicht … ich meine, er kann dich doch nicht im Ernst dazu zwingen –«

»Nein, das kann er nicht. So direkt hat er es ja auch nicht gesagt. Vielleicht hat er es auch gar nicht so gemeint …«

Annika sprang auf. »Ach, komm, Eva, du weißt genau, wie er es gemeint hat! Jetzt hör schon auf, den Fehler bei dir selbst zu suchen, du hast nichts falsch gemacht. Du machst deine Arbeit gut und zuverlässig und bist bestimmt die netteste Kellnerin in ganz Nordfriesland. Und die hübscheste sowieso. Aber du bist noch viel mehr. Du bist klug, du bist begabt – diese Skizze von der Kirche ist sehr gut, weißt du? Du könntest so viel aus deinem Leben machen, wenn du nur …« *Wenn du nur aus diesem elenden Wirtshaus rauskommen würdest, weg von deinen tyrannischen Eltern, die dir das Leben dort zur Hölle machen …*

»Du hast ja recht. Aber ich weiß einfach nicht, wie ich das anstellen soll – ich habe ja nicht einmal Geld. Nur das bisschen extra, was ich für die Bilder bekomme. Das spare ich ja schon für später.«

Eva hob den Kopf und grinste. »Pass auf, wir beiden wandern noch mal zusammen aus, nach Amerika oder Australien. Du wirst eine berühmte Schauspielerin und ich male die Kulissen. Oder ich nähe die Kostüme. Na, wie findest du das?«

»Toll. Hört sich echt gut an. Wann gehen wir?«

Evas Grinsen wurde noch ein wenig breiter. »Sobald du dein Examen in der Tasche hast und ich genug Geld für ein Flugticket und eine eigene Nähmaschine zusammenhabe.«

Annika nickte. »Hm … das kann sich ja nur noch um – sagen wir, ein bis zwei Jahre handeln.« Dann lachte sie plötzlich. »Also gut, ich nehme dich beim Wort! Wollen wir noch ein Stück spazieren gehen? Und hinterher gehen wir zu mir, backen Waffeln, kochen Kakao und stopfen uns so richtig die Bäuche voll. Na, wie hört sich das an?«

»Klasse. Komm, lass uns an den Strand hinuntergehen, die Sonne kommt gerade raus.«

Annika warf ihrer Freundin einen heimlichen Seitenblick zu. Eva mochte es nicht, wenn sie es mit ihrer gut gemeinten Fürsorge übertrieb – sagte, sie käme schon zurecht, alles sei halb so schlimm. Auch dann, wenn sie ihre blauen Flecken durch lange, weite Röcke zu verbergen suchte – als ob sie nicht alle wüssten, dass ihr Vater sie schlug. An Schlimmeres mochte Annika gar nicht denken.

Warum konnte Eva nicht einfach weglaufen?

Mit Markus sprach Annika manchmal über Eva, und er dachte genau wie sie. Aber er gab auch immer wieder zu bedenken, dass es schon auch an Eva selbst lag, dass sie noch immer zu Hause war. Sie fühlte sich ihren Eltern gegenüber verpflichtet. Dieser Loyalitätssinn machte es ihr unmöglich, zu fliehen. Außerdem hatte sie natürlich wirklich kein Geld, keine Ausbildung, nichts. Wohin sollte sie also gehen?

Am einfachsten wäre es, dachte Annika, während sie schweigend nebeneinander hergingen, wenn ein Prinz auf einem weißen Pferd daherkäme und Eva mit auf sein Schloss nähme. Wie im Märchen.

Sie hielt inne, betrachtete das schöne, verschlossene Gesicht ihrer

Freundin von der Seite. Und wieso sollte dieser Prinz eigentlich nicht Markus Feuerbach heißen?

3

Es war noch früh am Morgen, kein Mensch war auf dem Friedhof zu sehen, dessen Tore gerade erst geöffnet worden waren. Ein frischer Wind wehte, doch es war trocken, und das Gras begann schon wieder grün zu werden. Die Krokusse waren vertrocknet, dafür blühten jetzt auf den Gräbern überall Primeln und andere Frühlingsblumen, vereinzelt sogar schon ein paar Narzissen. Angesichts des langen, kalten Winters war das fast erstaunlich.

Margarete Köhler kniete vor dem kleinen Grab nieder.

Hier ruht unser kleiner Tom.
*3.12.1973 †29.3.1978

Er war nicht einmal fünf Jahre alt gewesen, als er starb. Ein Unfall. Fahrerflucht. Der Täter war nie ermittelt worden, und tief in Margaretes Herzen loderte noch immer eine unbändige Wut, ein Hass, der es ihr unmöglich machte zu vergeben. Auch heute noch.

Sie griff nach dem kleinen Strauß Narzissen, den sie auf dem Weg hierher gekauft hatte, und steckte ihn in die verwitterte, an einer Stelle schon gerissene Plastikvase, die sie zuvor mit Wasser gefüllt hatte. Nächstes Mal würde sie eine neue Vase mitbringen. Und das Unkraut entfernen.

Sie erhob sich seufzend, strich ihren Rock glatt, und sah noch einmal auf den kleinen, grauen Grabstein hinab. Wie klein er war! So klein wie das Kind, das unter ihm begraben lag …

Margarete schluckte hart. »Leb wohl, mein kleiner Schatz. Nächstes Mal bringe ich dir ganz viele frische Blumen mit. Gänseblümchen auch, die hattest du am liebsten … Und eine neue Vase. Mach's gut.«

Damit wandte sie sich abrupt ab und eilte raschen Schrittes den Hauptweg hinunter auf das schwarze, schmiedeeiserne Eingangstor zu, welches zu beiden Seiten von einer hohen, weiß getünchten Mauer eingefasst war, an der Efeu üppig emporkroch. Das Tor öffnete sich mit einem schauerlichen Quietschen und fiel gleich darauf mit einem scheppernden Knall wieder hinter ihr zu.

Markus schloss die Praxistür gerade hinter sich, als er Annika die Treppe heraufkommen sah. Sie trug beigefarbene Jeans, dazu ein schwarzes T-Shirt und eine ausgewaschene Jeansjacke. Diese Jacke musste sie schon seit Jahren haben; Markus kannte Annika in fast keiner anderen Jacke. Ein Lieblingsstück eben – genauso wie die kleinen Perlenstecker, die ihre Eltern ihr zum achtzehnten Geburtstag geschenkt hatten, und die sie seitdem Tag und Nacht trug.

Nicht, dass er irgendetwas über Annika Köhlers Nächte wissen konnte. Wollen vielleicht schon, aber Wollen und Können war ja bekanntlich zweierlei.

»Hallo, da bist du ja schon! Ich hätte dich auch abgeholt, aber ich musste eben noch mit Dr. Schröder wegen des kleinen Steffens telefonieren. Also, wohin soll's heute gehen? Ins *Heinzelmännchen's*?«

»Warum nicht? Das ist nicht so weit, und man bekommt auch ziemlich schnell sein Essen. Ich sterbe nämlich vor Hunger!«

Markus bot ihr lachend seinen Arm. »Na, das kann ich natürlich wirklich nicht verantworten! Aber ich habe auch Hunger, muss ich sagen. Die Mittagspause war heute irgendwie … sehr kurz. Hattest du heute Frühdienst?«

»Ja, ich bin aber noch ein bisschen länger geblieben, weil Christina mit Marie zum Zahnarzt musste. Die ist auf dem Hof hingefallen und hat sich gleich zwei Zähne ausgeschlagen.«

»Autsch! Das hat bestimmt ein ziemliches Geheule gegeben. Gut, dass ich nicht da war.«

Annika stieß Markus scherzhaft in die Seite. Sie wusste genau, wie vernarrt Markus in seine kleine Nichte war, und dass er alles stehen und liegen lassen würde, wenn sie oder eines ihrer Geschwister Hilfe brauchte. Aber Annika fand es trotzdem gut, dass er ausziehen wollte. Männer, die mit Ende zwanzig noch zu Hause wohnten, waren ihr irgendwie suspekt.

Wie – oder besser gesagt: wann – sollten sie noch vor der Ehe lernen, für sich selbst zu sorgen?

Nicht, dass alle Männer überhaupt heiraten *wollten*. Aber Markus wollte, das wusste sie. Alle Feuerbachs heirateten und bekamen mindestens drei Kinder, wenn nicht mehr. Eigentlich fand sie das auch sehr schön. Heutzutage galt man ja mit zwei Kindern schon als kinderreiche Familie, sagte Jennifer immer, die selbst noch zwei Geschwister hatte.

Plötzlich blieb Annika stehen, hielt inne. Sie musste an ihren kleinen Bruder denken – Tom. Es war heute auf den Tag genau fünfzehn Jahre her, dass er verunglückt war …

Sie schluckte. Ja, wir wären eigentlich auch zu dritt, wenn das Schicksal es nicht anders gewollt hätte. Das Schicksal – so etwas durfte sie Markus nicht sagen. Er glaubte nicht an Schicksal, auch nicht an Zufälle oder Glück. Er glaubte nur an Gott und daran, dass dieser immerzu alles im Blick hatte. Und dass er einen Plan für jeden von ihnen hatte. Was war sein Plan mit Tom gewesen?

»Worüber schüttelst du den Kopf?«

»Ach … ich weiß nicht, nichts Besonderes«, druckste sie herum. Doch dann sah sie zu ihm auf. »Na ja, ich glaube, ich habe an Tom gedacht«, gestand sie leise. Markus gegenüber musste sie einfach ehrlich sein, es schien ihr unmöglich, ihm etwas vorzumachen. Manchmal war ihr das fast unheimlich, aber meistens – so wie jetzt – war sie dankbar, sich vor ihm nicht verstellen zu müssen. Bei ihm konnte sie einfach sie selbst sein.

Markus nahm ihre Hand in die seine und drückte sie. »Es tut immer noch weh, oder? Ich habe deine Mutter heute Morgen getroffen, als sie vom Friedhof kam. Sie denkt wirklich jedes Jahr daran.«

»Nein«, widersprach Annika, »nicht jedes Jahr. Jeden Tag denkt sie daran. Jeden Tag, Markus. Ich dachte – wir alle dachten, mit Sylvia würde alles besser werden, aber es ist nicht so. Sicher, sie liebt Sylvia, das ist nicht das Problem. Aber sie trauert noch immer um Tom. Manchmal denke ich, sie kommt da nie darüber weg …«

»Vielleicht. Vielleicht kommt sie nie darüber weg, Annika. Aber du weißt, dass du ihr nicht helfen kannst. Das kann nur Gott. Und die Zeit.«

Oh nein, das war bestimmt wieder einmal genau das Falsche. Sie will davon nichts hören, das hat sie dir doch schon oft genug deutlich zu verstehen gegeben. Warum kannst du sie nicht einfach damit in Ruhe lassen?

Aber noch ehe Markus einen Versuch machen konnte, ihr etwas zu erklären, explodierte Annika auch schon. »Ach, jetzt komm mir nicht mit diesem Die-Zeit-heilt-alle-Wunden-Blödsinn! Das glaubst du doch selbst nicht, oder? Ich meine, es ist fünfzehn Jahre her – *fünfzehn* Jahre! Das ist weit mehr als die Hälfte meines Lebens!«

Markus hob beschwichtigend die Hände, wollte etwas sagen, aber sie ließ ihn nicht zu Wort kommen. Unaufhaltsam, wie ein heißer Lavastrom aus einem Vulkan, sprudelten jetzt die bitteren, harten Worte aus Annika hervor. Er hatte eine Lawine ins Rollen gebracht, von der er nicht einmal geahnt hatte, dass sie existierte. Jedenfalls keine so massive Lawine.

»Weißt du eigentlich, dass Mama sich seit Toms Tod mit Selbstvorwürfen quält, dass sie Albträume hat, die sie nicht loslassen? Weil sie glaubt, sie sei schuld an seinem Tod. Weil sie ein paar Minuten lang nicht aufgepasst hat, und Tom mit seinem kleinen, grünen Dreirad auf die Straße gefahren ist … Seit Jahren schleppt sie das mit sich herum, seit Jahren! Keiner kann ihr das ausreden, keiner kann ihr helfen, ihr sagen, dass sie sich selbst verzeihen muss. Nicht einmal Sylvia. Arme Sylvia – sie wusste bis vor wenigen Jahren nicht einmal, dass sie einen Bruder *hatte*! Irgendwann nach ihrem zehnten Geburtstag hat Papa es ihr erzählt, hat ihr Bilder von Tom gezeigt. Als Mama das herausfand, war sie außer sich vor Zorn – sie hat bestimmt eine Woche lang nicht mit ihm geredet. Und mit Sylvia auch nicht. Nur mit mir … und ich – ich konnte ihr noch nicht einmal sagen, dass sie im Unrecht ist. Ich konnte es einfach nicht, Markus! Aber sie macht sich das Leben damit so schwer. Sich selbst – und uns auch …«

Ihre Augen füllten sich mit Tränen, und Markus streckte eine Hand aus um sie fortzuwischen, doch Annika wehrte ab.

»Du hast ja keine Ahnung, was das für uns alle bedeutet. Vor allem für Papa und Sylvia. Ich bin ja die meiste Zeit über in Kiel und bekomme nicht allzu viel davon mit. Aber Sylvia leidet unter Mamas extremen Stimmungsschwankungen. Sie sagt, sie weiß nie, wann Mama gerade eine ›gute Zeit‹ hat und wann nicht. Einen Moment sagt sie, sie will mit ihr einkaufen gehen – im nächsten Moment hat sie plötzlich Kopfschmerzen und muss sich hinlegen. Oder Mama stürzt sich in ihre Arbeit. Sobald Sylvia in den

Kindergarten kam, hat sie mit einer dreiviertel Stelle wieder angefangen. Seit Sylvia zur Schule geht, arbeitet sie sogar voll. Ich habe das lange Zeit nicht verstanden, aber irgendwann ist mir klar geworden, dass das für sie eine Art Flucht ist. Sie flüchtet sich in ihre Arbeit, sie flüchtet sich in ihren Garten, oder in irgendeine Backorgie. Von alledem profitieren wir natürlich irgendwie, aber ich bin sicher, Sylvia wäre es lieber – und Papa ganz bestimmt auch –, wenn Mama einfach mal zur Ruhe käme. Wenn sie nur endlich einmal zur Ruhe käme … aber sie kann es nicht, solange diese Trauer – und der Hass auf den Fahrer, der geflüchtet ist und nie gefunden wurde –, sie umtreibt. Jahr für Jahr, Monat für Monat, Woche für Woche, Tag für Tag.«

Annika sah Markus an, die grauen Augen feucht von Tränen. »Das ist es, was mich so … so hilflos macht, so verzweifelt. Ich wollte dich vorhin nicht so anfahren, ehrlich nicht. Aber heute ist gerade mal wieder so ein Tag, weißt du? Und dich hat's eben getroffen. Tut mir leid.«

»Das macht doch nichts. Besser mich als irgendjemand sonst. Ich kann das ab«, versicherte er lächelnd. »Du weißt doch, ich bin dein bester Freund, dein Fels in der Brandung, auf den du dich immer fest verlassen kannst.« *Abgesehen von Jesus natürlich. Aber wenn ich den jetzt auch noch mit ins Spiel bringe, kommt garantiert die nächste Lawine runter – und unter der komme ich dann vielleicht nicht mehr heil raus.*

Annika nickte. »Das weiß ich. Und dafür bin ich dir auch sehr dankbar.«

Markus sah sie lange Zeit schweigend an. Noch nie hatte er sie so aufgewühlt, so verzweifelt gesehen. Arme Annika! Was musste sie alles durchmachen …

Dann endlich, als er die erste Spur eines Lächelns in ihren Augen bemerkte, legte er ihr einen Arm um die Schulter und sagte:

»Und jetzt lade ich dich auf eine Pizza mit allen Belägen ein, nach denen dir gerade der Sinn steht. Und anschließend gehen wir noch ein Eis essen. Okay?«

Annika nickte wieder und drehte sich zur Seite, um sich die Nase zu putzen. »Aber nur, wenn ich noch ein großes Glas Wein dazu bekomme. Ich glaube, das kann ich jetzt vertragen.«

Markus zog sein Portemonnaie aus der Hosentasche und tat, als würde er das Geld darin zählen. »Ist okay, kann ich mir gerade noch leisten. Zur

Not nehme ich eben nur ein Salatblatt auf Toast, das wird wohl nicht so viel kosten.«

Jetzt lachte Annika, und er atmete erleichtert auf. *Uff, wieder eine Klippe umschifft!* Annika war meistens so fröhlich und unbeschwert, dass man sich kaum vorstellen konnte, wie diese heitere, ausgelassene Stimmung, in der sie sich gerade noch befunden hatte, plötzlich kippen konnte. Doch das konnte sie jederzeit. Markus kannte Annika schon lange, und trotzdem erschrak er jedes Mal aufs Neue, wenn die Gefühle so mit ihr durchgingen wie eben gerade. Aber sie hatte, genau wie Eva – und genau wie er selbst, wenn er ganz ehrlich war – eben auch ihr Päckchen, das sie mit sich herumtrug. Wenn sie ihres doch nur endlich abgeben könnte …

Mit Annika über seinen Glauben zu sprechen, war so gut wie unmöglich. Früher hatte er öfters mal versucht, sie mit in seine Gemeinde zu nehmen, in den Gottesdienst, oder auch zum Hauskreis. Das Einzige, worauf Annika sich hin und wieder einließ, war ein Ausflug oder ein Gemeindefest, bei dem in erster Linie die Geselligkeit im Vordergrund stand – und nicht das, worauf es eigentlich ankam, was ihn und die anderen aus der Gemeinde miteinander verband: der Glaube an Jesus Christus.

Wann immer er versucht hatte, Annika davon zu überzeugen, dass Jesus sie liebte, dass er für sie gestorben und auferstanden war, war er auf heftigen Widerstand gestoßen. Gott, sagte Annika dann, Gott liebt nur die, die ihn auch lieben. Und ich liebe ihn nicht, denn er ist schuld daran, dass mein Bruder gestorben ist. Er hat das zugelassen – warum sollte ich ihn dafür lieben?

Ja, warum? Warum sollte Annika ihn lieben? – Weil er ihr helfen würde, über den Verlust des Bruders hinwegzukommen, hätte er vor Kurzem noch im Brustton der Überzeugung gesagt. Jetzt aber wusste er, dass Gott noch mehr tun musste: Er musste ihr auch über den Verlust der Mutter, die sie einst gekannt hatte, hinweghelfen. Oder aber – und er nahm sich fest vor, dass er dafür noch heute intensiv beten würde –, Gott heilte ihre Mutter und gab ihr den Frieden, den sie so dringend brauchte. Das wäre dann schon ein Wunder.

Aber dafür war er ja schließlich Gott, oder?

»Ob ich mit dir nach London fliegen will? Na klar will ich das! Was ist denn das für eine Frage?! Wann wolltest du los?«

Annika nahm einen Löffel aus ihrem Tiramisubecher und lächelte ihre Schwester über den Tisch hinweg an. Sie hatte gewusst, dass sie Sylvia eine Riesenfreude damit machen würde.

»Das letzte Aprilwochenende, dachte ich. Wir könnten Freitagabend fliegen und kommen Sonntagabend zurück. Wenn Mama und Papa *ja* sagen, kann ich Montag gleich die Tickets bestellen.«

Sylvias Gesicht bewölkte sich. »Wenn Mama *ja* sagt … na, dann können wir das wohl lieber gleich vergessen. Das erlaubt sie nie im Leben. Und außerdem«, fügte sie hinzu, »willst du doch bestimmt lieber mit deinem Alan allein sein, oder?«

Alan hatte seinen angekündigten Besuch auf Anfang Juni verschoben, doch so lange konnte Annika einfach nicht mehr warten. Außerdem wollte sie ihn allzu gerne als Marius sehen. Und wenn sie Sylvia dabei hatte, konnte er sie wenigstens nicht zu irgendetwas überreden, was sie nicht wollte. Noch nicht wollte.

Annika schüttelte den Kopf. »Mach dir darüber mal keine Gedanken. Wenn ich dich nicht dabei haben wollte, hätte ich dich wohl nicht gefragt. Außerdem kommt Alan danach ja auch noch nach Kiel, da kann ich dann genug Zeit mit ihm allein verbringen. Also, was ist: fragen wir Mama und Papa nachher?«

»Fragen können wir ja, sie sagen sowieso Nein. Mama zumindest.«

»Ach, nun sei nicht so pessimistisch. Wir kaufen ihnen auf dem Rückweg eine Flasche Sekt, und dann machen wir ein tolles Abendbrot und fragen sie einfach. Abgemacht?«

Überraschenderweise sagte ihre Mutter nicht *Nein*. Sie hatte heute einen ausgesprochen guten Tag gehabt, an dem der Schulleiter ihr mitgeteilt hatte, dass sie befördert werden würde. Robert, den sie natürlich gleich im Büro angerufen hatte, hatte mittags mit einem Strauß Rosen vor der Schule auf sie gewartet. Sie hatten einen ausgedehnten Spaziergang am Strand gemacht, und als sie beim Nachhausekommen den von ihren beiden Töchtern so liebevoll gedeckten Tisch im Wohnzimmer erblickte, kamen ihr fast die Tränen.

»Das ist aber wirklich lieb von euch! Und ihr konntet doch gar nicht wissen, dass heute ein besonderer Tag für mich ist ...«

Nachdem sie ihren etwas verwundert dreinschauenden Töchtern die gute Neuigkeit erzählt hatte und sie alle ein Glas Sekt in der Hand hielten, beschloss Annika, dass jetzt ein günstiger Moment war.

Zu ihrem Erstaunen hörte sie ihre Mutter *ja* sagen. Einfach so, ohne großes Nachfragen. Doch das freudige Lächeln, das sich über ihrem und über Sylvias Gesicht ausgebreitet hatte, verflog nur allzu schnell wieder, als sie plötzlich ihren Vater sagen hörten, dass sie doch eigentlich alle zusammen fliegen könnten.

»Ist das nicht eine tolle Idee? Wir machen uns alle zusammen ein schickes Wochenende in London. Mit Theater, Museen, Sightseeing im roten Doppeldeckerbus, einem netten Hotel, ... na, wie klingt das?«

Er legte einen Arm um die schmale Schulter seiner Frau, die verliebt und dankbar zu ihm aufsah. Sie war nicht sehr viel kleiner als er, aber sehr zierlich. Ihr hellblondes Haar war inzwischen von viel Grau durchzogen, und trotzdem sah sie für ihre neunundvierzig noch sehr jung aus.

Manchmal, in den seltenen Momenten, in denen sie heiter und unbeschwert war, wirkte sie beinahe mädchenhaft – vor allem, wenn sie lachte. Und dieses Lachen war es, das Robert am meisten vermisste. Aber die Hoffnung darauf, dass sich alles wieder zum Guten wenden würde und er die wundervolle, lebenslustige Frau zurückbekäme, die er einmal so sehr geliebt hatte, hatte er vor langer Zeit schon begraben. Robert Köhler war kein Mann, der auf Wunder hoffte.

»Findest du nicht auch, Robert?«

»Wie bitte?«

Robert schrak aus seinen Gedanken auf und verschüttete dabei beinahe seinen Sekt. Verlegen begegnete er dem vorwurfsvollen Blick seiner Frau, während er sein Glas beiseitestellte.

»Was hast du gesagt, Liebes? Ich war eben in Gedanken ... habe schon unsere kleine Reise geplant«, log er.

Wie oft hatte er sie in den letzten Monaten schon angelogen?

Margarete sah ihm lange und forschend ins Gesicht, dann schüttelte sie den Kopf und sagte, an ihre Töchter gewandt: »Lasst uns essen, bevor alles kalt wird. Ihr habt euch so viel Mühe gegeben.«

Schweigend nahm die Familie um den Esstisch Platz. Einen Moment lang fürchtete Annika, die Stimmung würde kippen, und sah voller Argwohn von einem zum anderen. Aber als alle etwas auf ihren Tellern hatten, kam die Unterhaltung langsam wieder in Gang. Bis zum Dessert – Vanilleeis mit heißen Himbeeren – war von der kleinen Krise nichts mehr zu spüren. Falls es denn eine Krise gewesen war.

4

»Puh, diese Hitze – das ist ja bald nicht mehr normal, oder? Ich meine, es ist doch erst Mai. Wie soll das im Sommer noch werden?«

Katja kam auf die große Terrasse im zweiten Stock hinaus, durch welche die beiden Häuser miteinander verbunden waren. Sie warf ihr langes, glattes, mokkabraun schimmerndes Haar in den Nacken und stemmte die Hände in die Hüften, während sie sich kritisch umsah.

»Nass und kalt, wie üblich. Sobald die Semesterferien beginnen und man tatsächlich Zeit hätte, von morgens bis abends am Strand zu liegen, kommt plötzlich ein Tief nach dem anderen daher. Ehe du dich versiehst, ist es Oktober, und wir müssen wieder zur Uni«, erklärte Annika trocken.

Katja stammte aus Eutin in der Holsteinischen Schweiz, deren Landschaft von grünen Hügeln und zahlreichen kleineren und größeren Seen geprägt war. Eutin selbst war eine hübsche kleine Stadt, wunderschön am gleichnamigen See gelegen, an dessen Ufern im Sommer die Eutiner Festspiele auf der Freilichtbühne stattfanden. Ein guter Grund für die musik- und theaterbegeisterte Annika, ihre Freundin jedes Jahr in den Sommerferien zu besuchen und sich dann mindestens eine der Aufführungen anzusehen.

Annika konnte nicht verstehen, warum Katja sich immer wieder darüber beklagte, dass in Eutin nichts los sei. Natürlich war es in den Wintermonaten dort sehr ruhig, und im Sommer wurde die Stadt von Touristen regelrecht heimgesucht, aber das war in Husum auch nicht viel anders. So gesehen, hatten sie einiges gemeinsam, was ihre jeweilige Heimatstadt anging. Aber die Schulzes waren reich, und das eröffnete Katja – die außerdem die einzige Tochter war – natürlich ganz andere Möglichkeiten als Annika, die sich ihre Reisen selbst verdienen musste. Es gab wohl kaum ein Land, das die reiselustige Katja, die ebenso wie Annika auf Lehramt studierte, noch nicht gesehen hatte: USA, Schweden, Finnland, Indien, Spanien und Portugal, Italien, Marokko, und jetzt stand Australien an. Um diese Reisen beneidete Annika sie manchmal schon. Trotzdem war Katja keine Spur eingebildet. Und sie war sich auch nicht zu schade gewesen, in ein Studentenwohnheim zu ziehen.

Annika hatte Katja an dem Tag kennengelernt, als sie in Haus Düsternbrook eingezogen war, und sie hatten sich auf Anhieb verstanden. Nachdem sie festgestellt hatten, dass sie viele der Englischseminare im Semester gemeinsam belegt hatten – im Gegensatz zu Annika studierte Katja nicht Geschichte, sondern Erdkunde als Zweitfach –, war das der Beginn einer dicken Freundschaft gewesen.

Katja schob ein paar Stühle beiseite. »Ach, nun beklag du dich mal nicht! Dafür habt ihr an Tagen wie diesen eine schöne, frische Brise, während wir praktisch unter der Dunstglocke sitzen. Kaum ein Windhauch ist da zu spüren, nur Hitze. Apropos Hitze, wann kommt denn Jochen und kümmert sich um den Grill?«

»Schon da!«

Beide fuhren herum, als sie Jochens tiefe Stimme hörten.

»Kommt eine von euch zwei Schönen mal nach unten, um mich hereinzulassen? Die Tür ist nämlich zu! Es sei denn, Katja will Rapunzel spielen.«

Jochen hatte ein gutmütiges, freundliches Gesicht und immer lachende graue Augen, denen keiner widerstehen konnte – nicht einmal Jenny. Insgeheim hatte Annika schon manches Mal gedacht, dass die beiden doch eigentlich ein hübsches Paar abgeben würden.

Katja beugte sich prompt über das Geländer und schüttelte ihr langes Haar.

»Reicht das?«, rief sie.

»Nicht ganz!«, rief Jochen zurück. »Aber wenn ich mich ganz lang strecke, kann ich vielleicht den Grill dranbinden.«

»Wage es *ja* nicht! Annika, lauf schnell nach unten und lass ihn herein, bevor er auf dumme Gedanken kommt. Ich hole inzwischen die Teelichter aus meinem Zimmer. Hast du eigentlich Streichhölzer gekauft?«

Annika verdrehte die Augen. »*Natürlich* habe ich Streichhölzer gekauft. Darf ich dich daran erinnern, dass dies *meine* Party ist?«

Damit wandte sie sich zum Gehen.

»Sorry!«, rief Katja ihr nach. »Du hast ja recht. Ich bin einfach ein bisschen kribbelig, weil – wegen … du weißt schon. Er hat ja gesagt, dass er später noch kommt.«

Er hieß Dennis und war Katjas neuester Schwarm. Annika kannte ihn kaum; sie hatten ein oder zwei Mal zusammen in der Mensa gegessen, und da hatte sie ihn eher langweilig gefunden. Normalerweise hätte sie auch nicht im Traum daran gedacht, ihn zu ihrer Geburtstagsparty einzuladen. Aber Katja hatte sie so sehr darum gebeten (»Er ist die Liebe meines Lebens, ich *weiß* es einfach!«), dass sie schließlich nachgegeben hatte.

»Schon gut«, murmelte Annika und sprang die Treppen ins Erdgeschoss hinunter, um Jochen hereinzulassen, der inzwischen angefangen hatte ein Lied zu pfeifen.

Sie schwang die Haustür weit auf und hakte sie fest. »Die lassen wir jetzt auf, es kommen sowieso gleich noch mehr Leute. Komm herein, du armer Kerl. Kann ich dir was abnehmen?«

»Nein, danke, aber du kannst mir ein Bier anbieten, das wäre nett. Ich bin halb verdurstet!«

Annika sah auf ihre Armbanduhr und runzelte die Stirn. Halb zehn! Markus und Eva müssten doch längst hier sein. Hoffentlich hatte es nicht schon wieder Ärger bei den Martins gegeben. Es war wirklich jedes Mal ein Zittern und Bangen, bevor Eva kam. – Würden ihre Eltern sie gehen lassen? Um die Zugverbindung würde Annika sich dieses Mal zwar keine Gedanken machen müssen, da Markus Eva mitnehmen würde, aber was, wenn Irene und Jens-Uwe Martin ihnen mal wieder einen Strich durch die Rechnung gemacht hatten?

Das wäre nicht das erste Mal, dachte Annika und goss sich noch ein Glas Wein ein.

»Hey, was ist denn mit dir los? Wieso guckst du so traurig? In zweieinhalb Stunden hast du Geburtstag! Ist das kein Grund zum Fröhlichsein?«

Dennis stand vor ihr – zu dicht, wie sie fand. »Ich beobachte dich schon eine ganze Weile. Du sprichst mit niemandem, sitzt hier alleine – das sollte eigentlich nicht so sein, oder?«

Annika seufzte und wandte den Blick ab. Ausgerechnet er hatte sie also durchschaut. Sie musste schon den ganzen Abend an Alan denken und war enttäuscht, dass er heute nicht da war. Aber er hatte ihr letzte Woche, als sie mit ihrer Familie in London gewesen war, erklärt, dass die zweite Besetzung für den Marius ausgefallen war. Er ging eben in seinem Beruf auf. Wenn er schon ein Künstler sein musste, dann wenigstens ein ernsthafter, hatte Robert gemeint. Die beiden Männer hatten sich überraschend gut verstanden und waren am Samstagabend sogar zusammen in der Hotelbar verschwunden, während Annika mit ihrer Schwester und ihrer Mutter schon nach oben gegangen war.

Annika hatte sich den Kurzurlaub mit ihren Eltern schlimmer vorgestellt – eigentlich war es sogar recht nett gewesen. Alan hatte sich sehr bemüht und ihnen am Samstag die Stadt gezeigt, außerdem hatten sie die besten Plätze für die Abendvorstellung bekommen.

»Darf ich mich wenigstens zu dir setzen?«

Noch immer stand Dennis vor ihr und sah sie mit seinen treuen braunen Augen an, als wüsste er nicht ganz genau, dass alle Frauen dabei wie Schnee in der Sonne dahinschmolzen.

Doch Annika schüttelte den Kopf und stand stattdessen selbst auf. »Aber du darfst mit mir tanzen, wenn du willst«, sagte sie.

Philippe, Leas französischer Freund, hatte gerade Whitney Houstons Version von *I Will Always Love You* aufgelegt. Annika liebte dieses Lied. Natürlich war es kitschig, eine richtige Schnulze eben, aber was machte das schon? Sie war eben eine hoffnungslose Romantikerin.

»Hallo!«

Annika schrak hoch, als sie Markus' Stimme hörte, so versunken war sie in ihre Gedanken gewesen. Erleichtert stellte sie fest, dass auch Eva dabei war, und sie sah ausnahmsweise gar nicht so müde und erschöpft aus, sondern kam ganz fröhlich und entspannt hinter Markus auf die Terrasse hinaus. Ihr herrliches, dunkles Haar hatte sie im Nacken zu einem lockeren Knoten hochgesteckt, aus dem sich einzelne Strähnen bereits wieder zu lösen begannen, was ihr ein wild-romantisches Aussehen verlieh. Eva hatte bereits eine leichte Bräune bekommen, die ihr sehr gut stand. Außerdem hatte sie sich einen neuen Rock gekauft. Weich fließende braune Viskose umspielte ihre langen Beine. Dazu trug sie ein hautenges, cremefarbenes Seidentop, und flache, braune Sandaletten. Perfekt. Kein Wunder, dass alle sie anstarrten. Besonders Dennis, der Annika sogleich fragte, wer das »schöne Zigeunermädchen« sei.

Doch da war Eva schon bei ihnen, umarmte Annika und erklärte lächelnd: »Ich bin übrigens diesmal nicht schuld – Markus hat so getrödelt! Er kam und kam einfach nicht. Und er hat noch nicht einmal eine besonders gute Ausrede. Hallo, Annika! Danke für die Einladung.«

Dann hielt sie Dennis ihre Rechte hin. »Hallo, ich bin Eva.«

Dennis nahm ihre Hand und sah ihr dabei tief in die Augen. Sie begegnete seinem Blick und hielt ihm ein paar Sekunden stand, ehe sie den ihren schüchtern senkte.

»Ich bin Dennis. Freut mich, dich kennenzulernen, Eva. Kann ich dir was zu trinken holen?«

In diesem Moment bemerkte er Markus, der gerade hinzugetreten war, und hielt auch ihm die Hand hin. »Dennis. Soll ich dir auch etwas mitbringen? Bier, Wein, Cola, Selters?«

»Cola, danke. Ich bin Markus.«

An Annika gewandt, fügte er hinzu: »Tut mir leid, dass wir so spät dran sind. Eva hat recht, es war meine Schuld. Ich hatte Mama versprochen, einen Busch umzusetzen, und dann fiel ihr noch dies und das und jenes ein, und … Na ja, eine schlechte Ausrede eben, wie Eva schon sagte. Zum Essen musste ich dann natürlich auch noch bleiben – du kennst ja Mama. Aber das ist Ewigkeiten her, da passt schon wieder was rein.«

Er zeigte auf seinen flachen Bauch, und Annika musste lachen. »Na, dann gehst du am besten mal zu Jochen und fragst ihn, ob noch ein paar angekokelte, kalte Würstchen übrig sind. Ansonsten musst du dich bis Mitternacht gedulden, da gibt's dann Torte.«

Markus grinste. »Meine liebe Annika, pass auf, was du sagst. Du brauchst mich noch, weißt du?«

»Oh ja, das weiß ich wohl«, erwiderte sie und drückte ihm einen zarten Kuss auf die Wange. »Deswegen musst du ja jetzt auch was essen. Ich habe nur Spaß gemacht, es ist noch genug da. Kann ich dich einen Augenblick allein lassen? Ich komme gleich wieder.«

Sie sah zu ihm auf, und einen Moment lang war Markus in Versuchung sie zu küssen. Aber Annika hatte nicht einmal die leiseste Ahnung von seinen Gefühlen, und ein Kuss – noch dazu vor all den Leuten hier – würde sie bestimmt in Verlegenheit bringen.

So lächelte er nur. »Ich gehe schon nicht verloren. Wir sehen uns, Annika.«

Er seufzte still. Annika zu lieben, war wirklich nicht leicht – besonders deshalb nicht, weil sie sich schon so lange kannten und so gut miteinander befreundet waren. Und er hatte natürlich bestimmte Vorstellungen vom Leben. Vorstellungen, die Annika zum Teil überhaupt nicht nachvollziehen konnte – seinen Glauben zum Beispiel. Sein Glaube war der Punkt, der eine Beziehung zwischen ihnen mit Sicherheit schwierig, wenn nicht sogar unmöglich machen würde. Dennoch wusste Markus tief in seinem Inneren, dass sie die Richtige war. Es gab keinen logischen Grund dafür, er wusste es einfach.

Aber ob sie es auch wusste?

Markus füllte seinen Teller mit Salat, Würstchen und Brot und ging zu einem der hinteren Tische, an denen gerade keiner saß. Er brauchte jetzt eine Weile Ruhe.

Nachdem er gegessen hatte, lehnte er sich in seinem Stuhl zurück und sah zu Annika hinüber, die auf der anderen Seite der Terrasse saß und mit einer dunkelhaarigen jungen Frau sprach, die aussah, als hätte sie geweint. Katja. Er erinnerte sich von früheren Feten an sie. Hübsch, nett, lustig – ein wenig oberflächlich vielleicht. Aber das war natürlich nur sein erster Eindruck gewesen.

Annika sah heute besonders hübsch aus. Ihr Haar leuchtete im Schein einer Kerze, und ihm fiel auf, dass sie ihre Brille nicht aufhatte. Eitelkeit wahrscheinlich, dachte er. Dabei fand er, dass ihr die Brille ausgesprochen gut stand. Aber Selbstbewusstsein zählte nicht zu Annikas Stärken, auch wenn sie auf den ersten Blick sehr selbstsicher wirkte. Vielleicht war es gerade diese Verletzlichkeit – verbunden mit ihrer von Natur aus heiteren, unbeschwerten Art –, die er so an ihr liebte. Und ihre Natürlichkeit. Annika trug nie Make-up und hatte es auch nicht nötig. Sie war bezaubernd – so, wie sie war.

»Ich meine, wir sprechen jeder einen Toast aus – auf Annikas neues Lebensjahr. Es ist gerade noch genug Sekt zum Anstoßen da.«

Katja war ein wenig beschwipst, was man ihr deutlich anmerkte, vor allem aber war sie von dem Verlauf des Abends zutiefst enttäuscht. Dennis war kurz nach elf plötzlich und ohne ein Wort zu sagen verschwunden, nachdem Eva ihm deutlich zu verstehen gegeben hatte, dass sie sich nicht mit ihm in irgendwelche Büsche schlagen wollte.

Annika legte den Kopf schief. »Hm. Ist das nicht ein bisschen albern?«

»Das finde ich überhaupt nicht«, hörte sie zu ihrer Überraschung Jochen sagen, der sich den ganzen Abend über an Selters und Cola gehalten hatte, und auch sonst bestimmt nicht der Typ für Trinksprüche war. »Wie wäre es, wenn jeder von uns den anderen sagt, was er sich vom Leben erhofft, was für ihn persönlich wichtig ist? Das Höchste meines Lebens ist ... die Uni zum Beispiel.« Er grinste. »Na ja, das war natürlich kein besonders gutes Beispiel. Aber ich wollte ja auch meinen Spruch nicht vorwegnehmen.«

»Hm«, meinte Annika wieder, griff aber nach der Sektflasche und schwenkte sie ein wenig hin und her, bevor sie den Inhalt auf sechs Gläser verteilte. »Also gut. Wer fängt an?«

»Ich!«, rief Eva und nahm eines der Gläser vom Tisch.

»Das Höchste meines Lebens ist – die *Freiheit*. Die Freiheit, dorthin zu gehen, wohin immer ich will, um zu tun, was immer ich will. Das ist das Höchste meines Lebens.«

Sie trank einen Schluck aus ihrem Glas und setzte sich wieder.

Annika und Markus wechselten vielsagende Blicke.

»Das Höchste meines Lebens ist die *Liebe*. Lieben und geliebt zu werden. Das ist es«, erklärte Katja. Sie war den Tränen nahe und ihre Hand zitterte, als sie ihr Glas an die Lippen führte.

Jochen war der Nächste: »Ich trinke auf die *Hoffnung*. Das Höchste meines Lebens ist die Hoffnung darauf, dass alles sich irgendwie zum Guten wendet und dass wir unseren kleinen Teil dazu beitragen können.«

O je, dachte Annika, was kommt als Nächstes? ›Die Hoffnung, dass sich alles irgendwie zum Guten wendet …‹ Na, das erzähl mal Katja. Oder Eva, noch besser.

»Das Höchste meines Lebens ist es, diese Ausbildung so gut wie möglich fertig zu machen, und in meinem Beruf Freude und Erfüllung zu finden, den Kindern ein gutes Vorbild zu sein und sie ein Stück weit auf ihrem Weg ins Erwachsenwerden zu begleiten.«

Jenny setzte sich genauso schnell wieder, wie sie aufgestanden war, und hielt ihr Glas fest in beiden Händen. Sie fühlte sich offensichtlich nicht besonders wohl bei dieser Aktion, das merkte man ihr an.

»Na schön, wenn es denn sein muss …«

Zögernd erhob auch Annika sich, nahm ein Sektglas in die Hand und dachte einen kurzen Augenblick nach.

»Das Höchste meines Lebens ist … herauszufinden, *wer ich bin* und *wohin ich gehöre*«, sagte sie schließlich.

Dann sah sie zu Markus hinüber, der ihr gegenüber in einer anderen Ecke des Balkons saß. Er sah ihr fest in die Augen und nickte langsam. Sehr langsam.

Warum sah er sie jetzt so an? Und wozu dieses wissende Nicken?

Annika rutschte unruhig auf ihrem Stuhl hin und her und wandte schließlich ihren Blick ab, sah zum Botanischen Garten hinüber, dessen Büsche und Sträucher sich schwarz vom Nachthimmel abhoben. Die Stille machte sie langsam nervös. *Komm schon, Markus, steh auf und sag deinen Spruch, damit wir austrinken und schlafen gehen können.*

Endlich hörte sie ein leises Räuspern. Sie schaute auf und sah, wie Markus sich mit der Hand kurz durch das dichte, rötlich-blonde Haar fuhr. Annika ahnte schon, dass er wahrscheinlich der Einzige von ihnen war, der genau wusste, was er sagen würde.

»Das Höchste meines Lebens ist *Gott zu kennen, ihn zu lieben und ihm zu dienen*. Das ist es, was ich mein Leben lang tun will. Gott immer besser kennenlernen, ihm immer mehr dienen, ihn immer mehr lieben, von ganzem Herzen, von ganzer Seele, mit all meiner Kraft.«

5

»Du warst großartig! Wirklich, du warst die Beste von allen – ich glaube, du hast die alte Lady nicht nur gespielt, du *bist* Miss Abbey. Lass mal sehen, sind da Falten?«

Alan, der einen Arm um Annikas Schulter gelegt hatte, während sie das Universitätsgebäude verließen, blieb stehen und sah Annika zärtlich und voller Bewunderung an.

Die Aufführung von *Arsenic and Old Lace* (»Arsen und Spitzenhäubchen«) war ein Erfolg gewesen, und Annika war sehr erleichtert darüber, dass alles so gut geklappt hatte. Vor der Aufführung war sie so aufgeregt gewesen, dass sie schon ernsthaft befürchtet hatte, überhaupt nicht spielen zu können. Doch als sie erst einmal auf der Bühne gestanden hatte, war plötzlich alles ganz einfach gewesen. Ihre Familie war da gewesen, Eva, Markus und sogar die Zwillinge, und alle hatten hinterher gesagt, wie wundervoll sie gewesen sei. Alan hatte ihr gleich nach der Aufführung einen riesigen Strauß roter Rosen überreicht, den sie noch immer an sich gedrückt hielt.

Jetzt legte er zwei Finger unter ihr Kinn und hob es sanft empor. Er sah ihr lange und kritisch ins Gesicht, bis sie anfing zu kichern und ihren Kopf zur Seite drehte.

»Nein, die waren wohl doch nur hingeschminkt. Alles noch glatt, kein Grund für Anti-Falten-Creme. Du warst wirklich sehr, sehr gut. Komm, lass uns feiern. Wo kann man hier gut essen gehen?«

Annika schüttelte sich das Haar aus dem Gesicht und zog ihre Brille aus der Tasche. Doch bevor sie sie aufsetzen konnte, griff Alan danach und sagte: »Nein, bitte nicht. Diese Brille lässt dein Gesicht noch kleiner wirken, als es ohnehin schon ist, und außerdem verbirgt sie deine interessanten, grauen Augen.« Er schenkte ihr sein verführerischstes Lächeln. »Na, komm – ich führe dich, wohin du willst.«

»Ich glaube, die anderen gehen in die *Forstbaumschule*. Das ist zwar nicht besonders elegant, aber das Essen dort ist sehr gut, und man kann draußen sitzen. Wenn es dir nichts ausmacht, würde ich gerne mitgehen.« Sie steckte die Brille in die Außentasche des Rucksacks zurück.

»Ist okay«, erwiderte er, »was immer du willst. Es ist ein so wunderschöner Abend, da sollte man sowieso nicht drinnen sitzen.«

Lachend hakte Annika sich bei Alan unter. Langsam gingen sie bis zur Straße, wo die anderen Mitglieder der Theatergruppe sich versammelt hatten und auf sie warteten. Die meisten hatten ihre Fahrräder dabei – in Kiel fuhr man einfach Rad. Aber da Alan nun einmal nicht nebenherlaufen konnte, würden sie heute mit dem Auto fahren.

»Wir treffen uns in einer Viertelstunde in der *Forstbaumschule* – ich reserviere uns ein paar Tische!«, rief Annika den anderen fröhlich winkend zu, bevor sie mit Alan zum Parkplatz der Hochschule weiterging. Ihr war wohl bewusst, dass die Mädchen aus der Theatergruppe ihr neidvolle Blicke zuwarfen, und ein wohlig warmer Schauer überlief sie, als sie fühlte, wie Alans Arm ihre Taille noch ein wenig fester umschloss. Sie konnte ihr Glück kaum fassen. Hoffentlich war das alles nicht nur ein schöner Traum …

Erst gegen ein Uhr verließen die übrig gebliebenen Studenten das Lokal. Auf der Fahrt nach Hause fing es an zu gewittern.

Nachdem Annika den Wagen geparkt hatte – leider hatte sie keinen Parkplatz vor dem Haus gefunden, sodass sie recht weit gehen mussten –, hielt ihr Alan, ganz der Gentleman, den zerbeulten alten Knirps über den Kopf. Doch der wölbte sich im Wind sofort nach oben, eine weitere Stange brach, und dann sackte er zusammen wie eine alte Plastiktüte. Annika schimpfte und warf den Schirm in den nächsten Abfallbehälter.

»Nun werden wir alle beide nass. Na ja, was soll's – komm, wir laufen!«

Alan nahm ihre Hand und zog sie mit sich. Innerhalb von Sekunden waren sie beide bis auf die Haut durchnässt. Annika klebte das nasse Haar im Gesicht und ihr rosafarbenes Poloshirt war wahrscheinlich inzwischen durchsichtig geworden. Sie warf einen raschen Blick auf Alan, der mit tief gesenktem Kopf neben ihr lief. Sein kurzärmeliges, weißes Hemd war ebenfalls vollkommen durchnässt und klebte wie eine zweite Haut an seinem Oberkörper. Annika schluckte und wandte schnell den Blick wieder ab, als sie merkte, wie sie rot wurde. Auf keinen Fall wollte sie, dass Alan sie für ein oberflächliches Mädchen hielt, das es nur darauf anlegte mit ihm ins Bett zu gehen. Wenn sie ehrlich war, war es gerade das, was sie nicht wollte – zumindest noch nicht …

Er sieht so gut aus! Warum sieht er bloß so wahnsinnig gut aus?

Schließlich erreichten sie das Haus. Annika schloss die Tür auf und wollte sich gerade das Wasser aus den Haaren schütteln, als Alan sie plötzlich mit beiden Händen um die Taille fasste und sie dicht an sich heranzog. Dabei küsste er sie leidenschaftlich und fordernd auf den Mund, als könne er nicht genug von ihr bekommen. Sie bekam Angst, als er sie in Richtung Treppe drängte.

»Alan, ich … ich weiß nicht, ob das so eine gute Idee ist …«

»Mhm …«, murmelte er, das Gesicht in ihrem feuchten Haar vergraben, während seine Hände unter ihr Poloshirt glitten, es langsam hochschoben. »Das glaube ich auch nicht, dass das eine gute Idee ist, wenn ich dich hier im Flur ausziehe. Es könnte ja jemand vorbeikommen … Lass uns in dein Zimmer hinaufgehen.«

Sie wollte sich wehren, wollte ihm sagen, dass sie das nicht wollte, doch er nahm sie einfach auf seine Arme und trug sie nach oben in den zweiten Stock hinauf, wo er sie sanft vor ihrer Zimmertür absetzte.

Was nun, Annika, fragte sie sich, während sie mit zitternden Fingern versuchte, den Schlüssel ins Schloss zu bekommen. Was nun?

Ich habe dich ja gewarnt, hörte sie Jenny sagen. Sie sah sie fast vor sich, wie sie missbilligend den Kopf schüttelte.

Ach, mach dir doch darüber jetzt keine Gedanken – go for it, babe!, hörte sie Katja sagen.

»Glaubst du, dass er es ernst mit ihr meint?«

»Wer, Alan?«

Markus lehnte sich an die von der Hitze des Tages noch warme Hauswand. Sie standen vor Evas Elternhaus und keiner von ihnen machte Anstalten, sich zu verabschieden. Eva nicht, weil sie den Abend voll auskosten wollte, bevor sie morgen früh wieder in ihre verhasste Alltagsrolle würde schlüpfen müssen. Und Markus nicht, weil ihm die Sache mit Annika und Alan auf dem Herzen lag.

»Nein, das glaube ich nicht«, erklärte Eva. »Der will doch nur seinen Spaß haben. Jedenfalls war das so mein Eindruck. Wie der sie ansieht! Und nicht nur sie …« Sie senkte verlegen den Blick, als sie Markus' besorgten Gesichtsausdruck bemerkte. »Na ja, mich hat er in der Pause auch schon so gierig angesehen. Aber ich habe einfach nicht reagiert.« Dann seufzte sie und sagte: »Ich hoffe nur, dass Annika vernünftig genug ist, ihm zu widerstehen.«

»Ja«, murmelte Markus, »ja, das hoffe ich auch.«

Doch das fiel Annika schwerer, als sie gedacht hatte. Erst als ihr klar wurde, dass Alan es ernst meinte und nicht die Absicht hatte zu gehen, bevor er seinen Willen mit ihr bekommen hatte, wurde ihr Verstand wieder wach, und sie schob ihn energisch von sich.

»Alan, hör auf, bitte! Ich will das nicht! Ich – ich habe Angst …«

Er hielt inne, sah sie erstaunt an. »Aber es ist doch noch gar nichts passiert, Prinzessin. Wovor hast du Angst?«

»Ich … ich nehme keine Pille. Und ich habe noch nie – noch nie … du weißt schon …«

Zu ihrer Überraschung begann er daraufhin schallend zu lachen. Er lachte so laut, dass sie ihn rasch mit in ihr Zimmer zog und die Tür schloss.

Dann funkelte sie ihn zornig an. »Hör auf zu lachen! Du hast absolut nicht das Recht, mich auszulachen, Alan Rodgers. Nicht das geringste! Nur, weil ich nicht so eine bin, die mit jedem gleich ins Bett steigt, heißt das noch lange nicht, dass ich –«

Doch er zog sie einfach in seine Arme, legte einen Finger auf ihren Mund und murmelte: »Es ist okay … es ist okay, Annika. Es tut mir leid, das war dumm von mir. Du hast einfach so süß ausgesehen, als du das vorhin sagtest mit der Pille, so unschuldig, so jung. Ich werde dich nicht mehr drängen, Annika. Versprochen! Du bist bestimmt müde, ich sollte dich jetzt schlafen lassen. Morgen ist auch noch ein Tag, hm?« Er strich ihr zärtlich über Nase und Mund, küsste sie ganz leicht und ließ sie dann los. »Gute Nacht, Cherie. Schlaf schön.«

Sprachlos blieb Annika vor der Tür stehen, die Alan eben hinter sich zugezogen hatte. War das nun ermutigend gewesen oder nicht? Würde Alan ihr wirklich die Zeit geben, die sie brauchte, würde er sein Versprechen halten? Oder würde er sich bis zu seiner Abreise am Freitag zusammennehmen, um dann auf Nimmerwiedersehen nach London zu verschwinden?

Die nächsten drei Tage vergingen wie im Flug, und ehe Annika sich versah, war es Freitag und Zeit Abschied zu nehmen.

Nachdem sie Alan zum Flughafen gebracht hatte, fuhr sie direkt nach Hause. Sie war glücklich – nun, wenigstens so glücklich, wie man eben sein konnte, wenn der Mann, den man liebte, gerade ins Flugzeug gestiegen war, und man nicht sicher war, wann man ihn wieder sehen würde.

»Ich werde dich anrufen, sobald ich in London bin. Ich habe heute Abend nichts vor, also werde ich mir ein Glas Sekt einschenken, mich auf den Balkon hinaussetzen und dir von dort aus zutrinken. Versprichst du mir, dasselbe zu tun? Und dann telefonieren wir miteinander, sagen uns lauter süße, romantische Sachen ... vielleicht singen wir sogar zusammen, so wie gestern Abend.«

Annika schmunzelte. Ja, gestern Abend ... Da hatten sie noch einen letzten Spaziergang am Ufer der Förde entlang gemacht, und romantische Duette aus den verschiedensten Musicals gesungen.

Annika hatte sich gewünscht, die Zeit möge stillstehen. Sie hatte das Gefühl, schon jetzt am Ziel ihrer Träume zu sein: die Fragen nach dem *Wer bin ich?* und *Wo gehöre ich hin?* schienen auf einmal beantwortet.

»Ich liebe dich, Annika. Du bist etwas ganz Besonderes«, hatte Alan vorhin am Flughafen gesagt und ihr eine dunkelrote Rose überreicht. »Und ich werde dich nicht vergessen. Nie.«

Es regnete noch heftiger, als sie auf die Bundesstraße in Richtung Husum fuhr. Nach Hause.

Er liebt mich. Er liebt mich, er liebt mich, er liebt mich, schienen die Scheibenwischer zu sagen, die auf höchster Stufe arbeiteten, da es so heftig regnete. Er liebt mich, er liebt mich, er liebt mich …

Und er würde sie nicht vergessen.

»Kann ich euch beide mal für eine Stunde entführen?«

Annika sah auf. Sie war gerade dabei, Salat für das Abendessen zu waschen, und eigentlich hatte ihre Mutter gesagt, dass sie heute pünktlich essen wollten, weil sie noch etwas vorhatte.

Sie zuckte mit den Achseln. »Eigentlich wollten wir um sechs essen, weil Mama nachher mit Renate ins Theater geht. Wieso gehst *du* eigentlich heute nicht mit Mama? Ihr geht doch sonst immer zusammen …«

Robert Köhler räusperte sich verlegen und trat unruhig von einem Fuß auf den anderen. »Nun, ich … ich wollte eben erst einmal etwas mit euch besprechen. Etwas Wichtiges. Kommt, wir fahren kurz in die Stadt, ich lade euch auf ein Eis ein. Einverstanden?«

»Also gut, wenn's wichtig ist. Ich sage Mama Bescheid.«

Annika trocknete sich die Hände an einem Geschirrtuch ab und wollte nach oben gehen, doch ihr Vater hielt sie zurück. »Sie weiß es schon. Komm, lass uns fahren. Wir sind ja bald wieder da.«

Wahrscheinlich geht es um Mamas Fünfzigsten, dachte Annika auf der kurzen Autofahrt, während der ihr Vater kein Wort sprach und sich offenbar sehr angestrengt auf den Verkehr konzentrierte. Aber warum ist er dann so schweigsam? Wenn es etwas Schönes wäre, könnte er doch lachen und feixen, wie er es sonst oft tat, wenn sie zusammen unterwegs waren. War vielleicht doch irgendetwas Schlimmes passiert? War Mama etwa krank? Nein, bloß nicht daran denken, sagte sie sich, während sie versuchte, eine Klette aus ihrem Haar zu lösen, einfach nicht daran denken. Es wird schon nichts Schlimmes sein.

Doch das, was Robert Köhler seinen Töchtern zu sagen hatte, übertraf Annikas schlimmste Erwartungen.

Beide starrten ihn vollkommen fassungslos an, als könnten sie nicht begreifen, was da gerade geschah. Für eine endlose Minute, in der es so still im Café war, dass man eine Stecknadel hätte fallen hören, sagte keine von ihnen ein Wort.

Annika war die Erste, die ihre Sprache wiederfand.

»Das – das meinst du nicht wirklich, oder? Ich meine, du willst doch nicht wirklich …?«

Ihr Vater war bemüht ihr in die Augen zu sehen, konnte es jedoch nicht. Seine Stimme klang leise, brüchig, als glaubte er selbst nicht recht, was er sagte. »Doch. Ich meine, nein, ich will eigentlich nicht, aber … aber ich muss es tun. Ich muss …«

Er griff nach seinem Wasserglas, hielt es fest in beiden Händen, machte aber keine Anstalten daraus zu trinken. Stattdessen setzte er es wieder ab, fuhr sich mit dem Handrücken über die Stirn und wandte den Blick zum Fenster.

Es regnete.

»Aber … du hast doch keine andere, oder?«

Sylvias Augen füllten sich mit Tränen, als ihr Vater nicht sofort darauf antwortete. Sie ahnte die Antwort bereits.

»Ich – also, ich …«

»Aber das *kannst* du nicht! Du bist mit Mama verheiratet.«

»Es tut mir leid, mein Kleines«, murmelte er, unfähig, ihrem Blick zu begegnen, »es tut mir so leid …«

Wieder folgte eine lange Stille, in der das einzige Geräusch das Reißen von Papier war. Es war Sylvia, die die Papierserviette auf ihrem Schoß in winzige Fetzen riss.

Annika war wie gelähmt. Sie konnte einfach nicht glauben, was ihr Vater da sagte. Sie wusste, dass es für ihn schwer sein musste, mit ihrer phasenweise wirklich depressiven Mutter zusammenzuleben, doch das rechtfertigte in ihren Augen keine Affäre. Noch lange nicht. Und so, wie er redete, klang seine Entscheidung ziemlich endgültig. Er wollte ausziehen, hatte er gesagt. Gleich morgen. Das konnte er sich doch nicht erst in den letzten drei Tagen überlegt haben, oder?

Kein Wunder, dass er nicht mit Mama ins Theater geht, sondern sie stattdessen mit ihrer Freundin losschickt. Vermutlich will er in der Zeit, in der sie weg ist, packen, damit sie es nicht sieht. Damit ihr nicht das Herz bricht – als ob es nicht sowieso schon gebrochen war.

»Es tut mir leid, Sylvie. Es tut mir leid, Annika. Ihr müsst mir glauben, wenn ich euch sage, dass ich nie vorhatte, mich in jemand anderen zu verlieben. Es ist einfach passiert.«

»Warum hörst du dann nicht auf? Warum hörst du nicht auf, dich noch mehr zu verlieben – in diese … diese andere Frau?«

Sylvias Stimme war von Tränen erstickt, die Papierserviette lag in vielen Fetzen auf ihrem Schoß und auf dem Fußboden um ihren Stuhl herum verteilt.

Wahrscheinlich, weil er schon lange in sie verliebt ist, dachte Annika bitter. Weil er Mama nicht erst seit gestern hintergeht. Darum nicht.

»Ich … ich kann es nicht. Eines Tages werdet ihr verstehen … hoffentlich. Und bis dahin –«

»Niemals! Niemals werde ich das verstehen!«

Annikas Stimme klang scharf, messerscharf. Sie starrte ihren Vater hasserfüllt an, als wäre er … irgendetwas, nur nicht ihr Vater. Ihr Vater konnte so etwas nicht tun. Oder doch?

»Wer ist sie und wo lebt sie?«

Ihre Frage war ein giftiger Pfeil, und sie schoss scharf und zielgenau. Sie hatte nicht fragen wollen, es war ihr einfach herausgerutscht.

»Sie heißt Isabell und sie wohnt in Heide.«

In Heide! Natürlich, darauf hätte sie gleich kommen können. Wie praktisch – und jetzt würde er vermutlich nach Heide ziehen. Zu *ihr*.

Sylvia hatte das Gesicht in beiden Händen vergraben und weinte bitterlich. Zwischen lauten Schluchzern stieß sie immer wieder die Worte »Ich hasse dich! Ich hasse dich!« hervor.

Doch als ihr Vater aufstand, um sie tröstend in die Arme zu nehmen, sprang Annika auf.

»Wage es nicht, sie anzurühren! Wage es *ja* nicht! Ich kann einfach nicht glauben, dass du uns so etwas antust! Du – du – du widerliches Scheusal!«

Mit diesen Worten ergriff sie ihre Schwester beim Arm und zog sie mit sich aus dem Café. Blind vor Tränen rannte sie die Straße entlang, Sylvia hinter sich herziehend, bis sie beide an einer Bushaltestelle stehen blieben.

Annika schnappte keuchend nach Luft. Sylvia aber brach auf dem Gehweg zusammen, krümmte sich wie vor Schmerzen, und eine ältere Dame blieb stehen und fragte mitfühlend, ob sie helfen könne.

Annika starrte die Frau an, als wäre sie ein Geist. Aber es war kein Geist, sondern ein Engel – ein Engel in Menschengestalt: Es war Annemarie Feuerbach.

»Ja, um Himmels Willen, Kinder! Wie seht ihr denn aus? Ist etwas passiert? Ich warte gerade noch auf Hans-Werner. … Komm, Liebes, nimm mein Taschentuch.«

Dankbar ergriff Annika das Stofftaschentuch, das Frau Feuerbach ihr hinhielt.

Sylvia kauerte noch immer auf dem Boden und wimmerte leise vor sich hin. Es klang seltsam, beinahe unmenschlich. Niemals würde Annika diesen Anblick vergessen, das wusste sie. Niemals.

Eine halbe Stunde später saßen sie in der gemütlichen Küche auf Immensee, aus dem Ofen strömte der wunderbare Duft von frisch gebackenem Kuchen, und auf dem Tisch standen drei Becher dampfenden Tees. Doch den Kuchen, den Frau Feuerbach ihnen ebenfalls hingestellt hatte, hatte keine der Schwestern angerührt.

»Und nun? Was sollen wir nun tun?«, fragte Annika, den Arm fürsorglich um die schmale Schulter ihrer Schwester gelegt. Sie hatte Frau Feuerbach alles erzählt und sah sie jetzt mit großen Augen an – hilf mir, schienen diese Augen zu sagen. Hilf mir!

»Tja …«, seufzte Frau Feuerbach und stellte ihre Teetasse auf dem Esstisch ab. »Das kann ich euch im Moment leider auch nicht so genau sagen. Wollt ihr hier übernachten? Oder soll ich Hans-Werner bitten, euch nach Hause zu fahren? Es ist ja schon fast dunkel.«

Plötzlich schrak Annika auf.

»Mama! Wir müssen nach Mama sehen! Schnell, Sylvie, komm, zieh dich an!«

Das Haus lag in vollkommener Dunkelheit, als sie eine Viertelstunde später in der Dorfstraße ankamen.

»Hallo? Ist jemand zu Hause? Mama?«

Es kam keine Antwort. Annika hatte auch keine erwartet.

Sie fühlte, wie der Kloß in ihrem Hals immer dicker wurde, während sie langsam die Treppe ins Obergeschoss hinaufstieg, dicht gefolgt von Sylvia und Herrn Feuerbach. Frau Feuerbach war ins Wohnzimmer gegangen, um dort nach Margarete zu suchen, kam aber gleich wieder.

»Da unten ist niemand«, sagte sie.

Sie fanden sie schließlich in ihrem Schlafzimmer auf dem Bett liegen, eine leere Weinflasche neben sich auf dem Fußboden.

Annika kniete neben dem Bett, griff zitternd nach der kalten Hand ihrer Mutter. Gleichzeitig suchte sie den Bereich um das Bett herum nach irgendwelchen Pillenschachteln ab. Oh Gott, betete sie, bitte nicht! Bitte nicht ...

»Mama?«, wisperte sie. »Mama, kannst du mich hören?«

Margarete regte sich, öffnete die Augen einen Spaltbreit und sah ihre Tochter schläfrig an.

»Er hat es euch gesagt?«

»Ja, aber wir müssen ihn aufhalten. Wir müssen ihn irgendwie aufhalten, müssen ihm klarmachen, dass –«

Doch ihre Mutter schüttelte nur müde den Kopf.

»Nein, Liebes, nein. Das können wir nicht. Dafür ist es zu spät. Viel zu spät ...«

Sie schloss die Augen wieder und drehte sich langsam auf die Seite, umklammerte das Kissen ihres Mannes, als könnte es ihr irgendeinen Halt geben.

Annika wandte sich um und warf einen stummen, flehenden Blick zu Markus' Eltern, die mit ratlosen Gesichtern in der Tür standen. Sylvia hatte sich an Frau Feuerbach gelehnt; man sah ihr an, dass sie sich kaum noch auf den Beinen halten konnte.

Annika blinzelte verärgert die Tränen weg, die schon wieder in ihren Augen aufgestiegen waren, ohne dass sie es hätte verhindern können. Sie wollte nicht weinen! Sie musste doch stark sein – für Sylvia. Und für Mama.

6

Wo steckte das verflixte Ding nur? Eva klappte den Deckel einer Pappschachtel hoch und ließ ihn gleich wieder herunterfallen. Sie durchwühlte alle Schreibtischschubladen und hob ihre Matratze an – nichts. Es konnte sich doch nicht einfach in Luft auflösen!

»Ich bin mir ganz sicher, dass ich es in einer dieser Schachteln hatte … letzte Woche war es da jedenfalls noch«, murmelte sie und richtete sich vom Fußboden auf. Sie zwang sich, ruhig zu atmen. Wo hatte sie das Ding zuletzt gesehen? Und wann?

Plötzlich fiel es ihr wieder ein. Sie hatte letzten Dienstag das Geld eingezahlt, das sie für ihre Deichserie bekommen hatte – einhundertvierzig Mark –, und das Sparbuch hinterher gleich wieder in die blau geblümte Schachtel legen wollen, die gut versteckt hinter ihren Büchern auf dem Regal über ihrem Bett stand. Aber dann hatte es geklopft und ihre Mutter war ins Zimmer gekommen. Hatte Irene das Sparbuch gesehen? Und wenn ja, hatte sie ihrem Mann davon erzählt …?

Eva fühlte, wie das Blut aus ihrem Kopf wich. Ihr wurde auf einmal ganz schwindelig und sie tastete nach dem Bett, bevor sie sich mit zitternden Knien darauf niederließ.

Nein, das konnte nicht sein. Selbst wenn ihre Mutter das Sparbuch gesehen haben sollte, sie hatte es doch bestimmt wieder gut versteckt, sodass keiner es hätte finden können. Oder?

Seit einigen Jahren schon sparte Eva jeden Pfennig, den sie erübrigen konnte, vor allem von dem heimlich dazuverdienten Geld, das sie für ihre Bilder bekam. Dieses Geld war für sie der Weg in die Freiheit: ein Flugticket nach Amerika oder Australien oder wohin auch immer – egal, einfach nur fort von hier. Und das möglichst weit!

Aber wenn Irene von dem Geld wusste, wusste Jens-Uwe es auch. Und wenn er es wusste, würde er alles tun, um daranzukommen. *Sogar stehlen*, dachte Eva und gab ein leises, bitteres Lachen von sich.

Je länger sie suchte, desto stärker wurde ihre Verzweiflung. Hemmungslos schluchzend zerrte sie die Matratze vom Bett, riss sämtliche Bücher aus den Regalen, kroch unter die alte Kommode, die unter dem Fenster stand, und angelte mit einer zerbrochenen Fliegenklatsche hinter der

Heizung herum. Aber das Sparbuch blieb verschwunden. Schließlich gab Eva auf; sie ließ sich auf den Fußboden neben ihrem Bett fallen und weinte bitterlich.

In diesem Moment fiel ihr Blick auf die blau geblümte Schachtel, die aus dem Regal gefallen war, sodass der Inhalt der Schachtel nun ausgekippt vor ihr auf dem Boden lag: etliche Briefe, Postkarten, Fotos, Fahrkarten, ihr alter Schülerausweis und eine zerdrückte Packung Streichhölzer aus dem *Colosseum* in Kiel lagen da. Und mittendrin das Sparbuch.

Einen Freudenschrei unterdrückend, riss Eva das Büchlein an sich und presste es fest an ihre Brust. Tränen kullerten ihre Wangen hinunter.

Hastig schlug sie das Buch auf. Ja, da stand es, schwarz auf weiß: achthundertundneunzig Mark. Ihr Geld, ihr eigenes Geld.

Während sie noch so da kauerte, mit ihrem tränennassen Gesicht, das kostbare Sparbuch ganz fest in den Händen haltend, fasste sie einen Entschluss: Sie würde das Geld von hier fortschaffen. Sie würde Markus fragen, ob er das Sparbuch für sie aufbewahren würde. Er war ja der Einzige, der von dem Geld wusste. Bei Markus war ihr Erspartes ganz bestimmt sicher.

Sylvia saß auf der Bank vor dem Feuerbachschen Haus und las in einem Buch über Pferde, als Eva angeradelt kam. Seit ihr Vater ausgezogen war, verbrachte Sylvia viel Zeit auf Immensee. Sie kam oft nach der Schule hierher, aß mit Christina, Jürgen und den Kindern zu Mittag und machte anschließend ihre Hausaufgaben. Das Gute daran war, dass sie nicht allein war, aber auch nicht reden musste, wenn sie nicht wollte. Und Sylvia wollte nicht reden – jedenfalls nicht über ihre Eltern.

Margarete hatte sich, nachdem sie sich in den ersten Tagen in ihr Zimmer verkrochen und viel geweint hatte, in der darauffolgenden Woche gleich wieder in ihre Arbeit gestürzt. Dass sie sich auch um ihre Töchter kümmern könnte, schien ihr nicht in den Sinn zu kommen.

Sylvia seufzte. Aber war das nicht schon immer so gewesen? Wenn sie Kummer hatte, ging sie zu ihrer Schwester oder – sie schluckte – zu ihrem Vater.

Der aber hatte seine Sachen am Montagmorgen geholt, während Sylvia in der Schule gewesen war. Er hatte es nicht einmal für nötig gehalten, sich von ihr zu verabschieden, oder von Mama. Dafür war er jetzt bei ihr. Bei *Isabell.*

»Hallo!«

Eva sprang vom Rad und stellte es beim mit wildem Wein überwucherten Dachüberstand ab. Sissi, die alte Setterhündin der Feuerbachs, kam über den Hof getrottet, als sie Evas Stimme hörte. Sie lag meistens von morgens bis abends draußen auf dem Hof, im Schatten der uralten Kastanienbäume, oder auf dem sonnigen Stück Wiese zwischen dem Hauptgebäude und den alten Stallungen, die Herr Feuerbach für seine Gartengeräte nutzte. In diesen Stallungen gab es auch jede Menge altes Gerümpel – Möbel, die kein Mensch mehr brauchte, riesige Holzstapel, ja, sogar eine alte Kutsche stand noch darin. Mit dieser Kutsche, einem ursprünglich weinrot und schwarz lackiertem Vierspänner, von dem die Farbe über die Jahre allerdings immer mehr abgeblättert war, waren die Vorfahren der Feuerbachs in früheren Zeiten vermutlich sonntags zur Kirche gefahren. Marie liebte diese Kutsche ganz besonders und bettelte ihren Großvater auch immer wieder darum an, sie herauszuschieben, damit sie sie im Sonnenlicht bewundern und mit ihren Freundinnen »feine Damen« darin spielen konnte.

Aber Hans-Werner Feuerbach wollte die Kutsche nicht mehr bewegen. Aus Angst, sie könnte auseinanderbrechen, sagte er, und weil die über die Jahre porös gewordenen Samtpolster dem Sonnenlicht nicht lange standhalten würden.

»Aber du kannst sie doch dann wieder hineinschieben!«, hatte Marie daraufhin mit der Selbstverständlichkeit einer fast Fünfjährigen erst gestern beharrt.

Der alte Mann war ihr lachend durch die braunen Locken gefahren und hatte erwidert: »Aber sicher kann ich das, wenn du mir dabei hilfst, Mariechen. Weißt du eigentlich, wie schwer so eine Kutsche ist, wenn man kein Pferd hat, um es davorzuspannen?«

»Na, dann kaufen wir eben ein Pferd«, war prompt die Antwort gekommen. »Wir haben doch sooo viel Platz hier, und wenn wir gleich zwei kaufen, dann brauchst du keinen Rasen mehr zu mähen.« »Obwohl wir für *diese* Kutsche natürlich sogar vier brauchen«, hatte sie nach einer Weile auf ihre süße, etwas altkluge Art hinzugesetzt.

»Aber sicher, mein Schatz. Geh und schlag das deinem Vater vor, der wird sich freuen«, hatte ihr Großvater immer noch gutmütig lachend gemeint, und war im Garten verschwunden.

Daraufhin hatte sich Marie auf das leise knarrende Trittbrett ihrer geliebten Kutsche gesetzt, das Kinn auf ihre kleinen, braunen Hände gestützt und schwer geseufzt. Warum musste bei Erwachsenen immer alles so furchtbar kompliziert sein?

Eva beugte sich jetzt zu Sissi herunter, die sich sogleich auf den Rücken warf und alle Viere von sich streckte, als wollte sie sagen: »Los, jetzt aber das volle Verwöhnprogramm, bitte!«

Als sie Eva bemerkte, sah auch Sylvia kurz von ihrem Buch auf und rief ihr einen Gruß zu. Schnell steckte sie dann ihre Nase wieder in das Buch, denn heute war sie nun gerade gar nicht zum Plaudern aufgelegt. Obwohl sie Eva Martin sonst sehr gern hatte.

Sylvia seufzte. Manchmal war das Leben wirklich ungerecht. Als ob es nicht gereicht hätte, einen Sohn zu verlieren – ihren großen Bruder! –, musste Mama nun auch noch ihren Mann verlieren. An irgend so eine blöde Ziege aus Heide, die bestimmt längst nicht so klug, nicht so hübsch und nicht so lieb war wie ihre Mama. Papa war ganz schön dumm. Und gemein.

»Na, Sylvia, was seufzt du so schwer? Gibt es irgendetwas Neues?«

Eva ließ sich neben Sylvia auf der weiß getünchten Bank nieder und verdrehte ihren Hals um den Titel des Buches entziffern zu können.

»*König der Winde*, mhm … schönes Buch. Ich glaube, ich habe es sogar noch in irgendeiner alten Bücherkiste auf dem Dachboden stehen. Wenn du Lust hast, kannst du ja mal kommen und darin herumstöbern, vielleicht magst du ein paar davon haben.«

»Gerne. Das hier habe ich von Annika, es ist auch eins ihrer alten Lieblingsbücher. Kommst du mit ins Haus? Mir wird es langsam zu heiß hier draußen.«

Eva schüttelte den Kopf. Es war nichts aus dem Mädchen herauszubekommen. Nicht, dass sie neugierig war, sie wollte einfach nur wissen, wie es Sylvia ging. Ihr und ihrer Mutter. Sie hatte natürlich sofort von

Annika erfahren, was passiert war, und machte sich so ihre Gedanken. Für Annika war es etwas leichter; sie konnte sich nach Kiel flüchten. Doch für Sylvia gab es keine Ablenkung, wenn sie mittags aus der Schule in das große, leere Haus kam.

»Gut, dann gehe ich alleine. Markus kommt übrigens nachher, er geht dann aber irgendwann aus, hat Christina gesagt. Mit einem Mädchen, stell dir das vor! Na ja, ich geh dann mal. Bis später.«

Nachdenklich beugte Eva sich wieder zu Sissi hinunter, um sie weiter zu kraulen. Die Hündin drehte sich sofort wieder auf den Rücken, schloss die Augen und seufzte zufrieden.

Soso, Markus hatte also eine Verabredung. Nun, irgendwann musste das ja passieren. Er konnte schließlich nicht sein Leben lang darauf warten, dass Annika Köhler endlich einmal merkte, was sie ihm bedeutete. Eva wusste, dass Markus Annika schon seit Jahren liebte. Immer, wenn sie zu dritt zusammen waren, konnte sie beobachten, wie Markus die Liebe zu ihrer besten Freundin förmlich aus jedem Knopfloch zu springen schien. Doch Annika erzählte nur von all den *Alans*, die sie im Laufe der Jahre kennengelernt hatte. Glückliche, naive Annika!

Eva hingegen schien immer nur solche Männer zu treffen, die sie auf schnellstem Weg ins Bett bekommen wollten, und das entsprach nun ganz und gar nicht ihrer Vorstellung von Liebe.

Liebe ... Eva kraulte Sissi gedankenverloren hinter dem Ohr und fühlte eine dicke Zecke, die sie sogleich mit geübten Fingerspitzen herausdrehte. *Liebe war etwas Wunderbares, etwas Kostbares, etwas Reines. Etwas, auf das es sich zu warten lohnte.*

Vielleicht war das der Grund, weshalb Eva sich so gut mit Markus verstand. Sie beide warteten auf die eine, große, wahre Liebe. Wer von ihnen würde sie wohl als Erstes finden?

»Es ist nur eine Kollegin aus Flensburg, mit der ich zusammen die Ausbildung gemacht habe. Sie ist verlobt. Außerdem weißt du, dass ich jemand anderen liebe.«

Erstaunt sah Eva Markus an. Sie waren in den Garten hinausgegangen und sie hatte ihre Bitte wegen des Sparbuchs bereits vorgebracht. Markus hatte versprochen, es bei seinen Eltern gut zu verstecken. Was sie nicht wusste, war, dass er heimlich beschlossen hatte, für Eva einen Safe bei der Bank zu mieten und stattdessen nur den Schlüssel bei seinen Eltern zu lassen. Jetzt sah Eva ihn mit ihren großen, dunkelbraunen Augen an, als wüsste sie überhaupt nicht, wovon er sprach. Markus wusste selbst nicht, warum ihm das herausgerutscht war, und bereute es schon fast, als sie plötzlich lächelte.

»Ja, ich weiß. Ich weiß, dass du Annika liebst, Markus – ich weiß es schon lange. Mir musst du doch nichts vormachen.«

Markus nickte. *Ja, schon lange.* Er liebte dieses störrische Mädchen schon so lange, dass er sich nicht einmal mehr daran erinnern konnte, wann es angefangen hatte.

»Du glaubst, dass sie in mir nur einen guten Kumpel sieht, oder? Einen alten Freund, auf den sie sich verlassen kann ... na ja, das bin ich ja auch. Aber ...«

»Aber das alles bist du auch für mich«, erklärte Eva leise. Sie ging langsam weiter, während sie sprach. »Du bist der beste Freund, den ich habe, Markus, außer Annika natürlich. Ich weiß, dass sie dich als guten Freund schätzt, das hat sie mir oft genug gesagt, aber ich glaube, sie merkt gar nicht, dass da von deiner Seite noch etwas anderes ist. Hast du schon mal darüber nachgedacht, es ihr zu sagen?«

Markus wand sich. Natürlich hatte er darüber nachgedacht. Er hatte schon so oft darüber nachgedacht, dass er aufgehört hatte, die Gelegenheiten zu zählen, die er bereits *verpasst* hatte.

»Doch, ich habe es mehrmals versucht. Aber sie weicht dann immer aus, als wüsste sie genau, worauf ich hinauswill. Und schwupp, ist die Gelegenheit vorbei. Außerdem hat sie jetzt ihren Alan –«

Eva warf den Kopf in den Nacken und lachte lauthals, als hätte er soeben einen grandiosen Witz gemacht.

»*Alan*! Ach, komm, Markus, *den* musst du nun wirklich nicht ernst nehmen. Der will nur das Eine von ihr. Wenn er merkt, dass er da nicht weit kommt, weil sie eben nicht so eine ist – und das ist Annika nicht! –, dann wird er sie ganz schnell wieder fallen lassen. Glaub mir. Machst du dir Sorgen, weil sie nach England geht? Ist es das?«

Markus ließ sich in das weiche, von der Hitze des Nachmittags noch warme Gras fallen, und verschränkte die Hände im Nacken. Er sah mit nachdenklich gerunzelter Stirn zum hellblauen Sommerhimmel empor und seufzte.

»Ich weiß es nicht, Eva. Ja und nein. Eigentlich halte ich Annika für ein ganz vernünftiges Mädchen, aber ich weiß natürlich nicht, welche Tricks dieser schöne Schauspieler so auf Lager hat. Und ob sie dann noch so vernünftig ist?«

Eva schwieg. Sie wusste, was zwischen Alan und Annika in Düsternbrook passiert war – besser gesagt: was *beinahe* passiert wäre –; Annika hatte es ihr brühwarm am Telefon erzählt. Aber sie würde sich hüten, Markus davon zu erzählen. Zum einen wäre es ein Vertrauensbruch Annika gegenüber, zum anderen würde es die Sache für Markus wahrscheinlich nur schlimmer machen, als sie es ohnehin schon war.

Eva setzte sich ebenfalls ins Gras und betrachtete Markus aufmerksam. Er sah sehr gut aus und Eva wusste, dass Markus Feuerbach ein heiß begehrter Junggeselle im Dorf war, vor allem auch in der kleinen Gemeinde, der die Feuerbachs angehörten. Wahrscheinlich gab es dort nicht allzu viele interessante junge Männer, sodass sich alle Mädchen im »heiratsfähigen Alter« Hoffnungen auf einen Mann wie ihn machten.

»Markus? Markus!«

Eva zuckte zusammen, als sie plötzlich jemanden Markus' Namen rufen hörte. Sie war so in Gedanken versunken gewesen, dass sie nicht einmal bemerkt hatte, wie Annemarie Feuerbach über die weiten Rasenflächen zu ihnen in den hinteren Teil des Obstgartens heraufgekommen war. Sie war noch ein Stück entfernt und man sah ihrem Gesicht an, dass sie erschöpft war; die Hitze machte ihrem Kreislauf in diesen Tagen schwer zu schaffen.

»Markus, da bist du ja. Steffi hat eben hier angerufen, sie ist unten im Hafen und wartet schon seit einer halben Stunde auf dich. Ich dachte, du seiest längst fort!«

Markus zog scharf die Luft ein und war mit einem Satz auf den Füßen. Wie hatte er nur so die Zeit vergessen können!

»Entschuldigung, ich hatte keine Uhr dabei. Eva, tut mir leid, ich muss los. Soll ich dich mitnehmen?«

Er reichte seiner Mutter einen Arm, und sie hakte sich dankbar lächelnd ein.

Eva erhob sich ebenfalls und klopfte sich die khakifarbenen Shorts ab, die ihre langen, schon tiefbraunen Beine betonten. Sie verbrachte so viel Zeit wie sie nur konnte im Freien, Sommer wie Winter, und da sie von Natur aus ein dunkler Typ war, wurde sie meist im Frühjahr schon so braun, wie andere es in einem ganzen Sommer auf Mallorca nicht schafften. Annika, die im Sommer allenfalls mit ihren Sommersprossen zu kämpfen hatte, beneidete Eva um diesen Teint. »Du weißt gar nicht, wie gut du es hast«, jammerte sie immer, »du brauchst nicht einmal Sonnencreme! Und wenn ich auch nur ein einziges Mal vergesse mich einzucremen, sehe ich anschließend aus wie ein gekochter Hummer. Nur nicht so appetitlich, nehme ich an – nicht, dass ich jemals einen gegessen hätte.«

Eva lächelte tapfer. »Nein, danke, ich bin mit dem Rad da. Ich hätte sowieso bald los gemusst – Spätschicht.« Dann gab sie Markus einen freundschaftlichen Klaps auf den Arm. »Sieh du nur zu, dass du weg kommst. Und viel Spaß!«

Langsam ging sie hinter Markus und seiner Mutter her und blickte dabei verträumt um sich. Wie schön es hier war! Die Apfel- und Kirschbäume, die in diesem Teil des riesigen Gartens standen, hatten jetzt ausgeblüht, und in den Zweigen waren bereits die ersten winzig kleinen Früchte zu erkennen. Im Herbst würde Frau Feuerbach tagelang mit dem Entsteinen und Einkochen der Früchte beschäftigt sein, um die Vorräte im Keller wieder aufzufüllen. Es gab nichts, was nicht verarbeitet wurde, sodass sich die Regale in der Vorratskammer im Winter förmlich unter der Last der unterschiedlichsten Gläser bogen: Apfelmus, Birnen-, Rhabarber- und Zwetschgenkompott, süßsauer eingelegte Kürbisse und Gurken und natürlich all die Marmeladen und Gelees, für deren Herstellung die Saison längst begonnen hatte.

Eva lief das Wasser im Munde zusammen, wenn sie nur an Feuerbachs köstliche Erdbeermarmelade dachte. Wenn sie später einmal selbst einen Garten hätte, würde sie auch Marmelade, Kompott und Grütze für ihre Familie kochen. Natürlich würde sie auch Gemüse anpflanzen – Kartoffeln, Bohnen, Möhren, Erbsen, Radieschen, Salat und vieles mehr. Und ein paar dicke Kürbisse.

7

Annika erwachte am Freitagmorgen mit dem Gefühl, eben erst eingeschlafen zu sein: Ihr Kopf wollte sich beim besten Willen nicht mehr als ein paar Millimeter vom Kissen heben, und ihre Augen waren wie zugeklebt. Sie konnte jetzt nicht aufstehen. Ganz bestimmt konnte sie das nicht. Doch der Wecker klingelte unbarmherzig weiter, bis Annika schließlich eine Hand ausstreckte, um ihn mit einem gezielten Schlag zum Schweigen zu bringen. Jetzt war sie wach, zumindest im Kopf. Wenn ihr Kopf wach war, würde der Rest eben auch wach werden müssen. Das musste er schon allein deshalb, weil sie heute eine Klausur schreiben sollte.

Gähnend setzte sie sich im Bett auf und strich sich das zerzauste Haar aus dem Gesicht. Dabei fiel ihr Blick auf den Umschlag, der neben dem Wecker auf dem Nachttisch lag, und plötzlich kam die Erinnerung an den gestrigen Abend schlagartig zurück. Sie schluckte hart, versuchte den Blick abzuwenden, den Brief zu ignorieren, der da im Sonnenlicht lag, das durch die zart lilafarbenen Vorhänge ins Zimmer fiel.

Nein. Nein, du liest ihn nicht noch einmal. Denk an die Klausur. Steh auf, koch dir einen Kaffee, fahr zur Uni.

Doch ihre Hände wollten ihrem Verstand anscheinend nicht gehorchen; wie von selbst griffen sie nach dem Umschlag und zogen den sorgsam gefalteten, hellblauen A-5-Bogen heraus, der darin steckte. Der Grund, weshalb sie gestern Abend noch so lange bei Lea gewesen war und viel zu viel Cappuccino getrunken hatte, lag in eben diesem Umschlag. Alan würde im Herbst nach New York gehen – genau genommen an den Broadway.

Bestimmt kannst du verstehen, dass ich dieses Angebot nicht ablehnen konnte. Bitte glaube mir, dass ich es ernst mit dir gemeint habe, du warst wirklich etwas Besonderes für mich! Versprich mir bitte, dass du nicht weinst …

Ha! Was für ein Hohn! Nicht weinen, allerdings. Den ganzen Nachmittag hatte Annika auf ihrem Bett gelegen und sich die Augen ausgeweint, nachdem sie den Brief gelesen hatte. Dann war sie mit Jenny essen gegangen, hatte jedoch kaum einen Bissen herunterbringen können, und weil sie nicht hatte einschlafen können, hatte sie spätabends noch an Leas

Tür geklopft. Sie hatte mit ihrem Schmerz und ihrer Enttäuschung einfach nicht allein sein wollen. Sie war so bitter enttäuscht!

Annika wischte eine Träne fort und gab sich alle Mühe, wütend zu werden – nicht nur auf Alan, sondern vor allem auf sich selbst. Wie hatte sie nur so dumm sein können, ihm zu glauben? Wenn sie doch nur auf ihre innere Stimme gehört hätte, die sie von Anfang an davor gewarnt hatte, sich mit einem Mann wie Alan einzulassen. Blinde Liebe nannte man das wohl.

Sie richtete sich abrupt auf und knallte den Brief auf den Nachttisch zurück, wo ein Windstoß ihn erfasste und einmal quer durch das Zimmer wirbelte. Hinter dem Bücherregal, das sie als Raumteiler benutzte, blieb er liegen.

»Annika Köhler«, sagte sie energisch zu sich selbst, »du stehst jetzt auf, gehst duschen, ziehst dich an und fährst zur Uni. Und nachdem du dich ein wenig beruhigt hast, schreibst du diesem Mistkerl einen gepfefferten Brief – den letzten, den er je von dir bekommen wird. Und dann wirst du ihn so schnell wie möglich vergessen.«

Doch die Tränen, die in ihren Augen brannten, straften ihrer kühnen Worte schon jetzt Lügen.

»Aber wenn ich gestern noch geglaubt habe, dass ich den absoluten Tiefpunkt meines Lebens erreicht hätte, muss ich meine Meinung nach diesem Schreiben von heute wohl revidieren. Da, lies das – und sag bitte nicht, dass es besser für mich ist! Das ist das Letzte, was ich jetzt hören will.«

Markus zog eine Augenbraue hoch und nahm den Brief entgegen, den Annika ihm hinhielt.

Er überflog das Schreiben vom Pädagogischen Austauschdienst und musste sich ein Lachen verkneifen. Rugby! Annika kam nach Rugby an eine *Mädchenschule*. Was für eine Ironie! Er hatte zwar keine genaue Vorstellung, wo Rugby lag, aber es musste ungefähr in der Mitte von England sein. Und weit weg von London.

»Tja … und, was machst du jetzt? Gehst du trotzdem?«

Annika schnaufte. »Das weiß ich doch nicht! Ich habe all die Monate geglaubt, dass ich nach London gehe, und jetzt … Rugby. Ich weiß ja nicht einmal, wo das liegt. Ist das nicht die Stadt, nach der dieses komische Spiel benannt wurde? Und gibt es da nicht auch irgendein Elite-Internat? So eins, wo nur die Reichen ihre Kinder hinschicken, meine ich?«

»Kann sein. Ich habe ehrlich gesagt keine Ahnung. Aber sieh es doch mal so – nach Rugby, wo auch immer es liegt, kannst du ganz unbefangen gehen und dich wirklich auf das konzentrieren, was du eigentlich in diesem Jahr tun wolltest: deine Englischkenntnisse vertiefen und Unterrichtserfahrung sammeln. In London hättest du doch nur an Alan gedacht und dir die ganze Zeit vorgestellt, wie es gewesen wäre, wenn –«

»Das weiß ich selbst, daran musst du mich nicht erinnern!«

Markus legte ihr einen Arm um die Schulter. »Tut mir leid. Ich wollte dich nicht belehren, das war dumm von mir. Bitte verzeih mir.«

»Schon okay …«, murmelte sie.

Dann sah sie wieder schweigend auf das Wellenmuster im braungrauen Watt hinaus. Bald würde die Flut hereinkommen; das Wasser war schon ein ganzes Stück näher gekommen, seit sie hier saßen. Eine frische Brise hatte sich erhoben, sodass es nicht mehr ganz so drückend heiß war, und am Himmel waren ein paar bauschige Wolken aufgezogen, die hin und wieder die Sonne bedeckten. Es war ein herrlicher Tag. Zu herrlich eigentlich, um hier zu sitzen und zu jammern, fand Annika plötzlich.

Sie sprang auf und drehte sich zu Markus um, sah ihn auffordernd an. In ihren Augen blitzte es schon wieder, aber diesmal war es kein Zorn, sondern purer Übermut.

»Kommst du mit ins Wasser? Ich lauf schon mal voraus – fang mich, wenn du kannst!«

Und weg war sie. Die blonden Haare flatterten im Wind, und die weiße Bluse, die sie zu ihren abgeschnittenen Jeans trug, wölbte sich wie ein Segel über ihrem Rücken.

Eine Weile sah er Annika verträumt nach. Dieses bezaubernde, eigensinnige, impulsive, liebenswerte Mädchen! Wenn sie ihn doch nur einmal richtig ansehen würde, vielleicht würde sie dann merken, dass … ja, was würde sie dann merken? Dass er in sie verliebt war? Dass er sie begehrte? Ganz besonders dann, wenn sie so aussah wie heute …

Etwas in seiner Brust zog sich beinahe schmerzhaft zusammen, und Markus zwang sich, an etwas anderes zu denken. Dann sprang er ebenfalls auf und jagte ihr hinterher. Sie war schnell und hatte einen Vorsprung, aber schließlich hatte er sie doch eingeholt. Er fasste sie an den Gürtelschlaufen ihrer Shorts und hob sie in die Höhe – Annika war ein echtes Fliegengewicht, sie wog bestimmt nicht mehr als fünfzig Kilo, und er war sich ziemlich sicher, dass die Jeans das aushalten würde.

»Gotcha!«, rief er lachend. »Und was machst du nun?«

Annika zappelte und strampelte. »Hilfe! Lass mich runter, du Schuft!«

»Oh nein! Du gehst jetzt baden, meine Liebe …«

»Nein!!!«

Doch Markus kümmerte sich nicht um Annikas Zappeln und Kreischen, sondern warf sie sich einfach über die Schulter, sodass sie hilflos mit dem Kopf nach unten hing, während er sie an den Beinen festhielt und immer weiter ins Watt hinausging. Sie trommelte mit beiden Fäusten auf seinem Rücken herum und schimpfte dabei wie ein Rohrspatz.

»Lass mich sofort los, du elender Mistkerl! Auf der Stelle! Neiiin!!!«

Das Wasser war zwar nicht mehr gar so kalt wie noch vor einigen Wochen, als Annika zuletzt ihre Füße hineingestreckt hatte, aber es war auch noch nicht wirklich warm.

Annika kam prustend wieder hoch und stürzte sich sofort auf ihren Peiniger, der lachend im bauchnabeltiefen Wasser stand.

»Versuch nur mich unterzutauchen!«, rief er lachend. »Ich bin ja doch stärker als du!«

»Aber ich bin schneller!«

Und das war sie.

Als Annika spät am Abend in ihrem Bett lag, fühlte sie sich erschöpft, erhitzt und müde, aber lange nicht mehr so traurig wie am Morgen, als sie hierher gekommen war und den unheilvollen Brief aus Bonn gefunden hatte. Sie wusste, dass das zum großen Teil Markus' Verdienst war. Niemand anderer konnte sie so gut ablenken, sie zum Lachen bringen, oder sie einfach nur in die Arme nehmen, wenn sie – so wie heute – das Gefühl hatte, den Boden unter den Füßen zu verlieren. Niemand anderer war ihr dann so lieb wie Markus. Er war der beste Freund, den sie sich wünschen konnte, und ihr graute vor dem Tag, an dem sie ihn an eine andere Frau – *seine* Frau – verlieren würde.

Natürlich hoffte sie, dass sie trotzdem Freunde bleiben würden, wenn es einmal so weit war, aber sie wusste sehr gut, dass das nicht wirklich realistisch war. Sie würde schrecklich eifersüchtig sein und diese Frau hassen.

Trotzdem würde sie ihn nicht selbst heiraten wollen, was ja eine naheliegende Lösung wäre. Sie könnte seine hohen Erwartungen niemals erfüllen. Sie würde ihn nur enttäuschen und dann – dann würde sie ihn ganz verlieren, für immer. Diesen Gedanken konnte sie nicht ertragen. Sie brauchte Markus – jetzt, wo alles auf einmal auf sie einzustürmen schien, mehr denn je …

8

Eva hockte im Gemüsebeet und schnitt Salat, als sie hörte, wie sich Schritte näherten. Es war ein heißer Tag im Juli, und die Gäste bestellten in diesen Tagen lieber leichte Salatplatten oder Matjes mit Dipp. Oder sie probierten Evas Spezialität: geeiste Gurkensuppe, ein selbst erfundenes Rezept, das sie hütete wie einen kostbaren Schatz.

Hoffentlich ist Mutter nicht noch irgendetwas eingefallen, was ich tun könnte, dachte sie und sah sich argwöhnisch um. Aber es war nicht Irene, es war Annika.

»Hallo, was machst du denn schon hier? Ich dachte, du seiest noch in Kiel. Arbeitest du auf Immensee?«

Seit Annika studierte, half sie in den Semesterferien und manchmal auch an den Wochenenden im Seniorenheim aus. Die Arbeit war schwer, aber sie machte ihr Spaß, vor allem, da die anderen Mitarbeiter alle so nett waren. »Nein, diesen Sommer nicht. Ich bin tatsächlich nur kurz zu Besuch hier, um Mama und Sylvia nachher zum Flughafen zu bringen, dann fahre ich weiter nach Eutin und sehe mir *Nabucco* an.«

Eva lachte und erhob sich langsam aus dem Beet. Sie war ganz steif geworden vom langen Hocken, und ihre Knie schmerzten. »Na, dann lass uns auf die Terrasse gehen und noch eine Limonade trinken, bevor du fährst. Wann musst du denn los?«

Annika sah auf ihre Armbanduhr. »Nicht vor halb zwölf. Der Flug geht um drei, glaube ich.« Dann hielt sie plötzlich inne. »Hast du nicht Lust mitzukommen? Ich bin sicher, dass wir noch eine Karte ergattern können. Katja kommt auch, wir gehen vorher noch zum Italiener. Ich lade dich natürlich ein«, fügte sie rasch hinzu, in der Hoffnung, dass Eva dann vielleicht *Ja* sagen würde.

Wie erwartet schüttelte Eva den Kopf. »Nein, danke, das ist lieb von dir, aber das kann ich wirklich nicht annehmen. Und ich muss auch arbeiten. Wir erwarten nachher eine Reisegruppe aus Süddeutschland, die hier einen Zwischenstopp macht, bevor sie nach Sylt weiterfährt. Der Reiseleiter hat heute Morgen angerufen und Tische reserviert. Das macht wahrscheinlich ungefähr zwanzig Teller geeiste Gurkensuppe, fünfzehn Mal die Salatplatte Nordfriesland, und zehn Mal Matjes mit Pellkartoffeln und Dipp à la Irene.«

Annika lachte und stieß ihre Freundin liebevoll in die Seite. »Hey, nun werd mal nicht sarkastisch. Freu dich doch, dass sie bei euch absteigen und nicht im *Dünenhof*.«

»Ja, allerdings. So, hier kommt die Limo. Zitronenscheibchen gefällig? Habe ich gerade frisch aufgeschnitten und eingetuppert, bevor ich in den Garten gegangen bin. Von nicht weniger als drei Dutzend Zitronen!«

Annika sah ihre Freundin mit einer Mischung aus Mitgefühl und grenzenloser Bewunderung an. Dann legte sie ihr einen Arm um die Schulter und drückte sie kurz an sich. »Du bist eine Heldin, Eva. Und eine wunderbare Freundin. Das weißt du doch, oder?«

»Na klar weiß ich das. Komm, setz dich und erzähl mir das Neueste aus Düsternbrook. Was machen Olli, der Geschichtsprofessor mit den großen Ohren, und die stolze Diva, wie hieß sie gleich? Natalie. Sind sie nun zusammen oder nicht?«

Der Eutiner See lag tiefschwarz und unergründlich unter ihnen und schimmerte im Mondlicht, geheimnisvoll und seltsam beruhigend. Annika stand an der hinteren Wand der Tribüne, die direkt am Ufer des Sees gebaut worden war, und sah lange Zeit aufs Wasser hinunter. Sie hatten es nicht eilig. Das Freilichttheater war bis auf den letzten Platz ausgebucht gewesen und Annika war froh, dass Eva nicht mitgekommen war, denn sie hätte tatsächlich keine Karte mehr bekommen.

»Hey, wovon träumst du?«

Annika drehte sich um. »Nichts Bestimmtes. Ich genieße einfach die Ruhe und den Frieden, den dieses Wasser ausstrahlt. Ein See ist ganz anders als das Meer, oder? So schön still ...«

»Na, dann solltest du mal herkommen, wenn's im Herbst so richtig stürmt, dann ist er alles andere als still. Möchtest du noch einen Schluck Sekt?«

Katja hielt die dreiviertel leere Flasche hoch. Sie hatten sich Sekt, Plastikbecher und Chips für die Pause mitgebracht – das war das Schöne am Freilichttheater, man konnte ganz leger in Jeans und T-Shirt kommen und sich sein eigenes Picknick mitbringen.

»Nein, danke, trink du ruhig. Von zu viel Sekt wird mir schlecht.«

»Das wollen wir lieber nicht riskieren«, meinte Katja und goss sich selbst einen Becher ein. »Den Rest muss ich dann wohl in den See schütten. Die Enten sollen schließlich auch was davon haben.«

Annika lachte. Wie gut es tat, mit Katja zusammen zu sein! Gerade heute hätte sie sich sonst schrecklich einsam gefühlt, egal, ob nun zu Hause in Hattstedt oder in Kiel. Ihre Mutter und Sylvia waren inzwischen sicher auf Kreta gelandet. Markus war mit ein paar anderen jungen Leuten aus seiner Gemeinde auf eine Freizeit nach Schweden gefahren. In Düsternbrook würde sie morgen auch fast alle Zimmer verlassen vorfinden.

Trotzdem freute sich Annika auf die Zeit in Kiel, die sie jetzt noch vor sich hatte. Ihr graute vor England – mehr, als sie es zugeben mochte. In den ersten Tagen, nachdem der Brief aus Bonn gekommen war, hatte sie mit dem Gedanken gespielt abzusagen. Sie hätte vielerlei Gründe finden können; der überzeugendste wäre ihrer Ansicht nach der gewesen, ihre Mutter und ihre Schwester nicht alleine lassen zu wollen.

Margarete jedoch hatte ihrer verblüfften Tochter gehörig die Meinung gesagt. »Das fehlt mir noch, dass du den ganzen Sommer über hier bleibst und meinen Tagesablauf überwachst, damit ich auch ja nichts Dummes anstelle. Nein, Annika, das mag dein Vater vielleicht von mir denken, aber so labil bin ich nun auch wieder nicht.«

Annika hatte sich vor Verlegenheit gewunden. *Ertappt!*

Dann hatte ihre Mutter sie spontan in die Arme geschlossen. »Ich komme schon klar, Liebes«, hatte sie gesagt. »Fahr du ruhig nach England.«

Am Ende hatte ihre Abenteuerlust gesiegt – wer weiß, was sie alles verpassen könnte, wenn sie nicht ginge?

Außerdem würde zumindest eine ihrer Freundinnen im Herbst auch nicht mehr da sein: Katja wollte im September nach Sydney gehen, um dort ihr Studium fortzusetzen.

Als sie ihr heute Abend von diesem Plan erzählt hatte, wäre Annika beinahe an ihrem Cocktailwürstchen erstickt. »Aber – du hast doch nur noch vier Semester. Willst du deinen Abschluss in Sydney machen? Was sagen deine Eltern dazu?«

Katjas Eltern gehörten zu der übervorsichtigen Sorte, die sich ständig Sorgen um ihre einzige Tochter machten.

»Die wissen noch nichts davon. Im Moment sind sie gerade im Urlaub«, hatte Katja leichthin erklärt. »Und wenn sie wiederkommen, überrasche ich sie mit einem tollen Essen und lege meine Karten auf den Tisch. Wenn es mir gefällt, bleibe ich bis zum Abschluss, wenn nicht – na, dann komme ich eben wieder.«

Na, dann komme ich eben wieder. Das war typisch Katja. Für sie war das Leben so einfach.

Es war beinahe Morgen und im Osten färbte der Himmel sich bereits leicht rosa, als Annika endlich in das Gästebett kroch und fast augenblicklich einschlief.

Sie hatten noch lange draußen auf der überdachten Terrasse gesessen, gemeinsam Eiscreme aus einem 2,5-Liter-Behälter gelöffelt, und über das Leben im Allgemeinen und die Liebe im Besonderen gesprochen. Annika hatte behauptet, von Männern überhaupt nie wieder etwas wissen zu wollen. Doch Katja hatte abgewunken, als Annika ihre Bedenken geäußert hatte. »Pass nur auf, nachher kommst du noch mit einem Ring am Finger zurück, ich kenne dich!«

»Wäre das dann der linke oder der rechte?«

»Der linke natürlich. Alle Welt trägt den Ehering am linken Finger, nur die Deutschen nicht.«

Annika war furchtbar nervös, wenn sie an das bevorstehende Jahr in England dachte. Wie würde sie dort zurechtkommen? An der Schule und in der Wohngemeinschaft. Sie hatte noch nie in einer WG gelebt. Was, wenn die beiden anderen Frauen sie nicht mochten – oder umgekehrt?

Katja würde sofort ihre Koffer packen, sie schien niemals vor irgendetwas Angst zu haben. Sonst würde sie ganz sicher auch nicht alleine nach Australien gehen. Im Gegensatz dazu war die Sache mit England eher wie eine Flucht – eine Flucht vor der Situation zu Hause, vor dem ersten Staatsexamen, das Annika bevorstand, und vor der Liebe. Am meisten vor der Liebe. Davon – oder von dem, was Männer wie Alan Rodgers Liebe nannten –, da war sie sich sicher, hatte sie für lange, lange Zeit genug.

»Nein, tut mir leid, wir machen keine Pizza. Wir bieten hauptsächlich norddeutsche Gerichte an, nichts Internationales. Da müssten Sie dann zum Italiener gehen.«

Eva stand an einem der Tische auf der Terrasse, Block und Kugelschreiber in der Hand, und versuchte geduldig zu wirken. Geduldig und freundlich.

Der Gast, ein unscheinbarer Herr mittleren Alters, schien sie nicht richtig zu verstehen, denn jetzt fragte er nach Lasagne.

»Ich sagte Ihnen doch bereits: Wir haben keine italienischen Gerichte auf der Speisekarte. Wie wäre es mit Räucherfischgratin?«

Der Mann kratzte sich nachdenklich am Kopf. Dann lächelte er Eva mit einem beinahe kindlich wirkenden Unschuldslächeln an und fragte: »Aber Calamares machen Sie, oder? Das ist Fisch.«

»Stimmt, aber das ist ebenfalls kein deutsches, sondern ein griechisches Gericht. Es gibt auch einen sehr guten Griechen in Husum, wenn Sie den vielleicht probieren möchten …«

»Nein, danke, ich finde es sehr gemütlich hier. Wissen Sie was, bringen Sie mir einfach eine Portion Fischstäbchen mit Pommes. Das haben Sie doch sicherlich, oder?«

Eva stemmte die Arme in die Hüften. Jetzt reichte es. »Ja, für kleine Kinder bis zwölf Jahre. Ich nehme nicht an, dass Sie in diese Kategorie fallen, oder?«

Zu ihrem Erstaunen zuckte der Gast zusammen, als hätte sie ihm eine Ohrfeige verpasst. Kopfschüttelnd nahm er seine Jacke vom Stuhl, zog ein Brillenetui heraus und setzte sich – etwas umständlich und, wie Eva fand, übertrieben langsam – eine Lesebrille auf.

Dann blickte er Eva wieder an, dieses Mal ohne zu lächeln. »Also gut, dann bringen Sie mir erstmal ein kühles Helles. Ich werfe noch einmal einen Blick in die Karte.«

Na endlich, dachte Eva, während sie mit ihrem allerfreundlichsten Kellnerinnenlächeln seinen Wunsch notierte und eiligst davonschritt. Was für ein Tag! Was für ein Abend! Die Chance für einen Nervenzusammenbruch war perfekt.

»Hallo, junge Frau! Kommen Sie auch noch mal zu mir??«

Eva fuhr herum. Hatte sie es nicht geahnt?

Der junge Mann, der sie jetzt freundlich mit seinen blauen Augen ansah, war leger, aber elegant gekleidet, sehr gepflegt und vor allem sehr, sehr attraktiv.

Eva schluckte, während sie etwas zögerlich auf ihn zukam. Hoffentlich hatte sie ihn nicht verärgert.

»Ja, bitte?«

Sein Lächeln wurde breiter, und Eva bemerkte zwei Grübchen, die seinem Gesicht ein nettes, ausgesprochen jungenhaftes Aussehen verliehen.

»Ich möchte auch gar nicht viel. Nur ein Alsterwasser, bitte. Essen bestelle ich später.«

»Ja, gerne. Ein kleines oder ein großes?«

»Ein großes, bitte. Und wenn Sie so freundlich wären, mir die Speisekarte zu bringen.«

»Natürlich, kommt sofort. Bitte entschuldigen Sie meine Unaufmerksamkeit.«

Eva nestelte nervös an ihrer Bluse herum, die unbarmherzig an ihrem

Körper klebte. Es war immer noch furchtbar heiß, obwohl es schon nach acht war …

Eva wusste nicht, wie viele Gläser Bier sie heute schon gezapft und an die Tische gebracht hatte, drinnen wie draußen. Die Arme taten ihr weh, ihre Füße waren geschwollen und fühlten sich an wie zwei Bügeleisen, so schwer und heiß waren sie.

»Hey …«

Erschrocken sah sie von ihrem Block auf.

Die blauen Augen lächelten noch immer freundlich. »Es ist bestimmt ein hektischer Abend für Sie. Warum setzen Sie sich nicht einen kleinen Moment zu mir, wenn Sie die Karte gebracht haben, und ruhen sich aus? Nur für ein paar Minuten.«

Eva klappte ihren Block zu und schüttelte den Kopf. »Nein«, erklärte sie hastig. »Nein, das geht nicht. Ich darf mich nicht zu den Gästen setzen – jedenfalls nicht während meiner Arbeitszeit.«

Um halb elf hätte ich Schluss. Wenn Sie dann noch auf mich warten …

Er legte den Kopf schief, betrachtete sie einen Moment. *Was für ein hübsches junges Ding. Aber was um alles in der Welt tat eine Schönheit wie sie in einem so mittelmäßigen Wirtshaus in Nordfriesland?*

»Schade«, erwiderte er leise. »Wirklich schade.«

Eva errötete, nickte ihm noch einmal zu, schob dann den Block zurück in ihre Schürzentasche und eilte auf das Haus zu.

Als sie kurz darauf wieder auf die Terrasse hinaustrat, sah sie zu ihrer Enttäuschung eine Frau am Tisch des Gastes sitzen, der sie eben noch gebeten hatte, ihm Gesellschaft zu leisten. Eine elegant gekleidete Frau mit glattem, langem, blondem Haar. In ihrem marineblauen Kostüm sah sie aus, als sei sie gerade aus einem Flugzeug gestiegen.

Eine typische Stewardess, dachte Eva und zwang sich zu einem höflichen Lächeln. Garantiert. Ich könnte Geld drauf wetten, dass sie eine ist.

»Bitteschön, Ihr Alsterwasser«, sagte sie freundlich und stellte das Glas vor Mr Blue Eyes auf den Tisch. Dann wandte sie sich an Miss Stewardess.

»Guten Abend. Was kann ich Ihnen zu trinken bringen? Oder möchten Sie sich erst in Ruhe die Speisekarte ansehen?«

Das Lächeln der Frau wirkte unecht, aufgesetzt. »Ich hätte gerne ein Campari Orange, wenn das möglich wäre. Und eine Flasche Perrier.«

Klar. Und vielleicht noch ein paar Kanapeés mit Kaviar und Lachs dazu.

Eva erwiderte das Lächeln und erklärte freundlich, aber bestimmt: »Tut mir leid, Campari gehört nicht zu unserem Angebot, ebenso wenig Perrier. Ich könnte Ihnen stattdessen ein Glas Sekt bringen und eine Flasche Fürst Bismarck. Wäre das in Ordnung?«

Miss Stewardess verdrehte kaum merklich die Augen, sagte jedoch nichts, sondern nahm einen Lippenstift und einen kleinen Spiegel aus ihrer schmalen, cremefarbenen Handtasche.

»Na schön, dann Sekt. Aber keinen Spumante oder sonst irgendein süßes Zeug! Und eiskalt, bitte. Das Mineralwasser dagegen Zimmertemperatur. Und bringen Sie mir bitte gleich einen sauberen Aschenbecher mit.«

»Wir hätten *Mumm* oder *Deinhardt*, trocken beziehungsweise halbtrocken. Ich nehme an, es sollte der trockenere sein?«

Doch die Frau war bereits in die offenbar sehr anspruchsvolle Aufgabe des Nachschminkens ihrer ohnehin sehr roten Lippen vertieft und nickte deshalb nur ungeduldig.

Perrier, in der Tat! Und Campari Orange. Für wen hielt diese Frau sich eigentlich? Für die Fürstin von Monaco?

Als Eva spät am Abend endlich in ihrem Bett lag, konnte sie nicht einschlafen. Sie lag da, die Arme hinter dem Kopf verschränkt, und starrte zur Decke empor. Was würde sie darum geben, einer von diesen Gästen zu sein – frei und ungebunden. Frei zu gehen, wohin auch immer sie wollte, vielleicht sogar mit einem Mann an ihrer Seite, der sie liebte und verwöhnte, der gut für sie sorgte. Heute, morgen, immer.

»Lieber Gott – wenn es dich wirklich gibt … bitte, bring mich fort von hier. Irgendwohin, nur fort von hier. Weit fort. Bitte hilf mir hier rauszukommen, bitte. Amen.«

Markus hatte ihr im Laufe der Jahre so viel von Gott erzählt, dass Eva tief in ihrem Herzen glaubte, dass es ihn wirklich gab. Auch wenn er sich im Moment wenig um sie zu kümmern schien, war es ja immerhin möglich, dass er noch etwas ganz Besonderes mit ihr vorhatte.

Eva griff nach der Bibel, die Markus' Eltern ihr einmal zu Weihnachten geschenkt hatten, und schlug sie wahllos auf.

»Ich sage dir: Sei stark und mutig! Hab keine Angst und verzweifle nicht. Denn ich, der Herr, dein Gott, bin bei dir, wohin du auch gehst«, las sie da unter Josua 1, Vers 9.

Sie zog die Stirn in Falten, ließ das Buch wieder zuklappen und drehte sich auf die Seite, das Gesicht zum Fenster gewandt. *Hab keine Angst und verzweifle nicht ... ich, der Herr, dein Gott bin bei dir ...*

War das wirklich so? War Gott auch bei denen, die nicht an ihn glaubten – oder zumindest nicht so an ihn glaubten, wie Markus und seine Familie es taten? Sie wollte ja glauben, aber es fiel ihr nicht leicht an einen liebenden Gott zu glauben, wenn sie sich und ihre Situation so betrachtete. War es das, was Gott für sie wollte? Oder sollte es tatsächlich einen anderen Weg geben, und sie hatte ihn nur noch nicht gefunden?

Aus der Ferne erklang leises Donnergrollen, und Eva hörte, wie draußen Wind aufkam. Mit einem Seufzer legte sie die Bibel zurück auf den Nachttisch, knipste das Licht aus und vergrub sich unter ihre Decke. Soll es doch kommen, das Gewitter. Sie würde nichts mehr hören, wenn sie erst einmal schlief.

9

Jacob Brennan schob das pinkfarbene kleine Fahrrad, das er seiner Tochter soeben gekauft hatte, in den Schuppen hinter dem Haus und verschloss sorgfältig die Tür. Lucy sollte das Rad erst nächsten Dienstag, an ihrem Geburtstag, sehen. Bis dahin musste er sie eben vom Schuppen fernhalten. Das kleine Cottage bot ihnen gerade genug Platz, um darin zu wohnen, nicht aber, um all das »überflüssige Zeug«, wie Lydia immer gesagt hatte, zu lagern.

Aber bei ihnen konnte sich nicht mehr viel ansammeln, denn sie waren nur noch zu zweit, er und Lucy. Lydia Joy Brennan war bei der Geburt ihres ersten Kindes gestorben. Fast fünf Jahre waren seitdem vergangen, doch an Tagen wie diesem kam es Jacob vor, als wäre es gestern gewesen, dass sie noch da war. Am meisten erinnerten ihn die Rosen an seine Frau, und an manch warmen Sommertagen, wenn der süße, schwere Rosenduft wie Parfum in der Luft hing, konnte er es fast nicht ertragen, nach draußen zu gehen.

Lydia war immer da gewesen, solange er denken konnte. Sie waren in demselben Dorf aufgewachsen, waren zusammen zur Schule gegangen, und hatten sich jeden Sonntag in der Kirche gesehen. Ihre Familien waren sogar zusammen in den Urlaub gefahren, und niemand – am wenigsten ihre Eltern – war überrascht gewesen, als Jacob und Lydia ihre Verlobung bekannt gegeben hatten. Sie waren beide noch sehr jung gewesen, aber da sie sich ein Leben ohne einander nicht vorstellen konnten, hatten sie wenige Monate später geheiratet, um dann dieses uralte, aber wunderschöne Haus in den Cotswolds zu beziehen, das Lydia in jenem Jahr von ihren Großeltern geerbt hatte.

Heimlich hatte Lydia, die schon immer das gehabt hatte, was ihre Mutter »einen eigenen Kopf« nannte, einige seiner Bleistiftzeichnungen an einen Kinderbuchverlag geschickt. Jacob war zunächst verärgert gewesen, als sie ihm das gebeichtet hatte. Doch am Ende musste er ihr sogar dankbar sein, denn dieser Verlag bot ihm schon kurz darauf einen Vertrag an, der ihm alle Türen öffnen sollte.

Heute war Jacob Brennan ein weit über die Grenzen Großbritanniens hinaus bekannter Kinderbuchillustrator und arbeitete freiberuflich von zu Hause aus. Diese Möglichkeit hätte er als Angestellter in einer Computerfirma sicherlich nicht gehabt. So schien es fast, als hätte Lydia damals schon geahnt, wie wichtig es einmal für ihn sein würde, dass er sein Geld von zu Hause aus verdienen konnte – und zwar mit dem, was ihm am meisten Spaß machte: Zeichnen.

Jacob sah sich in dem kleinen Garten um. Alles lag so still und friedlich da an diesem herrlichen Septembertag. Schmetterlinge flatterten lautlos zwischen den wilden Malven und den blauen Löwenmäulchen umher, eine dicke Hummel ließ sich gerade auf den schwer nach Nektar duftenden weißen Taubnesseln nieder, die hinter der halb verrotteten Schuppenwand am Ende des Gartens wuchsen, und auf der anderen Seite, im Schatten der niedrigen Steinmauer, lag der hübsche, dreifarbige Sheltie-Rüde Lord und hatte die Nase in der kühlen Erde vergraben.

Auf Jacobs leises Pfeifen erhob er sich jedoch sofort und kam angetrabt.

Lord war ein ruhiger, anhänglicher und überaus duldsamer Hund, der alles für seine Menschenfamilie tun würde, besonders für das kleine Frauchen, das ihn mitunter sogar mit in sein Bett nahm. Lucy glaubte natürlich, dass ihr Vater nichts davon wusste, aber er hatte es längst bemerkt. Und er konnte nichts Schlimmes dabei finden – schließlich war es Lords wichtigste Aufgabe, Lucy zu bewachen. Warum sollte er dann nicht bei ihr im Zimmer sein, wenn sie schlief?

Natürlich gehörte ein Hund eigentlich nicht ins Bett. Aber ein kleines Mädchen sollte eigentlich auch nicht ohne Mutter aufwachsen, oder?

Lucy war bei ihrer besten Freundin Mandy, die drüben in Lower Slaughter wohnte, keine zwei Meilen von Upper Slaughter entfernt, wo das Haus der Brennans stand. Man konnte ohne Weiteres zu Fuß von einem Slaughter zum anderen wandern. Dabei musste man die Furt passieren, an dessen Ufer die beiden Mädchen sich oft trafen, um Steinchen ins seichte Wasser zu werfen oder eine Flaschenpost loszuschicken, die jedoch selten weiter kam als bis zu Bauer Marston, von dessen Hof sie zweimal in der Woche Milch und Eier holten.

Jacob hörte das Telefon im Haus klingeln. Bestimmt war es Jane, die wissen wollte, ob er Lucy abholen würde, oder ob sie sie nach Hause bringen solle. Seufzend stand er auf, strich sich die Hose glatt und ging durch die offen stehende Hintertür ins Haus.

»Heya, Jacob, hier ist Laura. Ich wollte dich fragen, ob du dir schon überlegt hast, was du zu Lucys Geburtstag machst. Ian fragte nämlich, ob wir am Samstag danach ein Picknick in Sudeley Castle machen wollen.«

Jacob kratzte sich am Kopf, während er sich auf einem Küchenstuhl niederließ. Er hatte noch gar nicht darüber nachgedacht, wie sie Lucys fünften Geburtstag feiern sollten.

Früher hatte Lydia alle Termine im Griff gehabt – aber seit ihrem Tod vergaß er nahezu alles, was nicht in direktem Zusammenhang mit seiner Arbeit stand. Wie oft hatte der Zahnarzt schon vergeblich auf ihn gewartet, und wie oft hatte er in der Leihbibliothek über drei Pfund Mahngebühr für seine zu spät zurückgebrachten Bücher zahlen müssen. Wenn er daran dachte, dass Lucy jetzt zur Schule kam – was bestimmt eine Vielzahl an neuen Terminen und sonstigen Verpflichtungen mit sich bringen würde –, wurde ihm schon jetzt ganz anders.

»Hm … tja, gesagt hat sie noch nichts, aber sie denkt bestimmt, dass wir wie immer an dem Tag feiern, an dem sie auch Geburtstag hat. Das mit der Schule ist noch nicht so ganz präsent bei ihr. Woher auch? Ich kann sie nachher fragen, was sie von der Idee hält, sie ist im Moment bei Mandy zum Spielen.«

Laura lachte. »Na, du bist ja mal wieder bestens organisiert. Was schenkst du ihr denn? Hast du wirklich dieses scheußliche rosa Fahrrad gekauft?«

»Ja, stell dir vor, das habe ich. Es ist genau das, was Lucy sich ausgesucht hat, und wenn sie es schön findet, dann soll sie es haben.«

»Da hast du natürlich recht – nein, ehrlich, ich finde es gut, dass du es gekauft hast. Wir schenken ihr den Korb dazu und legen ein paar Bücher und ein Kuscheltier hinein, okay?«

»Ja, okay. Jetzt aber mal was anderes: Was machst du am ersten Novemberwochenende?«

»Am ersten Novemberwochenende?? Wieso?«

»Weil Jeff mich am Montag angerufen hat. Du weißt schon, Jeff Archer, unser Gruppenleiter von damals aus St Matthew's. Mann, ist das schon lange her! Fünfzehn Jahre? Egal, jedenfalls plant er ein Treffen mit all den Leuten von damals, in dem Ferienhaus seiner Eltern in Bibury. Hättest du Lust?«

»Hm. Weiß nicht, muss ich mit Ian klären. Ist ja noch ein Weilchen hin.«

»Eben. Also, trag's am besten erstmal in deinen Kalender ein und sprich mit Ian drüber. Hör mal, ich muss auflegen, Lu kommt sicher gleich, und ich muss noch was fürs Abendessen besorgen.«

»Schon okay, Bruderherz. Ich habe sowieso noch eine Menge für Montag vorzubereiten. Morgen kommt übrigens Ians Schützling aus Deutschland zum Essen, die Fremdsprachenassistentin, von der ich dir erzählte. Annika. Du wirst sie sicherlich auch noch kennenlernen.«

»Mhm … kann sein. Sie bleibt ja eine Weile, oder?«

»Ja, bis Ende Juni. Tschüs!«

Nachdem Jacob den Hörer aufgelegt hatte, ging er langsam zum Wohnzimmerfenster hinüber und sah hinaus. Eine kleine, hüpfende Gestalt mit großen, braunen Augen und dichten, kastanienbraunen Locken, die bei jedem Schritt mitwippten, überquerte an der Hand einer blonden jungen Frau die Brücke gegenüber seines Hauses: Lucy. Wie immer pausenlos plappernd, wandte sie nun ihr kleines, braun gebranntes Gesicht in Richtung des honiggelben Häuschens, und winkte eifrig, als sie ihren Vater am Fenster erblickte.

Jacob winkte lächelnd zurück. Wie leer wäre sein Leben ohne dieses Kind!

Annika erwachte an ihrem ersten Morgen in Rugby vom Geräusch eines Rasenmähers. Sie zog sich die dünne Bettdecke über den Kopf, schloss die Augen und versuchte noch einmal einzuschlafen, doch es gelang ihr nicht.

Ihr erster Eindruck von Rugby war überraschend gut gewesen. Das Haus, in dem sie wohnte, befand sich in Hillmorton, im Südosten der Stadt, und lag in unmittelbarer Nähe des Oxford-Kanals. Annika war begeistert gewesen, als sie den Kanal erblickt hatte. Wenn es eines gab, auf das Annika nur schwer verzichten konnte, dann war es die Nähe von Wasser, gleich welcher Art.

Der Empfang, den ihr ihre junge Vermieterin Samantha bereitet hatte, war ebenfalls sehr nett gewesen: Sie hatten bei Tee, Shortbread und frisch gebackenen Scones mit Erdbeermarmelade und dicker, goldgelber Clotted Cream auf der Terrasse gesessen, hinter welcher der schmale Garten schräg in Richtung Wasser abfiel. Das Grundstück endete direkt am Kanal – sogar ein eigener Bootssteg gehörte zum Haus, wie Samantha ihr nicht ohne Stolz erklärt hatte.

Jetzt war erst Viertel vor acht, und im Haus war alles noch ganz still. Schnell stand Annika auf, eilte zum Fenster und lehnte sich hinaus.

Die Luft war angenehm frisch, nicht zu kalt, und in den Zweigen der knorrigen, alten Weide hockten ein paar Vögel und zwitscherten fröhlich ihr Morgenlied. Der Geißblatt, der unter Annikas Fenster an der rot geklinkerten Hauswand emporwuchs und mit einigen seiner Äste beinahe ins Zimmer hereinkam, war zwar schon beinahe verblüht, aber er duftete noch immer ein klein wenig nach Sommer.

Annika zog sich rasch an, und machte sich daran den ersten Koffer auszupacken. Aber schon bald darauf klopfte es leise an der Tür.

»Guten Morgen! Möchtest du eine Tasse Tee, Annika?«

Annika sah Samantha erstaunt an, die ein Tablett in den Händen hielt, auf dem sich drei Becher Tee, ein Zuckerdöschen und ein Milchkännchen, alles aus feinstem, blauem Wedgwood-Porzellan, befanden.

»Es ist bei uns in England Sitte, dass derjenige, der zuerst wach ist, Tee für alle kocht«, erklärte Samantha, während sie Annika einen der Becher entgegenhielt. »Aber ich dachte, an deinem ersten Morgen mache ich das lieber. Du bist dann vielleicht morgen dran!«

»Danke.«

Das ist bei uns in England so Sitte.

Annika setzte sich auf die Bettkante und rührte gedankenverloren in ihrem Tee herum. *Nett. Sehr nett.*

Das Haus der Kavanaghs lag in Clifton-upon-Dunsmore, nicht weit von Hillmorton entfernt, und als Annika die Landstraße entlangfuhr, wünschte sie sich nicht zum ersten Mal an diesem Tag, sie hätte ihr Fahrrad mit hierher gebracht.

»Hallo, Annika, ich bin Laura. Hast du den Weg gut gefunden?« Laura war knapp einen Meter sechzig groß, etwas mollig um die Hüften, und schenkte Annika ein warmherziges Lächeln.

»Ja, deine Beschreibung war sehr genau, danke. Kann ich noch irgendetwas helfen?«

Sie folgte Laura ins Haus. An der Wand hingen Hochzeitsfotos und ein paar Aufnahmen, die ein niedliches, braun gelocktes Mädchen zeigten – vermutlich ihre Tochter. Über der Wohnzimmertür entdeckte Annika ein Kreuz aus Olivenholz, genau so eines, wie es bei Markus in der Wohnung hing.

Na, prima, dachte sie, das fängt ja gut an. Warum eigentlich immer ich?

Sie kamen in die gemütliche Wohnküche, in der ein Mann mit leicht struppigem, rotblondem Haar am Gasherd stand und mit einer Auflaufform hantierte.

»Hallo, Annika, ich bin Ian. Setz dich doch und lass dir ein Glas Wein einschenken, solange ich hier noch beschäftigt bin. Magst du Hühnchen?«

Die Küche sah aus, als sei sie direkt einem Ikea-Katalog entsprungen. Kein bisschen englisch.

»Hallo, Ian. Ja, danke, ich mag eigentlich fast alles. Bist du sicher, dass ich dir nichts helfen kann?«

Laura nahm eine Flasche Chardonnay aus dem Kühlschrank und goss drei Gläser ein. »Ganz sicher. Wenn Ian Chicken Tandoori macht, kann ihm keiner helfen.«

Annika nippte an ihrem Wein. Sie fühlte sich wohl in Lauras Gegenwart und fand es erstaunlich einfach, mit ihr zu plaudern. Ian setzte sich bald zu ihnen und erzählte Annika von dem Kanalsystem in Mittelengland, nachdem sie voller Begeisterung von Samanthas Haus in Hillmorton berichtet hatte.

Der Oxford-Kanal, der sich am äußersten Rand von Rugby entlangschlängelt, war einer der ersten und für lange Zeit auch einer der wichtigsten Kanäle im südlichen Teil Großbritanniens gewesen. Er war ursprünglich für den Transport von Kohle vorgesehen, außerdem stellte er eine Verbindung zur Themse her. Sein für einen künstlich angelegten Kanal ungewöhnlich kurvenreicher Verlauf war im frühen neunzehnten Jahrhundert jedoch so antiquiert gewesen, dass er von den Handelsleuten kaum noch benutzt wurde. Erst nach etlichen, massiven Modernisierungs- und Begradigungsarbeiten wurde der Oxford-Kanal wieder populär. Auch heute noch gehörte er zu den meist befahrenen Wasserstraßen Mittelenglands – allerdings nicht mehr von Handelsschiffen, sondern hauptsächlich von Bootstouristen.

»Hm, so eine Kanalfahrt würde ich auch gerne mal machen«, sagte Annika. »Muss man dafür einen Bootsführerschein haben?«

»Für die kleineren Boote nicht unbedingt, aber für Schiffe ab einer gewissen Größe braucht man schon eine Lizenz«, erklärte Ian und verschwand im Esszimmer. »Und man muss sich vorher gut mit dem Schleusensystem vertraut machen. Auf einigen Strecken kommt alle zweieinhalb Meilen eine Schleuse!«

»Na, mal sehen, ob ich das in meinem Jahr hier noch unterbringe. Vielleicht ganz am Ende, wenn die Schüler ihr Abitur geschafft haben, oder in den Osterferien.«

»Mein Onkel hat einen Bootsverleih«, meinte Laura. »Allerdings drüben in Norfolk. Ich kann ihn ja mal fragen, wenn ich ihn sehe. Dann machen wir zusammen so eine kleine Tour. Ich war auch schon seit Jahren nicht mehr auf einem Boot. So, ich finde, es riecht schon sehr gut. Wann können wir essen, Liebling?«

Ians blonder Schopf tauchte im Türrahmen auf. »Bald. Wenn ihr beiden den Tisch zu Ende deckt, kann ich mich schon mal um den Nachtisch kümmern. Dann muss ich das nachher nicht machen.«

»Sehr gute Idee. Aber vergiss den Pie nachher nicht im Ofen, sonst verbrennt der Baiser.«

Ian zog ein Gesicht. »Mach ich doch nie. Letztes Mal war deine Mutter schuld, weil sie so lange von ihrem Urlaub auf Korfu erzählt hat …«

Laura verdrehte die Augen. »Hauptsache, die Frauen sind schuld, was? Also, Annika, komm, sonst gibt es am Ende gar keinen Zitronenpie, weil mein Liebster beleidigt ist.«

Lachend erhob sich Annika und folgte ihrer Gastgeberin ins Esszimmer. Sie war froh, dass sie gleich an ihrem ersten Tag so viele nette Leute kennengelernt hatte. Bestimmt würde sie eine gute Zeit hier haben, wenn alle anderen auch nur halb so nett waren wie Laura, Ian und Samantha.

Es war bereits nach Mitternacht, als Annika den Schlüssel in der Haustür drehte und mit der einen Hand nach dem Lichtschalter tastete, während sie mit der anderen eine dicke Papiertüte voller Unterrichtsmaterialien auf den Holzdielenboden stellte.

Als sie in die Küche trat und das Licht anschalten wollte, stockte sie plötzlich.

»Hallo?!«

Das schwarzhaarige Mädchen, das über den Esstisch in der dunklen Küche gebeugt saß, hob nur kurz den Kopf, um zu sehen, wer da gesprochen hatte, und widmete sich dann wieder dem Inhalt der Schüssel, aus der es mechanisch löffelte. Es machte keine Anstalten Annikas Gruß zu erwidern.

»Ich bin die neue Mitbewohnerin. Annika. Du musst Peggy sein, richtig?«

Wieder keine Antwort. Das Mädchen löffelte einfach weiter.

Na, das kann ja heiter werden, dachte Annika und wandte sich zum Gehen. Entweder ist sie betrunken oder krank. Auf jeden Fall seltsam. Höchst seltsam.

»Tust du mir den Gefallen und machst das Licht im Flur aus? Es blendet mich. Danke.«

Annika hielt in ihrer Bewegung inne. Sieh mal einer an, sie kann ja sprechen. Wie erwartet, kam auf ihr »Gute Nacht!« keine Antwort, nur das leise Klirren des Löffels gegen die Müslischüssel war zu hören, während Annika kopfschüttelnd die Treppe nach oben stieg.

Was für ein komischer Vogel.

10

Leider war Samantha am nächsten Morgen nicht da. Sie hatte für Annika einen Zettel auf dem Küchentisch hinterlassen, auf dem stand, dass sie übers Wochenende zu ihren Eltern nach Lichfield gefahren war.

»Na, toll«, murmelte Annika in einem Anflug von Enttäuschung. Aber dann atmete sie einmal tief durch, ging energisch zum Kühlschrank hinüber und nahm die Milchflasche heraus, die sie gestern gekauft hatte – um erstaunt festzustellen, dass sich diese über Nacht vermehrt haben musste. Oder wie sonst waren die beiden anderen Flaschen dazugekommen?

Dann schlug sie sich mit der flachen Hand gegen die Stirn. Natürlich, der Milchmann war da gewesen! Darauf hätte sie ja gleich kommen können.

»Na ja, dann brauche ich mir ums Kochen wenigstens keine Gedanken zu machen. Cornflakes zum Frühstück, zum Mittag und zum Abendbrot.«

Nachdem sie gefrühstückt hatte, spülte sie schnell ihr Geschirr und ging in den Garten hinaus. Sie hoffte, im Schuppen irgendein altes Fahrrad zu finden, mit dem sie die nächsten Monate über die Runden kommen konnte. Samantha hatte gemeint, es müssten mindestens zwei darin stehen, die ganz bestimmt kein Mensch mehr brauchte.

»Nein, ich habe kein Heimweh. *Wirklich* nicht. Es ist *alles* in Ordnung, Mama, ich hatte nur gerade ein bisschen geschlafen. Ist gestern Abend etwas später geworden. Wie? – Nein, ich war bei einem Kollegen und seiner Frau zum Essen eingeladen. War sehr nett. Alle hier sind sehr nett ...«

Abgesehen von dieser seltsamen Peggy, die vorhin einmal kurz im Garten aufgetaucht war, um zu fragen, ob Samantha da sei. Auf Annikas Kopfschütteln hin war sie ebenso schnell und leise verschwunden, wie sie gekommen war. Auch bei Tageslicht war Peggy – Annika schätzte sie auf höchstens Anfang zwanzig – keine besonders sympathische Erscheinung mit ihren filzigen, schwarzen Haaren, dem totenblass geschminkten Gesicht, das sie zum größten Teil hinter einer geradezu absurd riesigen, pinkfarbenen Sonnenbrille verbarg, und all dem Silberschmuck, der um ihren mageren Körper baumelte und bei jeder Bewegung leise rasselte.

Wie ein Schlossgespenst, dachte Annika grinsend.

»Ich habe ein altes Fahrrad gefunden, das ich noch reparieren musste. Danach war ich so erschöpft, dass ich auf den nächsten Gartenstuhl geplumpst und prompt eingeschlafen bin. Aber es ist gut, dass du angerufen hast, ich muss sowieso noch ein bisschen einkaufen. Wie geht es euch? Kommt ihr klar?«

Annika biss sich auf die Zunge. Zu spät! Sie hatte sich vorgenommen nicht nachzufragen – ihre Mutter reagierte teilweise recht ungehalten, wenn sie das Gefühl hatte, dass man ihr nicht zutraute, dass sie ohne ihren Mann zurechtkam. In Wirklichkeit kam sie sogar erstaunlich gut zurecht, und Annika wusste das.

Ihre Mutter ging geflissentlich über die Frage hinweg und erzählte stattdessen unermüdlich von ihrer Schule, von den Kollegen, von Sylvia, die das Ballett aufgeben wollte, und von allen möglichen anderen Dingen, die Annika absolut nicht interessierten. Aber sie hörte geduldig zu – so viele Menschen zum Reden hatte ihre Mutter in diesen Tagen ja nicht.

Nachdem sie aufgelegt hatte, seufzte Annika und räkelte sich in ihrem Liegestuhl. Ja, ihre Mutter würde klarkommen. Sie brauchte sich keine Sorgen um sie zu machen, und auch um Sylvia nicht. Seltsamerweise erleichterte sie dieser Gedanke kaum, im Gegenteil, sie fühlte sich auf einmal ganz traurig. Irgendwie … nicht mehr gebraucht, ja, fast ausgeschlossen. Das Leben am Deich würde weitergehen – auch ohne sie.

Plötzlich konnte Annika sich nicht mehr entspannen. Der Garten erschien ihr auf einmal zu still, die Sonne zu grell, der Himmel zu blau. Ihre gute Laune war dahin und sie sehnte sich nur noch nach Hause. Entschlossen stand sie auf und ging ins Haus, um sich einen Tee zu kochen.

Während sie darauf wartete, dass der Tee zog, stellte sie sich in die offene Terrassentür und sah mit verschränkten Armen in den Garten hinaus.

Ob Markus sie wohl vermisste? Sie hatten am Donnerstagabend nur kurz miteinander telefoniert, doch sie hatte beinahe geweint, als sie seine vertraute Stimme hörte. Aber da war sie natürlich auch noch ganz aufgeregt und durcheinander gewesen, weil so viel Neues auf sie eingestürzt war. Markus hatte nicht viel gesagt; er war freundlich, aber irgendwie distanziert gewesen. Oder bildete sie sich das nur ein?

Annika fischte den Teebeutel aus ihrem Becher und warf ihn in den Müll.

»Wir sehen uns wieder, Annika. Bald …«

Deutlich sah sie Markus' Gesicht vor sich, wie er sie aufmunternd angelächelt hatte, als sie beim Abschied unerwartet in Tränen ausgebrochen war. Sie hätte selbst nie geglaubt, dass es ihr so schwerfallen würde, sich von Markus zu verabschieden.

Aber als er sie am Abend vor ihrer Abreise zu Hause abgesetzt hatte – sie waren essen gegangen –, hatte sie plötzlich die Kontrolle verloren …

Sie nahm ihren Tee mit nach draußen, brach ein Stück von dem Keks ab, den sie in der Hand hielt, und tunkte ihn gedankenverloren in den Becher. Die Tränen brannten in ihren Augen und sie blinzelte heftig, um sie zurückzudrängen.

Ging Markus' Leben dort drüben auch einfach weiter, so wie das ihrer Mutter und ihrer Schwester?

Einige hundert Meilen weiter östlich saß Markus mit Christina im Garten von Immensee, den Blick auf die kleine Johanna gerichtet, die versuchte, einen Schmetterling zu fangen und dabei immer wieder auf die Nase fiel. Sie lief weiter in den Obstgarten hinaus, sodass die blonden Locken nur so um ihren Kopf flogen und der Saum ihres rot karierten Baumwollkleidchens hinter ihr herflatterte. Es war so warm, dass sie noch keine Schuhe anhatte, und ihre kleinen Füße machten kein Geräusch auf dem weichen Gras.

»Ein herrlicher Tag, findest du nicht auch?«

»Hm?«

Markus sah auf und begegnete dem kritischen Blick seiner Schwester.

»Ich sagte, es sei ein herrlicher Tag«, wiederholte sie geduldig, als spräche sie zu einem unverständigen Kind. »Wo bist du nur heute mit deinen Gedanken? Ich habe die ganze Zeit über schon das ungute Gefühl, dass du mir nicht richtig zuhörst. Was ist los?«

»Nichts. Nichts … ich bin nur – in Gedanken.«

»Lass mich raten. In einem Land, in dem es ständig regnet und in dem man seine Pommes mit Essig würzt?«

Markus verzog den Mund zu einem schiefen Grinsen, sagte aber nichts. Warum konnte Christina ihn nur immer so leicht durchschauen? Er hatte ihr nie von seinen Gefühlen für Annika erzählt, aber Christina wusste es trotzdem – dass er in sie verliebt war. Hoffnungslos.

»Ach, Markus, warum machst du das eigentlich so kompliziert? Sag's ihr doch einfach mal!«

»Habe ich ja versucht … die Gelegenheit war irgendwie nie die richtige.« Er fuhr sich mit den Händen durch das ohnehin hoffnungslos zerzauste Haar.

»Aber du liebst sie schon seit Jahren. Wie lange eigentlich schon?«

Markus wandte den Blick ab, schüttelte den Kopf und murmelte: »Ich weiß es nicht. Ich weiß es wirklich nicht, Christina …«

Da tauchte auf einmal Johannas blonder Schopf wieder vor ihnen auf.

»Bonbon?«, fragte sie und sah dabei hoffnungsvoll von einem zum anderen. »Bonbon? Eis?«

Christina und Markus sahen einander eine Sekunde lang verwundert an, dann brachen beide gleichzeitig in schallendes Gelächter aus. Das Leben konnte so einfach sein: Bonbon oder Eis.

Am frühen Nachmittag, als Markus auf dem Weg zurück in seine kleine Wohnung am Markt war – genau gegenüber der Praxis, in der er arbeitete –, beschloss er noch einmal kurz im Reisebüro vorbeizuschauen. Er würde Karsten fragen, ob der Lust hatte, sich heute Abend noch auf ein Glas Bier mit ihm zu treffen.

Karsten war dabei die Tür abzuschließen, als Markus, vollkommen außer Atem vom Laufen, um die Ecke bog.

»Hey, Markus! Willst du zu mir? Oder wolltest du etwa eine Reise buchen? Für Fernreisen mache ich noch mal auf, Fahrkarten für die Deutsche Bundesbahn verkaufe ich erst am Montag wieder, ab neun Uhr dreißig.«

Markus lachte, blieb stehen und klopfte dem Freund auf die Schulter. »Hallo, Karsten. Na, wie geht's? War der Laden voll?«

»Nein, gar nicht. Heute Morgen gab's mal eine kurze, hektische Phase, aber seit zwölf ist alles ruhig. Ich glaube, die Leute liegen alle am Strand. Ist das nicht ein Wahnsinnswetter für Mitte September?«

»Ja, schon. Fünfundzwanzig Grad sind eigentlich fast ein bisschen zu viel. Sag mal – hast du Lust, nachher noch ein Bier trinken zu gehen?«

Karsten sah seinen Freund lange an. Dann nickte er langsam. »Klar, wieso nicht.«

»Halb neun?«

Karsten knuffte ihn freundschaftlich in die Seite. »Halb neun, alles klar. Bis denn!«

»Bis denn!«

Nachdem Karsten um die Ecke verschwunden war, schlenderte Markus zum Hafen hinunter. Er suchte sich einen schattigen Poller und setzte sich darauf. Irgendwie hatte er heute keine Eile nach Hause zu kommen. Das lag zum Teil daran, dass es in seiner Wohnung noch ziemlich schlimm aussah – dafür, dass er seit sechs Monaten darin lebte, hatte er noch nicht besonders viel dafür getan, um die drei Räume in irgendeiner Weise wohnlich zu gestalten. Es sei denn, man hielt chronische Unordnung für eine persönliche Note.

Er legte die flache Hand über seine Augen und sah einem Touristenkutter zu, der gerade in den Hafen kam. Gleich würde es hier von Menschen nur so wimmeln. Es waren Urlauber aus allen Teilen Deutschlands, die die letzten warmen, sonnigen Tage dieses Jahres genossen und froh waren, nicht im Regen zu sitzen, wie manch wohlmeinender Freund aus deren Heimat es ihnen prophezeit haben mochte.

»In Norddeutschland regnet es doch immerzu. Wieso fahrt ihr nicht nach Italien, wenn ihr Sonne, Strand und Meer wollt? Da ist es wenigstens immer warm.«

Markus war in seinem Leben noch nie in Italien gewesen, und er hatte auch kein Verlangen danach. Er war ein Heimatmensch, genau wie Annika.

Annika.

Er vermisste sie so sehr, dass er den Gedanken, dass es womöglich Weihnachten werden sollte, bis sie sich wiedersahen, nicht ertragen konnte. Deshalb fasste er spontan einen Entschluss.

»Soso, du willst also nach England. Annika besuchen, hm?«

Karsten brachte es mal wieder auf den Punkt. Er war kein Mann großer Worte – manchmal sprach er einen ganzen Abend lang kaum mehr als ein paar Sätze –, aber er war ungewöhnlich sensibel und hatte einen feinen Sinn für Humor. Annika behauptete zwar, er sei frech, aber Markus wusste, dass sie Karsten gern mochte. Wenn die beiden aufeinandertrafen, dann verwandelten sie sich auf der Stelle in ein Comedy-Duo.

»Ja, sie ist dort Fremdsprachenassistentin an einem Mädchengymnasium in Rugby. Hast du je von diesem Ort gehört?«

»Klar. Die haben doch dieses fiese Spiel erfunden, bei dem sie sich ständig um so einen eierförmigen Ball prügeln. Schönes Fleckchen, Warwickshire. Wann willst du fahren? Du könntest auch fliegen, es gibt einen Direktflug nach Birmingham. Aber du magst ja nicht fliegen, stimmt's?«

Markus grinste. »Stimmt, wenn ich es vermeiden kann, lasse ich es lieber. Annika hat in der letzten Oktoberwoche Ferien, vielleicht kannst du da was für mich ausfindig machen.«

»Klar, mache ich gerne. Irgendwelche besonderen Wünsche? Nichtraucher, Einzelkabine, über oder unter der Wasserlinie?«

»Ach … egal. Du machst das schon. Aber warte noch bis Montag oder Dienstag, ich muss Annika erst noch anrufen und fragen, ob es ihr überhaupt passt und ob sie eine Unterkunft für mich hat. Schließlich will ich ihr nicht so eng auf die Pelle rücken.«

Karsten zog eine Augenbraue hoch und hob sein Bierglas. »Nicht??«

11

»Nein! Nein, nein, neiiiiiin!!!«

Jäh fuhr Jacob aus dem Schlaf. Ohne lange zu überlegen, sprang er aus dem Bett und hastete den dunklen Flur entlang zum Zimmer seiner Tochter. Lord kam ihm sogleich entgegengerannt, aufgeregt hechelnd und winselnd.

Als Jacob das Zimmer betrat, sah er Lucy schon aufrecht in ihrem Bett sitzen, weinend, die Arme fest um ihre Knie geschlungen. Sobald sie ihren Vater entdeckte, streckte sie beide Arme nach ihm aus. Er zog sie in seine Arme und hielt sie fest an sich gedrückt, schaukelte sie sanft hin und her.

Die Situation war ihm nicht neu. Seit ungefähr sechs Monaten durchlebte Lucy immer wieder schreckliche Albträume, aus denen sie mitten in der Nacht aufschreckte, an die sie sich hinterher aber nicht mehr erinnern konnte. Die Vorschullehrerin, mit der er darüber gesprochen hatte, meinte, er brauchte sich keine Sorgen zu machen; jedes zweite Kind in Lucys Alter mache eine solche »Angst- und Albtraumphase« durch. Selbst ein Kind, das einigermaßen wohlbehütet und konfliktfrei aufwuchs, konnte in diesem Alter trotzdem die furchtbarsten Albträume durchleben. Das sei vollkommen normal und gehöre zur Entwicklung des Kindes dazu.

Jacob fand diese nächtlichen Situationen trotzdem höchst beunruhigend. Er fühlte sich jedes Mal schrecklich hilflos, wenn er seine Tochter so verängstigt in ihrem Bett vorfand. Dies waren genau die Situationen, in denen er sich am meisten eine Frau herbeiwünschte, eine Mutter. *Lucys* Mutter.

»Schhht … schht, Schatz, alles okay. Daddy ist hier, Daddy ist bei dir, alles okay«, murmelte er in die Fülle ihrer nass geschwitzten dunklen Locken hinein.

Nach einer Weile wurde das Schluchzen allmählich weniger, bis es schließlich ganz verebbte. Lucy presste ihr Gesicht an die Schulter ihres Vaters und gab einen müden Seufzer von sich.

»Und? Soll ich dir jetzt eine Milch mit Honig machen? Lord passt solange auf dich auf, nicht wahr, Lord?«

Lucy löste sich widerstrebend aus der Umarmung ihres Vaters und glitt vom Bett herunter.

»Nein, ich will mitkommen …«

Jacob erhob sich ebenfalls von dem niedrigen Bett, reichte seiner Tochter die Hand und sagte: »Also schön, komm mit. Aber dann wird wirklich geschlafen, ja? Sonst bist du morgen beim Picknick nicht ausgeschlafen, und das wäre doch schade, oder?«

Stumm nickend, ergriff Lucy seine Hand, und zusammen machten sie sich auf den Weg nach unten in die gemütliche Wohnküche.

»Daddy? Kann ich morgen meine neue Hose anziehen? Du weißt schon, die weiße mit den gelben Schmetterlingen auf der Tasche …«

Jacob zog den Topf heraus, in dem er immer Lucys Milch warm machte, und hielt in der Bewegung inne, um seiner Tochter über die Schulter einen skeptischen Blick zuzuwerfen. Wie schnell Kinder doch vergaßen! Eben war sie noch ein ängstliches Nervenbündel in seinem Arm gewesen, jetzt machte sie sich schon wieder Sorgen um ihr Geburtstagsoutfit.

Er seufzte. »Na, du machst mir Spaß. Glaubst du denn, Granny Rose würde überhaupt mit zum Picknick kommen, wenn du nicht ihr Geschenk anziehst?«

Rose Delaney war seine Schwiegermutter, die in Leamington Spa eine kleine Boutique führte, aus der sie Lucy jedes Mal etwas mitbrachte, wenn sie zu Besuch kam. Lydia war die einzige Tochter von Rose und Jack Delaney gewesen. Als Rose damals zusammen mit ihrer Freundin eine Boutique eröffnet hatte, hatte sie sich damit einen Traum erfüllt. Kurze Zeit später war die Freundin mit ihrem Mann nach Italien gegangen, und Rose – im vierten Monat schwanger – hatte mit der Boutique plötzlich alleine dagestanden. Doch sie wollte sie dann nicht gleich wieder aufgeben, und so war Lydia das einzige Kind geblieben.

Seine eigenen Eltern, Jessie und Max Brennan, lebten etwas weiter nördlich, in Leicestershire. Sie hatten Lucy nach Lydias Tod zu sich genommen und sich um sie gekümmert, bis sie alt genug gewesen war, um in den Kindergarten zu gehen. Dann war Lucy zu ihrem Vater zurückgekehrt – ein für alle Beteiligten nicht ganz einfacher Schritt. Etwas erleichtert worden war dieser schwierige Prozess durch die Ankunft von Lord. Zuerst hatte Jacob sich dagegen gewehrt, einen Hund anzuschaffen. Er hatte keinerlei Ahnung von Hunden und hatte selbst nie auch nur einen Goldfisch besessen. Aber Lucy hatte dem Hund ihrer Großeltern – einem gutmütigen, alten Boxer namens Bruno, den Jessie und Max aus Mitleid von einem verstorbenen Nachbarn übernommen hatten – so hinterhergeweint, dass ihm schließlich nichts anderes übrig geblieben war, als dem Drängen seiner Tochter nachzugeben. Es hatte sich als die beste Entscheidung seines Lebens herausgestellt: Der treue Hund wich nicht von Lucys Seite und wartete geduldig an der Gartenpforte, wenn sie morgens in der Vorschule war.

Jetzt kam Lord die Treppe hinunter, um nachzusehen, wo sein kleines Frauchen geblieben war.

»Ich kann das gelbe Poloshirt dazu anziehen, das Tante Laura mir in Coventry gekauft hat. Dann freuen sich beide, Tante Laura und Granny Rose«, erklärte Lucy, während sie ihren Becher mit an den großen, runden Eichenholztisch nahm, der in der Mitte des Raumes stand. Sie kletterte auf ihren Stuhl und nippte an ihrer Milch, ganz im Frieden mit sich und der Welt.

»Ja, mein Schatz, dann freuen sich beide. Und ich freue mich, wenn das Wetter schön bleibt. So, und nun trink deine Milch, und lass uns wieder schlafen gehen. Es ist ja schon ein Uhr!«

»Was, schon? Und ich habe noch gar nicht geschlafen?! Siehst du, so aufgeregt bin ich, weil ich nicht weiß, ob ich den rosa Himmel für mein Bett bekomme oder nicht. Was denkst du?«

»Ich denke, dass du das morgen sehen wirst«, erwiderte Jacob lächelnd und streichelte seiner Tochter zärtlich über die Wange. »Und nun ab ins Bett mit dir. Komm, Lord!«

Annika stand in der Küche und wartete darauf, dass das Wasser kochte. Sie hatte schlecht geschlafen. Mehr als einmal war sie aufgewacht, weil sie unten etwas gehört hatte und hatte danach nicht wieder einschlafen können. Um halb sechs hatte sie es schließlich aufgegeben und war heruntergekommen, um sich einen Tee zu machen.

»Hey, du bist aber früh wach.«

Annika fuhr herum.

Im Türrahmen stand eine noch sehr verschlafen aussehende Samantha, die ein dickes Buch unter dem einen Arm und eine Brille in der anderen Hand trug.

»Ich muss wohl gestern Abend auf dem Sofa eingeschlafen sein«, erklärte sie mit einem fast entschuldigenden Lächeln.

Oh, dann warst du das wohl, die ich heute Nacht habe rumoren hören. Kein Wunder.

»Setz dich doch, ich mache dir auch einen Tee. Und wenn du willst, backe ich uns nachher ein paar Pfannkuchen. Mit viel Butter und Ahornsirup.«

»Mmmh, hört sich lecker an. Hast du nordamerikanische Vorfahren oder so? Oder isst man in Deutschland auch Kuchen zum Frühstück?«

Samantha zog sich einen Stuhl unter dem Tisch hervor und setzte sich darauf.

»Nein, wir haben keine nordamerikanischen Verwandten. Aber ich habe eine Freundin, die viel in der Welt herumkommt, und die bringt immer so leckere Ideen von ihren Reisen mit. Im Moment ist sie gerade auf dem Weg nach Australien.«

»Oh, das klingt ja spannend. Was macht sie da, studiert sie?« Samantha streckte eine Hand nach dem Becher aus, den Annika ihr reichte. »Danke.«

»Ja, wir studieren beide Englisch als Hauptfach, und als sie im Februar für ein paar Wochen Down Under war, hat sie ihr Herz an Sydney verloren und beschlossen, ihr Studium dort zu Ende zu führen. Einfach so – das ist Katja.«

»Hm.«

Samantha senkte prüfend den Blick auf die Oberfläche ihres Getränks – ohne ihre Brille war sie offensichtlich halb blind, was Annika sehr sympathisch war –, pustete vorsichtig ein paar kleine Wellen hinein, goss dann noch etwas Milch nach und rührte nachdenklich herum.

»Weißt du, so was würde ich auch gerne mal machen. Einfach auswandern. Nicht für immer, aber für eine begrenzte Zeit schon. So wie du vielleicht. Warum bist du hierher gekommen?«

Annika hielt in ihrer Bewegung inne. Gute Frage eigentlich, dachte sie. Warum bin ich hier?

»Hm … in erster Linie, weil es meinem Englisch guttut, schätze ich.«

»Aber dein Englisch ist gut! Es ist perfekt!«, rief Samantha erstaunt.

Perfekt. Unbeholfen-holperig wohl eher. Immer diese britische Höflichkeit, dachte Annika grinsend. »Ich wollte lieber nach London, weil ich mich sehr fürs Theater interessiere, aber es hat leider nicht geklappt. Alle wollen nach London. Na ja, so weit weg ist Rugby auch wieder nicht. Immerhin fahre ich heute zu einer Nachmittagsvorstellung von *Miss Saigon*. Hast du es schon gesehen?«

Samantha schüttelte bedauernd den Kopf. »Nein, aber ich wollte es immer mal sehen. Glaubst du, ich bekomme noch eine Karte? Dann könnte ich vielleicht mit dir mitfahren, weißt du?«

Annikas Gesicht hellte sich auf.

»Bestimmt. Ich habe selbst auch noch keine Karte. Mein Zug geht um Viertel vor elf. Schaffst du das?«

Samantha gähnte. »Klar. Wenn du den Pfannkuchenteig machst, gehe ich schon mal duschen. Wie hört sich das an?«

»Klasse!«, platzte Annika heraus. Beinahe hätte sie Samantha umarmt, doch sie erinnerte sich im letzten Moment daran, dass die Briten in dieser Hinsicht meist eher zurückhaltend waren.

Gerade wollten sie das Haus verlassen, als das Telefon klingelte.

»Der Zug geht in zwanzig Minuten«, rief Samantha, schon an der Garage. »Lass es klingeln!«

Aber irgendetwas sagte Annika, dass dieser Anruf für sie sein könnte, und sie nahm den Hörer von der Wand.

Sie hatte recht. Es war Markus.

»Oh, Markus, tut mir leid, ich habe gerade gar keine Zeit, bin auf dem Weg zum Bahnhof. Kann ich dich heute Abend anrufen? – Nicht gut? Gibt es irgendetwas Wichtiges? – O ja! Ja, natürlich kannst du kommen! Gerne! Wann? – Ende Oktober, richtig. – Ja, ich kümmere mich darum. Gerne. Tschüs!«

Samantha, die ungeduldig in der Tür stand, den Autoschlüssel schwenkend, zog überrascht die Augenbraue hoch.

»Gute Neuigkeiten?«

Annika atmete tief durch, bevor sie sprach. Sie war einfach noch zu aufgeregt. Dann nickte sie. »Ja, mein bester Freund kommt mich in den Herbstferien besuchen. Ich muss mich nur noch um ein Quartier für ihn kümmern. Hilfst du mir dabei?«

Samantha sah sie verwundert an. »Na, das sollte doch wohl kein Problem sein, das Haus ist ja groß genug. Schließt du das Tor, bevor du einsteigst?«

Nachdem Annika das Tor heruntergezogen hatte, ließ sie sich mit einem stillen Seufzer neben Samantha in den Beifahrersitz des alten, grünen Vauxhalls fallen. Markus hatte endlich angerufen! Was immer ihn die Woche über davon abgehalten haben mochte, heute hatte er sie angerufen – und er würde sie besuchen! Wenigstens *er* hatte sie nicht vergessen, im Gegensatz zu manch anderen Leuten. Ihrem Vater zum Beispiel.

London war voll von Touristen an diesem Sonntagmorgen. Annika hatte das Gefühl, in jedem ihrer beiden Ohren eine andere Sprache zu hören – deutsch, französisch, italienisch, dänisch, und natürlich japanisch. Meistens japanisch. Nicht, dass sie ein Wort davon verstanden hätte!

Sie hatte die Metropole ganz anders in Erinnerung, auch wenn ihr letzter Besuch noch keine sechs Monate her war. Das musste daran liegen, dass sie damals so sehr mit Alan beschäftigt gewesen war und kaum Zeit gehabt hatte, auf irgendetwas anderes zu achten.

Nachdem sie in unmittelbarer Nähe vom Covent Garden auf einer Bank gesessen und in der Mittagssonne ihre mitgebrachten Sandwiches verzehrt hatten, gingen die beiden von dort das kurze Stück zu Fuß zum altehrwürdigen Drury Lane Theatre.

Glücklicherweise konnten sie noch Karten für zwei Plätze nebeneinander ergattern, und noch dazu sehr gute. Sie saßen in der ersten Reihe der Empore, von wo aus sie die gesamte Bühne gut überblicken konnten.

Samantha machte es sich in ihrem Sitz bequem und kramte eine Dose Minzbonbons aus ihrer Handtasche hervor, aus der sie Annika etwas anbot. »Hey, das wird bestimmt gut. Aber jetzt erzähl mir doch noch mal kurz, worum es in dem Stück geht, damit ich es auch verstehe. Möchtest du ein Bonbon?«

Annika schüttelte den Kopf. »Nein, danke. Also, die Geschichte …« Sie versuchte sich an das zu erinnern, was sie von Alan über das Stück gehört hatte. »Kennst du *Madame Butterfly*?« Samantha schüttelte den Kopf. »Was ist das?«

»Hm. Also, eigentlich –«

»Pssst!!!«

Jemand tippte sie von hinten auf die Schulter. »Können Sie bitte leise sein? Es fängt an!«

»Natürlich«, erwiderte Annika schnell, »entschuldigen Sie bitte!«

Schon bald waren beide ganz in die Geschichte der jungen Vietnamesin Kim versunken, die – durch den Krieg eltern- und heimatlos geworden – nach Saigon kommt, um dort in einer der unzähligen Bars als Serviererin und Tänzerin zu arbeiten.

Und dann kommt *er*, der Mann, der ihr Leben für immer verändern wird – Chris.

Annikas Augen weiteten sich vor Schreck, als er die Bühne betrat. Sie beugte sich in ihrem Sitz vor, krallte ihre Finger in den Samtbezug der Brüstung.

Nein!

Nein, das konnte nicht sein. London war groß, es gab eine Menge Schauspieler hier, und in Kostüm und Maske sahen sie sich doch alle ähnlich … oder? – Aber in dem Moment, in dem er zu singen anfing, wusste sie es.

Alan.

»Nein!«, stieß sie hervor, ihr Gesicht weiß wie Wachs, die Augen noch immer starr auf die Bühne gerichtet, schreckgeweitet. »Nein! Nein, nein, nein ...«

Plötzlich riss sie sich los, sprang von ihrem Sitz, stürmte die ganze Reihe bis zum Ende entlang. Sie musste hier raus, sie musste fort von hier – schnell!

»Annika! Annika!«

Doch sie hörte Samantha nicht mehr, sie konnte nichts mehr hören. In ihren Ohren rauschte dröhnend das Blut, und der Gesang, der aus dem Saal zu ihr empordrang, während sie rannte, war ebenfalls nicht mehr als ein an- und abschwellendes Rauschen, verzerrt und undeutlich. Annika sprang die Treppen hinunter, immer zwei Stufen auf einmal nehmend, durchflog förmlich das menschenleere Foyer, und stieß die schweren Doppeltüren des Theaters auf.

Bumm!

Endlich im Freien lief sie noch ein ganzes Stück die Straße hinunter, die Augen blind vor Tränen. In ihren Seiten stach es bei jedem Schritt, den sie lief, ihr Herz klopfte heftig gegen die Lunge, und jeder Atemzug schien eine gewaltige Anstrengung.

Ich muss stehen bleiben. Ich muss mich ausruhen.

Hastig warf sie im Laufen einen Blick über ihre Schulter.

Nein, ich muss weiterlaufen. Weg hier, nur weg hier ...

Da geschah es. Annika fühlte, wie ihr linker Fuß seitlich abrutschte und sie im nächsten Moment von etwas Hartem getroffen wurde, das sie zu Boden schleuderte. Bremsen kreischten, ein dumpfer Schlag und – Stille.

12

John pfiff fröhlich vor sich hin, während er ein Glas nach dem anderen zur Hand nahm, gegen das Licht hielt und dann mit einem zufriedenen Nicken auf das lang gezogene Regal hinter sich stellte. Die neue Spülmaschine war offensichtlich eine gute Investition gewesen. Nichts war unappetitlicher, als den Gästen ihre Drinks in fleckigen oder, schlimmer noch, milchig trüben Gläsern zu servieren. In seiner Bar waren die Leute nicht irgendwann so betrunken, dass sie den Unterschied zwischen einem sauberen und einem dreckigen Glas nicht mehr bemerkten. Denn auf der Getränkekarte von *John's Haven* suchte man vergeblich nach alkoholischen Getränken.

No alc, no drugs, just pure refreshment and good music – kein Alkohol, keine Drogen, nur pure Erfrischung und gute Musik war draußen auf dem Schild zu lesen, das ihm ein Freund zur Eröffnung der Bar vor fünf Jahren gemalt hatte. Heute vor genau fünf Jahren. Und die Bar lief gut, besser, als John es damals erwartet hatte. Viele Leute kamen hierher, um nach Feierabend abzuschalten, sich bei einem kühlen Drink in Ruhe mit ein paar Freunden oder Kollegen zu unterhalten – ohne störenden Zigarettenrauch und allzu laute Musik.

John genoss diese Zeit für sich allein. Er hörte seine Lieblingsmusik – Genesis – und räumte hier und da ein bisschen auf, damit alles für die große Party heute vorbereitet war.

»Hallo-o! Ist da jemand?«, meldete sich ein tiefe Männerstimme vom Eingang her.

John musste sich nicht erst umdrehen, um zu wissen, zu wem sie gehörte. Samuel Johnson war sein bester Freund – wahrscheinlich der Einzige, der ihn wirklich kannte.

»Kann man schon reinkommen oder stören wir dich, John?«

Ruths Stimme klang sanft, leise, und hatte diesen für viele Engländerinnen charakteristischen Singsang-Ton in sich, der auch nach den vielen Jahren, die Ruth schon mit ihrem Mann hier in Sydney lebte, noch immer ihre Herkunft verriet.

»Nein, kommt ruhig herein, ihr beiden. Wollt ihr was trinken?«

Samuel reichte John die Hand und ließ sich auf einem der Barhocker nieder. »Gern, ich nehme einen Tomatensaft. Mit einem Spritzer Zitrone, bitte.«

»Und ich hätte gerne eine Zitronenlimonade mit viel Eis.«

John verschwand in der Küche.

Ruth ließ sich neben ihrem Mann auf einem Barhocker nieder und stützte das Kinn auf die ineinander verschränkten Hände. »Weißt du, was ich denke?«

»Na, sag schon. Was denkst du?«, fragte er lächelnd.

Sie seufzte theatralisch. »Ich glaube, du weißt sehr gut, was ich denke.

John braucht eine Frau! Sieh ihn dir doch an – ich meine, für einen Junggesellen sieht er einigermaßen passabel aus, aber trotzdem wirkt er irgendwie so … so unvollständig. Als ob ihm etwas fehlt.«

Samuel grinste, dann wurde er wieder ernst. »Ja, finde ich auch. Ihm fehlt Jesus«, erklärte er. »Ist doch klar, oder?«

Ruth rollte mit den Augen und puffte ihren Mann liebevoll in die Seite.

»Das weiß ich doch! Natürlich braucht er Jesus. Oder *vor allem* Jesus. Aber Gott hat auch gewollt, dass wir heiraten und Familien gründen, oder etwa nicht?«

»Natürlich hat er das gewollt. Aber – oops, da kommt er!«

John nahm zwei Longdrinkgläser vom Regal und warf ein paar Eiswürfel hinein. Dann goss er Tomatensaft in das eine, Limonade in das andere Glas, und schob seinen Freunden die Drinks über den Tresen zu.

»Was macht eigentlich eure neue Mieterin? Ist sie schon angekommen?«

Ruth nickte. »Ja, sie ist wirklich sehr nett. Und hübsch!«, fügte sie mit einem Augenzwinkern hinzu – obwohl sie genau wusste, dass das John nicht beeindrucken würde. »Sie studiert englische Literatur und will hier ihren Abschluss machen. Ich habe ihr übrigens von deiner Party erzählt, ich hoffe, du hast nichts dagegen. Sie sagte zwar, sie sei sehr müde, aber sie würde es sich überlegen … John? Bist du okay?«

Verwirrt sah John zu ihr hinüber, blinzelte ein paar Mal und murmelte dann etwas wie »Ja, ja, schon okay«, bevor er erneut in der Küche verschwand.

»Möchte noch jemand ein paar … mmh – ein paar Clubcracker mit Avocado-Dip?«, rief er über die Schulter zurück.

Ruth und Samuel wechselten vielsagende Blicke.

»Aber gerne, nur immer her damit!« Samuel lehnte sich mit dem Oberkörper in Richtung Küchentür und rief: »Kann ich dir was helfen, John?«

Da tauchte John wieder auf, eine riesige Platte voller Cracker auf seinen dünnen Unterarmen balancierend. »Ja, essen und ruhig sein. Ich – ich bin ein wenig nervös«, erklärte er mit einem entschuldigenden Lächeln. Sein hellblondes, an den Schläfen schon etwas dünner gewordenes Haar ließ ihn blasser aussehen, als er ohnehin schon war. John ging selten in die Sonne und trug selbst im Hochsommer meistens Jeans und immer – wirklich ausnahmslos *immer* – ein weißes T-Shirt.

»Wenn es euch nichts ausmacht, setze ich mich nach draußen auf die Veranda und guck mal, wer als Erstes kommt.«

»Na, hoffentlich Darren mit dem Essen. Von dem Dipp hätte ich übrigens gerne das Rezept.«

John grinste Ruth an, während er an ihr vorbei zur Tür ging. »Klar. Die Anweisung steht auf der Packung, alles *Kraft*.«

Halunke, dachte Ruth, während sie ihm lächelnd hinterhersah. Charmanter, alter Halunke.

Im Laufe des Abends füllte sich die Bar mit immer mehr Leuten, von denen John viele nicht einmal kannte. Aber das war schließlich immer so: Wenn es irgendwo etwas zu Feiern gab – und noch dazu Getränke und Snacks umsonst waren –, kamen sie alle in Scharen.

Auch Katja war gekommen. Zu ihrem eigenen Erstaunen fühlte sie sich ausgesprochen wohl. Etwas gelangweilt vielleicht, aber das lag in erster Linie daran, dass sie noch niemanden kannte. Niemanden außer Ruth und Samuel, und die waren anscheinend den ganzen Abend über damit beschäftigt, Hände zu schütteln und sich mit allen möglichen Leuten zu unterhalten. So viel zum Thema Großstadt. Katja kam es eher so vor, als lebten diese Leute alle in einem Dorf.

Sie wandte ihren Kopf durch die offene Tür in Richtung Bar. Ihr Blick blieb an Johns schmalem, kantigen Gesicht hängen. Wie alt mochte er sein? Mitte dreißig, vielleicht älter?

Er war nicht unbedingt attraktiv – sie mochte eher große, kräftig gebaute Typen mit breiten Schultern, und John war eher das Gegenteil davon –, aber etwas in seinem Gesicht schien sie auf unerklärliche Weise zu faszinieren. Katja wusste nicht, was es war, aber sie hatte kaum den Blick von ihm abwenden können, als Ruth sie miteinander bekannt gemacht hatte. Erst, als sie bemerkte, wie sich ein gutmütiges Grinsen auf seinem Gesicht ausbreitete, hatte sie verlegen weggesehen und irgendetwas von »Hände waschen« gemurmelt.

»Ciao, schöne junge Frau. Wo sind Sie mit Ihren Gedanken?«

Katja fuhr herum und sah einen attraktiven, schwarzhaarigen jungen Mann vor sich stehen, der sie mit unverhohlener Bewunderung ansah.

»Aaah, Sie haben ein Auge auf den Besitzer dieses Etablissements geworfen. Nun, da kann ich Ihnen allerdings nicht viel Hoffnung machen, er ist ungefähr so bindungsfreudig wie eine Teflonpfanne. Non-stick sozusagen. Lebt für sich allein, und will es auch nicht anders, soweit ich weiß. Darf ich mich vorstellen? Mario – Mario Alessandro Capella.«

Katja errötete. Hatte sie John denn so offensichtlich angestarrt? Wie peinlich!

»Katja«, murmelte sie, ohne Mario dabei in die Augen zu sehen. Sie wollte nicht flirten. Sie wollte einfach nur ihre Ruhe haben, ihren Gedanken nachhängen – und von gut aussehenden Typen wie diesem hier hatte sie sowieso fürs Erste genug.

Am nächsten Morgen erwachte Katja schon früh vom Duft frisch gebackenen Brotes. Sie räkelte sich genüsslich. Herrlich! Es war Sonntagmorgen, sie musste nicht aufstehen, sich um nichts kümmern, und ihre Kleider stanken noch nicht einmal nach Zigarettenrauch, obwohl sie den ganzen Abend in einer Bar verbracht hatte. Auch wenn sie gerne ein Glas Sekt oder einen »richtigen« Cocktail getrunken hätte, musste sie zugeben, dass es ihr im *Haven* sehr gut gefallen hatte.

John's Haven.

In diesem Moment klopfte es leise an der Tür.

Katja setzte sich im Bett auf. »Herein?« Es war Ruth mit einem Becher dampfenden Tees in der Hand. Wahrscheinlich hatte sie schon wieder vergessen, dass Katja keinen Tee mochte. Doch Katja nippte ein- oder zweimal, während sie Ruth über den Becherrand hinweg anlächelte.

»Wir gehen gleich in die Kirche«, meinte diese. »Wenn du vielleicht mitkommen möchtest –«

Rasch schüttelte Katja den Kopf. »Nein, danke, heute nicht. Ich bin noch müde, und nachher werde ich ein paar Postkarten an meine Familie und meine Freunde schreiben«, erklärte sie.

Ruth nickte. Sie hatte keine andere Antwort erwartet.

Katja nahm sich viel Zeit im Bad. Warum hatte dieser seltsame John sie auf so merkwürdige Weise in seinen Bann gezogen? Es war doch eigentlich nichts Besonderes an ihm, oder? Er war überhaupt nicht ihr Typ, und er war mindestens zehn Jahre älter als sie. Wenigstens sah er so aus. Außerdem hatte er sie den ganzen Abend über keines einzigen Blickes gewürdigt, also konnte sie auch nicht sagen, dass er mit ihr geflirtet hatte. Im Gegensatz zu Mario, der sich von ihrer kühlen, abweisenden Art nicht hatte abschrecken lassen und den ganzen Abend nicht von ihrer Seite gewichen war. Etwas beschämt musste sie sich eingestehen, dass sie sich aus purer Langeweile auf Marios harmlosen, kleinen Flirt eingelassen hatte. Aus Langeweile und aus Neugier. Doch zu ihrem Bedauern hatte er ihr im Verlauf des Abends nichts weiter über John erzählt, wie sie heimlich gehofft hatte.

Seufzend ließ sie sich in das lauwarme, nach Rosen duftende Wasser gleiten. Sie würde sich nicht weiter den Kopf darüber zerbrechen. Dafür war der Tag einfach zu schön. Ihr Magen knurrte, als sie an Ruths köstliches Weißbrot dachte, und sie beschloss, nur ein ganz kurzes Bad zu nehmen und es sich dann mit ihrem Frühstück und der Zeitung auf der Terrasse gemütlich zu machen.

Konnte ein Sonntag denn herrlicher beginnen?

13

Annika erwachte vom Schaukeln des Krankenwagens. Sie versuchte den Kopf zu drehen, als sie Stimmen hörte, die etwas von »Müllsäcken« und »Glück gehabt« sagten, aber ihr Kopf schien ihr nicht gehorchen zu wollen. Er tat entsetzlich weh und ließ sich beim besten Willen nicht bewegen. Vorsichtig tastete Annika mit einer Hand danach und war nicht überrascht, als sie einen dicken Verband spürte. Auch ihr linkes Bein war um den Knöchel herum bandagiert, aber es tat nicht weh, jedenfalls nicht so sehr wie der Kopf.

Wie hatte sie das bloß angestellt?

Sie erinnerte sich daran, dass sie die Straße entlanggelaufen war, aber was dann passiert war … war sie ausgerutscht? Gestürzt? Hatte sie jemand angefahren? Und wohin brachten die Sanitäter sie jetzt?

»Hallo, Annika«, hörte sie in diesem Moment Samanthas vertraute Stimme dicht neben sich. »Nicht bewegen. Du hast eine schwere Gehirnerschütterung, aber wahrscheinlich ist nichts gebrochen, abgesehen von deinem Fuß. Sie bringen dich ins Krankenhaus. Keine Angst, ich bleibe natürlich bei dir. Warum bist du denn so plötzlich aus dem Theater gelaufen?«

»Warum …«, murmelte Annika, mehr zu sich selbst, und versuchte sich zu erinnern. Richtig, sie waren im Theater gewesen. *Miss Saigon.*

Dann erinnerte sie sich schlagartig: *Alan.*

Alan war da gewesen.

Sie stöhnte leise und schüttelte den Kopf, doch davon wurde ihr nur schwindelig. Schwindelig und schlecht.

»Entschuldige bitte«, brachte sie gerade noch mit viel Mühe hervor, aber da hielt ihr der junge Sanitäter, der Samantha gegenüber auf der anderen Seite der Trage saß, bereits eine Schüssel unter das Kinn.

Sie hätte sehr viel Glück gehabt, dass sie nicht über das Auto hinweggeflogen, sondern auf den Bürgersteig gefallen sei, wo ein Haufen Müllsäcke aufgeschichtet gewesen war. Der hätte ihren Sturz abgefangen und verhindert, dass sie mit dem Kopf auf dem Asphalt aufgeschlagen war. Zwar sei ihr Kopf gegen einen Laternenpfahl geprallt, daher die Gehirnerschütterung – aber, so hatte die Ärztin ihr mit ernster Miene versichert, sehr leicht hätte dieser Unfall noch viel schlimmer ausgehen können. Annika war dankbar, dass sie an dieser Stelle nicht ins Detail gegangen war. Als ob es so nicht schon schlimm genug war.

Sie zog sich die dünne Decke bis an die Nasenspitze und versuchte nicht zu weinen, jedoch ohne Erfolg.

Was hatte sie sich da nur eingebrockt? Und alles wegen eines Mannes, der sich ihr gegenüber verhalten hatte wie ein … Betrüger! Oder Schlimmeres. Das heißt, falls er es denn überhaupt gewesen war … Was, wenn ihr ihre Fantasie nur einen bösen Streich gespielt hatte? Das wäre immerhin möglich, oder?

Sie schluchzte. *Oh Gott, jetzt werde ich auch noch verrückt. Sehe ich schon am helllichten Tag Gespenster?*

Ein leises Klopfen riss sie aus ihren Gedanken. Erleichtert stellte sie fest, dass es Samantha war, die hereingeschlichen kam, eine Schachtel Pralinen in der einen, einen Blumenstrauß in der anderen Hand.

»Eine Viertelstunde darf ich bleiben«, erklärte sie mit einem Augenrollen in Richtung Tür. »Zeit genug, dir Grüße von deiner Mutter auszurichten und dir dies hier zu bringen. Sie wird dich am Wochenende besuchen, sagt sie. Deine Schwester kommt auch mit. Ich werde ihnen ein Zimmer fertig machen – für ein paar Tage können sie ja zusammenrücken, was meinst du?«

»Ich meine, dass du schon mehr als genug für mich getan hast, und jetzt willst du auch noch dein Haus als Hotel für den Rest meiner Familie anbieten. Du weißt ja nicht, was da auf dich zukommt!«

Samantha winkte ab. »Das ist das Wenigste, wirklich. Außerdem müssen sie sich selbst verpflegen, also kann von Hotelservice keine Rede sein. Ich werde heute Abend zu meiner Tante fahren, sie wohnt zwar etwas außerhalb, aber doch so, dass ich dich von dort aus ohne Probleme besuchen kann.«

»Aber du musst meinetwegen wirklich nicht das ganze Wochenende in London bleiben. Fahr doch ruhig nach Hause – mit mir ist eh nicht viel anzufangen.«

Doch davon wollte Samantha nichts hören. Energisch schob sie ihre Brille zurecht und entgegnete: »Ich kann mich sehr gut mal einen Samstagabend in London amüsieren, das habe ich lange nicht getan, und meine Tante zu besuchen, ist auch keine Strafe. So, und nun muss ich schnell verschwinden, ehe die Ärztin mich hinauswirft. Mach's gut, ich komme morgen gleich nach dem Frühstück. Tschüs!«

Noch lange, nachdem Samantha gegangen war, lag Annika in ihrem Bett und versuchte zu begreifen, was geschehen war. Sie hatte zwar gehofft, ein paar Abenteuer hier in England zu erleben, aber sie hatte nicht vorgehabt, die tragische Hauptfigur darin zu spielen. Und noch dazu auf so schmerzhafte Weise …

Den Telefonhörer zwischen Kinn und Schulter geklemmt, stand Markus am Herd und rührte in der Pfanne herum, in der er sich die Reste vom Mittagessen – Kartoffeln und Würstchen – mit ein paar Eiern aufbriet. Er nickte Karsten zu, der eben zur Tür hereinkam, und versuchte zugleich, einer sehr aufgeregten Frau Köhler zuzuhören.

Als er endlich begriff, um was es ging, ließ er den Pfannenwender sinken und murmelte »Oh mein Gott«.

Annika!

Karstens Mund formte die Frage *Was ist los?*, doch Markus, den Hörer immer noch ans Ohr gepresst, schüttelte abwehrend den Kopf. Er musste erst genau wissen, was passiert war.

Nachdem er sich schließlich von Frau Köhler verabschiedet und aufgelegt hatte, drehte er den Schalter am Herd zurück und ließ sich mit einem Seufzer der Erleichterung auf einen Stuhl fallen.

Gott sei Dank, ihr war nichts allzu Schlimmes passiert! Aber er musste Annika sehen – sofort. Wenn er nur wüsste, wie er zu ihr kommen könnte, er würde … ja, er würde sogar in ein Flugzeug steigen. Und da kam ihm eine Idee.

»Karsten«, sagte er und stand auf, um dem Freund eine Hand auf die Schulter zu legen. »Dich schickt überhaupt der Himmel. Wie schnell kannst du einen Flug nach Birmingham organisieren? Für drei Personen!«

Ian und Laura holten Annika am Mittwoch mit dem Auto aus dem Krankenhaus ab. Annika war gerührt und auch etwas verlegen, dass die beiden diese Mühe auf sich nahmen. Bis sie im St Bernard's Hospital angekommen waren, war es bereits sechs Uhr.

Ian und Laura stützten sie beide auf dem Weg in den Flur hinaus, wo Annika zu ihrem Entsetzen in einen der wendigen, kleinen Rollstühle gesetzt wurde.

»Nur bis zum Parkplatz«, meinte Ian beschwichtigend und legte ihr die Plastiktüte mit ihren persönlichen Sachen auf den Schoß.

Auf der Heimfahrt kehrten sie in einer Autobahn-Raststätte ein, und Annika verspürte zum ersten Mal seit dem Unfall wieder Appetit.

»Das ist ein gutes Zeichen. Wenn ich wieder essen kann, geht es bergauf«, erklärte sie und biss herzhaft in ihren Geflügelburger. »Was haben die Leute in der Schule gesagt, Ian?«

»Der Chef war froh, als ich ihm erklärte, dass alles so glimpflich abgelaufen ist. Er erwartet dich in dieser Woche natürlich nicht mehr. Am besten wäre es, du ziehst dann für ein paar Tage zu uns, denn dann kann ich dich morgens mit zur Schule nehmen und auch wieder zurück. Auto fahren wirst du in den nächsten Wochen nämlich ganz bestimmt nicht können.«

Annika zog ein Gesicht. »Danke, dass du mich dran erinnerst. Aber ich kann doch Bus fahren oder –«

Doch ein Blick in Ians und Lauras entschlossene Gesichter genügte, um ihren Protest im Keim zu ersticken.

Ian lachte.

»Wir werden schon eine Lösung finden, mach dir mal nicht so viele Gedanken. Wann kommt deine Familie? Am Freitag?«

Annika wurde blass. *Markus.*

Doch dann stahl sich ein liebevolles, fast zärtliches Lächeln auf ihr Gesicht. Lieber, guter Markus! Er konnte es nicht ertragen, wenn es ihr schlecht ging.

»Hey, wo bist du denn mit deinen Gedanken? Du siehst plötzlich so verträumt aus!«

»Ach, ich dachte nur so … also, meine Mutter und meine Schwester kommen am Freitag. Ein Freund kommt ebenfalls mit. Markus.« Sie rieb sich mit dem Handrücken die Stirn und seufzte. »Was für ein Aufwand! Und das alles nur, weil ich einen Moment nicht aufgepasst und mich vor ein Auto geworfen habe …«

»Aber Annika, das ist doch kein Aufwand!«, widersprach Laura und griff über den Tisch nach Annikas Hand. »Nicht für jemanden, der dich liebt. Das würdest du doch für deine Familie – oder für deine Freunde – auch machen. Was gibt es Wichtigeres im Leben als gute Freunde und eine Familie, die zu einem hält?«

Natürlich war das allein für Laura nicht das Wichtigste im Leben. Doch bevor sie Annika etwas von Jesus erzählen würde, wollte sie sie erst einmal noch etwas besser kennenlernen.

Annika aber, die keine Ahnung hatte, was hinter Lauras Stirn vor sich ging, lächelte. Nichts. Es gab nichts Wichtigeres, nichts Schöneres als gute Freunde zu haben. Und Markus war eben doch der allerbeste von allen.

14

Obwohl Annika sich über den Besuch freute, fühlte sie sich bereits am Samstagabend total erschöpft. Sie waren mit dem Bus nach Stratford-on-Avon gefahren und hatten dort – damit Annika nicht so viel laufen musste – eine Shakespeare-Rundfahrt gemacht. Das Wetter war herrlich gewesen, fast zu warm für Anfang Oktober, und man konnte von dem offenen Bus aus viel sehen – Anne Hathaway's Cottage, Shakespeares Geburtshaus und Mary Arden's House mit den Überresten der Farm. Ein wahrhaftig tagesfüllendes Programm!

Annika war am Abend beinahe vor dem Fernseher eingeschlafen und hatte sich nur noch mit Mühe nach oben in ihr Zimmer schleppen können. Sie war sofort in einen tiefen, traumlosen Schlaf gefallen.

Es war schon hell, als sie wieder erwachte. Verschlafen drehte sie sich in ihrem Bett um, rieb sich die schmerzenden Schultern (»Man nennt das eine Müllsackprellung«, hatte sie am Freitag auf dem Weg nach Hause erklärt, als Markus einen Arm um ihre Schulter hatte legen wollen und sie vor Schmerzen gewimmert hatte), und schielte auf den Wecker: acht Uhr. Sie hatte über dreizehn Stunden geschlafen!

Ihre Mutter war unten in der Küche schon dabei, das Frühstück vorzubereiten, als Annika die Treppe hinuntergehumpelt kam, und sprang auf, um ihr die Krücken zu reichen.

»Danke, Mama. Tut mir leid, dass ich gestern Abend so schnell ins Bett musste. War wohl doch ein bisschen zu viel für mich …«

»Natürlich war es zu viel für dich, mein Schatz. Deswegen haben wir dich ja schlafen lassen. Wir haben uns noch gebackene Bohnen auf Toast gemacht – schmeckt gar nicht so schlecht! –, und dann haben wir Markus zu seinem Hotel gebracht. Ich verstehe übrigens nicht, weshalb er nicht auch hier untergebracht ist. Wollte er das nicht oder …?«

»Nein, er hatte das Hotel bereits gebucht und war auch nicht dazu zu bewegen, das Zimmer wieder abzubestellen. Ich nehme an, er wollte sich einfach nicht aufdrängen – du kennst doch Markus.«

Ihre Mutter lächelte. Ja, sie kannte Markus. Dann sagte sie: »Es ist wirklich hübsch hier, findest du nicht? Gar nicht so öd und leer, wie du befürchtet hattest.«

»Ich weiß. Ich bin auch froh, dass es hier wenigstens einen Kanal gibt – ohne Wasser kann ich ja nicht, wie du weißt. Die Nordsee ist es zwar nicht gerade, aber …«

»Hey!«

Margarete stemmte die Hände in die Hüften und sah ihre Älteste skeptisch an. »Höre ich da etwa eine Spur von Heimweh heraus? Ich dachte, du wärst froh in England zu sein!«

»Bin ich ja auch«, sagte Annika und steuerte auf den Küchentisch zu, wo ihre Mutter bereits einen Becher Tee für sie hingestellt hatte. »Es gefällt mir wirklich gut hier. Das mit dem Unfall hätte es natürlich nicht gebraucht, aber –«

»Na, den hast du dir aber deinen eigenen Worten nach selbst zuzuschreiben. Wir sind ja froh, dass dir nichts Schlimmeres passiert ist. Bis zu den Herbstferien geht es dir bestimmt schon besser. Kommt Markus dann eigentlich trotzdem wie geplant?«

»Ich glaube nicht. Jedenfalls hat er nichts davon gesagt. Aber jetzt ist er ja auch noch da …«

Und wie froh sie darüber war, brauchte ihre Mutter nicht zu wissen.

Markus legte behutsam seinen Arm um Annikas Taille, während sie an den Schaufenstern der kleinen Ladenzeile am Flughafen von Birmingham entlanggingen.

»Ich fand es wirklich lieb von dir, dass du mitgekommen bist«, seufzte Annika und lehnte sich mit dem Rücken an eine Wand. Sie sah blass und müde aus, und in Markus' Brust zog sich etwas schmerzhaft zusammen. Wie sehr er dieses Mädchen liebte!

»Du hättest dasselbe für mich getan«, sagte er leise.

Wieder seufzte sie. »Ja, das stimmt wohl. Wir sind wirklich gute Freunde, findest du nicht?«

Markus schluckte, suchte nach Worten – und fand sie nicht.

Wir sind wirklich gute Freunde.

Genau in diesem Augenblick wurde der Flug nach Hamburg aufgerufen, und der Moment war vorbei. Markus gab sich selbst das Versprechen, ihr spätestens beim nächsten Mal die Wahrheit zu sagen. Er konnte es einfach nicht mehr ertragen, in ihrer Nähe zu sein, ohne diese unsichtbare Distanz zwischen ihnen überwinden zu können.

»Ich bin Gott so dankbar, dass er dich beschützt hat, als du diesen Unfall hattest, Annika«, sagte er, als sie sich kurz darauf voneinander verabschiedeten. »Und ich bete für dich, dass er dich auch weiterhin in seinen Händen hält, bis wir uns wiedersehen. Leb wohl …«

Annika sah zu ihm auf. »Ich kann schon ganz gut auf mich selbst aufpassen, Markus. Ich habe Glück gehabt, das war alles. Dank der Müllsäcke, die da gerade herumlagen, wurde mein Sturz abgefangen. Das hat mit Gott wohl eher wenig zu tun, es sei denn, er arbeitet bei der Müllabfuhr.« Sie grinste. »Aber wenn du das glauben willst, kann ich dich natürlich nicht davon abhalten. Pass du auch auf dich auf, ja?«

Als sie Markus' Gesichtsausdruck sah, bereute sie ihre unbedachten Worte sofort. Warum hatte sie ihre spitze Zunge denn wieder einmal nicht im Zaum halten können?

»Ich … Es tut mir leid. Das wollte ich nicht, Markus. Weißt du, ich …«

Doch er schüttelte rasch den Kopf, legte einen Finger über ihre Lippen und flüsterte: »Leb wohl, Annika. Gott segne dich.«

Mit diesen Worten drehte er sich abrupt um und ging auf den Ausgang zu, ohne sich noch einmal nach ihr umzudrehen.

Gott segne dich.

Annika sah ihm mit versteinertem Gesichtsausdruck nach.

Gott segne dich.

»Hey, du – wollen wir los?«

Samantha war an ihre Seite getreten und sah sie fragend an. »Alles in Ordnung?«

»Wie?«

Einen Augenblick sah Annika sie verwirrt an, dann nickte sie mechanisch. »Ja, ja. Alles in Ordnung.«

Schweigend folgte sie Samantha zum Parkplatz hinaus. Aber das schreckliche Gefühl, etwas sehr, sehr Kostbares kaputt gemacht zu haben, begleitete sie noch den ganzen Rest des Tages und bis in ihre Träume hinein, in denen sie und Markus versuchten, im Nebel auf dem Deich zueinanderzufinden – ohne Erfolg. Immer wieder verloren sie sich, und ihr gegenseitiges Rufen wurde leiser und leiser, bis es am Ende ganz im Nebel verhallte.

Am Mittwoch packte Annika einige Sachen, um für die verbleibenden Tage bis zu den Ferien nach Clifton zu ziehen. Ihrem Kopf ging es schon bedeutend besser, und sie freute sich darauf, endlich unterrichten zu dürfen. Sie hatte noch einiges aufzuholen, wenn sie sich beim ersten Treffen der diesjährigen Fremdsprachenassistenten nicht blamieren wollte.

In Clifton angekommen, verstaute Annika ihre Kleidung und machte sich dann mithilfe ihrer Krücken auf den Weg ins Badezimmer, um sich ein Bad einzulassen. Mit ihrem eingegipsten Fuß würde das zwar eine komplizierte Angelegenheit werden, aber sie war müde und brauchte jetzt einfach ein Bad zum Entspannen. Später würde sie es sich dann vor dem Fernseher gemütlich machen. Ian und Laura waren mit ein paar Freunden ausgegangen, und Annika freute sich auf einen ruhigen Abend allein.

Seit ihrem Abschied am Flughafen hatte Markus sich nicht mehr gemeldet. Annika konnte es ihm nicht verdenken. Warum sollte er sie anrufen? Sie hatte am Sonntag schließlich alles daran gesetzt, ihn endgültig zu vergraulen.

Kaum hatte sie das Badewasser eingelassen, klingelte es an der Haustür. Annika erhob sich mühsam, angelte nach ihren Krücken und machte sich auf den beschwerlichen Weg nach unten.

»Hi, ich bin Jacob Brennan, Lauras Bruder. Und du musst Annika sein.«

Verwundert sah Annika den großen, etwas schlaksig wirkenden Mann mit den tiefschwarzen Haaren an, der vor ihr auf der Türschwelle stand und sie freundlich anlächelte, als warte er darauf, von ihr hereingelassen und zum Abendessen gebeten zu werden. Sympathischerweise trug er ebenfalls eine Brille – und sah damit sogar ungemein attraktiv aus.

Aber woher wusste er …?

»Ich habe gestern Abend mit Laura telefoniert und sie sagte mir, dass du für ein paar Tage hier wohnen würdest. Du bist doch Annika, oder?«

Annika runzelte die Stirn. »Ja, das bin ich. Allerdings sind Ian und Laura im Moment nicht da. Wenn ich ihnen etwas ausrichten soll …?«

»Nicht nötig. Aber du könntest mir gerne noch einen Tee machen, bevor ich gehe. Oder – oh, Verzeihung, Laura hat mir von dem Unfall erzählt. Ich mache mir den Tee selbst. Möchtest du auch einen?«

Da er wie selbstverständlich ins Haus hereinspaziert kam, wich Annika irritierten Blickes zur Seite und schloss die Tür hinter ihm. *Na, der hat ja Nerven!*

Kopfschüttelnd folgte sie Jacob in die Küche.

»Ian hat am Samstag Geburtstag«, erklärte er, ohne sich umzudrehen, und machte sich an dem Gasherd zu schaffen. »Sie haben dir bestimmt nichts davon erzählt, aber er wird dreißig. Ich bin gekommen, um sein Geschenk zu bringen, das ich in Lauras Auftrag für ihn besorgt habe. Leider habe ich am Wochenende keine Zeit, und deswegen …«

Annika, noch immer mit verschränkten Armen im Türrahmen lehnend, nickte. Irgendwie hatte dieser Mann etwas Faszinierendes. Etwas, das sie unwillkürlich anzog. Als ihr plötzlich unangenehm bewusst wurde, dass sie ihn anstarrte, steuerte sie, so rasch sie konnte, den nächstbesten Stuhl an, um sich darauf niederzulassen.

»Wie gefällt es dir in Warwickshire? Ich hörte, du bist als Fremdsprachenassistentin an Ians Schule. Hast du schon ein paar Leute kennengelernt – außer meiner Schwester und meinem Schwager?«

Na, da weißt du ja mehr über mich als ich über dich, dachte Annika. Ich habe noch nicht einmal gewusst, dass Laura einen so gut aussehenden Bruder hat. Sie nahm den Tee entgegen, den Jacob ihr hinhielt, und lächelte verlegen.

»Ich ... ich bin noch nicht besonders viel herumgekommen«, erklärte sie und deutete etwas verlegen auf ihre Krücken. »Mit diesem blöden Fuß kann ich ja nicht Auto fahren. Aber das, was ich bis jetzt von Warwickshire gesehen habe, gefällt mir gut, und die Leute hier sind auch sehr nett.«

Jacob grinste. »Also, ich finde es sehr mutig von dir, dass du dich überhaupt mit dem Auto hierhergetraut hast. Das muss schon ein komisches Gefühl sein, auf der anderen Straßenseite zu fahren. Im Stau kann man sich dann allerdings nett unterhalten, so von Fahrer zu Fahrer.«

Annika nahm einen vorsichtigen Schluck von ihrem Tee. »Ohne Auto würde ich hier nicht sein wollen. Rugby ist doch ziemlich ... nun ja, in der Mitte von irgendwo halt.«

Wieder grinste Jacob, diesmal jedoch sehr viel breiter. »Du kannst es ruhig sagen, es ist ein Kaff. Dort, wo ich wohne, ist es sogar noch ruhiger – geradezu einsam, wenn nicht gerade Hochsaison ist und die Touristen über unser Dorf herfallen. Aber dafür ist es wunderschön. Warst du schon einmal in den Cotswolds?«

Annika bekam große Augen, während sie langsam den Kopf schüttelte. Die Cotswolds! Sie hatte geglaubt, das könnten sich nur ganz reiche Leute leisten, weil die hübschen, honiggelben Cottages auf den Bildern so aussahen, als seien sie die reinsten Museumsstücke und nicht zum darin Wohnen gedacht.

»Na, dann musst du uns mal in Upper Slaughter besuchen kommen, wenn du in der Gegend bist. Vielleicht nehmen Ian und Laura dich ja mal auf eine Tour durch die Cotswolds mit, und dann kommt ihr bei uns zum Tee vorbei.«

Annika schluckte. *Uns*. Tja, das war's dann wohl, dachte sie, und versuchte ein möglichst unbeteiligtes Gesicht zu machen. Im Falsche-Hoffnung-machen war sie ja großartig.

Was war nur mit ihr im Moment los? War das eine zweite Pubertätsphase, die sie da gerade durchmachte? Mit unvernünftigen Schwärmereien und allem, was dazugehörte?

»Danke für die Einladung«, murmelte sie. »Wenn es mir besser geht, komme ich gern darauf zurück. Ich glaube, jetzt gehe ich aber lieber wieder nach oben – bin ziemlich müde. Wartest du noch auf Ian und Laura, oder willst du das Geschenk dalassen?«

Jacob erhob sich ebenfalls und half Annika auf die Beine, bis sie ihr Gleichgewicht gefunden hatte und sicher auf ihren beiden Krücken gestützt stand.

Einen Moment lang sah er ihr tief in die Augen und Annika fühlte, wie sie rot wurde. Was starrte er sie denn so an?

Doch Jacob lächelte verschmitzt, als sei es für ihn die normalste Sache der Welt, in anderer Leute Häuser zu kommen und mit fremden Frauen zu flirten.

»Das ist lieb von dir, aber ich werde es einfach in die Garage stellen, es ist gut verpackt. Also, danke für den Tee. Und gute Besserung für deinen Fuß!«

Annika nickte.

Sie begleitete Jacob in die Diele hinaus und kletterte dann die steile Treppe hinauf, wo sie sich langsam und sehr vorsichtig auf den weichen Teppich im Badezimmer sinken ließ. Dann streckte sie eine Hand nach der Badewanne aus, um die Wassertemperatur zu prüfen. Kalt. Natürlich, was sonst?

Deepika und Nasreen waren das unzertrennlichste Paar, das es an der *Rugby High School for Girls* gab. Annika fragte sich, ob die beiden wohl auch zusammen zur Toilette gingen, als sie an ihnen vorbei in Richtung Lehrerzimmer humpelte. *Höchstwahrscheinlich.*

Während sie zwei Löffel Instantkaffee in ihren Becher häufte, dachte sie an ihre nächste Stunde, in der sie mit einer Gruppe von Zehntklässlerinnen ein Gedicht durchnehmen wollte. Sie war fest entschlossen, die jungen Engländerinnen während ihres Dienstes an dieser Schule nicht ohne Theodor Storm davonkommen zu lassen.

»Hey, was machst du in der nächsten Stunde? Kann ich dir eventuell noch zwei Schülerinnen mehr zumuten? Ich probe ein Theaterstück, und die beiden waren letzte Woche nicht da, als wir die Rollen verteilt haben – du kannst dir sicher denken, von wem ich rede.«

Annika grinste und goss ihren Kaffee auf. »Klar, das können nur Nasreen und Deepika sein. Zwei Namen, die ich mir merken kann! Aber mach dir keine allzu großen Hoffnungen, dass sie bei mir weniger maulen. Ich mache heute einen kleinen Exkurs in die deutsche Dichtkunst – Theodor Storm.«

Zu ihrem Entsetzen machte Ian ein verständnisloses Gesicht. Konnte es sein, dass er als Deutschlehrer ebenfalls keine Ahnung hatte, wer Theodor Storm war?

Aber dann nickte er, als fiele ihm gerade etwas dazu ein. »Storm, ja. Habe ich auch mal gelesen während meines Studiums. Allerdings keine Gedichte, sondern so eine tragische Geschichte von einem Mann, der einen neuen Deich bauen wollte. Und am Ende sind alle ertrunken – oder die meisten jedenfalls.«

Annika nickte begeistert. »Ja, das ist der *Schimmelreiter*, seine berühmteste Novelle! Den Deich gibt es übrigens heute noch – auch wenn die Geschichte als solche natürlich erfunden ist … –, ich wohne ganz in der Nähe davon. Für mich ist Storm also auch ein Stück weit Heimatgeschichte, weißt du?«

In diesem Moment klingelte es zur nächsten Stunde, und Annika trank hastig noch einen Schluck von ihrem Kaffee, bevor sie ihre Mappe in ihre Umhängetasche steckte, nach ihren Krücken griff und sich auf den Weg zu ihrem Klassenzimmer machte. An englischen Schulen war es üblich, dass die Lehrer jeweils ihr eigenes Zimmer hatten, in dem der Unterricht stattfand, und die Schüler zu ihnen kommen mussten. Dass sie sogar für die Dauer ihres Aufenthaltes einen eigenen Raum zugewiesen bekommen hatte, hatte Annika überrascht, aber sie freute sich riesig darüber und hatte den Raum schon in den ersten Tagen nett hergerichtet – zum Beispiel mit Bildern von Hamburg, Kiel und der Nordseeküste.

»Ich schicke dir die beiden Prinzessinnen dann nachher rüber, okay?«, rief Ian ihr nach.

»Ja, ja, tu das mal. Kannst du mich übrigens heute Mittag nach Hause fahren? Und vielleicht sogar kurz in Hillmorton Halt machen? Ich muss mal nach der Post sehen und noch etwas für die Schule holen.«

Ian rieb sich nachdenklich das Kinn. »Hm … ja, kann ich machen. Ich muss sowieso noch was in der Stadt besorgen, da kann ich dich auf dem Weg absetzen. Bis nachher!«

Annika hauchte Ian einen Luftkuss zu. »Du bist ein Schatz!«

Als Ian sie kurz in Hillmorton absetzte, wartete eine Überraschung auf sie, mit der sie im Leben nicht gerechnet hatte. Nie.

Es war ein Brief von ihrem Vater.

Samantha hatte ihn ihr auf die Treppe gelegt und sie griff mit zitternden Händen danach. Dann humpelte sie, so schnell sie konnte, nach draußen, ließ sich wieder in den Beifahrersitz fallen und begann sofort zu lesen. Die Schulunterlagen hatte sie vollkommen vergessen.

Ian wunderte sich zwar, da er aber auf sein Nachfragen keine Antwort erhielt, startete er den Wagen und fuhr weiter. Frauen, dachte er, wer versteht die schon?

In Clifton angekommen, bedankte Annika sich geistesabwesend, humpelte auf ihren Krücken zur Tür und schloss mit zitternden Händen auf. Dann stolperte sie in ihr Zimmer hinauf, ließ sich auf ihr Bett fallen und faltete den Brief auseinander, um ihn noch einmal zu lesen.

Meine liebe Annika,

als ich von deinem Unfall hörte, war ich zutiefst erschrocken. Ich bin froh und unendlich erleichtert, dass dir nichts Schlimmeres passiert ist und dass es dir inzwischen wieder besser geht. Mama hat mich gleich angerufen, als sie von dem Unfall erfahren hat, und ich wäre mit nach London gekommen, wenn ich gewusst hätte, dass du mich sehen willst. Aber ich gebe zu, dass ich wohl zu feige war, um zu kommen. Ich weiß, dass du nicht gut auf mich zu sprechen bist, und ich kann dich so gut verstehen.

Annika gab ein leises, bitteres Lachen von sich. Da hatte er allerdings recht, sie war nicht gut auf ihn zu sprechen. Und das war wahrscheinlich noch milde ausgedrückt.

Bitte glaube mir, dass ich dir – euch allen – niemals wehtun wollte. Es ist einfach passiert. Warum, das weiß ich selbst nicht …

Na, das ist ja toll. Du weißt es selbst nicht. Das klingt fast so, als hättest du deine Geliebte im Supermarkt aufgelesen, so wie die Schachtel Pralinen, die du eigentlich gar nicht hast kaufen wollen, und die trotzdem auf wundersame Weise ihren Weg in den Einkaufskorb gefunden hat.

Ich habe die Beziehung (die zugegebenermaßen niemals eine besonders ernsthafte war) zu der anderen Frau beendet, als mir klar wurde, dass ich einen Fehler gemacht habe. Einen schlimmen Fehler …

Einen schlimmen Fehler, allerdings. Einen unverzeihlichen Fehler.

Ich weiß, es hört sich seltsam an, aber mir ist erst durch diese dumme (dumme, dumme!) Affäre klar geworden, wie sehr ich euch eigentlich liebe. Euch drei. Und es zerreißt mich innerlich, wenn ich daran denke, was ich euch angetan habe. Ich hoffe, ihr könnt mir eines Tages verzeihen.

Ich würde mich so freuen, wenn du dich bei mir meldest. Irgendwann, wenn du so weit bist. Ich gebe dir alle Zeit der Welt, das verspreche ich dir, aber ich werde nicht aufhören, darauf zu hoffen. Ich hab dich lieb, meine Annika. Sehr lieb.

Papa

15

Auf der anderen Seite der Erdhalbkugel war es um diese Zeit etwa zwei Uhr morgens, und eine müde, verwirrte, aber glückliche Katja schloss die Tür ihres Zimmers hinter sich. Samuel und Ruth hatten einige Freunde zum Essen eingeladen, damit Katja einmal »unters Volk« kam, wie sie es nannten. Die meisten waren Leute aus ihrer Kirchengemeinde gewesen, aber glücklicherweise hatten sie nicht ausschließlich über Glaube und Kirche geredet. Am besten hatte Katja sich mit Ellen unterhalten, die einen Buchladen in unmittelbarer Nähe des berühmten Bondi Beach besaß und fünf Kinder hatte. Fünf! Dabei war sie erst Mitte dreißig und noch schlank wie ein Model, außerdem mindestens ebenso hübsch.

Nachdem Ellen und ihr Mann sich verabschiedet hatten, und Katja schon mit dem Gedanken gespielt hatte, heute ausnahmsweise einmal früh ins Bett zu gehen, war überraschend noch ein später Gast aufgetaucht, der ihr Herz sofort hatte höherschlagen lassen: John.

Zu ihrem grenzenlosen Erstaunen war er, nachdem er Ruth mit einer herzlichen Umarmung und einem Kuss auf jede Wange begrüßt hatte, direkt auf sie zugesteuert. Er hatte sich neben sie gesetzt, sich ein Glas Mineralwasser eingegossen und angefangen, sich mit ihr zu unterhalten, als sei dies die selbstverständlichste Sache der Welt. Woher sie kam, was sie in Sydney mache, wann sie angekommen sei, und was sie bisher alles von der Stadt gesehen habe. Seine tiefe, heisere Stimme hatte beinahe so etwas wie Sexappeal. Katja hatte Mühe gehabt, sich auf seine Fragen zu konzentrieren und diese auch ohne merkliches Zittern in der Stimme zu beantworten.

»Ehrlich gesagt, bin ich noch nicht über den Uni-Campus und die unmittelbare Umgebung hier hinausgekommen. Stell dir vor, ich habe noch nicht einmal das Opera House gesehen!«

»Nein!!«

In gespieltem Entsetzen hatte John sich kerzengerade aufgesetzt und sie aus seinen faszinierenden grünen Augen angefunkelt. »Das ist nicht dein Ernst! Du bist seit drei Wochen hier und hast noch nicht einmal unser *wunderschönes*, weltberühmtes Opera House gesehen?«

In seiner Stimme war eine Spur von Ironie mitgeschwungen, und die Mundwinkel hatten sich zu einem kaum sichtbaren Grinsen verzogen. Dann hatte er plötzlich ganz unvermittelt gesagt: »Wenn du möchtest, kann ich dir morgen die Stadt zeigen – dann siehst du auch die Ecken von Sydney, die die meisten Touris nie zu sehen bekommen, weil sie in den Fremdenführern nicht drinstehen. Hast du Lust?«

Katja hatte ihn ungläubig angestarrt. Hatte sie richtig gehört? Er wollte ihr die Stadt zeigen??

»Wir müssten allerdings früh aufbrechen, weil ich um fünf Uhr meine Bar aufmache«, erklärte er, als sei die Sache schon ausgemacht. »Von mir aus können wir uns schon um neun oder halb zehn in der Innenstadt treffen, dann haben wir genug Zeit. Schaffst du das?«

Katja war unter seinem eindringlichen Blick unruhig auf ihrem Stuhl hin- und hergerutscht und hatte inständig gehofft, er möge es nicht bemerken. Sie war sich so dumm vorgekommen! Wie ein kleines Mädchen.

Doch nachdem sie seine Einladung angenommen hatte, war er zu ihrer Verwunderung gleich aufgestanden und zu den anderen Männern nach draußen gegangen. Sie hatte dagesessen, ihre noch unberührte Kaffeetasse in der Hand, und ihm etwas ratlos hinterhergesehen.

Was für ein schräger Typ! Schräg, aber auf seine Art unwiderstehlich attraktiv. Und ungemein sexy.

Katja schloss die Augen und versuchte einzuschlafen, doch es wollte ihr nicht gelingen. Immer wieder tauchte Johns schmales, kantiges Gesicht vor ihr auf – und dann war sie wieder hellwach. Na, prima, dachte sie, wenn das so weitergeht, brauchen wir morgen gar keine Sehenswürdigkeiten zu besichtigen, sondern nur von Café zu Café zu hüpfen. Wie die Kängurus – nur, dass die keinen Espresso trinken.

Der Tag begann damit, dass eine Möwe gegen ihre Fensterscheibe flog. Katja erwachte von dem dumpfen Knall, sprang aus dem Bett und lief zum Fenster hinüber, um nachzusehen, ob das Tier noch lebte. Doch von der Möwe war weit und breit keine Spur zu sehen. Die musste wohl buchstäblich hart im Nehmen sein.

Seufzend ließ Katja sich wieder auf ihr Bett fallen und schloss die Augen. Es war noch viel zu früh um aufzustehen …

Sekunden später fuhr sie wieder hoch.

Oh nein, schoss es ihr durch den Kopf, während sie die Decke zurückwarf und aus dem Bett sprang, um ins Bad hinüberzujagen, ich komme zu spät! Ich komme gleich bei unserer ersten Verabredung zu spät!

Sie gönnte sich ausnahmsweise nur eine Blitzdusche, und war wenige Minuten später auf dem Weg nach unten in die Küche.

Als Ruth den Kopf von ihrer Zeitung hob und Katja im Türrahmen entdeckte, lächelte sie. »Du hast noch genug Zeit, um in aller Ruhe zu frühstücken. Sam fährt dich nachher ein Stück in die Stadt rein, nicht wahr, Sam?«

Sam brummte irgendetwas in seinen Bart hinein, ohne von der Zeitung aufzusehen. Er war morgens nie besonders gesprächig, das hatte Katja schon gemerkt. Ansonsten aber waren die beiden wirklich sehr nett und überaus herzlich. Sie behandelten Katja nicht wie eine Mieterin, sondern wie ein Familienmitglied.

»Danke, das ist lieb von dir.«

Katja setzte sich mit ihrem Kaffeebecher an den Tisch und griff nach der Milchflasche. »Ich glaube, ich schaffe heute nur ein Stück Brot, Ruth. Mein Magen ist noch nicht ganz wach …«

Und er ist außerdem schon voller Schmetterlinge.

John stand in der Küche, den Rücken an den Kühlschrank gelehnt, und trank langsam seinen Orangensaft. Er war früh wach gewesen, früher als sonst an einem Samstagmorgen. Jetzt war es kurz vor acht, und durch die offenen Fenster strömte bereits schwülwarme Luft herein, die Johns Hoffnung darauf, dass es kein allzu heißer Tag werden würde, zunichte machte. Wenn die Temperaturen schon jetzt über dreißig Grad kletterten, konnte die geplante Stadtbesichtigung leicht zur Qual werden.

Ruth hatte ihn am Tag nach der Jubiläumsfeier im *Haven* prompt gefragt, ob er sich nicht ein wenig um Katja kümmern könnte, die noch niemanden hier kannte und auch noch nicht viel von der Stadt gesehen hatte. Da er Ruth so gut wie nie einen Wunsch abschlagen konnte – sie war ihm über die Jahre fast eine zweite Mutter geworden –, und er sich außerdem vage daran zu erinnern glaubte, dass diese Katja eigentlich recht hübsch war, hatte er dem Vorschlag zugestimmt. John war keinesfalls klar, worauf er sich damit eingelassen hatte – vielleicht gehörte Katja zu dieser anstrengenden Sorte Frau, wie etwa diese Amerikanerin mit dem furchtbaren Lachen, die die Johnsons im Jahr davor gehabt hatten.

Cindy. Beim bloßen Gedanken an dieses Mädchen musste er sich beinahe schütteln.

Nein, er würde sich nicht von Äußerlichkeiten täuschen lassen. Und wenn Katja noch so hübsch war, er würde dieses Mal vorsichtiger sein. Sehr viel vorsichtiger.

John leerte sein Glas und stellte es auf den Tresen zurück. Dann ging er ins Badezimmer und drehte das heiße Wasser voll auf, während er mit geschlossenen Augen unter der Dusche stand.

Wie lange hatte er schon keine ernsthafte Beziehung mehr gehabt? In den fünf Jahren, in denen er das *Haven* führte, jedenfalls nicht. In den Jahren davor auch nicht, da war er allzu sehr mit sich selbst beschäftigt gewesen: erst damit, sich das Leben kaputt zu machen, und dann damit, es wieder in Ordnung zu bringen. Es war ein langer, schwerer Weg aus der Sucht, den er ohne Ruths und Sams Hilfe vielleicht nie gegangen wäre.

Dass diese beiden gerade im richtigen Moment aufgetaucht waren, konnte selbst er, der nicht an Gott glaubte, nicht dem Zufall zuschreiben. Wie sonst hätten sie ihn an jenem Abend auf der Straße auflesen können, mitten im Stadtteil Glebe, sturzbetrunken und sterbenselend? John wusste, dass da jemand seine Hand im Spiel gehabt hatte, auch wenn er das niemals zugeben würde.

Er öffnete die Augen und stellte den Temperaturregler auf die kälteste Stufe, bevor er aus der Dusche stieg. Dann schlang er ein großes, weiches Laken um die Hüften, ging zurück in die gemütliche Wohnküche seines kleinen Apartments und schaltete das Radio ein.

Auf Channel 1 sang Wet Wet Wet *Love Is All Around.*

John verzog das Gesicht.

I feel it in my fingers, I feel it in my toes …

Ausgerechnet das – und ausgerechnet heute Morgen. Da half nur ein starker Kaffee und ein Stapel Toast mit bitterer Orangenmarmelade.

Schon von Weitem erblickte er Katja, wie sie dastand, den Rücken zum historischen Rathaus gekehrt, eine Hand über die Augen gelegt, und anscheinend angestrengt die Straße hinuntersah. Von der Bushaltestelle kommend, folgte John unwillkürlich ihrem Blick, konnte aber nichts besonders Aufregendes entdecken. Er ließ den Blick zurück zu Katja wandern und sah sie zum ersten Mal wirklich bewusst an: Sie war schön. Atemberaubend schön. Mit ihrem vollen, glänzenden, dunkelbraunen Haar, das ihr fast bis auf die Hüften hinunterreichte, und ihrer schlanken, femininen Figur zog sie ihn so stark in seinen Bann, dass er sich räuspern musste, bevor er sie ansprach.

»Junge Frau?«

Katja zuckte zusammen.

»Ich habe dich gar nicht kommen sehen!«, rief sie. »Tauchst du immer so plötzlich aus dem Nichts auf?«

Er nickte. »Ja. Das ist meine Geheimwaffe, die ich immer in potenziellen Gefahrensituationen anwende. Der Überraschungseffekt macht den Gegner praktisch unfähig, sofort zu reagieren.«

Katja lachte und schlug ihm spielerisch mit der flachen Hand auf den Arm. »Alles klar, 007. Und was machen wir nun? Gehen wir zusammen auf Verbrecherjagd?«

»Mit dir würde das bestimmt Spaß machen, aber – nein. Nein, ich habe etwas anderes mit dir vor. Etwas Schönes. Komm, wir müssen zuerst ein Stück laufen. Ich hoffe, du hast bequeme Schuhe an!«

Einige Stunden später saßen die beiden auf einer Bank in den *Royal Botanical Gardens* und genossen die Mittagssonne, den herrlichen Blick auf die vor ihnen liegende Bucht, und die Sandwiches, die sie zuvor auf dem *Rocks Market* gekauft hatten. Sie hatten bereits etliche der sehenswerten Plätze im nördlichen Stadtzentrum besucht, und Katja taten schon die Füße weh. Dabei hatten ihr zu Hause alle versichert, in Australien gehe man nicht zu Fuß – von wegen!

John biss in sein Sandwich und zeigte mit der freien Hand in Richtung Süden. »Dieses Stück Park dort drüben ist *The Domain*. Hier finden im Sommer ständig irgendwelche Events statt, Musikfestivals und dergleichen. Nächste Woche beginnen die Latin Days, wenn du Lust hast, können wir zusammen hingehen. Die Stimmung ist klasse.«

Katja warf ihm einen vorsichtigen Seitenblick zu. Er wollte sich *noch einmal* mit ihr verabreden?

Als sei ihm gerade derselbe Gedanke gekommen, fügte er eilig hinzu: »Aber vielleicht willst du auch lieber mit deinen neuen Freunden von der Uni hingehen? Ich gehöre ja schließlich nicht so ganz zu deiner Altersklasse …«

»Nein, nein«, versicherte sie etwas zu hastig. »gar nicht. Ich – würde gerne mit dir hingehen. Sehr gerne.«

Ihre Blicke begegneten sich, und ein kaum wahrnehmbares Lächeln erschien auf Johns sonst so verschlossenem Gesicht. Er sieht gleich viel freundlicher aus, wenn er lächelt, dachte Katja, die am liebsten eine Hand ausgestreckt und ihn berührt hätte. Warum lächelte er so selten?

»Das ist nett«, sagte er und nickte zufrieden. Dann widmete er sich wieder seinem Sandwich, als sei nichts geschehen.

Katja seufzte leise und sah etwas unschlüssig auf ihr Thunfischsandwich hinab. Sie verspürte plötzlich überhaupt keinen Hunger mehr. Stattdessen klopfte ihr Herz jedes Mal, wenn er sie nur ansah, so laut, dass sie Angst hatte, er könnte es hören.

»Ich … ich glaube, ich bin nicht mehr hungrig. Es ist doch wärmer, als ich dachte. Hältst du das mal kurz?«

Sie hielt ihm ihre offene Getränkedose hin und zog sich die Sweatshirtjacke aus. Darunter trug sie ein rot-weiß-gestreiftes Baumwolltop mit Spaghettiträgern, das ihre schmalen, vom Sommer in Deutschland noch leicht gebräunten Schultern betonte.

»Wohin geht's jetzt?«

John bemühte sich, sie nicht anzustarren, knüllte sein Sandwichpapier zu einem festen Ball zusammen und warf es in einen Abfalleimer. »Ich dachte, wir könnten vielleicht die Fähre nehmen und nach Cremorne Wharf übersetzen. Wie lange wirst du in Sydney bleiben?«

»Zwei Jahre, denke ich. Anderthalb, wenn man die Semesterferien nicht mitzählt.«

»Nun, das lohnt sich doch zumindest. Genug Zeit, um aus dir eine richtige Sydneysiderin zu machen!«

Katja lachte. »Klar, wenn du mir dabei hilfst. Übrigens, kannst du mir erklären, was ein *ocker* ist? So hat eine meiner australischen Kommilitoninnen unseren Literaturprof genannt.«

Er zog überrascht die Augenbrauen hoch. »Tatsächlich? Nun, ein *ocker* ist so etwas wie ein typischer Kerl, einer, der laut herumgrölt, gerne Bier trinkt und auf jeder Sportveranstaltung anzutreffen ist.«

»Oh.«

Katja biss sich auf die Lippen. Dann legte sie den Kopf schief und sagte: »Aha. Man unterteilt australische Männer also in *ocker* und … *nicht-ocker*?«

John warf den Kopf in den Nacken und lachte. Katja sah ihn überrascht an.

Er aber legte ihr wie selbstverständlich einen Arm um die Schulter und drückte sie ganz kurz.

»Genau. *Ocker* und *nicht-ocker.* Anstatt *nicht-ocker* kannst du aber auch Gentleman sagen – ein Paradebeispiel dafür ist Samuel Johnson. Etwas brummelig, aber in punkto Manieren und Höflichkeit … perfekt. Der typische Brite eben.«

»Hm. Wie lange sind die beiden eigentlich schon hier? Und woher kennst du sie?«

John zog seinen Arm zurück und sah plötzlich verärgert aus, als hätte sie etwas Falsches gesagt. Aber was?

Vielleicht täuschte der Eindruck aber auch, denn im nächsten Moment schien er sich wieder gefangen zu haben – was immer es auch gewesen sein mochte, das ihn an ihrer Frage irritiert hatte. Wenn da überhaupt etwas gewesen war.

John blieb stehen und sah auf die Bucht hinaus. »Sie sind schon seit vielen Jahren hier, soweit ich weiß. Tja, und ich … ich habe die beiden eigentlich rein zufällig kennengelernt. Auf der Straße sozusagen.«

Er grinste verlegen. »Ist auch schon ein paar Jahre her. Inzwischen denke ich manchmal, dass ich sie schon immer gekannt habe.«

Katja nickte langsam. Wenn er irgendetwas vor ihr verheimlichte, dann tat sie bestimmt besser daran, nicht weiter nachzufragen. Es ging sie ja auch nichts an. Schließlich kannten sie sich kaum. Warum sollte er ihr alles erzählen?

»Die Fähre kommt gerade – los, wenn wir laufen, erwischen wir sie noch!«

Ehe sie sich's versah, nahm er ihre Hand und rannte los. Ihr Herz klopfte heftig, als sie wenige Minuten später an Bord der kleinen Fähre angekommen waren, und sie schloss für einen Moment die Augen, während sie versuchte, wieder zu Atem zu kommen. Dann spürte sie eine Hand auf ihrer Schulter.

Es war John, der vorsichtig einen ihrer Träger wieder hochschob.

»Der war runtergerutscht. Entschuldigung.«

»Macht doch nichts«, murmelte sie.

Plötzlich ging ein heftiger Ruck durch das Schiff, und sie musste sich an Johns Schultern festhalten, um nicht das Gleichgewicht zu verlieren.

»Hoppsala!«, rief er lachend. »Komm, wir gehen nach oben. Es ist zu schön, um drinnen zu sein.«

Einen Moment lang sah sie ihn irritiert an. *Hoppsala.* Er hatte *hoppsala* gesagt. Und da dachte sie immer, das sei ein quasi unübersetzbares deutsches Wort. Es klang nett in Johns Aussie-Dialekt. Witzig, irgendwie. Sie folgte John die steile Treppe hinauf, froh, dem Ölgeruch zu entkommen, der das Innere der Fähre erfüllte.

Oben angekommen, stellten sie sich nebeneinander an die Reling. John stand so dicht neben ihr, dass ihre Ellenbogen sich berührten und Katja fühlte, wie ihr ein wohlbekannter Schauer den Rücken hinunterrann. Sie wagte kaum zu atmen – wenn sie diesen Moment hätte festhalten und einrahmen können, hätte sie das sofort getan.

»Ist das nicht herrlich hier? Ich bin so gern am Wasser«, meinte er, ohne sie dabei anzusehen. Sein Blick ging weit über die Bucht hinaus in die Ferne, als sähe er dort etwas, das nur er sehen konnte. Jedenfalls schien er mit seinen Gedanken meilenweit weg zu sein.

Schließlich wandte er sich wieder Katja zu. »Und – ist das ein schöner Tag?«

»Oh ja!«, erwiderte sie prompt, hob den Kopf und strahlte ihn an. »Absolut perfekt. Danke, dass du dir so viel Mühe gibst und dir die Zeit nimmst, mir dies alles hier zu zeigen.«

Er erwiderte ihr Lächeln. »Das mache ich doch gern.«

Dann legte er wieder einen Arm um ihre Schulter und sie blickten gemeinsam schweigend aufs Wasser hinaus. Noch nie war Katja so glücklich gewesen wie in diesem Moment. Dieser Tag ein Leben, dachte sie. Dieser Tag ein Leben …

16

Annemarie Feuerbach füllte gerade Apfelgelee in Gläser, als die Tür aufschwang und ihre Enkelkinder hereingestürmt kamen. Überrascht drehte sie sich um, als Marie sich auch schon weinend an ihren Hals warf. Aus Daniel aber sprudelten die Worte aufgeregt hervor: »Oma, Oma, es ist was mit Opa! Du musst gleich kommen! In den Obstgarten! Er liegt da und sagt gar nichts mehr und – und er bewegt sich auch nicht … schnell! Schnell!«

Das hysterische Schreien des kleinen Mädchens füllte den Raum. Eine lähmende Furcht breitete sich in Annemarie aus. Dann hörte sie ihre eigene Stimme Anweisungen geben.

»Also … okay. Ganz ruhig bleiben. Daniel, du nimmst dein Fahrrad und holst Doktor Olsen. Bring ihn schnell zu Opa. Und du, Mariechen, kannst auch helfen!«

Ihre Stimme brach. *Ruhig bleiben, ganz ruhig …*

»Du musst *mir* zeigen, wo Opa ist. Ja? Komm, Schatz, wir gehen. Warte, Herd aus … okay, los geht's.«

Und schon war sie mit ihrer immer noch weinenden Enkeltochter aus der Küche gelaufen, in den Hof hinaus und den langen Weg zu den Obstbäumen hinauf, der ihr jetzt noch viel länger vorkam als sonst. Ihr Herz hämmerte bei jedem Schritt schmerzhaft gegen ihre Brust. In ihrer Fantasie tobten die wildesten Bilder, eines davon schrecklicher als das andere. Nahm denn dieser Weg nie ein Ende?

Wieso waren ausgerechnet heute die Kinder nicht da? Christina und Jürgen waren mit der Kleinen zu Jürgens Eltern nach Bredstedt gefahren, und Markus war heute mit seinen Kollegen aus der Praxis unterwegs. Betriebsausflug nach Kiel. *Ausgerechnet heute*, dachte sie noch einmal, während sie den Gartenweg hinuntereilte.

Schon von Weitem konnte sie die Gestalt ihres Mannes im Gras zwischen den Birnenbäumen erkennen, und sie begann zu rennen, ungeachtet ihres viel zu heftig klopfenden Herzens und des stechenden Schmerzes in ihren Rippen. Wenn sie nur nicht zu spät kamen!

»Hallo? Hallo, Herr Feuerbach, können Sie mich hören?«

Der Arzt kniete neben Hans-Werner im Gras und nahm vorsichtig dessen Hand, um nach dem Puls zu fühlen. Dabei sah er Frau Feuerbach mit ernstem Gesicht an.

»Hat er das schon öfter gehabt?«, fragte er.

Sie schüttelte den Kopf. »Nein.«

»Hm … also, der Puls ist etwas zu langsam, aber nicht – hallo, da sind Sie ja wieder, Herr Feuerbach. Wie geht es Ihnen?«

Hans-Werner hatte die Augen aufgeschlagen und sah verwirrt von einem zum anderen. Sein Blick blieb an seiner Frau hängen, die in jedem Arm ein ängstlich dreinschauendes Enkelkind hielt.

»Was ist denn passiert? Ich weiß gar nicht …«

»Sie sind ohnmächtig geworden, Herr Feuerbach. Ihre Enkelkinder haben mich und Ihre Frau zu Hilfe geholt. Auf die können Sie mächtig stolz sein! Jetzt werden wir Sie vorsichtshalber ins Krankenhaus bringen, damit Sie dort genau untersucht werden können. Der Notarztwagen ist schon unterwegs, es dauert nur noch einen Augenblick. Können Sie sich aufsetzen?«

Mühsam richtete Hans-Werner sich auf und schüttelte langsam den Kopf. »Krankenhaus!«, murmelte er missmutig. »Dass mir so was noch mal passiert …«

Der Arzt ignorierte sein Protestgemurmel. »Ah, da kommt der Wagen schon. Frau Feuerbach, Sie können mitfahren. Die Kinder …«

»Wenn Sie sie in Ihrem Wagen mitnehmen, können wir vom Krankenhaus aus meinen Schwiegersohn anrufen. Bei uns auf dem Hof ist gerade niemand, der auf sie aufpassen könnte …«

»Alles klar, Frau Feuerbach. Geht in Ordnung.«

Der Doktor wandte sich an die zwei Sanitäter, die mit einer Trage den Weg heraufkamen. »Hierher, bitte!«

Bis Jürgen und Christina im Husumer Kreiskrankenhaus ankamen, hatte der Arzt bereits Entwarnung gegeben. Es sei nur ein leichter Herzanfall gewesen, nichts Lebensbedrohliches. Möglicherweise würde auch ein Herzschrittmacher eingesetzt werden, doch darüber würde am Montag der Chefarzt entscheiden.

»Es würde das Risiko deutlich senken«, erklärte der junge Arzt. »Denn Ihr Herz neigt leider dazu, ein bisschen vergesslich zu sein – und wenn es zu schlagen vergisst, verlieren Sie das Bewusstsein, so wie heute Mittag.

Mit jedem Schwächeanfall steigt leider auch das Risiko, dass die Folgen doch einmal … nun ja, schwerwiegender sein könnten.«

»Dann solltest du mal auf den Doktor hier hören, Papa«, meinte Christina und warf ihrem Vater einen liebevollen, aber sehr bestimmten Blick zu. Wenn seine Älteste ihn so ansah, dann wusste er schon, dass Widerspruch zwecklos war. Außerdem konnte es ja durchaus sein, dass der Arzt recht hatte. Also zuckte er möglichst gleichgültig mit den Achseln und seufzte ergeben. »Na schön, wenn Sie meinen. Aber ich will vorher mit meinem Hausarzt darüber sprechen! Können Sie ihn anrufen und hierher schicken?«

»Doktor Olsen ist noch im Haus. Er ist unten in der Cafeteria mit Ihrem Schwiegersohn und den Kindern. Wenn Sie vielleicht …?«

Er sah von Christina zu Frau Feuerbach und zurück zu Christina, die sogleich nickte und in Richtung Tür ging. Auf dem Weg dorthin drehte sie sich noch einmal um.

»Mach dir keine Hoffnungen, Papa, Doktor Olsen wird dir genau dasselbe sagen. Soweit ich weiß, hatte er auch schon mal von einem Herzschrittmacher gesprochen. War es nicht erst letztes Jahr?«

Ihr Vater senkte den Blick, als schämte er sich. Dann aber grinste er. »Kann sein, Christina. Kann sein …«

»Der Nebel steigt, es fällt das Laub, schenk' ein den Wein, den holden! Wir wollen uns den grauen Tag vergolden, ja, vergolden!«

Deepika setzte sich so schnell wieder hin, wie sie nur konnte – wahrscheinlich befürchtete sie, noch mehr von dem Gedicht aufsagen zu müssen, wenn sie länger stehen blieb. Sie verstand kein Wort, aber sie hatte diese vier Zeilen brav auswendig gelernt. Jetzt saß sie da und strahlte ihre junge Deutschlehrerin erwartungsvoll an.

»Sehr schön, Deepika. Ein bisschen schnell vielleicht, aber sonst sehr gut. Du hast ein gutes Gefühl für die deutsche Sprache. Wer möchte als Nächstes? Eine andere Strophe vielleicht?«

Annika hatte es den Schülerinnen freigestellt, welche der sechs Strophen sie lernen wollten – ein Fehler, wie sie schon bald erkannte, denn die meisten hatten natürlich kein Wort über die erste Strophe hinaus überhaupt gelesen, geschweige denn gelernt. Aber das konnten sie gut in dieser Stunde noch machen; damit wären sie dann wenigstens still beschäftigt. Annika brauchte heute dringend ein wenig Ruhe.

Sie hatte noch am selben Abend lange und ausführlich mit Laura über den Brief ihres Vaters gesprochen. Das Problem war, dass sie nicht wusste, ob sie seinen Worten glauben konnte. Wenn er sie so sehr liebte, warum hatte er ihnen das alles angetan?

Eine Frage, die Laura ihr am Ende gestellt hatte, hatte sie ebenfalls in den letzten beiden Tagen beschäftigt: die Frage, ob sie sich vorstellen könne, ihrem Vater zu verzeihen. So sehr sich Annika auch den Kopf darüber zerbrach, konnte sie im Moment keine Antwort darauf finden. Sie wusste, dass sie ihren Vater tief in ihrem Herzen noch immer liebte – das konnte sie einfach nicht leugnen –, aber der Schmerz war so groß, dass sie das Gefühl hatte, er ersticke langsam, aber sicher diesen Rest Liebe, der noch vorhanden war. Das, so Laura, könne aber nur passieren, wenn sie es zuließ.

Während die acht Schülerinnen ihrer Lerngruppe über dem Gedicht saßen und leise vor sich hin murmelten, stellte Annika sich mit verschränkten Armen vor das hohe Fenster und sah in den regennassen Hof hinaus. Ein grauer Oktobertag, allerdings.

»Und wimmert auch einmal das Herz – stoß an und lass es klingen!
Wir wissen's doch, ein rechtes Herz ist gar nicht umzubringen.«

Ist es nicht, dachte Annika und schluckte hart. Ist es nicht?

Markus hatte gestern Abend angerufen, um seinen Besuch abzusagen. Sein Vater läge im Krankenhaus, er bekäme diese Woche noch einen Herzschrittmacher, und nun könne er nicht weg. Man würde ihn auf Immensee brauchen – das verstehe sie doch, oder?

Ja, hatte sie leise erwidert, das könne sie verstehen. Natürlich. So mache man das schließlich in der Familie.

Über ihre eigene Familie wollte sie im Augenblick lieber nicht nachdenken. Sie hatte ihrem Vater noch nicht geantwortet und wusste auch nicht, wie sie es anstellen sollte. Am Wochenende würde sie sich einmal hinsetzen – heute nicht. Heute war sie traurig, weil Markus nicht kam, traurig und enttäuscht.

Mit Mühe unterdrückte Annika ein Schluchzen. Warum kam immer alles Schlimme auf einmal? Womit hatte sie das verdient?

Markus stand am Fenster und blickte auf den Marktplatz hinunter. Still und friedlich lag alles dort unten im milchig-trüben Mondlicht, kein Mensch war zu dieser späten Stunde noch unterwegs. Er hatte heute lange gearbeitet – wenn Karsten nicht noch aufgetaucht wäre, um ihn auf ein Glas Wein und eine Pizza einzuladen, wäre er nicht einmal zu einem Abendessen gekommen.

Er seufzte. Irgendwie lief alles so ganz anders als geplant. Und es war in Zeiten wie diesen, dass er sich fragte, ob sein Glaube wirklich so stark war, wie er immer dachte. Was war Gottes Wille, was war sein Plan für ihn? Und vor allem: War Annika ein Teil dieses Plans?

Seine Gedanken wanderten zurück zu dem Tag, an dem sie sich in Birmingham voneinander verabschiedet hatten. *Ich kann schon ganz gut auf mich selbst aufpassen.*

Konnte sie das? Wahrscheinlich ja. Jedenfalls brauchte sie ihn ganz offensichtlich nicht dafür. Andererseits hatte sie so enttäuscht geklungen, als er ihr gestern am Telefon erklärt hatte, dass er nicht kommen könne. Es hatte ihm fast das Herz gebrochen, sie so traurig zu hören, und am liebsten hätte er alles rückgängig gemacht und wäre doch noch geflogen. Aber es ging ja nicht anders, seine Mutter brauchte ihn. Was hätte er denn machen sollen?

Die Kirchenglocken schlugen zwölf. Widerstrebend riss Markus sich vom Fenster und von seinen Gedanken los, löschte das Licht und ging ins Schlafzimmer hinüber. Um halb acht würde sein erster Patient in der Praxis stehen, Herr Möller. Herr Möller war alleinstehend und führte seinen Hund – einen selbst für einen Terrier außergewöhnlich schlecht erzogenen Rüden namens Gonzo – bereits morgens um sechs spazieren, sodass er, wenn er um halb acht zur Tür hereinkam, ausgeschlafen, fit und bereit für tiefschürfende Gespräche mit seinem Physiotherapeuten war.

17

Es regnete heftig, als Jacob den Wagen vor dem Cottage in Bibury, Gloucestershire, parkte. Eigentlich lag Bibury nur etwa zwanzig Meilen von Upper Slaughter entfernt, aber aufgrund des anhaltenden starken Regens der letzten Tage waren die Straßen zum Teil überflutet gewesen, sodass er streckenweise sehr langsam hatte fahren müssen. Obwohl es erst vier Uhr nachmittags war, war es bereits stockdunkel.

Was für eine Atmosphäre, dachte er, als er einen Blick auf das Cottage warf, das zwischen alten, knorrigen Bäumen und dunklen Büschen hervorlugte. Aber in den kleinen Fenstern leuchteten behaglich anmutende Lichter – bestimmt stand Jeff schon in der Küche und kochte. Jacob konnte es kaum erwarten, hineinzukommen.

Jeff stand bereits in der Tür, um ihn zu begrüßen. »Hallo, Jacob! Na, du bringst ja ein famoses Wetter mit! Komm schnell herein, bevor du ganz durchweicht wirst.«

Schnell schlüpfte Jacob ins Haus.

»Hi, Jeff. Ich fürchte, du wirst hier nachher einiges aufzuwischen haben, wenn wir erstmal alle durch sind. Ist sonst schon jemand angekommen?«

»Nein, du bist der Erste. Warum hast du Laura nicht gleich mitgebracht? Oder kommt sie etwa nicht?«

Jacob zog den nassen Mantel aus und reichte ihn Jeff. »Sie kommt später nach, sie hat bis um Viertel nach drei Unterricht. Wen erwartest du denn noch alles?«

»Pam und Scott haben leider abgesagt, und Adam wusste noch nicht, ob er seinen Auftrag bis heute erledigen kann. Also, was darf ich dir zu trinken anbieten?«

Jacob war etwas enttäuscht darüber, dass ausgerechnet Scott nicht dabei sein konnte. Er war zu Schulzeiten sein bester Kumpel gewesen. Später hatten sie sich dann aus den Augen verloren. Er hätte ihn gerne wiedergesehen.

»Tee wäre gut.«

Etwas verträumt sah Jacob sich in der geräumigen Diele um. Sein Blick blieb an den dunklen Deckenbalken hängen, die aussahen, als seien sie mindestens zweihundert Jahre alt.

»Ein schönes Haus übrigens. Kommen deine Eltern oft hierher?«

»Nicht sehr oft, nein. Wir werden es wohl früher oder später verkaufen. Ich will es jedenfalls nicht – ist mir zu abgelegen.« Jeff grinste. »Ich bin ja nicht so ein Eigenbrötler wie du. Wohnst du immer noch ganz allein in dem Cottage?«

»Mit Lucy und Lord, unserem Hund. Wenn du das allein nennst – ja.«

Jeff warf ihm einen kritischen Blick zu, sagte jedoch nichts weiter, sondern bedeutete Jacob, ihm zu folgen. Über den schmalen, lang gezogenen Flur mit der niedrigen Decke – an einigen Stellen war sie so niedrig, dass Jacob nicht einmal aufrecht gehen konnte – gelangten sie in die große, gemütlich eingerichtete Wohnküche, aus der es schon köstlich duftete. Im Mittelpunkt der Küche stand ein uralter, weißer Emailleherd unter einem gigantischen Dunstabzug aus hochglänzendem Messing. Auf allen vier Kochfeldern standen Töpfe, in denen es behaglich köchelte, und aus der Ofenklappe strömte ihnen der unwiderstehliche Duft eines Schokoladenkuchens entgegen. Jeff war Koch und arbeitete in einem Vier-Sterne-Hotel in dem bekannten Nobelkurort Bath. Verhungern würden sie an diesem Wochenende jedenfalls nicht, so viel stand fest.

Am späten Abend, als alle satt und zufrieden am prasselnden Kaminfeuer im Wohnzimmer saßen, fühlte Jacob, wie die unerklärliche Anspannung, die bis dahin den ganzen Tag auf ihm gelastet hatte, langsam von ihm abfiel. Lucy ging es bestimmt gut; seine Eltern hatten sie von der Schule abgeholt und hüteten nun das Wochenende über Kind, Haus und Hund. Laura und Juliet waren inzwischen auch heil angekommen.

Juliet griff nach ihrem Weinglas und zog die langen, schlanken Beine an sich, wohl wissend, dass mindestens einer der anwesenden Männer jeder ihrer Bewegungen mit Blicken folgte. Jeff war seit ihrer Ankunft wie verwandelt; es war offensichtlich, dass da alte Gefühle wieder hochgekommen waren. Die beiden waren früher ein Paar gewesen, hatten sich dann aber wieder getrennt. Juliet hatte mit neunzehn geheiratet und war binnen eines Jahres wieder geschieden gewesen, Jeff hingegen war immer allein geblieben. Ob das mit seiner Liebe zu Juliet zusammenhing?

Laura lehnte sich zu ihrem Bruder hinüber und flüsterte: »Übrigens, ich bin schwanger!«

Jacob wandte ihr sein Gesicht zu, starrte sie einen Augenblick lang ungläubig an, und beugte sich dann zu ihr, um ihr einen Glückwunsch ins Ohr zu flüstern. In seinem Inneren aber überschlugen sich die Gefühle. Was, wenn ihr etwas zustieß? Was, wenn sich die Geschichte wiederholte und …

Als könnte sie seine Gedanken lesen, meinte sie kopfschüttelnd: »Es wird alles gut werden, Jacob. Gott sorgt schon für uns. Mach du dir keine Sorgen. Alles wird gut.«

Aber Jacob ließ sich nicht so leicht beruhigen. Die Erinnerung an jenen schrecklichen Tag, an dem seine Frau gestorben war, ohne je ihre kleine Tochter im Arm gehalten zu haben, war in Augenblicken wie diesen so nah und schmerzte so sehr, als wäre es gestern gewesen.

Die Schwangerschaft war vollkommen unproblematisch verlaufen, und als bei Lydia die Wehen einsetzten, war er glücklicherweise zu Hause, sodass sie sofort losfahren konnten. Während der Fahrt zum Krankenhaus hatte er ihr Geschichten von Winnie-the-Pooh erzählt, und sie auf diese Weise von den Schmerzen abgelenkt. Als sie auf der Entbindungsstation ankamen, wartete dieselbe Hebamme auf sie, die Lydia schon beim Geburtsvorbereitungskurs kennengelernt hatte.

»Alles bestens, Mrs Brennan«, hatte sie ihnen nach der ersten Untersuchung versichert. »Das Baby liegt bereits mit dem Köpfchen im Geburtskanal, es kann nicht mehr lange dauern, bis es da ist. Und Sie haben wirklich erst seit heute Mittag Wehen, Mrs Brennan?«

»Ja, jedenfalls war das der Zeitpunkt, an dem ich mir dachte, dass es keine normalen Rückenschmerzen mehr sein können, die mich da plagen. Da habe ich ja hier angerufen. Wie lange, denken Sie, wird es dauern? Kann ich noch einmal baden?«

Diese Bitte hatte ihr die Hebamme verwehrt, aber dafür wäre auch keine Zeit mehr gewesen, wie es sich in der nächsten halben Stunde herausstellte. Das Baby wollte kommen, und zwar mit Macht! Nur zwei Stunden, nachdem sie das Krankenhaus betreten hatten, war die kleine Lucy Eve da, und alles hätte so schön sein können – wäre da nicht das Blut gewesen …

Das Blut, das nicht hatte aufhören wollen zu fließen. Das Blut, das das Bett, auf welchem Lydia lag, in Sekundenschnelle hellrot färbte. Das Blut, das innerhalb kürzester Zeit alles Leben aus Lydias zartem, von den Strapazen der Geburt geschwächtem Körper zog, ohne dass es jemand hätte aufhalten können …

»Tun Sie doch was! Um Himmels willen, *tun* Sie doch etwas! Sie verblutet ja! Sehen Sie das denn nicht? Um Gottes willen, schnell! Schnell!!«

Jacob hörte sich heute noch schreien, wie von Sinnen, so verzweifelt, und so entsetzlich hilflos. Warum taten sie denn nichts?

Sie taten natürlich etwas, sie riefen den Chefarzt, der kurz darauf angerannt kam, und noch einen anderen wichtig aussehenden Arzt, der als Erstes das Baby einer hilflos herumstehenden Lernschwester in den Arm drückte und sie damit aus dem Kreißsaal schob. Auch Jacob wurde hinausgeschickt.

Er sollte seine Frau nie wieder lebend sehen.

»Sie hatte eine schwere Blutgerinnungsstörung«, erklärte der Chefarzt später, nachdem man ihm so schonend wie möglich die traurige Nachricht überbracht hatte. »Wussten Sie nichts davon?«

Wie betäubt hatte Jacob den Kopf geschüttelt, den Blick starr auf die Tür des Kreißsaales gerichtet, in dem seine Frau wahrscheinlich noch immer lag – tot.

»Sie hätte vorher ein Medikament bekommen müssen, das das Blut verdickt. Warum das der Hausarzt oder der Gynäkologe Ihrer Frau nicht erkannt hat … Es tut mir so leid, Mr Brennan! Sie glauben nicht, wie leid mir das tut … und Sie haben so eine wunderschöne kleine Tochter. Möchten Sie sie nicht sehen?«

Nein. Nein, nein, nein. Nein!

Am Samstagnachmittag riss die Wolkendecke langsam auf, und die neun machten sich hastig auf nach draußen, um endlich einmal etwas frische Luft zu schnappen und sich die Beine zu vertreten, bevor es womöglich erneut zu regnen begann.

Jacob ging mit Adam zusammen den Weg dorfauswärts, vorbei an den kleinen, honiggelben Häuschen in ihren vom Regen durchweichten Gärten, die links und rechts die Straße säumten.

Laura ging ein Stück hinter ihrem Bruder und Adam her, hörte mit halbem Ohr Clares Geplapper von ihren drei Kindern und deren Unarten zu.

»Findest du nicht?«

Laura sah auf. »Was? Entschuldigung, ich habe nicht richtig zugehört. Was hast du gesagt?«

»Deinem Bruder fehlt eine Frau, meinst du nicht? Er vereinsamt doch da in dem kleinen Dorf, ganz allein mit seiner Tochter. Und es ist doch auch nicht recht, dass sie ohne Mutter aufwachsen muss, oder?«

»Recht …«, sinnierte Laura. Sie bückte sich, um einen Stein aufzuheben, drehte ihn ein paar Mal in der Hand und warf ihn schließlich über eine Hecke. »Was ist recht? Ist es recht, dass manche Menschen früh sterben und manche uralt werden? Dass manche im Überfluss leben, während andere kaum ihr tägliches Brot bekommen? Sieh dir Jeff an – er hat einen guten Job, der ihm viel Spaß macht, ein wunderschönes Haus hier, das er einmal erben wird. Aber ist er glücklich? – Nein. Und Juliet mit ihrer Blitzehe? Ist sie zu beneiden?«

Sie erwartete keine Antwort, sondern fuhr leidenschaftlich fort: »Das, was mein Bruder und Lydia hatten, war etwas ganz Besonderes. Die Ehe war von Anfang an gesegnet … auch wenn Lydia nicht mehr da ist, die Zeit, die die beiden zusammen hatten, kann ihm niemand mehr nehmen. Niemals. Und er hat eine wundervolle Tochter, die ihm unendlich viel Freude macht. Jacob geht es nicht schlecht – und Lucy auch nicht.«

Laura hörte Jacob lachen und nickte zufrieden. Wie gut es tat, ihn wieder lachen zu hören! Er war von Natur aus ein humorvoller Mensch, mit dem man wunderbar herumalbern konnte. Manchmal war es fast unerträglich, ihn mit Ian zusammen zu erleben, weil die beiden sich gegenseitig so hochschaukeln konnten, dass sie irgendwann nicht mehr folgen konnte und am liebsten schreiend hinauslaufen würde.

Aber Jacob und Ian hatten noch eines gemeinsam: ihr großes, weites Herz. Wer immer Jacobs Herz einmal gewinnen würde, konnte sich sehr, sehr glücklich schätzen.

Annika stand vor dem Spiegel und bürstete ihr Haar. Einen Moment lang war sie versucht, ein wenig Make-up aufzulegen, entschied sich dann aber dagegen. Sie benutzte fast nie Make-up, und sie würde heute keine Ausnahme machen, nur weil sie Jacob Brennan bei den Kavanaghs zum Abendessen traf.

Laura stand schon in der Tür, als Annika eine Stunde später in Clifton ankam. »Hey, da bist du ja! Und, wie war die Autofahrt? Ging es mit deinem Fuß?«

Annika umarmte Laura, trat ins Haus und schnupperte. »Mmh, das riecht aber gut! Du hast wirklich einen lieben Mann, weißt du das? Aber um deine Frage zu beantworten, meinem Fuß geht es beim Autofahren deutlich besser als beim Laufen, weil ich ihn da einigermaßen ruhig stellen kann. Und ich fahre ja keine weiten Strecken. Hallo, Ian!«

Ian schwenkte den Kochlöffel zur Begrüßung und sang dann weiter zu der CD, die in der Küche lief. Laura lachte. »Komm, lass uns ins Esszimmer gehen. Du kannst mir helfen, den Tisch zu decken. Wo Jacob nur bleibt? Er wollte um halb sechs hier sein …«

In diesem Moment klingelte es an der Tür.

Jacob musste sich fast ducken, als er durch die Tür trat – er war wirklich riesig. »Hallo, Annie. Darf ich dich Annie nennen? Das ist Lucy, meine Tochter. Lucy, das ist …«

»Annie. Nennt mich ruhig Annie, das machen viele hier.«

Mit einem Augenzwinkern reichte sie Lucy die Hand. Was für ein süßes Mädchen! Sie konnte sich nicht erinnern, jemals so große Augen gesehen zu haben. Und so lange, dunkle Wimpern! Damit konnte sie ihren Vater bestimmt ganz leicht um den kleinen Finger wickeln – und später einmal die Jungs.

Als Annika später in ihrem Bett in Hillmorton lag und dem Wind lauschte, der um das Haus heulte und an den Fensterläden rüttelte, war sie zum ersten Mal seit ihrer Ankunft hier richtig glücklich. Vielleicht steckte ja doch ein tieferer Sinn dahinter, dass sie ausgerechnet hierher gekommen war, nach Warwickshire.

Sie musste immer wieder an Jacob und Lucy denken. Süße, kleine Lucy! Was für ein fröhliches Kind sie war – obwohl sie ohne Mutter aufwachsen musste. Aber Jacob war ihr bestimmt der beste Vater, den man sich nur vorstellen konnte. Er tat alles, um seine Tochter glücklich zu machen, auch wenn es sicherlich oft schwer für ihn war.

Annika fragte sich, warum diese vier – Jacob, Lucy, Laura und Ian – etwas geschafft hatten, was ihrer eigenen Familie scheinbar unmöglich gewesen war: den Verlust eines geliebten Menschen, der ihnen so unendlich viel bedeutet hatte, zu überwinden und wieder fröhlich zu sein. Der Zukunft vertrauensvoll ins Auge sehen zu können, was auch immer diese für sie bereithalten mochte. Da war dieses Gefühl von Geborgenheit, das Annika so nie gekannt hatte, das sie aber auch bei den Feuerbachs immer wieder spürte, und um das sie Jacob und seine Familie zutiefst beneidete: So groß das Leid auch sein mochte, sie konnten es tragen, weil sie einander hatten, weil sie zusammen waren.

Und vielleicht …

Annika zog sich die Decke bis an die Nasenspitze und schloss die Augen, als wollte sie den Gedanken gar nicht erst zulassen. Aber es war nicht von der Hand zu weisen: Vielleicht auch deswegen, weil sie alle auf Gott vertrauten. Die Brennans, die Kavanaghs, die Feuerbachs.

Was, wenn sie alle recht hatten – und sie nicht?

18

Weihnachten stand vor der Tür. Eines Morgens, als Annika in der Küche stand und einen Toast mit Butter bestrich, während das Wasser im Teekessel vor sich hin kochte, wurde ihr schlagartig bewusst, dass sie noch kein einziges Weihnachtsgeschenk hatte. Sie würde ihren geplanten Besuch bei Laura verschieben müssen und stattdessen nach Coventry fahren, um wenigstens für ihre Mutter und ihre Schwester nach einem Geschenk zu suchen, denn mit leeren Händen konnte sie am nächsten Mittwoch keinesfalls nach Hause fliegen.

Während Annika sich die Teekanne vom Regal angelte, fiel ihr plötzlich ein, dass sie sich bei ihrem Vater melden sollte, wenn sie ihn über Weihnachten sehen wollte. Sie hatte ihm im November einmal geschrieben und er hatte auch sofort geantwortet, doch seitdem hatte sie alles ruhen lassen. Aber sie wusste, dass sie diese Sache mit ihrem Vater nicht mehr viel länger hinausschieben konnte. Sie zog die Nummer aus ihrer Hosentasche, wo sie seit ein paar Tagen schon steckte – sie hätte nichts dagegen gehabt, wenn die Jeans inzwischen aus Versehen in der Waschmaschine gelandet wäre (mit dem Zettel darin natürlich). Dann hätte sie die perfekte Ausrede gehabt nicht anzurufen. Seufzend nahm sie das Telefon zur Hand. Dann atmete sie noch einmal tief durch und wählte mit zitternden Fingern die Nummer, die auf dem zerknitterten Zettel stand.

»Köhler?«

»Papa? Hier ist Annika. Habe ich dich geweckt?«

»Annika!«

Sie sah sein erleichtertes Gesicht beinahe vor sich, sah, wie sich ein glückstrahlendes Lächeln darauf ausbreitete. Wie einfach es war, jemanden glücklich zu machen, wenn man nur einmal den Mut aufbrachte den ersten Schritt zu tun …

»Was tust du schon so früh an einem Samstagmorgen? Bist du aus dem Bett gefallen?«

»Ich telefoniere mit dir. Das habe ich dir doch versprochen.«

»Richtig. Richtig … und? Wie geht es dir? Wann kommst du nach Hause?«

»Ich fliege am Mittwochabend. Und ich habe mir gedacht, dass es schön wäre, wenn du mich vom Flughafen abholen könntest … Mama fährt doch nicht gerne im Dunkeln. Könntest du mich nach Hause bringen? Geht das?«

»Natürlich geht das. Vielleicht gehen wir auf dem Weg noch irgendwo nett essen, nur wir zwei, was meinst du? Wann kommt dein Flieger in Hamburg an?«

Annika fand es erstaunlich einfach, mit ihrem Vater zu reden, viel einfacher, als sie es sich vorgestellt hatte. Aber natürlich sprachen sie jetzt auch nicht über ernste Themen, sondern nur über so etwas Unverfängliches wie Flugzeiten. Immerhin, ein Anfang.

Leise vor sich hinsummend, schlenderte Annika am Mittwochabend zum Gepäckband. Sie hatte keine Eile. Bestimmt saß ihr Vater noch irgendwo und trank einen Cappuccino, oder er suchte noch nach einem Parkplatz.

Natürlich hatte Margarete selbst kommen wollen. Die Nachricht, dass stattdessen ihr Mann Annika abholen und erst spätabends zu Hause absetzen würde, hatte sie bei ihrem Telefonat am vergangenen Sonntag zu einer erneuten Schimpftirade auf Robert veranlasst. Irgendwann hatte Annika den Hörer ein Stück von ihrem Ohr weggehalten. Sie wollte es einfach nicht mehr hören. Sie war ja auch wütend auf ihren Vater, aber … meine Güte, es war Weihnachten, und sie kam nach Hause! Konnte ihre Mutter sich da nicht wenigstens für ein paar Tage zusammenreißen?

»Nun, dann kommen *wir* also ganz zum Schluss, und er spielt quasi den Weihnachtsmann. Meinetwegen, dann muss ich bei diesem grauslichen Wetter nicht los und kann in Ruhe noch einen Kuchen backen. Aber erwarte nicht von mir, dass ich ihn noch hereinbitte!«

Nein, das erwartete sie nicht. Trotzdem hätte sie sich irgendwie gewünscht, ihre Mutter hätte sich ein bisschen mit ihr freuen können. Schließlich war er immer noch ihr Vater.

Das Erste, was sie von ihm sah, war der Strauß rosa Rosen, den er in der Hand hielt. Sie schluckte. Rosen! Er hatte ihr Rosen gekauft! Wie um alles in der Welt sollte sie jetzt damit umgehen?

»Papa!!!«

Spontan fiel sie ihm um den Hals, barg ihr Gesicht an seiner Brust und weinte vor Freude. Plötzlich war aller Zorn, all die Traurigkeit wie weggeblasen. Ihr Vater war da, er hielt sie im Arm, und nichts anderes zählte in diesem Augenblick.

»Na, meine Große? Wollen wir gehen?«

Sie sah zu ihm auf, sah in seine lächelnden stahlblauen Augen in dem hageren Gesicht, das sie bei Weitem nicht so hager in Erinnerung hatte. Es geht ihm wirklich nicht gut, dachte sie. Er leidet also auch …

»Gerne. Danke für die Rosen, die sind wunderschön …«

Den Blumenstrauß an sich gedrückt, ging sie neben ihrem Vater her in Richtung Ausgang.

»Ich dachte, wir fahren gleich auf die Autobahn und gehen vielleicht in Heide oder in Büsum essen. Was meinst du?«

Nicht nach Heide! Bitte nicht nach Heide!

Annika starrte ihn entgeistert an und er bemerkte seinen Fehler sofort. »Entschuldigung. Vielleicht fahren wir doch lieber gleich nach Husum – da wissen wir wenigstens, wo es die beste Pizza gibt, nicht wahr?«

Sie sah ihn nur an, sagte jedoch nichts, sondern folgte ihm schweigend zum Auto.

»Also gut, auf nach Husum«, nickte Robert und zog die Fahrertür hinter sich zu, nachdem er vergeblich auf Annikas Antwort gewartet hatte. Er konnte zwar nicht verstehen, weshalb sie so heftig reagierte, nur weil er die Stadt Heide erwähnt hatte, aber vielleicht war sie einfach noch nicht richtig angekommen und brauchte noch etwas Zeit. Schließlich hatten sie sich lange nicht gesehen.

»Soll ich das Radio einschalten?«, fragte er stattdessen.

Sie nickte, setzte das Schweigen aber beharrlich fort. Mit einem Seitenblick auf ihren Vater dachte sie, dass sie jetzt, in diesem Moment, eigentlich lieber in England wäre.

Dann aber straffte sie energisch die Schultern – sie war nicht hergekommen, um sich gleich wieder von hier wegzusehnen. Schließlich waren da auch noch Markus und Eva. Wie lange hatte sie Eva nicht gesehen! Ob Eva in der Weihnachtszeit überhaupt einen freien Tag haben würde, abgesehen vom Heiligen Abend und vom ersten Weihnachtstag?

Sie würde Eva jedenfalls für den fünfundzwanzigsten zum Brunch einladen, das hatte bei ihnen fast schon Tradition. Und am Nachmittag würden sie einen langen Spaziergang am Deich entlang machen. Oh, wie freute sie sich auf das Meer!

Müde lehnte sie ihren Kopf an das Fenster und schloss die Augen. *Zu Hause, endlich zu Hause!*

Sylvia stand in der Küche und rührte Kakao auf dem Herd, als Annika gegen zehn Uhr nach Hause kam. Sie widerstand dem Impuls, sofort zur Haustür zu laufen, um die Schwester zu begrüßen, aus Angst, sie könne dabei ihrem Vater begegnen. Gleichzeitig schämte Sylvia sich für ihre Feigheit. Es war doch feige, nicht zur Tür zu gehen, oder?

Es ist Weihnachten, dachte sie. Annika kommt heute heim, und alles, was sie will, ist Frieden. Wieso kann ich nicht meinen kleinen Teil dazu beitragen?

Ihr Vater war nicht mehr mit dieser anderen Frau zusammen, das wusste sie. Er lebte allein in seiner engen Zwei-Zimmer-Wohnung in Heide, und mehr als einmal hatte er in den letzten Wochen versucht, sie davon zu überzeugen, dass er bereit war, nach Hause zu kommen.

Es klopfte an der Tür, und nach einem kurzen Blickwechsel mit Sylvia erhob Margarete sich vom Sofa und ging, um Annika aufzumachen.

Sie stand alleine da, eine Reisetasche links, einen Koffer rechts von sich auf dem Hofpflaster stehen, und lächelte glücklich. Von Robert war weit und breit nichts mehr zu sehen.

»Hallo, Mama – schön, dich wiederzusehen.« Annika umarmte ihre Mutter herzlich. »Gleichfalls«, murmelte diese, den Blick noch immer auf die Straße gerichtet. »Willkommen daheim, meine Große!«

Sylvia erschien im Flur, spähte ebenfalls vorsichtig um die Ecke und stürzte sich dann in die ausgebreiteten Arme ihrer Schwester.

»Ich hab dich so vermisst!«

Annika drückte sie einmal fest an sich, bevor sie einen Schritt zurücktrat, um Sylvia genauer anzusehen. Sie lächelte. »Ich dich auch, Sylvie. Ich dich auch … und ich rieche schon von hier deinen berühmten Kakao mit ›nur einer Prise Kardamom‹, wie du immer so schön sagst. Hast du für mich auch einen gemacht?«

Am nächsten Morgen machte sich Annika früh auf den Weg in die Stadt. Sie wollte Markus in der Praxis besuchen, ein paar letzte Besorgungen machen und dann auf dem Rückweg auf Immensee vorbeigucken. Bestimmt hatte Annemarie Feuerbach schon fleißig gebacken. Annika lief das Wasser schon im Munde zusammen, wenn sie nur daran dachte. Nirgendwo war es um diese Zeit so schön wie auf Immensee!

Mit Eva hatte sie heute früh kurz telefoniert. Sie würden sich morgen

Vormittag für eine halbe Stunde treffen; mehr Zeit hatte die arme Eva im Moment nicht. Ihre Eltern planten, die beiden noch ungenutzten Zimmer im Dachgeschoss auszubauen und für Gäste herzurichten, damit sie diese ab Frühjahr an Urlauber vermieten konnten.

Das Geld muss schließlich von irgendwoher kommen, dachte Annika bitter, während sie auf den Markt zuging. Und an wem würde die ganze Arbeit hängen bleiben?

»Annika! Du bist schon da! Komm doch herein, ich habe gerade einen Patienten, aber dann habe ich ein wenig Zeit … mach uns doch schnell einen Kaffee, ja? Weißt du, wo alles ist?«

Markus stand in der Tür einer der Behandlungsräume und strahlte Annika entgegen, als sei sie die Sonne persönlich. Er hatte offensichtlich nicht mit ihr gerechnet. Gut so, dachte Annika, die Überraschungen liebte, und eilte auf ihn zu, um ihm einen Kuss auf die Wange zu hauchen.

Und so saßen sie kurz darauf einander in der winzigen Küche gegenüber, jeder einen Becher dampfenden Kaffees in den Händen haltend, und schwiegen. Es war ein gutes, ein friedliches Schweigen, keiner von beiden verspürte das Bedürfnis etwas zu sagen. Sie würden noch viel Zeit haben in den nächsten zwei Wochen. Zeit zum Reden, Zeit zum Lachen, Zeit, um gemeinsam etwas zu unternehmen.

»Und?«, sagte Markus schließlich mit einem heimlichen Blick auf die Uhr. »Was machst du heute so an deinem ersten Tag?«

»Ich besuche die Menschen, die mir am meisten gefehlt haben«, erwiderte Annika leise und sah ihn dabei unverwandt an.

Er nickte langsam und trank schweigend seinen Kaffee aus.

»Du hast mir auch gefehlt, Annika.«

Es klingelte und Markus sagte: »Tut mir leid, ich muss wieder arbeiten. Kann ich dich heute Abend sehen?«

Sie nickte.

»Gut, dann hole ich dich ab. Okay?«

Wieder nickte sie. Irgendwie hatte sie einen Klumpen im Hals, der vorher nicht da gewesen war. Wieso hatte er sie eben so angesehen? Hatte er das früher auch schon getan, hatte sie es vielleicht nur nie bemerkt?

Sie stand auf, drückte sich etwas unbeholfen an ihm vorbei in Richtung Tür, durch die soeben eine ältere Dame trat, die eine Wolke von 4711 mit hereinbrachte.

»Bis heute Abend dann!«, rief sie über die Schulter zurück. Und etwas leiser fügte sie hinzu: »Ich freue mich!«

Und sie freute sich wirklich. Schließlich war Markus doch ihr bester Freund, und sie hatte ihn fast drei Monate lang nicht gesehen. Eine halbe Ewigkeit! Was würden sie alles miteinander zu reden haben.

»Hannes hat geschrieben.«

Mit diesen Worten begrüßte Hans-Werner seinen Sohn, als dieser am späten Nachmittag auf Immensee vorbeikam. Annemarie saß auf der Bank vor dem Kachelofen, den Blick gesenkt, und hielt ein Stück Papier in den Händen. Den Brief, wie Markus vermutete. Hannes' Brief.

Wie sehr sie sich immer freute, wenn er an Weihnachten schrieb – und wie traurig es sie zugleich auch machte, weil es wieder einmal keine Adresse gab, keinen Absender, an den sie zurückschreiben könnte. Nichts außer den üblichen drei, vier Zeilen.

Frohe Weihnachten und ein gutes neues Jahr wünscht euch allen Hannes. Mir geht es gut. Macht euch keine Sorgen. Oder so ähnlich. Manchmal stand noch etwas über das Wetter in Australien oder irgendetwas anderes Belangloses darin, aber nie etwas Persönliches. Markus kannte diese Karten auswendig – für seinen Geschmack könnte Hannes sich so ein oberflächliches Geschreibsel auch sparen.

Doch dieser Brief war anders.

Liebe Mutter, lieber Vater!

Ich hoffe, dieser Brief erreicht euch alle bei guter Gesundheit. Mir geht es sehr gut, besser als je zuvor in meinem Leben. Ich habe eine Frau gefunden, die ich liebe, und mit der ich eines Tages eine Familie gründen möchte. Dabei wird mir bewusst, wie sehr ich euch vermisse – wie gerne ich euch persönlich in die Arme nehmen würde, um euch ein frohes Weihnachtsfest zu wünschen. Ich weiß, dass ich all die Jahre ein schlechter Sohn gewesen bin, der eure Liebe nicht verdient hat, aber ich hoffe einfach, dass ihr mir eines Tages vergeben könnt für das, was ich euch angetan habe. Wenn eure Tür trotz allem noch offen sein sollte, dann schreibt mir bitte zurück. Ihr würdet mich so glücklich machen.

Euer Sohn Hannes

Markus gab seiner Mutter schweigend den Brief zurück und beugte sich zu ihr hinunter, um sie in die Arme zu schließen.

Als sie das Gesicht hob, sah er die Tränen, die ihr die Wangen hinabliefen, und strich sie sanft fort. »Nicht, Mama«, flüsterte er, und er spürte selbst einen dicken Kloß im Hals. »Nicht mehr weinen. Alles wird gut …«

»Und?«, fragte Annika am Abend, nachdem Markus ihr von dem Brief erzählt hatte. »Wie geht es dir damit? Kannst du dich überhaupt noch an Hannes erinnern?«

»Ja und nein. Er war achtzehn, ich zwölf. Das ist schon so lange her – und vieles ist seitdem geschehen. Wir haben überhaupt keine Ahnung, wie es ihm in ›Down Under‹ in all den Jahren ergangen ist, was er gemacht hat, wen er geliebt hat, was er gelitten hat. Und er wiederum weiß nichts von uns. Er weiß nicht, dass er zwei Nichten und einen Neffen hat, dass Papa ein schwaches Herz hat, oder dass sein Hund gestorben ist: nichts, verstehst du?«

Annika nickte.

»Mama ist natürlich völlig außer sich. Am liebsten würde sie sofort einen Flug buchen und zu ihm fliegen. Es kommt mir noch so … so unwirklich vor. Hannes war immer nur – ach, ich weiß auch nicht. Weit weg eben. Das ist er jetzt natürlich immer noch.«

»Aber er ist nicht mehr unerreichbar«, stellte Annika fest.

»Nein, er ist nicht mehr unerreichbar. Ich glaube auch, dass Mama jetzt in diesem Moment an ihrem Schreibtisch sitzt und zurückschreibt. Da wird sie keiner aufhalten können!«

Er lachte heiser, und Annika bemerkte, wie sich eine Träne aus seinem

Augenwinkel stehlen wollte, die er jedoch mit einer raschen Handbewegung fortwischte.

Sie streckte eine Hand nach ihm aus, schüttelte langsam den Kopf. »Markus«, sagte sie leise. »Es ist okay … es ist okay … Ich bin ja da.«

Markus ergriff ihre Hand, drückte sie dankbar und nickte stumm, die Lippen fest aufeinandergepresst. Er wollte, konnte ihr einfach nicht sagen, was er wirklich dachte. Es war noch zu früh, er musste erst sicher sein, bevor er sie damit beunruhigte. Ausgerechnet sie. Denn wenn er es ihr sagte, würde er damit alles aufs Spiel setzen, worauf er je gehofft hatte: ihre Liebe, ihre Freundschaft, alles.

19

Für Eva begann der Heilige Abend damit, dass ihre Mutter nach ihr rief, noch ehe der Wecker geklingelt hatte. Unverständliche Worte des Widerwillens vor sich hinmurmelnd, drehte Eva sich im Bett herum und versuchte dabei die Augen zu öffnen. Gestern war es spät geworden; die letzten Gäste waren erst um elf gegangen, und selbst dann hatte ihr Vater noch von ihr erwartet, das Restaurant zu fegen und zu wischen. Damit alles schön weihnachtsfein ist, hatte er erklärt. *Weihnachtsfein*. Auch ein schönes Wort.

»Eva! Eva, wo steckst du denn? Nun komm doch endlich! Papa will mit dir den Baum holen, er steht hier schon in Schal und Mütze, und danach wollen wir alle zusammen frühstücken.«

Irene kam ohne anzuklopfen ins Zimmer, in der Hand die Zeitung und ihr Portemonnaie.

»Oder hast du dieses Jahr keine Lust? Dann sucht Papa den Baum eben alleine aus. Ich könnte weiß Gott etwas Hilfe in der Küche gebrauchen, es ist von gestern Abend noch so einiges liegen geblieben. Aber wir waren ja alle so müde … Nein, du musst dich schon etwas wärmer anziehen, es hat gefroren. Zieh den Norweger an, der hat einen schönen, hohen Kragen.«

Eva seufzte. Sie hatte keine Lust, schon wieder zu streiten, auch wenn es ihre Mutter natürlich überhaupt nichts anging, was sie anzog. Aber wenn Irene einen ihrer »mütterlichen Momente« hatte, so wie jetzt gerade, dann kam Eva sich plötzlich vor, als sei sie noch ein Kind. Nicht, dass das unbedingt schlecht war – im Gegenteil, manchmal sehnte Eva sich regelrecht danach, noch einmal ein Kind sein zu dürfen. Seit Jahren schon hatten ihre Eltern sie nicht mehr gefragt, was sie sich zum Geburtstag oder zu Weihnachten wünschte. Stattdessen schenkten sie ihr meistens etwas zum Anziehen, etwas für ihr Haar oder ein Parfum. Und wenn ihr etwas *nicht* gefiel (was meistens der Fall war), durfte sie sich dies auch keinesfalls anmerken lassen, denn dann wurde ihr Vater zornig. Sehr zornig. An ihrem letzten Geburtstag hatte er sie so heftig geschlagen, dass sie den ganzen Tag über mit einem Kühlverband hatte herumlaufen müssen, nur weil sie gewagt hatte zu sagen, dass die Bluse, die sie ihr geschenkt hatten, etwas zu eng sei.

»Also schön, ich bin fertig. Tut mir leid, dass ich nicht eher aufgestanden bin. Ich habe gar nicht gewusst, dass es schon so spät ist. Der Wecker muss stehen geblieben sein«, erklärte Eva ihrer Mutter auf dem Weg nach unten. Sie traute sich nicht, ihr zu sagen, dass sie den Wecker gestern Abend überhaupt nicht eingeschaltet hatte, weil sie endlich einmal richtig hatte ausschlafen wollen. Schließlich war nur einmal im Jahr Weihnachten.

Auch Annika war nicht besonders glücklich, als sie zur selben Zeit in die Küche herunterkam, eine Rolle Geschenkpapier unter dem Arm tragend, in der anderen Hand den leeren Teebecher. Sie hatte sich das frühmorgendliche Teetrinken während ihrer Zeit in England schon richtig angewöhnt, doch ihre Mutter und ihre Schwester waren nicht davon zu begeistern. Margarete sagte immer, dass nur ein guter, starker Kaffee sie morgens wach machen könnte. Sylvia fuhr sowieso jeden zornig an, der es wagte, an Wochenenden oder Ferientagen vor zehn Uhr in ihrem Zimmer aufzutauchen. Zu Annikas Überraschung stand Sylvia an den Esstresen gelehnt, ein Saftglas in der Hand, und sah ihrer Mutter beim Pfannkuchenbacken zu.

»Hallo, Mama, hallo Sylvie. Fröhliche Weihnachten!«

Margarete sah kurz vom Herd auf, um ihrer Ältesten zuzulächeln. »Na, Annika, du bist ja auch schon früh auf den Beinen heute. Fröhliche Weihnachten auch dir, mein Schatz. Möchtest du einen Kaffee?«

»Nein, danke, ich hatte gerade Tee. Kann ich dir was helfen?«

»Ja, ihr könnt den Tisch decken. Sylvia, pass doch bitte auf mit deinem Saft, ich habe gestern Abend hier noch alles gewischt!«

Sylvia fing die Tropfen, die an ihrem Glas herunterliefen, schnell mit der Zunge auf, und warf ihrer Schwester einen Blick zu, der wohl so in etwa heißen sollte: »Na, das können ja in der Tat noch fröhliche Weihnachten werden, wenn Mama gleich heute Morgen schon zu meckern anfängt!«

Doch sie sagte nichts, sondern stellte ihr Glas ab und ging zur Vitrine, um das gute Geschirr herauszunehmen. Das Weihnachtsgeschirr, das Mama über die Jahre gesammelt hatte, und zu dem sie ihr erst letztes Jahr alle zusammen die Kaffeekanne geschenkt hatten. Papa, Annika und sie.

Dieses Jahr würde alles anders sein. Papa würde nicht kommen, stattdessen sollten sie und Annika morgen zu ihm fahren.

Sylvia seufzte, als sie an ihren Vater dachte, und betrachtete dabei lange die Kaffeekanne in ihren Händen, bevor sie sie langsam, ganz langsam und sehr vorsichtig, auf dem Esstisch abstellte. Sie hatte ihn zwar nicht sehen wollen, als er am Mittwoch Annika gebracht hatte, und sie hatte auch gemischte Gefühle, wenn sie an den bevorstehenden Besuch in Heide dachte, aber heute vermisste sie ihn schon. Mit Papa war Weihnachten einfach lustiger gewesen. Schon früh morgens hatte er laut gesungen, und war dann singend mit einem voll beladenen Kaffeetablett nach oben gekommen, um als Erstes seiner Frau ein frohes Weihnachtsfest zu wünschen. Wie hatte er ihre Mutter geliebt! Das konnte doch nicht alles plötzlich weg sein, oder?

Eva öffnete vorsichtig das in hellblaues Seidenpapier eingewickelte Päckchen, das ihre Mutter ihr soeben überreicht hatte.

»Ich hoffe, du freust dich darüber«, meinte Irene eifrig. »Wir haben lange danach gesucht, als wir neulich in Hamburg waren.«

Tapfer nickend wickelte Eva das Geschenk weiter aus, obwohl ihr Herz dabei heftig klopfte. Was hatten sie sich dieses Mal ausgedacht? Und wie sollte sie reagieren, wenn das, was in dem Päckchen enthalten war, tatsächlich ihren schlimmsten Befürchtungen entsprach – oder diese sogar noch übertraf?

Im nächsten Moment blieb ihr vor Staunen der Mund offen stehen. »Ooh …«, brachte sie schließlich hervor, das dünne Papier vorsichtig zur Seite schiebend, und nahm behutsam das Geschenk heraus. Es war ein Kasten mit Pastellmalkreiden.

Eva schluckte. So etwas Edles hatte ihr noch nie jemand geschenkt. Diese Farben kosteten im Fachgeschäft ein halbes Vermögen – ein Grund mehr, weshalb Eva bevorzugt mit Bleistift und Kohle arbeitete.

»Ich … ich bin sprachlos«, gestand sie schließlich ehrlich und schüttelte dabei ganz leicht den Kopf, als könne sie noch immer nicht recht glauben, was ihre Augen sahen. »So ein – so ein edles Geschenk … vielen Dank euch beiden. Vielen, vielen Dank!«

Dieses Jahr zumindest war der Weihnachtsfrieden gerettet, was immerhin auch schon eine Menge wert war. Weihnachten ohne Tränen und blaue Flecken, stattdessen mit Gans, gedecktem Apfelkuchen und Pastellmalkreiden – was konnte schöner sein? Für Eva kam das dem Himmel auf Erden schon sehr nahe.

Markus stellte sich auf die Zehenspitzen, um die letzten Kerzen zu löschen. Außer ihm und Jürgen waren alle bereits ins Bett gegangen; der Tag war lang gewesen, besonders für die Kinder. Jetzt lagen alle drei glücklich und zufrieden in ihren Betten. So hoffte Jürgen zumindest, der soeben noch einmal bei seinem Ältesten im Zimmer gewesen war, um diesen vom Boden aufzusammeln.

»Das ist der Nachteil an diesen Hochbetten«, meinte er. »Wenn sie rausfallen, fallen sie tief.«

Markus brummte seine Zustimmung und kletterte vom Sofa herunter, in der linken Hand den heißen, vom Ruß geschwärzten Kerzenlöscher, in der rechten ein paar Wachsreste. Er war den ganzen Tag über sehr schweigsam gewesen, beinahe mürrisch, sodass sein Vater ihn am Nachmittag sogar hatte ermahnen müssen, doch ein freundlicheres Gesicht aufzusetzen.

»Na, Schwager, wie geht es dir so mit Weihnachten dieses Jahr? Du hast den ganzen Tag über irgendwie nicht besonders glücklich ausgesehen. Magst du drüber reden?«

Normalerweise hätte Markus jetzt gesagt »Oh nein, nicht du auch noch«, zumal er nie einen besonders engen Kontakt zu seinem Schwager gehabt hatte – abgesehen von der Tatsache natürlich, dass sie bis vor Kurzem noch zusammen unter einem Dach gewohnt hatten und dieselbe Gemeinde besuchten. Aber manchmal war ein wenig emotionaler Abstand genau die richtige Voraussetzung für ein gutes Gespräch.

So erzählte Markus Jürgen von Hannes' Brief und von den gemischten Gefühlen, die dieser in ihm wachgerufen hatte.

»Es ist so komisch, weißt du … es ist zum ersten Mal in all den Jahren, dass er mehr von sich hören lässt als das übliche *Mir geht es gut, wie geht es euch?*. Nicht, dass er wirklich viel von sich erzählt hat, aber ich werde dieses eigenartige Gefühl nicht los, dass da irgendwas im Busch ist. Irgendetwas stimmt nicht …«

Markus stützte den Kopf in beide Hände und sah Jürgen dabei zu, wie dieser zwei Gläser mit Whiskey füllte. »Weißt du, ich habe ja keine Ahnung, warum Hannes damals weggegangen ist. Warum er ganz bis nach Australien gehen musste, und warum er nie wieder zurückgekehrt ist. Mutter und Vater sprechen nie davon, und ich bezweifle sogar, dass sie es wissen. Aber es muss doch mehr gewesen sein als ein Akt der Rebellion gegen das Erwachsenwerden oder so etwas in der Art. Meinst du nicht auch?«

Jürgen neigte den Kopf leicht zur Seite und betrachtete sein Whiskeyglas lange, bevor er einen Schluck daraus nahm und es auf den Couchtisch zurückstellte.

»Ja und nein. Ich weiß es nicht, ehrlich gesagt. Aber ich glaube auch, genau wie du, dass er es ernst meint, denn sonst würde er euch die Adresse nicht geschickt haben. Und ich glaube auch, dass er euch vermisst. Hast du ihm geschrieben? Oder hast du vor es zu tun?«

»Hm.«

Markus nahm ebenfalls einen Schluck. »Darüber habe ich noch gar nicht nachgedacht. Der Brief war ja nur an meine Eltern gerichtet. Aber mein erster Gedanke war – und lach mich bitte jetzt nicht aus! –, dass ich am liebsten hinfliegen, meinen Bruder am Hemdkragen in das nächste Flugzeug zerren und nach Hause zurückbringen würde. Denn hier gehört er hin. Hierher.«

»Das magst du so sehen, er aber vielleicht nicht unbedingt. Denn sonst wäre er doch längst gekommen, oder?«

Wie gerne würde ich euch persönlich in die Arme nehmen, um euch ein frohes Weihnachtsfest zu wünschen.

Nein. Nein, das war es nicht – Hannes würde schon kommen wollen, sonst hätte er das nicht geschrieben. Aber irgendetwas schien ihn davon abzuhalten. Wenn er nur wüsste, was …

»Jürgen?«, begann er vorsichtig. »Kann ich dich mal was fragen?«

Jürgen sah auf, begegnete Markus' Blick und nickte langsam.

»Ich weiß nicht, wie du darüber denkst, aber … es ist so. Es ist so …«

Es ist so schwer.

Es war so schwer es auszusprechen – was, wenn er unrecht hatte, wenn er sich täuschte?

»Kannst du dir vorstellen, dass es einen Zusammenhang zwischen dem Verschwinden meines Bruders und dem Unfalltod des kleinen Tom Köhlers gibt?«

Endlich war es heraus. Er hatte es gesagt, er hatte es endlich ausgesprochen! Seine Stimme zitterte vor Aufregung, seine Arme ebenfalls, und er griff erneut nach seinem Whiskeyglas, schloss beide Hände fest darum, damit sie etwas zum Festhalten hätten.

»Nein«, entgegnete Jürgen hastig und stand ebenfalls auf, legte seine Hand beruhigend auf Markus' Schulter. »Das darfst du nicht sagen, Markus. Er ist dein Bruder! Überleg doch mal, was das bedeutet. Wenn das wahr wäre, dann …«

Ja, was dann, dachte Markus.

Vor seinem inneren Auge lief plötzlich ein Film ab, ein Film, den er nicht sehen wollte, den er seit Jahren zu verdrängen versuchte hatte – und dennoch waren diese Bilder immer wieder in ihm hochgekommen. Bilder von seinem Bruder, der ein Kind überfuhr und nicht anhielt, nicht ausstieg, sondern immer weiter fuhr und das Kind einfach zurückließ, sterbend …

»Es kann gar nicht wahr sein, Markus. Er kann es nicht getan haben. Denk doch mal – der Unfall war irgendwann im März, und Hannes ist … na, jedenfalls einige Monate später erst verschwunden. Im Sommer, oder?«

»Pfingsten. Es war nach Pfingsten.«

Markus war erschrocken über den Klang seiner eigenen Stimme.

»Richtig. Ich erinnere mich. Pfingstmontag haben wir noch zusammen einen Ausflug mit der Gemeinde gemacht, und ich musste den BMW von Hans Thiedemann fahren, weißt du noch? Na, du erinnerst dich wahrscheinlich nicht, du warst ja erst … wie alt warst du damals?«

»Zwölf … Jürgen, denk' doch noch mal nach, bitte! Der Unfall war irgendwann Ende März, richtig? Der Fahrer wurde nie gefunden. Und Hannes verschwindet kurze Zeit später auf Nimmerwiedersehen nach Australien. Wenn es da keinen Zusammenhang gibt, dann weiß ich es nicht! Sag du mir, dass es nicht so ist, sag mir, dass ich mich irre. Ich würde mich so gerne irren, Jürgen. Aber –«

»Aber das ist doch Wahnsinn, Markus! Wie stellst du dir das vor? Dein Bruder war doch kein rücksichtsloser Raser, keiner, der am Steuer den Starken markiert hätte, um zu zeigen, dass er ein Kerl ist. Hannes war der vernünftigste Junge in unserem Jahrgang damals, alle haben ihn bewundert, alle. Ich auch. Und …«

Markus schüttelte müde den Kopf. Es war ein Fehler gewesen, davon anzufangen, er hatte es gleich gewusst. »Lass, Jürgen. Lass gut sein.«

»Aber ihr könnt ihn nicht verleugnen, er gehört zu euch. Hannes ist euer Sohn und Bruder, trotz allem! Deswegen solltest du die Sache auch ruhen lassen, Markus. Wenn es keinen Anhaltspunkt dafür gibt – und den gibt es meines Erachtens nicht –, dann suche nicht krampfhaft nach irgendwelchen fragwürdigen Indizien, sondern lass einfach alles ruhen. Vielleicht seht ihr euch eines Tages wieder, Markus, vielleicht sogar schon bald. Und dann soll doch so etwas Furchtbares nicht zwischen euch stehen, oder?«

»Nein.«

Mechanisch schüttelte Markus den Kopf. »Nein, das soll es nicht. Natürlich nicht. Ich gehe jetzt ins Bett. Wie ist es mit dir? Bleibst du noch?«

Jürgen leerte sein Glas in einem Zug und ging zur Tür. »Nein, ich muss auch schlafen. Dringend. Wir sehen uns morgen. Schlaf gut, Markus, und – mach dir nicht so einen Kopf, ja?«

Stumm nickend wandte Markus sich zum Gehen. Er war müde. Müde, traurig und irgendwie total frustriert. Schönes Weihnachtsfest, dachte er grimmig, während er langsam die Treppe nach oben stieg. Schön selbst verdorben. Gratuliere.

20

Am Silvesterabend saßen Markus, Karsten, dessen Freundin Judith, Annika, Sylvia und die Zwillinge in gemütlicher Runde in Markus' kleinem Wohnzimmer beisammen, tranken Punsch und spielten Trivial Pursuit, um sich die noch verbleibende Zeit bis Mitternacht zu vertreiben. Sylvia war glücklich und fast ein bisschen stolz, dabei sein zu dürfen; schließlich gehörte sie mit dreizehneinhalb noch nicht richtig zu den Großen, aber ihre Mutter hatte sich überreden lassen, dass sie mit auf Markus' Party durfte.

»Ich glaube, ich weiß es, ich weiß es! Nicht sagen, ich komm' gleich drauf …«

Esther wackelte unruhig auf ihrem Hocker hin und her, kniff die Augen fest zu und öffnete sie sogleich wieder. »Clint Eastwood!«, rief sie dann. »Clint Eastwood war's! Stimmt's?«

Doch bevor jemand etwas darauf sagen konnte, stürmte Christina in die Wohnung, ganz außer Atem, ihren Autoschlüssel noch in der Hand, und blieb mitten im Raum stehen.

»Markus! Annika! Schnell, ihr müsst sofort nach Immensee kommen! Es ist etwas mit Eva!«

Eva hockte im Badezimmer von Jürgen und Christina, mit dem Rücken an die Badewanne gelehnt, und presste ein nasses, kaltes Handtuch gegen ihr Gesicht. Das lange, dunkle Haar war zerzaust und teilweise mit Blut verschmiert, das sah Annika schon von der Tür aus, in der sie stand, vollkommen fassungslos auf dieses Bild des Schreckens starrend, das sich ihr bot.

»Ja, aber … was ist …?«

Markus drängte sich hastig an ihr vorbei, kniete sich neben Eva und wollte ihr einen Arm um die Schulter legen, als Eva laut aufschrie. Da erst bemerkte er, dass die linke Schulter grotesk verrenkt war und der Arm seltsam schlaff herabhing.

»Wir haben natürlich gleich einen Krankenwagen gerufen«, erklärte Jürgen. »Aber die haben anscheinend derart viel zu tun heute Nacht, dass sie nicht mehr hinterherkommen. Sie lassen jetzt einen Rettungswagen aus Schleswig kommen. Das kann aber noch dauern …«

Annika trat jetzt ebenfalls an Evas Seite und kniete neben der Freundin nieder. Tränen traten ihr in die Augen, als diese langsam den Kopf hob und dabei das Handtuch zur Seite schob. Es war ein Anblick, den Annika ihr Leben lang nicht vergessen würde. An der Schläfe klaffte eine tiefe Wunde, aus der das Blut in dicken, dunkelroten Tropfen das Gesicht herunterrann. Das linke Auge war ganz zugeschwollen, und auch aus der Nase strömte Blut. Seltsamerweise brachte Eva keinen Laut hervor. Sie weinte nicht, sie schluchzte nicht, sie stöhnte nicht. Sie saß nur da, ein Bild des Jammers, des Schreckens und des Schmerzes, und regte sich nicht.

Alle fuhren erschrocken zusammen, als es an der Haustür klingelte.

»Oh, Gott sei Dank, Doktor Olsen! Danke, dass Sie so schnell kommen konnten!«, hörten sie Frau Feuerbachs leise, aber dennoch äußerst erregte Stimme vom Flur her. »Hier entlang, bitte, zum Bad. Sie sieht wirklich schlimm aus, er muss dieses Mal wohl total die Kontrolle verloren haben … kam mit dem Fahrrad hier angerast, als sei der leibhaftige Teufel hinter ihr her – o Herr, vergib mir, du weißt, wie ich's meine.«

»Lassen Sie nur, Frau Feuerbach, das wird der Herrgott Ihnen gewiss nicht anrechnen. Dieser elende Kerl verdient keine andere Bezeichnung …«

Der wohlbeleibte, alte Dorfarzt mit dem freundlichen, runden, rotwangigen Gesicht schob Christina und Jürgen, die im Türrahmen standen, sanft zur Seite und trat ins Badezimmer.

»Oh mein Gott …«, murmelte er dann.

Neben Eva kniend, wandte er sich an Frau Feuerbach. »Schnell, Frau Feuerbach, bringen Sie mir frisch abgekochtes Wasser. Reichlich. Und saubere Handtücher haben Sie sicher im Schrank? Gut. Sobald der Rettungswagen kommt, sagen Sie mir Bescheid, ansonsten gehen Sie jetzt bitte alle hinaus, ich brauche Ruhe. Danke.«

Es war schon fast Morgen, als Annika endlich die Haustür aufschloss und sich müde an die Kommode im Flur lehnte. Sylvia war von Esther und Magdalene heimgebracht worden; sie schlief inzwischen hoffentlich. Annika hatte noch einmal kurz zu Hause angerufen, nachdem der Rettungswagen mit Eva vom Hof gefahren war. Sie hatte gehofft, Sylvia etwas beruhigen zu können, damit wenigstens sie heute Nacht schlafen konnte. Zumindest war Eva außer Lebensgefahr. Gott sei Dank. Aber es hätte nicht viel gefehlt – wenn ihr Vater noch ein paar Mal mehr zugeschlagen oder sie etwas unglücklicher gefallen wäre, dann …

So aber sah es offensichtlich schlimmer aus, als es war, das hatte auch Doktor Olsen gesagt, nachdem er Erste Hilfe geleistet hatte. Eva hatte zwar relativ viel Blut verloren, aber das hatte bereits aufgehört zu fließen, als der Rettungswagen eintraf und man Eva auf die Trage bettete, eine Infusion in der rechten Hand, das zerschundene Gesicht schmerzverzerrt.

Annemarie Feuerbach hatte das Geschehen leise vor sich hinweinend von der Diele aus beobachtet, ein zerknülltes Taschentuch in ihren vor Anspannung ganz verkrampften Händen haltend.

Jetzt fielen Annika, die immer noch an der Kommode lehnte und fast im Stehen einschlief, die Schlüssel aus der schlaff gewordenen Hand und landeten mit einem lauten Klirren auf den Fliesen, sodass sie selbst heftig zusammenschrak.

»Annika? Annika, bist du das?«

Neben ihr stand Sylvia im Nachthemd und sah sie erschrocken an. »Annika! Du bist ja ganz außer dir! Was – was ist denn mit Eva? Ist sie …?«

Annika zog ein Taschentuch aus ihrer Hosentasche und putzte sich kopfschüttelnd die Nase, bevor sie antwortete. »Nein, nein, sie ist okay. Alles wird wieder gut.« Sie versuchte ein tapferes Lächeln. »Tut mir leid, wenn ich dich geweckt habe. Wie spät ist es eigentlich?«

Sylvia sah zum Telefon hinüber. »Gleich drei. Soll ich dir einen Kaffee kochen? Oder willst du lieber sofort ins Bett? Du musst ja hundemüde sein …«

Doch Annika schüttelte rasch den Kopf. »Nein, nein, ich kann jetzt bestimmt sowieso nicht gleich schlafen. Ich warte, bis Markus anruft. Er ist ins Krankenhaus mitgefahren. Sobald er weiß, was mit Eva ist, und wie lange sie dort bleiben muss, meldet er sich.«

Der Kessel kochte, und sein schrilles Pfeifen riss Markus jäh aus seinen Gedanken, sodass er vor Schreck zusammenzuckte. Beinahe wäre er wieder eingeschlafen, so, wie er da stand, an den Küchenschrank gelehnt, die Arme vor der Brust verschränkt. Was für ein furchtbarer Neujahrsbeginn! Er war erst am frühen Morgen aus dem Krankenhaus zurückgekehrt, in das man Eva gebracht hatte, und sofort ins Bett gegangen – zu müde um noch irgendjemanden anzurufen.

Als er am Spätnachmittag aufgewacht war, war sein Anrufbeantworter schon voll gewesen. Seine Eltern, seine Schwestern, Annika. Und interessanterweise Irene Martin.

Dass die sich traute, dachte er, während er Kaffee in seinen Porzellanfilter löffelte. Zwei, drei, vier. Ich muss wach werden. Fünf.

Erstaunlich. Aber vielleicht hatte Irene tatsächlich nichts von dem Übergriff ihres Mannes mitbekommen, wie sie auf dem Band mit weinerlicher Stimme beteuert hatte. Immerhin war Silvester gewesen, und auch im *Wirtshaus am Deich* fand alljährlich eine große Feier mit Buffet und Tanz statt. Vielleicht war sie gerade nicht in der Nähe gewesen. Oder aber sie hatte dabeigestanden und nicht den Mut gehabt Hilfe zu holen, aus Angst, er würde sich dann an ihr rächen. Vielleicht hatte sie sogar versucht, ihn zurückzuhalten, wie so oft in der Vergangenheit. Nicht, dass ihr Eingreifen jemals etwas genutzt hätte – weder Eva noch Irene, die selbst oft genug von ihrem Mann geschlagen wurde. Und die es dennoch über dreißig Jahre lang mit ihm ausgehalten hatte.

Aber jetzt musste endlich etwas geschehen, so viel stand fest. Markus wand sich innerlich, wenn er daran dachte, dass das meiste wahrscheinlich an ihm hängen bleiben würde. Er goss mehr Wasser auf.

Jemand würde zur Polizei gehen und Herrn Martin anzeigen müssen. Wegen Misshandlung und Körperverletzung oder sogar wegen versuchten Totschlags.

Das Telefon klingelte erneut.

Markus stieß sich mit einem Seufzer von der Tischkante ab, und ging ins Wohnzimmer hinüber, wo er das Mobilteil seines neuen Telefons vermutete, das er seit gestern Abend nicht mehr gesehen hatte. Er fand es unter einem der Sofakissen.

»Hallo, Markus, ich bin's noch mal, Annika. Ich wollte nur sagen … ich wollte nur fragen, ob ich vorbeikommen kann. Oder wolltest du schlafen?«

»Nein«, versicherte er etwas zu hastig.

Er war aufgeregt, total überdreht von den Ereignissen der letzten Tage. Und jetzt auch noch Annika. Bei dem Gedanken, dass sie in drei Tagen wieder nach England zurückfliegen würde, wurde ihm ganz eng ums Herz. Er wusste, dass er noch mit ihr sprechen musste, bevor sie ging. Er konnte sie nicht schon wieder so gehen lassen …

»Nein, nein, ich habe geschlafen. Ich wollte mir gerade einen Kaffee machen. Wenn du in zehn Minuten hier bist, lasse ich dir noch welchen da. Und wenn nicht, koche ich dir einen neuen.«

Nachdem er aufgelegt hatte, räumte er schnell noch ein bisschen auf. Seine Wohnung sah aus, als hätte eine Bombe eingeschlagen und es wäre ihm peinlich, sie Annika in diesem Zustand zu präsentieren. Seine Bibel fiel ihm hinunter, als er ein paar Zeitschriften vom Couchtisch räumen wollte, und er schlug sie spontan auf. Vielleicht hatte Gott ja gerade jetzt das richtige Wort für ihn.

Und das hatte er: *»Weil ich deine rechte Hand halte – ich, der Herr, dein Gott. Und ich sage dir: ›Hab keine Angst. Ich bin da und helfe dir‹«,* las er in Jesaja 41.

Danke, dachte Markus, ich nehme dich gerne beim Wort, Herr.

»Kannst du sie nicht mitnehmen, Annika? Bei dir wäre Eva zumindest erstmal in Sicherheit.«

Markus sah Annika über den Rand seines Kaffeebechers hinweg an.

Das Papierförmchen ihres Muffins zu einem Ball formend, nickte Annika zunächst langsam, ohne etwas darauf zu erwidern. Dann hob sie den Blick und begegnete dem von Markus. War da nicht noch etwas anderes als die Sorge um Eva, die sie in diesem Blick las?

»Ja, ich denke, das wäre im Augenblick wohl das Beste.«

Markus nickte. »Wann fliegst du?«

»Am Mittwoch. Die Schule beginnt gleich am Donnerstag wieder.«

»Okay … also, selbst wenn sie erst am Dienstag entlassen wird, kann sie doch noch mitfliegen, oder? Vorausgesetzt, sie will.«

Annika trank ihren Kaffee aus und nickte heftig. »Ich denke doch, dass sie will. Und ich kenne auch einen sehr guten Arzt in Rugby, der kann sie gleich vor Ort weiter versorgen. Hat meinen Fuß auch wieder gut hinbekommen.«

Beide lachten, und die Spannung, die eben noch in der Luft gelegen hatte, löste sich. Markus legte einen Arm um ihre Schulter und zog sie an sich. Dann drückte er ihr einen flüchtigen Kuss auf die Wange.

»Wofür war der?«, fragte sie und sah ihn erstaunt an.

Er grinste verlegen. »Ach … nur so. Für dein Lachen.«

Sie legte ihre Arme um seinen Hals und sah ihm tief in die Augen. »Kann ich noch einen haben? Einen richtigen diesmal?«

* * *

»Natürlich will ich mit! Gerne!«

Evas Augen glänzten. »Du ahnst gar nicht, wie sehr mich das erleichtert – zu wissen, dass ich nicht mehr zurück muss … vielleicht nie mehr. Ich werde mir dort drüben einen Job suchen – egal was, wenn ich nur nicht zurück muss.«

Es war Montagnachmittag, draußen schien die Sonne am strahlend blauen Winterhimmel, und Annika saß bei Eva am Krankenhausbett, froh, die Freundin wieder einigermaßen wohlauf zu sehen. Die Schulter war gleich am Samstag wieder eingerenkt worden und die Fäden an der Schläfe würde man noch ziehen, bevor sie entlassen wurde. Notfalls konnte das aber auch der Arzt in England machen. Vermutlich würde Eva ihr Leben lang eine hässliche Narbe davontragen, falls sie sich nicht irgendwann zu einer kosmetischen Operation entschließen sollte. Aber diese Dinge konnten warten – im Gegensatz zu der viel dringenderen Frage, ob sie nach Hause zurückkehren würde oder nicht.

Doch diese Entscheidung hatte Eva schon getroffen. England, dachte sie. Das war gerade weit genug weg. »Ich weiß gar nicht, wie ich euch jemals danken soll. Dir und Markus und …«

Annika streckte eine Hand nach ihr aus. »Du bist eine tapfere Frau, Eva. Eine sehr tapfere Frau. Und wir bringen dich weg von hier. Versprochen!«

Noch lange, nachdem Annika gegangen war, lag Eva wach in ihrem Krankenhausbett und versuchte, die Ereignisse der letzten drei Tage zu rekapitulieren. Freitagmorgen war noch alles wie immer gewesen – vielleicht sogar ein bisschen besser. Sie hatte sich ehrlich über das unerwartete Weihnachtsgeschenk gefreut, hatte vier Tage lang frei gehabt, und war dann am dreißigsten ausgeruht und beinahe fröhlich wieder an die Arbeit gegangen.

Am Silvestertag war zunächst auch alles relativ entspannt gewesen; sie hatte am Vormittag mit ihrer Mutter den Saal geschmückt und danach alles für das große Buffet vorbereitet. Während sie sich am Nachmittag noch einmal hingelegt hatte, war ihr Vater weggegangen. Als er gegen neun Uhr zurückkam, war der Saal bereits voll mit lärmenden, angeheiterten Gästen, und sie und ihre Mutter waren pausenlos damit beschäftigt, Bier und Wein nachzuschenken und Teller abzuräumen. Dass Jens-Uwe getrunken hatte, hatten sie beide sofort bemerkt, als er in die Küche trat, aber das hatte sie nicht überrascht. Sie waren ohnehin darauf eingestellt, diesen Silvesterabend allein zu bewerkstelligen, wie in den Jahren davor auch schon. Doch als ihr Vater angefangen hatte, an ihrem Essen und an dem Zustand der Küche herumzumeckern und Irene ihn nach oben schicken wollte, damit er seinen Rausch ausschliefe, war er plötzlich ausgerastet.

So schlimm hatte Eva ihn noch nie erlebt, selbst in seinen dunkelsten Zeiten nicht.

»Ihr faulen kleinen Schlampen!«, hatte er gebrüllt und sich mit irrem Blick nach einer Waffe umgesehen. »Jetzt zeige ich euch mal, wer der Herr im Haus ist. Komm her, du kleines Miststück – komm her, sag ich!«

An das, was danach passiert war, erinnerte sie sich nur bruchstückhaft.

Er war zuerst mit einem Messer auf ihre Mutter losgegangen und sie hatte versucht ihn zurückzuhalten … aber dann?

Sie schüttelte den Kopf.

Irgendwie musste es ihr schließlich gelungen sein, sich zu befreien, aber sie konnte sich beim besten Willen nicht daran erinnern. Sie hatte solche Angst gehabt. Angst, dass er ihr folgte, dass er sie finden – dass er sie umbringen würde. Denn das hatte er ihr noch hinterhergerufen, als sie aus dem Haus gerannt war: »Ich bring dich um! Ich bring dich um, du kleine Schlampe!«

Tränen rannen ihr über das geschwollene Gesicht. Wie konnte ein Vater so etwas Furchtbares zu seiner Tochter sagen?

Dann fiel ihr Blick auf die Karte, die Markus ihr am Vormittag mitgebracht hatte, zusammen mit den schönsten Blumen, die sie je geschenkt bekommen hatte.

Er wird das geknickte Rohr nicht brechen
und den glimmenden Docht nicht auslöschen.
Jesaja 42:3

Tapfer nickend, schluckte Eva die Tränen hinunter und schloss die Augen. Wenn Gott es nicht gewesen war, der sie aus dieser Hölle gerettet hatte, wer dann? Sie war geknickt, aber nicht zerbrochen, ihr Lebenslicht flackerte im Augenblick nur schwach, aber es war nicht ganz verloschen – Gott sei Dank.

21

Der Duft frisch gebrühten Kaffees zog von der Küche ins Schlafzimmer hinüber und brachte Katja dazu, die Augen zu öffnen und sich im Bett aufzusetzen. Sie reckte sich genüsslich, bevor sie die Beine über die Bettkante schwang.

»John?«, rief sie.

»Komme gleich! Einen Augenblick!«, kam es aus der Küche zurück. Sie hörte das Klappern von Geschirr und lächelte. Wie gut es sich anfühlte, mit John zusammen zu sein! Noch nie hatte ein Mann sie so behandelt, wie er es tat: mit Achtung und Respekt. Er liebte sie so, wie sie war, und sie liebte ihn – mehr, als sie je zuvor einen Mann geliebt hatte. Wenn sie denn überhaupt jemals wirklich verliebt gewesen war. Seit sie John kannte, war sie sich da nicht mehr so sicher.

»Happy birthday to you, happy birthday to you, happy birthday, dear Katie, happy birthday to you!«

Ein reich bestücktes Frühstückstablett balancierend kam John ins Zimmer herein. Er stellte das Tablett auf dem Fußboden neben dem Bett ab, nahm sie liebevoll bei den Händen, zog sie auf die Füße und schloss sie fest in seine Arme.

»Alles Gute zum Geburtstag, mein Liebling«, sagte er. »Und einen schönen Tag – trotz Uni! Komm, lass uns frühstücken, sonst kommst du zu spät zur Vorlesung. Kaffee?«

»Gerne.«

Verstohlen wischte sie sich eine Träne aus dem Augenwinkel, um ihre Rührung zu verbergen. Er hatte wirklich an alles gedacht: Kuchen, Kerzen, Kaffee und – ihr Herz machte einen Sprung, als sie das kleine Päckchen sah, das da zwischen zwei Marmeladengläsern auf dem Tablett lag – ein Geschenk. *Eins*. Wie oft hatte sie früher an ihrem Geburtstagmorgen vor einem Berg von Geschenken gestanden, eines größer und wertvoller als das andere. Und wie verzweifelt hatte sie sich stattdessen mehr Zeit von ihren Eltern gewünscht, mehr Aufmerksamkeit, mehr Liebe. Oder das, was sie unter Liebe verstand – und das war sicherlich nicht in Geschenken oder Geld zu messen.

John nahm das Päckchen vom Tablett und reichte es ihr. »Hier, das ist für dich. Ich hoffe, es gefällt dir. Wenn nicht, können wir es umtauschen …«

»Oh, John!«, rief sie, als sie die Kette mit dem in Gold gefassten Opal in ihren Händen hielt. »Die ist wunderschön! Wirklich wunderschön … Oh, John, ich glaube, ich muss weinen …«

Und sie weinte, weinte vor Freude, vor Glück und vor Dankbarkeit in Johns Armen, die sie so fest umschlungen hielten, als würden sie sie nie wieder gehen lassen wollen.

»Das hättest du doch nicht tun müssen. Diese Kette ist bestimmt ein Vermögen wert … ich – ich …«

»Schhht!« John strich ihr sanft mit dem Finger über den Mund und sah ihr tief in die Augen. »Er ist nicht so wertvoll, wie du denkst. Der Stein, meine ich. Opale gibt es hier massenhaft, und nur wenige Sorten sind wirklich kostbar.«

Er beugte sich zu ihr hinab, um sie zu küssen – bis sie ihn schließlich energisch von sich schob.

»Ich komme zu spät zur Uni!«, erklärte sie, doch sie wusste, dass ihr sehnsüchtiger Blick ihre Worte Lügen strafte.

»Und? Macht das was?«, murmelte er, sie erneut zu sich heranziehend. »Heute ist doch ein besonderer Tag … da kann man doch mal fünf gerade sein lassen, oder?«

Sie schloss die Augen, während er seine Hände unter ihr hauchdünnes Nachthemd schob, und spürte, wie ihr Körper sich entspannte und nachgab.

Als Katja am späten Nachmittag in Johns Wohnung zurückkehrte, war es so heiß geworden, dass ihr das T-Shirt buchstäblich am Körper klebte, und sie sehnte sich nach einer Dusche und frischen Kleidern. Sie hatte inzwischen einige ihrer Sachen bei John untergebracht, da sie sowieso praktisch jeden Tag zusammen waren – und auch beinahe jede Nacht. Ruth und Samuel beobachteten die Entwicklung der Dinge mit mehr oder weniger offensichtlichem Argwohn. Katja wusste nicht, ob die Gründe dafür rein moralischer Natur waren oder ob es noch einen anderen Grund dafür gab.

War sie, Katja, in den Augen der Johnsons gut genug für John?

Hallo, mein Liebes, ich bin in der Bar drüben, muss noch einiges regeln. Können wir uns um halb neun bei Ruth und Sam treffen? J.

Sie schmunzelte, warf den Zettel auf den Tresen in der Küche und ging ins Schlafzimmer, um sich auszuziehen. Nachdem sie ausgiebig geduscht hatte, warf sie sich mit einem glücklichen Seufzer auf das Bett – und schlief prompt ein.

Es war genau halb neun, als sie wieder aufwachte.

»Oh nein! Nein, nein, nein!«

Blitzschnell war sie auf den Füßen, eilte zum Kleiderschrank und zog wahllos irgendetwas heraus. An der Wohnungstür hielt sie noch einmal inne und sah zögernd zum Telefon an der Wand. Sollte sie sich ein Taxi gönnen? Das würde zwar ein halbes Vermögen kosten, aber wenigstens würde sie innerhalb der nächsten dreißig Minuten in Drummoyne draußen sein. Taxi, dachte sie, und ließ ihre Tasche noch einmal fallen.

Zur selben Zeit war John dabei, ein dreigängiges deutsches Menü für Katja vorzubereiten. Als ungeübter Koch kam er dabei gehörig ins Schwitzen, vor allem, als er merkte, wie ihm die Zeit davonlief. Es gab einen grünen Salat, paniertes Schweineschnitzel mit Kartoffeln, Erbsen und Möhren in einer Rahmsauce, und zum Nachtisch rote Grütze mit Vanillesauce.

Das Telefon im Flur klingelte.

»Sam?«

Keine Antwort.

»Ruth, kannst du – oh, was soll's, ich geh schon!«

Mit einem genervten Seufzer trocknete John sich die Hände an einem Geschirrtuch ab und nahm den Hörer ab.

»Hallo, hier ist Annika Köhler, kann ich bitte Katja sprechen?«

Nein. Nein. Nein …

John fing den Hörer wieder auf, der ihm beinahe hinuntergefallen war, und umschloss ihn fest mit beiden Händen.

Ganz ruhig bleiben. Ganz ruhig. Kein Grund zur Panik jetzt, es ist nur ein Name. Ein Name wie jeder andere, nichts Ungewöhnliches.

Wer weiß, wie viele Annikas es allein in Deutschland gab, und wie viele Köhlers. Das konnte leicht Zufall sein.

»Hallo? Ist da jemand? Sind Sie noch dran?«

Johns Herz begann zu rasen. Kalter Schweiß trat ihm auf die Stirn, seine Kehle war trocken, wie ausgedörrt. Und eng – so eng. Er schloss die Augen und umklammerte den Hörer noch fester, wollte etwas sagen, irgendetwas. Dass Katja nicht da war. Dass sie zurückrufen würde. Aber er brachte kein Wort heraus.

Schweig, flüsterte eine Stimme in seinem Inneren, schweig still.

»Ich kann Sie nicht verstehen«, sagte die Frau jetzt. »Was haben Sie gesagt?«

»Rufen Sie später wieder an. Katja ist noch nicht da. Auf Wiederhören.«

»Das hast du wirklich allein gekocht? Für mich?«

Katja war gerührt.

»Das Meiste«, antwortete John und legte den Kopf schief. »Nur das mit der Grütze habe ich nicht hinbekommen. Glücklicherweise hat Ruth eine deutsche Freundin, die wir dann angerufen haben, und die Vanillesauce mussten wir durch fertiges Custard ersetzen, weil uns ein wenig die Zeit davonlief. Wenn wir gewusst hätten, dass du später kommst …«

Er grinste und streckte eine Hand nach Katja aus, die versuchte, ein möglichst unschuldiges Gesicht zu machen.

»Ich brauche eben meinen Schönheitsschlaf«, erklärte sie.

Doch bevor John etwas darauf entgegnen konnte, klingelte das Telefon.

»Oh …«

Es klirrte, als Johns Dessertlöffel zu Boden fiel. Erschrocken sah Katja zu ihm hinüber. Alle Farbe war plötzlich aus seinem Gesicht gewichen; er war totenblass und sah aus, als sei ihm gerade ein Gespenst begegnet. Mindestens. Nervös, beinahe verschreckt, sah er erst zu Katja, dann zu Sam hinüber und senkte schließlich den Blick auf seine merklich zitternden Hände.

»John!«, rief Katja besorgt aus. »Bist du okay?«

Er nickte hastig, ohne sie dabei anzusehen, und bückte sich, um den Löffel wieder aufzuheben.

Ruth legte ihre Serviette beiseite und eilte ins Haus, um das Telefon zu holen. Über die Schulter warf sie Katja einen besorgten Blick zu.

Katja war zutiefst beunruhigt. Was war nur plötzlich mit John los? Er war den ganzen Abend über sehr still gewesen – stiller noch als sonst – und hatte sein Essen kaum angerührt. Auch hatte er kein einziges Mal gelacht. Und dann diese Schreckhaftigkeit!

»Für dich, Katja – deine Freundin aus Kiel.«

Ruth reichte Katja das Telefon, John stand im selben Moment auf und stürzte ins Haus.

Sein Gesicht war aschfahl, als er eine Viertelstunde später auf die Terrasse zurückkam, aber Katja wagte nicht, ihn irgendetwas zu fragen. Ruth und Sam ließen ihn ebenfalls in Ruhe und sie kannten ihn besser. Sie mussten wissen, was er jetzt brauchte – und was nicht.

Um zwei Uhr morgens lag Katja, die Hände hinter dem Kopf verschränkt, wach in ihrem Bett und lauschte dem gleichmäßigen Ticken ihres Weckers. Im Haus war alles still. Was war heute Abend geschehen, das John so aufgeregt hatte? Und vor allem: Warum konnte er nicht mit ihr darüber sprechen? Vertraute er ihr denn noch immer nicht?

Seine Alkoholikervergangenheit spielte mit Sicherheit auch eine Rolle, aber Katja fürchtete, dass noch mehr dahintersteckte. John litt so offensichtlich unter seinen Ängsten, dass es sie an Abenden wie diesem fast schmerzte, ihn nur anzusehen.

»Du musst das nicht allein mit dir herumschleppen, John«, hatte sie auf dem Treppenabsatz zu ihm gesagt, als er ihr Gute Nacht gesagt hatte.

Doch er hatte nur gleichgültig mit den Achseln gezuckt. »Ich bin einfach nicht besonders gut drauf heute. Tut mir leid, dass es ausgerechnet an deinem Geburtstag ist. Das hast du nicht verdient.«

Er bemühte sich zu lächeln, doch Katja durchschaute ihn und drehte den Kopf zur Seite, als er sich zu ihr hinabbeugte, um sie zu küssen.

»Ich kann alles ertragen, John, aber nicht, wenn man mich anlügt. Das nicht. Tut mir leid.«

Damit hatte sie sich hastig abgewandt und war in ihrem Zimmer verschwunden, ohne sich noch einmal umzusehen. Doch kaum war die Tür hinter ihr ins Schloss gefallen, hatte sie die Hände vors Gesicht geschlagen und bitterlich geweint.

Irgendwann musste sie schließlich doch noch eingeschlafen sein, denn sie schreckte hoch, als sie plötzlich ein seltsames Geräusch vernahm. Es kam von unten, aus der Küche oder aus dem Esszimmer, das sich unter ihrem Zimmer befand. War ein Fremder im Haus? Ein Einbrecher vielleicht?

Dann ein lautes Poltern wie von einem umfallenden Stuhl, ein Klirren, ein unterdrückter Schrei. Dann war alles still.

Zitternd lag Katja da und versuchte sich zu beruhigen. Sie weinte fast vor Erleichterung, als im selben Moment die Tür aufging und Ruth den Kopf ins Zimmer steckte.

»Alles okay, es ist wahrscheinlich nur die blöde Katze, die sich ein Duell mit Nachbars Kater liefert. Sam geht nachsehen. Also, gute Nacht, Katie. Schlaf weiter!«

Doch es war nicht die Katze, die da unten in der Küche tobte. Es war John.

Sam blieb in der Tür stehen und starrte fassungslos auf das Bild, das sich ihm bot. Überall auf dem Boden waren Zeitungsfetzen verstreut, zwei Stühle waren umgefallen, ein Kaffeebecher lag in Scherben ebenfalls am Boden. Die leere Weinflasche vom Abendessen war vor der Terrassentür zum Halten gekommen. Unversehrt. John aber saß rittlinks auf einem der Stühle, den Kopf in den ineinander verschränkten Armen vergraben, und rührte sich nicht.

Erst als Sam näher kam, bemerkte er den säuerlichen Geruch von Erbrochenem, vermischt mit dem Geruch von Blut.

»John!«, rief er und eilte an dessen Seite, versuchte ihn zu bewegen. »Hey …«

Langsam hob John den Kopf. Das feuchte Haar hing ihm wirr ins bleiche, hohlwangige Gesicht, und als er eine Hand hob, um sich die Augen zu reiben, bemerkte Sam, dass getrocknetes Blut daran klebte. Es war nicht viel, und Sam schloss daraus, dass John sich bei dem Versuch, die Scherben des zerbrochenen Bechers aufzusammeln, geschnitten haben musste.

»Ich habe nichts getrunken«, hörte er John in die Stille hinein sagen. »Ich wollte mir nur einen Kaffee machen. Leider ist mir der Becher runtergefallen …«

Stumm den Kopf schüttelnd, legte Sam eine Hand auf Johns Schulter. Das T-Shirt fühlte sich feucht an; der Schweiß musste John aus allen Poren geronnen sein, als er hier vorhin seinen Kampf gekämpft hatte. Sam wusste aus seiner Erfahrung mit John und anderen Abhängigen, mit denen er während seiner Zeit als Seelsorger gearbeitet hatte, dass es in Krisensituationen wie diesen äußerst schwer für einen ehemaligen Alkoholiker war, dem Drang zu trinken *nicht* nachzugeben. Jeder Sieg war ein Meilenstein im Heilungsprozess.

Und John hatte gesiegt.

»Ich *wollte* etwas trinken«, erklärte John mit derselben, tonlosen, leisen Stimme. »Als ich hier runterkam, wollte ich das. Ich habe die Weinflasche genommen … aber sie war leer – Gott sei Dank.«

Ja, dachte Sam bei sich, Gott sei Dank. Gott sei Dank.

Johns Kopf sank wieder auf seine Arme hinab, und eine Weile war alles still. Dann drang ein leises, kaum hörbares Schluchzen aus seiner Brust.

»O Sam, was habe ich getan? Was habe ich nur getan??!«

Sam hielt ihn, wiegte ihn wie ein Kind in seinen starken Armen, und strich ihm immer wieder beruhigend über den schweißnassen Rücken. »Nichts«, murmelte er, mühsam seine eigenen Tränen zurückhaltend. »Nichts, mein Sohn, was nicht jedem von uns auch hätte passieren können. Es ist vorbei, John. Es ist vorbei …«

22

Annika legte das Telefon zur Seite und griff nach dem Behälter mit dem Mehl. Sie war dabei, einen Zitronenkuchen zu backen, den sie morgen mit in die Schule nehmen wollte.

Eva saß am Tisch und hatte den Kopf tief über ein kariertes Büchlein gebeugt, in welchem sie ihre Finanzen zu ordnen versuchte. Sie blickte kurz auf, als Annika den hölzernen Deckel sehr energisch auf die Porzellandose zurückdrückte und dabei irgendetwas Unverständliches vor sich hinmurmelte.

»Was hat sie denn gesagt?«

»Wer? Katja? – Ach, die hat sich gefreut, dass ich angerufen habe. Warum auch nicht? Aber ihr Freund scheint mir ein äußerst seltsamer Vogel zu sein. Ich meine, immerhin ist das ein Ferngespräch, wenn ich von hier in Australien anrufe, das kostet ja auch ein bisschen was …«

»Von hier ist es nicht so teuer wie von Deutschland aus«, bemerkte Eva trocken und widmete sich wieder ihren Zahlenkolonnen. Wenn sie sehr sparsam war, konnte sie den Februar über noch hierbleiben, ohne zu arbeiten. Spätestens dann würde sie sich einen Job suchen müssen – oder nach Deutschland zurückkehren. Eine Option, die ihr ganz und gar nicht gefiel, und die sie Annika gegenüber klugerweise nicht in Erwägung zog.

Aber Eva vertraute fest auf Gott. Seit sie am Abend vor ihrer Abreise im Krankenhaus mit Markus gesprochen und für sich hatte beten lassen, fühlte sie sich besser – und sicherer.

»Aber er war so – so unfreundlich! Dabei kennt er mich nicht mal. Und Katja hat immer so von ihm geschwärmt in ihren Briefen. Dass er so lieb sei, so freundlich, so sensibel …«

»Das ist er bestimmt auch, wenn Katja es sagt. Vielleicht hast du gerade einen ungünstigen Moment erwischt. Sagtest du nicht, er habe für Katja ein Essen gekocht?«

Annika schob die frisch geriebene Zitronenschale in die Rührschüssel und nickte grimmig.

»Na, siehst du. Vielleicht ist ihm in dem Moment, in dem du anriefst, gerade die Soße angebrannt. Nimm's nicht so persönlich, Annika. Wer weiß, ob du diesem Mann jemals begegnen wirst.«

»Oh, wenn man Katja glauben darf, ist er …«

»… die Liebe ihres Lebens, ich weiß!«, ergänzte Eva lachend, und Annika konnte nicht anders als mitzulachen.

»Ja, wahrscheinlich hast du recht, ich sollte mir nicht so viele Gedanken machen«, meinte Annika dann. »Es ist ja nicht so, als ob ich nicht gerade selbst genug auf meinem Teller hätte, wie der Engländer zu sagen pflegt.«

»Allerdings«, pflichtete Eva ihr bei und klappte ihr Heft zu. »Ich gehe raus, kommst du mit?«

Annika warf einen Blick auf die Küchenuhr. »Hm … ja, okay. Wenn du noch ein paar Minuten warten kannst, dann schiebe ich noch den Kuchen in den Ofen.«

»Gut, dann gehe ich mal nach oben und suche mir was Warmes zum Anziehen. Bis gleich!«

Während sie Seite an Seite durch den Schnee stapften, berichtete Annika von ihrem letzten Abend mit Markus.

Er hatte angerufen, als sie noch am Packen gewesen war, und sie gebeten, mit ihm essen zu gehen. Anschließend waren sie zu Fuß in Richtung Immensee spaziert, Arm in Arm. Lange Zeit sprach keiner von ihnen ein Wort, und Annika, die ahnte, dass Markus ihr etwas sagen wollte, begann allmählich, unruhig zu werden.

Da blieb er plötzlich und unvermittelt mitten auf dem Weg stehen, zog sie in seine Arme und hielt sie fest umschlossen, als wolle er sie nie wieder gehen lassen.

»Ich liebe dich, Annika. Ich liebe dich schon so lange!«, murmelte er in ihr Haar hinein, und sie fühlte, wie ein Schauer ihren Rücken hinablief. »Bitte«, fügte er dann hinzu und sah ihr dabei in die Augen, »bitte, Annika, heirate mich.«

»Das … das kommt jetzt ein bisschen plötzlich«, murmelte sie verlegen und schaffte es nicht, seinem Blick standzuhalten, in dem so unendlich viel Liebe und Sehnsucht lag – und so viel bange Hoffnung.

»Das habe ich mir gedacht«, erwiderte er. »Es tut mir leid, dass ich dich so überrumpelt habe.« Er zögerte. »Versprichst du mir trotzdem, darüber nachzudenken, während du in England bist?«

»Und?«, fragte Eva mit angehaltenem Atem. Sie konnte es kaum fassen: Markus Feuerbach hatte ihrer besten Freundin einen Heiratsantrag gemacht!

»Na ja …«, druckste Annika jetzt herum, sichtlich verlegen. »Ich habe ihm versprochen, dass ich darüber nachdenken würde. Und das tue ich auch – unentwegt, ehrlich gesagt! Aber ich komme irgendwie zu keinem Ergebnis. Ach, Eva, wir waren doch immer nur *Freunde* – ich dachte, wir wären nie mehr als das! Und plötzlich …«

Sie brach ab, sah Eva Hilfe suchend an. »Verstehst du, was ich meine?«

Eva schüttelte langsam den Kopf.

Komisch, dachte Annika, während sie ihre Freundin heimlich betrachtete, und ich habe immer geglaubt, Markus wäre der Prinz, der Eva retten würde. Der Märchenprinz, der sie mit auf sein Schloss nahm. Nach Immensee …

Hatte sie am Ende die Prinzessinnen vertauscht?

»Nein«, gab Eva zu. »Ehrlich gesagt, verstehe ich das nicht. Du hast ihn doch lieb, oder?«

Annika nickte heftig. Oh ja, sie hatte ihn lieb. Das war ihr im Herbst endgültig klar geworden, als sie ihn am Flughafen von Birmingham mit ihren unbedachten Worten so verletzt hatte und den Ausdruck tiefen Schmerzes auf seinem Gesicht gesehen hatte.

»Ja, aber … Wo ist dann das Problem? Ihr kennt euch seit Ewigkeiten, du weißt genau, was du an ihm hast – mit all seinen Macken.«

Und er hat schon so lange auf dich gewartet.

»Ich weiß es nicht«, flüsterte Annika und blieb stehen. Die Landschaft um sie herum sah wirklich zauberhaft aus: Der Kanal war stellenweise mit einer Eisschicht bedeckt, die Trauerweiden an dessen Ufern waren mit Raureif überzogen, der im Sonnenlicht funkelte.

Sie seufzte. »Ich weiß es selbst nicht, Eva. Vielleicht, *weil* wir uns schon seit Ewigkeiten kennen. Vielleicht gerade deshalb, weil wir so lange Zeit nur gute Freunde waren. Was, wenn es nicht funktioniert? Sind wir dann immer noch Freunde? Genau davor habe ich Angst, Eva! Markus war immer da, immer …«

»Er wird auch jetzt immer da sein«, warf Eva leise ein. Sie war ebenfalls stehen geblieben und hatte eine Hand auf Annikas Arm gelegt.

Langsam wandte Annika ihr das Gesicht zu, schüttelte kaum merklich den Kopf und flüsterte: »Aber ich verdiene ihn doch gar nicht, Eva. Ich verdiene keinen Mann wie Markus! Er ist … fast so etwas wie ein Heiliger. So, wie er lebt, wie er mit seiner Familie umgeht und mit seinen Freunden und allem … Und dann sein Glaube. Ich kann das nicht glauben, Eva, ich kann es einfach nicht. Und das *weiß* er! Warum … Sag mir, warum sucht er sich keine andere?«

Annikas Stimme brach, und Eva empfand tiefes Mitleid mit ihr, als sie den gequälten Ausdruck in ihrem Gesicht sah.

Tröstend strich sie ihrer Freundin über den Arm und sagte leise, fast ein wenig vorwurfsvoll: »Warum zweifelst du so sehr, Annika? Er liebt dich, siehst du das denn nicht? Dich! Nur dich. Und das schon seit vielen Jahren … nein, Annika, du weißt nicht, was du da sagst, wenn du behauptest, du seiest nicht gut genug für ihn.«

Sie nahm Annikas kalt gefrorenen Hände und drückte sie ganz fest.

»Komm, lach' doch mal. Es ist ein so wunderschöner Tag! Findest du nicht?«

Annika nickte. »Ja, du hast recht. Und außerdem habe ich noch etwas Zeit, bis wir uns in den Osterferien wiedersehen … allerspätestens dann habe ich ihm eine Antwort versprochen. Und wie ich mich kenne …« … *wird es ein Ja sein. Was auch sonst? Zu Markus konnte man einfach nicht Nein sagen, es sei denn, man hatte nicht alle fünf Sinne beisammen. Und kein Herz.*

Annika setzte sich zu ihrer Freundin an den Küchentisch und griff nach ihrem Teebecher. »Ist schon komisch, oder? Ich meine, wenn du daran denkst, wie es letztes Jahr war an meinem Geburtstag … Erinnerst du dich noch an diese Das-Höchste-meines-Lebens-Sache?«

Eva nickte stumm. Ja, sie erinnerte sich. Und sie wusste auch noch genau, was sie sich damals gewünscht hatte. *Das Höchste meines Lebens ist die Freiheit. Die Freiheit dorthin zu gehen, wohin immer ich will, um zu tun, was immer ich will. Das ist das Höchste meines Lebens.*

War sie jetzt da? War sie endlich angekommen?

Gedankenverloren schüttelte sie den Kopf, nahm ihren Becher und trank einen tiefen Schluck daraus.

»Also, ich weiß jedenfalls noch genau, was ich damals gesagt habe«, erklärte Annika. »*Ich möchte wissen, wer ich bin und wohin ich gehöre.* Aber, ehrlich gesagt, Eva, weiß ich das immer noch nicht. Du?«

Eva seufzte. »Nein, ich weiß es auch noch nicht. Aber ich bin dem immerhin schon ein ganzes Stück näher gekommen. Ich weiß heute zum Beispiel, dass ich nicht die Dienstmagd meiner Eltern bin, und schon gar nicht deren Prügelknabe. Das weiß ich jetzt mit Sicherheit.«

Annika streckte eine Hand über den Tisch und legte sie auf die der Freundin. »Das ist doch schon mal ein guter Anfang.«

Eva lächelte. Sie sah plötzlich müde aus. »Danke, Annika. Danke für alles, was du für mich getan hast. Das werde ich dir nie vergessen. Ich werde mir einen Job suchen, und dann …«

»Langsam, Eva«, unterbrach Annika sie. »Eins nach dem anderen. Du bist erst seit drei Wochen hier und noch nicht einmal wieder ganz gesund.

Wenn es dir besser geht, kannst du dich doch immer noch darum kümmern. Und bis dahin kannst du endlich einmal das tun, was du schon immer tun wolltest: deine Freiheit genießen! *Die Freiheit dorthin zu gehen, wohin immer ich will, um zu tun, was immer ich will.* War es nicht das, was du gesagt hast damals? Das Höchste deines Lebens?«

Eva nickte und starrte dabei in ihre leere Teetasse. Warum fühlte sie sich nur immer so furchtbar müde und antriebslos?

»Weißt du, was ich jetzt mit dieser Freiheit mache?«, sagte sie dann, den Blick energisch hebend. »Ich gehe nach oben in mein Zimmer, lege mich auf mein Bett und lese – einfach so! Vielleicht schlafe ich auch ein, wundere dich also nicht, wenn du nichts mehr von mir hörst …«

Annika lachte. »Schon in Ordnung, ruh du dich mal aus. Ich sehe dich dann später.«

23

Tief in Gedanken versunken, beide Hände in den Jackentaschen vergraben, kehrte Jacob an diesem Nachmittag von seinem Spaziergang mit Lord zurück. Nachdem der Januar eher mild und regnerisch gewesen war, war es jetzt wieder empfindlich kalt geworden. Fast schien es, als wolle der Winter noch einmal zeigen, wer die Oberhand hatte. Nun, immerhin war es erst Februar, da konnte man keine Wunder erwarten.

Er hörte das Telefon klingeln, als er den Weg zum Haus hinaufging, und beschleunigte seinen Schritt. Wahrscheinlich war es sein Kumpel Pete, der den Kneipenabend absagen wollte.

Aber es war nicht Pete, es war Ian.

»Jacob, pass auf, bevor du dich aufregst – deine Schwester ist in Ordnung, sie haben sie nur vorsichtshalber zur Beobachtung in die Klinik geschickt. Sie kommt bestimmt spätestens zum Wochenende nach Hause.«

Jacob ließ sich auf einen Stuhl sinken und schloss für einen Moment die Augen. Dann sagte er: »Okay … okay. Aber was ist mit ihr? Stimmt was nicht?«

»Nein, nein, mit ihr ist alles in Ordnung. Die Herztöne waren einen Tick zu langsam beim CTG heute Morgen, aber der Arzt in der Klinik hat im Prinzip schon Entwarnung gegeben. Es ist sogar anzunehmen, dass sie schon morgen wieder nach Hause kann. Ich würde sie am liebsten überreden, sich krankschreiben zu lassen. Aber du weißt ja, wie sie ist …«

Jacob nickte. Oh ja, er wusste, wie sie war. Er kannte keinen energischeren, dickköpfigeren Menschen als seine Schwester – außer Lucy vielleicht, aber die war natürlich auch erst fünf.

»Okay«, sagte er wieder, weil ihm nichts Besseres einfiel.

»Hey, Jacob, ich sagte doch, dass alles in Ordnung ist. Deiner zukünftigen Nichte geht es gut, sie wird – oopsala, jetzt habe ich mich verplappert! So ein Mist! Laura wird mich lynchen …«

»Soso, ein Mädchen – da wird Lucy sich aber freuen. Bist du sicher, dass ich sonst nichts tun kann?«

»Absolut sicher. Wenn du Laura helfen willst, dann bleib cool. Das hilft ihr am allermeisten. Sie hat mich gebeten, dich anzurufen, damit du Bescheid weißt und dir keine Sorgen machst. Also, grüß mir die Prinzessin. Aber verrate nichts, hörst du?«

Jacob versprach es und hängte ein. Dann stieß er einen Seufzer der Erleichterung aus. Laura war in Sicherheit, dem Baby ging es gut – alles war in Ordnung. Alles in Ordnung …

Das Telefon klingelte erneut. Dieses Mal war es tatsächlich Pete, der für den Abend absagen wollte.

»Ach, was soll's – zwei oder drei Löffel, das macht's nun auch nicht …«

Laura häufte noch etwas mehr rosa Marshmallowfluff in ihren Kaffee und rührte die cremig-klebrige Masse mit einem Ausdruck höchster Zufriedenheit um. Sie war froh, endlich wieder zu Hause zu sein. Zwei Tage Krankenhaus hatten ihr gereicht. Ihre Gynäkologin hatte sie zunächst einmal für den Rest der Woche krankgeschrieben – Ian wäre es natürlich lieber gewesen, sie hätte gleich ein bisschen mehr daraus gemacht, aber das hatte sie gerade noch abwenden können. Drei Monate zu Hause! Sie würde wahnsinnig werden.

»Iiih, findest du das nicht eklig?«

Ian kam herein, einen leeren Teebecher in der einen, einen Stapel Schulhefte in der anderen Hand. »Wie viel tust du denn da rein von dem Zeug?«

»So viel ich möchte, mein Schatz. Du weißt schon, ich brauche meinen Zuckerschub – ist gut für meinen Kreislauf.«

Ian legte die Hefte auf die Arbeitsplatte und öffnete die Kühlschranktür.

»Hmm ... da ist ja nicht gerade viel drin. Wie wäre es, wenn ich schnell in die Stadt fahre und uns etwas Schönes vom Chinesen mitbringe? Und ein Video. Ich habe heute nicht allzu viel zu tun für die Schule. Da können wir uns doch mal einen gemütlichen Fernsehabend machen. Was meinst du?«

»Klingt gut. Aber bring nicht wieder so was Trauriges mit wie letztes Mal. Ich bin sowieso ziemlich nah am Wasser gebaut dieser Tage ...«

»Ich halte nach einer schönen, albernen Komödie Ausschau. Also, mein Schatz«, er küsste sie auf die Stirn, »ich bin in einer halben Stunde wieder da. Und iss nicht so viel Fluff, sonst hast du hinterher keinen Appetit mehr auf Bratreis mit Hühnchen. Oder soll's heute mal was Exotischeres sein? Krabben? Fisch? Hund?«

»Nein! Nein, nein, nein. Nichts von alledem. Nur das Übliche – mein Magen ist zurzeit nicht für irgendwelche Experimente zu haben.«

Ian grinste. »Okay. Dann bis nachher!«

Er war noch keine fünf Minuten fort, als es an der Haustür klingelte. Widerstrebend erhob Laura sich von ihrem Lieblingsplatz in der Sofaecke. Wer konnte das nun wieder sein? Sie war heute Abend nicht in der Stimmung, irgendwelche ungeladenen Gäste zu empfangen.

»Jacob! Was machst du denn hier? Wo ist Lucy?«

»Schön zu sehen, dass es dir wieder besser geht, Schwesterherz. Darf ich reinkommen?«

Laura verdrehte die Augen, ließ dabei aber die Tür weit aufschwingen, und ihr Bruder trat in den engen Flur. Er drückte ihr einen Strauß Narzissen in die Hand.

»Hier, für dich. Tut mir leid, wenn ich ungelegen komme, aber ich musste Lucy zu Mum und Dad bringen, weil mein Verleger angerufen hat. Ich muss morgen früh nach London fahren. Und da dachte ich ... Nun, ich dachte, vielleicht könnte ich bei euch übernachten und von hier aus weiterfahren, dann bin ich gleich auf der M1 und muss nicht erst durch die Cotswolds bei diesem Wetter. Denkst du, das geht?«

Laura seufzte. So viel zum Thema Zweisamkeit! Aber sie ließ sich nichts anmerken – dafür liebte sie ihren Bruder viel zu sehr –, sondern legte ihm einen Arm um die Schulter und führte ihn ins Wohnzimmer, wo sie auf ein offenes Paket mit Babysachen zeigte, das auf dem Esstisch stand.

»Guck mal, das hat meine Schwiegermutter uns heute geschickt. Ist es nicht *grau-en-haft*?«

Jacob trat näher an den Tisch und nahm einen hellblau und beige gestreiften Pullover aus dem Karton. »Mmmh – hundert Prozent Polyesteracryl, würde ich sagen. Den brauchst du nicht zu waschen, der ist bestimmt abwaschbar. Hat der mal Ian gehört?«

Laura schauderte. »Ja, bestimmt. Die anderen Sachen auch. Aber im Ernst, was soll ich damit nur machen? Das ziehe ich unserem Kind im Leben nicht an! Außerdem –«

»Außerdem wird es ein Mädchen, und die tragen ja bekanntlich kein Blau – oops, sorry!«

Laura riss ihm den kleinen Pullover aus der Hand und warf ihn zurück in den Karton. »Klar, mein Mann konnte mal wieder seinen Mund nicht halten.«

Jacob legte den Kopf schief und sah seiner Schwester wissend in die Augen. »Ich weiß alles, Laura. Männer haben das im Gefühl.«

Laura stieß ihren Bruder scherzhaft in die Seite und ging an ihm vorbei in die Küche hinüber. »Magst du ein Bier?«

»Wenn's kalt ist, gerne.«

Sie kam mit einer Dose Bier zurück und warf sie ihm entgegen. »Natürlich ist es kalt. Ian ist übrigens losgefahren, um uns ein Abendessen zu besorgen. Hast du schon gegessen?«

»Ich war mit Lucy bei McDonald's. Ab und zu muss das auch mal sein … Aber du hast meine Frage von vorhin noch nicht beantwortet.«

»Ob du hier schlafen kannst? Ach, Jacob, was ist denn das für eine Frage. Natürlich kannst du das! Aber was ist mit Lu – sie muss doch morgen zur Schule, oder nicht?«

»Eigentlich schon, aber ich habe sie bis Freitag entschuldigt. Wenn ich so lange weg bin, habe ich einfach ein besseres Gefühl, wenn sie bei ihren Großeltern ist …«

Laura nickte. Ihr Bruder konnte den Gedanken, dass Lucy etwas zustieß, nicht ertragen – natürlich konnte das kein Vater und keine Mutter, aber bei Jacob war das noch etwas anderes.

Lucy war nicht nur alles, was er hatte; manchmal glaubte Laura sogar, die Kleine sei alles, wofür er lebte.

Das Telefon klingelte, als sie gerade mit dem Essen fertig waren. Ian stöhnte. »Ich habe zu viel gegessen, ich kann mich nicht mehr bewegen. Geh du, Schatz. Das ist bestimmt sowieso für dich.«

Laura warf ihm einen zweifelnden Blick zu, legte ihre Serviette beiseite und erhob sich. Doch sobald sie im Flur war, verstummte das Klingeln. »Typisch«, murmelte sie. Etwas lauter rief sie ins Esszimmer: »Möchte einer von euch noch ein Bier?«

»Ja, ich!«, antwortete Ian. »Und bring bitte auch die Glückskekse mit, die habe ich auf dem Tresen liegen lassen. Wir wollen doch mal sehen, was es da für Weisheiten zu lesen gibt. Schmecken lecker, die Dinger, und über die ›schlauen Botschaften‹ kann man sich so herrlich amüsieren.«

Jacob zog eine Augenbraue hoch. »Hm. Na gut, wenn du meinst … Sag mal, Ian, wie geht es denn jetzt mit Laura weiter? Kann sie wirklich am Montag in die Schule zurück? Ist das nicht zu anstrengend für sie? Immerhin hat sie auch noch die Fahrt dabei und …«

Ian winkte ab. »Ach, komm, Jacob! Die Strecke fährt sie doch im Schlaf. Was soll sie hier allein zu Hause? Die sechs Wochen Mutterschutz werden für sie noch lang genug werden, selbst wenn das Baby ein paar Tage vor dem Termin kommen sollte.«

Jacob seufzte und griff nach seinem Bier. »Wahrscheinlich hast du recht. Ich weiß, ich bin in dieser Hinsicht ein fürchterlicher Angsthase. Es ist nur –«

»Ich weiß.« Ian legte seinem Schwager eine Hand auf die Schulter. »Ich weiß, dass du deine Schwester liebst und dir einfach nur Sorgen um sie machst. Glaub mir, Jacob, ich mache mir auch Sorgen – schließlich bin ich noch nie Vater geworden. Aber sie lässt sich sowieso nichts sagen, weder von dir noch von mir. Sie wird schon wissen, was gut für sie ist.«

»So, ihr beiden, hier kommt das Bier und der Tee. Und ich kann euch auch schon sagen, was in meinem Keks drinstand.«

Beide Männer sahen auf, als Laura mit dem Tablett ins Zimmer zurückkehrte.

»Also ...«

Sie räusperte sich erst umständlich und tat dann, als würde sie von dem kleinen Zettel ablesen, den sie in der Hand hielt: »Männer, die hinter Rücken von ahnungsloser Frau Abmachungen treffen, die Unabhängigkeit infrage stellen, gehören an die Wand gestellt und mit Eiern beworfen. Oder mit Glückskeksen.«

»Der ist viel zu lang, das steht da nie im Leben drin!«, protestierte Ian mit gespielter Entrüstung.

»Na, und wenn schon! Jedenfalls möchte ich jetzt sofort wissen, was ihr miteinander geredet habt, während ich in der Küche war. Ihr seht beide so schuldbewusst aus. Los, sagt schon – soll ich mich gleich morgen früh im Krankenhaus anmelden und dort bis zum zehnten Mai ein Zimmer buchen?«

»Wieso bis zum zehnten? Ich denke, der Stichtag sei der dritte ...«

Laura warf ihrem Bruder einen strengen Blick zu und wollte gerade zu einer schlagfertigen Antwort ansetzen – doch etwas in seinem Gesicht ließ sie plötzlich innehalten.

»Jacob?«

Sie beugte sich vor und sah ihrem Bruder besorgt in die Augen. Sein Gesicht hatte schon wieder diesen seltsamen Weit-weit-weg-Ausdruck angenommen, den sie immer dann an ihm bemerkte, wenn er an Lydia dachte. Bestimmt tat er das in diesen Tagen mehr denn je.

Laura wusste, dass seine Sorge um sie ihren Ursprung in seiner eigenen Geschichte hatte, dass er nichts dafür konnte, wenn er es bisweilen ein wenig übertrieb.

»Jacob?«, wiederholte sie.

Doch Jacob hörte sie nicht. Er saß zwar da und spielte mit seiner unbenutzten Serviette, doch mit seinen Gedanken war er weit fort, irgendwo, wo sie ihn nicht mehr erreichen konnte.

Es waren Momente wie diese, in denen Laura sich ernsthaft fragte, ob seine Wunden jemals heilen würden.

Eva sah Annika dabei zu, wie sie den Mandarinen-Quarkkuchen, den sie gebacken hatte, mit Puderzucker bestäubte, und schüttelte missbilligend den Kopf.

»Der ist noch zu warm, Annika, dann zieht der ganze Puderzucker in den Teig ein. Warte halt, bis der Kuchen ganz ausgekühlt ist.«

»Aber wir müssen bald los!«, jammerte Annika, die Schachtel mit dem Puderzucker in der einen, das kleine, weiße Kunststoffsieb in der anderen Hand. »Wie sieht denn das aus, wenn ich mit einem halb fertigen Kuchen bei Laura und Ian ankomme?«

»Der Kuchen *ist* aber doch fertig, Annika. Nimm lieber den Puderzucker mit, von mir aus auch das Sieb, und mach's einfach da. Dann kann der Kuchen während der Fahrt auskühlen, und du kannst ihn in aller Ruhe dekorieren, wenn wir da sind. Wie klingt das?«

Annika seufzte. »Also gut … Du hast ja recht. Wie spät ist es eigentlich?«

»Viertel nach sechs – noch reichlich Zeit also. Komm, du musst mir helfen, mich zwischen den beiden einzigen Blusen zu entscheiden, die ich mitgenommen habe. Schwere Wahl!«

Eva lachte, doch Annika wusste, dass es ihrer Freundin nicht gut ging. Sie sprach nicht über das, was am Silvesterabend vorgefallen war. Zwar litt sie ganz offensichtlich unter den Folgen des jahrelangen Missbrauchs, doch entweder hatte sie die Phase des akuten Schocks noch nicht überwunden, oder aber sie hatte beschlossen, alles mit sich allein auszumachen.

Was Annika nicht wissen konnte war, dass Eva jeden Abend mit Jesus sprach. Sie hatte zwar nie gelernt zu beten, doch irgendwann hatte sie angefangen, Zwiegespräche mit ihm zu führen. Zum Beispiel in den vielen schlaflosen Nächten, in denen sie einfach nicht zur Ruhe kommen konnte. Die schrille, kreischende Stimme ihrer Mutter hallte noch in ihrem Kopf nach, genau wie das Wüten ihres betrunkenen Vaters unten in der Wirtsstube.

Eva schauderte.

Schnell zog sie ihre Bluse vom Bügel und über den Kopf. Sie griff nach ihrer Bürste, die auf dem Frisiertisch lag, setzte sich auf den Hocker, der davorstand, und begann mit langen, kräftigen, gleichmäßigen Bewegungen ihr Haar zu bürsten, bis es glänzte. Plötzlich hielt sie inne, legte die Bürste beiseite und starrte lange auf das schmal gewordene, bleiche Gesicht im Spiegel, aus dem ihr ein Paar riesiger, dunkler Augen entgegenblickte. So groß. So traurig.

Sie schluckte.

Bin das wirklich ich?

24

»Du bist also Eva. Hallo, und herzlich willkommen. Danke für den Kuchen, Annika, stell ihn doch erstmal in die Küche. Mmmh, riecht der gut!«

Laura nahm Eva den Mantel ab und hängte ihn an die Garderobe. »Ian ist in der Küche und legt letzte Hand an den Truthahn.«

Während Annika mit ihrem Kuchen in der Küche verschwand, folgte Eva ihrer Gastgeberin in das Esszimmer. Unauffällig sah sie sich um, und entdeckte dabei das hölzerne Kreuz über dem Durchbruch zum Wohnzimmer. Sie lächelte.

»Setz dich doch, Eva. Darf ich dir ein Glas Sherry anbieten?«

Laura nahm auf dem Sofa Platz und legte eine Hand auf ihren wohlgerundeten Bauch.

»Nein, danke, im Moment nicht. Ein Glas Wasser wäre nett. Aber das kann ich mir selbst holen.« Sie wandte sich um in Richtung Küche. »Ich nehme an, dass ich nur dem köstlichen Duft folgen muss, um in die Küche zu gelangen, oder?«

Laura lachte. »Genau. Wenn du so lieb wärest, mir auch ein Glas mitzubringen?«

»Kommt sofort«, erwiderte Eva und machte sich auf den Weg zur Küche. Im Flur stieß sie beinahe mit Annika zusammen.

»Hast du schon die Bilder bewundert? Die hat alle Jacob gemalt, Lauras Bruder. Er ist Kinderbuchillustrator. Ihr würdet euch bestimmt verstehen – na, du wirst ihn sicherlich noch kennenlernen.«

»Bestimmt«, entgegnete Eva lächelnd und verschwand um die Ecke.

»Wie ich höre, hast du die Bilder meines Bruders bewundert. Du bist selbst Künstlerin, sagt Annika?«

Laura lächelte sie freundlich an. Eva errötete leicht und nahm auf dem Sessel Platz, der nahe am Kamin stand. »Als Künstlerin würde ich mich nicht bezeichnen, das wäre wohl etwas übertrieben, aber ich male sehr gern«, erklärte sie. »Hauptsächlich male ich Landschaften, Tiere und interessante Gebäude wie Windmühlen oder alte Kirchen. Ich habe auch einige meiner Bilder verkauft, zu Hause in Husum …«

Zu Hause in Husum. Seltsam, wie leicht ihr das über die Lippen kam. Trotz allem, was sie dort drüben erlebt hatte. Dieses Fleckchen Erde, das wusste sie tief in ihrem Herzen, würde immer ihr Zuhause sein, was auch geschehen mochte.

»Aha. Na, vielleicht kannst du ja hier auch ein paar Bilder malen, die du dann verkaufen kannst, wenn du wieder zu Hause bist. Die Cotswolds zum Beispiel sind sehr schön, ich bin sicher … Eva?«

Evas zitternde Hand vermochte das Glas nicht mehr ruhig zu halten; das Wasser schwappte über den Rand und Eva sprang auf. »Ich mach das gleich weg!«, rief sie im Hinauslaufen. »Ist nur Wasser. Entschuldigung!«

Laura wollte ihr nacheilen, aber Annika hielt sie zurück. »Bleib. Sie spricht nicht darüber, also versuch es lieber erst gar nicht. Ich hätte es dir sagen sollen, ich weiß, aber ich hab's einfach vergessen. Tut mir leid! Evas Vater ist gewalttätig – er hat sie jahrelang misshandelt und geschlagen und – nun, sie wird nie wieder nach Hause zurückkehren. Ich – ich wollte euch eigentlich sogar fragen, ob … ob ihr Eva irgendwie helfen könntet, damit sie bleiben kann.«

»Und, wie war das Gefühl, sich mal so richtig verwöhnen zu lassen?«, fragte Annika, als sie um kurz nach halb eins in das vollkommen ausgekühlte Auto kletterten – nachdem sie das Schloss mithilfe eines alten, fast leeren Feuerzeuges, das Eva in ihrer Manteltasche gefunden hatte, enteist hatten und frustriert feststellen mussten, dass die Windschutzscheibe teilweise auch von innen angefroren war. Annika beugte sich vor, um die dünne Eisschicht mit einem Ledertuch wegzuwischen, schimpfte, weil ihre

Hände steif gefroren waren und sie deshalb nicht genügend Kraft hatte, und kramte den gerade erst achtlos dorthin geworfenen Eiskratzer wieder unter dem Fahrersitz hervor.

»Oh, sehr gut. Das sind wirklich nette Leute – sehr nett.«

Annika wusste nicht, dass Laura Eva gefragt hatte, ob sie sich vorstellen könnte, bei ihnen zu wohnen und ihr dafür ein bisschen im Haushalt zu helfen.

»Nichts Schweres, und ich gehöre auch nicht zu den Leuten, die jeden Dienstag ihre Fenster geputzt haben möchten. Nur diese alltäglichen Dinge, die mir langsam immer schwerer fallen, wie zum Beispiel eine Stunde lang am Bügelbrett stehen oder auf dem Boden zu kriechen und meine Kontaktlinsen zu suchen«, hatte Laura mit einem Grinsen erklärt. »Ich wäre froh, wenn ich auch gerade in den ersten Monaten jemanden hier hätte, der mir ein wenig Gesellschaft leistet und mir das Kleine vielleicht einmal abnimmt, damit ich schlafen kann.«

Annika suchte in ihrem Rucksack nach einem Taschentuch und wischte sich die vom Feuerzeug verschmierten Finger sauber. »Das freut mich. Hast du Lust, morgen zum Malern hinzufahren? Jacob wird sicher auch da sein, aber ich fürchte, ich habe zu viel für die Schule zu tun.«

»Ich werde morgen ausschlafen«, meinte Eva und gähnte. »Dafür komme ich lieber am Sonntag vorbei und sehe mir an, was sie geschafft haben. Laura hat mich gefragt, ob ich mit ihnen zur Kirche gehen möchte.«

»Und?«

»Gerne. Warum nicht?«

»Hm. Lass uns mal sehen, ob wir es morgen nicht doch schaffen, zum Streichen hinzufahren, wenigstens für ein Stündchen oder so. Laura wird mit Sicherheit keinen Pinsel in die Hand nehmen dürfen. Ian behandelt sie wie ein rohes Ei, seit sie im Krankenhaus war. Und Jacob muss wohl noch schlimmer sein – aber der hat natürlich auch seine eigene Geschichte …«

Eva nickte. Laura hatte ihr von Jacobs verstorbener Frau erzählt. Sie verstand jetzt, dass er seine Tochter wie einen Augapfel hütete: Schließlich war sie die einzige Erinnerung an die Frau, die er so sehr geliebt hatte …

»Wir können ja morgen sehen, wie lange wir schlafen, und dann rufen wir einfach an und fragen, ob sie noch Hilfe brauchen oder nicht. Was meinst du?«

»Gute Idee. Schlafen. Sehr gut.«

Eva gähnte und verschränkte die Arme vor der Brust. »Hoffentlich ist es nicht so kalt in unseren Zimmern. Die Bettdecken hier sind wirklich sehr dünn! Wie halten die Engländer das nur aus?«

»Ich weiß nicht«, meinte Annika und grinste. »Vielleicht haben sie einfach ein dickeres Fell. Aber ich mache dir gerne noch eine Wärmflasche, wenn wir zu Hause sind.«

»Das ist ganz lieb von dir«, murmelte Eva, schon halb im Schlaf. »Also, du weckst mich dann, wenn wir da sind, ja?«

»Hey!«, rief Annika und stieß sie vorsichtig in die Seite. »Ich habe lediglich von einer *Wärmflasche* gesprochen und nicht vom Ins-Bett-hinauf-tragen!«

Jacob biss von dem Kuchen ab, den seine Schwester ihm angeboten hatte, hielt einen Moment inne und zog dabei eine Augenbraue hoch. »Mmmh, der ist ja lecker. Hast du den gemacht?«

»Nein, den hat Annika gemacht. Sie und ihre Freundin waren gestern zum Truthahnessen da – du weißt schon, Eva, von der ich dir am Telefon erzählt habe. Das Mädchen, das von ihren eigenen Eltern ausgebeutet und misshandelt wurde. Übrigens auch eine Künstlerin.«

Laura stand in der Küche und rührte die Tomatensuppe um, die Ian gekocht hatte. »Nur, weil ich schwanger bin, heißt das noch lange nicht, dass alles salzarm und fad schmecken muss!«, murmelte sie, während sie die Suppe kräftig nachwürzte.

»Mhm«, machte Jacob zwischen zwei Bissen Kuchen. »Und wie geht es Annika? Ich habe sie lange nicht gesehen. Vor Weihnachten zuletzt, glaube ich. Lucy hat auch schon nach ihr gefragt.«

»Oh, Annika geht es prima. Sie hat – na, am besten fragst du sie selbst. Du wirst sie bestimmt in nächster Zeit öfter hier sehen, weil ich nämlich Eva angeboten habe, bei uns zu wohnen. Sie kann mir im Haushalt und mit dem Baby helfen, bis sie einen richtigen Job gefunden hat. Falls sie nicht wieder nach Hause zurückgeht, wenn Annika im Sommer hier fertig ist.«

Jacob schob den leeren Teller beiseite und griff nach seinem Teebecher. »Stimmt, sie wird ja im Sommer gar nicht mehr hier sein. Schade. Und Eva bekommt dann das andere Zimmer, das Dad gerade tapeziert, ja?«

»Genau. Sie zieht nächstes Wochenende ein. Ich freue mich darauf, ein bisschen Gesellschaft zu haben, wenn mein Mutterschutz beginnt. Der Garten sieht wüst aus, und die Fenster sind seit Oktober nicht mehr geputzt worden. Das sind bestimmt alles Sachen, um die ich mich nicht kümmern kann, wenn das Baby erstmal da ist.«

Jacob nickte. Dann nahm er seine Jacke von dem Stuhl, auf dem er eben gesessen hatte. »Ich glaube, ich gehe mal nach draußen und sehe nach Lucy. Die muss doch schon halb erfroren sein im Schnee. Außerdem müssen wir uns langsam auf den Weg machen, wenn wir heute noch nach Hause wollen. Es schneit schon wieder!«

Laura sah Jacob nachdenklich hinterher. *Nach Hause.* War dieses abgelegene Cottage in den Tiefen der Cotswolds wirklich sein Zuhause? Oder war es für Jacob lediglich die einzige noch verbliebene Verbindung zur Vergangenheit, zu Lydia? Und zu der Zeit, in der Liebe für ihn nicht nur ein leeres Wort gewesen war, sondern etwas, von dem er geglaubt hatte, dass sie – wenn man sie einmal gefunden hatte – ewig währte …

»Träumst du, Schatz?«

Ian war neben seine Frau getreten und legte ihr eine Hand auf die Schulter.

Sie wandte sich um. Ein zaghaftes Lächeln überflog ihr ernstes, nachdenkliches Gesicht, und er nahm ihr Kinn in beide Hände und sah ihr tief in die Augen. »Du hast mal wieder an deinen Bruder gedacht, stimmt's?«

Sie nickte stumm und wandte den Blick erneut zum Fenster. Jacob hatte seine Tochter endlich eingeholt und angefangen, mit ihr einen Schneemann zu bauen. Sie sahen so vergnügt aus, die beiden – und doch …

»Laura, Laura … du machst dir so viele Sorgen.« Ian zog seine Frau in die Arme und wiegte sie liebevoll hin und her. »Aber glaube mir, wenn erst das Baby da ist, wird er wieder ruhiger werden, und eines Tages – eines Tages wird auch Jacob wieder glücklich sein.«

»Und Lucy.«

»Und Lucy natürlich. Sie ist ein fröhliches Kind, Laura, und sie *ist* glücklich. Sie kennt kein anderes Leben als das, das sie mit ihrem Vater führt. Und dein Bruder ist ein guter Vater.«

Es klingelte an der Haustür.

»Das ist bestimmt Lucy, die aufs Klo muss. Ich lasse sie eben herein, und dann lege ich mich hin, okay?«

»Okay. Ich koche inzwischen eine Kanne Tee. Und – Laura?«

Sie drehte sich noch einmal um. »Ja?«

»Don't worry. Es wird alles gut werden.«

Sie nickte langsam. »Ja – natürlich …«

Damit wandte sie sich wieder zum Gehen, und einen Augenblick später hörte Ian das Prusten und Lachen seiner kleinen Nichte, die sich aus ihrem nassen Schneeanzug strampelte. »Ich habe Daddy eingeseift, das kann ich dir sagen, Onkel Ian! Der ist soooo nass!«

25

John saß auf einem der lederbezogenen Barhocker im *Haven*, das Gesicht über ein Stück Papier gebeugt, das vor ihm auf dem Tresen lag, und war ganz in seine Gedanken versunken, als er Schritte hörte, die sich von draußen dem Eingang näherten. Hastig faltete er das Stück Papier zusammen und steckte es in seine Hosentasche. Im selben Moment klopfte es leise an die Glasscheibe der Eingangstür.

Seufzend glitt John von seinem Hocker und ging hinüber, um aufzuschließen.

»Hi!«, begrüßte Katja ihn mit ihrem strahlendsten Lächeln. »Ich dachte mir schon, dass ich dich hier finde. Hast du unsere Verabredung vergessen?«

Er sah sie verwirrt an. »Verabredung?«

»Ja, wir wollten uns doch um halb zwei am Pier treffen und etwas essen gehen. Ich habe mich extra hübsch gemacht …«

In gespielter Verlegenheit sah sie an ihrem kurzen, roten Rock herunter und hob dann wieder den Blick, um John in die Augen zu sehen. Er zögerte, dann lächelte er plötzlich. »Das hast du, in der Tat. Sehr hübsch sogar. Tut mir leid, dass ich es vergessen habe. Wollen wir noch losgehen?«

Sie nickte. »Aber ja, ich bin schon halb verhungert. Was gibt's denn hier so in der Nähe?«

»Nun ... nicht viel, zugegebenermaßen. Wir könnten natürlich hier essen, wenn du willst. Ich rufe einen Pizzaservice und wir machen es uns auf der Veranda gemütlich.«

»Mmmh, klingt gut. Und hier es ist sowieso viel gemütlicher, und viel ...« Sie sah zu ihm auf und schenkte ihm ihr verführerischstes Lächeln. »... privater.«

Ihr Lächeln traf John mitten ins Herz, und er konnte nicht anders, als sie in seine Arme zu schließen und sie zu küssen. Lange. Während er sie küsste, schien die Anspannung, die er eben noch gefühlt hatte, langsam, aber sicher, von ihm abzufallen.

Am Morgen nach Katjas Geburtstag hatten er und Sam einen langen Spaziergang am Wasser entlang gemacht und geredet.

»Aber wenn du glaubst, dass Katie die Richtige ist, dann wirst du ihr eines Tages sowieso die Wahrheit sagen müssen«, hatte Sam gemeint und ihn dabei sehr ernst angesehen. »Die ganze Wahrheit, John.«

Daraufhin hatte John lange Zeit geschwiegen. Wie sollte er es ihr jemals sagen? Wo sollte er überhaupt anfangen? Er lebte schon so lange mit diesem bedrückenden Geheimnis, dass es ihm manchmal so vorkam, als hätte er nie ein anderes Leben gekannt. Ein Leben mit einer Lüge, ein Leben auf der Flucht. Auf der Flucht vor der Vergangenheit, die ihn jetzt doch noch eingeholt hatte ...

Sam jedoch schien, wie so oft, seine Gedanken lesen zu können. Er legte ihm einen Arm um die Schultern und drehte ihn sanft zu sich herum, zwang ihn, ihm in die Augen zu sehen. »Du kannst nicht für immer davonlaufen, John. Sag ihr die Wahrheit, und du wirst sehen, wie viel besser es dir danach geht. Sie wird dich nicht verlassen, John. Sie liebt dich! Und Jesus liebt dich. Er liebt dich so sehr, und er kann es nicht ertragen zu sehen, wie du vor ihm davonläufst, so wie du vor allem davonläufst, was dich glücklich machen könnte. Du musst damit aufhören! Bitte ...«

Ein langsames, kaum merkliches Kopfschütteln war die Antwort. John konnte nicht anders. Er senkte den Kopf und sah auf seine Füße, während er in kurzen, abgehackten Sätzen sprach. »Du hast recht. Ich muss aufhören, sie anzulügen. Ich muss ihr entweder die Wahrheit sagen – oder … oder ich muss es beenden.«

Jetzt aber, da er sie in seinen Armen hielt und leidenschaftlich küsste, war er sich nicht mehr sicher, ob er wirklich bereit war, sie gehen zu lassen. Sie war die Frau, die er liebte, mit der er eigentlich den Rest seines Lebens hatte zusammenbleiben wollen. Katja zu verlassen, würde schwerer sein als alles, was er je zuvor in seinem Leben getan hatte – fast alles.

Er tastete nervös nach dem Brief in seiner Hosentasche, doch Katja nahm seine Hände und legte sie um ihre Taille.

»Entspann dich, John – Liebling …«

Während er sie auf einen Barhocker hob und seine Hände unter ihren Rock schob, beschloss er, dass seine Entscheidung warten konnte. Morgen würde er es ihr sagen – morgen.

Spät in derselben Nacht wurde Katja von einem Geräusch geweckt. Sie schlug die Augen auf und lauschte angestrengt. Da war es wieder. Es klang wie ein Weinen.

Sie streckte eine Hand nach John aus, fühlte, dass das Kissen neben ihr leer war, und setzte sich mit einem Ruck auf. »John?«

Sie fand ihn auf dem Balkon stehend. »John? Bist du okay?«

Zögernd trat sie zu ihm, legte ihm eine Hand auf die Schulter. Er rührte sich nicht.

»Kann – kann ich dir irgendwie helfen? John? Bitte … sag doch was.«

»Du kannst mir nicht helfen.«

Seine Stimme klang rau und seltsam fremd.

Katja schüttelte verzweifelt den Kopf. Er sprach nie mit ihr über seine Vergangenheit, und sie hütete sich, ihn danach zu fragen, nachdem er ihr anfangs einmal unmissverständlich klargemacht hatte, dass sie eine Grenze überschritten hatte. Eine Grenze, die er durchaus zu verteidigen bereit war.

»Ich weiß, dass es mich wahrscheinlich nichts angeht«, hatte sie eines Abends zu ihm gesagt, als sie auf eben diesem Balkon gestanden und in die Sternennacht hinausgesehen hatten, »aber – wie kam es eigentlich dazu, dass du Alkoholiker wurdest?«

»Verdammt richtig, es geht dich nichts an!«, hatte er hervorgestoßen und Katjas Handgelenke dabei so fest umschlossen, dass es ihr wehtat. »Und sprich nicht so davon, als sei es eine Berufswahl gewesen. Du hast keine Ahnung, wovon du überhaupt redest!«

Seitdem hatte sie nie wieder gefragt. Wenn er bereit war zu reden, würde sie ihm zuhören, wenn nicht – nun, dann würde sie auch sein Schweigen akzeptieren müssen.

Sein Schweigen an diesem Abend beunruhigte sie jedoch zutiefst. Was war nur plötzlich los mit ihm?

»Darf ich … darf ich wenigstens bei dir bleiben?«

Zu ihrer Überraschung wandte John den Kopf und sah sie an. Er ergriff ihre Hand und drückte sie kurz. »Es gibt nichts, was du für mich tun kannst, Katie. Absolut nichts. Geh wieder schlafen. Ich – ich komme dann nach.«

Sie schluckte. »Möchtest du – dass ich gehe? Soll ich nach Drummoyne fahren?«

»Nein. Nein, Katie, das möchte ich nicht. Geh schlafen, mein Liebling, geh schlafen …«

Er senkte den Blick, strich ihr sanft mit dem Finger über die Lippen und lächelte. Es war ein trauriges, gequältes Lächeln, das sie tief berührte. Doch sie nickte langsam, trat einen Schritt zurück, und ließ widerstrebend seine Hand los. Wie gern wäre sie noch bei ihm geblieben, hätte seine Traurigkeit und seine Sorgen mit ihm geteilt.

Aber John war kein Mann, der seine Sorgen mit irgendjemandem teilte.

Auf dem Weg nach drinnen fiel ihr Blick auf einen Briefumschlag, der auf dem Esstresen lag. Sie sah noch einmal hin, stutzte, und war einen Moment lang in Versuchung, stehen zu bleiben, um sich den Brief genauer anzusehen. Dann aber ging sie entschlossen zurück ins Schlafzimmer, und kroch unter die dünnen Decken. Was auch immer es mit diesem Brief auf sich hatte, sie hatte nicht das Recht nachzufragen. Immerhin lebten achtzig Millionen Menschen in Deutschland, warum sollte nicht einer von ihnen an John schreiben?

Katja gähnte. Überhaupt war sie viel zu müde, um weiter darüber nachzudenken. Wenn John ihr irgendetwas verheimlichte, dann war das seine Sache. Was nicht hieß, dass sie froh darüber war – im Gegenteil. Aber ihre Angst, John zu verlieren, war größer. Viel größer.

Es dämmerte bereits, als John endlich zu ihr unter die Decke gekrochen kam. Sein Körper fühlte sich eiskalt an, und Katja zog instinktiv ihre Knie an die Brust, als seine Beine die ihren berührten. Doch dann fühlte sie, wie seine Arme sie zärtlich umschlossen, seine Hände immer wieder über ihre Schultern strichen, und hörte, wie er ihren Namen flüsterte: »Katie – meine liebe, liebe Katie …«

Eine Woche darauf kam Ruth in die Küche und fand eine völlig verstörte, weinende Katja am Tisch vor. Sie ließ ihre Einkaufstüten zu Boden gleiten und stürzte zu ihr, um sie in die Arme zu nehmen.

»Schhht – schhht! Ist gut, Katie, ist ja alles gut … beruhige dich, du bekommst ja gar keine Luft mehr. Was ist denn passiert?«

Doch Katja war viel zu aufgeregt, um zu antworten. Sie schluchzte nur noch lauter, als Ruth sich neben ihr auf einem Stuhl niederließ und einen Arm um ihre Schultern legte.

Nach einer Weile hob Katja den Kopf und sah Ruth mit tränenüberströmtem Gesicht an.

»John hat Schluss gemacht. Ich soll ausziehen. Sofort.«

Ruth zog scharf die Luft ein. Hatte sie nicht geahnt, dass da eine dicke Krise im Anmarsch war? Seit Katjas Geburtstag war John nicht mehr derselbe gewesen. Natürlich hatte Sam mit ihr über den nächtlichen Zwischenfall in ihrer Küche gesprochen, und er hatte ihr auch von dem Gespräch berichtet, das er am Tag darauf mit John geführt hatte. Aber sie hatte trotzdem fest daran geglaubt, dass Katja die Richtige für John war – die, die es schaffen würde, ihn aus seiner Lethargie herauszureißen, ihn wieder fröhlich und glücklich zu machen. Zielstrebig und selbstbewusst, wie Katja war, hatte sie es in geradezu erstaunlich kurzer Zeit geschafft, seine harte äußere Schale zu durchbrechen, das Beste aus ihm herauszuholen.

Doch die junge Frau, die hier wie ein Häufchen Elend auf ihrer Küchenbank saß und weinte, war nicht dieselbe selbstbewusste, energische

Frau, die vor sechs Monaten hier angekommen war, um Sydney zu erobern.

Ruth stand auf, um ihre Einkäufe wegzuräumen, und setzte nebenbei den Kessel auf. Auf diese Weise signalisierte sie Katja, dass sie da war, bereit, ihr zuzuhören, wann immer sie so weit war. Im Augenblick sah es allerdings so aus, als würde es noch eine Zeit dauern, bis Katja sich beruhigt hatte und in der Lage sein würde, ihr mehr zu erzählen.

Insgeheim fragte Ruth sich, weshalb John das getan hatte – etwas Besseres als Katja hätte ihm doch gar nicht passieren können. Wenn sie ehrlich war, hatte sie insgeheim sogar gehofft, die beiden würden heiraten – und nun das!

»Es kam ganz plötzlich, weißt du?«

Ruth zuckte zusammen und stieß sich den Kopf an einem offen stehenden Küchenschrank. So schnell hatte sie nicht damit gerechnet, dass Katja reden würde.

»Ohne irgendeine Vorwarnung. Gestern war noch alles in Ordnung – dachte ich jedenfalls – und heute Morgen, beim Frühstück, rührt er nur in seinem Kaffee herum und schweigt, bis ich es nicht mehr aushalte und ihn frage, was los ist. Da hebt er den Kopf, sieht mich an – er sieht mich geradewegs an, Ruth! – und bittet mich, zu gehen. Einfach so!«

Katja brach ab, zerfledderte ihr Papiertaschentuch, und biss sich auf die Lippen. Dann fuhr sie fort: »Ich war so – so fassungslos, ich konnte … ich konnte ihn nicht einmal fragen, warum. Ich wusste aber auch, dass ich keine Antwort bekommen würde. Verstehst du, was ich meine?«

Ruth nickte. Ja, sie konnte sich die Szene nur allzu gut vorstellen. John fühlte sich in die Enge getrieben und sah keinen anderen Ausweg als den, sich sein eigenes Glück zu verleugnen. So, wie er es immer getan hatte.

Katja griff nach einem frischen Taschentuch. »Aber was habe ich denn falsch gemacht, Ruth? Ich verstehe das nicht! Ich habe nicht erwartet, dass er mich heiratet oder so – im Gegenteil. Er wusste, dass ich das noch nicht will. Ich wollte auch noch keine Kinder haben – noch lange nicht. Was also habe ich falsch gemacht?«

Sie weinte und Ruth setzte sich zu ihr, zog sie in ihre Arme. »Nichts. Nichts, Liebes. Es liegt nicht an dir, glaube mir – es liegt wirklich nicht an dir.«

Katja fuhr hoch, sah sie mit tränenüberströmtem Gesicht an. »Aber was ist es *dann*? Was?? Sag es mir doch, Ruth, bitte, du kennst ihn schon so lange. Warum tut er das?«

Ruth seufzte. »Ich weiß es nicht, Katie. Ich weiß es nicht …«

Natürlich wusste sie, warum John das tat, aber sie durfte es Katja nicht sagen. Sie hatte ein Versprechen gegeben. Aber Ruth fragte sich, als sie Katja so sah, ob es noch Sinn machte, an diesem Versprechen festzuhalten.

Glaubte John wirklich, für den Rest seines Lebens diese Last tragen zu müssen? Allein?

Und wie lange würde er das noch durchhalten, ohne sich am Ende selbst zu zerstören?

John saß auf dem Balkon seiner Wohnung im dritten Stock und sah in die Dunkelheit hinaus. Die Bäume, die am Straßenrand standen, warfen ihre langen, gespenstischen Schatten gegen die Wand, und der Mond war hinter dichten Wolken fast verborgen. Eine dünne Kerze flackerte unruhig im Wind.

In langsamen Zügen trank John seinen Kaffee aus, setzte den Becher vorsichtig auf dem Tisch ab und griff erneut nach dem Brief, den er schon so oft gelesen hatte, dass er jedes Wort auswendig kannte. Trotzdem schien er nicht müde zu werden, ihn immer noch einmal zu lesen, die Worte förmlich aufzusaugen, als könnten sie den Hunger stillen, diese tiefe Sehnsucht, die verborgen in seinem Herzen immer da gewesen, aber nie an die Oberfläche hatten kommen dürfen.

Mein lieber Junge – ich weiß natürlich, dass du längst kein Junge mehr bist, sondern ein erwachsener Mann, aber für mich … nun, für mich wirst du wohl immer mein Junge sein. So ist das mit uns Müttern – wir können einfach nicht anders.

Als dein Brief uns am Tag vor Weihnachten erreichte, hast du uns damit das größte Geschenk gemacht. Endlich eine Adresse zu haben, unter der wir dich erreichen können – das war fast so, als hätten wir ein winziges Stück von dir zurückbekommen. Du glaubst gar nicht, wie sehr wir uns gefreut haben, dein Vater und ich. In all den Jahren habe ich nie die Hoffnung aufgegeben, dass wir uns eines Tages doch noch wiedersehen, nicht einmal in den vier Jahren, in denen du gar nichts von dir hast hören lassen (aus Gründen, die du sicherlich besser kennst als wir) und wir vor Sorge ganz krank gewesen sind.

Seit du gegangen bist, hat es nicht einen Tag gegeben, an dem wir nicht an dich gedacht haben. Sei dir gewiss, dass wir dich immer nur geliebt haben, selbst in unseren schwersten Stunden.

Lass mich nun ein wenig von dem berichten, was sich hier in der Zwischenzeit ereignet hat. Deine Schwester Christina ist schon seit acht Jahren mit Jürgen verheiratet, sie haben drei Kinder, zwei Mädchen und einen Jungen. Sie wohnen hier auf Immensee. Jürgen ist Lehrer, er unterrichtet in Schleswig am Gymnasium. Christina hilft als Kranken- und Altenpflegerin bei uns im Pflegeheim mit. Eines Tages wird sie sicherlich die Leitung hier übernehmen, wenn wir es einmal nicht mehr können.

Markus ist Krankengymnast geworden und hat vor anderthalb Jahren seine eigene Praxis am Markt eröffnet. Verheiratet ist er noch nicht, aber wir sind guter Hoffnung, dass er die Dame seines Herzens bald erobert hat. Ich nenne ihren Namen nicht, aber du kennst sie, sie stammt hier aus dem Dorf.

Die Zwillinge sind hübsche junge Damen geworden, sie studieren jetzt in Kiel, die eine Jura, die andere Architektur.

Ja, mein Junge, nun will ich schließen, aber nicht, bevor ich dir noch einmal versichert habe, dass wir dich sehr lieben und von Herzen vermissen. Wie gerne würde ich dich in die Arme nehmen und dir dies alles selbst sagen! Vergiss bitte nicht: unsere Tür ist immer offen, unsere Arme sind immer ausgestreckt.

Gott segne dich, mein Sohn.

In Liebe, deine Mama

P.S.: Natürlich lässt auch dein Vater dich recht herzlich grüßen. Du weißt ja, dass er kein Schreiberling ist, wie er immer sagt. Er hat diesen Brief gelesen und steht jetzt nickend neben mir, seine Pfeife im Mund – und lächelt.

26

»Ob du mich besuchen kannst? Klar, wieso nicht? Aber das Wetter ist nicht besonders toll, und Ferien haben wir auch keine im März. Wenn es dir nichts ausmacht, vier Vormittage in der Woche allein zu sein …«

Annika konnte sich nicht vorstellen, dass sich Katja darauf einlassen würde. Katja, der Partycrasher, allein in Hillmorton – und das dazu im Winter. Zur Schule würde sie bestimmt auch nicht mitkommen wollen, jedenfalls nicht jeden Tag

Aber zu ihrer Überraschung erwiderte Katja fröhlich: »Das macht mir gar nichts aus, wirklich nicht. Im Gegenteil, es wird mir guttun, mal ein wenig zur Ruhe zu kommen. Also, was meinst du? Soll ich mich morgen mal nach einem Flug erkundigen?«

Annika schloss einen Moment die Augen. Sie genoss ebenfalls gerade eine bisschen Ruhe – Eva war nach Clifton gezogen und etliche ihrer Schülerinnen waren zurzeit auf Klassenfahrt, sodass sie für die Schule wenig vorzubereiten hatte. Wenn Katja kam, würde es mit dieser Ruhe vorbei sein. Andererseits würde Katjas Besuch sie endlich einmal auf andere Gedanken bringen, sie aus ihren ewigen Grübeleien herausreißen, und das war eigentlich gar nicht so schlecht.

Also sagte sie: »Du bist herzlich willkommen, Katja. Wir haben immer ein Zimmer frei, und Samantha hat bestimmt nichts dagegen, wenn du kommst. Wenn das Wetter nicht gar zu schlecht ist, können wir auch ein paar nette Ausflüge machen. Immerhin ist es fast März.«

»Na, danke, mir reicht eine geführte Tour durch die umliegenden Pubs und viel, viel Zeit zum Reden. Also, ich kümmere mich gleich morgen um den Flug und melde mich dann wieder bei dir. Ciao!«

Mir reicht eine geführte Tour durch die umliegenden Pubs und viel Zeit zum Reden.

Annika runzelte die Stirn, nachdem sie aufgelegt hatte. Das hörte sich nicht gut an. Steckte Katja etwa mal wieder in einer ihrer großen Krisen? Nicht, dass das etwas Neues wäre. Aber irgendwie hatte Annika den Eindruck gehabt, dass Katjas Beziehung zu diesem John etwas Besonderes wäre, etwas, das von Dauer sein könnte. Sie seufzte. Andererseits war Katja in Sachen Beziehungen unberechenbar. Wer weiß, was da schon wieder schiefgelaufen war … Nun, sie würde es ja bald erfahren.

Als Katja mit den Flugtickets nach Hause kam, hörte sie im Flur schon laute Stimmen und heiteres Lachen aus dem Wohnzimmer dringen. Donnerstags traf sich immer der »Lobpreis- und Gebetskreis« bei den Johnsons. Das war nun ungefähr das Letzte, was Katja an diesem Abend brauchte. So schlich sie eiligst die Treppen hinauf in ihr Zimmer, das Telefon an ihre Brust gepresst. Was sie jetzt brauchte, war ein langes, langes Gespräch mit einer guten Freundin. Sie hatte zwar gestern erst mit Annika telefoniert, aber nachdem sie heute mehrmals fast zusammengebrochen war, musste sie jetzt ihrem Herzen endlich einmal Luft machen; es war einfach zu viel. Immer wieder sah sie John vor sich stehen, hörte ihn mit tonloser Stimme sagen: »Es ist nicht deine Schuld, Katie. Es ist allein meine Schuld. Es tut mir leid.«

Aber was war seine Schuld? Was?

Das Telefonklingeln riss sie aus ihren Gedanken. Ohne nachzudenken, nahm sie ab und fragte hoffnungsvoll: »Annika? Bist du es?«

Doch es war nicht Annika, es war John.

»Katie? Bist du das?«

Katjas Kehle war wie zugeschnürt und sie brachte kein Wort heraus.

»Katie! *Bitte.* Sprich mit mir. Ich bin es, John ...«

Doch Katja konnte kein Wort herausbringen, und selbst wenn sie es gekonnt hätte, hätte sie nicht gewusst, was sie sagen sollte. Dass sie ihn liebte? Dass sie ihn so schmerzlich vermisste, dass sie es kaum ertragen konnte, seine Stimme zu hören? Diese Stimme, die sie inzwischen aus tausend anderen heraushören würde, und die sie immer wieder in ihren Träumen hörte.

Es ist nicht deine Schuld, Katie. Es ist allein meine Schuld. Es tut mir leid ...

»Bitte, Katie, leg nicht gleich auf. Hör mich wenigstens an. Ich möchte dir etwas sagen ...«

Nein. Nein, nein, nein. Ich will es nicht hören. Ich will keine Gründe hören, keine Ausflüchte, keine Entschuldigungen. Und noch viel weniger will ich, dass gerade du mich Katie nennst. Nicht mehr ...

»Ich weiß, ich habe dir sehr wehgetan. Es tut mir leid. Ich muss – ich muss erst einiges in meinem Leben in Ordnung bringen, bevor ich ...«

Sie hörte ihn tief durchatmen und konnte fast sehen, wie er sich mit den Fingern durch das Haar fuhr, so vertraut war ihr diese Geste. So vertraut ...

»Was ich sagen will, ist, dass ich im Moment nicht gut für dich bin, Katie. Es hat nichts mit dir zu tun. Bitte, glaub mir das. Ich wollte dir niemals wehtun …«

Die Tränen liefen Katja in Strömen das Gesicht herab, während sie in wilder Verzweiflung mit dem Kopf schüttelte.

Ich liebe dich. Ich liebe dich!! Warum …?

»Es gibt nichts mehr zu sagen, John. Es ist alles gesagt. Leb wohl.«

Bevor er etwas erwidern konnte, legte sie schnell auf und warf das Telefon in die Ecke ihres Zimmers. Dann ließ sie sich zu Boden fallen, barg ihr Gesicht in den Händen und weinte bitterlich.

Mühsam hob Katja den Kopf, als es leise an der Tür klopfte und Ruth hereinkam und sich neben ihr niederkniete.

»Hey! Hey … Was ist passiert? Hast du John gesehen? War er hier?«

Katja schüttelte stumm den Kopf.

»Er hat angerufen«, brachte sie schließlich unter Tränen hervor, »und ich – ach, Ruth, ich habe aufgelegt! Ich konnte es nicht ertragen, ich …«

Ruth wartete geduldig, bis sie sich ein wenig beruhigt hatte. Dann fragte sie: »Was hat mehr wehgetan – dass er angerufen hat, oder dass du ihm nicht sagen konntest, wie lieb du ihn hast?«

Erstaunt sah Katja sie an.

Ruth lächelte. »Das sieht man, Katie. Das sieht man und das spürt man auch, wenn man dich von ihm reden hört. Weißt du – ich glaube, dass John dich noch ganz genauso lieb hat.«

»Ja, aber –«

»Ich weiß, dass du es dir im Moment nicht vorstellen kannst. Aber sieh mal, John hat ein paar sehr schwere Jahre hinter sich – wirklich schwere Jahre … Der Alkohol ist nur die Oberfläche des Problems, die Spitze des Eisberges, verstehst du?«

Katja nickte langsam. Das hatte sie sich ja auch schon gedacht, aber …

»Aber warum spricht er denn mit niemandem darüber? Warum lässt er sich nicht helfen? Ich hätte doch …«

Ruth strich ihr beruhigend über den Rücken. »Ich weiß, Katie. Ich weiß, wie du dich fühlst. Glaube mir, auch ich habe es nicht oft geschafft, an ihn heranzukommen – Sam auch nicht. So ist er nun mal. Gib ihm Zeit, Katie – gib ihm Zeit.«

Katja richtete sich langsam auf. »Ja, aber … – als er mit mir Schluss gemacht hat, hat das für mich ziemlich endgültig geklungen. Und auch vorhin hat er nichts davon gesagt, dass er mich wiederhaben will.«

»Du hast ihn auch nicht wirklich ausreden lassen, stimmt's?«

Schuldbewusst senkte Katja den Blick. »Wie kannst du davon ausgehen, dass alles wieder in Ordnung kommt? Ich meine … wenn er mich wirklich lieben würde –«

»Dann würde er alles tun, um zu verhindern, dass du dabei zu Schaden kommst«, unterbrach Ruth sanft.

Als Katja sie noch immer mit gerunzelter Stirn ansah, legte sie ihr einen Arm um die Schulter und sagte: »Komm, Katie, lass uns nach unten in die Küche gehen und über einem Becher Kaffee in Ruhe reden, ja?« Sie stand auf und ging zur Tür.

»Ein großes Glas Whiskey wäre mir jetzt lieber«, murmelte Katja.

Ruth machte im Türrahmen halt und warf ihr einen ernsten Blick zu. »Wenn dir an einer gemeinsamen Zukunft mit John gelegen ist, Katie, dann solltest du als Erstes lernen, dass man seinen Kummer nicht in Alkohol ertränken kann.«

27

»Na endlich!«, rief Katja lachend, als sie durch die Absperrung kam und ihre Koffer fallen ließ, um Annika zu umarmen. » Schön, dich zu sehen! Hast du lange gewartet?«

Annika schüttelte den Kopf. »Eigentlich nicht. Was willst du als Erstes machen? Sollen wir gleich nach Rugby fahren?«

Katja nahm ihren Koffer wieder auf und folgte der Freundin durch die Halle. »Ich bin ziemlich müde, also musst du mir heute nicht gleich das komplette Unterhaltungsprogramm bieten.«

»Na, dann fahren wir am besten direkt nach Hause. Es sei denn, du möchtest unterwegs etwas essen?«

»Essen? Oh nein, danke. Ich muss erst einmal ankommen und mein Magen auch, fürchte ich. Wir können ja bei dir zu Hause etwas kochen, so wie in Düsternbrook, weißt du noch?«

Annika lachte. »Klar weiß ich noch. Also, komm, hier entlang. Gib mir mal deinen Koffer, du siehst ja aus, als würdest du jeden Augenblick zusammenbrechen. Der ist aber auch schwer!«

»Das Haus ist im Moment ziemlich leer«, erklärte Annika, als sie den Schlüssel in der Haustür umdrehte. »Samantha ist kaum noch hier, sie wohnt mehr oder weniger bei ihrem Freund.«

Katja gähnte. Sie war auf der Fahrt hierher eingeschlafen – am liebsten würde sie auch gleich ins Bett gehen, Annika würde sicherlich Verständnis dafür haben.

»Aha. Du sagtest doch aber, Eva sei aus Deutschland gekommen und wohnt zurzeit bei dir. Ist sie nicht mehr da?«

Annika nahm Katjas Koffer und stellte ihn unter die Treppe. Den würde sie später nach oben schleppen. »Nein, sie ist inzwischen zu Freunden von mir gezogen, die im Mai ein Baby erwarten. Dort hilft sie gegen Verpflegung und Unterkunft ein bisschen im Haushalt mit.«

Katja nickte und folgte ihr in die Diele.

»Schönes Haus«, murmelte sie. »Wirklich schön …«

Irgendwie schaffte sie es, sich die steile Holztreppe hinaufzuschleppen, dann taumelte sie in das Zimmer, das Annika ihr zeigte, und ließ sich auf das frisch bezogene Bett fallen. Im nächsten Moment war sie eingeschlafen.

Als sie die Augen das nächste Mal aufschlug, war es dunkel. Sie hatte keine Uhr bei sich, und da alles still im Haus war, nahm sie an, dass es noch sehr früh am Tag sein musste – oder mitten in der Nacht. Wann war sie hier angekommen? Um zwei? Oder um drei?

Katja wusste es nicht mehr. Nachdem sie sich ein wenig in dem dunklen Zimmer umgesehen hatte, das nicht besonders groß, aber sehr gemütlich zu sein schien, stand sie auf, um etwas zu trinken. Sie hatte außer einem Kaffee seit gestern früh nichts getrunken, und ihr Mund fühlte sich an wie ein trockener Frotteewaschlappen.

Das Geräusch von fließendem Wasser weckte Annika um kurz vor fünf aus dem Tiefschlaf. Sie beschloss aufzustehen, um nach Katja zu sehen. Vielleicht hatte sie auch Hunger und würde sich über eine Tasse Tee und ein paar Kekse freuen.

»Hey, Katja – wie geht es dir? Bist du wach?«

Katja sah sich um und lächelte, als sie ihre Freundin im Türrahmen erblickte. Annika trug ein langes, weißes T-Shirt, auf dem zwei sich küssende Schafe abgebildet waren. *Grüße von der Nordsee* stand darunter. Oh, Annika, dachte sie, du bist so unverwechselbar norddeutsch!

»Ja, ich fürchte schon. Wie spät ist es denn?«

»Fünf.«

»Fünf?«

»Genau.«

»Fünf Uhr morgens?«

»Ja. Aber mach dir keine Sorgen, ich muss heute nicht zur Schule. Montags habe ich meinen freien Tag. Hast du Hunger?«

Katja nickte. »Und wie! Ich könnte ein halbes Mammut verdrücken!«

»Hab ich zurzeit leider nicht vorrätig, aber wir können ja nachher einkaufen. Bei Sainsbury's gibt's eigentlich fast alles. Wie wäre es bis dahin mit ein paar Scheiben Toast?«

»Also, das Wetter ist wenigstens nicht so schlecht«, meinte Annika und bestrich eine Scheibe Toastbrot mit Butter. Es war elf Uhr morgens und sie saßen zusammen am Frühstückstisch. »Kalt, aber sonnig, und vor allem: trocken. Wie wäre es, wenn wir uns warm einpacken und ein Stück am Kanal entlanggehen? Auf dem Rückweg können wir uns etwas Leckeres vom Bäcker holen und es uns vor dem Kamin gemütlich …«

Sie hatte Katjas entgeistertes Gesicht bemerkt – natürlich, in Sydney ging man bestimmt nicht zu Fuß. Wie hatte sie das vergessen können! Außerdem war Katja noch nie besonders sportlich gewesen.

Doch es war nicht das Laufen, das Katja am meisten Sorge bereitete.

»Ich glaube, ich habe nichts anzuziehen. Ich habe einen oder zwei Pullover eingepackt, aber die sind nicht besonders warm, und eine richtige

Jacke oder einen Mantel habe ich auch nicht. Meine Jeansjacke wird wohl nicht warm genug über dem Pulli sein, oder?«

Annika lachte. »Ach, Katja! Wie wäre es, wenn wir in die Stadt fahren und dich erst einmal neu einkleiden? Wetterfest und typisch britisch. Bei Marks & Spencer bekommst du bestimmt etwas, das dir gefällt, und zu teuer ist es auch nicht.«

Katja nickte begeistert. »Das hört sich super an. Bei der Gelegenheit kannst du mir gleich die Stadt zeigen.«

»Na ja«, meinte Annika und strich Orangenmarmelade auf ihren Toast. »Es ist nicht gerade so, dass es in Rugby viel zu sehen gäbe, aber … ich zeige es dir trotzdem.«

Doch Katja lachte nicht. Sie hörte nicht einmal mehr richtig zu, sondern starrte wie gebannt auf Annikas Teller. Orangenmarmelade. Bittere Orangenmarmelade auf Vollkorntoast.

Johns Standardfrühstück.

»Katja?« Annika sah die Freundin besorgt an. »Alles in Ordnung?«

Katja zuckte zusammen, griff schnell nach ihrem Kaffee und lächelte Annika über den Rand des Bechers hinweg entschuldigend an. »Ja, natürlich. War nur eben in Gedanken woanders – sorry. Was sagtest du gerade?«

Annika seufzte. »Nichts. Schon gut. Aber du musst mir versprechen, dass du mir nachher mal erzählst, was eigentlich los ist, okay? Ich war ganz erschrocken, als ich dich gestern am Flughafen gesehen habe – so traurig, so erschöpft …« *Und so dünn!* Katja war immer schlank gewesen, aber seit dem letzten Sommer hatte sie bestimmt fünf Kilo verloren.

»Ich mache mir echt Sorgen um dich.«

»Brauchst du nicht. Ich bin okay. John hat mit mir Schluss gemacht, ich habe ein bisschen Liebeskummer, das ist alles. Da komme ich schon drüber weg. Bin ich bis jetzt immer.«

Annika schnappte nach Luft. Das war nicht wahr, oder? Nicht John – nicht der John, von dem Katja vor Kurzem so sicher gemeint hatte, er sei nun wirklich der Richtige? Arme Katja!

Aber die schüttelte nur resigniert den Kopf, nahm einen Schluck Kaffee und sagte: »Ich komme drüber weg, Annika. Such is life, you know.«

Doch die Tränen, die in ihren Augen schimmerten, straften ihre Worte Lügen.

Nachdem Katja sich einen knielangen Wollrock, einen warmen Rollkragenpullover, einen Mantel und Stiefel gekauft und die neuen Sachen gleich anbehalten hatte, bummelten sie noch ein wenig durch Rugbys bescheidene Fußgängerzone.

»Hm ... es ist jetzt halb vier. Wie wäre es, wenn wir deine Sachen nach Hause bringen, einen Tee trinken und dann einen kleinen Spaziergang am Kanal machen? Heute Abend können wir es uns am Kamin gemütlich machen. Was möchtest du denn essen?«

Katja rieb sich mit dem Handrücken über die Stirn. »Ehrlich gesagt, bin ich schon wieder ziemlich erschöpft. Warum verschieben wir den Spaziergang nicht auf morgen, und machen es uns erstmal bei dir zu Hause gemütlich? Der Kanal läuft doch nicht weg ...oder?«

»Nein, natürlich nicht«, entgegnete Annika. »Tut mir leid, ich habe nicht an den Jetlag gedacht. Möchtest du lieber schlafen? Sag's ehrlich.«

»Nein, nein. Das ist schon okay. Nur keine langen Spaziergänge heute. Es fängt sowieso gerade zu regnen an, siehst du?«

Annika sah in den grauen Märzhimmel empor und nickte düster. »Ja, allerdings. Na, komm, da vorne steht mein Auto. Wir machen uns einen gemütlichen Nachmittag, ja? Ich würde nur gerne auf dem Weg noch ein paar Sachen einkaufen, damit wir nachher nicht noch einmal losmüssen. Irgendwelche besonderen Wünsche?«

»Ja, ein paar Flaschen Wein.«

Auf Annikas fragenden Blick hin erklärte sie leichthin: »Na, wenn du schon Hotel mit Service anbietest, kann ich doch wenigstens für die Getränke sorgen, oder? Schließlich bin ich nicht hergekommen, um Tee zu trinken.«

»Nicht?«

Annika zog erstaunt die Augenbrauen hoch, und beide mussten gleichzeitig lachen. »Bin ich nicht, nein! Nie im Leben werde ich zur Teetrinkerin. Da müsste ich schon sehr, sehr krank sein, und dann wär's mir wahrscheinlich auch irgendwann egal. Da könntest du dann alles in mich hineinflößen.«

»Gut, ich werd's mir merken«, lachte Annika und hakte sich bei ihrer

Freundin unter. Es war schön, Katja hier zu haben – auch wenn sie bei Weitem nicht so heiter und unbeschwert war wie sonst. Das konnte doch nicht nur am Jetlag liegen, oder?

Als sie Katja bei Marks & Spencer in Unterwäsche gesehen hatte, war sie regelrecht erschrocken. Aber Katja aß ja auch fast nichts. Sie hatte heute Morgen nicht mehr als zwei Scheiben Toast gegessen, und in ihrem Rührei hatte sie nur herumgestochert. Davon konnte man doch nicht leben, oder?

Später am Abend saßen sie mit einer Flasche Rotwein am Kamin und versuchten, die letzten sieben Monate aufzuholen. Annika hatte soeben von Markus' überraschendem Heiratsantrag erzählt, und Katja wollte ihr schlichtweg nicht glauben.

»Du meinst, er ist seit *Jahren* in dich verliebt, lässt sich nie etwas anmerken, und dann auf einmal, am Tag, bevor du nach England zurückfliegst, fragt er dich, ob du ihn heiraten willst? Du hast doch nicht etwa schon Ja gesagt, oder?«

Annika lächelte versonnen. »Nein«, erwiderte sie. »Noch nicht. Aber ich denke doch, dass ich es tun werde – ihn heiraten, meine ich.«

Katja schüttelte lachend den Kopf und griff erneut nach ihrem Weinglas. »Ach, Annika! Du warst schon immer so eine Romantikerin, oder?«

»Ja. Und warum auch nicht?«

Katja antwortete nicht, sondern trank schweigend ihren Wein.

Was soll sie auch sagen, dachte Annika, nach der Enttäuschung, die sie gerade durchgemacht hat – und offensichtlich immer noch durchmacht –, muss ihr das, was ich ihr erzähle, ja wie der blanke Hohn vorkommen. Ich an ihrer Stelle würde mir jetzt auch keine romantischen Geschichten erzählen lassen wollen. Nicht, wenn mein eigener Traum von Liebe gerade wie eine große Seifenblase zerplatzt und mein Gesicht noch nass von der Seifenlauge ist.

Katjas Augen füllten sich mit Tränen, während sie tapfer zu nicken versuchte. »Klar. Warum auch nicht … Du liebst ihn, oder?«

Annika nickte. »Ja. Wahrscheinlich tue ich das seit Jahren, ich war nur zu beschäftigt mit … nun, mit anderen Dingen.«

»Mit den *Alans* dieser Welt zum Beispiel, was?«

Annika grinste. »Ja, zum Beispiel. Eine ziemlich dumme Geschichte, ich geb's zu. Aber ich bin drüber weg. Und das mit Markus … ich weiß, dass das komisch klingt, aber ich glaube, ich habe irgendwo tief in meinem Herzen schon immer gewusst, dass wir mehr sind als nur gute Freunde. Ich wollte diesen Gedanken nur nie zulassen, aus Angst, *er* könnte das anders sehen. Schließlich bin ich einige Jahre jünger als er – und ich stamme nicht aus seiner Kirchengemeinde.«

»Aber du stammst aus seinem *Dorf*. Er kennt dich seit Ewigkeiten, er muss wissen, worauf er sich einlässt – sonst hätte er dich kaum gefragt, oder?«

»Nein, wohl nicht.«

Annika schenkte Wein nach und stand auf, um ein paar Kerzen anzuzünden. »Ich weiß, dass es dir noch sehr wehtut, Katja, aber denkst du nicht, dass es eine gute Idee wäre, mir von John und dir zu erzählen?«

Katja legte beide Hände vors Gesicht und sagte eine Zeit lang nichts. Dann nickte sie langsam. »Du hast recht. Okay. Ich … ich weiß nur nicht, wo ich anfangen soll.«

»Vielleicht am Anfang«, sagte Annika leise.

Katja nippte an ihrem Wein und zog sich mit angewinkelten Beinen in die Ecke des Sofas zurück. Dann erzählte sie Annika die ganze Geschichte – von Anfang an. Sie erzählte von ihrer ersten Begegnung, von ihrer ersten Verabredung, vom ersten Kuss und – von der ersten Nacht.

»Ich weiß, du denkst jetzt wahrscheinlich, ich übertreibe mal wieder, aber ich war mir dieses Mal einfach so sicher … John war ganz anders als die Männer, die ich vorher gekannt hatte – und sooo viele waren es nun auch wieder nicht!« Sie errötete, als sie Annikas breites Grinsen bemerkte und fuhr hastig fort: »Bei ihm konnte ich mich fallen lassen, mich geborgen fühlen, ich konnte – ich konnte zum ersten Mal ich selbst sein. Weißt du, was ich meine? Einfach nur ich selbst.«

Annika nickte. Ja, sie wusste sehr gut, was Katja meinte. Genau so fühlte sie sich, wenn sie mit Markus zusammen war. Geborgen, gut aufgehoben – einfach geliebt.

»Ich war so glücklich, Annika – so glücklich wie nie zuvor in meinem Leben. Wenn ich nur geahnt hätte …« Sie biss sich auf die Lippen, schüttelte den Kopf. Doch die Tränen ließen sich nicht aufhalten. »Ich kann ihn nicht vergessen, Annika!«, brach es aus ihr heraus, »ich kann ihn einfach nicht vergessen …«

Annika legte ihr einen Arm um die Schultern, doch Katja entzog sich ihr und zerrte energisch ein Taschentuch aus der Schachtel, die zwischen ihnen auf dem Sofa stand. »Erinnerst du dich noch an meinen Geburtstag? Du hast doch angerufen, als ich noch nicht da war, und hattest ihn am Apparat – weißt du noch?«

»Ja, allerdings. Er war sehr unhöflich! Meine Güte, habe ich gedacht, was ist dem denn über die Leber gelaufen? Und das an deinem Geburtstag.«

»Ja, ja … Aber morgens war alles noch in Ordnung. Es muss im Laufe dieses Abends etwas passiert sein – *bevor* ich bei den Johnsons ankam. Etwas, das ihn so aus der Fassung gebracht hat. Aber was? Was?«

Sie spielte mit dem Korken der Weinflasche und fuhr leise fort: »Wie auch immer, seitdem ging es stetig bergab. So, wie er sich in den Tagen und Wochen danach verhielt, war es eigentlich nur eine Frage der Zeit, bis er mit mir Schluss machen würde. Das wusste ich längst, aber – ich wollte es einfach nicht wahrhaben. Verstehst du das?«

Sie sah Annika durch einen Tränenschleier hinweg an und schüttelte verzweifelt den Kopf. »Ich habe ihn doch so geliebt – so sehr!«

Annika sah in die zitternde, dünne Flamme der Kerze und seufzte. Wenn sie nur wüsste, wie sie Katja helfen konnte! Würde es reichen, ihr zuzuhören, sie ein wenig auf andere Gedanken zu bringen? Und konnte sie sie dann guten Gewissens wieder ins Flugzeug setzen und nach Sydney zurückschicken? – Falls Katja überhaupt nach Sydney zurück *wollte*.

Aber es können schließlich nicht alle hierbleiben, dachte Annika, und musste beinahe lachen. Erst hatte sie selbst nicht nach Warwickshire gewollt, und jetzt stellte sich eben dieses Fleckchen Erde als Zufluchtsort für ihre Freundinnen heraus. Das war doch Ironie des Schicksals, oder?

Nein, hörte sie Markus sagen, nicht Schicksal. Gottes Plan.

Annika seufzte, dieses Mal leise. Gottes Plan, sicher – war das ein Fluchtplan? Gab es Rettungswesten, falls man sich unterwegs verirrte oder sich nicht mehr alleine über Wasser halten konnte, so wie Katja?

28

Jacob lehnte sich in seinem Schreibtischstuhl zurück und verschränkte die Hände hinter dem Kopf. Er konnte sich nicht konzentrieren. Es hatte überhaupt keinen Sinn, er konnte sich heute einfach nicht auf seine Arbeit konzentrieren. Er wusste auch genau, wer daran schuld war: Eva.

In dem Moment, in dem er sie zum ersten Mal gesehen hatte – letzten Sonntag bei seiner Schwester –, hatte er gewusst, dass *sie* es war.

»Wollen Sie meine Frau werden?«

Nun, das wäre zumindest mal eine ganz andere Art der Begrüßung gewesen. Nicht so langweilig wie »Hallo, ich bin Jacob, du musst Eva sein«, wie er es schließlich doch noch herausgebracht hatte. Allerdings im letzten Moment.

So etwas hätte er nie für möglich gehalten – ausgerechnet er, Jacob Brennan, verliebte sich Hals über Kopf in eine ihm völlig fremde Frau! Lydia hätte ihn nur ausgelacht. »Du bist der vorsichtigste und introvertierteste Mensch, den ich je kennengelernt habe, Jacob Brennan. Pass auf, dass dir nicht eines Tages mal die ganz große Chance im Leben entgeht, weil du so lange gebraucht hast, die Risiken abzuwägen. *Take a chance – and trust the Lord!*«

Vertraue dem Herrn. Das war manchmal leichter gesagt als getan, besonders dann, wenn in seinem Leben wieder einmal alles ganz anders lief als geplant …

»Hallo, hier ist Jacob. Ich – ich fragte mich, ob du vielleicht Lust hättest, uns am Samstag zu besuchen? Das Wetter soll schön werden, wir könnten ein bisschen herumfahren und uns die Gegend ansehen. Noch sind wenig Touristen unterwegs. – Ja, natürlich hole ich dich ab. Halb zehn? – Klasse! Ich freue mich schon. Bis dann!«

Zutiefst verwundert über sich selbst, schüttelte Jacob den Kopf, nachdem er den Hörer aufgelegt hatte. Etwas so Spontanes hatte er nicht mehr getan, seit … seit Lydia wahrscheinlich. Sie war die Spontane gewesen, hatte Überraschungen geliebt und sich wie ein Kind gefreut, wenn es ihr gelungen war, ihn für etwas zu begeistern. Für dieses Haus zum Beispiel. Sie hatte sich auf Anhieb in das alte, renovierungsbedürftige Cottage verliebt. Drei Monate später waren sie eingezogen – drei Jahre später, kurz vor

Lucys Geburt, war dann endlich alles fertig gewesen. Wie oft hatte er sich gefragt, ob sie nicht die besten Jahre ihres Lebens damit verschwendet hatten, an diesem Haus zu arbeiten – nur, damit er am Ende alleine darin saß?

Damit Lucy ein Zuhause hat, war die Antwort, die Laura ihm wahrscheinlich geben würde. Und damit du einen Ort hast, an dem du zur Ruhe kommst.

Von Ruhe konnte allerdings keine Rede sein, wenn Lucy und Lord durch das Häuschen wirbelten, so wie gerade jetzt.

»Daddy, Daddy! Kann ich am Samstag mit Mandy in den Zoo fahren? Mandys Mutter hat Freikarten geschenkt bekommen und wir machen ein Picknick, wenn das Wetter schön ist oder wir gehen hinterher zu McDonald's …«

Was wahrscheinlicher ist, dachte Jacob und lachte. »Schon gut, schon gut, von mir aus. Aber ich habe gerade mit Eva telefoniert, sie kommt am Samstag zu uns. Ich dachte, wir könnten ihr ein bisschen die Gegend zeigen. Aber wenn du natürlich lieber mit Mandy fahren willst, kann ich das schon verstehen. Du kannst es dir ja bis heute Abend überlegen, dann rufe ich Mandys Mutter an …«

Lucy war sofort begeistert gewesen, als sie Eva kennengelernt hatte.

»Die ist aber lieb, Daddy! Und hübsch! Findest du nicht, dass sie aussieht wie Esmeralda aus dem Glöckner von Notre Dame?«

Lucy hatte wahrscheinlich eher die Disney-Version von Esmeralda vor Augen gehabt und nicht Gina Lollobrigida, so wie er, als er zustimmend nickte. Mit ihrer reizvoll femininen Figur und den feurigen dunklen Augen unter der Mähne von schwarzbraunen Locken hatte Eva Gefühle in ihm geweckt, die er längst verloren geglaubt hatte.

»Mit Eva? Oooh … Da will ich aber auch mit. Was soll ich denn jetzt machen? Ich weiß!«, rief sie. »Wir fahren alle zusammen in den Zoo! Mag Eva Tiere?«

Jacob unterdrückte ein Stöhnen. Hatte er es nicht geahnt?

Lucy riss voller Begeisterung die Chipstüte auf und nahm eine Handvoll heraus. Im letzten Moment erinnerte sie sich daran, dass ihre Großmutter sie immer ermahnte, stets zuerst den anderen etwas anzubieten, und sie hielt Eva die Tüte hin. »Da, magst du ein paar? Es sind meine Lieblingschips, mit Salz und Essig.«

Es konnte ja nicht schaden, Eva vorsorglich darauf hinzuweisen, dass es sich um ihre Lieblingssorte handelte – auch wenn sie Eva sehr gern hatte.

Doch Eva schüttelte lachend den Kopf. »Du hast Glück, Lucy, die mit Salz und Essig mag ich nicht besonders gerne. Die darfst du alle allein verputzen!«

»Danke.« Lucy stopfte sich eine Handvoll in den Mund und sagte dann mit vollen Backen: »Ihr dürft dafür den ganzen Schokoladenkuchen aufessen. Kann ich spielen gehen?«

»Natürlich, mein Schatz. Geh nur nicht so nah ans Wasser.«

Jacob sah seiner Tochter eine Weile nach. Lord, der bis dahin dösend im offenen Kofferraum des alten Rovers gelegen hatte, schlug die Augen auf, sah sein kleines Frauchen davonlaufen, und sprang hinterher.

Eva lächelte. »Die sind schon ein gutes Team, die beiden, nicht wahr?«

»Ja, sie sind unzertrennlich. Ich weiß, dass Hunde nichts in Kinderzimmern zu suchen haben, aber …«

»Aber solange Lord nicht in ihrem Bett schläft, ist das doch in Ordnung. Schließlich soll er ja auf sie aufpassen, oder nicht?«

Er grinste, sagte aber nichts, sondern sah an ihr vorbei auf die Wiese, wo Lucy mit ihrem Hund tobte. Das Gras war noch nass vom Regen der letzten Tage, aber seine Tochter war es gewohnt, von März bis Oktober in Gummistiefeln herumzulaufen. Stets griffbereit standen die kleinen, gelben Stiefel im Flur gleich hinter der Haustür.

Lucys Haar flatterte im Märzwind, und man hörte Lords fröhliches Gebell, während er um die Beine seines Frauchens herumsprang.

»Es macht richtig Spaß, den beiden zuzusehen.«

Jacob wandte sich Eva zu und nickte. »Ja. Es war damals eine gute Entscheidung, den Hund zu kaufen. Eigentlich habe ich nie einen Hund haben wollen – ich dachte immer, das würde zu viel Arbeit machen, und man sei dann so gebunden. In Wirklichkeit macht Lord fast überhaupt keine Arbeit – und er ist Lucy ein prima Kamerad.« Er lächelte. Dann fragte er: »Und, Eva, wie gefällt es dir bei meiner Schwester? Lässt sie dich jeden Dienstag die Fenster putzen?«

»Oh ja«, versicherte Eva fast glaubwürdig und griff nach einem Stück Schokoladenkuchen. »Und jeden Samstagabend muss ich das Silber polieren, damit es am Sonntag schön glänzt.«

»Schade nur, dass meine Schwester kein einziges Stück Silber besitzt!«, lachte Jacob. Eva verschluckte sich an ihrem Stück Kuchen, und Jacob musste ihr ein paar Mal den Rücken klopfen. »Geht's wieder?«, fragte er und ließ seine Hand dabei länger zwischen ihren Schultern liegen als es nötig gewesen wäre.

»Ja, danke. Aber wir sollten allmählich zusammenpacken, es fängt zu regnen an. Ich bin zwar wettertechnisch einiges gewohnt, da ich lange Jahre praktisch hinterm Deich gelebt habe, aber so spaßig finde ich ein Picknick im Dauerregen dann auch wieder nicht.«

»Schade. Aber du hast recht, wir sollten aufbrechen. Wenn du hier zusammenpackst, gehe ich und hole Lucy.«

Eva war bereits aufgesprungen und zog den Reißverschluss ihrer olivgrünen Wachsjacke zu. »Andersherum, ich hole die beiden Abenteurer, und du packst ein. Vom Tisch abräumen habe ich nämlich erstmal für lange Zeit die Nase voll.«

»Hier ist doch gar kein Tisch!«, rief Jacob ihr noch hinterher, doch Eva hörte ihn nicht mehr.

»Frauen«, murmelte Jacob und zwang sich, ihr nicht hinterherzusehen. Wenn sie nur nicht so hübsch wäre! Seufzend begann er, die Picknickreste im Korb zu verstauen. Dabei überlegte er fieberhaft, wie er es anstellen könnte, sie wiederzusehen – bald.

Sie kamen gerade durch ein winziges Dorf namens Upper Swell, als die Sonne plötzlich durch die Wolkendecke brach und die sanft gewellten Hügel und Weiden in ein fast unwirkliches Licht tauchte. Jacob fuhr an den Straßenrand.

»Schnell, steigt aus!«, drängte er und sprang selbst aus dem Wagen.

Lucy war schon aus ihrem Sitz geklettert und hatte in Sekundenschnelle die niedrige Steinmauer am Straßenrand erklommen, hinter welcher sich eine weite Grasfläche bis zum Horizont erstreckte. Sie drehte sich zu ihrem

Vater und zu Eva um. »Die Schafe werden gerade zusammengetrieben. Gibt es bei dir zu Hause auch viele Schafe, Eva?«

Eva kletterte neben Lucy auf die Mauer, rutschte dabei jedoch mit dem Fuß auf dem nassen, unebenen Stein ab und wäre gestürzt, hätte Jacob sie nicht im letzten Moment aufgefangen. Dankbar lächelte sie ihn an und strich sich mit einer Bewegung, die ihr in den letzten Wochen schon zur Gewohnheit geworden war, die dichten Locken in die Stirn, um die hässliche Narbe an der Schläfe zu verdecken. Dann richtete sie sich vorsichtig auf – und erstarrte fast vor Ehrfurcht. Der Anblick, der sich ihr bot, war so einzigartig, so atemberaubend schön, dass sie sich wünschte, sie hätte ihre Malsachen dabei.

Was für eine Landschaft! Was für ein Licht! Was für eine Idylle, mit dem einsamen Schäfer und seinem schwarzweißen Hund, der um die vielen hundert kleinen, weißen Wollknäuel herumlief, um sie beieinanderzuhalten.

»Ooh …«, brachte sie schließlich hervor, ohne Lucys Frage zu beantworten. »Ist *das* schön!«

Jacob legte eine Hand auf ihre Schulter und nickte. Er schwieg, und sie war dankbar für sein Schweigen. Wie viele Männer hätten den Zauber dieses Augenblicks durch sinnloses Reden zerstört! Nicht Jacob. Er war ein Mann, der wusste, wann es besser war, zu schweigen. Und er war ein Mann, der mit einer einfachen Geste so viel mehr sagen konnte als andere mit tausend Worten – so wie vorhin, als er sie so selbstverständlich aufgefangen und dabei so charmant angelächelt hatte. Wie leicht könnte man sich in dieses Lächeln verlieben …

Doch Eva war nicht hergekommen, um sich zu verlieben. Sie war hergekommen, um zu vergessen. Deshalb wandte sie sich abrupt ab und tat, als müsse sie einen Knopf an ihrer Jacke schließen.

»Vermisst du dein Zuhause? Die Schafe auf dem Deich, das Meer?«

Eva zögerte. Vermisste sie ihr Zuhause? Die vertraute Landschaft, ja, die fehlte ihr sehr. Der Geruch des Salzwassers, das Kreischen der Möwen, das stetige Blöken der Schafe … aber ganz bestimmt nicht das *Wirtshaus am Deich*, den Geruch von deftigem Essen und abgestandenem Bier, das unverständliche Gelalle ihres betrunkenen Vaters, das ständige Gezeter und Geschrei ihrer Mutter. Nein, das vermisste sie nicht. Ganz bestimmt nicht.

Ohne Jacob anzusehen, sagte sie: »Ich habe kein Zuhause mehr.«

Jacob nickte.

»Komm«, sagte er schließlich, »lass uns weiterfahren. Du wolltest doch noch so gerne über den Markt in Stow bummeln, und der schließt in einer Stunde. Vielleicht können wir dich ja noch zu einem Essen im *Plough Inn* überreden – die machen die besten Pies und mit Abstand die besten Desserts.«

»Wenn du es sagst.«

Eva lächelte, doch Jacob entging nicht, dass ihr Gesicht ernst geworden war. Ernst und traurig. Sein Herz zerfloss beinahe vor Mitleid, als er sie so ansah – was musste sie alles mitgemacht haben, dass es sie so weit fortgetrieben hatte von dem, was ihr einst so lieb und teuer gewesen war? Ob diese Wunden jemals heilen würden? Am liebsten hätte er sie in seine Arme genommen und ganz fest gehalten. Aber irgendetwas in ihrem Blick sagte ihm, dass sie dazu noch nicht bereit war.

Als Eva später an diesem Abend mit offenen Augen in ihrem Bett lag und auf das Muster an der Decke starrte, das die Schatten der Bäume vor ihrem Fenster darauf warfen, wusste sie, dass sie nicht würde einschlafen können. Durch die dünnen, geblümten Baumwollvorhänge – es waren hübsche, aber leider sehr nutzlose Vorhänge – fiel das Licht einer Straßenlaterne, was ihr das Einschlafen nicht gerade erleichterte.

Seufzend drehte sie sich vom Fenster weg und versuchte, die Augen zu schließen. Aber immer, wenn sie das tat, sah sie Jacobs Gesicht vor sich. Verärgert stand sie auf, um sich ein Glas Wasser zu holen und knipste dann die Nachttischlampe an, um in der Bibel zu lesen. Vielleicht fand sie darin eine Antwort auf die Frage, wie es mit ihr weitergehen sollte. Durfte sie sich in Jacob Brennan verlieben? War das Gottes Wille? Oder war das, was sie heute erlebt hatte, alles nur dem Zufall zuzuschreiben? Laura meinte immer, es würde keine Zufälle und auch kein Schicksal geben. »Alle unsere Tage stehen schon lang in Gottes Buch geschrieben, und daran glaube ich. Er kennt unseren Weg genau und er plant jede kleine Kurve unseres Lebens.«

»Zufall …«, murmelte Eva, während sie in der kleinen Konkordanz im Anhang ihrer Bibel blätterte. Aber da stand nichts von Zufall. Natürlich nicht, dachte sie, warum auch? Dann sah sie unter *Verheißung* nach und fand die Stelle im Römerbrief, in der es hieß:

»Abraham zweifelte nicht und vertraute auf die Zusage Gottes. Ja, sein Glaube wuchs sogar noch, und damit ehrte er Gott. Er war vollkommen überzeugt davon, dass Gott das, was er versprochen hat, auch tun kann« (Römer 4,20-21).

Auch Eva zweifelte nicht an Gottes Macht, genau das zu tun, was er verheißen hatte. Schließlich hatte er ihr die Kraft gegeben, ihre Eltern zu verlassen. Er hatte ihr zur rechten Zeit die rechten Freunde zur Seite gestellt, die ihr diese Flucht ermöglicht hatten, und er hatte sie hierher gebracht, zu Laura und Ian – das konnte bestimmt kein Zufall sein. Aber wie passte Jacob mit in dieses Bild? Konnte es sein, dass er zu Gottes Plan für ihr Leben gehörte? War das auch ein Stück seiner Verheißung für sie, Eva Martin? Oder war es einfach nur das Wunschdenken einer romantischen und sehr verzweifelten jungen Frau, die seit Jahren darauf wartete, dass ein Prinz kam und sie aus ihrem Turm befreite?

29

Katja stand am Fenster ihres Zimmers und sah in die tiefschwarze Nacht hinaus. Irgendwo da draußen, von hier aus gesehen fast am anderen Ende der Welt, war John – genauso allein wie sie. Genauso einsam, ja, vielleicht genauso verzweifelt. Sie schluckte. Warum tat er ihnen das an? Liebte er sie denn nicht ebenso wie sie ihn? Ruth zumindest schien überzeugt davon, dass er sie noch immer liebte. Aber warum hatte er sie dann verlassen? Und warum ließ er sich von niemandem helfen?

»Er hat viel mitgemacht, Katie, so viel kann ich dir versichern. Seine Flucht in den Alkohol war nichts anderes als eine Flucht vor der Realität – einer Realität, die ihm von Tag zu Tag unerträglicher erschien, ihn geradezu erdrückte. Was ihm widerfahren ist, bevor er hierher kam … – oh, Katie, ich *kann* es dir nicht sagen, ich darf es nicht! Ich habe es ihm versprochen. Aber … o Gott, vergib mir, ich *muss* es ihr sagen …«

Langsam hatte Katja es mit der Angst zu tun bekommen: Was, wenn er jemanden umgebracht hatte? Wenn er ein Mörder war – oder überhaupt ein Verbrecher. Alkohol, Drogen und Verbrechen gingen doch oft Hand in Hand, oder?

»Was … Was hat er getan?«

Es war ihr vorgekommen, als gehörte die schrille, hysterische Stimme, die den ganzen Raum zu erfüllen schien, nicht zu ihr. Schrie sie Ruth wirklich an oder kam es ihr nur so vor, weil es sonst so still im Haus war? So trügerisch still und friedlich …

Doch dann hatte Ruth auf einmal zu erzählen begonnen. »Es – es hat einen Unfall gegeben. Es war nicht seine Schuld! Da war nichts, was er hätte tun können, um diesen Unfall zu verhindern, absolut gar nichts. Es ist einfach passiert. So schnell. So wie es eben leider manchmal im Leben ist … Aber – aber Katie, er hat nicht angehalten. Er ist weitergefahren. Er hatte Angst, Katie! Solche Angst. Er war erst achtzehn und mit dem neuen Auto seines Vaters unterwegs … und er wusste, dass das Kind – das Kind …«

Voller Entsetzen hatte Katja Ruth angestarrt. Unfall? Kind?

»Das Kind ist ihm einfach vors Auto gelaufen. Er hat es nicht kommen sehen, erst als – als es zu spät war. Er sagt, er konnte nichts denken, konnte nichts tun, einfach nur weiterfahren, in der wilden, verzweifelten Hoffnung, er hätte sich alles nur eingebildet. Da sei kein Kind gewesen, da sei nichts gewesen, das – ach, Katie, es verfolgt ihn bis heute in seine Träume! Diese Bilder, sie kehren immer wieder … immer wieder. Und wir … wir können nichts für ihn tun, können ihm nicht helfen, zu vergessen – und sich selbst zu verzeihen.«

Katja hatte schweigend zugehört, die Hände fest an ihren Kopf gepresst, der nicht aufhören wollte, sich hin und her zu bewegen. Hin und her, hin und her …

Jetzt wünschte Katja, sie könnte Ruth sagen, was sie ihr an jenem Tag in der Küche hatte sagen wollen: Aber ihr *habt* ihm doch geholfen! Ihr habt ihm geholfen, seine Sucht zu überwinden, ihr habt ihm eine neue Chance gegeben, ein Zuhause. Das ist viel, Ruth. Das ist so viel …

Aber es hat nicht gereicht, hörte sie Ruths tonlose Stimme erwidern. Es hat nicht gereicht, ihn aus seiner Angst zu retten. Er ist noch immer gefangen in dieser schrecklichen Schuld, erlebt den Albtraum, Nacht für Nacht, immer wieder. Ein lebenslanger Albtraum.

Wie furchtbar musste das sein! Wie entsetzlich! Dicke Tränen rollten ihr über die Wangen, während sie immer noch nach draußen starrte. Ein eisiger Wind fegte über die menschenleere Straße, und eine Plastiktüte wurde den Gehweg vor dem Haus entlanggewirbelt. Kurz darauf verebbte das raschelnde Geräusch, und alles war wieder still.

Sie schluchzte verzweifelt auf. *Oh John! Wenn ich dir doch nur helfen könnte! Wenn du mich nur ließest!*

Katja erwachte am nächsten Morgen davon, dass Annika in ihr Zimmer gestürmt kam und rief: »Aufstehen, du Schlafmütze, es ist halb zehn vorbei. Eva kommt gleich zum Frühstück! Wir wollen nach Stratford fahren, ein bisschen shoppen und vielleicht am Abend noch ins Theater gehen. Hast du Lust? – Übrigens, die Sonne scheint.«

Kissen, dachte Katja, wo ist mein Kissen?

Eine Stunde später saßen sie zu dritt an dem großen Tisch in Samanthas Küche und tranken Kaffee, aßen Pfannkuchen mit viel Butter und Ahornsirup und lachten und scherzten dabei, als hätten sie keine Sorge in der Welt. Bis Katja plötzlich aufsprang und ins Badezimmer lief. »Entschuldigt mich bitte!«

Überrascht sahen Eva und Annika sich an.

»Denkst du, was ich denke?«, fragte Annika schließlich.

Eva nickte. »Schon möglich, oder?«

»Durchaus. Und du kennst ja Katja …«

»Nein, eigentlich nicht, aber egal. Ist sie denn noch mit diesem – wie hieß er? John? Ist sie mit dem noch zusammen?«

»Ich fürchte, nein. Aber das ist eine lange Geschichte … Achtung, sie kommt.«

Katjas Gesicht war schneeweiß, doch sie lächelte tapfer, als sie sich wieder zu den anderen an den Tisch setzte und Annika ihren Becher reichte. »Schenkst du mir noch ein wenig Kaffee nach, bitte?«

Ihren Teller mit dem angefangenen Pfannkuchen schob sie kommentarlos zur Seite.

Es regnete, als die drei spätabends aus dem Theater auf die Straße hinaustraten.

»Iiihgitt!«, rief Annika und begann, in ihrem Rucksack nach dem kleinen Taschenschirm zu suchen, den sie am Morgen eingesteckt hatte. »Dass es schon wieder regnen muss. Na, egal, wir hatten immerhin einen schönen Tag – einen schönen, trockenen Tag. Was machen wir jetzt mit dem angefangenen Abend? Habt ihr Lust, noch etwas trinken zu gehen? Es gibt ein paar sehr nette Kneipen hier in der Umgebung.«

Sie kehrten in ein nahe gelegenes Pub ein und bestellten Bier und Chips und eine große Cola für Eva. »Warum trinkst du nicht auch ein halbes Pint mit, Eva? Du musst doch nicht fahren.«

»Danke, ich mag einfach kein Bier. Und ich habe Kopfschmerzen.« Sie lächelte. »Wenn ich das nächste Mal bei dir zu Besuch bin, Annika, trinken wir ein Glas Wein. Trockenen. Kein – wie heißt dieses entsetzlich süße Zeug, das die englischen Frauen so gern trinken? – Richtig, Liebfraumilch. Das bitte nicht.«

»Woher kennst du das denn? Ich dachte, die Kavanaghs trinken nur guten Wein – wenn sie denn Wein trinken. Laura darf ja nicht, und Ian ist sowieso eher der Biertrinker.«

»Ich war am Donnerstag mit Laura und ein paar ihrer Kollegen in der Stadt zum Essen. Das Essen war gut, aber dieser Wein …« Sie schüttelte sich. »Ungenießbar! Zu denken, dass so ein Zeug hierzulande den deutschen Weinbau repräsentieren soll. Ich meine, ich komme ja aus der Branche, aber so einen Pansch haben nicht einmal *wir* unseren Gästen serviert.«

Annika lachte. »Na, wie gut, dass du dir darüber keine Gedanken mehr zu machen brauchst.« Mit einem Blick auf Katja, die zum wiederholten Mal ihr Glas anhob, um zu trinken und es dann doch wieder abzusetzen, sagte sie: »Katja? Alles okay?«

»Hm?«

Katja sah sie mit einem verträumten, fast abwesenden Blick an.

»Möchtest du lieber nach Hause?«

Katja schüttelte den Kopf, nahm erneut ihr Glas und nippte dieses Mal ein wenig an dem Bier, das seine dünne Schaumkrone bereits vor einer Viertelstunde verloren hatte. »Nein, nein. Ich bin schon okay.«

Annika zog die Augenbrauen hoch. »Sicher?«

»Ja.«

Nun, dachte Annika und riss die Chipstüte auf, die sie gekauft hatte. Wenn sie nicht reden will, kann ich ihr auch nicht helfen. »Chips, irgendjemand?«

»Ich ja, danke. Oh, Salz und Essig – Lucys Lieblingssorte!«

Eva griff erfreut in die Tüte und nahm sich eine Handvoll heraus. Eigentlich mochte sie diese Chips wirklich nicht besonders, aber sie hatte das Gefühl, Annika wäre allzu enttäuscht, wenn nicht wenigstens sie davon essen würde. Sie hatte sich so viel Mühe gegeben mit diesem Tag, da wollte sie nicht undankbar erscheinen. Mit Katja war überhaupt nichts anzufangen; sie trank nicht einmal ihr Bier. Ob sie krank war? Oder vielleicht doch …?

»Mir ist ein bisschen schwindelig«, sagte Katja ganz unvermittelt und versuchte aufzustehen, musste sich jedoch gleich wieder setzen. Sie war aschgrau im Gesicht.

»Mensch, Katja, du siehst aus wie ein Gespenst!«, rief Annika besorgt und eilte auf die andere Seite des Tisches, um die Freundin zu stützen. Katja zitterte wie Espenlaub und lehnte sich Halt suchend an Annikas Schulter.

»Komm, lass uns nach Hause fahren. Du gehörst ins Bett! Eva, ist es okay, wenn du mit ihr hierbleibst, während ich das Auto hole? Dann müssen wir sie nicht erst durch die halbe Stadt schleppen …«

»Natürlich, kein Problem. Am besten, wir legen sie dort drüben auf die Bank, da wird gerade etwas frei.«

Eva war bereits aufgestanden, hatte ihren Mantel vom Stuhl genommen und breitete ihn jetzt auf der Bank aus, damit Katja weich liegen konnte. »Wie lange, denkst du, brauchst du, bis du wieder hier bist?«

»Ich bin in zwanzig Minuten wieder da. Passt auf euch auf!«

Damit lief Annika aus dem Pub, mit wild klopfendem Herzen und dem alles beherrschenden Gedanken, sich jetzt bloß nicht in der fremden Stadt zu verlaufen. Wo hatte sie ihr Auto nur abgestellt? Lag der Großparkplatz zur Linken oder zur Rechten des Flusses? Sie wusste es nicht mehr und lief zunächst etwas planlos in der Gegend herum. Sie musste Katja nach Hause bringen, und zwar so schnell wie möglich.

Glücklicherweise fand sie den Parkplatz und ihr Auto auf Anhieb, und fuhr so schnell sie konnte zum Pub zurück, das sie – zu ihrem eigenen Erstaunen, denn ihr Vater hatte ihr immer einen ›denkbar schlechten Orientierungssinn‹ nachgesagt – ebenfalls sofort wiederfand.

Na bitte, dachte Annika, als sie mit quietschenden Reifen vor dem *Golden Crown* zum Stehen kam, James Bond hätte es nicht besser hinbekommen.

Katja lag, die Beine auf einem Berg von Kissen gebettet, auf dem Sofa und hatte die Augen geschlossen. Ins Bett hatte sie nicht gehen wollen. »Ich würde sowieso nicht einschlafen. Lass mich noch ein Weilchen hier liegen und erzähl mir was. Irgendwas Schönes, Banales.«

Na, du bist gut, dachte Annika, während sie in der Küche darauf wartete, dass das Teewasser kochte. Irgendwas Schönes. Erzähl du mir lieber, was wirklich mit dir los ist.

Sie wünschte, Eva wäre noch hier, doch die hatten sie auf dem Weg in Clifton abgesetzt. Sie wollte morgen um keinen Preis den Gottesdienst verpassen.

»Ihr könnt ja für Katja beten«, hatte Annika ihr zugeflüstert, als sie ausstieg. »Schaden kann's nicht …«

Eva hatte wissend gelächelt. »Schon geschehen. Ich ruf dich morgen Nachmittag mal an und frage, wie's ihr geht, ja? Also, gute Nacht!«

So viel zum Thema Gebet, dachte Annika und goss ihren Tee auf. Aber was mit Katja los ist, sagt mir jetzt keine Stimme von oben. Und wenn, dann würde ich es wahrscheinlich sowieso nicht hören – oder nicht verstehen.

Sie nahm die Milch aus dem Kühlschrank und angelte sich den Zuckertopf von seinem Platz auf dem Regal über dem Herd. Vorsichtshalber nahm sie auch Samanthas Keksdose mit.

Bulimie oder Schwangerschaft im Frühstadium waren ihrer Ansicht nach die einzigen halbwegs plausiblen Erklärungen für Katjas Gesundheitszustand. Wie auch immer, es hatte mit John zu tun. Was war das nur für ein rücksichtsloser Mistkerl? Wusste er denn nicht, was er ihrer Freundin antat? Oder ertrank er derart in Selbstmitleid, dass er nicht mehr sah, wie es den Menschen um ihn herum dabei ging? Konnte oder wollte er es nicht sehen? Sie jedenfalls würde sich das nicht mehr länger mit ansehen, sondern Katja spätestens am Montagmorgen zu Dr. Cohen schicken. Es sei denn, es fand sich noch irgendeine andere Erklärung, an die sie bisher nicht gedacht hatte – aber dafür musste Katja reden.

Also, Katja, rede mit mir, dachte Annika auf dem Weg zurück ins Wohnzimmer. Rede mit mir. Wenn sie eingeschlafen war, würde sie sie in Ruhe lassen, sonst aber würde sie sie so lange ausfragen, bis sie eine Antwort bekam. Irgendeine.

»Annika?«

Die dünne, kaum hörbare Stimme klang gar nicht nach Katja – nicht nach der echten Katja, auf die Annika sich gefreut, die sie aber in den Tagen, die sie hier war, noch kein einziges Mal erlebt hatte. Sechs Monate Australien, und aus ihrer lebenslustigen Kommilitonin war ein seelisches und körperliches Wrack geworden.

»Ja?«

Sie setzte das Tablett auf dem Beistelltisch ab und hockte sich neben die Freundin auf die Lehne des Sessels, in dem sie sonst immer saß.

»Ich glaube, ich … ich glaube, ich habe dir noch nicht alles erzählt. Von John, meine ich.«

»Nein, das hast du wohl nicht. Möchtest du es mir jetzt erzählen? Oder möchtest du lieber warten, bis es dir besser geht? Wir haben morgen ganz viel Zeit …«

»Nein.« Katja schüttelte energisch den Kopf. »Nein, ich … ich möchte es dir jetzt erzählen. Ich kann sonst nicht schlafen. Es tut mir leid, ich kann es einfach nicht länger für mich behalten – hast du auch einen Tee für mich?«

Erstaunt sah Annika sie an. Tee? Katja?

»Mir geht es wirklich nicht besonders gut, aber auf Kaffee wird mir noch schlechter, das habe ich ja heute Morgen gemerkt … Ich glaube, ich versuch's doch mal mit Tee. Das scheint den Engländern doch in allen Krisensituationen zu helfen, oder?«

»Du bist ja keine Engländerin«, entgegnete Annika lächelnd und goss Milch in Katjas Tee. Dann rührte sie noch einen Löffel Zucker hinein und reichte Katja den Becher. »Bitte sehr.«

»Danke ... mmh, heiß. Ich warte noch einen Augenblick. Stellst du ihn auf den Tisch? Danke.«

Annika fühlte, wie sie unruhig wurde. *Komm schon, Katja, fang endlich an, mach's nicht so spannend ...*

»Und das ... das ist alles, was ich weiß«, schloss Katja, das nass geweinte Taschentuch in ihren Händen zerknüllend. Sie fühlte sich wie am Ende eines Marathonlaufs – erschöpft, ein wenig schwindelig, aber unendlich erleichtert. Für den Augenblick jedenfalls. »Das ist alles, was ich weiß«, wiederholte sie leise. Sie wagte es kaum, Annika anzusehen. Was mochte die jetzt über John denken? Hielt sie ihn für einen Mörder? Für einen Mann ohne Gewissen?

Annika fühlte, wie sich eine eiserne Hand um ihr Herz legte.

Sag, dass das nicht wahr ist. Sag bitte, dass das nicht wahr ist.

Ihre Kehle war wie zugeschnürt, und ihr Kopf bewegte sich mechanisch, wie von selbst, immer hin und her. Sie biss sich auf die Lippen, bis sie bluteten, und erst als sie spürte, dass Katja sie fragend ansah, hob sie ganz langsam eine kalte, zitternde Hand, machte eine abwehrende Geste, als wollte sie sagen: Gleich. Jetzt nicht. Gleich ...

Sie brauchte Zeit. Zeit, um das eben Gehörte zu verstehen. Zeit, sich darüber klar zu werden, was das alles bedeutete – was es bedeuten *könnte* ... Wenn John dieses Kind angefahren hatte, und dieser Unfall fünfzehn oder ...

Sie schluckte. Oder sechzehn Jahre zurücklag, dann ...

»Wie lange, sagtest du, ist das her?«, hörte sie sich fragen, mit einer Stimme, die nicht ihr zu gehören schien.

Katjas braune Augen blickten starr in Annikas graue. Eine böse Vorahnung erfüllte nun auch ihr Herz. »Fünfzehn Jahre. Nein, sechzehn. Er war achtzehn, als es passierte, hatte gerade sein schriftliches Abi hinter sich und … Ja, das war's dann mit seinen Plänen. Medizin hatte er eigentlich studieren wollen …«

Medizin studieren …

Nein. Nein, nein, nein, nein …

»Und er kommt aus Deutschland, das weißt du bestimmt?«

Katja nickte langsam. So langsam …

Eine lange Zeit sahen sie einander schweigend an, mit großen, von Angst geweiteten Augen, als ahnten sie, dass sich ein mächtiger Sturm über ihnen zusammenbraute, der jeden Augenblick losbrechen konnte – und keine von ihnen wollte dann ohne Schutz dastehen …

Mitten in diese unheimliche Stille hinein schlug Annika plötzlich die Hände vors Gesicht und begann hysterisch zu schluchzen. »Nein! Nein, nein, *nein!*«

Und noch einmal, lauter: »Nein!«

Katjas Stimme war kaum mehr als ein raues Flüstern. »Was – was *nein*? Was ist …?«

Annika nahm die Hände vom Gesicht und starrte Katja an. Durchdringend. Voller Angst. Dann sagte sie: »Er heißt nicht John, Katja! Er heißt …«

»Er heißt Johannes. Ich weiß.«

»Johannes – Hannes. Hannes Feuerbach. Er ist der Mann, der meinen Bruder überfuhr. Und er ist außerdem Markus' Bruder.«

»Nein!«

»Doch!«

»Sag, dass das nicht wahr ist … bitte – bitte sag, dass das nicht wahr ist …«

Annika schüttelte langsam den Kopf.

»Aber …« Katja setzte sich auf, griff nach einem Taschentuch und putzte sich die Nase. »Aber warum – warum hat keiner davon gewusst? Ich meine, ich wusste zwar, dass du einen Bruder hattest, der gestorben ist, aber ich konnte doch nicht ahnen, dass …«

»Natürlich konntest du das nicht ahnen. Keiner konnte das. Als du mir im Sommer von deinen Plänen erzähltest, nach Sydney zu gehen, habe ich einen Moment lang dran gedacht, aber – Australien ist groß! Bis Weihnachten wussten wir nicht einmal, dass Hannes in Sydney ist. Er hätte überall dort unten sein können, der Kontinent ist ja nicht gerade klein. Und John – meine Güte, jeder fünfte Mann in Australien heißt wahrscheinlich John! Wie hätte ich ahnen können, dass es da einen Zusammenhang gibt? Außerdem …« Sie stockte. »Außerdem konnte ja keiner von uns ahnen, dass es tatsächlich Hannes war, der Tom überfahren hat.«

Tränen liefen Annika das Gesicht herab, und sie begann, erneut den Kopf zu schütteln.

»Annika …« Katja erhob sich vom Sofa und setzte sich zu ihrer Freundin auf den Teppich. »Bitte glaub mir: ich habe nichts davon gewusst. Gar nichts … wie hätte ich das auch wissen können?«

»Du konntest es nicht wissen.« Annikas Stimme klang, als käme sie von weit her. »Niemand konnte das wissen, Katja. Niemand.«

»Aber was – was soll ich jetzt tun? Und was wirst *du* jetzt tun? Wirst du Markus …?«

Ein leises Stöhnen entwich Annikas Brust. *Markus!* Was würde Markus dazu sagen? Und was würde das für ihre Zukunft bedeuten? Konnte sie ihn überhaupt heiraten, nach dem, was sie jetzt wusste? Wie würde ihre Mutter reagieren, wenn sie davon erfuhr? Sie würde Markus und seine Familie hassen, so viel stand fest. Und sie selbst würde dann dazwischen stehen … Hatte sie so viel Kraft?

Vielleicht wusste Markus ja auch, dass sein Bruder sich dort unten John nannte. Vielleicht – die Frage stieg nun wie eine heiße Welle der Furcht in ihr auf, nahm von ihren Gedanken Besitz: Hatte Markus möglicherweise sogar von dem Unfall gewusst und es ihr nur nie gesagt, aus Angst, sie zu verlieren?

Annika griff nach ihrem Becher, nahm einen Schluck von dem halb kalten Tee und stellte ihn wieder zurück auf den Tisch.

»Annika?«

Annika hob langsam den Blick und sah ihre Freundin an. »Ja?«

»Bist du – bist du mir böse?«

»Dir? Böse? Aber warum denn? Wie hättest du das ahnen können? Es ist ja auch ein geradezu absurd großer Zufall, oder nicht?«

Zufall, dachte Katja. War das wirklich Zufall? War Hannes zufällig nach Sydney gegangen, war sie ihm zufällig dort begegnet, hatten sie sich zufällig ineinander verliebt, hatte er damals zufällig im Haus der Johnsons neben dem Telefon gestanden, als Annika anrief? Waren das nicht ein paar Zufälle zu viel? Selbst eine knallharte Realistin wie sie konnte das nicht mehr dem Zufall zuschreiben. Aber wenn es kein Zufall war – was war es dann?

»Ich weiß es nicht. Auf jeden Fall ist es mehr, als dass ich es heute Abend noch begreifen könnte. Am liebsten würde ich jetzt einen doppelten Whiskey trinken, nur fürchte ich, dass mir davon elend schlecht wird.«

»Dann lass es«, bemerkte Annika trocken und erhob sich mühsam vom Boden. Sie rieb sich die Augen, nahm die beiden Becher und ging zur Tür. »Wenn du noch einen Tee möchtest, ich mache mir jetzt noch einen frischen.«

»Nein, danke«, murmelte Katja, mehr zu sich selbst. Tee würde ihr auch nicht helfen – nichts half, absolut nichts. Außer John … Sie verstand ja selbst nicht, warum – nach all dem, was sie in den letzten Wochen über ihn erfahren hatte, konnte sie ihn doch nicht immer noch so sehr lieben, oder doch? Aber die Wahrheit war, dass sie ihn sogar noch mehr liebte als je zuvor.

Annika stand in der Küche, mit dem Rücken an einen der Schränke gelehnt, und hielt ihren Becher in beiden Händen. Sie war insgeheim erleichtert darüber, dass Katja schon ins Bett gegangen war und keinen Tee mehr wollte. Natürlich ging es Katja nicht gut, und sie sollte sich um sie kümmern, wie es eine gute Freundin eben tat, aber sie konnte es einfach nicht. Jetzt nicht mehr. Sie konnte Katja nicht mehr ansehen, ohne dabei an Tom zu denken – an ihren kleinen Bruder.

Eigentlich erinnerte sie sich kaum mehr an ihn. Er war noch so jung gewesen – und sie auch. Acht Jahre. Sechzehn Jahre waren seitdem vergangen! Warum nur musste das alles nun, nach so langer Zeit, plötzlich an die Oberfläche kommen? Hätte es nicht dort bleiben können, wo sie alle es über die Jahre immer wieder hingeschoben hatten – weit, weit hinten, in den hintersten Kammern ihrer Herzen, wo es keinen Schaden anrichten konnte?

Annika schüttelte den Kopf. Nein, nicht sie alle. Ihre Mutter hatte ihre

Erinnerung an Tom nie dorthin verbannt. Sie hatte sie immer an einem besonderen Platz in ihrem Herzen bewahrt, all die Jahre. Vielleicht hatte sie geahnt, dass sie den Tag noch erleben würde, an dem der …

Sie hielt inne.

Hannes war kein Mörder, oder? Es war ein Unfall gewesen. Er hätte nichts tun können. Tom war ihm einfach vors Auto gelaufen, und im selben Moment war er tot gewesen. So hatte es der Arzt bestätigt, der damals die Autopsie durchgeführt hatte. Tom habe nicht gelitten, keinen Schmerz gespürt.

Annika schluckte. Als ob das ihre Eltern hatte trösten können!

Aber selbst, *wenn* Hannes angehalten hätte, *wenn* er zurückgefahren wäre, so hätte er doch nichts mehr für Tom tun können. Er wäre nicht einmal schuldig gesprochen worden – jedenfalls nicht von der Justiz. Von ihren Eltern, ja – besonders von ihrer Mutter. Annika wusste, dass ihre Mutter den Fahrer des Unfallwagens für einen Mörder hielt und in ihrem Herzen ein abgrundtiefer Hass gegen ihn loderte. Und sie wusste auch, dass ihre Eltern sich deswegen in den letzten fünfzehn Jahren immer wieder gestritten hatten.

Ihr Vater hatte vergessen wollen – ihre Mutter nicht. Konnte sie jemals vergessen? Und würde sie Hannes vergeben können, wenn sie die Wahrheit erfuhr?

Mit zitternden Händen stellte Annika ihren Becher auf die Arbeitsfläche. Würde *sie* ihm denn vergeben können?

Eine Woge von Traurigkeit und Hoffnungslosigkeit überkam sie, drückte sie buchstäblich zu Boden, sodass sie schluchzend an dem Schrank hinabglitt, vor dem sie stand. Dort unten, auf dem kalten, harten Küchenfußboden, blieb sie sitzen, umschloss ihre heftig zitternden Knie mit beiden Armen und weinte bitterlich.

30

Noch lange, nachdem Annika aufgelegt hatte, stand Markus da und starrte auf das Telefon in seiner Hand. Im Raum herrschte eine geradezu gespenstische Stille, die nur von dem leisen Ticken seiner Armbanduhr durchbrochen wurde. Und von Annikas schriller Stimme, die sich in seinem Kopf überschlug:

Dein Bruder hat Tom überfahren!

Kalter Schweiß trat Markus auf die Stirn, als er durch ein heftiges Kopfschütteln versuchte, diese Stimme, die ihm sonst fast die liebste auf der Welt war, zum Schweigen zu bringen.

Er war es, der nicht angehalten hat, der einfach weitergefahren ist und den armen, kleinen Tom sterbend am Straßenrand liegen gelassen hat. Meinen Bruder!

Markus biss sich auf die Lippen, bis sie schmerzten. In seinen Augen brannten Tränen.

Deswegen ist er abgehauen – weil er zu feige war, die Folgen für sein Handeln zu tragen!

Mit einer ungeduldigen Bewegung wischte Markus die Tränen aus seinen Augenwinkeln, schaltete die Stehlampe in der Ecke des Zimmers ein und ließ sich auf das Sofa fallen.

Plötzlich und unerwartet mit der Wahrheit konfrontiert zu werden, die er seit Langem schon erahnte, tat so weh, dass er vorhin unfähig gewesen war, etwas zu erwidern. Annika hatte ihm aber auch keine Chance dazu gegeben, sondern hatte mit dieser seltsam schrillen, hysterischen Stimme weiter auf ihn eingeredet, ihm von Dingen erzählt, die sein Herz gar nicht hatte hören wollen.

Er hat geglaubt, einfach so davonkommen zu können. Das hat er wirklich geglaubt! Ist das nicht unfassbar? Was für ein Mensch kann denn mit so einer Lüge überhaupt leben? Und wie viele Menschen haben ihm geglaubt, haben ihm vertraut? Katja zum Beispiel. Und dann, als ich anrief und er meinen Namen hörte, wusste er, dass sein Spiel aus war. Er konnte die Lüge nicht länger aufrechterhalten. Deshalb musste Katja gehen – damit er so weiterleben kann, als sei nichts geschehen. Wie schlecht ist denn das, bitte?

Darauf hatte Markus wirklich keine Antwort gewusst. Was hätte er auch sagen sollen? *Komm schon, Annika, reg dich nicht auf, schlaf erstmal eine Nacht darüber. Morgen sieht alles ganz anders aus.* Wohl kaum.

Und als wäre all das nicht schon genug gewesen, hatte sie ihm deutlich gemacht, dass sie ihn nicht sehen wollte, wenn sie in den Osterferien zu Besuch kam. Ihn nicht, und seine Familie auch nicht.

Sämtliche Versuche, sie zu beruhigen, waren fehlgeschlagen. Im Gegenteil, sie hatte sich nur noch mehr in ihren Zorn und ihre Hysterie hineingesteigert, bis sie am Ende geschluchzt hatte, sie wolle ihn vielleicht überhaupt nie wieder sehen. Seine Frau könne sie nun ja sowieso nicht mehr werden, schließlich wolle sie nicht mit dem Bruder von Toms Mörder verheiratet sein.

Mörder. Toms Mörder.

Auch wenn er wusste, dass sie verzweifelt und aufgewühlt gewesen war, trafen ihn die Worte hart. Mörder. Sein Bruder, ein Mörder.

»Ich glaube, es ist besser, wir reden ein andermal weiter«, hatte er gesagt. »Ich rufe dich morgen wieder an. Okay?«

Aber Annika hatte nur aufgelegt. Einfach aufgelegt. Ihre Worte aber hallten noch in seinem Kopf nach, als er im Bett lag und vergebens einzuschlafen versuchte.

Mörder.

Annika fing an zu weinen, noch bevor sie am nächsten Morgen die Augen richtig geöffnet hatte. Sie weinte lange und verzweifelt in dem Glauben, jetzt alles verloren zu haben: ihren besten Freund – und den Mann, den sie liebte.

Vielleicht will ich dich überhaupt nie wieder sehen! Und heiraten kann ich dich sowieso nicht mehr – ich will doch nicht mit dem Bruder von Toms Mörder verheiratet sein!

Das hatte sie doch nicht wirklich gesagt, oder?

Stöhnend vergrub sie ihren Kopf in den Kissen. Was hatte sie nur getan? Die Scham darüber, Markus so fürchterliche Dinge an den Kopf geworfen zu haben, ließ sie immer wieder erneut in Tränen ausbrechen. Als sie kurz darauf, blind vor Tränen, in den Flur hinaustaumelte und beinahe mit Peggy zusammenstieß, schrie sie vor Schreck auf.

»Hey, hey!«, rief Peggy, selbst noch ganz verschlafen, »so schlimm sehe ich nun auch wieder nicht aus. Was ist denn mit dir los?«

Glücklicherweise klingelte in diesem Moment das Telefon und Peggy, die schneller unten war, rief gleich darauf: »Für dich! Eva!«

Annika war nicht in der Lage, mit Eva zu sprechen, die vergeblich versuchte, etwas aus ihr herauszubekommen. Immer wieder musste sie weinen. Schließlich verabschiedete Annika sich schluchzend, wischte sich energisch die Tränen aus dem Gesicht und ging in die Küche, um Frühstück zu machen.

Sie stellte verärgert fest, dass sie sich sehr auf diese einfache Aufgabe konzentrieren musste, so durcheinander war sie noch von den Ereignissen der letzten Nacht. Ein Ei fiel ihr herunter, der erste Toast verbrannte bis zur Unkenntlichkeit, und die Milch schwappte über, als Annika sie in einen Krug umfüllen wollte.

»Das ist definitiv nicht mein Tag«, murmelte sie, während sie die Milch aufwischte.

Katja kam kurz darauf in die Küche, blass und müde. »Hey, Annika.«

Annika drehte sich um. »Hi. Tut mir leid, dass ich hier so ein Chaos verursache, aber ich bin nicht gerade das, was man ausgeschlafen nennt. Setz dich. Magst du ein Glas Orangensaft – oder einen Kaffee?«

Kopfschüttelnd setzte Katja sich auf einen Stuhl. »Nein, danke, im Moment mag ich gerade gar nichts. Einen Toast würde ich essen … später.«

Annika runzelte die Stirn, sagte jedoch nichts. Wenn sie mit ihrer Vermutung richtig lag, gab es ohnehin nichts, was sie für Katja tun konnte. Außer, dass sie sie dazu überreden würde, morgen mit ihr zum Arzt zu gehen – oder zumindest zur Apotheke, um einen Schwangerschaftstest zu kaufen.

»Es … es tut mir leid wegen gestern«, sagte Katja leise. »Ich hätte es dir vielleicht lieber nicht sagen sollen. Jetzt habe ich alles nur noch schlimmer gemacht, oder?«

Annika schaltete den Wasserkocher ein und schüttelte energisch den Kopf. »Nein! Nein – das ist schon in Ordnung. Irgendwann hätte ich es doch sowieso erfahren müssen, also konnte es ebenso gut jetzt sein. Ich bin froh, dass du es mir *hier* gesagt hast, wo ich niemandem über den Weg laufen kann, der damit sonst noch zu tun hat.«

Markus zum Beispiel.

Sie überlegte, ob sie Katja von dem Telefonat erzählen sollte, entschied sich jedoch dagegen. Katja würde sie nicht verstehen. Sie kannte Markus ja kaum, und seine Familie schon gar nicht. Das heißt …

Annika presste die Lippen fest aufeinander, um nicht in ein hysterisches

Gelächter auszubrechen. Natürlich kannte Katja diese Familie – sie kannte sogar den, den sonst keiner kannte: Hannes.

»Klar.«

Katja nahm sich ein Glas aus dem Schrank, füllte es mit frischem Leitungswasser und warf eine Tablette in den Mund, die sie mit einem kräftigen Schluck aus ihrem Glas hinunterspülte.

»Trotzdem denke ich, wir sollten erstmal nicht mehr darüber reden. Ich muss das alles erst verarbeiten«, sagte Annika.

Katja drehte sich zu ihr um, ein Wassertropfen rann über ihr Kinn, während sie nickte. »Klar«, sagte sie noch einmal, »kann ich verstehen. Sollen … Möchtest du irgendetwas unternehmen heute? Ich meine … wir könnten irgendwohin fahren oder – oder so …«

Einerseits gerührt über Katjas Unbeholfenheit, andererseits sehnlichst darauf bedacht, endlich allein sein zu können, um in Ruhe nachzudenken, stieß Annika einen langen Seufzer aus. Dann wandte sie sich zum Fenster und gab vor, in den Garten hinauszusehen.

»Ehrlich gesagt, ich habe Kopfschmerzen. Vielleicht ist es besser, du lässt mich allein.«

»Natürlich«, murmelte Katja, nahm ihr Glas und machte sich auf den Weg nach draußen. Kurz vor der Tür wandte sie sich noch einmal um und sagte unter Tränen: »Es tut mir so leid, Annika. Es tut mir so leid …«

Annika hörte, wie die Küchentür leise aufschwang und Katjas Schritte sich langsam über den knarrenden Holzfußboden im Flur entfernten, die Treppe hinaufgingen. Dann hörte sie – klack – die Tür des Gästezimmers, und alles war still. Den Kopf in beide Hände gestützt, saß Annika noch lange da und starrte vor sich hin, suchte in ihrem aufgewühlten Inneren nach einer Antwort, von der sie ahnte, dass sie sie nicht finden würde.

»Ich habe übrigens Jacob und Lucy zum Mittagessen eingeladen«, sagte Laura an Eva gewandt. Der Gottesdienst war gerade zu Ende und sie standen bei einer Tasse Tee im Foyer der Kirche. »Ich wollte dich gestern noch anrufen, aber du warst ja unterwegs. Glaubst du, du könntest mir mit dem Nachtisch helfen? Irgendetwas Norddeutsches vielleicht?«

Eva zögerte. Sie hatte eigentlich vorgehabt, noch bei Annika vorbeizufahren. Das Telefonat von heute Morgen ging ihr einfach nicht aus dem Kopf. Sie hatte sich nur kurz nach Katja erkundigen wollen, aber dann hatte Annika plötzlich geweint und ihr irgendwas von Hannes und Markus und Tom erzählt, das sie nicht verstehen konnte. Als sie nachgefragt hatte, hatte Annika nur noch mehr geweint und schließlich den Hörer aufgelegt. Selbst für jemanden, der so theatralisch war wie Annika, war das eine ganz schön heftige Szene gewesen. Eva machte sich wirklich Sorgen um die Freundin.

»Eigentlich schon, aber … Ich müsste nachher noch einmal zu Annika. Es geht ihr nicht gut, und ich habe das Gefühl, dass irgendetwas ganz Furchtbares passiert ist. Sie war vollkommen außer sich, als ich heute Morgen anrief, um mich nach Katja zu erkundigen. Die ist uns gestern im Pub zusammengeklappt … Na ja, jedenfalls denke ich, dass es besser ist, ich fahre noch mal hin. Verstehst du das?«

Laura nickte. »Natürlich verstehe ich das. Vielleicht schaffst du es ja noch zum Tee – ich habe einen Schokoladenkuchen gebacken, den mit Rum, den Annika so gern mag. Vielleicht kannst du sie und ihre Freundin mitbringen?«

Eva seufzte. Sie fühlte sich wirklich hin- und hergerissen! Am liebsten wollte sie in Clifton bleiben und den Nachmittag mit Jacob und Lucy verbringen. Aber sie konnte Annika doch nicht im Stich lassen! Was wäre sie denn dann für eine Freundin?

Deswegen lächelte sie Laura entschuldigend an und sagte: »Ehrlich gesagt, ich glaube nicht, dass daraus noch etwas wird. Es klang eher so, als würde es ein längeres Gespräch werden – eines mit vielen Taschentüchern …«

»Schon in Ordnung«, entgegnete Laura. »Ich glaube zwar, dass die beiden ziemlich enttäuscht sein werden, wenn du nicht da bist, aber Jacob wird das sicherlich verstehen.«

Eva nickte. Dass Annika sie aber auch ausgerechnet heute brauchte! Wie viel lieber würde sie diesen Nachmittag mit Jacob und Lucy verbringen, die sie beide seit dem Ausflug vor zwei Wochen nicht mehr gesehen hatte. Sie hatte aus der Erinnerung heraus einige Skizzen angefertigt: Lucy auf der Mauer, wie sie dem Schafhirten und seinem Hund gedankenversunken bei der Arbeit zusah; Lucy und Lord beim ausgelassenen Toben über die Wiese; und schließlich Jacob, wie er die beiden dabei beobachtete. Eva hatte sich bemüht, den Ausdruck in seinem Gesicht miteinzufangen: diese unverhohlene, innige, zärtliche Liebe, mit der er sein Kind ansah. Seine Tochter – Lucy Eve.

»Dann heißt du ja wie ich«, hatte Lucy ihr freudestrahlend erklärt, als sie am Samstagmorgen bei ihnen angekommen war. »Ich heiße nämlich auch Eva. Lucy Eve Brennan. Alle nennen mich Lucy, aber Eve ist mein zweiter Name. Wir werden bestimmt gute Freundinnen sein, meinst du nicht? Schließlich haben wir denselben Namen. Hast du auch noch einen zweiten Namen? Oder ist Eva vielleicht sogar dein zweiter Name?«

Eva hatte lachend den Kopf geschüttelt und die Kleine spontan an beiden Händen gefasst. »Nein, ich habe nur diesen einen Namen. Eva Martin, mehr nicht. Aber wollen wir nicht hineingehen? Du wolltest mir doch dein Zimmer zeigen – und ich bin schon ganz gespannt darauf, vor allem auf das rosa Himmelbett!«

Sie lächelte, als sie daran zurückdachte. Dieses Kind war wirklich ein Geschenk! Und Jacob war ihr ein so wundervoller Vater. Natürlich war es schwer für ihn, konnte er ihr doch nie die Mutter ersetzen. Doch Lucy war glücklich – glücklicher vielleicht als manch anderes Kind, das noch beide Elternteile hatte und dem es doch an Liebe und Fürsorge mangelte, so wie ihr.

Eva schüttelte den Kopf. Das war vorbei. Sie war hier, sie war in Sicherheit, ihr Vater konnte ihr nichts mehr antun. Nie mehr.

Annika saß Eva gegenüber auf ihrem Bett und spielte nervös mit einer losen Strähne ihres Haares. Sie hatte Eva alles erzählt und wartete nun gespannt auf die Reaktion ihrer Freundin.

Eva jedoch ließ sich Zeit mit ihrer Antwort. Es war ihr klar, dass Annika einen Rat von ihr erwartete. Aber die Neuigkeiten waren so unerwartet, so überwältigend, dass sie nicht wusste, ob sie überhaupt in der Lage sein würde, irgendetwas dazu zu sagen. Sie konnte verstehen, dass Annika aufgewühlt war. Vermutlich hatte sie auch deshalb Dinge zu Markus gesagt, die sie sonst nie gesagt hätte. Dass sie ihn nicht heiraten, ihn vielleicht sogar nie wiedersehen wollte. Das konnte sie doch nicht im Ernst gemeint haben, oder?

»Eva?«

»Ja?«

»Ich habe richtig Mist gebaut, oder? Ich meine – mit Markus …«

Eva sah auf. Das war so typisch für Annika – erst musste sie mit dem Kopf durch die Wand, und dann kam die große Verlegenheit, wenn sie erkannte, dass sie sich wieder einmal von ihrem impulsiven Wesen zu etwas Unvernünftigem hatte hinreißen lassen.

Eva grinste. »Ja, das hast du wohl. Und nun? Wirst du Markus anrufen und ihm sagen, dass es dir leid tut?«

Annika drehte die Haarsträhne langsam um einen ihrer Finger, bis sie ganz fest gedreht war, und ließ dann wieder los, sodass das Haar einer Korkenzieherlocke gleich auf ihre Schulter herunterfiel. Die Locke wippte noch einmal auf und nieder, bevor sie sich schließlich wieder löste. »Hm. Das ist schwer. Was soll ich ihm sagen? Ich kann doch nicht alles zurücknehmen, was ich gestern gesagt habe.«

»Warum nicht?«

Erstaunt sah Annika sie an. »Weil – weil …weil es die Wahrheit war. Ich weiß wirklich nicht, ob ich ihn heiraten kann. Mama wird toben, wenn ich es tue! Und außerdem –«

»Annika!«, unterbrach Eva sie, und Annika zuckte ein wenig zusammen, überrascht von der unerwarteten Schärfe in der Stimme der Freundin. »*Wer* liebt Markus, du oder deine Mutter? *Wer* will ihn heiraten, du oder sie? Und wen machst du unglücklich, wenn du *Nein* sagst, ihn oder sie? Abgesehen von dir selbst natürlich.« Sie seufzte. »Annika, sei doch vernünftig! Markus liebt dich seit Jahren, er hat so lange auf dich gewartet. Er will dich heiraten, weil er dich liebt und dich glücklich machen will. Dich! Nur dich …«

Annika schwieg. Sie ahnte, dass Eva recht hatte, aber sie wusste trotzdem nicht, wie sie sich aus ihrem Dilemma befreien sollte.

»Ich weiß«, seufzte sie schließlich und fing aufs Neue an, mit ihrem Haar zu spielen. »Ich weiß ja, dass du recht hast … Aber es ist so schwer, Eva. Was soll ich denn nur tun?«

»Annika, pass auf«, sagte Eva, immer noch in demselben energischen Ton, und erhob sich von ihrem Stuhl. »Ich schlage vor, wir beiden gehen jetzt spazieren. Einfach nur spazieren, ohne zu reden. Keine Problemdiskussion. Okay? Und dann, wenn ein bisschen frische Luft in unsere Köpfe geweht ist, kochen wir uns eine Kanne Tee und laden Katja dazu ein. Ihr beide müsst euch nämlich ganz dringend wieder vertragen. Denke dran, dass sie in einer ebenso schwierigen Situation ist – und sie hat sie sich auch nicht ausgesucht!«

»Ganz bestimmt nicht, nein. Es tut mir leid. Soll ich sie nicht gleich bitten, mitzukommen? Die frische Luft wird ihr auch guttun. Vielleicht isst sie dann mal ein bisschen was.«

»Gute Idee. Ich habe nämlich ein paar Stücke von Lauras leckerem Kuchen mitgebracht, da kann sie bestimmt nicht *Nein* sagen.«

Annika war sich dessen zwar nicht so sicher, aber sie nickte trotzdem und stand ebenfalls auf, um nach oben zu gehen und Katja zu holen. Als sie jedoch an Katjas Zimmertür klopfte, bekam sie keine Antwort. Nachdem sie abermals geklopft hatte und sich immer noch nichts rührte, trat sie zögernd ein. Katja lag zusammengekauert auf ihrem Bett und schlief.

Leise schlich Annika sich wieder hinaus. Arme Katja! Als ob sie nicht schon genug Kummer hatte. Bestimmt mehr, als ihr lieb war – und mehr, als sie allein bewältigen konnte!

31

»Kannst du noch mitkommen, Markus? Deine Mutter und ich möchten gerne etwas mit dir besprechen.«

Hans-Werner Feuerbach sah seinen Sohn mit unbewegter Miene an. Nur selten verriet sein Gesicht eine Gefühlsregung, es sei denn, er war über irgendetwas sehr verärgert – was selten vorkam. Er war ein gutmütiger Mann, den so leicht nichts aus der Ruhe bringen konnte. Und doch war es Markus in diesem Moment, als flackere ein unruhiges Licht in den alten, grauen Augen, während er auf eine Antwort wartete.

»Natürlich komme ich mit. Das hatte ich sowieso vor.«

Markus hatte auf dem Weg zur Kirche beschlossen, seinen Eltern von den erschreckenden Neuigkeiten zu erzählen, die er von Annika erfahren hatte. Warum warten? Bestimmt wusste auch Margarete Köhler schon davon, und sie würde es anderen Leuten erzählen, würde kein gutes Haar an Hannes lassen. Wenn es sich dann erst einmal im Dorf herumgesprochen hatte, würden seine Eltern es womöglich von anderen Leuten erfahren, und das wollte er nicht. Das war eine Familiensache.

Sein Vater nickte, setzte seine grün karierte Tweedmütze auf und wandte sich zum Gehen. »Bis gleich!«

»Bis gleich.«

Sie waren kaum zur Tür hereingekommen, als seine Mutter ihn auch schon in einen Sessel drückte und unvermittelt sagte: »Wir haben gestern einen Brief von deinem Bruder erhalten. Es – ich fürchte, es sind keine guten Neuigkeiten. Wir wissen nicht, wie wir damit umgehen sollen, es ist … es ist so schwer für uns. Würdest du den Brief lesen – bitte?«

»Natürlich«, antwortete Markus rasch. Sein Herz hämmerte wild, als sein Vater ihm den Brief reichte. Es waren zwei Seiten dünnen, weißen Papiers, eng beschrieben mit Hannes' anfangs noch sauberen, im weiteren Verlauf des Briefes aber teilweise kaum noch leserlichen Schrift. Hannes musste es sehr eilig gehabt haben, das loszuwerden, was ihn bewegte.

Während Markus den Brief hastig überflog, um herauszufinden, ob er das beinhaltete, was er befürchtete, fühlte er einen stechenden Schmerz in seiner Brust, der ihm das Atmen schwer machte. Tiefe Bestürzung über das, was er las, mischte sich mit inniger, brüderlicher Liebe zu einem Gefühl dumpfer Ratlosigkeit.

»Das – das ist …«, meinte er schließlich kopfschüttelnd, während er den Brief mit zitternder Hand vor sich auf den Wohnzimmertisch legte. Er fuhr sich mehrmals mit den Fingern durch das Haar, schüttelte abermals den Kopf und sah seine Eltern bittend an. »Kann ich den Brief mit nach oben nehmen? Ich muss mir das noch einmal in Ruhe durchlesen.«

Er wartete keine Antwort ab, sondern stand auf, nahm den Brief und stieg die steile, knarrende Holztreppe hinauf in sein altes Zimmer. Eine Weile stand er unschlüssig am Fenster und sah hinaus, den Brief in der lose herabhängenden Hand. Es regnete bereits seit dem frühen Morgen ohne Unterlass. Der Himmel war so finster, dass man Licht einschalten musste, obwohl es erst Mittag war. Von unten aus der Küche zog der

Geruch der Rouladen hinauf, die seine Mutter im Schmortopf hatte, vermischt mit dem des selbst geernteten und gekochten Rotkohls. Ob heute jemand davon essen würde?

Markus seufzte schwer. Dann ließ er sich auf dem Bett nieder und begann zu lesen.

Liebe Mutter – lieber Vater!

Ich kann euch nicht sagen, wie sehr ich mich über euren Brief gefreut habe. Ich habe ihn wohl tausend Mal gelesen, habe ihn jeden Tag mit mir herumgetragen, ihn immer wieder zur Hand genommen. Ich liebe euch auch. Dich, Mutter, und dich, Vater. Und meine Geschwister. Und doch habe ich das Gefühl, euch erst die Wahrheit sagen zu müssen, die ganze Wahrheit über das, was damals war – ob ihr mich dann noch lieben könnt … ich weiß es nicht. Ich weiß nur, dass ich niemals Frieden finden werde, wenn ich es euch nicht endlich sage – warum ich damals weggegangen bin. So weit weg. Und warum das Weggehen nichts geändert hat. Für mich nicht. Und für die Familie nicht, der ich dieses unsagbare Leid angetan habe …

Mutter, Vater, ich bin schuldig. Ich habe einen Menschen getötet. Ein kleines Kind. Ich bin schuld an dem Tod des kleinen Tom Köhlers, der damals, am 29. März 1978, mit seinem Dreirad auf die Dorfstraße fuhr und von einem Auto erfasst wurde.

Ich saß am Steuer dieses Autos. Ich habe angehalten, aber als ich ihn so reglos daliegen sah, bin ich in Panik geraten und weitergefahren. Immer weiter. Ich hatte solche Angst! Ich habe mich nicht nach Hause getraut, habe lange am Strand gesessen und gebetet, dass Gott dieses Kind retten möge, und dass er mir vergeben möge … für meine Unachtsamkeit, für meine Feigheit, für die schwere Schuld, die ich auf mich geladen hatte.

Er hat mein Gebet nicht erhört. Tom Köhler starb durch meine Schuld.

Wenn ich es könnte, oh, wenn ich es nur könnte, ich würde alles dafür geben, die Zeit zurückzudrehen, zurück zu diesem Tag im März, als ich die Dorfstraße entlangfuhr und den kleinen Jungen auf seinem Dreirad zu spät sah …

Ich hab das nicht gewollt, Mutter. Vater, vergib mir, ich habe das nicht gewollt.

Als ich am nächsten Tag in der Zeitung las, dass Tom sofort tot war, dass nichts und niemand ihn hätte retten können, dachte ich zuerst, ich könnte damit klarkommen, ich könnte bleiben. Die Zeit würde die Wunden heilen, bei den Köhlers und auch bei mir. Aber ich konnte es nicht. Ich musste fort – weit fort. Und als mein

Kumpel Thomas mir erzählte, dass er Verwandte in Sydney hätte, die ein Hotel besäßen, in dem er arbeiten könnte, wusste ich, dass ich die Chance nutzen und mit ihm gehen würde. Australien – das ist weit genug, dachte ich damals. Das ist weit genug …

Aber ich hatte mich getäuscht.

Als ich im letzten Herbst Katja kennenlernte, dachte ich noch: Na, das ist doch ein seltsamer Zufall, dass ich hier in Sydney ausgerechnet eine deutsche Frau finde. Aber ich war glücklich, so glücklich wie schon seit Jahren nicht mehr. Ich hatte wieder Hoffnung. Das war die Zeit, als ich euch den Weihnachtsbrief schrieb.

Dann aber kam alles plötzlich ganz anders – und ich musste erkennen, dass ich mich nicht mehr länger verstecken konnte. Ich kann nicht mein Leben lang davonlaufen. Ich muss mich endlich der Wahrheit stellen, so grausam, wie sie auch ist, und ich muss aufhören, mir selbst und den Menschen, die ich liebe, etwas vorzumachen. Bitte glaubt mir, dass ich euch niemals wehtun wollte. Ich wollte niemandem wehtun, niemals. Schon gar nicht der Familie Köhler! Ist Annika die Frau, die Markus zu heiraten hofft?

Ich weiß, dass dieser Brief – beziehungsweise das, was er enthüllt – eine schwere Belastung für euch alle sein wird, vor allem aber für diese beiden. Es tut mir so unendlich leid! Bitte glaubt mir das.

Trotzdem bitte ich euch beide – und alle, die ich sonst noch verletzt und im Stich gelassen habe – noch einmal aufrichtig um Verzeihung.

Ich liebe euch alle so sehr. Ich habe niemals aufgehört euch zu lieben.

Hannes

32

Jeweils einen Becher heißen Tees umklammernd saßen sich Katja und Annika auf dem Fußboden im Badezimmer gegenüber und starrten wie gebannt auf das kleine, ovale Fenster in dem weißen Plastikstäbchen. Jeden Augenblick konnte dort ein langer, rosafarbener Strich auftauchen – oder ein kurzer, blauer.

»Dieser Test ist sehr sicher«, hatte die Verkäuferin in der Apotheke erklärt. »Man kann sich nicht täuschen, wie bei vielen anderen Tests, wo nur die Länge oder die Breite des Striches entscheidend ist. Durch die unterschiedlichen Farben können Sie absolut sicher sein. Rosa – schwanger, blau – nicht schwanger.«

»Immerhin weißt du dann Bescheid«, hatte Annika später auf dem Nachhauseweg gesagt. Sie war überrascht gewesen, wie bereitwillig Katja einem Schwangerschaftstest zugestimmt hatte. Das lag mit Sicherheit auch daran, dass ihr heute Morgen schon vor dem Frühstück wieder schlecht geworden war.

»Ich fürchte, das ist kein Virus, Annika«, hatte sie ihrer Freundin kopfschüttelnd erklärt, als diese ihr eine Scheibe Toast anbieten wollte.

»Na, das fürchte ich aber auch. Komm, wir fahren gleich zur Apotheke und holen einen Test. Dann weißt du es wenigstens. Und wenn du nicht schwanger bist, können wir ja immer noch einen Termin beim Arzt machen.«

Katja hatte daraufhin nur ergeben genickt und war ihrer an diesem Montagmorgen erstaunlich resoluten Freundin gesenkten Kopfes zum Auto hinaus gefolgt. Gestern Abend hatten sie noch lange geredet – über Hannes, über Tom, über Markus, über Annikas Eltern. Und darüber, wie es weitergehen sollte, falls sich all diese Vermutungen – und wenn Annika ehrlich war, musste sie zugeben, dass es sich bis jetzt nur um starke Vermutungen handelte – bewahrheiten sollten.

Aber es sah im Moment nicht danach aus, als würden sie beide eine Lösung finden können. Die ganze Sache schien Katja fürchterlich kompliziert – und das schon ohne Schwangerschaft! Wie sollte es nur erst werden, wenn im Fenster gleich tatsächlich der rosa Strich auftauchte?

»Rosa.«

»Hm? Was?«

»Er ist rosa. Du bist schwanger, Katja.«

Entsetzt starrte Katja auf das Teststäbchen, das auf dem Badewannenrand lag. Der Strich war rosa. Eindeutig. Ohne jeden Zweifel. Ein so harmlos aussehendes Stück Plastik sollte also über ihre Zukunft entscheiden … Aber was für eine Zukunft würde das sein? Eine Zukunft, in der sie sich in die lange, traurige Reihe von alleinerziehenden Müttern einreihen würde? Sollte sie ein Kind großziehen, das nie die Liebe seines Vaters kennen würde? Seltsamerweise hatte Katja keinen Zweifel daran, dass John, oder Hannes, ein großartiger Vater sein würde – aber er durfte es nie erfahren … Er hatte sich gegen sie entschieden, auch wenn sie die Gründe dafür bis heute nicht verstehen konnte. Sie würde ihn nicht dazu zwingen, Verantwortung für dieses Kind zu übernehmen – schon gar nicht in dem Wissen, dass er ohnedies schon Sorgen genug hatte.

Katja blinzelte in dem verzweifelten Versuch, nicht zu weinen, doch es war zwecklos – die Tränen bahnten sich einfach einen Weg durch die geschlossenen Wimpern und rannen schon bald in Strömen über ihr Gesicht. Schluchzend warf sie sich Annika in die Arme. »Oh, Annika! Annika, was soll ich denn bloß machen? Was soll ich denn jetzt bloß machen?«

Annika wiegte sie im Arm hin und her. Ihre eigenen Gedanken fuhren Achterbahn. Was sollte sie Katja nur sagen? Sie wusste ja selbst nicht, was sie davon halten sollte. Schwanger. Ihre Freundin Katja war ausgerechnet von Hannes Feuerbach schwanger. Das war so unwirklich, so … so jenseits von dem, was sie sich jemals hätte vorstellen können – und wollen! –, dass sie nur stumm den Kopf schütteln konnte. Hatte dieser Albtraum denn nie ein Ende? War es denn nicht schon schlimm genug?

»Ich weiß es nicht, Katja«, flüsterte sie. »Ich weiß es wirklich nicht. Es tut mir so leid …«

Hannes saß mit einem Glas Orangensaft auf der Veranda seiner Bar und dachte an Katja. Seit sie fort war, dachte er immerzu an sie, Tag und Nacht. Es schien, als könne er sie einfach nicht aus seinen Gedanken verbannen, so sehr er es auch versuchte. Er hatte geglaubt, dass er es konnte – wie er es zuvor auch immer gekonnt hatte.

Du hast es nicht verdient, glücklich zu sein. Du musst erst deine Schuld bezahlen.

Dieses Mal funktionierte diese Gedankenkette anscheinend nicht – und als er den Grund dafür erkannt hatte, war es bereits zu spät gewesen: Er hatte die einzige Frau, die er je geliebt hatte, weggeschickt, hatte sie fortgejagt wie einen streunenden Hund. Wie sollte er sich das jemals verzeihen?

»John?«

Er schrak auf.

Samuel stand vor ihm, seinen breitkrempigen Hut in beiden Händen haltend, und lächelte. »Darf ich mich zu dir setzen?«

»Klar. Bitte.« Hannes zog einen zweiten Stuhl heran und bedeutete dem Freund, darauf Platz zu nehmen. »Magst du etwas trinken? Saft, Wasser, einen Tee?«

Samuel schüttelte den Kopf. »Ich bleibe nicht lange. Es ist ja auch schon recht spät. Hab mich gewundert, warum du nicht zu Hause bist, das *Haven* ist doch montags immer geschlossen ... du kommst zum Nachdenken hierher, stimmt's?«

Hannes sah zu dem Wäldchen hinüber, das auf der gegenüberliegenden Seite der Straße begann, und nickte langsam. Aus weiter Ferne hörte man vereinzelt das Schreien eines Buschbabys*, sonst war alles still.

»Sag mal ...«, begann Samuel vorsichtig. »Was ist eigentlich aus dem Brief an deine Eltern geworden, den du schreiben wolltest?«

»Ich habe ihn bereits geschrieben. An dem Tag ...« ... *an dem Katja den Hörer aufgelegt hatte, ohne ihm eine Chance zu geben, ihr etwas zu erklären.*

Es ist alles gesagt. Leb' wohl ...

»Oh?«

Hannes nickte. »Ja, und ich habe ihn auch schon abgeschickt. Vermutlich ist er inzwischen sogar angekommen ...« Und dann? Wie würden seine Eltern reagieren? Würden sie ihm sagen, dass er jetzt nicht mehr ihr Sohn, dass er für immer verstoßen sei? Aber seine Mutter hatte doch geschrieben, dass, was auch geschehe ... Hannes schluckte. Galt das auch dann noch, wenn sie von dem Furchtbaren erfuhren, das er getan hatte? Mit Sicherheit konnten sie ihn nicht mehr lieben, wenn sie davon erfuhren. Keiner konnte das, am allerwenigsten er selbst.

Er fuhr sich mehrmals mit den Fingern durch das feine, blonde Haar und verbarg sein Gesicht in den zitternden Händen.

Samuel griff nach seiner Hand – eine Geste der Nähe und Vertrautheit. Jede andere Hand hätte Hannes schroff zurückgestoßen. »Sie werden es

---

* Das Buschbaby ist ein nachtaktives Säugetier. Es hat große, »staunende« Augen, ein weiches, wolliges Fell, und wird in Europa und Amerika gern als Haustier gehalten. Buschbabys schreien wie Babys – daher der Name. Sie wiegen ungefähr 500 Gramm und sind etwa 40 Zentimeter groß.

verstehen, John. Sie werden es bestimmt verstehen«, sagte Samuel leise und drückte Hannes' Hand einmal kurz, bevor er sie wieder losließ.

»Ich weiß es nicht«, murmelte Hannes, mehr zu sich selbst. »Manchmal denke ich, ich hätte diesen Brief besser nicht schreiben sollen. Bis jetzt konnte ich immer glauben, dass sie mich vielleicht doch noch lieben, dass sie den Sohn lieb behalten, den sie einst kannten, an den sie sich erinnern. Nicht den, der ich geworden bin – ein Lügner und ein elender Feigling. Solange sie nur die Wahrheit nicht erfahren, dachte ich, lieben sie mich vielleicht noch. Aber jetzt –«

»John.«

Hannes nahm die Hände von den Augen und sah Samuel unsicher an.

»Sie haben nie aufgehört, dich zu lieben. Du hast uns den Brief deiner Mutter doch gezeigt. Sie schreibt, dass sie dich immer lieben werden, was auch geschieht. Und weißt du, warum das so ist?«

Langsam schüttelte Hannes den Kopf.

»Weil sie deine *Eltern* sind. Du bist ihr Sohn – ihr geliebtes Kind! Auch wenn du inzwischen längst erwachsen geworden bist, wirst du immer ihr Kind bleiben. Und sie werden dich immer lieben. Immer. Sie können gar nicht anders, John. Eltern können einfach nicht anders.«

Zweifelnd sah Hannes zu ihm auf. Wirklich immer? Egal, was geschehen war? Das konnte er sich einfach nicht vorstellen. Samuel sprach natürlich als erfahrener Vater zweier erwachsener Töchter zu ihm. Woher sollte er, Hannes, wissen, wie es sich anfühlte, Vater zu sein?

Sam nickte noch einmal bekräftigend, dann erhob er sich langsam und reckte sich. »Komm, mein Sohn, ich bring dich nach Hause. Oder, noch besser, ich nehme dich mit zu uns hinaus. Ein gutes Frühstück in bester englischer Gesellschaft wird dir morgen bestimmt guttun, meinst du nicht?«

Hannes lachte leise. »Bestimmt. Danke, Sam. Ich gehe noch alles abschließen und schalte das Licht in der Küche aus. Gib mir zwei Minuten!«

Sam sah ihm nach und nickte langsam. Sechzehn Jahre. Wie furchtbar musste es für die armen Eltern sein, sechzehn Jahre lang darauf zu warten und zu hoffen, dass ihr Sohn doch wieder heimkehren möge. Er hatte nicht den geringsten Zweifel daran, dass sie ihn mit offenen Armen empfangen würden – jederzeit. Wenn er das Hannes nur klarmachen könnte …

»So, da bin ich … Bist du okay, Sam? Du siehst nachdenklich aus.«

Hannes stand vor ihm, einen Korb mit Obst in den Armen haltend.

Samuel beeilte sich zu nicken und zog seinen Autoschlüssel aus der Hosentasche. »Ja, ich bin okay. Komm, lass uns fahren, Ruth schläft bestimmt schon. Und ich schlafe auch bald ein, wenn du mir keinen guten Radiosender suchst. Wird Zeit, dass du doch mal wieder Auto fährst, dann könntest du einen müden, alten Mann wie mich jetzt nach Hause fahren.«

John klopfte dem Freund liebevoll auf die Schulter. »Du schaffst das schon, Sam. Den Weg von hier nach Drummoyne findet der alte Mitsubishi doch von selbst.«

»Wahrscheinlich hast du recht. Aber du kannst mir trotzdem einen Radiosender suchen.«

Ruth stellte einen Becher Kaffee vor Hannes auf den Tisch und sagte: »Katie kommt Samstag wieder. Sie hat gestern angerufen. Es geht ihr nicht besonders gut, John …«

Hannes fuhr sich mit den Fingern durchs Haar und seufzte. »Ich weiß. Sam hat gestern Abend auch so was in der Richtung gesagt. Aber ich kann nicht mit ihr zusammen sein, Ruth! All die Lügen, die ich ihr erzählt habe …«

»Die Wahrheit wird sie nicht schlimmer treffen. Sie ist eine erwachsene Frau, John. Und sie liebt dich – sie liebt dich wirklich! Was erwartest du denn von ihr? Dass sie ihr Leben lang in Watte gepackt werden will? Ich glaube, davon hat sie zu Hause bei ihren Eltern schon mehr als genug gehabt. Sie will ihr eigenes Leben leben, John, und ich habe das Gefühl – nun, sie wirkt ja immer so stolz und unabhängig, aber … ich habe trotzdem das Gefühl, dass du dazugehörst …«

»Am Wollen liegt es nicht, Ruth. Ich – ich wünschte, ich könnte es auch. Aber jetzt ist es wohl zu spät, fürchte ich. Und wer weiß, vielleicht kommt sie sowieso nur wieder her, um ihre Sachen zu packen und nach Deutschland zurückzugehen. Grund genug hätte sie ja …«

Ruth schnaufte und warf die Schublade, in die sie gerade ein paar Töpfe und Pfannen gestellt hatte, mit einem lauten Knall zu. Dann atmete sie einmal tief durch, bevor sie sich wieder an Hannes wandte. »Allerdings! Und all das nur, weil du im Selbstmitleid versinkst. John, du selbst hast deine Zukunft in der Hand – du kannst entscheiden, ob Katie darin einen Platz hat oder nicht. Und wenn du meinen Rat hören willst …«

»Nein, danke. Will ich nicht.«

Hannes war aufgestanden und ging zur Spüle hinüber, um seinen Kaffee dort auszugießen. Er drehte sich zu Ruth um. »Danke für den Kaffee. Ich fahre jetzt nach Hause. Wenn Katie anruft, kannst du ihr sagen, dass sie mich dort erreichen kann. Jederzeit.«

Ohne eine Antwort abzuwarten, verließ er die Küche und kurz darauf das Haus.

»Du hast ihr aber nicht gesagt, dass du schwanger bist, oder?«

Annika saß rittlings auf einem der Küchenstühle und hielt ein Thunfischsandwich in der Hand.

»Nein, hab ich nicht. Das wird sie noch früh genug merken – wenn sie sich nicht sowieso schon ihren Teil denkt. Du kennst Ruth Johnson nicht! Die hat für so was echt Antennen … na ja, ich werde wohl auch zum Arzt gehen müssen, sobald ich drüben bin. Und dann muss ich es meinen Eltern beichten. Die werden sich freuen …«

»Wie weit, denkst du, bist du denn?«

Katja zuckte mit den Schultern, als wäre das nun ganz und gar nebensächlich, verglichen mit dem, was noch auf sie zukam. »Keine Ahnung. Zwei Monate vielleicht? Sechs Wochen? So ungefähr.« Sie konnte es nicht sagen, konnte nicht sagen, dass sie in ihrer letzten gemeinsamen Nacht nicht an Verhütung gedacht hatten – keiner von ihnen hatte daran gedacht. Wer hätte auch ahnen können, dass sie heute hier sitzen würde – schwanger und allein. Ohne John. Sie schluckte und griff schnell nach ihrem Kaffeebecher.

»Hm. Und du bist sicher, dass du nicht doch lieber zum Arzt gehen willst? Zur Sicherheit, meine ich? Vielleicht darfst du gar nicht fliegen, weißt du …«

»Na, das wäre doch *die* Lösung!« Katja lachte auf. »Ich sitze hier Wochen, vielleicht sogar Monate lang fest, weil die Fluggesellschaften sich weigern, mich an Bord zu lassen. Fein!«

Annika musterte ihre Freundin argwöhnisch von der Seite. Wollte sie überhaupt zurück nach Australien? Manchmal dachte sie, Katja wolle tatsächlich lieber hierbleiben, oder nach Deutschland zurückgehen. Dann aber, wenn sie ihr von Sam und Ruth und all den anderen Leuten erzählte, die sie dort kennengelernt hatte, hatte sie den Eindruck, sie hätte sich doch ganz gut dort eingelebt. Aber Hannes war, laut Katjas Aussage, ein gern und oft gesehener Gast im Haus der Johnsons – wie sollte das funktionieren, wenn sie ihn nicht mehr sehen wollte?

Katja rutschte von ihrem Platz auf der Arbeitsfläche herunter und zog sich den langen Rock gerade, den sie an ihrem ersten Tag hier in Rugby gekauft hatte. »Ich brauche unbedingt etwas frische Luft. Kommst du mit?«

»Es regnet …«

»Na, und? Dann ist die Luft umso besser. Wir können ja Schirme mitnehmen. Komm schon, Annika, du gehst doch sonst auch bei jedem Wetter raus …«

Seufzend erhob sich Annika von ihrem Stuhl und schob sich das letzte Stück von ihrem Sandwich in den Mund. »Na schön, überredet. Dann kann ich gleich die Briefe wegbringen, die ich hier seit Tagen liegen hab.«

Sie zog ihre Wachsjacke vom Haken und griff nach den Briefen, die auf der Kommode neben dem Telefon lagen. Es war gut, dass sie bald nach Hause flog und in Ruhe mit ihrem Vater über alles reden konnte. Vielleicht wusste er einen Rat. Hoffentlich.

Markus setzte sich zu Christina und Jürgen an den Tisch und umschloss seinen Teebecher mit beiden Händen. Eine Zeit lang saßen sie schweigend da, tranken Tee, und warteten darauf, dass irgendeiner zu reden anfing. Doch keiner von ihnen wusste, was er sagen sollte. Was war zu sagen? Was war zu tun? Die ganze Situation war so unvorstellbar schrecklich, dass man Zeit brauchte, um zu realisieren, dass dies alles die Wirklichkeit war und nicht, wie jeder von ihnen insgeheim hoffte, ein böser Traum.

Christina fuhr sich mit beiden Händen durch die dichten, blonden Locken. »Das gibt's doch nicht … Das gibt's doch einfach nicht, oder? Sag mir mal einer, dass das nicht wahr ist!«

»Dann hast du also doch recht gehabt.« Jürgen sah Markus über den Rand seines Bechers hinweg an. »Mit dem, was du mir an Weihnachten gesagt hast.«

»*Was* hast du ihm gesagt?«

Christina war mit einem Schlag hellwach. Hatte ihr Bruder die ganze Zeit etwas gewusst? Oder zumindest geahnt?

Markus griff nach einem Stück Kuchen und legte es sorgsam auf seinem Teller ab, bevor er antwortete. »Ich habe nichts gewusst, Christina, wirklich nicht. Glaub mir bitte. Annika hat mir diesen Vorwurf auch schon gemacht, tu du es bitte nicht auch noch.«

Christina sah ihn mit gerunzelter Stirn an. »Ich hab doch gar nichts gesagt …«

»Aber gedacht vielleicht. Und ich kann es dir nicht einmal verdenken. Aber als ich letztes Jahr am Weihnachtsabend mit Jürgen sprach, sagte ich ihm, dass ich den *Verdacht* hätte, dass Hannes' plötzliches Verschwinden damals mit diesem Unfall zusammenhängen könnte. *Könnte*. Mehr nicht. So war es doch, nicht wahr, Jürgen?«

Jürgen nickte langsam und nahm ebenfalls ein Stück Kuchen. »So war es. Und ich habe dir nicht geglaubt. Ich hielt das für so abwegig, für ganz und gar unmöglich. Deswegen habe ich dir auch nichts davon erzählt, Christina. Ich wollte dich nicht damit belasten – und auch die Erinnerung an deinen Bruder nicht …« Er suchte nach den richtigen Worten. »Nun, ich wollte sie nicht – nicht beschmutzen …«

»Das kann keiner!«, entgegnete Christina hitzig, und in ihren Augen blitzte es gefährlich. »Keiner! Hannes ist und bleibt mein Bruder – *unser* Bruder«, fügte sie mit einem Seitenblick auf Markus hinzu, »und ich werde nicht zulassen, dass wir ihn jetzt, wo er von sich aus den Mut aufgebracht hat, uns die Wahrheit zu sagen und uns alle um Vergebung zu bitten, einfach im Stich lassen, ihn verdammen. Das können wir nicht machen! Er liebt uns, er vermisst uns, und er braucht uns. Er ist doch kein Schwerverbrecher, er ist …«

Ihre Stimme brach.

Markus legte seiner Schwester beschwichtigend eine Hand auf den Arm. »Ist ja gut, Christina. Keiner verdammt ihn. Keiner von uns. Ich liebe ihn auch – wir alle lieben ihn, das weißt du! Aber … Wir können nicht einfach die Tatsache leugnen, dass er an diesem Unfall beteiligt war und davongelaufen ist, anstatt sich der Verantwortung zu stellen. Natürlich ist das viele Jahre her, aber die Köhlers haben nichts vergessen, Christina. Nichts.«

»Aber das bringt Tom doch auch nicht zurück!«, rief Christina empört. »Wenn sie Hannes verurteilen, treffen sie nicht nur uns damit, sondern auch Annika. Was soll die denn jetzt machen? Wenn ihre Eltern sich wegen der Vergangenheit ihrer Zukunft in den Weg stellen und –«

»Über ihre Zukunft entscheidet Annika allein«, unterbrach Markus sie sanft. »Ganz allein. Du kennst sie doch, Christina, und weißt genau, wie stur sie ist. Wenn sie es sich in den Kopf gesetzt hat, *Nein* zu sagen und damit nicht nur mich, sondern uns alle zu strafen, nur, weil wir Hannes' Familie sind, dann …« Es fiel ihm schwer, es auszusprechen. »… dann ist sie sowieso nicht die Richtige für mich.«

Tränen standen in seinen Augen, als er Christinas Blick begegnete, und jetzt war sie es, die eine Hand nach ihm ausstreckte. »Bitte, Markus, du musst – du musst noch einmal mit ihr reden, wenn sie über Ostern kommt. Sie liebt dich doch! Und dann …«

Doch Markus schüttelte den Kopf. »Wenn sie nicht mit mir reden will, wird sie es nicht tun, weder hier noch dort, weder jetzt noch an Ostern. Aber bis dahin ist es noch ein Weilchen hin. In der Zwischenzeit schreibe ich zwei Briefe: einen an Annika, und einen an Hannes. Ich habe nämlich vor, nach Sydney zu fliegen. Kommt jemand von euch mit?«

Überrascht sahen Christina und Jürgen erst einander, dann Markus an. Jürgen fand als Erster seine Sprache wieder. »Wann hast du denn das beschlossen?«

»Gerade eben«, antwortete Markus und biss von seinem Kuchen ab. »Ich werde mich diese Woche noch bei Karsten nach einem Flug erkundigen. Anfang Mai könnte ich frei machen, da ist Gerd wieder aus dem Urlaub zurück.«

Christina war noch immer fassungslos. Und sie hatte vor wenigen Minuten noch geglaubt, er würde Hannes im Stich lassen!

»Ich kann nicht, ich muss ja in die Schule«, sagte Jürgen. »Aber du kannst mitfliegen, wenn du willst, Schatz. Deine Eltern werden dich bestimmt entbehren können, wenn sie erfahren, warum du fliegst. Und unsere Kinder laufen ja inzwischen fast von selbst hier mit.«

»Ja, aber … aber –«

»Geh mit Markus, Christina, es ist schon in Ordnung. Wir kommen klar. Hannes wird sich freuen, wenn ihr alle beide kommt. Meinst du nicht?«

Christina nickte, die Lippen fest aufeinander gepresst. Sie wollte nicht weinen – jetzt nicht. »Okay«, brachte sie schließlich hervor, »okay. Ich fahre mit. Gerne.«

Markus lächelte. »Ich habe gewusst, dass ich mich auf dich verlassen kann, Schwesterherz. Und mach dir nicht so viele Gedanken – es wird schon alles gut werden. Jedenfalls glaube ich das ganz fest.«

Ganz fest war zwar übertrieben, aber er wollte seine Schwester nicht noch mehr beunruhigen. Sie hatte für heute genug Aufregung gehabt, und er auch.

Er stand auf. »So, ihr Lieben, ich muss los, ich habe noch einen Termin. Grüßt mir die Kinder, und danke für den Kuchen, Christina, der war lecker.«

In der Tür wandte er sich noch einmal um. »Soll ich morgen schon mal bei Karsten fragen, Christina? Oder brauchst du noch Bedenkzeit?«

»Nein. Nein, ich brauche keine Bedenkzeit.« Christina stand auf und kam zu ihrem Bruder, um ihm einen dicken Kuss auf die Wange zu drücken. »Du bist ein klasse Bruder, Markus. Danke!«

»Ach, dafür nicht«, murmelte er verlegen und verschwand eiligst nach draußen, wo ihm ein eisiger Nordwestwind entgegenschlug. Wenn Hannes tatsächlich zurückkehrte, würde er sich wieder an ganz andere Witterungen gewöhnen müssen. Aber bis es so weit war, war es ja vielleicht schon Sommer geworden. Sommer auf Immensee … Für Markus konnte es nichts Schöneres geben. Egal, was kommen mochte, hier war er zu Hause. Und er wünschte seinem Bruder nichts mehr, als dass er dies eines Tages wieder ebenso empfinden konnte. Freunde kamen und gingen, aber ein Zuhause war etwas, das blieb.

33

»Also, tschüs, mach's gut. Und pass auf dich auf!«

Annika winkte ihrer Freundin nach, bis sie sie nicht mehr sehen konnte. Sie machte sich Sorgen. Wie würde Katja zurechtkommen? Würde sie es Hannes sagen? Wenn ja, wie würde er reagieren? Würde er zu ihr stehen? Oder würde er sie einfach alleine damit sitzen lassen? Sagen, er hätte doch deutlich gemacht, dass er sie nicht mehr sehen wolle und sie solle ihn bloß nicht mit einem Kind erpressen?

Fragen über Fragen, dachte sie, während sie Katja hinterhersah. Und keine Antworten. Keine.

Annika steuerte das Bistro am Ende der Abflughalle an und bestellte sich einen Cappuccino und einen Schokoladenmuffin. Es war Samstag, sie hatte es nicht eilig, nach Hause zu kommen. Samantha und Brian waren da. Sie wollten im Sommer heiraten und Samantha redete seit Wochen schon von nichts anderem mehr. Annika konnte es nicht mehr hören. Wahrscheinlich lag das daran, dass sie eigentlich selbst ihre Hochzeit planen könnte, wenn sie wollte. Es lag ja nur an ihr. Angeblich.

Ich habe so lange auf dich gewartet, hatte Markus geschrieben. *Du glaubst doch nicht, dass ich dich jetzt so ohne Weiteres aufgebe? Du bedeutest mir so viel, Annika! So unendlich viel. Aber Hannes ist mein Bruder, Annika, und auch wenn das, was er damals getan hat, falsch war – und es war falsch weiterzufahren, ebenso wie es falsch war wegzulaufen, bis nach Australien zu gehen, und sich dort zu verstecken, in diesen Dingen gebe ich dir vollkommen recht –, so ändert das nichts daran, dass er mein Bruder ist und ich ihn liebe. Ich werde alles dafür tun, diese Sache in Ordnung zu bringen, und wenn ich dafür selbst nach Australien reisen muss, dann werde ich das tun. Aber es würde mir leichterfallen, wenn ich sicher sein könnte, dass du mich dann trotzdem noch lieb hast.*

Sie war den Tränen nahe, als sie an den Brief dachte, den sie seit Freitag in ihrer Hosentasche herumtrug. Natürlich hatte sie ihn lieb. Das war es ja gerade – wenn sie ihn nicht so lieb hätte, müsste sie ja jetzt nicht andauernd heulen, oder? Dann könnte sie einfach *ja* sagen und alles würde gut werden.

Irgendwie. Abgesehen von der Tatsache, dass Hannes Markus' Bruder war und dass er ihren Bruder überfahren hatte. Kleinigkeiten.

Annika ließ den Inhalt eines Zuckertütchens in ihren Cappuccino rieseln und beobachtete, wie das Loch im Milchschaum größer und tiefer wurde, bis es den Zucker ganz verschluckt hatte. Zwei Freundinnen, die zwei Brüder liebten – romantischer konnte es doch eigentlich nicht sein, oder? Doch standen Mauern zwischen ihnen, die unüberwindbar schienen: zwischen ihr und Katja, zwischen ihr und Markus, zwischen Katja und Hannes, zwischen den Feuerbachs und Hannes, zwischen ihren Eltern und …

Waren das nicht schon ein paar Mauern zu viel?

Seufzend hob Annika die Cappuccinotasse an ihre Lippen. Warum war ihr Leben plötzlich so kompliziert geworden? Wann hatte das angefangen? Mit Alan? Oder mit dem Tag, an dem ihr Vater sie verlassen hatte? Oder seitdem sie in England war? Sie wusste es nicht mehr. Aber sie wusste, dass sie bald am Ende ihrer Kraft war, dass sie dringend eine Auszeit brauchte. Die Ferien standen vor der Tür; in nur zehn Tagen würde sie selbst hier ins Flugzeug steigen und nach Hause fliegen.

Nach Hause … Sie wünschte, dass wenigstens Eva mit ihr fliegen würde, doch die hatte ihr klar zu verstehen gegeben, dass sie nicht bereit war zurückzukehren: nicht einmal mehr zu Besuch, und nicht einmal, wenn Annika ihr das Ticket bezahlt und sie bei sich aufgenommen hätte.

»Was soll ich da? Wer erwartet mich denn? Meine Eltern? Großer Witz! Die sind froh, wenn sie mich nie wiedersehen, weil sie genau wissen, dass ich sie dann anzeige. Das würde ich wahrscheinlich zwar nicht einmal tun – wozu auch? Wer gewinnt dabei, frage ich dich? Ich nicht. Ich habe hier meinen Gewinn: meine Freiheit. Mein neues Leben. So schnell gebe ich das nicht wieder auf – für niemanden.«

Annika hatte verständnisvoll genickt. Natürlich gab es nichts, was Eva nach Hause locken könnte. Nicht einmal die alten Freunde, die alten Zeiten, die ohnehin längst vergangen waren. Markus war mit anderen Dingen beschäftigt, ebenso wie seine Familie, und sie selbst hing, ob sie es nun wollte oder nicht, da anscheinend mittendrin.

Das Höchste meines Lebens … – Wie lange war das her? Noch nicht einmal ein Jahr …

Annika seufzte und wandte sich zum Gehen. Wo waren ihre Träume hin, ihre Hoffnungen, ihre freudige Unbekümmertheit?

Robert Köhler ließ sich auf den einzigen Sessel fallen, der in seinem winzigen Apartment in Heide stand. Es war einer der ausrangierten Sessel seines Arbeitskollegen, von dem er sich ein paar Möbel zusammengeborgt hatte, als er im vergangenen Sommer diese Wohnung hier bezogen hatte. Für lange hatte es ja nicht sein sollen. Inzwischen war fast ein Jahr daraus geworden. Ein Jahr ohne seine Familie, ohne seine Frau … ein sehr einsames Jahr. Ein Jahr, wie er es verdient hatte. Er hatte sich nicht viel besser verhalten als Hannes damals – auch er hatte sich aus der Verantwortung gezogen, hatte dem Problem einfach den Rücken gekehrt, als würde es aufhören zu existieren, wenn er es nicht mehr tagtäglich vor Augen hatte.

Er hatte sich geirrt.

Hannes Feuerbach hat Tom überfahren und danach Fahrerflucht begangen. Und er ist noch weiter geflohen – bis nach Australien, wo er jetzt, nach all den Jahren, ausgerechnet meiner Freundin Katja begegnet ist und sich in sie verliebt hat! Ist das nicht ein komischer Zufall??

Zufall … Je mehr Robert darüber nachdachte, desto weniger glaubte er an so etwas wie Zufall. Er war bestimmt kein gläubiger Mann, aber wenn das alles purer Zufall sein sollte, dann war er sich plötzlich nicht mehr so sicher. Seit er den Brief seiner Tochter gelesen hatte, beschäftigte ihn diese Frage beinahe Tag und Nacht.

Ich weiß nicht, ob du das verstehst, Papa, aber ich weiß sonst nicht, an wen ich mich wenden kann – an Markus bestimmt nicht, der hängt ja selbst mittendrin, vielleicht sogar noch mehr als ich.

Oh ja, dachte Robert, allerdings. Und ich wette, er versucht trotzdem noch, auch deine Seite zu verstehen, mein liebes Kind.

Ob Annika eigentlich wusste, was sie an Markus hatte?

Was soll ich nur machen, Papa? Ich kann doch nicht Markus heiraten, wenn sein Bruder … – oder doch?

»Natürlich kannst du das, du dummes, kleines Ding«, murmelte er, während er in die Küche ging, um sich einen Kaffee aufzugießen. »Warum um alles in der Welt solltest du dein eigenes Glück um Toms willen aufs Spiel setzen? Was würdest du dabei gewinnen? – Nichts, absolut gar nichts!«

Ach, Annika, dachte er, *wenn ich dir doch nur die Sorgen von den Schultern nehmen könnte! Aber ich kann es nicht. Du musst das allein entscheiden. Du allein …*

Kannst du nicht mit Mama reden – bitte? Ich weiß einfach nicht, wie ich es ihr sagen soll. Ich liebe Markus doch!

Na, wenigstens das, dachte er, nahm seinen Kaffee mit ins Wohnzimmer und stellte ihn auf dem Fensterbrett ab. Bei dem Gedanken an das Gespräch mit seiner Frau war ihm nicht gerade wohl, aber er hatte das Gefühl, es Annika zu schulden – es war das Mindeste, was er für sie tun konnte. Alles andere blieb dann wohl abzuwarten.

Karsten nahm seine Brille ab und beugte sich über den mit Reisebroschüren, Kugelschreibern und Notizblöcken überhäuften Schreibtisch, um Markus kritisch zu mustern.

»Nach Australien?? Sonst geht's aber gut, oder?«

»Ja, danke.«

Markus grinste, obwohl er innerlich angespannt war. Würde Hannes überhaupt wollen, dass sie ihn besuchten? Eine Antwort auf den Brief, den er geschrieben hatte, hatte er zwar noch nicht, aber er wollte sich heute wenigstens informieren. Einen Rückzieher konnte er dann immer noch machen, solange nichts gebucht war.

Aber *er* wollte keinen Rückzieher machen. Wenn Hannes sie sehen wollte, dann würden sie fliegen, egal, wie es danach weitergehen würde.

Markus zwang sich, nicht weiter zu denken als bis dahin. In drei Tagen kam Annika nach Hause, und er wollte am liebsten schon die Flugtickets haben, wenn sie kam. Denn sie war vermutlich die Einzige, die ihn noch würde umstimmen können, auch wenn sie gestern Abend ein sehr langes und sehr gutes Gespräch gehabt hatten, das ihm neue Hoffnung gegeben hatte. Hoffnung und neue Entschlossenheit.

»Und du bist ganz sicher, dass du nach Australien willst? Im Mai? Mit dem Flugzeug?«

»Ja. Nach Sydney, bitte. Zwei Personen. Zwei Wochen. Oder zehn Tage, das reicht zur Not auch. Was immer du hast.«

»Hm …«

Karsten lehnte sich in seinem Schreibtischstuhl zurück, nahm die Brille zwischen zwei Finger und wedelte nachdenklich damit hin und her. Schließlich setzte er sie wieder auf die Nase, gab ein paar Befehle in seinen Computer ein und runzelte die Stirn, während er auf die gewünschten Informationen wartete. »Hm. Gibt es dafür irgendeinen besonderen Grund? Ich meine, du hast Flugangst und so und – na ja, letztes Jahr wolltest du erst mit dem Schiff nach England, dann brauchtest du plötzlich einen Flug, und jetzt geht es gleich bis nach Sydney … da muss ja ganz schön was brennen im Busch. Tschuldigung, war ein blöder Witz. In Australien gibt es doch im Moment alle Nase lang ein Buschfeuer. Also, Markus, was ist los? Irgendwas, das wir nach Feierabend bei einem Glas Bier besprechen sollten?«

»Das wäre vielleicht nicht die schlechteste Idee. Ich habe nachher noch ein paar Termine, aber bis um sieben bin ich fertig, dann können wir uns gerne irgendwo treffen.«

»Gut. Um acht im *Heinzelmännchen*?«

Markus nickte. »Um acht im *Heinzelmännchen*. Jetzt sag: Was hast du zu bieten?«

»Am Dienstag, dritten Mai, via Frankfurt, Singapur, Sydney. Ankunft Mittwoch, vierter Mai. Oder am Donnerstag, der geht dann über London. Hey, da könntest du glatt noch ein Date mit Annika zwischenschieben!«

Als Karsten merkte, dass Markus nicht lachte, hob er beide Hände und murmelte: »Sorry, war blöd von mir. Muss am Wetter liegen, das macht auf die Dauer sarkastisch. Alles in Ordnung mit euch beiden?«

»Geht so. Auch darüber kann ich dir heute Abend mehr sagen, wenn du mir dein Ohr leihst.«

»Kein Problem, das weißt du doch. Also, soll ich einen der Flüge reservieren? Das kostet dich nichts. Und zurück habt ihr jede Menge Möglichkeiten, zumindest unter der Woche. Ähm … wer fliegt eigentlich mit? Annika nicht, nehme ich an?«

»Nein. Christina fliegt mit mir. Wir besuchen Hannes.«

Karsten nahm erneut seine Brille ab, stützte das Kinn auf beide Hände und sah Markus lange an. »Okay. Okay … Na, das klingt ja nach einem interessanten Abend. Gut, dass ich morgen frei habe.«

Markus lächelte. »Danke, Karsten. Ich weiß das wirklich zu schätzen.«

»Kein Problem. Bis heute Abend dann.«

»Bis heute Abend.«

Karsten sah dem Freund eine ganze Weile still und nachdenklich hinterher. Hannes Feuerbach. Soso. Nach all den Jahren … Kein Wunder, dass Markus schon beim Hereinkommen so angespannt gewirkt hatte. Was immer ihn zu diesem Entschluss veranlasst hatte, es musste ihm wirklich sehr wichtig sein, sonst würde er nicht freiwillig eine so lange Flugreise antreten.

Soweit er wusste, hatte Hannes letztes Jahr zu Weihnachten zum ersten Mal überhaupt eine Adresse angegeben und mehr als ein paar belanglose Grußworte geschrieben. Was war geschehen?

Annika ließ den Brief ihrer Mutter sinken und rieb sich nachdenklich mit dem Handrücken die Stirn. Sie dachte also darüber nach, es noch einmal mit Papa zu versuchen – das waren ja interessante Neuigkeiten.

Er fehlt mir doch, Annika, und er möchte so gerne noch einmal anfangen. Wie kann ich ihm diese Chance verwehren – ihm und auch mir selbst? Von euch beiden Mädchen natürlich ganz zu schweigen … Ich habe ein Kind verloren, Annika, und nun auch noch euren Vater – das ist ein bisschen viel. Und Tom kann nicht zurückkommen, das weiß ich, er ist für immer verloren – dein Vater nicht …

Offensichtlich hatte ihr Vater noch nicht mit ihrer Mutter gesprochen.

Tom kann nicht zurückkommen … er ist für immer verloren … dein Vater nicht …

Annika stand auf und begann im Zimmer auf und ab zu gehen, den Brief noch immer in der Hand. Aber wenn er es ihr gesagt hatte – was dann?

Noch ahnte ihre Mutter ja nichts von dem, was auf sie zukam. Und es war eine gewaltige Ladung, die da auf sie zukam, eine Katastrophe wie eine lange angekündigte Sturmflut. Würde die Zeit noch reichen, alle Deiche zu überprüfen oder würden sie brechen? War Annikas Liebe zu Markus stark genug und würde ihr Vater ihrer Mutter helfen können? Könnte er sie dieses Mal auf die sichere Seite retten, oder war es dafür längst zu spät? Würden sie alle in dieser Flut ertrinken – ihre Eltern, sie und Sylvie, Markus und seine Familie und sogar Katja …

Vielleicht würde ihre Mutter Hannes sogar anzeigen. War das nach so vielen Jahren noch möglich? Oder war der Fall, juristisch gesehen, verjährt? Sie wusste es nicht. Jedenfalls fand sie den Gedanken erschreckend, dass so viel von der Reaktion ihrer Mutter abhing – aber sie wusste, dass genau das der Punkt war. Wenn ihre Mutter Hannes nicht verzeihen konnte, würde dies ihre Beziehung zu Markus auf eine harte Probe stellen, und Annika war nicht sicher, ob sie sie bestehen würde.

34

Es regnete, während er die Straße entlangfuhr. Nicht besonders stark, aber doch so viel, dass man die Scheibenwischer einschalten musste. Rasch beschlugen jetzt auch die Scheiben, und er tastete in dem offenen Handschuhfach des Opels nach dem Lederschwamm, den sein Vater immer dort aufbewahrte, genau wie in dem alten Auto davor schon. Alles an seinem Platz. Er grinste, wischte ein paar Mal über die Fahrerseite der Frontscheibe und legte den Schwamm zurück. Dann suchte er nach einem Radiosender, fand jedoch nichts, was ihm gefiel, und schaltete das Radio seufzend wieder aus. Immer dieser Regen. Konnte es nicht einmal einen einzigen Tag lang trocken sein? Morgen war er mit Wiebke verabredet, sie wollten nach Nordstrand hinausfahren und vielleicht sogar picknicken. Er hatte in den letzten Wochen wegen des Abiturs wenig Zeit für sie gehabt; jetzt konnte er sich noch einmal richtig entspannen, bevor im Mai die mündlichen Prüfungen anstanden. Nicht, dass ihm das Lernen besonders schwerfiel; er war schon immer ein guter Schüler gewesen. Aber er wollte Medizin studieren, und dafür musste er das Abitur schon mit Eins bestehen.

Von irgendwoher vernahm er das Geräusch einer Fahrradklingel, begleitet von dem hellen Lachen eines Kindes, das vermutlich aus einem der Gärten kam. Hannes wandte kurz den Kopf, konnte jedoch niemanden auf dem Gehweg entdecken. Die alten Könnings hatten ihre Fliederbüsche wieder einmal nicht zurück geschnitten, obwohl die Gemeinde sie jedes Jahr aufs Neue ausdrücklich dazu aufforderte. Die Büsche wuchsen auf dem Grünstreifen zwischen Gehweg und Straße, der früher einmal – als es hier noch keinen Gehweg, ja, nicht einmal eine befestigte Straße gegeben hatte – zu dem Grundstück der Familie gehört hatte. Hannes fuhr sich mit der Hand durch das Haar und griff nach dem Schalthebel, um in den zweiten Gang hinunterzuschalten, als er plötzlich fühlte, wie das rechte Vorderrad gegen etwas Hartes stieß. Der Wagen schlingerte kurz, als er instinktiv versuchte auszuweichen, doch es war zu spät: Im selben Augenblick erklang ein kurzer, schriller Schrei. Danach war alles still – tödlich still …

Hannes aber erwachte von seinen eigenen Schreien. »Nein, nein, *neiiiin*!!!«

Schweißgebadet setzte er sich im Bett auf, zog seine heftig zitternden Knie dicht an seinen Körper und versuchte sie mit beiden Armen fest zu umschließen, um das Zittern zu stoppen. Vergebens. Seine Muskeln wollten ihm kaum gehorchen, es kostete ihn enorme Kraft und Willensanstrengung, eine Hand nach dem Wasserglas auszustrecken, das auf dem Nachttisch stand. Sein Atem ging stoßweise. Tränen brannten in seinen Augen, und immer wieder murmelte er »nein« und »o Gott, nein!«

Hannes legte die Hände vors Gesicht, schüttelte den Kopf und begann laut zu schluchzen. Was hatte er getan? Was hatte er nur getan???

Kein Mensch konnte ihm das vergeben, kein Mensch, niemals! Er hatte ein Kind getötet, ein Kind, dessen Lachen sich ebenso unauslöschlich in sein Gedächtnis und in sein Herz eingebrannt hatte wie sein Schrei. Sein Todesschrei …

Wie konnten sie sagen, dass sie ihm verziehen? Stand ihnen das überhaupt zu?

Wir sind so froh, dass du uns endlich von all dem erzählt hast, was dich seit Jahren quält, so froh, dass du den Mut gefunden hast, uns diesen zu Brief schreiben … Hannes, wir sind deine Familie – deine Eltern, deine Schwestern, dein Bruder, dein Großvater, deine Nichten und dein Neffe, natürlich lieben wir dich! Und natürlich verzeihen wir dir …

Natürlich verzeihen wir dir. So einfach. War es wirklich so einfach? Und wenn ja, konnte er ihre Vergebung dann auch ebenso einfach annehmen? War das möglich?

Hannes nahm das Glas und führte es mit zitternden Händen an seine Lippen. Draußen dämmerte es – ein Blick auf die Uhr sagte ihm, dass es fünf Uhr morgens war. Dreieinhalb Stunden hatte er geschlafen. Geschlafen und geträumt – wieder einmal. Immer denselben Traum, wie seit Wochen, Monaten, Jahren. Immer und immer wieder holte ihn dieser furchtbare Albtraum ein und er konnte nichts dagegen tun. Auch der Alkohol hatte nicht geholfen – im Gegenteil. Trotzdem war er in diesem Moment versucht, sich anzuziehen und loszugehen. Ein Glas Bier, ein Tequila, damit er endlich schlafen konnte. Er wusste, welche Kneipen auch jetzt noch aufhatten, wo er etwas bekommen würde. Nur ein Glas Wein, irgendwas. Irgendwas, damit die Stimme in seinem Inneren endlich Ruhe gab und er schlafen konnte.

Komm schon, Hannes, wir sind doch früher auch die besten Freunde gewesen, schien die Stimme ihm zuzuflüstern. Lass uns die Vergangenheit begraben und noch einmal von vorn anfangen. Ich habe dir doch früher auch geholfen, wenn es dir dreckig ging, oder? Komm schon, Hannes …

Verzweifelt den Kopf schüttelnd, erhob Hannes sich von der Bettkante und rannte ins Bad, wo er sich unter die kalte Dusche stellte und mit geschlossenen Augen abwartete, bis das Zittern seiner Muskeln aufhörte und auch die Übelkeit, die er verspürte, allmählich nachließ. Dann zog er sich an und ging in die Küche, um Kaffee zu kochen.

Er hatte schon weit schlimmere Krisen überstanden, zumindest, was Alkohol anging. Nicht ein einziges Mal war er in den letzten acht Jahren rückfällig geworden. Er hatte nicht vor, es jetzt darauf ankommen zu lassen, wo so viel für ihn auf dem Spiel stand.

Wenn er sich und Katie noch eine Chance geben wollte – und das wollte er mehr als alles andere –, musste er die Finger vom Alkohol lassen. Für immer.

Während das Wasser durch die Maschine lief und sich der Duft von frisch gebrühtem Kaffee in der Küche ausbreitete, lehnte sich Hannes an den Kühlschrank und verschränkte die Arme vor der Brust. Morgen würde er Katie anrufen. Nein, er würde hinfahren. Wenn er anrief, würde sie nur wieder auflegen oder sich verleugnen lassen, so, wie sie es die letzten Male getan hatte, bevor sie nach England gegangen war. Seit sie wieder hier war, hatte er noch nicht den Mut gehabt, sie anzurufen. Er wusste auch nicht, was Annika ihr über ihn erzählt hatte – vielleicht ahnte sie bereits, wer er war. Katie würde ihn dann ohnehin nie wieder sehen wollen. Weil er ein Mörder war, ein feiger und gewissenloser noch dazu.

Aber würde Katie ihr das glauben? Würde sie sich so leicht beeinflussen lassen? Hannes wusste es nicht, aber er wusste, dass er Katie sehen musste, und zwar bald. Denn wenn sie ihn sah, würde sie ihm auch zuhören müssen, oder?

Vorher aber …

Er stieß sich vom Kühlschrank ab, suchte mit den Augen das Regal über dem Durchbruch zum Wohnbereich ab und ging raschen Schrittes darauf zu, um das Buch herunterzunehmen, das ihm ins Auge gefallen war. Es war eine alte, in stellenweise abgewetztes, dunkelbraunes Leder gebundene Bibel mit verblichenem Goldschnitt. Das einzige Buch, das er – außer dem kleinen Gedichtband von Theodor Storm – damals mitgenommen hatte, als er sein Zuhause so fluchtartig verlassen hatte …

Er hatte wenig darin gelesen in all den Jahren. Zu wenig, wie er plötzlich fand. Er nahm die Bibel mit zum Sofa und schlug wahllos eine Seite darin auf.

»Wer im Schutz des Höchsten lebt, der findet Ruhe im Schatten des Allmächtigen. Der spricht zu dem Herrn: Du bist meine Zuflucht und meine Burg, mein Gott dem ich vertraue«, las er in Psalm 91, Vers 1 und 2.

Meine Zuflucht und meine Burg. Ja, das klingt gut, dachte er, während er aufstand, um sich seinen ersten Kaffee zu holen. Das klingt sehr, sehr gut.

Katja war noch müde, als sie an diesem Sonntagmorgen die Treppe hinuntergeschlichen kam, und konnte kaum die Augen offen halten. Sie hatte schlecht geschlafen, war immer wieder aufgewacht, und als sie endlich beschlossen hatte aufzustehen, um sich ein Glas Orangensaft zu holen, hatte ihr Wecker sieben Uhr zehn angezeigt. Normalerweise stand sie sonntags nie vor zehn auf – aber das war früher gewesen, als sie noch eine andere gewesen war: die fröhliche, unbeschwerte, manchmal etwas naive Studentin, die hier die Zeit ihres Lebens genoss, ohne einen Augenblick über das Morgen nachzudenken. Aber jetzt war aus Morgen plötzlich heute geworden …

»Es ist so unfair!«, hatte sie gestern Abend zu Ruth gesagt, nachdem diese sie vom Flughafen abgeholt hatte. Ruth hatte sie gar nichts von der Schwangerschaft sagen müssen, die hatte es ihr sofort angesehen – nicht am Bauch, wohl gemerkt, denn der war bis jetzt noch nicht einmal ansatzweise vorhanden. Aber Ruth gehörte anscheinend zu den Leuten, die diese Dinge einfach *wussten*.

»Ein Mal – nur ein einziges Mal! – passt du nicht auf, weil du denkst, ach, es wird schon gut gehen, und wenn nicht, dann …« Sie zuckte hilflos mit den Schultern. »Ich dachte doch, wir bleiben zusammen. Wie konnte ich denn in dieser Nacht ahnen, dass am nächsten Morgen alles vorbei sein würde?«

Auch in diesem Moment passte Katja nicht auf – ihr Fuß verfehlte die nächste Stufe, sie fiel nach hinten und schlug mit dem Hinterkopf auf die harten Fliesen.

Vor Schmerz und Schreck laut aufschreiend, rutschte sie auf dem Rücken die letzten vier Stufen hinunter, wo sie eine Weile wie betäubt auf dem kalten Steinfußboden liegen blieb.

Vorsichtig tastete sie nach ihrem Kopf, an dem eine warme, klebrige Flüssigkeit hinunterlief: Blut.

»Oh je …«, stöhnte sie und versuchte mühsam, sich aufzurichten. Doch auf halbem Weg sank sie zurück und plötzlich wurde es dunkel um sie.

Dann waren da Hände, Sams Hände, die sich nach ihr ausstreckten, und Ruths Stimme klang an ihr Ohr. »Katie, Liebes, um Himmels willen!

Schnell, Sam, ruf Edmund an, der hat sowieso Bereitschaft. Und bring etwas zum Kühlen. Warte, Katie, Sam bringt dich zur Couch. Kannst du aufstehen? Sam, du musst sie tragen. Aber sei vorsichtig …«

Ganz sacht bettete Sam sie auf die angenehm kühle Ledercouch und deckte ihre nackten Beine mit einer Wolldecke zu. »Der Arzt kommt gleich. Bleib ganz ruhig liegen, Katie. Alles wird gut – okay?«

Katja bemühte sich, tapfer zu lächeln und er entfernte sich hastig, um seiner Frau das Weitere zu überlassen. Ruth war gelernte Krankenschwester und seit vielen Jahren im Seelsorgedienst der Gemeinde tätig; bei ihr war Katie jetzt in den besten Händen.

Eine Stunde später verabschiedete Edmund Barrister sich im Flur von Ruth. »Sie muss strenge Bettruhe halten, mindestens zwei Tage lang, damit sie das Baby nicht verliert – wenn sie es nicht schon verloren hat. Aber es gibt im Augenblick keine Anzeichen dafür, sie hat keine Blutungen. Genaueres kann natürlich nur ein Ultraschallbild zeigen, aber das wäre im Moment zu anstrengend für sie. Sie sollte am besten überhaupt nicht transportiert werden. Sam kann sie dann später in ihr Zimmer tragen, das wird gehen.«

Ruth nickte. Eine Gehirnerschütterung, eine kleine Wunde am Kopf, die nicht einmal genäht werden musste, dazu ein paar Prellungen und ein verstauchter Knöchel – das war wirklich ein Wunder, für das sie dem Herrn nicht genug danken konnten.

»Darf ich fragen, wer der Vater des Kindes ist? Jemand, der sich dazu bekennt, hoffe ich?«

»Er … er weiß noch nichts davon. Sie haben sich getrennt, bevor Katie wusste, dass sie schwanger ist …« Aber irgendwann musste Katie es ihm natürlich trotzdem sagen; es war sein Recht, davon zu erfahren, und bestimmt würde John zu dem Kind stehen. Das hoffte Ruth zumindest.

»Es ist so schon schwer genug für sie, weit weg von zu Hause …«, fügte sie etwas lahm hinzu.

Edmund nickte und wandte sich zum Gehen. In der Tür drehte er sich noch einmal um. »Jegliche Aufregung ist natürlich unbedingt zu vermeiden. Wenn der zukünftige Vater es bis jetzt nicht weiß, drängt sie in den nächsten Tagen nicht dazu, es ihm zu sagen. Aber das tut ihr natürlich sowieso nicht.« Er lächelte und tippte sich an seinen Hut. »Gesegneten

Sonntag euch beiden. Euch dreien, meine ich. Wir sehen uns dann wohl nicht im Gottesdienst?«

Ruth schüttelte den Kopf. »Vielleicht schicke ich Sam, der würde hier sowieso nur im Weg sein und Unruhe verbreiten. Du kennst ihn ja.« Sie lächelte ebenfalls. »Auf Wiedersehen, und vielen Dank.«

Nachdem sie die Haustür hinter Edmund geschlossen hatte, fühlte sie, wie ihre Knie plötzlich weich wurden. Das war eindeutig zu viel Aufregung für einen Sonntagmorgen, dachte sie bei sich, während sie sich an die Tür lehnte und darauf wartete, dass das unangenehme Flackern vor ihren Augen verschwand. Eindeutig zu viel Aufregung. Sobald ich einen Tee getrunken habe, rufe ich John an. Wird höchste Zeit, dass er sich um Katie kümmert – und um das Baby.

»Ich erzähle euch heute eine Geschichte, in der es um einen Mann geht, der seinen Schatten loswerden wollte. Seinen Schatten? Klingt komisch, nicht? Es kann uns doch egal sein, ob wir einen Schatten werfen oder nicht. Das hängt vom Wetter ab, würdet ihr sagen. Nun, natürlich hängt es vom Wetter ab – wenn die Sonne scheint, werfen wir einen Schatten, basta. Und den werden wir nicht los. Doch hört, wie die Geschichte weitergeht: Was der Mann auch anstellte, es gelang ihm einfach nicht, den Schatten loszuwerden. Er lief vor dem Schatten davon, doch er konnte ihn nicht abschütteln. Er wälzte sich auf dem Boden, doch der Schatten blieb. Er versuchte, über seinen Schatten zu springen – alles vergeblich. Da meinte ein weiser Mann, der davon hörte: ›Es wäre doch ganz einfach gewesen, den Schatten loszuwerden!‹

›Wieso einfach?‹, fragten die Umstehenden neugierig. ›Was hätte er denn machen sollen?‹ Der weise Mann gab zur Antwort: ›Er hätte sich nur in den Schatten eines starken Baumes stellen müssen. Da wäre sein Schatten aufgehoben worden!‹

Liebe Gemeinde, den Schatten des Lebens, den wir werfen, wenn Gottes Licht uns anstrahlt, werden wir nicht los. Da können wir laufen, wohin wir wollen. Er wird immer vor uns sein, der dunkle Schatten unserer Lebensschuld. Unsere Geschichte und Geschicke holen uns immer wieder ein – wir werden den Schatten nicht los.«

Hannes hielt den Atem an. Das war ja seine Geschichte! Seine Vergangenheit, die ihn immer wieder einholte, war wie der Schatten dieses armen Mannes, und auch er versuchte seit Jahren ohne Erfolg, seine Vergangenheit und alles, was damit zusammenhing, loszuwerden. Seinen Schatten, seine Schuld.

»Und doch gibt es auch für uns, die wir uns fortwährend mit der Schuld plagen, eine Lösung«, fuhr der Prediger fort. »Im Schatten des Kreuzes ist unser Schatten weg – aufgesogen. Im Leiden von Jesus ist sie weggetragen, unsere Schuld. Im Sterben von Jesus«, fügte er etwas lauter hinzu, damit auch keinem die immense Bedeutung dieser Worte entging. »Im Sterben von Jesus ist auch unser Schicksal gelöst und überwunden. Wir brauchen einen starken Herrn, der sich vor uns stellt, damit wir in seinem Schatten geborgen sind und befreit leben können.* Amen.«

Dann rückte der Prediger seine Brille auf der Nase zurecht und griff nach der Bibel, die vor ihm auf dem Pult lag. »Ich zitiere aus unserem Predigttext. In Psalm 91 steht: ›Wer im Schutz des Höchsten lebt, der findet Ruhe im Schatten des Allmächtigen. Der spricht zu dem Herrn: Du bist meine Zuflucht und meine Burg, mein Gott, dem ich vertraue‹ …«

Hannes schlug die Hände vors Gesicht und schüttelte fassungslos den Kopf. Derselbe Vers – genau derselbe Vers, den er heute Morgen gelesen hatte! Das konnte kein Zufall sein. Das war Gott selbst, der da zu ihm gesprochen hatte. Er war es, der ihn aus seinem Albtraum geweckt hatte. Er war es, der seinen verzweifelt nach Hilfe suchenden Blick auf die Bibel gerichtet hatte. Er war es, der ihn diese Stelle hatte aufschlagen lassen. Und er war es, um dessentwegen er jetzt hier saß und diese Predigt hörte. Gott war da. Seine Zuflucht, seine Burg.

Als Hannes am späten Nachmittag nach Hause kam, blinkte es auf seinem Anrufbeantworter. Zwei neue Nachrichten waren im Laufe des Tages ein-

---

* nach Axel Kühner.

gegangen. Die eine war von Darren, der etwas Geschäftliches mit ihm besprechen wollte, die andere von Ruth.

Obwohl er ahnte, dass es sich um Katie handelte, und sein schlechtes Gewissen sich sofort meldete, beschloss er, den Anruf auf morgen zu verschieben. Er brauchte noch etwas Zeit für sich. Er kochte sich eine Kanne Tee, setzte sich in die Ecke des Sofas, in der er heute früh seine aufgeschlagene Bibel hatte liegen lassen, und fuhr fort, darin zu lesen.

Nach dem Gottesdienst hatte er noch lange in seiner Bank gesessen, bis irgendwann einer der Mitarbeiter auf ihn zugekommen war und ihn gefragt hatte, ob er helfen könne. Doch Hannes hatte mit dem Kopf geschüttelt. Er wollte allein sein. Er hatte dem Gott, dem er damals den Rücken zugewandt hatte, so viel zu sagen, dass er zwei Stunden später, als die Besucher für den Nachmittagsgottesdienst in die Kirche geströmt kamen, noch immer dort saß, völlig vertieft in sein Zwiegespräch mit Gott.

Ruth und Sam waren überhaupt nicht da gewesen, weder am Vormittag noch am Nachmittag. Eigenartig, dachte er, vertiefte sich aber gleich wieder in den Psalm, den er gerade las. Minuten später verschwamm die Schrift vor seinen Augen, sein Kopf sank auf die Brust – er war eingeschlafen.

Als er das nächste Mal erwachte, war es zehn Uhr abends. Mit letzter Kraft schleppte er sich ins Schlafzimmer und legte sich ins Bett. Seit Wochen hatte er nicht mehr richtig geschlafen, und endlich, endlich schien sein vollkommen ermatteter Körper Tribut zu fordern: Er schlief tief und fest und absolut traumlos bis zum Morgen.

Mit zitternder Hand wählte Markus die Nummer seines Bruders. Er wusste, dass Hannes sie ihm nicht gegeben hätte, wenn er nicht hätte angerufen werden wollen. Trotzdem war er furchtbar nervös. Seit er das letzte Mal mit seinem Bruder gesprochen hatte, waren immerhin fast sechzehn Jahre vergangen – das war mehr als die Hälfte seines Lebens. Würde er Hannes' Stimme überhaupt wiedererkennen?

»Hallo, hier ist John, bitte sprecht nach dem Signal, ich rufe zurück. Danke.«

Schnell legte Markus wieder auf, bevor das Signal des Anrufbeantworters ertönte. Dann ging er im Zimmer auf und ab und fuhr sich dabei immer wieder mit den Fingern durch das Haar. Morgen, dachte er, ich versuche es morgen wieder.

Wirklich?

Er wollte Hannes sprechen, wollte ihm sagen, wie sehr er sich über dessen Brief gefreut hatte und dass er gleich morgen ins Reisebüro gehen würde, um den Flug zu buchen. Es war fast Mitternacht, in Australien musste es also in etwa neun Uhr morgens sein.

Vormittags bin ich am besten zu erreichen, versuche es zwischen neun und zehn, wenn du mich anrufen willst. Danach bin ich meistens bis zum späten Abend unterwegs, mit Ausnahme von Montag.

Was tat Hannes wohl um diese Zeit? Stand er gerade unter der Dusche und hörte das Telefon nicht? Frühstückte er? Aber dann würde er doch ans Telefon gehen. Vielleicht schlief er noch.

Markus beschloss, es gleich noch einmal zu versuchen, wohl wissend, dass er wieder nur den Anrufbeantworter hören würde. Dieses Mal würde er eine Nachricht darauf sprechen und es Hannes überlassen, ob und wann er zurückrief.

Ungeduldig das mehrfache Läuten abwartend, bevor es klickte und der Anrufbeantworter ansprang, lehnte Markus sich in seinem Sessel zurück und hörte sich erneut Hannes' Stimme an, die so überraschend tief und rau klang, dass er das Gesicht seines damals achtzehnjährigen Bruders beim besten Willen nicht mit dieser Stimme in Verbindung bringen konnte. Aber sechzehn Jahre waren eben eine lange Zeit.

Markus musste sich einige Male räuspern, ehe er seine eigene Stimme fand, und sagte dann: »Hallo, Hannes, hier ist dein Bruder Markus, bitte ruf mich zurück, sobald du kannst. Ich freue mich! Tschüs!«

Erleichtert seufzend legte er den Hörer auf und ging ins Schlafzimmer hinüber. Das Telefon legte er sorgsam auf den Nachttisch, damit er auf keinen Fall Hannes' Rückruf verpasste.

Hannes hob den Kopf, sah mit zusammengekniffenem Auge auf seinen Wecker und stöhnte. Viertel nach neun. Montagmorgen, viertel nach neun. Er hatte dreizehn Stunden geschlafen! Zwei Mal hatte vorhin das Telefon geklingelt, doch er war zu müde gewesen, um aufzustehen. Schlaf, Schlaf, Schlaf war offenbar alles, woran sein Körper denken konnte.

In diesem Moment klingelte es abermals. Dieses Mal stand Hannes auf, schleppte sich zum Frühstückstresen hinüber, wo das Telefon lag, und murmelte ein verschlafenes »Hallo?« in den Hörer.

Als er Ruths Stimme hörte, war er schlagartig hellwach. »Ach, John, wie gut, dass wir dich endlich erreichen. Hör zu, es ist etwas mit Katie …«

»Wo ist sie?«

Atemlos diese Frage hervorstoßend, stand Hannes wenig später in der Haustür der Johnsons. Sam trat zur Seite, um ihn ins Haus zu lassen. Er schmunzelte. »Sie schläft. Ich weiß ja nicht, was dir meine liebe Frau erzählt hat, aber es besteht kein Grund zur Panik, wirklich nicht. Sie hat eine leichte Gehirnerschütterung, ein paar Prellungen und einen verknacksten Knöchel, aber …« *… aber dem Baby ist nichts passiert.*

Ruth schoss ihm einen warnenden Blick zu, und er erklärte hastig: »… aber sie kommt bestimmt bald wieder auf die Beine. Mach dir mal keine Sorgen.«

Hannes schob ihn ungeduldig zur Seite. »Ich muss sofort zu ihr. Weiß sie, dass ich da bin?«

Ruth begegnete dem unruhigen Blick aus Hannes' Augen und schüttelte den Kopf. »Nein, ich wollte sie nicht aufregen. Sie ist … nun, ziemlich schlecht drauf gewesen in letzter Zeit. Sie leidet schrecklich unter der Trennung, John. Bestimmt freut sie sich, dich zu sehen – geh nur hinauf.«

Hannes nickte und eilte dann die Treppe hinauf in den ersten Stock, wo er, immer noch ein wenig außer Atem, vor Katjas Zimmertür stehen blieb. Er atmete einmal tief durch und klopfte dann leise an. Als er keine Antwort erhielt, öffnete er vorsichtig die Tür und trat ins Zimmer.

»Katie?«, flüsterte er.

Die Decke bis an die Nasenspitze hochgezogen, lag Katja in ihrem Bett und rührte sich nicht.

Er kniete vor ihrem Bett und saß eine Weile still da, sah sie nur an. Wie krank sie aussah – krank und traurig. Wie sehr musste sie in diesen sechs Wochen, in denen er sie nicht gesehen hatte, gelitten haben!

Und er? Er hatte sich in seiner Wohnung verkrochen und wäre dort wahrscheinlich in seinem Selbstmitleid ertrunken, wenn … ja, wenn die Dinge nicht anders gekommen wären.

»John? John …?«

Hannes schluckte. Rief sie im Schlaf nach ihm, oder hatte sie ihn gesehen? Vorsichtig streckte er eine Hand nach ihr aus, berührte ihre kalte Stirn. Ihre Augen waren geschlossen, aber die Wimpern flatterten leicht, als würde sie jeden Moment aufwachen.

»Hier bin ich, mein Liebling. Hier bin ich …«

Katja schlug die Augen auf, wandte langsam den Kopf und sah Hannes erstaunt an. »Du … du bist hier? Hier …?«

Er nickte. »Ja, Katie, ich bin hier.«

Er sprach Englisch, aus Gewohnheit, und sie antwortete ihm auf Englisch. »Du bist wirklich hier …«

Sie stieß einen Seufzer der Erleichterung aus und schloss die Augen wieder, als wäre seine Gegenwart alles, was sie gebraucht, worauf sie gewartet hatte. Lange Wochen gewartet hatte.

Vorsichtig schob Hannes seine Hand unter die Decke, suchte die ihre und drückte sie sanft. »Ja, ich bin wirklich hier. Ich liebe dich, Katie, ich liebe dich so sehr … und es tut mir leid, dass ich dich so tief verletzt habe. Bitte verzeih mir.«

Sie öffnete die Augen wieder, sah ihn mit tränenverschleiertem Blick an. »Oh, Hannes …«

Unwillkürlich zog er seine Hand zurück. *Hannes.*

Katja aber griff nach seiner Hand und umschloss sie mit einer Kraft, die ihn überraschte. »Geh noch nicht, Hannes, bitte«, flüsterte sie, »bitte geh noch nicht. Bleib noch ein bisschen, ja?«

Er konnte nur nicken.

Hannes.

»Versprochen? Du gehst nicht wieder weg?«

Ihre Stimme klang hoffnungsvoll, doch in ihrem Blick lag eine tiefe Furcht: die Furcht, dass er sie erneut verlassen könnte, wenn er nur aus diesem Zimmer ging. Es quälte ihn, sie so verzweifelt zu sehen und zu wissen, dass er an ihrem Elend schuld war. Er allein. Deswegen drückte er ihre Hand umso fester, sah ihr tief in die Augen und sagte: »Nein, Katie, wenn du es nicht von mir verlangst, gehe ich nie wieder weg. Das verspreche ich dir. Nie wieder …«

Tränen der Erleichterung liefen über Katjas Gesicht, und er beugte sich herab, um sie fortzuküssen. »Oh, Katja … Ich habe es nicht verdient, ich weiß, aber – ach, Katja, glaube mir, ich bin so froh, dass ich hier sein darf. Ich mache alles wieder gut. Versprochen! Alles wird gut …«

»Hannes!«, unterbrach sie ihn und sah ihn dabei vorwurfsvoll an. »Du hast noch viel mehr verdient als das. Du hast lange genug gelitten und dich selbst gestraft. Du bist so ein guter Mensch … was glaubst denn du, warum ich dich so lieb habe?«

Hannes nahm ihre Hand in die seine und küsste ihre Finger, einen nach dem anderen. Dabei sah er ihr die ganze Zeit über in die Augen, bemühte sich, ihrem Blick standzuhalten.

»Aber … aber ich habe dich angelogen. Ich habe vorgegeben, jemand zu sein, der ich nicht bin, und du – du weißt es jetzt. Weißt … weißt du es von Annika? Und …« Er schluckte hart, bevor er seine nächste Frage aussprach. »Weißt du alles?«

»Ja. Alles, Hannes. Und bevor du fragst, ich verzeihe dir – und ich würde nie im Traum daran denken, dich deswegen zu verlassen.«

Hannes nickte. Dann stand er auf, ging zum Fenster hinüber und fragte leise: »Und Annika? Glaubst du, sie kann mir verzeihen? Jemals?«

»Ich weiß es nicht. Ich hoffe es. Im Moment ist sie ziemlich durcheinander – es war schon ein ziemlicher Schock, als wir feststellen mussten, dass es Parallelen zwischen deiner Geschichte und der von Annikas Familie gibt und dass John Fennell und Hannes Feuerbach ein und dieselbe Person sind. Ich selbst wäre nie darauf gekommen! Dafür kenne ich auch Annika nicht gut genug, sie spricht ja nie von ihrem Bruder. Aber als sie an meinem Geburtstag hier anrief … da hast du es gemerkt, oder?«

»Ja. Ich wollte nicht glauben, dass es *die* Annika ist, aber ich wusste, dass es so sein musste, als sie ihren vollen Namen nannte. Annika Köhler. Das konnte wohl kein Zufall sein, oder? Ich wusste auch, dass damit meine Lebenslüge so gut wie aufgeflogen war. Trotzdem habe ich verzweifelt versucht, die Fassade aufrechtzuerhalten – und darum, nur darum, habe ich dich fortgeschickt ...«

Er wandte sich um, sah sie voller Liebe und Zärtlichkeit an. »Oh, Katie, es tut mir so leid! Ich habe euch so furchtbar wehgetan – dir und Annika und meiner Familie und ihrer ...«

Katja versuchte, sich im Bett aufzusetzen, doch er kam raschen Schrittes an ihre Seite und drückte sie sanft in die Kissen zurück. »Du sollst nicht aufstehen, denk an deinen Kopf. Wenn es dir besser geht, kommst du wieder mit zu mir – du kommst doch wieder zu mir, oder?«

In seinem Blick lag so viel Hoffnung, so viel Sehnsucht, dass Katja nicht widerstehen konnte herauszuplatzen: »Ja, aber nur, wenn ich noch jemanden mitbringen darf. Er braucht auch nicht viel Platz.«

Verwirrt sah Hannes sie an.

Plötzlich verunsichert, gleichzeitig aber wissend, dass sie nun nicht mehr zurückkonnte, fing Katja in stockenden Sätzen an, ihm zu erklären, warum er noch etwas wissen sollte, bevor er sich für sie entschied.

»Du entscheidest dich dann nämlich nicht nur für mich, sondern auch – für ... für unser Kind.«

Hannes starrte sie schweigend an und sie fühlte, wie der Schweiß auf ihre Stirn trat. Hatte sie sich getäuscht? Würde er sie nun doch nicht wollen? Oder konnte er es vielleicht einfach nicht – war es ihm zu viel auf einmal?

»Du – du bist schwanger?«

»Ja«, erwiderte sie kleinlaut, »im dritten Monat. Ich ... ich habe es erfahren, als ich in England war. Mir war andauernd schlecht und ...«

»Und ich war nicht bei dir!«, rief er. »Ich war nicht bei dir, um dir zur Seite zu stehen. O Gott, Katja, was musst du durchgemacht haben! Ganz alleine!« Er zog sie in seine Arme, drückte sie fest an sich, murmelte immer wieder: »Es tut mir leid ... ach, Katja, es tut mir so leid.«

Dann strich er ihr das Haar aus dem tränenverschmierten Gesicht, sah ihr fest in die Augen, und fragte: »Hättest du es mir gesagt?«

Sie zögerte, dann nickte sie. »Ja. Ja, ich hätte es dir gesagt. Irgendwann.

Aber ich bin froh, dass es anders gekommen ist. So froh!« Sie sah ihn hoffnungsvoll an. »Du nimmst uns doch beide, oder? Ich meine …«

Er lachte. »Natürlich! Natürlich nehme ich euch beide! Ihr gehört doch zu mir. Du und …« Er streichelte zärtlich über ihren flachen Bauch. »Baby.«

Sie saßen noch lange beieinander und redeten, bis er merkte, dass sie müde wurde. Dann deckte er sie fürsorglich zu und küsste sie auf die Stirn. »Ich gehe jetzt runter. Aber ich bleibe den ganzen Tag hier, und wenn du willst, auch die ganze Nacht.«

Bevor er das Zimmer verließ, rief sie ihn noch einmal zurück.

»Hannes?«

»Ja?«

Sie zögerte. »Wenn Ruth dich nicht angerufen hätte, wärest du dann auch gekommen? Ich meine, nicht wegen meines dummen Unfalls, aber …«

»Doch, Katie, ich wäre gekommen. Ich wäre sogar heute noch gekommen! Aber bevor ich dir davon erzähle, musst du dich erst ausruhen. Du brauchst viel Ruhe – Ruhe und Schlaf.«

Er küsste sie noch einmal, diesmal lange und intensiv. Sie erwiderte seinen Kuss, doch schon bald fühlte er, wie ihr Körper sich in seinen Armen entspannte und ihr die Augen zufielen. Kurz darauf hörte er an ihren ruhigen, gleichmäßigen Atemzügen, dass sie eingeschlafen war.

35

Die Hände tief in den Taschen ihres Mantels vergraben, stapfte Margarete Köhler an diesem Morgen über den Friedhof. Sie war spät dran, später als sonst – viel Zeit würde sie heute nicht am Grab ihres Jungen verbringen können, da sie in einer halben Stunde in der Schule sein musste. Eigentlich konnte der Besuch an Toms Grab natürlich bis zum Nachmittag warten, aber seit sich dessen Todestag zum ersten Mal gejährt hatte, war sie immer am frühen Morgen, noch vor der Schule, hierher gekommen; es war ihr über die Jahre zur Gewohnheit geworden.

Es war kalt, aber trocken, Nebel lag über den Gräbern. Margarete atmete noch einmal tief durch, bevor sie die Reihe betrat, in der sich Toms Grab befand, und kniete dann vor dem schlichten, weißen Stein. Sie hatte nicht einmal Blumen dabei – zum ersten Mal in sechzehn Jahren hatte sie es nicht geschafft, ihrem Kind Blumen mitzubringen.

»Es tut mir leid, Tommy, Mama hat heute verschlafen. Sie bringt dir später Blumen vorbei, nach der Schule. Versprochen!«

Nachdem sie eine Minute schweigend dagehockt hatte, schlang Margarete zitternd ihre Arme um die Schultern und richtete sich langsam, zögernd, wieder auf. Sie musste los. Es half nichts, sie musste einfach los. Sie würde am Nachmittag wiederkommen, wenn sie den Kuchen für Annika gebacken und ihr Bett frisch bezogen hatte. Im Garten war auch noch einiges zu tun … Vielleicht konnte Sylvia ihr helfen. Die war zurzeit völlig durcheinander, weil sie sich in einen Jungen aus ihrer Klasse verliebt hatte, der seinerseits nur Augen für ihre beste Freundin hatte. So ungerecht war das Leben manchmal.

Margarete wollte gerade gehen, als sie merkte, dass sie nicht allein war.

»Hallo, Margarete.«

Sie wandte sich um und sah Robert dastehen, etwa drei Meter vom Grab entfernt. Er hatte die Hände in den Jackentaschen vergraben und nickte ihr lächelnd zu.

»Was – was tust du hier …?«, stammelte Margarete, verwirrt und auch ein wenig verärgert – diese Zeit gehörte ihr, ihr und Tom! Was hatte Robert hier zu suchen? Er war nie zur selben Zeit wie sie an das Grab seines Sohnes gekommen, nicht einmal in den ersten Jahren. Sie hatten ihre Trauer nie geteilt; jeder hatte auf seine Weise versucht, mit dem Verlust fertig zu werden. Manchmal, besonders in den letzten Monaten, fragte Margarete sich, ob ihre Ehe wohl unter anderem auch daran gescheitert war. Wenn sie nun gemeinsam getrauert hätten, den Weg gemeinsam gegangen wären? Wäre sie dann besser damit fertig geworden? Und wäre sie heute glücklicher?

Sie warf Robert einen langen Blick zu, als suche sie eine Antwort auf diese Fragen in seinem Gesicht. Hager sah er aus. Hager und grau. War sein Haar im letzten Winter schon so grau gewesen, sein Gesicht so schmal?

Sie schluckte. Doch dann wandte sie sich abrupt ab, zog den Mantel fester um ihre Schultern und versuchte, sich an ihm vorbeizuschleichen. »Ich muss los. Leb wohl, Robert.«

Er legte eine Hand auf ihre Schulter. »Warte! Geh bitte noch nicht. Ich muss mit dir reden …«

Margarete schüttelte den Kopf. »Später. Ich muss jetzt zur Schule. In zwanzig Minuten fängt meine Stunde an, ich …«

Er sah sie ernst an. Ernst und entschlossen. »Nein, musst du nicht.« Auf ihren fragenden Blick hin fuhr er fort: »Ich habe in der Schule angerufen und denen gesagt, dass du krank bist. Nur für heute …«

»Wie konntest du …?«

Robert hob beschwichtigend die Hände. Er wusste, dass sein nächster Satz entscheidend war. Entweder würde sie ihm danach weiter zuhören, oder aber sie würde wutschnaubend davonstürmen, um ihrem Schulleiter und den Kollegen zu beweisen, dass sie vollkommen gesund und arbeitsfähig war. Was sie – gemessen an ihrem Standard – vermutlich auch war. Schließlich hatte es all die Jahre über recht gut funktioniert.

»Bitte, Margarete, lass mich ausreden. Ich habe mir keinen schlechten Scherz erlaubt, als ich vorhin in der Schule angerufen habe. Es geht dir doch wirklich nicht gut. Es geht dir nie gut am neunundzwanzigsten März … Ich weiß das. Bitte, lass mich dir helfen. Ich möchte dir so gerne helfen! Und ich weiß, ich kann es …« Er wusste, dass er bettelte, aber das war ihm jetzt egal. »Margarete, bitte, gib mir noch eine Chance – nur noch eine einzige, allerletzte Chance … Gehst du mit mir frühstücken? Ins Café Meyer?«

Dem flehenden Blick aus seinen stahlblauen Augen konnte sie – sehr zu ihrem Verdruss – nicht lange widerstehen. Vielleicht auch, weil es so bitterkalt war und ihr Magen knurrte, ließ sie sich von ihrem Mann am Arm nehmen und zum Friedhofstor begleiten.

»Und … und das weißt du ganz bestimmt, ja?«

Margarete sah ihren Mann über den Rand ihrer Kaffeetasse hinweg an. Ihre Finger zitterten, und sie umschloss die Tasse noch fester. »Dass Hannes Feuerbach unseren Tom überfahren hat und dann nach Australien geflohen ist?«

Robert nickte.

»Das ... das kann ich einfach nicht glauben. O Gott! Und Annika will Markus heiraten. Stell dir vor, wie furchtbar das wäre, wenn sie davon erfährt – ihr Verlobter ist der Bruder des Mannes, der ...«

»Sie weiß es längst, Margarete.«

Verwirrt ließ Margarete ihre Tasse sinken. »Wie – sie weiß es längst? Ja, aber ... woher denn? Seit wann ..?«

»Ich habe es von ihr erfahren, Margarete. Sie hat mir geschrieben, nachdem sie von Katja erfahren hatte, dass ... – ach, Margarete, das ist alles so kompliziert, wie soll ich es dir erklären?«

»Ich bin eine erwachsene Frau, Robert, eine Akademikerin noch dazu. Ich bin durchaus in der Lage, es zu verstehen. Wenn du bitte die Güte hättest, mir zu erklären, wie du davon erfahren hast und warum ich bis heute nichts davon weiß... Weiß es sonst noch jemand? Die Feuerbachs? Das ganze Dorf vielleicht? Werde ich deswegen in letzter Zeit immer so mitleidig angesehen, wenn ich beim Schlachter Wurst kaufe?«

Robert seufzte. »Nein. Nein, es ist ... es ist ganz anders. Margarete, hör mir bitte einfach zu: Katja, Annikas Freundin aus Kiel, ist im vergangenen Herbst nach Sydney gegangen. Und sie wohnt dort bei einem älteren Ehepaar, das mit Hannes – er nennt sich da unten John – befreundet ist. Sehr gut befreundet. So, wie ich das verstanden habe, geht er dort wie ein Sohn ein und aus. Und es kam dann natürlich, wie es kommen musste: die beiden haben sich ineinander verliebt. Und dann? Wer ruft an Katjas Geburtstag an? Richtig: Annika. Hannes, der zur selben Zeit ebenfalls im Haus ist, geht ans Telefon – und bekommt den Schock seines Lebens. Die Vergangenheit holt ihn wieder ein ...«

Margarete ließ ihre Kaffeetasse mit einem lauten Knall auf die Untertasse aufkommen. »Die Vergangenheit, allerdings! Ja, hat der Mann denn kein Gewissen? Wo hat er das denn in all den Jahren gelassen?«

»Er hat doch *auch* gelitten, Margarete. Schwer gelitten. Er war viele Jahre lang Alkoholiker, weil er einfach nicht damit fertig wurde – ich weiß nicht viel über Alkoholismus, aber es muss die reinste Hölle gewesen sein, durch die er da gegangen ist. Ja, Margarete, auch für ihn war es eine schlimme

Zeit. Er war achtzehn, als es passierte – achtzehn! Fast noch ein Kind! Und es war nicht einmal seine Schuld …«

»Nein? Nein??!«

Margaretes Stimme klang hysterisch. Sie war aufgestanden, hielt sich mit beiden Händen an der Tischkante fest und sah ihren Mann mit vor Zorn blitzenden Augen an. Dass die Leute an den Nebentischen sie neugierig anstarrten, schien sie keinen Augenblick zu stören. »Nicht seine Schuld, nein? Und wer hat das Auto gefahren? Wer hat Tom nicht gesehen? Wer …?«

»Tom war viel zu klein auf seinem Dreirad, das weißt du. Kein Mensch hätte ihn von einem Auto aus rechtzeitig sehen können. Er muss plötzlich hinter den Fliederbüschen aufgetaucht sein, so stand es doch auch im Polizeibericht …«

»Polizeibericht! Was wissen die denn? Die waren auch nicht dabei! Er hätte anhalten müssen, er hätte …«

»Ja, er hätte anhalten müssen. Das ist das Einzige, was man ihm vorwerfen kann. Das Einzige, Margarete. Tom war sofort tot. Hannes hätte seinen Tod weder verhindern noch hätte er ihn ungeschehen machen können, indem er danach angehalten hätte oder zurückgekommen wäre. Niemand war schuld, Margarete. Niemand …«

»Da bin ich mir nicht so sicher. Die Polizei hat das nie geklärt … Wie auch? Der Täter war ja nicht mehr da. Erst war er unauffindbar – wie lange hat er sich denn hier noch versteckt gehalten, auf dem Gut seiner Eltern, und keinem Menschen ein Wort gesagt? Zwei Monate, drei? Und dann hat er sich nach Australien abgesetzt. Ganz schön clever, wenn du mich fragst. Wenn er nämlich gleich gegangen wäre, hätte das viel mehr Verdacht erregt. Aber er war ja schon immer so clever, der Hannes. Annemaries Liebling …«

»Das reicht!«

Robert war ebenfalls aufgestanden, schlug mit beiden Händen auf den Tisch, dass die Tassen klirrten, und funkelte seine Frau wütend an. Im Café hatte sich eine geradezu unheimliche Stille ausgebreitet, sogar die leise Hintergrundmusik war verstummt.

»Wie kannst du nur so ungerecht sein? Ich kann es einfach nicht glauben! Deine Tochter ist im Begriff, in diese Familie einzuheiraten, und du verdammst ihren zukünftigen Schwager, ohne auch nur einmal darüber nachzudenken, welche Folgen das für Annika haben könnte. Kannst du nicht zur Abwechslung *einmal* an andere denken, statt immer nur an dich selbst? Nur *einmal*?«

»Ha!« Margarete lachte höhnisch. »Das sagst gerade du! Wer von uns hat denn seine Familie verlassen, um sich mit einer anderen zu vergnügen? Du oder ich?«

Robert biss sich auf die Lippen. Sie hatte recht. Natürlich hatte sie recht. Und doch …

»Das ist eine ganz andere Sache. Ich bin euch gegenüber schuldig geworden, und ich bekenne mich zu dieser Schuld. Voll und ganz, Margarete. Aber ich kann nicht mit ansehen, wie du das Leben unserer Tochter zerstörst, indem du diese unsinnigen Rachegedanken pflegst. Die nützen doch niemandem etwas, am allerwenigsten dir. Davon abgesehen, dass es uns unseren Jungen nicht zurückbringt …«

Tränen standen in Margaretes Augen, als sie nach ihrer Handtasche griff und sich aufrichtete, um zu gehen.

»Da hast du recht. Es bringt unseren Jungen nicht zurück. Aber ich bin nicht bereit, noch eines meiner Kinder an einen dieser scheinheiligen Feuerbach-Jungs zu verlieren. Und ich werde es zu verhindern wissen!«

Bevor Robert noch die Chance hatte, etwas zu erwidern, hatte sie sich umgedreht und war, verzweifelt ihre Tasche umklammernd, aus dem Café gestürmt.

Das Ohrläppchen zwischen zwei Fingern ihrer linken Hand haltend, versuchte Margarete mit der rechten den Ohrring hindurchzuschieben, doch das winzige Loch war anscheinend in den letzten Monaten fast zugewachsen, sodass sie vor Schmerz das Gesicht verzog.

»Ach, Mist!«, schimpfte sie schließlich und warf den Ohrring wütend auf die Frisierkommode zurück. Dann ließ sie sich auf den Hocker sinken und betrachtete sich im Spiegel. Sie sah müde aus – müde, erschöpft und furchtbar traurig.

Was sie auch war, besonders nach dem Streit mit Robert am Morgen.

Den ganzen Nachmittag über hatte sie im Garten gewühlt und gegraben, um sich abzureagieren. Doch als sie danach in die Küche gekommen war, um sich einen Tee zu kochen, war sie plötzlich weinend zusammengebrochen.

Es war einfach zu viel! Gestern noch hatte sie keine Ahnung gehabt, wo Hannes Feuerbach überhaupt steckte, geschweige denn, dass er irgendetwas mit dem Unfall zu tun haben könnte – und nun war er der zukünftige Schwager von Annika und schuld an Toms Tod.

Schuld.

Margarete griff nach der Bürste, die auf dem Tisch lag, und begann, sich mit langsamen, gleichmäßigen Bewegungen übers Haar zu streichen.

War er schuld? War überhaupt irgendjemand schuld?

Sie schluckte. Sie wusste natürlich, dass auch sie nicht frei von Schuld war. Denn sie hatte nicht aufgepasst, wohin Tom an jenem regennassen Morgen gefahren war. Sie hatte geglaubt, er fahre lediglich den Hof hinauf und hinunter, wie er es immer getan hatte. So hatte sie eine Blumenzwiebel nach der anderen in die feuchte, schwarze Erde des Beetes an der Auffahrt gesteckt – rote und gelbe Gladiolen, dutzendweise. Bis der Schrei ihres Kindes sie hochgeschreckt hatte – zu spät. So, wie alles andere danach auch zu spät gewesen war: Zu spät war sie am Unfallort angekommen, keine dreihundert Meter die Straße hinunter. Zu spät war der Rettungswagen eingetroffen. Zu spät war Robert aus dem Büro gekommen, um sie in den Arm zu nehmen, sie zu halten … zu spät.

Die Tränen liefen Margarete das Gesicht hinunter, und sie machte sich nicht einmal die Mühe sie fortzuwischen.

Alles zu spät.

Markus hatte gerade den Schlüssel in der Wohnungstür herumgedreht, als er das Klingeln hörte. Hastig zog er die Tür hinter sich ins Schloss und griff im Dunkeln nach dem Telefon, das auf der Kommode im Flur stand. »Feuerbach?«

Der Empfang war so klar, als stünde Hannes direkt neben ihm. »Hier auch. Hallo, Markus.«

Beinahe hätte Markus das Telefon fallen gelassen. »Hannes! Mensch, schön, dass du anrufst! Ich komme gerade zur Tür rein. Warte mal eben … so, jetzt sitze ich nicht mehr im Dunkeln. Wie geht es dir? Hast du meine Nachricht bekommen?«

Es war ein seltsames Gefühl, plötzlich Hannes' Stimme zu hören. Seltsam, aber schön. Markus lächelte, während er sich mit dem Rücken gegen die Wohnzimmerwand lehnte und versuchte, sich das Gesicht zu der Stimme vorzustellen.

»Ja, habe ich. Es tut mir leid, dass ich mich erst jetzt melde. Katja hatte einen Unfall, sie ist die Treppe hinuntergefallen, und ich bin im Moment die ganze Zeit über bei ihr. Du kennst Katja, oder?«

»Ich habe sie ein paar Mal getroffen, ja. Hübsches Mädchen. Sehr nett.« Ein wenig flatterhaft vielleicht und allzu naiv, was Männer angeht, aber sonst sehr nett. Aber jetzt, da sie mit Hannes zusammen war und noch dazu ein Kind erwartete, würde sie ja vielleicht zur Ruhe kommen. Mit der Flatterhaftigkeit war es dann wohl auch vorbei.

»Ja, das ist sie. Ihr werdet sie ja auch bald etwas besser kennenlernen. Ich freue mich, dass ihr kommt, Markus. Du glaubst nicht, wie sehr! Wann könnt ihr hier sein? Und wie lange werdet ihr bleiben?«

»Zehn Tage, denke ich. Länger kann Christina die Kinder nicht allein lassen, Jürgen hat ja keine Ferien. Ich kann auch nur zwei Wochen Urlaub nehmen, ich habe eine Praxis für Physiotherapie, aber das weißt du ja alles … Ist das okay für dich, wenn wir so lange bleiben? Und kannst du uns eine Unterkunft besorgen?«

»Natürlich«, versicherte Hannes. »Ihr könnt entweder bei mir schlafen, oder ich bringe euch bei Ruth und Sam unter. Wie ihr wollt. Bei mir wird es ein wenig kuschelig, aber wenn euch das nicht stört …«

Nein, dachte Markus, das stört uns nicht. Ganz bestimmt nicht. »Aber musst du denn nicht arbeiten? Schließlich bist du selbstständig.«

»Ich kann einen Freund fragen, ob der den Laden für ein paar Tage allein führt, dann haben wir genügend Zeit. Das ist kein Problem. Es gibt vermutlich viel zu reden, oder?«

Markus zögerte. Er wusste, worauf sein Bruder anspielte. »Ich … ich denke schon. Aber in erster Linie wollen wir dich *sehen*, Hannes. Einfach nur sehen. Du fehlst uns allen, weißt du das eigentlich?«

»Ja, ich weiß«, erwiderte Hannes leise. »Ihr habt mir auch gefehlt. Die ganze Zeit …« Dann, nach einer kurzen Pause, fragte er: »Wie geht es Mama und Papa? Und den anderen – sind alle gesund?«

»O ja. Sie würden am liebsten alle mitkommen – Mama jedenfalls –, aber das geht natürlich nicht wegen der alten Leute. Ich glaube, Papa ist insgeheim ganz froh darüber, eine gute Entschuldigung zu haben. Nicht, dass er dich nicht sehen will! Das will er bestimmt, mehr als alles andere. Aber Fliegen ist nun wirklich nicht seine Sache …« *Meine auch nicht, aber ich tue es trotzdem. Für dich. Und für Annika.*

Hannes lachte. »Na, dann ist es ja gut, dass er erst mal euch schickt. Als Vorboten sozusagen. Wann kommt ihr an?«

Noch lange, nachdem sie das Telefonat beendet hatten, saß Markus reglos da. Es war inzwischen ein Uhr morgens, sie hatten sich noch so viel zu sagen gehabt, und jetzt war er hellwach. Aufgekratzt. Gleich morgen früh würde er zu Karsten ins Reisebüro gehen und den Flug buchen, und abends würde er nach Immensee fahren und eine Flasche Sekt mitbringen. Annika kam auch morgen an. Markus fand, dass es damit genügend Grund zum Feiern gab.

Und über alles andere würde er sich Gedanken machen, wenn es so weit war.

36

Annika blinzelte verschlafen in den Morgen hinein. Die Sonne schien, es war hell im Zimmer, und sie wusste trotz der Müdigkeit sofort, wo sie war. Sie hörte ihren Vater nebenan in der winzigen Küche rumoren. Ihr Flugzeug hatte wegen dichten Nebels mehr als zwei Stunden Verspätung gehabt; sie war erst um kurz vor Mitternacht in Hamburg gelandet.

»Gut, dass ich nicht noch nach Hattstedt will heute Abend«, hatte sie zu ihrem Vater gesagt, der sie vom Flughafen abgeholt hatte. »Mama würde sich bedanken!«

In Anbetracht der Umstände hatte Annika ihre Ankunft dort um einen Tag verschoben. Sie freute sich auf Zuhause, auf ihre Mutter und auf Sylvia – und natürlich auf Markus. Zugleich aber hatte sie auch ein wenig Angst. Was, wenn alles schieflief, wenn dieser Besuch in einer Katastrophe endete?

»Guten Morgen! Na, wie hast du in meinem komfortablen Klappbett geschlafen?«

Annika grinste ihren Vater an. »Ach, gar nicht so schlecht eigentlich. Ich war heute Nacht so müde, dass ich bestimmt auch auf dem Fußboden eingeschlafen wäre.« Sie deutete auf den Becher, den ihr Vater in der Hand hielt. Es waren ein paar kleine, dicke Weihnachtsmänner und Rentiere darauf abgebildet, und mittendrin stand in schönster Schnörkelschrift *Merry Christmas*. »Ist es dafür nicht noch ein bisschen zu früh?«

Robert drehte den Becher hin und her, als würde er ihn von allen Seiten betrachten. »Findest du? Ich dachte, das wäre mal was anderes als die leidigen Häschen, die einem zurzeit überall entgegenhüpfen. Komm, lass uns frühstücken, ich muss in einer dreiviertel Stunde im Büro sein. Ich habe uns frische Brötchen geholt. Trinkst du überhaupt noch Kaffee oder soll ich dir lieber einen Tee machen?«

»Kaffee ist prima. Ich habe einen Riesenhunger! Hast du Nutella?«

Annika folgte ihrem Vater in die Essecke. Sie wusste natürlich, dass er nur das Allernötigste mitgenommen hatte, als er letztes Jahr im Sommer ausgezogen war, und dass die kitschigen Weihnachtsbecher vermutlich die einzigen Becher waren, die er im Schrank stehen hatte, weil er sich nicht getraut hatte, etwas anderes mitzunehmen. Aber Mitleid hatte sie trotzdem nicht mit ihm – schließlich hatte er sich das selbst so ausgesucht, oder?

»Wann fährt denn der nächste Zug nach Husum? Hast du für mich nachgesehen? Dann könnte ich Markus noch anrufen, bevor ich losgehe, und ihn bitten, mich abzuholen.«

»Einer fährt um halb zehn, der nächste um halb zwölf. Du kannst die Wohnungstür dann einfach hinter dir zuziehen, wenn du gehst.«

Annika bestrich ein halbes Brötchen fingerdick mit Schokoladencreme und legte dann vorsichtig das Messer auf den Rand ihres Tellers. »Papa …? Was soll ich denn jetzt machen, wenn ich nach Hause komme? Ich meine, wegen Mama …«

Robert zuckte mit den Schultern. »Ehrlich gesagt, ich habe keine Ahnung. Sie wird sich ja inzwischen ein wenig beruhigt haben, aber … Ich weiß es nicht. Tut mir leid, meine Große.«

Sehr hilfreich, dachte Annika und biss in ihr Brötchen. *Ich weiß es nicht.* Na, ich noch viel weniger.

»Vielleicht kannst du erst mit Markus reden, damit du wenigstens weißt, wie er zu der Sache steht, bevor du mit Mama sprichst.«

»Tolle Idee! Soll ich dir sagen, wo Markus steht? Muss ich dir das überhaupt sagen? Er ist ein Feuerbach, Papa, natürlich steht er zu seinem Bruder!«

»Aber natürlich tut er das. Das würdest du auch tun, wenn es um Sylvia ginge, oder etwa nicht? Aber das bedeutet ja noch lange nicht, dass er sich damit gegen *dich* entscheidet. Immerhin will er dich heiraten …«

»Allerdings.«

Annika schluckte den letzten Bissen von ihrem Brötchen hinunter und griff nach ihrem Kaffeebecher.

»Gut, dass du mich daran erinnerst. Heiraten. Ich. Markus. Weißt du eigentlich, was für eine schwere Entscheidung das ist? Ich meine, das ist es sowieso, aber jetzt, wo ich weiß …«

»Sch-scht …« Robert streckte eine Hand nach seiner Tochter aus. »Nicht, Annika. Tu das nicht, bitte. Mach deine Zukunft nicht von der Vergangenheit abhängig. Das, was geschehen ist, kannst du ohnehin nicht mehr ändern – niemand kann das. Aber die Zukunft, Annika, die liegt in deiner Hand. Mach das Beste draus.«

»Du meinst, ich soll ihn heiraten?«

Ihr Vater sah sie nur an.

Annika schüttelte den Kopf. »Wenn das so einfach wäre! Na ja … Wir werden es sehen, denke ich. Noch Kaffee, Papa?«

Robert nickte. »Ja, gerne … Annika, bitte versprich mir eines – *nur eines*!«

Sie hielt im Einschenken inne und sah ihn argwöhnisch an. »Ja?«

»Mach deine Entscheidung nicht von anderen Menschen abhängig. Gib Markus eine Chance. Okay?«

Annika seufzte. Natürlich hatte ihr Vater recht. Sie sollte ihre Entscheidung nicht von anderen abhängig machen – schon gar nicht von ihrer

Mutter, denn die war gefangen in ihren eigenen Gefühlen. »Okay. Versprochen.«

Dann stützte sie ihr Kinn in beide Hände und seufzte abermals. »Ach, Papa, warum ist plötzlich alles so furchtbar kompliziert geworden? Seit du weg bist, habe ich das Gefühl, dass mein Leben – unser aller Leben – völlig aus den Fugen geraten ist. Ein großes Chaos, bei dem ich allmählich den Überblick verliere …«

Seit du weg bist …

Robert schluckte. Er ließ sich jedoch nicht anmerken, wie hart ihn diese Worte trafen, und sagte nur: »Ich bin sicher, dass wir eine Lösung finden. Das Chaos wird sich schon wieder auflösen – irgendwie. Komm, Annika, iss noch etwas, du hast doch gesagt, du hättest solchen Hunger.«

Annika griff mechanisch in den Brötchenkorb, den er ihr hinhielt, schnitt ein Hörnchen auf und hielt dann plötzlich inne. »Papa? Glaubst du, dass das alles Zufall ist, was hier passiert?«

Als sie am Abend mit ihrer Mutter und ihrer Schwester im Wohnzimmer saß, ein Stück frisch gebackenen Eierlikörkuchen und einen Becher dampfenden Friesentee vor sich, und durch die Fernsehzeitung blätterte, hatte Annika das Gefühl, als wäre sie nie von zu Hause weg gewesen. Alles schien genau wie immer – obwohl in Wirklichkeit alles ganz anders war …

Markus hatte sie mittags vom Bahnhof abgeholt und sie waren nach Immensee gefahren – es war eine spontane Idee von Annika gewesen.

»Ich möchte deine Familie sehen, bevor …« … *bevor ich meiner Mutter begegne und mir ihre Schimpftiraden anhöre und dann vielleicht doch noch meine Meinung ändere*. Denn das wollte sie nicht. Sie hatte ihrem Vater ein Versprechen gegeben und sie würde es halten.

»Bevor was? Bevor du es dir anders überlegst?«

Autsch, dachte Annika, das tat weh. Als würde ihm das auch in diesem Moment bewusst, errötete Markus, löste schnell seine Hand vom Lenkrad und legte sie auf Annikas Knie. »Tut mir leid. Es war nicht so gemeint. Meine Mutter wird sich freuen, dich zu sehen. Sie hat schon fleißig gebacken für Ostern und …«

»Schon okay. Es muss dir nicht leid tun, Markus – ich habe es verdient. Und jetzt lass uns bitte von etwas anderem sprechen, ja?«

Er hatte protestieren wollen, aber sie hatte schnell den Kopf geschüttelt. »Jetzt nicht, Markus. Es gibt noch genug zu reden – später.« Und um deutlich zu machen, dass sie es ernst meinte, hatte sie gefragt: »Ob deine Mutter die Käsetorte gebacken hat, die ich so gerne mag? Die mit dem Keksboden?«

Käsetorte hatte es nicht gegeben, dafür hatte Annemarie sich gleich daran gemacht, Waffeln zu backen.

»Du siehst auch ganz mager aus, Mädchen, isst du denn da drüben nicht genug?«, hatte sie mit einem kritischen Blick auf Annikas zierliche Figur gemeint und ihr gleich zwei Waffeln auf den Teller getan. »Nun lang man erstmal tüchtig zu, Deern. Und nimm auch von dem Zwetschgenkompott, das hat Christina gemacht.«

»Danke, Frau Feuerbach. Das Essen in England ist prima, ich habe nur so wenig Zeit zum Kochen und …« *… wenn man einen Gast hat, der nur von trockenem Toast und Kaffee lebt, vergeht einem die Lust aufs Kochen auch.* Aber sie wollte lieber nicht von Katja sprechen. Schließlich wusste hier keiner außer Markus von der Schwangerschaft.

Doch Annemarie merkte überhaupt nicht, dass sie nicht zu Ende gesprochen hatte. Sie erzählte und erzählte und Markus lächelte Annika über den Tisch hinweg an. Siehst du, schienen seine Augen zu sagen, du gehörst eben zur Familie.

Und Hannes auch, dachte sie jetzt, während sie mit dem bernsteinbraunen Kandisstäbchen in ihrem Becher herumrührte. Hannes auch.

Wenn er nach Hause käme, würden sie ein Fest feiern und das gemästete Kalb schlachten …

Sie sah zu ihrer Mutter hinüber, die am Esstisch saß und irgendwelche Papiere ordnete, und dann wieder auf den Kuchen auf ihrem Teller. *Aber würden wir nicht genau dasselbe tun?*

Robert Köhler traf am Ostersamstag ein, um mit seinen beiden Töchtern zum Osterfeuer zu gehen. Das hatte bereits eine lange Tradition. Solange

Annika denken konnte, waren sie an diesem Abend zusammen zum Osterfeuer gegangen. Doch in Anbetracht der Tatsache, dass ihr Vater zurzeit nicht zu Hause wohnte – und es auch nicht absehbar war, ob und wann er wieder einzog –, fand sie es geradezu bemerkenswert, dass sie trotzdem gingen.

Ihre Mutter war noch nie gerne mitgegangen, ihr war es dort zu voll, zu laut, und, wie sie es ausdrückte, nie richtig temperiert (»Stehst du zu weit weg vom Feuer, frierst du, stehst du zu dicht dran, wird es dir garantiert bald zu heiß. Oder du läufst Gefahr von einem dieser Betrunkenen hineingeschubst zu werden«).

Auf dem Festplatz trafen sie viele Leute aus dem Dorf, die Annika kannte, seit sie ein Kind war, und sie genoss es, sich endlich einmal vollkommen ungezwungen mit Leuten zu unterhalten, die sie zwar kannte, die aber nichts von ihren komplizierten Lebensumständen wussten und auch nicht danach fragten. Später ging jeder wieder seiner Wege, und das war auch gut so, fand sie.

Sie hatte sich gerade dazu entschlossen, sich einen Becher Punsch zu holen, als sie Esthers Stimme hinter sich hörte. »Hey, Annika, du auch hier? Wo hast du unseren Bruder gelassen? Hast du ihn nicht überreden können?«

Annika verdrehte die Augen gen Himmel. »Bin ich sein Babysitter? Aber im Ernst, ihr wisst doch, dass Markus solche Veranstaltungen aus Prinzip nicht besucht. Heidnische Bräuche und so … Warum seid *ihr* überhaupt hier?«

»Weil's Spaß macht!«, riefen die zwei wie aus einem Munde und lachten. Dann waren sie auch schon wieder in der Menge verschwunden.

Wie schön muss es sein, wenn man zweiundzwanzig ist und das Leben ein einziges Spiel zu sein scheint, dachte Annika wehmütig. Letztes Jahr hatte sie selbst noch geglaubt, dass es das war, was das Leben ausmache: möglichst viel Spaß haben und das Beste daraus machen.

Und jetzt?

»Hallo, Annika, was machst du denn hier? Wir dachten, du seiest in England?«

Annika drehte sich um und sah sich Evas Eltern gegenüber. Was machen die hier?, schoss es ihr durch den Kopf. Noch dazu an einem Samstagabend, wo das Wirtshaus normalerweise gut besucht ist? Die haben doch sonst nie Zeit für so was …

Doch als Jens-Uwe Martin ihr seine zitternde Hand entgegenstreckte und sie seinem Gesicht so nahe war, dass sie seinen Atem riechen konnte, war ihr klar, dass er viel zu betrunken war, um arbeiten zu können. Aber was tat seine Frau dann hier?

»Warum hast du Eva nicht mitgebracht? Sie hätte sich wenigstens mal melden können, diese undankbare, kleine Ziege. Ist mit unserem Geld auf und davon … Was guckst du so? Das hat sie dir natürlich nie erzählt, oder? Dass wir sie beim Stehlen erwischt haben? Aus der Kasse, ich sag's dir! Über zweitausend Mark! Frag mein treues Weib, die kann's bestätigen.«

Zu ihrem Erstaunen nickte Irene Martin. Ihre Augen flackerten dabei unruhig, als wüsste sie genau, dass Annika Köhler keine war, die man so einfach hinters Licht führen konnte, aber sie stand zu ihrem Mann. Diese Frau hatte immer zu ihrem Mann gestanden, und würde es immer tun – egal, was er verbrochen haben mochte.

Treues Weib, allerdings, dachte Annika und wandte sich zum Gehen. Mit diesen Menschen wollte sie nichts mehr zu tun haben.

Doch eine Hand packte sie unsanft und hielt sie zurück. »Warte, warte, nicht so schnell! Wir haben doch noch gar nicht gehört, wie es unserer Eva geht. Wollen ihr das ja nicht nachtragen, was soll's auch, das Geld kriegen wir eh nicht wieder … Aber du kannst uns doch bestimmt sagen, wie es ihr geht, und wo sie jetzt ist.«

Annika wurde fast schlecht von dem Gestank nach Bier und Schnaps, und sie versuchte erneut sich abzuwenden, aber der Griff auf ihrer Schulter verstärkte sich, und so blieb sie zitternd stehen, mit den Augen verzweifelt nach ihrem Vater Ausschau haltend.

Irene nickte eifrig und fügte hinzu: »Wir könnten ihr schreiben und ihr sagen, dass wir ihr verzeihen, vielleicht überlegt sie es sich dann und besinnt sich doch noch auf ihre Wurzeln … Sie wird das Haus erben, so oder so. Ist ja niemand anders da. Warte doch, Annika, lauf nicht weg –«

Doch Annika nutzte den Bruchteil einer Sekunde, in dem Herr Martin nicht aufpasste, und lief so schnell sie konnte. Als sie plötzlich von starken Armen abgefangen wurde, schrie sie laut auf.

»Hilfe! Hilfe!«

»Annika! Annika, ich bin's doch nur, beruhige dich! Was ist denn passiert?«

Vollkommen verstört sah Annika auf und blickte ihrem Vater ins Gesicht. Als sie erkannte, auf wen sie da mit ihren Fäusten eingeschlagen hatte, fing sie leise zu weinen an und barg ihr Gesicht an der Brust ihres Vaters. Dieser strich ihr beruhigend über den Rücken, legte ihr einen Arm um die Schulter und führte sie langsam vom Feuer weg in Richtung Straße. Sylvia schlich neben ihnen her, hin und wieder einen neugierigen Seitenblick auf ihre Schwester werfend. Warum war Markus nicht hier, um sie in die Arme zu nehmen? Dafür war doch ein Verlobter da, oder nicht?

»Es ist aber nichts mit Markus gewesen, oder?«, fragte Robert schließlich, als sie die Straße erreicht hatten und der Lärm vom Festplatz allmählich verklang. Auch wenn es grundsätzlich nicht zu Markus passte, überhaupt auf solchen Veranstaltungen aufzutauchen, konnte Robert nicht ausschließen, dass er vielleicht doch da gewesen war und Annika womöglich irgendwie verletzt hatte. Vielleicht hatte er versucht sie zu bedrängen? Immerhin wurde er ganz schön hingehalten, der arme Kerl.

Doch Annika schüttelte heftig den Kopf. Sie blieb stehen, um ein Taschentuch aus ihrer Jeans zu ziehen, und putzte sich geräuschvoll die Nase, bevor sie antwortete. »Nein, nein, der ist ja überhaupt nicht da. Ich – ich bin den Martins in die Arme gelaufen, und Herr Martin hat so ein paar merkwürdige Andeutungen gemacht wegen Eva. Sie soll Geld gestohlen und sich dann heimlich auf und davon gemacht haben. Er wollte unbedingt wissen, wo sie jetzt ist. Und weil er betrunken war und mich so komisch angeglotzt hat, habe ich Panik bekommen und bin weggerannt … Wahrscheinlich habe ich vollkommen überreagiert. Es tut mir leid.«

»Nein, Annika«, entgegnete Robert ruhig und drückte seine zitternde Tochter an sich. Er war heilfroh, dass sie Jens-Uwe Martin und seinen schmierigen Händen entkommen war. Nach allem, was er über diesen Mann wusste, war der zu fast allem fähig, wenn er betrunken war. »Du hast ganz richtig gehandelt. Ich bin ja so froh, dass dir nichts passiert ist. Kommt, lasst uns nach Hause fahren. Oder bist du traurig, Sylvie, wenn wir nicht mehr zurückgehen?«

Sylvia schüttelte den Kopf. Sie war ja dabei gewesen, als das damals mit Eva in der Neujahrsnacht passiert war, und wusste, dass mit Jens-Uwe

Martin nicht zu spaßen war. Vor allem dann nicht, wenn er betrunken war. Sie war außerdem ziemlich müde und wollte lieber noch mit ihrer Schwester im Pyjama auf ihrem Bett sitzen und eine Weile reden, so, wie sie es sonst immer taten, wenn Annika auf Besuch war.

Sylvia seufzte leise. Sie vermisste ihre Schwester. Sie vermisste ihren Vater. Sie vermisste es so sehr, in einer richtigen Familie zu leben …

37

Ein stilles Lächeln lag auf Evas Gesicht, als sie den Hörer aufgelegt hatte. Wie schade, dass das Bildtelefon noch nicht erfunden worden war – allzu gern hätte sie Annikas verdutztes Gesicht gesehen, als sie ihr von den guten Neuigkeiten berichtet hatte. Dann machte sie sich mit einem glücklichen, zufriedenen Seufzer daran, die Wäsche zusammenzulegen, die sie gerade aus dem Trockner gezogen hatte, als Annika anrief.

Natürlich war Jacobs Antrag auch für sie überraschend gekommen – überraschend und sehr, sehr schnell. Sie kannten sich kaum zwei Monate, und doch war er ihr so vertraut, als würde sie ihn schon viel länger kennen. Dass es Jacob offenbar ebenso ging, hatte sie am letzten Sonntag erfahren, als er sie nach dem Ostergottesdienst zu einem kleinen Spaziergang überredet hatte – um, wie sich dann herausstellte, um ihre Hand anzuhalten.

»Du bist in mein Leben gekommen wie ein … ja, ich weiß auch nicht, wie ich das ausdrücken soll. Ich könnte wohl ein Bild malen, eine ganze Serie vielleicht, um das auszudrücken, was ich für dich empfinde, aber ich bin einfach kein Mann großer Worte, also … Willst du meine Frau werden, Eva?«

Sie musste ihn ziemlich entgeistert angesehen haben, denn er wurde auf einmal ganz nervös und fing an, mit den Knöpfen seines Sakkos herumzuspielen.

»Eva, bitte … sag doch was. Irgendwas, ja?«

»Ich … ich muss darüber nachdenken«, sagte sie schließlich.

Und das musste sie. Sie war erst vor Kurzem hier angekommen, im Gepäck nichts als ein paar wenige Habseligkeiten und ihren neu gefundenen Glauben. Sie hatte bis jetzt noch nicht einmal einen Job, geschweige denn eine eigene Wohnung gefunden. Sie konnte doch nicht einfach von Haus zu Haus ziehen und dort auf Kosten anderer Leute leben, oder? Andererseits …

»Ich liebe dich, Eva. Ich liebe dich, seit ich dich das erste Mal gesehen habe«, murmelte Jacob und beugte sich zu ihr herab, um sie zu küssen. »Bitte, Eva, sag *Ja*. Du machst mich zum glücklichsten Mann auf der Welt, wenn du *Ja* sagst – und meine Lucy zum glücklichsten Kind. Ich kann warten, wenn es das ist. Wir müssen ja nicht gleich zum Pastor laufen und einen Termin ausmachen, aber ich muss wissen … Ich muss wissen, ob du mich willst. Ob du uns willst – mich und Lucy … Willst du das, Eva?«

Sie schloss für einen Moment die Augen und nickte dann langsam. Es hatte keinen Sinn. Sie konnte ihn nicht warten lassen – und sie wollte es auch nicht. Sie brauchte keine Bedenkzeit mehr. Er war der Richtige, er würde sie glücklich machen und auf sie aufpassen.

»Ja, Jacob. Ja, das will ich.«

Gerade wollte er sie erneut küssen, da raschelte es plötzlich im Gebüsch und Lucy stand vor ihnen, das kleine Gesicht vom Wind und vom Laufen gerötet.

»Da seid ihr ja!«, rief sie, noch ganz außer Atem vom schnellen Laufen. »Und, Daddy, hat sie *Ja* gesagt?«

Eva legte die letzten Wäschestücke in den Korb und trug ihn nach oben in ihr Zimmer. Auf dem Weg dorthin kam sie an dem Kinderzimmer vorbei, dessen Tür offen stand, und spähte hinein. Alles war für die Ankunft des Babys vorbereitet, von der Wiege bis zur Wickelkommode. Dann würde auch ihre Zeit hier um sein, und eine neue würde beginnen. Wenn sie ehrlich war, konnte sie es kaum erwarten.

Jacob schloss das Auto ab und ging auf das Haus zu, eine fröhlich hüpfende und springende Lucy an seiner Seite. »Wann heiratest du Eva, Daddy? Bald schon? Im Sommer? Und darf ich Brautjungfer sein? Heiratet ihr hier oder müssen wir nach Deutschland fahren? Joe Smith aus meiner Klasse hat gesagt, die Hochzeit findet immer da statt, wo die Braut herkommt. Er war schon mal auf der Hochzeit seines Cousins in Amerika, weil die Frau, die er geheiratet hat, daher kam. Das wäre ziemlich aufregend, meinst du nicht, Daddy? Gibt es da, wo Eva herkommt, auch eine anglikanische Kirche?«

»Ach, Lucy, das sind aber viele Fragen auf einmal, meinst du nicht?«, lachte Jacob. »Lass uns doch erstmal hineingehen und einen Tee kochen. Hast du eigentlich noch Hausaufgaben zu machen?«

Lucy verdrehte die Augen. »Doch nicht über *Ostern*! Wir haben Ferien, Daddy. Die ganze Woche noch. Morgen kommen Granny Rose und Grandpa Jack und holen mich ab. Weißt du das etwa auch nicht mehr? Wir fahren doch nach Cornwall, wie immer.«

Ihr Vater seufzte. »Entschuldigung, das hatte ich jetzt wirklich vergessen. Dann müssen wir ja noch deinen Koffer packen, hm?«

Er ging in die Küche, nahm den Kessel, füllte ihn mit Wasser und stellte ihn auf den Herd. Dann zog er seine Jacke aus und hängte sie über einen Stuhl.

Natürlich, seine Schwiegereltern nahmen Lucy ja immer in den Osterferien mit in den Urlaub. Wie hatte er das vergessen können? Da hatte wohl jemand sehr schnell Besitz von seinen Gedanken ergriffen und alles in seinem Kopf gehörig durcheinandergebracht. Er schmunzelte. Eva war das Beste, was ihm hatte passieren können – ihm und Lucy. Sie würde nicht nur die perfekte Frau für ihn, sondern auch eine liebevolle Mutter für seine Tochter sein, dessen war er sich ganz sicher.

»Daddy? Ich kann mein Cordkleid nicht finden, ist das in der Wäsche?«

Lucy stand in der Küchentür, Lord wie immer an ihrer Seite, und hielt ihrem Vater ein paar Wäschestücke entgegen. »Und reichen vier Unterhöschen? Mehr habe ich nicht im Schrank.«

Seufzend erhob Jacob sich, goss zwei Becher Tee auf und folgte seiner Tochter nach oben. Packen schien ihm jetzt eine überaus willkommene und sinnvolle Beschäftigung, die ihn von seinen ständig kreisenden Gedanken ablenken würde. Eva konnte er später noch anrufen, oder morgen. Wahrscheinlich würde sie seine Einladung, das Wochenende bei ihm zu verbringen, sowieso ablehnen. Nach all dem, was sie durchgemacht hatte, konnte er ihr das nicht einmal verdenken.

Zu seiner Überraschung sagte Eva jedoch zu, und sobald er das Telefonat beendet hatte, jagte er nach oben, um das Schlafzimmer aufzuräumen, das er ihr überlassen würde. Er selbst würde es sich in seinem Arbeitszimmer auf der Couch gemütlich machen. Dann machte er sich ans Saubermachen – Fenster, Badezimmer, Fußböden, alles wurde gründlich entstaubt und geschrubbt. Er räumte sogar alle Küchenschränke leer und wischte sie sauber bis in die hintersten Ecken, wo ganz gewiss nie ein Mensch hinsah.

Eva sollte nicht denken, dass sie bei ihm vom Regen in die Traufe kam.

Am Freitagnachmittag saß Eva in ihrem Zimmer auf dem Fußboden und überlegte, was sie noch mitnehmen musste, als das Telefon klingelte. Verärgert warf sie ein Paar Socken in die Tasche und eilte nach unten. Ian und Laura waren nach Coventry zum Einkaufen gefahren, und Jacob würde in einer Stunde hier sein, um sie abzuholen.

»Hallo, hier ist Eva, wer ist da bitte?«

»Ich bin's, Eva, Ian. Kannst du Lauras Krankenhaustasche an die Tür stellen? Ich komme gleich vorbei und hole sie ab. Wir sind schon im Krankenhaus, Laura ist bei *Debenham's* die Fruchtblase geplatzt …«

»O nein …!«

Nachdem sie aufgelegt hatte, überlegte sie fieberhaft, was sie tun sollte. Natürlich, zuerst die Tasche. Sie jagte nach oben in Lauras und Ians Schlafzimmer, wo die Kliniktasche seit Tagen schon griffbereit hinter der Tür stand.

Als hätte Laura etwas geahnt, dachte Eva, während sie mit der Tasche nach unten rannte. Was nun? Sollte sie Jacob anrufen und Bescheid sagen? Sie sah auf ihre Armbanduhr. Nein, der war vermutlich schon unterwegs, dann konnte sie es ihm ebenso gut sagen, wenn er da war. Er würde sowieso darauf bestehen, sofort zum Krankenhaus zu fahren.

Sie grinste. Manchmal schien Gott wirklich Humor zu haben. Sie war sich nämlich durchaus nicht sicher gewesen, ob ihre Entscheidung, Jacobs Einladung anzunehmen, besonders klug gewesen war. Jacob war ein attraktiver Mann, und sie fühlte schon jetzt ihr Herz rasen, wenn sie nur an ihn dachte. Nie im Leben würde sie ihm im Ernstfall widerstehen können.

Wenige Minuten später klopfte es laut an der Tür.

Eva riss sie auf und reichte einem sehr verwirrt aussehenden Ian die Tasche. »Hier, nimm und fahr los. Grüß Laura und sag ihr, dass Jacob und ich nachher für sie beten werden.«

Und für dich, setzte sie in Gedanken hinzu, während sie Ian kopfschüttelnd hinterherblickte. Denn du wirst auch Unterstützung brauchen. Jede Menge.

»Hallo, Liebes, Entschuldigung, dass ich so früh bin – ich konnte einfach nicht mehr warten!«

Sie sah auf und erblickte Jacob, der eben aus seinem neuen, silberfarbenen Volvo sprang. »War das gerade Ian?«, fragte er, nachdem er Eva zärtlich auf beide Wangen geküsst hatte. »Wo wollte der denn so schnell hin?«

»Ins Krankenhaus. Lauras Baby hat anscheinend beschlossen, dass heute ein guter Tag ist, um auf die Welt zu kommen.«

Eva und Jacob hatten es sich mit Kaffee und Schokoladenkuchen im Wohnzimmer gemütlich gemacht und warteten gespannt auf den entscheidenden Anruf. Eva spürte, wie nervös Jacob war, also versuchte sie erst gar nicht, ihn abzulenken, sondern ließ ihn einfach dasitzen und in der Zeitschrift herumblättern, die er nicht wirklich las. Sie war nur sein Vorwand, nicht reden zu müssen, aber das machte Eva nichts aus. Wenn nur das Telfon endlich klingeln würde!

Jacob wäre Ian sofort ins Krankenhaus gefolgt, wenn Eva ihn nicht davon abgehalten hätte. »Was willst du da den ganzen Nachmittag im Flur sitzen und warten? Soviel ich weiß, kann es selbst nach geplatzter Fruchtblase noch etliche Stunden dauern, bis das Baby wirklich da ist – es kommt vielleicht irgendwann heute Nacht oder sogar erst morgen. Komm, Jacob, lass uns lieber zusammen für Laura beten. Und dann backen wir einen leckeren Schokoladenkuchen – da sind wir wenigstens sinnvoll beschäftigt. Außerdem wird sich Ian über den Kuchen freuen, wenn er das alles hinter sich hat …«

Dazu hatte sich Jacob erstaunlicherweise gern überreden lassen. Erst hatte er ganz lange und intensiv für seine Schwester gebetet – was Eva, die noch unerfahren war, was gemeinsames Beten anging, zutiefst berührt hatte. Dann hatte er ihr geholfen, den Kuchen zu backen, der jetzt duftend und warm vor ihnen auf dem Tisch stand.

Endlich klingelte das Telfon und Jacob stürzte aus dem Zimmer.

»Ein Mädchen!«, rief er, als er kurz darauf freudestrahlend zurückkam. Er legte seine Hände um Evas Taille und hob sie übermütig lachend in die Höhe. »Zweitausenddreihundert Gramm, fünfundvierzig Zentimeter, und sie heißt Annie Maureen. Sie hat blondes Haar, blaue Augen und ist zuckersüß, sagt Ian. Schöne Grüße.«

Damit ließ er sich neben Eva auf das Sofa fallen, legte einen Arm um sie und zog sie zu sich heran. »Ich liebe dich!«

Eva lächelte. »Ich dich auch, Jacob … und ich bin froh, dass alles gut gegangen ist. Möchtest du gleich hinfahren?«

Jacob schüttelte den Kopf und beugte sich vor, um nach einem Stück Kuchen zu greifen. »Nein, da stören wir heute nur. Wir essen jetzt deinen leckeren Kuchen, und dann gehen wir ein Stück spazieren. Ich kaufe dir einen Ring und anschließend gehen wir beide schön essen. Wie klingt das?«

Eva starrte ihn an. Wie konnte er so selbstverständlich davon sprechen, einen Ring zu kaufen? Fast so, als bräuchten sie neues Waschpulver.

Sie sah ihn kritisch von der Seite her an, während er mit Genuss in das Kuchenstück biss, als sei überhaupt nichts geschehen.

»Jacob?«

»Mhm?«

»Hast du … hast du das ernst gemeint?«

»Was?«

»Na, das – das mit dem Ring …«

Er grinste breit. »Ja, natürlich. Ist heute nicht ein perfekter Tag dafür?«

»Ja, aber …«

»Keine Angst, ich lasse noch kein Datum eingravieren. Es ist nur ein Verlobungsring. Alles Weitere kann ja warten … Ist das okay für dich?«

Eva nickte, noch immer ganz benommen. »Ja«, flüsterte sie, »ja, natürlich.« Sie lehnte ihr Gesicht an seine Schulter und schloss die Augen. »Das ist mehr als okay, Jacob. Es ist der beste Vorschlag, den mir je ein Mann gemacht hat.«

Dann öffnete sie die Augen wieder, runzelte die Stirn und setzte sich kopfschüttelnd auf. »Quatsch. Das ist in der Tat der *einzige* gute Vorschlag, den mir je ein Mann gemacht hat.«

Na, Süße, wie wär's mit uns beiden? oder *Du hast doch bestimmt noch ein halbes Stündchen Platz in deinem Terminkalender für ein kleines Intermezzo, oder?* waren eher die gängigen Sprüche gewesen, die sie von den Männern zu hören bekommen hatte, die in dem Lokal ihrer Eltern einkehrten. Aber das lag nun hinter ihr – weit hinter ihr. Jetzt, dachte sie mit einem Blick in Jacobs Gesicht, jetzt liegt endlich das Leben vor mir, von dem ich bis dahin immer nur geträumt habe.

Als Jacob abends nach Hause gefahren war, um den Hund und ein paar Sachen zum Anziehen zu holen, stürzte Eva sofort ans Telefon. Sie konnte es kaum abwarten, Annika all die guten Neuigkeiten zu erzählen. Wenn Annika nur einmal auch so gute Nachrichten für sie hätte – aber darauf würde sie wohl noch eine Zeit warten müssen. Im Moment sah es jedenfalls nicht danach aus, als würden auf Immensee bald die Hochzeitsglocken läuten. Und solange Annika nicht fähig war, die Vergangenheit ruhen zu lassen und Markus' Bruder zu verzeihen, würde sich daran auch nichts ändern. Kein Happy End in Sicht.

Doch Annika war nicht da. Sie wäre bei Markus, erklärte Sylvia, die traurig und irgendwie verloren klang. Eva fühlte eine Woge von Mitleid in sich aufsteigen: Wie einsam musste Sylvia sich fühlen, ohne Annika, ohne Vater, ohne irgendjemanden, mit dem sie reden konnte. Mit ihrer Mutter konnte sie ja nicht reden, jedenfalls nicht über das, was sie wirklich bewegte.

Es wird Zeit, dass sich im Hause Köhler ein paar Dinge ändern, dachte Eva, nachdem sie aufgelegt hatte. Vielleicht war diese Sache mit Hannes am Ende sogar eine Chance – denn so, wie es jetzt war, konnte es nicht weitergehen, am allerwenigsten für Sylvia. Sylvia brauchte den Rückhalt einer Familie; einen Vater, der Verantwortung übernahm, und eine Mutter, die wirklich für sie da war.

Und eine Schwester, die wusste, was sie wollte, und nicht immer den Kopf in den Sand steckte, wenn es schwierig zu werden drohte.

38

Müde lehnte Annika ihr Gesicht an die kalte Scheibe des Flugzeugs und schloss die Augen. Eine Träne bahnte sich einen Weg durch ihre Wimpern und lief langsam die Wange hinab, kitzelte sie dabei an der Nase und tropfte schließlich, da Annika nicht die Kraft aufbrachte, sie fortzuwischen, in ihren Schoß. Schon folgte die nächste. Und die übernächste. Bis ihr ganzer Körper schließlich von heftigem Schluchzen geschüttelt wurde, hatte sie auch schon die Aufmerksamkeit ihres Nachbarn erregt, einem freundlichen, älteren Herrn im karierten Tweedjacket, der nach Pfeifentabak und Irish Moos roch.

»Nana, mein Mädchen, so schlimm wird es doch hoffentlich nicht sein«, sagte er mit tiefer Stimme und eindeutig schottischem Akzent. Er klopfte Annika beruhigend auf die Schulter.

Sie wandte ihm ihr tränennasses Gesicht zu und schüttelte den Kopf. »Oh doch, Sir, das ist es. Und noch viel schlimmer!«

Er zog ein Stofftaschentuch aus der Brusttasche seines Tweedjackets und reichte es ihr. Es sah aus wie frisch gebügelt, und Annika musste unter ihren Tränen lächeln.

»Danke«, murmelte sie, nachdem sie sich die Nase geputzt und die Augen getrocknet hatte. Doch da kullerten schon wieder neue Tränen ihre Wangen hinab.

Sie ärgerte sich über sich selbst. Warum konnte sie sich denn nicht einmal zusammenreißen? Wenigstens, bis sie in Birmingham landete. Dort würde Samantha sie abholen, sie würden zusammen etwas Schönes kochen und einen guten Wein trinken. Mit Samantha musste sie wenigstens nicht reden – oder zumindest nicht über die Dinge, die sie im Augenblick lieber vergessen wollte.

Ihr Nachbar in Tweed räusperte sich. »Manchmal hilft es, mit einem fremden Menschen darüber zu sprechen. Wenn Sie möchten, können Sie es mir ruhig erzählen.« Als er merkte, wie sie zögerte, zwinkerte er ihr aufmunternd zu. »Ich behalte es auch bestimmt für mich – ich bin Pastor.«

Na klar, das kann ja wieder nur mir passieren!

Annika stöhnte innerlich.

Doch dann begann sie zu ihrem eigenen Erstaunen, dem Geistlichen ihr

Herz auszuschütten. Zunächst noch stockend, kamen die Worte bald immer schneller, beinahe hastig aus ihr hervorgesprudelt, als hätte sie Angst, man könne sie unterbrechen.

Doch der Pastor hatte nicht die Absicht, sie zu unterbrechen. Er ließ sie einfach reden, bis endlich alles aus ihr heraus war und sie ihn Hilfe suchend ansah, das zerknüllte Taschentuch in ihren Händen.

»Und?«, fragte er leise. »Wie fühlen Sie sich jetzt?«

Annika schüttelte den Kopf. »Nicht gut …« Dann warf sie das Taschentuch in ihren Schoß und fuhr sich mit dem Daumen ihrer linken Hand über die Nase. »Aber was hätte ich denn anderes tun sollen? Ich kann doch nicht den Mann heiraten, dessen Bruder …«

»Aber Miss, das ist doch Unsinn!«, widersprach er überraschend heftig. »Verzeihen Sie, aber Sie sagten doch gerade eben, dass Sie Markus lieben. Warum heiraten Sie ihn dann nicht? Sie brauchen doch auf die Gefühle Ihrer Mutter keine Rücksicht zu nehmen. Im Gegenteil, Sie schaden ihr damit mehr, als dass Sie ihr helfen. Wenn Ihre Mutter diesen Hass noch lange weiter verfolgt, wird sie eines Tages daran zerbrechen. Ihre Ehe ist bereits daran zerbrochen – nicht an dem Tod des Kindes, sondern an dem Hass auf den Mann, den sie für schuldig hält.«

Annika hob den Blick und sah den Mann erstaunt an. So hatte sie das noch nie gesehen. War es möglich, dass er recht hatte? Dass es ihrer Mutter längst nicht mehr nur um Tom ging, sondern vor allem um Rache? Eine vollkommen sinnlose, ungerechtfertigte Rache, die nichts als Zerstörung mit sich brachte?

Als das Flugzeug in Birmingham gelandet war und langsam in der Parkposition zum Stehen kam, reichte Annika dem Pastor zum Abschied die Hand. »Auf Wiedersehen, Sir, und vielen Dank! Ich weiß, wir werden uns vermutlich nicht wiedersehen, also …«

Sie blickte etwas unsicher auf das Taschentuch in ihrer Hand.

In den Augen des alten Mannes funkelte es, und er lächelte, während er Annikas Hand nahm und sie zudrückte. »Behalten Sie es. Passen Sie gut auf sich auf, Miss. Und nehmen Sie sich Zeit für die Entscheidungen, die vor

Ihnen liegen. Sie werden wissen, welches die richtigen sind, wenn Sie nur auf Ihr Herz hören.« Er hob eine Hand und malte ein kleines Kreuz in die Luft direkt vor Annikas Stirn. »Gottes Segen für Sie und Ihre Familie.«

Verwundert sah sie ihm nach, wie er den Gang hinunter in Richtung Ausgang ging. Dann fuhr sie sich unwillkürlich mit der Hand an die Stirn. Bildete sie sich das ein, oder war da wirklich so etwas wie eine Kraft von diesem Mann ausgegangen? Sie fühlte sich auf einmal so leicht, so befreit, als hätte jemand eine schwere Last von ihren Schultern genommen.

Und wenn dieser Jemand Gott ist, schien eine leise Stimme in ihrem Inneren zu fragen. Wenn Gott dir diesen Mann geschickt hat, um dich auf den richtigen Weg zu bringen?

Nein, antwortete eine andere Stimme in ihr, ich glaube nicht an solche Dinge. Die passieren allerhöchstens frommen Menschen, solchen, die sowieso ständig den »heißen Draht« zu Gott pflegen. Menschen wie Markus oder seinen Eltern. Nicht mir, Annika Köhler. Ich habe nie etwas von Gott wissen wollen, warum also sollte er jetzt etwas von mir wissen wollen?

Kopfschüttelnd zog sie ihren kleinen Rucksack unter dem Sitz hervor und folgte den anderen Passagieren nach draußen. Sie hatte das Gefühl, plötzlich gar nichts mehr zu verstehen. Ihre Welt schien komplett auf dem Kopf zu stehen. Sie war überrascht festzustellen, dass sie trotzdem noch relativ sicher stand.

»Und das Komische ist, er hat mir zum Abschied nicht mal irgendwas in die Hand gedrückt. Kein Neues Testament, kein Heftchen mit sinnreichen Bibelsprüchen, nichts. Nur diese Kreuz in der Luft … seltsam, nicht? Und ich habe mich auch nicht gewehrt, hab mich nicht gleich abgewandt oder so …«

»Das ist allerdings seltsam!«, lachte Eva.

Die beiden saßen gemütlich bei Wein und Pizza in der Küche in Hillmorton und waren dabei, sich gegenseitig auf den neuesten Stand zu bringen.

»Wenn du dich segnen lässt – noch dazu von einem wildfremden Mann –«

»Einem Pastor.«

»Einem Pastor, okay, aber trotzdem einem wildfremden … dann ist das schon seltsam, ja. Gar nicht typisch Annika. Aber du hast dich danach deutlich besser gefühlt, oder?«

Annika, den Mund voller Pizza, nickte.

»Hast du seitdem mit Markus gesprochen? Oder seid ihr schon so weit auseinander, dass …« Eva zögerte. »… dass ihr nicht einmal mehr miteinander sprecht?«

»Doch, doch, ich habe ihn gleich angerufen, nachdem ich angekommen war. Wir haben nicht lange gesprochen – er ist ziemlich enttäuscht von mir, glaube ich. Aber er zeigt es natürlich nicht. Wie immer.«

Eva nickte langsam. »Und? Was machst du jetzt?«

»Ich weiß es nicht …« Annika senkte den Blick. »Ich weiß irgendwie gar nichts mehr. Seit Katja mir das alles erzählt hat, habe ich das Gefühl, dass mein Leben nicht mehr dasselbe ist. Nichts ist mehr so, wie es war und ich – ich bin es auch nicht mehr.«

Sie schüttelte den Kopf und flüsterte: »Ich will mein Leben so zurück, wie es vorher war. Einfach, überschaubar …«

»Und ungewiss.«

»Bitte??«

»Ungewiss. Darf ich dich an das erinnern, was du damals auf deinem Geburtstagsfest sagtest? *Das Höchste meines Lebens ist, zu wissen, wer ich bin und wohin ich gehöre.* Das hast du gesagt. Und das klingt für mich nicht gerade einfach und überschaubar. Es klingt eher, als hättest du damals nicht gewusst, wohin dein Leben dich führt, und Angst gehabt – Angst, deinen Platz nicht zu finden. Und jetzt, da du ihn eigentlich schon gefunden hast, möchtest du dich am liebsten umdrehen und zurücklaufen? Das ist nicht dein Ernst, oder?«

Annika biss sich auf die Lippe. Dann nahm sie ihr Glas Wein, nippte einmal daran und stand auf. »Kann ich mal kurz telefonieren? Es dauert nicht lange …«

»Klar. Du bist hier zu Hause, du kannst telefonieren, wann du willst. Kann ich das letzte Stück Pizza essen?«

»Ja, danke, ich bin satt. Aber schenk mir noch ein Glas Wein nach, bitte.«

Eva spürte die Nervosität, die in Annikas Stimme schwang, und stand auf, um der Freundin beruhigend einen Arm um die Schulter zu legen. »Hey … du machst das schon. Alles wird gut, wart's nur ab. Es gibt jemanden, der ein großes Interesse daran hat, dass das zwischen euch beiden in Ordnung kommt.«

Annika verdrehte die Augen, musste dann aber lachen. »Ja ja, ich weiß. Und er hat bestimmt auch schon eine wunderbare Lösung für unser Problem, die alle außer mir sehen können.«

Natürlich, dachte Eva bei sich, und du weißt auch genau, wie diese Lösung aussieht. Wenn du nur nicht so fürchterlich stur wärest …

Aber stur war Annika, das ließ sich nun einmal nicht leugnen. Und wenn sie sich in den Kopf gesetzt hatte, etwas zu tun – oder, wie in diesem Falle, etwas *nicht* zu tun –, dann konnte sie kaum jemand davon abbringen. Der Einzige, auf dessen Rat sie wenigstens manchmal hörte, war Markus. Aber den konnte sie nun wohl schlecht fragen. Welche Ironie, fuhr es Eva durch den Kopf, während sie die Vorhänge zuzog, ausgerechnet bei der wichtigsten Entscheidung ihres Lebens kann er ihr nicht helfen – weil es um ihn selbst geht. Manchmal fragte sie sich, ob Annika Markus wirklich liebte, oder ob sie in ihm immer noch lediglich den guten Freund sah, mit dem sie Pferde stehlen konnte. Denn wenn sie ihn wirklich liebte, konnte sie doch bestimmt kein Hannes auf der Welt davon abhalten, ihn zu heiraten.

»Ist keiner da«, verkündete Annika, die lautlos ins Wohnzimmer getreten war. »Wer weiß, vielleicht vergnügt er sich ja schon mit einer anderen. Verdient hätte ich's ja.«

Oh, klar, dachte Eva und schenkte kopfschüttelnd den letzten Rest Wein in ihr Glas. Das ist in der Tat sehr wahrscheinlich. Womöglich sitzt er in diesem Augenblick im *Heinzelmännchen* und schüttet der nächstbesten Blondine sein Herz aus.

Im *Heinzelmännchen* saß Markus zwar, und sein Herz schüttete er auch aus, aber nicht der nächstbesten Blondine, sondern Karsten. Der saß ihm gegenüber an einem der rustikalen Holztische, deren Oberflächen sich irgendwie immer klebrig anfühlten, und trank schweigend sein Bier, während er Markus zuhörte.

»Nun ja, immerhin hat sie mich angerufen, als sie wieder in England gelandet war«, meinte dieser abschließend und nahm ebenfalls sein Bierglas zur Hand. »Das hätte sie ja auch nicht tun müssen, so, wie wir tags davor auseinandergegangen waren. Ehrlich gesagt, ich hätte gedacht, das war's dann. Aus und vorbei.«

»Hm. Aber viel gesagt hat sie am Telefon auch nicht außer, dass sie gut angekommen ist. Ich meine, so etwas Nebensächliches wie *Es tut mir leid* oder *Ich liebe dich*. Das hat sie doch nicht gesagt, oder?«

»Nein«, erwiderte Markus leise, »das hat sie nicht gesagt.«

»Hm«, meinte Karsten wieder, nickte langsam und trank sein Bier aus. Eine Weile schwiegen beide, bis Karsten den Blick hob und Markus direkt ansah. »Weißt du, was ich glaube? Ich glaube, du solltest versuchen, mal ein wenig Abstand zu dieser jungen Dame zu gewinnen. Es hilft ja nichts, zu jammern und zu klagen. Deinen Heiratsantrag alle paar Monate zu wiederholen, bringt dir auch nicht das ersehnte *Ja*. Sie ist nun mal ein sturer Esel – ein hübscher, gescheiter, aber unendlich sturer Esel. Entschuldige, dass ich das so frei sage. Und im Moment ist sie in England gut aufgeräumt, du fliegst in zwei Wochen nach Australien, und dann … ja, dann kannst du immer noch sehen, wie es weitergeht. Willst du auch eine Pizza?«

Karsten war schon halb auf dem Weg, und Markus, der weder Hunger noch Durst verspürte, griff nach seinem Glas und nippte lustlos daran.

Abstand. Sturer Esel.

Ja, Annika war stur – er aber auch! Er ließ sie nicht in Ruhe, und sie konnte sich nicht entscheiden. Objektiv betrachtet, würden sie auf diese Weise nie zusammenkommen.

»Na?«

Karsten kam mit zwei Gläsern Bier zurück und deutete mit dem Kinn auf Markus' noch halb volles Glas. »Was wird denn das heute noch? Als du mich heute Nachmittag anriefst, hast du irgendwas von Betrinken gesagt. Ich hab mich ja ehrlich gesagt schon gewundert, was das wohl werden soll. Hier, nimm das frische.« Er schob Markus das volle Glas hin und zwinkerte ihm zu. »Prost, Markus. Auf die Freundschaft!«

»Auf die Freundschaft«, antwortete Markus so leise, dass man es kaum hören konnte, und stieß mit seinem Glas an das von Karsten. Das hatte er zu Annika auch schon so oft gesagt. Vielleicht hätten sie Freunde bleiben sollen – einfach nur Freunde. Vielleicht wären sie es dann heute noch.

Er schüttelte den Kopf. Welche Freundschaft konnte das schon aushalten?

Als Annika spätabends in ihrem Bett lag und nicht einschlafen konnte, ging ihr immer wieder ihre letzte Begegnung mit Markus durch den Sinn.

»Es hat keinen Sinn«, hatte sie gesagt, als er versucht hatte, sie zum Abschied zu küssen. »Ich kann mich nicht gegen den Willen meiner Mutter mit dir verloben. Ich weiß, dass sie nicht will, dass wir heiraten. Ehrlich gesagt, bin ich ja nicht einmal sicher, ob ich es selbst will. Ich meine ... ob ich es kann. Ich hab dich wirklich lieb, Markus, ganz doll, aber ...« Ihre Stimme brach, und sie konnte ihn nicht ansehen, als sie flüsterte: »Aber manchmal ist Liebe eben einfach nicht genug.«

Manchmal ist Liebe eben einfach nicht genug.

Wie sehr mussten ihn ihre Worte getroffen haben! Wie gequält war der Ausdruck in seinem Gesicht gewesen, als er daraufhin genickt hatte, ihr noch ein letztes Mal das Haar aus der Stirn gestrichen hatte und dann einen Schritt zurückgetreten war. »Ja«, hatte er ebenso leise erwidert, »vielleicht hast du recht, Annika. Vielleicht ist es wirklich nicht genug, einander zu lieben. Vertrauen und die Bereitschaft zu vergeben, gehören ebenso dazu wie der Mut, für diese Liebe zu kämpfen. Es schmerzt mich, zu erkennen, dass du nicht kämpfen willst, Annika. Aber ich werde deine Entscheidung akzeptieren und –« er hatte tief durchgeatmet, als müsse er sich sehr durchringen, weiterzusprechen. »Und dich nicht mehr fragen. Versprochen. Und nun mach's gut, Annika. Einen guten Flug morgen und ... Na ja, das Übliche. Du weißt, was ich meine.«

Gott segne dich.

Sie wusste ebenso gut wie er, dass er das nicht sagen würde – vielleicht nie wieder –, aber sie spürte, dass es ihm schwerfiel. In diesem Moment liebte sie ihn so sehr, dass es ihr fast das Herz brach. Sie musste schwer an sich halten, um sich nicht auf der Stelle in seine Arme zu stürzen. Die

Tatsachen blieben doch unverändert: Hannes hatte Tom überfahren, und ihre Mutter hatte ihr gegenüber unmissverständlich deutlich gemacht, dass sie nie wieder einen Feuerbach in ihrem Haus sehen wollte – auch Markus nicht.

»Die sollen froh sein, wenn ich das nicht zur Anzeige bringe!«

Aber es konnte doch nicht nur darum gehen, oder? Was würde es denn helfen, Hannes anzuzeigen – nach all den Jahren? *Wem* würde es helfen? – Ihrer Mutter bestimmt nicht.

Doch Annika hatte bereits ihren Bruder und ihren Vater verloren, sie konnte nicht auch noch ihre Mutter verlieren. Das musste Markus doch verstehen, oder?

Jetzt aber, wo sie in ihrem gemütlichen Polsterbett unter der gelb geblümten Decke lag und sein Gesicht immer wieder vor ihr auftauchte, sobald sie die Augen schloss, war sie sich plötzlich nicht mehr so sicher, ob sie das Richtige getan hatte. Wie hatte der Pastor gesagt? Es sei nicht Toms Tod, der Schuld an den Depressionen ihrer Mutter war, sondern vor allem ihre Unfähigkeit, dem Fahrer zu vergeben. Dem Fahrer und sich selbst.

Würde sie das jemals können?

Und war es dann noch nicht zu spät für sie und Markus?

39

Katja starrte trübsinnig in die Tasse Pfefferminztee, die Hannes ihr gebracht hatte. Sie konnte sich beim besten Willen nicht dazu überwinden, den Tee zu trinken. Das wusste sie, sobald sie ihn nur ansah. Doch Hannes stand neben ihr, die Arme vor der Brust verschränkt, und sah sie eindringlich an. »Du trinkst das. Ich habe extra viel Zucker hineingetan, weil ich ja weiß, dass du keinen Pfefferminztee magst, aber wenn du schon nichts essen willst, dann brauchst du wenigstens so etwas wie flüssige Energie. Und es wird deinen Magen beruhigen. Glaub mir, hinterher fühlst du dich viel besser, vielleicht magst du dann sogar etwas essen. Ich habe frisches Brot gebacken, und Erdbeermarmelade habe ich auch besorgt.«

»Ja, ich weiß, ich hab's schon gerochen, als ich vorhin aufgewacht bin.

Das ist lieb von dir. Aber ich kann ja nichts dafür, wenn mir so schlecht ist …«

Hannes drückte ihr den Becher in die Hand. »Denk nicht darüber nach, trink einfach. Ich gehe jetzt duschen, und dann möchte ich frühstücken. Glaubst du, du schaffst es, wenigstens einen Toast zu essen? Einen halben …?«

Katja zog zwar eine Grimasse, hob den Becher aber gehorsam an ihre Lippen und trank. Hannes hatte sich in den letzten Tagen als ein außerordentlich fürsorglicher werdender Vater erwiesen. Katja wohnte die meiste Zeit über noch bei Sam und Ruth, wofür Hannes auch sehr dankbar war, denn falls ihr in seiner Abwesenheit etwas zustoßen sollte, würde er sich das nie verzeihen. Eigentlich würde er Katja am liebsten sofort heiraten, aber davon wollte Katja im Moment nichts hören.

»Wenn du mir einen großen Gefallen tun willst, kannst du mir helfen, einen Brief an meine Eltern zu schreiben«, hatte sie am Wochenende zu ihm gesagt. »Die sollten langsam auch mal erfahren, dass sie im Oktober Großeltern werden. Sie fallen sonst glatt hintenüber, wenn sie im Juni kommen und feststellen, dass ihre Tochter aus Versehen einen Pezziball verschluckt hat.«

»Vor allem, wenn sie feststellen, dass es gar kein Pezziball ist.«

»Genau.«

So hatten sie gemeinsam einen langen Brief an Monika und Bernd Schultze geschrieben. Hannes war gespannt auf die Reaktion, aber im Vergleich zu dem, was ihm mit seiner eigenen Familie bevorstand – und mit Annikas, wenn sie Markus tatsächlich heiraten sollte –, erschien ihm ein Besuch von Familie Schultze wie der reinste Spaziergang.

»Und? Bist du schon aufgeregt?«

Christina warf ihrem Bruder einen vorsichtigen Seitenblick zu. Der hatte gerade eine Tablette gegen Reiseübelkeit eingenommen und versuchte jetzt, sich mit einem Buch zu entspannen.

»Geht so. Und du?«

»Auch – geht so.«

Plötzlich mussten beide lachen. Dann sagte Christina, immer noch lachend: »Weißt du, was ich jetzt tue? Ich bestelle mir ein Glas Sekt. Einfach so! Willst du auch eins?«

»Oh nein, danke«, wehrte Markus ab und nahm sein Buch wieder zur Hand. »Ein Glas Pfefferminztee wäre wohl eher das Richtige für mich. Aber die haben ja nur schwarzen Tee und Kaffee, also bleibe ich bei meinem Mineralwasser. Prost!«

Hannes trommelte ungeduldig mit den Fingern auf das Lenkrad. Sam hatte darauf bestanden, dass er alleine zum Flughafen fuhr, um seine Geschwister abzuholen, und ihm die Schlüssel für seinen Mitsubishi-Geländewagen in die Hand gedrückt.

»Du kannst doch nicht mit einem von uns da am Flughafen auftauchen – grad so, als würdest du dich alleine nicht trauen. Wenn die glücklich wiedervereinten Geschwister sich dann gegenseitig um den Hals fallen, würden wir auch nicht daneben stehen wollen. Da kämen wir uns ja schön überflüssig vor. Nein, nein, John, fahr du mal allein. Sie kommen abends an, da ist es ruhig auf den Straßen, und du kannst dir schön viel Zeit lassen. Für irgendwas muss das Fahrtraining in den letzten Wochen doch gut gewesen sein, oder?«

Sam hatte es sich in den letzten vier Wochen zur Aufgabe gemacht, Hannes wieder ans Autofahren zu gewöhnen. »Ein Familienvater muss Auto fahren können«, hatte er erklärt. »Da gibt es nichts zu diskutieren. Und du *kannst* ja fahren, du bist nur etwas aus der Übung. Also, ich schlage vor, wir fangen gleich morgen an …«

Fast jeden Vormittag hatten sie dann geübt – zuerst nur ein Stück um den Block herum, dann quer durch die Stadt und aufs Land hinaus. Eine Nachtfahrt über die Sydney Harbour Bridge mit Katja war das romantische Highlight zum Abschluss gewesen. Danach hatten sie in einem schicken Restaurant gegessen, um zu feiern. Sie hatten auch allen Grund zum Feiern – dass sie wieder zusammen waren, dass sie ein Kind erwarteten, dass Hannes wieder Auto fuhr, und dass seine Geschwister ihn so sehr liebten, dass sie sich auf den weiten Weg hierher machten, um ihn zu sehen.

»Es wird alles gut werden, Hannes«, hatte Katja ihm über einem Glas Traubensaft – anstelle von Wein – erklärt und ihn aufmunternd angelächelt. »Glaube mir! Wenn sie dich nicht lieben würden, würden sie sich nicht auf den weiten Weg nach Australien machen, um dich zu sehen. Und wenn sie dich nur halb so sehr lieben wie ich, dann …«

Er schmunzelte, während er sich in den fließenden Kreisverkehr an der Zufahrt zum Sydney Airport einordnete. Katja war wie ausgewechselt, seit sie alles zwischen sich geklärt hatten und sie keine Angst mehr haben musste, alleine mit dem Baby dazustehen. Es hatte ein paar Tage gedauert, aber schließlich hatte er sie davon überzeugen können, dass alles gut wird. Genauso, wie sie ihn jetzt davon hatte überzeugen wollen, dass zwischen ihm und seiner Familie alles gut werden würde.

Ein Flugzeug landete vor seinen Augen in der jetzt rasch untergehenden Sonne, und er warf einen schnellen Blick zur Uhr. Noch Zeit genug. Sein Herz klopfte wild, während er Minuten später in dem riesigen, mehrstöckigen Parkhaus herumfuhr, um eine der an der Einfahrt angezeigten 142 Parklücken zu finden. »Das kann doch nicht sein! Haben die da einen Fehler in der Technik? Hier ist alles voll!« Wieder ein nervöser Blick zur Uhr. Noch eine halbe Stunde. In dem Moment, als er ein zweites Mal nach oben auf das fünfte Deck fahren wollte, fuhr direkt vor ihm ein Land Rover rückwärts aus einer Parklücke. »Na, die sollte doch passen«, murmelte er und rangierte Sams Wagen geschickt in die frei gewordene Lücke.

Dann kletterte er mit zitternden Knien aus dem Auto und machte sich auf den Weg zum Ausgang.

»Da ist er, da ist er, ich hab ihn gesehen! Komm schon, Markus, beeil dich doch …«

Christina zupfte aufgeregt an dem Jackenärmel ihres Bruders, der noch ganz benommen war von dem langen Flug, der hinter ihnen lag. Er war froh, überhaupt wieder festen Boden unter den Füßen zu haben.

»Er sieht genau so aus, wie ich ihn mir vorgestellt habe«, flüsterte sie auf dem Weg durch die sich automatisch öffnenden Glastüren. »Das ist aber schick hier, findest du nicht? In Hamburg muss man durch diese Zickzack-Absperrung eiern mit seinem ganzen Gepäck. Jetzt, Markus, jetzt hat er uns auch gesehen!«

Ehe Markus sie aufhalten konnte, rannte sie auf einen jungen Mann in Jeans und T-Shirt zu, der einen leeren Gepäckwagen vor sich herschob.

»Hannes!«

»Sorry, Miss?«

Der Mann, offensichtlich Australier, sah sie zuerst etwas irritiert an und grinste dann breit, als er merkte, wie unangenehm der jungen Frau die Verwechslung war. »No worries, mate. She'll be right!«

Damit wandte er sich an eine ältere Dame – seine Mutter vielleicht, oder seine Tante –, die in diesem Moment vor ihm auftauchte, und umarmte sie herzlich.

»Die sprechen aber komisch hier, findest du nicht? Wieso denn *she*? Und dann auf einmal *mate*? Ich bin doch kein Mann!«

Markus legte seiner Schwester einen Arm um die Schulter. »Das sind eben Aussies, die darf man nicht so ernst nehmen. Hat mir Karsten jedenfalls gesagt. Hier sind alle *mates*, und *she'll be right* ist so eine Redewendung, die wohl so viel heißt wie: *Geht schon in Ordnung*. Mein Englisch ist ja auch nicht das Beste. Aber mit Hannes' Hilfe kommen wir schon klar hier.«

Christina seufzte. Dann senkte sie beschämt den Blick. »Das war ja nur peinlich. Weißt du, was ich jetzt mache? Ich setze mich auf einen dieser Stühle da drüben und warte einfach so lange, bis der echte Hannes hier auftaucht und mich anspricht. Was er hoffentlich bald tun wird, bevor ich ein nervöses Wrack geworden bin.«

Hannes sah die beiden, lange bevor sie ihn sahen, und blieb kurz stehen, um das Bild in sich aufzunehmen, das sich ihm bot. Christina erkannte er sofort an ihrem blonden Lockenschopf, und Markus, dessen helles Haar immer schon eine Schattierung röter gewesen waren als das aller anderen, saß neben ihr und hatte einen Arm um ihre Schulter gelegt. Sie waren außerdem die beiden einzigen Passagiere der Maschine aus Singapur, die in der Ankunftshalle noch auf den mit hellem Kunstleder bezogenen Stühlen saßen.

Er seufzte. Wie hätte er ahnen sollen, dass ausgerechnet ihre Maschine früher landete? Aber er wäre ohnehin nicht eher weggekommen, weil Katja noch einen Arzttermin gehabt hatte. Lächelnd tastete er nach dem Ultraschallbild, das er in der Brusttasche seines Hemdes mit sich trug. Sein Kind. Sein kostbares Baby.

Dann atmete er noch ein letztes Mal tief durch, ging raschen Schrittes auf die Stuhlreihen zu und stellte sich hinter Christina und Markus. »Sie sehen ja so verlassen aus. Werden Sie noch von jemandem abgeholt oder soll ich Sie zu Ihrem Quartier bringen?«

Beide Köpfe flogen gleichzeitig herum. »Hannes!!«

Christina sprang auf, ergriff Hannes an den Schultern und zog ihn in ihre Arme, hielt ihn so fest, als wolle sie ihn nie wieder gehen lassen. »Hannes«, brachte sie unter Schluchzen hervor. »Mein Bruder, mein geliebter Bruder …«

Hannes erwiderte ihre Umarmung herzlich und drückte sie fest an sich, doch er konnte kein Wort hervorbringen. Die Freude, die er empfand, konnte er nicht in Worten ausdrücken. So hielt er seine Schwester nur, während sie ihren Freudentränen freien Lauf ließ.

»Wieso trägst du denn kein weißes T-Shirt? Darauf haben wir uns fest verlassen. Christina hat schon den Falschen angesprochen – Mensch, Hannes, gut, dich zu sehen!«

Markus umarmte seinen Bruder ebenfalls und bemühte sich dabei, die Tränen zurückzuhalten, die in seinen Augen standen. »Wie gut dich endlich wiederzusehen …«

Lange Zeit standen sie so da, ein innig ineinander verschlungenes Trio, und weinten und lachten gleichzeitig vor Freude und Dankbarkeit.

»Kommt«, sagte Hannes schließlich und legte einen Arm um Christinas Taille, »lasst uns gehen. So gemütlich ist es hier auch wieder nicht. Ihr werdet bestimmt müde sein. Soll ich den schieben?«

Er deutete auf den Gepäckwagen.

»Ich weiß was Besseres«, meinte Markus. »Wir schieben ihn alle zusammen. Seid ihr bereit?« Und so machten sie sich auf den Weg zum Parkdeck – sechs Hände, alle dicht beieinander, die von Hannes in der Mitte.

Christina weinte die ganze Zeit. Sie musste Hannes immer wieder ansehen, sonst konnte sie es nicht glauben. Sie war hier, sie war wirklich hier! Und sie hatten Hannes zurück …

40

Liebe Mama, lieber Papa!

Ihr könnt euch nicht vorstellen, wie schön es hier ist. Von Weitem höre ich das Meer rauschen, wenn ich aufstehe und mich recke, kann ich es sogar sehen, denn das Haus der Johnsons (der überaus netten und gastfreundlichen Familie, bei der auch Katja wohnt) liegt nahe einer Bucht. Wie sehr wünschte ich, ihr könntet auch hier sein.

Ich sitze auf der Terrasse, Hannes, Christina und Katja kochen irgendetwas Exotisches, von dem ich noch nie gehört habe (im Zweifelsfalle Fisch, davon haben sie hier mindestens ebenso reichlich wie wir) und ich genieße einfach die Stille und den Frieden dieses herrlichen Abends …

Hannes und Katja geht es gut; ich bin sicher, dass sie sehr glücklich miteinander werden. Macht euch also keine Sorgen.

Markus hielt im Schreiben inne. Christina war auf die Terrasse gekommen, um ihm ein Glas Martini zu bringen.

»Na, Bruderherz, an wen schreibst du?«

Er ließ den Stift sinken und sah sie mit hochgezogenen Brauen an. »An unsere Eltern, denk mal. Was hattest du denn gedacht?«

Christina reichte ihm sein Glas. »Oh, nichts Bestimmtes. Wir essen gleich, denkst du, dass du dann fertig bist – oder aufhören kannst?«

»Sicher«, erwiderte er, »jederzeit. Was macht ihr denn eigentlich? Ich höre euch nur immerzu lachen da drinnen …« Er zeigte auf das Haus. »Ihr scheint ja eine Menge Spaß zu haben.«

»Haben wir auch. Katja kann einfach nicht kochen, sie ist ein absolut hoffnungsloser Fall, und Hannes ist auch nicht viel besser – alter Junggeselle! Wird wohl Zeit, dass er unter die Haube kommt.«

Markus nippte an seinem Martini. »Na, das wird wohl noch ein Weilchen dauern. So, wie ich ihn verstanden habe, hält Katja nicht allzu viel vom Heiraten im Allgemeinen, und vom Heiraten auf die Schnelle, weil ein Kind unterwegs ist, noch viel weniger.«

»Da wird sie aber bei Hannes einen schweren Stand haben«, meinte Christina und grinste. »Er wird sich da nicht so schnell geschlagen geben, fürchte ich.«

Markus grinste ebenfalls. »Ja, das denke ich auch.«

Während er Christina nachsah, murmelte er: »Aber das ist wohl das geringste seiner Probleme im Moment …«

»Darf ich stören?«

Hannes tauchte in der Terrassentür auf, einen Ofenhandschuh in der einen, ein Glas Saft in der anderen Hand. »Das Essen ist gleich fertig. Prost!«

Markus sah zögernd von dem Martiniglas in seiner Hand zu Hannes hinüber. Hatte er das ironisch gemeint? Er konnte Hannes einfach noch nicht einschätzen. Kein Wunder, dachte er, ich kenne ihn ja kaum, und von Alkoholismus habe ich auch keine Ahnung. Gott sei Dank.

»Ist schon in Ordnung, Markus, trink deinen Martini. Ich gönne ihn dir ja – ich mag bloß einfach keinen, weißt du? Schmeckt mir nicht.«

Jetzt erst bemerkte Markus, dass sein Bruder breit grinste. Immer noch unsicher, nahm er einen winzigen Schluck, stand auf und wollte an Hannes vorbei ins Haus gehen. Doch der hielt ihn sanft zurück.

»Hey, kleiner Bruder. Ich bin okay – wirklich! Es geht mir gut. Ich will keinen Drink, ich habe alles, was ich zum Leben und zum Glücklichsein brauche. Katja ist da, ihr seid da, es duftet köstlich nach einem guten Abendessen … und, hey, sieh dir mal diesen Sonnenuntergang an – ist das nicht ein Traum?«

Markus folgte dem Blick seines Bruders zur Bucht von Drummoyne hinüber. Feuerrot ging die Sonne über dem Meer unter und tauchte alles in ein zauberhaftes Licht.

Er nickte stumm. Ein Traum, ja. Und ein Teil seines eigenen Traumes hatte sich hier erfüllt: Sein Bruder stand neben ihm, es ging ihm gut. Das konnten sie ihren Eltern glaubhaft versichern, wenn sie am Samstag heimflogen. Aber was dann? Würde Hannes heimkehren? Auf Besuch, oder vielleicht sogar für immer?

Markus hoffte es – und er wusste, dass Christina es ebenfalls hoffte. Aber vielleicht hatte Hannes sich inzwischen so an das Leben Down Under gewöhnt, dass er gar nicht mehr zurückwollte? Immerhin hatte er sich hier etwas aufgebaut: ein eigenes Lokal, einen Freundeskreis, und er hatte eine Gemeinde, der er sich zugehörig fühlte.

Markus war stolz auf seinen Bruder. Nicht jeder hätte das geschafft, was er geschafft hatte – aber ohne Gottes Eingreifen, das wusste er, wäre Hannes heute wahrscheinlich nicht mehr am Leben.

»Ich hätte immer weiter gesoffen«, hatte er gesagt, als sie gestern Abend zusammen am Strand entlangspaziert waren, »immer weiter. Für mich gab es zu diesem Zeitpunkt keinen Sinn mehr im Leben. Gar keinen. Und dann stolperte ich eines Abends einer Ruth Johnson geradewegs in die Arme, mitten auf der Straße. Als ich zu mir kam, dachte ich erst, ich sei gestorben, und Ruth sei ein Engel. Ein Engel, der im nächsten Augenblick sein Urteil über mich sprechen würde. Weißt du, was sie sagte? *Du hast Glück, dass ich zufällig um diese Zeit noch unterwegs war, Junge, sonst hätte dich vielleicht jemand anderes gefunden. Und der hätte dir bestimmt keinen starken Kaffee und keine Donuts angeboten.* Erst sehr viel später realisierte ich, dass sie damit auf den Teufel angespielt hatte. Ja, wenn Gott mir Ruth nicht geschickt hätte … Aber ich habe Jahre gebraucht, um das zu erkennen. Jahre, Markus! Und weißt du, was ich glaube? Gott hat mir auch Katja geschickt. Er hat sie mir genau in dem richtigen Moment geschickt, damit ich den Weg zurück finde – den Weg zu ihm und den Weg zu meiner Familie. Zum ersten Mal in meinem Leben habe ich das Gefühl, dass alles richtig ist. Und dass alles irgendwie gut wird. Weil es Sinn macht. Verstehst du, was ich meine?«

Ja, das konnte Markus verstehen. Für Hannes würde alles irgendwie gut werden – er hatte die Frau gefunden, die er liebte und die sein Kind erwartete, und seine Familie stand zu ihm, ganz gleich, was noch kommen mochte. Auch er würde immer zu Hannes stehen – er konnte gar nicht anders. Trotzdem versetzte es ihm einen schmerzhaften Stich in die Brust, wenn er daran dachte, wie glücklich sich alles für Hannes zu fügen schien, während er, was seine Zukunft mit Annika betraf, noch genauso im Ungewissen tappte wie am Tag seiner Abreise. Würde Annika ihre Meinung noch ändern? Oder war das, was sie gesagt hatte, endgültig gewesen – *manchmal ist Liebe eben einfach nicht genug.*

Warum nicht, dachte er seitdem immer wieder, warum ist Liebe nicht genug? Wie kann es sein, dass etwas so Großes, etwas so Starkes wie die Liebe eines Menschen nicht genug ist?

»Du hast recht«, sagte er jetzt an seinen Bruder gewandt, »es ist wunderschön hier. Aber jetzt komm, lass uns hineingehen. Ich habe Hunger. Was gibt es denn Gutes?«

»Lass dich überraschen«, sagte Hannes mit einem Augenzwinkern und hielt ihm die Tür auf. Auf dem Tisch standen bereits Weingläser und eine Karaffe mit Wein, dazu ein Krug Wasser und ein Krug Saft. Sogar eine kleine Flasche Cola stand für Katja bereit – Ruth hatte an alles gedacht: hier kam wirklich keiner zu kurz. Jeder war wichtig, jeder durfte hier zu Hause sein. In gewisser Weise erinnerte Ruth ihn an seine Mutter.

Aber, dachte er so bei sich, als er neben Katja auf einem Stuhl Platz nahm, Gott hat Hannes bestimmt auch nicht zufällig hierher geführt.

Auf Immensee deckte Annemarie gerade den Mittagstisch; es war zwölf Uhr, und Daniel würde jeden Moment aus der Schule kommen. Sie hatte sein Leibgericht gekocht – Labskaus mit Spiegelei und Roter Bete aus dem Garten. Erstaunlicherweise hatte er bereits im Alter von zwei Jahren riesige Portionen davon in sich hineingeschaufelt, mit Roter Bete und allem, was dazugehörte.

»Oma?«

Marie war lautlos in die Küche getreten, und Annemarie zuckte zusammen, wobei sie beinahe einen Teller hätte fallen lassen.

»Kannst du auch ein paar Pfannkuchen für mich machen? Du weißt doch, dass ich Labskaus nicht so gerne mag … bitte, ja?«

Annemarie drehte sich um und lächelte. »Natürlich, mein Schatz. Du isst eine winzig kleine Portion Labskaus vorweg, und dann bekommst du von mir einen dicken, fetten Pfannkuchen mit Apfelkompott zum Nachtisch. Wie klingt das?«

Es war offensichtlich, dass die Kleine mit dem ersten Teil des Vorschlags nicht besonders glücklich war, doch sie wusste, dass sie keine andere Wahl hatte. Also erwiderte sie das Lächeln ihrer Großmutter und zog, einigermaßen zufrieden, von dannen. »Ich geh und sag Opa Bescheid, dass es gleich Essen gibt, ja?«, rief sie über die Schulter zurück.

Wie schnell sie doch groß werden, dachte Annemarie wehmütig. Wie schnell … Im Herbst würde auch Marie zur Schule kommen und dann würde nur noch Klein-Johanna da sein, um ihr den Vormittag über Gesellschaft zu leisten. Aber so war es nun einmal mit den Kindern: Loslassen musste man sie alle irgendwann, egal, wie schwer es fiel.

Als Hannes damals eingeschult worden war, hatte sie ihn auch nur schwer gehen lassen können – nicht ahnend, dass sie ihn zwölf Jahre später für immer würde gehen lassen müssen.

Ihr Blick fiel auf die Karte, die er ihr zum Geburtstag geschickt hatte, kurz bevor Markus und Christina abgereist waren. Die erste Geburtstagskarte in sechzehn Jahren. Diese Karte würde nicht ihren Weg in den Schuhkarton in ihrem Nachttisch finden; sie würde sie immer wieder zur Hand nehmen und lesen wollen, bis zu dem Tag … Sie hielt inne, biss sich auf die Lippen, um nicht zu weinen.

Bis zu dem Tag, an dem sie sich wiedersehen würden.

Ich habe meinen Weg zurück zu Gott gefunden – vielleicht ist dies das größte Geschenk, das ich dir machen kann, liebe Mutter. Er war die ganze Zeit über bei mir, das habe ich schon immer irgendwie gespürt, aber wie nahe er mir wirklich ist, und wie sehr er mich liebt, das ist mir erst jetzt klar geworden. Ohne ihn wäre dies alles nie passiert. Ich glaube nicht mehr an Zufälle, dafür glaube ich ganz fest an Wunder – und jetzt, da Markus und Christina hierher unterwegs sind, weiß ich, dass ich nicht umsonst glaube.

Eines Tages werden wir uns wiedersehen, Mutter, und ich werde dich in die Arme schließen. Für jeden versäumten Geburtstag werde ich dich nachträglich umarmen, und ich werde alles wieder gutmachen.

Dein Sohn Hannes

Hannes hatte schon als Kind eine Gabe dafür gehabt, in nur wenigen, schlichten Worten das auszudrücken, was sein Herz bewegte, die sie für einen Jungen – oder einen Mann – geradezu bemerkenswert hielt. Gesprochen hatte er nie viel, da war er wie sein Vater. Aber geschrieben hatte er – Gedichte, kleine Geschichten, hin und wieder sogar einen Artikel für das Lokalblatt, wofür er dann ein paar Mark von der Redaktion bekommen hatte.

Eines Tages werden wir uns wiedersehen … und ich werde dich in die Arme schließen.

Tränen rannen Annemarie über die Wangen, und sie zog rasch ein Taschentuch aus ihrer Schürze. Wunder. Ja, auch sie glaubte an Wunder. Wenn sie das nicht täte, könnte sie nicht im Entferntesten begreifen, was sich in den letzten Monaten alles ereignet hatte.

Die Hoffnung darauf, Hannes vielleicht schon bald wiederzusehen, ihn endlich in ihre Arme schließen zu dürfen, machte ihr Herz froh. So froh! Und diese Freude würde sie sich von niemandem nehmen lassen – auch nicht von Margarete Köhler, die sie am Vormittag im Dorf getroffen hatte, und die ihr einen Blick zugeworfen hatte, der hätte töten können.

»Du glaubst nicht, wie sehr mich das verletzt hat«, hatte sie geschluchzt, als sie sich später bei ihrem Mann ausweinte.

»Was ist falsch daran«, hatte sie unter Tränen gefragt und dabei ihr Gesicht Trost suchend an seiner Brust geborgen, »sich zu freuen, wenn man seinen für immer verloren geglaubten Sohn zurückbekommt?«

»Hm. Weiß nicht, Annemarie. Vielleicht …« Er schien zu zögern, suchte nach den richtigen Worten.

Sicherlich wünschte er, Christina wäre jetzt hier, oder Markus. Die beiden wussten fast immer irgendeinen Rat oder zumindest den rechten Trost, wenn es um so sensible Dinge ging. Aber sie waren nun einmal nicht hier. So musste Hans-Werner sich dieses eine Mal notgedrungen selbst eine Antwort überlegen.

»Vielleicht liegt es eben gerade daran – dass du deinen Sohn zurückbekommst, und sie nicht.«

Überrascht hatte Annemarie zu ihrem Mann aufgesehen.

Der nickte langsam, als würde ihm erst jetzt bewusst, was er gesagt hatte. »Hannes mag eines Tages heimkehren, Annemarie – Tom wird es nie mehr können. Er ist für immer gegangen. Für immer …«

Darüber hatte sie den ganzen Vormittag nachdenken müssen, und je länger sie darüber nachdachte, desto sicherer glaubte sie, dass ihr Mann recht hatte.

Als dieser kurz darauf zum Essen hereinkam, eine matschverschmierte Johanna auf dem einen Arm und eine zufrieden strahlende Marie an der anderen Hand, wusste sie plötzlich, was sie zu tun hatte.

»Ich habe gleich nach dem Mittagessen etwas Wichtiges zu erledigen«, sagte sie, während sie ihre Schürze an den Haken hinter der Tür hängte. »Bitte sei so nett und kümmere dich um die Küche, wenn du die Kleine ins Bett gebracht hast. Ist Daniel noch nicht da – ach, da bist du ja! Du kommst gerade rechtzeitig. Es gibt Labskaus, wie versprochen. Geh dir schnell die Hände waschen, wir decken schon mal den Tisch, nicht wahr, Mariechen?«

Marie verzog das Gesicht, trug aber brav die große Schüssel mit dem Labskaus zum Tisch und nahm ihrer kleinen Schwester dann rasch das Glas mit der Roten Bete ab. »Das war aber riskant, Oma, Johanna mit dem großen Glas loszuschicken.«

»Wie?« Annemarie fuhr herum. »Ach, du liebe Güte, das habe ich gar nicht mitbekommen – da hat sie sich doch einfach das Glas gemopst! Johanna, Johanna, du machst mir ja Sachen. Riskant, allerdings. Marie, gehst du mit ihr auch noch mal Hände waschen? Wenigstens die könnten zum Essen sauber sein«, meinte sie mit einem vorwurfsvollen Blick auf ihren Mann, der heute Vormittag für die Kleine verantwortlich gewesen war.

Opa drückte immer gern ein Auge zu, das wussten die drei genau; selbst die Kleinste hatte das schon mitbekommen und wusste, wie sie ihren Opa um den Finger wickeln konnte.

Ein warmer Frühsommerwind wehte ihr entgegen, als Annemarie eine Stunde später den Weg in Richtung Dorf hinabging. Überall in den Gärten blühten die Blumen in den prächtigsten Farben, die Vögel waren inzwischen alle aus dem Süden zurückgekehrt, in einem der Gärten stand ein Mann auf der Terrasse über den Grill gebeugt, auf dem die Würstchen brutzelten – ein Hauch von Sommer lag bereits in der Luft. Vom Meer hörte man hier nichts, da der Wind von Süden kam und nicht von Westen, aber es war da, man konnte es fühlen – wenn man mit dem Herzen hörte, wie Annemarie es tat. Sie war hier aufgewachsen, hatte nie etwas anderes gekannt und konnte sich auch nicht vorstellen, jemals irgendwo anders zu leben.

Von all ihren Kindern war Hannes derjenige gewesen, der die meiste Zeit am Strand verbracht hatte. Entweder hatte er oben auf dem Deich gehockt, um seinen Gedanken nachzuhängen, wie er immer zu sagen pflegte, oder er war schwimmen gegangen – selbst zu einer Jahreszeit, in der die meisten anderen Menschen noch nicht einmal im Traum daran dachten. Später hatte er sich oft das Auto seines Vaters geborgt und war nach Nordstrand hinausgefahren, manchmal mit Freunden, meist aber auch allein. Er war zwar bei seinen Kameraden beliebt und unternahm gerne etwas mit Freunden, brauchte aber immer wieder Zeit für sich allein.

Der große Denker, wie sein Großvater ihn liebevoll genannt hatte. *Unser junger Poet.* Storms Novellen und Gedichte hatten es ihm schon als Kind angetan, und später, zu Abiturzeiten, sah man ihn nie ohne die winzige, alte, abgewetzte Ausgabe in seiner Tasche, die eine kleine Sammlung von Storms Gedichten enthielt.

Was Holdes liegt mir in dem Sinn,
das ich vor Zeit einmal besessen,
Ich weiß nicht, wo es kommen hin,
auch was es war, ist mir vergessen;
Vielleicht – am fernen Waldesrand,
wo ich am lichten Junimorgen –
die Kinder klein und klein die Sorgen –
mit dir gesessen Hand in Hand.

Die Erinnerung an die Zeit damals, bevor Hannes wegging, schien sie hier, auf dem Weg zu Margarete Köhler, die ihren Sohn verurteilen und verdammen wollte, mit Macht einholen zu wollen. Annemarie drängte vorwärts, energisch die Tränen zurückblinzelnd, die erneut in ihren Augen brannten, die zweite Strophe des bittersüßen Gedichts vor sich hin murmelnd, das sie damals in den ersten schlimmen Wochen und Monaten immer und immer wieder laut gelesen hatte, in Hannes' leerem, verlassenem Zimmer.

Indes vom Fels die Quelle tropfte,
die Amsel schallend schlug im Grund,
mein Herz in gleichen Schlägen klopfte,

und glücklich lächelnd schwieg dein Mund;
in grünen Schatten lag der Ort –
wenn nur der weite Raum nicht trennte,
wenn ich nur dort hinüber könnte! –,
wer weiß, vielleicht noch fänd ich's dort.

Wenn nur der weite Raum nicht trennte …

Ja, und manchmal war es nicht nur der Raum, der Menschenherzen voneinander trennte. Manchmal war es nur ein einziges Wort …

Oh, wenn sie diese arme, verbitterte, verzweifelte Frau nur davon überzeugen könnte, dass *sie* es doch waren, sie als Eltern, die jetzt für das Glück ihrer Kinder – ganz besonders für das von Markus und Annika – mitverantwortlich waren. Ein Satz von ihr, ein einziger, konnte Segen oder Fluch sein, konnte für immer zerstören oder alles heilen.

Ein letztes stummes Gebet noch auf den Lippen, stand Annemarie schließlich vor der weiß getünchten Gartenpforte des hübschen roten Friesenhauses in der Dorfstraße. Ihre Hand zitterte, als sie die Pforte aufschob, doch dann straffte sie die Schultern und ging energischen Schrittes auf die Haustür zu.

41

Monika Schultze war eine Frau, die nichts so leicht aus der Ruhe brachte. Sie war stets gut organisiert, kam niemals zu spät, und hatte immer für alles eine Antwort. Für fast alles, wie es schien. Als sie den Brief ihrer Tochter zum zweiten Mal gelesen hatte, kam es ihr vor, als hätte sie ihn kein bisschen besser verstanden als beim ersten Mal, und so ging sie, missbilligend den Kopf schüttelnd, in die Küche, um sich ein Glas Sekt einzuschenken.

Ein Glas Sekt schien wie dafür geschaffen, sie daran zu erinnern, dass das Leben trotzdem schön war.

Ja, ihr Leben war schön. Schön und bestens organisiert. Ihr Mann war Chirurg und verdiente gut, sodass sie nach Katjas Geburt nicht mehr hatte arbeiten müssen. Bis vor wenigen Jahren hatte Monikas gesamter Lebensinhalt darin bestanden, sich um ihre Tochter zu kümmern. Dann war Katja nach Kiel gegangen, hatte angefangen, ihr eigenes Leben zu leben. Es war Monika schwergefallen, sie gehen zu lassen, aber Katja war fest entschlossen gewesen, nicht zu Hause wohnen zu bleiben.

»Ich möchte etwas sehen von der Welt«, hatte sie damals erklärt, »und ein Teil davon sein – kein Zuschauer. Ich muss meine eigenen Erfahrungen machen.«

So viel zum Thema Erfahrungen, dachte Monika mit einem bitteren Lachen und stand auf, um sich den Rest aus der Flasche einzugießen.

»Schwanger …«, murmelte sie, leerte ihr Glas in einem Zug und stellte es mit einem Knall auf den Frühstückstresen. »Schwanger. Von – von einem …«

Sie suchte nach den rechten Worten, um den Mann zu beschreiben, dessen Kind ihre Tochter erwartete, fand jedoch keine, und schüttelte stattdessen heftig den Kopf. *Das kann nicht wahr sein*, dachte sie. *Das kann doch einem aufgeklärten, vernünftigen jungen Mädchen wie Katja nicht passieren – oder doch?*

Noch einmal las sie die bewussten Zeilen, zum wohl zwanzigsten Mal an diesem Tag.

Und stellt euch vor, wir bekommen ein Baby! Ihr werdet Großeltern – im Oktober! Ist das nicht eine famose Überraschung?

Eine famose Überraschung, dachte Monika und schnaubte verächtlich. Überraschung – wenn das nicht die Untertreibung des Jahrhunderts war. Wenn sie nur daran dachte, was ihr Mann dazu sagen würde, wenn er heute Abend heimkam, hatte sie das Gefühl, gleich noch ein Glas Sekt zu brauchen.

Eine ganze Flasche eher …

Aber glaubt mir, ich bin in den besten Händen, etwas Besseres als Hannes hätte mir nicht passieren können. Er ist wunderbar! Bitte versucht, mir zu verzeihen und freut euch mit mir.

Wie stellte sie sich das vor? *Freut euch mit mir.* Sollten sie den nächsten Flieger nach Sydney nehmen, ihrer schwangeren Tochter um den Hals fallen und anfangen die Hochzeit zu planen, mit allem Prunk und in all der Pracht, genau so, wie Monika es sich immer für ihre einzige Tochter gewünscht hatte?

Sie seufzte und fuhr sich mit beiden Händen durch das Haar. Ein Barkeeper! Noch dazu einer mit einem, wie es schien, mehr als undurchsichtigen Hintergrund. Hatte Katja nicht vorher immer gesagt, dass er John hieß? Wieso jetzt auf einmal Hannes? Das war doch ein deutscher Name. War er am Ende gar kein echter Australier? Und wenn um seine Herkunft schon so ein Geheimnis gemacht wurde, was würde dann noch alles ans Tageslicht kommen, wenn man einmal nachfragte?

Monika fühlte sich auf einmal sehr müde. Sie schloss die Augen und ließ sich in einen Sessel sinken. Dann bedeckte sie ihre Augen mit der einen Hand, während die andere noch immer Katjas Brief hielt.

In dieser Position fand sie zwei Stunden später ihr Mann.

»Monika?«

Sie regte sich nicht.

»Schatz? Hörst du mich?«

Bernd Schultze ließ seine Arzttasche fallen und beugte sich besorgt über seine Frau. Als er feststellte, dass sie ruhig atmete, seufzte er erleichtert, nahm seine Tasche und seinen Mantel und ging in sein Arbeitszimmer hinüber. Monika wirkte häufig müde und abgespannt in den letzten Wochen. Musste wohl an den Wechseljahren liegen. Oder daran, dass Katja sich kaum noch meldete, und sie sich deswegen Sorgen machte. Wie auch immer, dachte er, als er ins Wohnzimmer zurückging, um sich einen Drink zu mixen, sie wird es mir sicher gleich sagen, wenn sie aufwacht. Wahrscheinlich wird sie erstmal über einen steifen Nacken klagen.

Als Monika erwachte, fand sie allerdings keine Zeit, über ihren Nacken zu klagen, denn ihr fiel als Erstes siedendheiß ein, dass ihre Eltern sich für heute Abend zum Grillen eingeladen hatten – »Das macht dir doch nichts aus, nicht wahr, Liebling, wenn wir ein bisschen spontan sind? Wir bringen natürlich den Wein mit – einen schönen, trockenen Franzosen.«

Natürlich. Unseren kann man ja auch nicht trinken, dachte Monika und ärgerte sich, dass sie nie den Mut aufbrachte, etwas zu sagen.

»Warum kannst du ihnen nicht einfach sagen, dass es heute nicht passt?«, fragte Bernd, während er in einer der Schubladen nach dem Grillbesteck suchte.

Seine Frau seufzte. »Weil es gelogen wäre, darum nicht. Und weil wir in drei Wochen nach Sydney fliegen, schon vergessen? Davor sehen wir uns wahrscheinlich sowieso nicht mehr, wenn ich mir deinen Dienstplan so ansehe ... Hier, mach mal bitte den Wein auf. Du weißt, dass meine Mutter es gern hat, wenn er mindestens eine Stunde vorher geöffnet wurde. Sie merkt den Unterschied – behauptet sie jedenfalls.«

Bernd verdrehte heimlich die Augen und griff nach der Flasche Chablis, die seine Frau ihm hinhielt. »Sie bringt doch sowieso wieder ihren eigenen mit«, erinnerte er sie, »wie immer.« *Weil ihnen unser Wein nie gut genug ist. Und wenn es nicht der Wein ist, dann ist es irgendetwas anderes.* Aber er sagte nicht, was er dachte. Das hatte er sich längst abgewöhnt, zumindest wenn es um seine Schwiegereltern ging. Stattdessen nahm er den Korkenzieher und begann, die Folie am Flaschenhals aufzureißen.

Er hatte kein besonders herzliches Verhältnis zu Monikas Eltern, die – im Gegensatz zu ihm, der aus relativ einfachem Elternhaus stammte und sich alles, was er hatte, erarbeitet hatte – schon mit dem sprichwörtlichen goldenen Löffel im Mund geboren worden waren. Ihre Arroganz ging ihm ebenso auf die Nerven wie ihre Intoleranz und ihre ewige Besserwisserei.

»Na schön. Was schreibt Katja denn nun? Gibt es irgendetwas Neues?«

»Sie ist schwanger.«

»Bitte??«

»Schwanger. Achtzehnte Woche. Das Baby kommt im Oktober.«

»Im Oktober«, wiederholte Bernd tonlos.

»Ja.« Monika nahm ihrem Mann die Flasche aus der Hand und segelte an ihm vorbei in den Wintergarten. »Und rate, wer der Vater ist?«

Bernd runzelte die Stirn und folgte seiner Frau. »Nicht dieser ... dieser seltsame Barkeeper? Dieser ... wie heißt er gleich – John?«

»Inzwischen heißt er Hannes. Hannes Feuerbach. Er ist vermutlich kein

Australier, jedenfalls kein echter, wenn du mich fragst. Alles sehr merkwürdig. Sehr geheimnisvoll. Aber sie liebt ihn, sie ist glücklich, und vielleicht wird sie ihn sogar heiraten. Na, was sagst du nun?«

Bernd ließ sich in den nächsten Stuhl sinken und rieb sich die Stirn mit dem Handrücken. »Ich glaube, ich brauche einen Drink …«

»Hier«, sagte Monika brüsk und goss etwas von dem Chablis in ein Glas. »Trink. Ich hatte auch schon zwei Glas Sekt, bevor du kamst. Ach, und nur zu deiner Information, der Vater des Kindes ist ein ehemaliger Alkoholiker, also wird es wohl keinen Champagner auf der Hochzeit geben. Zum Wohl!«

»Das … das binden wir deinen Eltern jetzt aber nicht gleich auf die Nase, wenn sie kommen, oder?«

Monika lachte. »Wo denkst du hin! Natürlich nicht. Sie würden sich wie die Geier auf das arme Mädchen stürzen. Würden sie enterben – mindestens! – und ihr endlose Strafpredigten halten. Nein, nein, da werden wir beiden uns für heute Abend etwas einfallen lassen müssen. Wenn wir aus Sydney zurückkommen – vielleicht sogar mit Katja, wer weiß? –, können wir uns immer noch überlegen, wie wir es ihnen beibringen. Gut, dass *deine* Eltern das nicht mehr miterleben müssen. So eine Schande!«

»Was heißt hier Schande? Seit wann ist es eine Schande, ein Kind zu bekommen?«

Irritiert sah Monika zu ihrem Mann hinüber, der wie abwesend auf das Glas Wein in seiner Hand starrte. Sie hatte sich inzwischen ebenfalls ein Glas eingeschenkt und angefangen, ein paar Grissini zu knabbern. »Nun ja, es ist schon – es ist doch nicht gerade das, was wir unserem einzigen Kind gewünscht haben, oder? Mitten im Studium schwanger zu werden, von einem Mann, der nicht einmal richtig für sie sorgen kann … für sie und das Kind. Da wirst du wohl kräftig in die Tasche greifen müssen. Und was ihre Karriere angeht –«

»Monika.«

Bernd setzte sein Glas auf dem glänzenden Mahagonitisch ab und erhob sich. »Wie wäre es, wenn du mir jetzt einmal Katjas Brief zeigst? Dann kann ich mir vielleicht selbst ein Urteil darüber erlauben, ob dieser John-Hannes-wie-auch-immer nun der Richtige für sie ist oder nicht. Aber am Ende –« Er hob mahnend eine Hand, als Monika zum Widerspruch ansetzte, »am Ende entscheidet Katja das selbst, Monika. Sie ist erwachsen. Sie weiß, was sie tut. Also, wo ist der Brief?«

Sie saßen beim Essen, als das Telefon klingelte. Monika wollte aufstehen, doch Bernd hielt sie sanft zurück. »Ich geh schon, Liebes. Iss du nur weiter, du hast ja dein Essen noch kaum angerührt.« An seine Schwiegereltern gewandt, sagte er lächelnd: »Entschuldigt mich bitte. Wir erwarten einen wichtigen Anruf. Vielleicht ist es dieser …«

Eine Viertelstunde später kam er zurück, ein still vergnügtes, etwas geheimnisvoll wirkendes Lächeln auf dem Gesicht, und setzte sich auf seinen Platz, als wäre nichts gewesen. Er trank in aller Ruhe sein Glas Wein leer und füllte es noch einmal auf, leise vor sich hinsummend. Dann sah er seiner Frau geradewegs ins Gesicht, während er sprach. »Liebe Grüße von Katja an euch alle. Es geht ihr gut. Wir sollen auf sie anstoßen – sie hat sich gerade eben verlobt.«

Ein spitzer Schrei entfuhr Monika, dann fuhr sie sich rasch mit der Hand über den Mund, als sie merkte, wie ihre Eltern sie anstarrten. »Oh, mein Gott, sie hat es getan! Sie hat es wirklich getan …«

»Sei doch froh«, raunte Bernd ihr zu. »Stell dir vor, er hätte sie sitzen lassen. Er wird gut für sie sorgen, Monika, so schlecht verdient er gar nicht mal mit seinem Lokal. Und er stammt auch aus guten Verhältnissen, falls dich das beruhigt. Er ist übrigens tatsächlich Deutscher – gebürtiger Nordfriese. Also, ich sage jedenfalls mal Prost – auf unsere tapfere, mutige Tochter in Down Under!«

»Und auf das Enkelkind«, fügte er noch leiser hinzu, sodass nur Monika es hören konnte. Der Abend fing langsam an, ihm zu gefallen – kein steifes, langweiliges Beisammensein und endloser Smalltalk mit Monikas Eltern, nein! Stattdessen passierte hier endlich mal etwas. Natürlich war er auch überrascht, ein wenig schockiert vielleicht sogar, aber das Gespräch mit seiner Tochter hatte ihn um einiges beruhigt. Sie hatte so fröhlich geklungen, so glücklich und beschwingt wie schon lange nicht mehr.

»Wir haben uns verlobt, Papa! Er hat mir einfach diesen Ring mitgebracht heute Morgen, als wäre er ihm beim Brötchenholen in die Hände gefallen, so ganz nebenbei. Eigentlich wollte ich gar nicht heiraten, jedenfalls jetzt noch nicht. Das ging sowieso irgendwie alles so schnell, aber jetzt … Jetzt bin ich glücklich. So glücklich, Papa! Und ihr seid mir nicht böse, oder? Ihr werdet ihn ja kennenlernen, wenn ihr kommt … Ihr kommt doch, oder?«

In ihrer eben noch fröhlichen Stimme hatte plötzlich so etwas wie Angst mitgeschwungen und Bernd fragte sich, ob seine selbstständige, unabhängige Tochter am Ende doch noch nicht so selbstständig und unabhängig war, wie sie immer gedacht hatten. Jedenfalls schien es ihr wichtig zu sein, dass sie ihr diese Schwangerschaft nicht übel nahmen und kamen, um sich mit ihr zu freuen – nicht, um sie anzuklagen. Falls nötig, würde er heute Nacht noch ein paar klare Worte mit seiner Frau sprechen.

»Natürlich kommen wir, mein Spatz«, hatte er sich beeilt zu versichern. »Wir freuen uns doch schon darauf – und wir freuen uns auch, endlich den Mann kennenzulernen, der es geschafft hat, unsere eigenwillige Tochter einzufangen. Nun musst du mir aber noch einiges über ihn erzählen, damit ich deine Mutter ein wenig beruhigen kann. Sie ist außer sich, wie du dir sicher vorstellen kannst …«

Als er seine Frau jetzt von der Seite betrachtete und das Mondlicht dabei auf ihre schlanke, schöne Gestalt fiel, dachte er bei sich, dass er eigentlich ein sehr glücklicher Mann war. Und dass er Monika vielleicht später noch lieben würde, wenn ihre Eltern gegangen und sie endlich für sich allein waren.

»Und, was haben sie gesagt?«

Alle sahen Katja erwartungsvoll entgegen, als sie auf die Terrasse zurückkehrte. Es war Markus' und Christinas letzter Tag in Sydney. Hannes hatte an diesem Morgen um Katjas Hand angehalten, als alle anderen noch geschlafen hatten. Er war sich zwar nicht sicher gewesen, ob Katja ja sagen würde – schließlich hatte sie noch vor Kurzem offen bekundet, nichts von »dem ganzen biblischen Zeug über Ehe und Vermehrung« zu halten –, aber er hatte dennoch beschlossen, es zu wagen. Was hatte er schließlich zu verlieren?

Zu seiner Erleichterung hatte sie den schlichten Ring jedoch ohne Zögern angenommen, Tränen der Dankbarkeit und des Glücks in ihren Augen.

»Ich hatte Glück, mein Vater war dran. Er hat sich, glaube ich, schon gefreut.« Sie grinste. »Jedenfalls soll ich auf seine Rechnung ein Fass Limonade bestellen. Und Hummer satt für alle.«

»Na, wer's mag«, meinte Christina, die sich am Wochenende davor an ihrem ersten Hummer versucht und beschlossen hatte, dass es auch ihr letzter gewesen war.

Markus stand auf, um seinen Bruder und seine zukünftige Schwägerin zu umarmen. »Na, dann herzlichen Glückwunsch, ihr beiden, und Gottes Segen für die Zukunft. Sie wird wohl aufregend genug, schätze ich.«

»Das glaube ich allerdings auch«, pflichtete Christina ihm bei und schloss die beiden frisch Verlobten ebenfalls in die Arme. »Und jetzt sieh zu, dass du sie nach Hause bringst, Hannes, damit wir noch einmal alle zusammen feiern können«, flüsterte sie ihrem Bruder ins Ohr. »Mama und Papa lassen dir ausrichten, dass sie das Flugticket bezahlen – das haben wir dir vorher noch nicht sagen dürfen. Denk drüber nach, ja?«

Er nickte, noch ganz benommen von den Ereignissen des Vormittags, und wandte sich dann an Ruth und Sam. »Danke, ihr beiden. Ohne euch –«

Doch Sam winkte energisch ab. »Erstens, mein Sohn, war das selbstverständlich. Gott hat uns lediglich zur rechten Zeit an die rechte Stelle geführt, damit wir dich finden – das nennt man Gehorsam, wie du weißt. Und zweitens ...« Er grinste breit. »Zweitens kannst du uns jetzt mal den versprochenen Kindersekt einschenken. Darauf warte ich schon die ganze Zeit. Es ist heiß, und wir haben Durst!«

Ruth nickte Hannes lächelnd zu. Es entging ihm nicht, dass ihr ein paar Tränen die Wangen hinabliefen.

»Ach, John«, flüsterte sie, als er sich zu ihr hinabbeugte, um sie in die Arme zu schließen. »Wir dürfen doch auch weiterhin John zu dir sagen, oder? – Ich bin so glücklich. Und ich bin stolz auf dich – sehr stolz! Nur schade, dass ...«

Plötzlich begann sie zu weinen. »Flieg nach Hause, John!«, schluchzte sie. »Bitte flieg nach Hause. Deine Eltern, sie ... *Sie* sollten diesen Tag mit dir feiern. Nicht wir … Du weißt, dass wir dich lieben wie einen Sohn, aber wir können nicht – weißt du …?«

Hannes konnte nur nicken. Er wusste genau, was sie damit sagen wollte: Sie konnten ihm nicht auf Dauer seine echten Eltern ersetzen. Sie wussten, dass ihre Zeit nun abgelaufen war, dass sie ihn gehen lassen mussten – und durften.

Aber war er schon bereit?

Ein dicker Kloß begann sich in seinem Hals zu formen, und seine Augen brannten. Ruth hatte recht. Er musste nach Hause. Der Kreis hatte sich geschlossen, hier an diesem Abend auf der Terrasse seiner Ersatzeltern schien seine Flucht endlich beendet zu sein. Er war angekommen.

Hannes lag in dieser Nacht noch lange wach. Immer noch hallten Ruths Worte in seinem Kopf nach: *Flieg nach Hause.*

Nach Hause, nach Nordfriesland. Nach Immensee. Aber war Immensee noch sein Zuhause? Oder war es eine bloße Erinnerung an das, was es einst gewesen war? Ein Gedicht von Storm kam ihm in den Sinn, eines, das so gut die längst verschüttet geglaubten Gefühle wiedergab, die in den letzten Tagen und Wochen erneut in seinem Herzen aufgeflackert waren: Die Liebe zu seiner Heimat und zu den Menschen, die dort lebten. Den Menschen, die er zurückgelassen hatte.

Was Holdes liegt mir in dem Sinn,
das ich vor Zeit einmal besessen,
ich weiß nicht, wo es kommen hin,
auch was es war, ist mir vergessen …

Nein, er hatte nichts vergessen. Er konnte die tosende Brandung der aufgewühlten Nordsee an einem stürmischen Herbsttag hören, den graubraunen, schweren Schlick unter seinen nackten Füßen spüren, den wild heulenden Oktoberwind in seinem Gesicht, der sein Haar zerzauste. Vor allem aber konnte er das Salz riechen, vermischt mit dem Geruch von Schalentieren und Seetang.

Katja drehte sich auf die andere Seite, murmelte etwas im Schlaf. Er legte einen Arm um ihre Schulter, streichelte sie und atmete ihren süßen, vertrauten Geruch ein. Doch seine Gedanken wanderten wieder und wieder nach Hause …

In grünen Schatten lag der Ort –
wenn nur der weite Raum nicht trennte,
wenn ich nur dort hinüber könnte! –,
wer weiß, vielleicht noch fänd ich's dort.

Was würde er finden, wenn er zurückkehrte? Und würde sein Herz jemals zur Ruhe kommen, wenn er sich nicht aufmachte, um genau dies herauszufinden?

42

Annika schloss die Haustür hinter sich und seufzte. Wieder einen Tag geschafft, wieder einer weniger auf dem Kalender. Seit ihrem letzten Telefonat mit ihrem Vater zählte sie die Tage, bis sie wieder nach Hause fahren konnte. Ihr Vater trug sich mit dem Gedanken, nach Husum zurückzuziehen. Selbst wenn Margarete ihn nicht wieder einziehen lassen würde – und Annika glaubte nicht, dass sich daran in absehbarer Zukunft etwas ändern würde –, so wollte er doch in ihrer Nähe sein, schon allein um Sylvias willen.

»Das kann mir schließlich keiner verbieten«, hatte er gesagt und dabei gelacht, aber sein Lachen hatte nicht fröhlich geklungen. Annika wusste, dass es ihren Vater innerlich zerriss, dass er sich schuldig fühlte und alles dafür tun würde, um das Geschehene ungeschehen zu machen. Was das anging, befanden sie sich in einer nicht unähnlichen Situation: Auch Annika würde viel darum geben, Markus zu zeigen, wie sehr sie ihn liebte und wie sehr sie wünschte, seine Frau werden zu können – allen Umständen zum Trotz. Aber sie hatte beschlossen, ihm jetzt nicht hinterherzulaufen, und da er sich nicht bei ihr meldete – abgesehen von der Karte, die er aus Sydney geschickt hatte –, meldete sie sich auch nicht bei ihm. Sie hatten seit fast zwei Monaten nicht mehr miteinander gesprochen. Auch wenn sie es sich nicht eingestehen mochte, vermisste sie ihn furchtbar.

Seit Eva ausgezogen war und Samantha sich mit Brian verlobt hatte, fühlte Annika sich oft einsam in dem großen Haus in Hillmorton. Eva kam kaum noch hier vorbei, denn wenn sie nicht in Clifton war, war sie bei Jacob und Lucy. Heute wollte Jacob sie seinen Eltern vorstellen, und die arme Eva war schon die ganze letzte Woche über nervös gewesen. Dabei hatte Annika keinen Zweifel daran, dass ihre Freundin den gefürchteten »Test« bestehen würde – etwas Besseres als Eva hätte Jacob und Lucy wohl kaum passieren können. Das musste doch jeder sehen. Die drei waren wie füreinander geschaffen – die Liebe zur Natur, zur Malerei und zu Tieren verband sie ebenso wie der Glaube an Gott. Da musste der fast selbst seine Hand im Spiel gehabt haben, oder?

Annika hängte ihre Jacke an einen Haken unter der Treppe und ging nach oben in ihr Zimmer. Andererseits glaubte sie ja nicht an diese Dinge. Zumindest *wollte* sie eigentlich nicht daran glauben. Die Sache mit Hannes und Katja und Markus hatte sie allerdings ganz schön ins Grübeln gebracht. Erst hatte sie Hannes ja hassen wollen, dann hatte sie festgestellt, dass sie das nicht konnte. Schon allein deshalb nicht, weil sie Markus liebte – auch wenn der ihr das vermutlich inzwischen nicht mehr glauben würde.

Aber jetzt war vermutlich sowieso alles zu spät. Markus und Christina waren am Wochenende aus Sydney zurückgekehrt, aber er hatte nicht angerufen. Wenn ihm noch etwas an ihr lag, konnte er sich doch zumindest zurückmelden, oder? Vielleicht war er aber auch noch zu müde, oder zu beschäftigt.

Wie auch immer, dachte Annika, stellte ihre Schultasche neben den Kleiderschrank, öffnete die Schranktür und zog sich ihre Bluse über den Kopf, um in etwas Bequemeres zu schlüpfen. Sie würde heute nicht mehr aus dem Haus gehen; es regnete mal wieder, und sie hatte den Wochenendeinkauf schon auf dem Heimweg von der Schule erledigt. Ein Fertiggericht von Linda McCartney und ein Glas Wein vor dem Fernseher war genau das, worauf sie sich an diesem Abend freute. Hoffentlich kam heute wenigstens auf einem der Sender ein guter Film – irgendetwas Schönes, Belangloses.

In bequemen Leggins und einem ausgeleierten T-Shirt machte Annika sich wieder auf den Weg nach unten, um sich einen Tee zu kochen, als das Telefon klingelte.

»Hallo?«, meldete sie sich. »Wer ist da, bitte?«

»Ich bin's, Annika, Papa. Hast du einen Augenblick Zeit?«

Seine Stimme klang ernst und gedrückt. Sie ließ sich schnell auf der untersten Treppenstufe nieder, bereit für ein längeres Gespräch. »Klar. Was gibt's?«

Eine halbe Stunde später saß sie noch immer, den Telefonhörer zwischen Schulter und Kinn festgeklemmt, auf der Treppe, die Knie bis an die Brust hochgezogen, und hörte ihrem Vater zu. Ihre Schwester nehme seit Wochen (»wenn nicht seit *Monaten*!«) kaum noch etwas zu sich und sei erschreckend dünn geworden. Er könne das nicht weiter mit ansehen. Ob sie sie im Juni noch besuchen könnten?

»Das würde sie auf andere Gedanken bringen. Sie könnte einmal alles, was sie hier zu Hause bedrückt, für ein paar Tage hinter sich lassen – die Stimmung in Hattstedt ist seit Ostern nicht gerade besser geworden, Annika. Im Gegenteil. Soweit ich Sylvie verstanden habe, gehen die Stimmungsschwankungen eurer Mutter von tagelangem Stillschweigen über unvorhersehbare Wutanfälle bis hin zu endlosen Heularien. Natürlich hilft nichts von alledem ihr wirklich weiter, und Sylvie schon gar nicht. Als ich fragte, was eure Mutter dazu sagt, dass sie so dünn geworden sei, lachte Sylvie nur und sagte: *Mama? Die sieht mich doch sowieso nie wirklich an.* Und außerdem ginge sie ja schließlich selbst auch meistens ohne Frühstück aus dem Haus, das sei normal bei ihnen. Normal! Früher ist Sylvie nie ohne ihren Kakao und ihren Buttertoast gegangen. Die einzige Mahlzeit, die sie gemeinsam einnehmen, ist wohl das Mittagessen. Aber du erinnerst dich sicher, wie oft eure Mutter da in Gedanken noch halb in der Schule ist. Ob Sylvia nun ihren Teller leer isst oder nicht ... Was kümmert's sie?«

Ja, dachte Annika, was kümmert's sie? Aber ist das nicht schon immer so gewesen?

Sie war sprachlos vor Entsetzen. Wie hatten ihre Eltern das zulassen können? Natürlich machte sie auch ihren Vater dafür verantwortlich – immerhin war es sein Seitensprung gewesen, der diesen Keil überhaupt erst in die Familie getrieben hatte. Oder war auch dieser Seitensprung nur eine Art Flucht gewesen – die Flucht aus einem Gefängnis der unbewältigten Trauer, das ihre Mutter über die Jahre unbewusst, aber dennoch auf eine geradezu grausame Weise systematisch aufgebaut und aus dem er zu dem Zeitpunkt einfach keinen anderen Weg heraus gesehen hatte?

Annika spielte mit einer Haarsträhne, die ihr ins Gesicht hing. »Wann würdet ihr denn kommen?«

»So bald wie möglich, wenn es dir recht ist. Ich kann mir von der Firma aus ab Anfang Juni freinehmen. Die Ferien beginnen zwar später, aber ich kann Sylvie auch schon früher von der Schule befreien lassen. Das sollte nicht das Problem sein, meint Frau Scholl. Ich habe letzte Woche mit ihr telefoniert – sie hat auch schon versucht, mit eurer Mutter über Sylvie zu reden. Aber die blockt einfach ab, sagt, sie hätte das schon alles im Blick und es gebe keinen Grund zur Sorge … Na ja, so viel dazu.«

»Was erwartest du von ihr, wenn sie selbst es nicht einmal merkt?«

Wieder ein Seufzer, ein noch schwererer. »Eben. Wenn sie es selbst nicht merkt … also, was sagst du, soll ich mich um eine Fährpassage kümmern?«

»Ja ja, mach mal. Sag mir einfach … o nein!«

»Was *o nein*? Ist etwas nicht in Ordnung?«

Annika schüttelte den Kopf. »Nein, es ist nur, dass – nun, ich habe die erste Juniwoche frei, und da wollte ich mit Eva eine Tour durch die Lakes und bis nach Schottland rauf machen, zum Abschied sozusagen. Wie es aussieht, bleibt sie ja hier, wenn ich im Juli zurückgehe.«

»Sie wird diesen Maler heiraten, oder? Den Witwer mit der kleinen Tochter?«

»Ja, die Hochzeit ist für September geplant. Da werde ich dann wohl noch einmal herkommen müssen …« Sie lachte. »Aber das mache ich gerne. Es ist schön hier, ihr werdet es sehen. Also, buche du die Fähre einfach für irgendwann nach dem sechsten, bis dahin sind wir auf jeden Fall zurück, denn ich muss ja dann wieder zur Schule. Und ihr braucht kein Hotel – ich rede mit Samantha, aber sie wird sicher nichts dagegen haben, wenn ihr hier wohnt. Sylvia kann bei mir im Zimmer schlafen, ich habe ein riesiges Bett ganz für mich alleine …«

Und da habe ich sie auch besser im Blick.

Noch lange, nachdem sie aufgelegt hatte, saß Annika so da, die Arme um die angewinkelten Knie geschlungen, das Telefon neben sich liegend. Magersüchtig. Ihre Sylvie!

Arme, arme Sylvie … und keiner hatte etwas gemerkt. Nicht einmal sie, als sie an Ostern da gewesen war. Kein Wunder, schien eine innere Stimme sie vorwurfsvoll zu schelten, du warst ja auch hinlänglich mit dir selbst beschäftigt. Wie so oft.

Annika schluckte. Sie hatte gegenüber ihrer Schwester versagt, ebenso wie ihre Eltern. Nicht nur ihr Vater – der *tat* ja jetzt immerhin etwas! – hatte versagt, sondern vor allem auch ihre Mutter.

Wohin würde dieser blinde Hass sie am Ende führen? In eine Nervenheilanstalt? Oder in eine noch viel schlimmere Katastrophe, die sie sich lieber nicht ausmalen wollte?

Vor Kälte zitternd, sah Annika sich um. Im Haus war es stockdunkel geworden. Draußen regnete es heftig, und ein stürmischer Westwind rüttelte an den Scheiben.

Annika fröstelte. Langsam legte sie das Telefon beiseite, erhob sich aus ihrer unbequemen Haltung und ging in die warme Küche hinüber. Sie drehte die Heizung vorsichtshalber noch ein Stück höher, setzte den Teekessel auf und studierte die Karte vom Pizzaservice, die an der Wand hing. Auf Linda McCartneys vegetarische, garantiert fettarme Gemüselasagne war ihr der Appetit vergangen.

Margarete kam am Samstagmorgen die Treppe hinunter und fand ihre jüngste Tochter in der Küche sitzend, eine Müslischale vor sich auf dem Tisch, aus dem sie gerade den letzten Löffel nahm, bevor sie die Schale zur Seite schob. »Hallo, Mama. Ich hatte beim Aufwachen schon solchen Hunger, konnte leider nicht auf dich warten. Es ist ja auch gleich zehn – hast du so lange geschlafen?«

»Nein, ich habe noch eine Arbeit korrigiert, die ich bis Montag zurückgeben muss. Ich habe mir einen Kaffee gemacht und mit nach oben genommen. Aber jetzt habe ich richtig Hunger!« Sie lächelte. »Was meinst du, wenn ich schnell zu Janssons hinüberfahre, kann ich dich dann mit einem warmen Franzbrötchen zu einem zweiten Frühstück verlocken?«

Doch Sylvia schüttelte den Kopf. »Ich muss sowieso gleich los, ich habe mich mit Mai-Britt zum Lernen verabredet. Wir schreiben am Dienstag Mathe …«

»Ach ja, richtig.«

Margarete nickte langsam. Dann betrachtete sie ihre Tochter kritisch. Hatte sie in den letzten Wochen wirklich so stark abgenommen, oder war sie einfach nur mal wieder ein Stück in die Länge geschossen? Robert behauptete, Sylvia esse viel zu wenig und sie solle sich mehr darum bemühen, dass sie die Mahlzeiten gemeinsam einnahmen, zumindest an den Wochenenden. Mit einem Blick auf die leere Müslischüssel zuckte Margarete die Achseln. Was sollte sie denn machen, wenn Sylvia sich frühmorgens nach unten schlich und alleine frühstückte? Sollte sie sie wie eine Gefangene bewachen und kontrollieren? Sie war dreizehn – fast vierzehn – und soweit Margarete das mitbekam, machte ungefähr die Hälfte ihrer Klassenkameradinnen zurzeit eine »Diät« nach der anderen. Das war normal in diesem Alter. Oder nicht? Außerdem machte sie Ballett. Als Ballerina musste man dünn sein, das wusste doch jeder.

»Nein, Margarete, das, was Sylvia da macht, ist nicht mehr normal. Sie sieht krank aus – ganz krank!«, hatte Robert behauptet, als sie am Dienstag miteinander telefoniert hatten. »Als sie am Wochenende hier war, hat sie gerade mal ein halbes Brötchen zum Frühstück gegessen, trocken, ohne irgendetwas. Und weißt du, wie lange sie dafür gebraucht hat? Fast eine halbe Stunde! In der Zeit habe ich zwei Brötchen und ein Croissant gegessen. Und ein gekochtes Ei. Den Kakao, den ich ihr gemacht habe, hat sie nicht einmal angerührt.«

»Aber *hier* trinkt sie ihn«, hatte sie protestiert. »Jedenfalls morgens, bevor sie zur Schule geht. Ich sehe immer ihren Becher in der Spüle stehen, wenn ich herunterkomme, um mir meinen Kaffee zu kochen – und der Kakaobecher ist leer, bis auf einen winzigen Rest.«

»Schon mal daran gedacht, dass das mit dem leeren Becher ein Trick sein könnte?«

»Wie – Trick?«, hatte sie gefragt und war sich ziemlich dumm dabei vorgekommen. Sie als Lehrerin sollte doch über solche Dinge Bescheid wissen. Immerhin hatte sie seit über zwanzig Jahren Umgang mit Jugendlichen, und Magersucht war ja keine ganz neue Krankheit – obgleich sie zugeben musste, dass sich die Fälle in den letzten Jahren gehäuft hatten. Auch an ihrer Schule. Letztes Jahr hatten sie ein Mädchen aus der neunten Klasse von ihrer Mutter abholen lassen müssen, weil sie im Sportunterricht zusammengebrochen war. Wenig später war ein anderes Mädchen in die

Klinik nach Schleswig eingeliefert worden, weil sie nichts mehr gegessen hatte. Einfach gar nichts mehr. Und Sylvia aß ja noch – oder nicht?

»Zum Beispiel den, einen Löffel Kakao mit einem Schluck Milch zu verrühren, das Ganze im Becher hin und her zu schwenken, damit es aussieht, als sei der Becher voll gewesen, und ihn just in dem Moment zur Seite zu stellen, in dem jemand zur Tür hereinkommt. So, als hätte man gerade ausgetrunken. Geht auch mit Essen sehr gut – mit Cornflakes zum Beispiel. Oder mit anderen Sachen.«

»Aha. Und woher weißt du das? Hat dir das deine – wie heißt sie noch? Egal, die Schlampe, mit der du schläfst, hat die dir das erzählt?«

Robert hatte ihre boshafte Bemerkung bewusst überhört und stattdessen einfach nur gesagt: »Weißt du, Margarete, genau das ist das Problem. Ich mache mir Sorgen um unsere Tochter, und du nimmst mich einfach nicht ernst. Wir müssen ihr doch helfen – wir sind ihre Eltern!«

»Ha! Ihre Eltern, dass ich nicht lache! Wer von uns hat seine Töchter im Stich gelassen – von seiner Frau ganz zu schweigen – und ist nach Heide gegangen, um sich da mit irgend so einem jungen Hühnchen aus dem Büro zu vergnügen? Du oder ich?«

Darauf hatte Robert lange Zeit gar nichts mehr gesagt. Sie dachte schon, er habe aufgelegt, als sie seine Stimme murmeln hörte: »Ich weiß, Margarete. Meine Schuld. Es tut mir leid.«

Dann hatte er aufgelegt.

»Ich gehe jetzt mal duschen«, hörte sie Sylvia in diesem Moment sagen. Sie war aufgestanden und versuchte, sich möglichst unauffällig an ihrer Mutter vorbeizuschieben. Doch Margaretes Blick entging nicht, wie sie dabei versuchte, die Ärmel ihres zu kurz gewordenen Schlafanzuges über die schmalen, knochigen Handgelenke zu ziehen.

Den leeren Kaffeebecher in der Hand haltend, starrte Margarete ihr hinterher. Sie war zutiefst erschrocken. Hatte sie das wirklich nicht früher gesehen? War sie denn ganz und gar blind gewesen in den letzten Wochen und Monaten – oder wie lange ging das schon so?

Sobald Sylvia aus dem Haus war, ging Margarete zum Telefon und wählte Roberts Nummer.

»Köhler?«

Margarete schloss die Augen und atmete einmal tief durch, bevor sie sprach. »Guten Morgen, Robert – ich bin's, Margarete. Kann ich … kann ich mit dir über Sylvia sprechen?«

Sylvia fuhr den Deich entlang, das lange, blonde Haar flatterte im Wind, und sie fühlte sich wunderbar frei. Frei und leicht. Schon wieder hatte sie zwei Kilo abgenommen, in nur einer Woche! Der Trick mit dem Kakaorest im Becher funktionierte wirklich prima, dafür musste sie sich noch einmal bei Georgina bedanken. Georgina war in ihrer Ballettgruppe, sie war zwei Jahre älter und spindeldürr. Richtig dürr! Dagegen war sie noch der reinste Fettkloß. Ihre Mutter hatte sowieso nur ihre dumme Schule im Kopf, die merkte nichts. Nicht einmal, dass sie die Unterschriften unter den Arbeiten fälschte, die sie sich nicht traute, ihr zu zeigen. Manchmal ließ sie auch ihren Vater unterschreiben, wenn der gerade in Reichweite war. Aber seit dem letzten Wochenende, an dem er sie auf ihr Gewicht angesprochen und sie gezwungen hatte, einen ganzen Teller voller Nudeln mit Käsesauce zu essen, war sie sich nicht sicher, ob sie ihm noch vertrauen konnte. Sie musste Georgina unbedingt fragen, wie sie das mit dem Erbrechen machte. Das könnte sie dann im Notfall immer noch tun, wenn sie doch einmal zum Essen gezwungen worden wäre. Aber im Moment sah sie da keine Gefahr – Mama war so wunderbar mit sich selbst beschäftigt. Sie würde es nicht einmal merken, wenn sie morgens ohne Socken und Schuhe aus dem Haus ging.

43

Liebe Annika,

ich hoffe, du verzeihst mir, aber ich musste es einfach tun – ich habe letzte Woche mit deiner Mutter gesprochen, und es war leider kein gutes Gespräch. Eigentlich war es gar kein richtiges Gespräch. Sie war sehr zornig, sehr abweisend, und ich musste bald einsehen, dass es keinen Sinn macht, mit ihr zu reden. Wenn ich doch nur etwas tun könnte, damit wir Frieden miteinander hätten! Aber sie lässt niemanden an sich heran, Annika, und ist doch so verzweifelt. Deine Mutter braucht dringend Hilfe.

Bitte sei mir nicht böse, wenn ich so offen mit dir spreche, aber ich möchte einfach nicht, dass mein unüberlegtes Handeln deine Beziehung zu Markus in Gefahr bringt. Er weiß ja nichts von dem Gespräch – und er wäre bestimmt zornig, wenn er es wüsste. Aber er liebt dich, Annika, und wir alle hier auf Immensee haben dich auch sehr lieb gewonnen. Bitte vergiss das nicht.

Hannes hat deinen Bruder nicht mit Absicht getötet, Annika. Bitte vergib ihm – versuche es, Annika. Denn wenn du es kannst, Annika, dann kann es eines Tages vielleicht auch deine Mutter, und wir beten dafür, dass dieses Wunder geschieht.

Sei lieb gegrüßt und umarmt von deiner Annemarie Feuerbach

Annika legte den Brief zur Seite und griff nach ihrem Teebecher. Doch die Tränen, die sie bis eben noch hatte zurückhalten können, tropften in die heiße Flüssigkeit und alles verschwamm plötzlich vor ihren Augen, sodass sie den Becher erstmal wieder absetzen musste, um sich die Nase zu putzen.

Sie wusste, dass Frau Feuerbach nicht unüberlegt gehandelt hatte – Annemarie Feuerbach tat nie irgendetwas Unüberlegtes. Das lag nicht in ihrer Natur. Aber die Sache mit Hannes musste sie so stark belastet haben, dass sie einfach nicht anders gekonnt hatte. Und dass ihre Mutter sie hatte auflaufen lassen, konnte Annika sich nur allzu gut vorstellen.

Typisch Mama! Sie war so sehr mit sich und ihrem Zorn beschäftigt, dass sie den Blick für ihre Mitmenschen längst verloren hatte. Für ihren Mann, für ihre Töchter – und für so liebe, herzensgute Nachbarn wie die Feuerbachs sowieso. Als ob sich irgendjemand das ausgesucht hätte, dass Tom an jenem Tag mit seinem Dreirad auf die Straße gefahren war, und ausgerechnet Hannes ihn überfahren hatte. Wie furchtbar musste das für Hannes gewesen sein! Zu wissen, dass er ein Kind überfahren hatte, das nun reglos und tot auf der Straße lag, und das nichts auf der Welt wieder lebendig machen konnte. Nicht eine Sekunde konnte Hannes die Uhr zurückdrehen, keinen Meter zurückfahren, um etwas zu ändern, das nicht mehr zu ändern war. Damals nicht und jetzt, sechzehn Jahre später, auch nicht. Es war geschehen, und niemand konnte es ungeschehen machen, niemand – auch Margarete Köhler nicht.

Plötzlich überkam Annika tiefes Mitgefühl für diesen Mann, den sie nicht mehr gesehen hatte, seit sie ein Kind gewesen war, und sie begann zu weinen.

Wenn du das kannst, dann kann es eines Tages vielleicht auch deine Mutter …

Annika schluchzte.

Aber ich kann es nicht! Ich kann es nicht!

Sie ließ sich auf einem der Küchenstühle nieder, barg das Gesicht in den Händen und weinte, weinte, bis sie glaubte, ganz bestimmt keine Träne mehr in sich zu haben. Dann erhob sie sich langsam und ging mit steifen Beinen zur Spüle, um den kalt gewordenen Tee wegzugießen. Während sie darauf wartete, dass das Wasser erneut kochte, kam Brian lautlos in die Küche.

»Guten Morgen. Chance auf eine Tasse Tee?«

Annika sprang erschrocken auf, wobei ihr Knie hart an die Tür des Küchenschranks schlug, gegen den sie sich gelehnt hatte. »Autsch! Autsch, autsch, autsch!«

»Sorry – ich wusste nicht, dass du gerade so in Gedanken versunken warst. Kann ich es mit einer Tasse Tee wieder gutmachen?«

Verlegen lächelnd sah Annika auf. »Tut mir leid, ich wollte nicht so hysterisch werden. Ja, ein Tee wäre nett. Ich sehe inzwischen mal nach, was wir zum Frühstück da haben …«

Ihr schmerzendes Knie reibend, humpelte sie zum Kühlschrank hinüber, doch Brian schob sie sanft auf einen Stuhl. Er war ein Riese, fast zwei Meter groß, und sehr breitschultrig. Brian war Lehrer an einer Jungenschule hier in Rugby – bestimmt konnte er schon den meisten seiner pubertierenden Schüler allein durch seine Größe den nötigen Respekt einflößen.

»Lass nur, wir fahren nachher nach Leamington wegen der Hochzeitstorte und werden dort irgendwo nett frühstücken gehen. Du kommst am besten auch mit, Annie. Du siehst nämlich aus, als hättest du eine kleine Aufmunterung nötig – und eine Stärkung.«

Soso, sehe ich so aus, dachte Annika, das ist ja interessant. Aber sie war zu müde, um zu protestieren, also nickte sie ergeben und ließ sich von Brian einen heißen Tee an den Tisch bringen, der natürlich genau die richtige Menge Milch und Zucker enthielt.

Wie sagte Laura immer so schön? – »Es gibt keinen besseren Start in den Tag als eine gute Tasse Tee und ein gutes Wort aus der Schrift dazu.«

Über das »gute Wort aus der Schrift« war Annika sich nicht so sicher, aber das mit dem Tee traf bestimmt zu. Jedenfalls tröstete er sie ein wenig über ihr schmerzendes Knie hinweg.

Jacob häufte Kaffeepulver in die Cafetière und goss kochendes Wasser darüber. Dann ging er zum Küchenschrank, um Brot, Butter und Honig herauszuholen. Es war acht Uhr und oben war noch alles still. Lucy übernachtete bei Ian und Laura in Rugby, und Eva schlief oben in seinem Zimmer.

Schlief. Endlich.

Jacob lehnte sich mit dem Rücken an den Kühlschrank, verschränkte die Arme vor der Brust und wartete, einen Becher in der Hand, bis der Kaffee fertig war. Das, was er heute Nacht mit Eva erlebt hatte, kam einem mittelschweren Drama gleich – noch nie hatte er einen Menschen gesehen, der eine solche Angst hatte wie sie. Wenn das, was da gestern vorgefallen war, sich in Zukunft noch öfter wiederholen sollte, würde ihn das einiges an Kraft und Nerven kosten. Ihn, Eva und Lucy. Aber wenn er Eva liebte – und er war sich dessen noch nie so sicher gewesen wie letzte Nacht –, hatte er keine andere Wahl, als diesen Weg mit ihr zu gehen.

Am Nachmittag war noch alles in Ordnung gewesen – er hatte Lucy von der Schule abgeholt, war dann bei Ian und Laura vorgefahren, um Eva abzuholen, und anschließend waren sie alle zusammen zu seinen Eltern nach Market Harborough gefahren, wo sie zum Tee erwartet wurden. Genau wie Jacob es vorher schon gewusst hatte, hatten seine Eltern Eva auf Anhieb gemocht. Auch Eva schien sich in Max' und Jessies Gegenwart wohlzufühlen.

Nach dem Tee waren Ian und Laura relativ bald mit den Kindern aufgebrochen, und während Eva seiner Mutter beim Abspülen geholfen hatte, hatte sein Vater ihn auf seine freundliche Art ein wenig ausgefragt. Jacob wusste, dass seine Eltern es nur gut meinten.

»Ich meine … das geht ja nun alles recht schnell, aber ich bin mir sicher, dass ihr beiden euch das gut überlegt hat«, sagte Max, während er in aller Ruhe seine Pfeife stopfte. »Wann soll es denn so weit sein? Mit der Hochzeit, meine ich. Doch sicher nicht mehr in diesem Jahr, oder?«

»Wir dachten so im September«, hatte Jacob geantwortet und mit sichtlichem Vergnügen die Reaktion seines Vaters abgewartet.

Wie erwartet, war Max beinahe die Pfeife aus der Hand gefallen. »Im September? Das ist – das ist in vier Monaten!«

Jacob grinste. »Richtig. In vier Monaten. Gerade eben Zeit genug, um alles zu organisieren, die Ringe und das Kleid und was man sonst noch so braucht.« Er lehnte sich in seinem Stuhl vor und legte seinem Vater eine Hand auf den Arm. »Ich weiß, was ich tue, Dad. Keine Sorge. Es wird alles gut.«

Das hatte er zumindest geglaubt, als sie später am Abend bei seinem Cottage angekommen waren – heiter, ausgelassen, leicht beschwingt und sehr verliebt. Eva vertrug nicht besonders viel Alkohol, und die zwei Gläser Wein, die sie bei seinen Eltern getrunken hatte, hatten sie in eine bezaubernd angeheiterte Verfassung versetzt. Sie hatten sich lange und leidenschaftlich im dunklen Flur geküsst. Jacob war sicher gewesen, dass Eva ihn mindestens ebenso sehr wollte wie er – doch als er angefangen hatte, die Knöpfe ihrer Bluse zu öffnen, hatte sie sich plötzlich losgerissen und war aufgesprungen. Rückwärts gehend, die Hände schützend vor der Brust, hatte sie ihn mit zitternder Stimme angeschrien.

»Ich will das nicht!«, hatte sie geschluchzt und ihr Gesicht in den Händen vergraben. »Ich will das doch nicht – bitte! Bitte …«

»Schscht …«, hatte er gemurmelt, insgeheim verwundert über die Heftigkeit ihrer Ablehnung.

Hatte er sich das alles denn nur eingebildet? Ihre Hand, die während der Fahrt auf seinem Oberschenkel gelegen und ihn gestreichelt hatte, ihr leises, sinnliches Lachen, als er die Tür zu seinem Haus aufschloss und gleichzeitig versucht hatte, sie zu küssen? Die Leidenschaft, mit der sie seine Zärtlichkeiten erwidert hatte, sodass es ihm fast den Atem genommen hatte? Er hätte schwören können, dass sie eine Frau war, die genau wusste, was sie wollte. Eine Frau mit Erfahrung – und es hätte ihm in dem Moment nicht einmal etwas ausgemacht. Die Leidenschaft und sein brennendes Verlangen hatten ihn einfach davongetragen …

Heute Morgen schämte er sich – wie hatte er sich nur so gehen lassen können! Kein Wunder, dass sie Angst bekommen hatte. Eva hatte offenbar doch keine Erfahrungen, zumindest keine guten – von anderen wollte er lieber nichts wissen. Und auch wenn sie auf den ersten Blick vielleicht so aussah …

Er schlug sich mit der geballten Faust an die Stirn und schüttelte den Kopf. Er hätte es wissen müssen! Nach dem, was sie ihm alles über ihren Vater und ihr Leben in Deutschland erzählt hatte, hätte er es wissen müssen.

Er hatte es schließlich geschafft, sie ein wenig zu beruhigen. Nachdem sie einander Gute Nacht gesagt hatten, schien alles wieder in Ordnung zu sein – bis ihr markerschütternder Schrei ihn in den frühen Morgenstunden geweckt hatte.

Sofort war er aus seinem Bett gesprungen und zu ihrem Zimmer hinübergerannt.

»Geh weg! Geh weg! GEH – *WEG*!!!«

Er hatte versucht, sie zu beruhigen, ihr gut zuzureden, doch es war alles vergebens gewesen. Eva war wie von Sinnen gewesen. Sie hatte ihn gar nicht erst an sich herankommen lassen, keinen Schritt hatte er näher kommen dürfen. Als kämpfe sie gegen ein ganzes Heer feindlicher Krieger, hatte sie da auf ihrem Bett gestanden, beide Arme wie zum Schutz vor der Brust verschränkt, schluchzend und schreiend.

Mit Tränen der Verzweiflung in den Augen hatte er sich schließlich zurückgezogen, hatte sich draußen vor die Tür gehockt und sein Gesicht in seine Hände gelegt. Und gewartet.

Irgendwann war das furchtbare Schreien und Schluchzen verebbt, doch er hatte es nicht gewagt, noch einmal hineinzugehen. Etwas hatte ihn davon abgehalten – etwas, das in ihrem Blick gelegen hatte, als sie da auf dem Bett gestanden und geschrien hatte: die abgrundtiefe Furcht eines verängstigten Kindes.

»Guten Morgen, Jacob.«

Beim Klang ihrer Stimme fuhr er herum. Sie stand da, in seinen Morgenmantel gehüllt, etwas schüchtern im Türrahmen gelehnt, und sah ihn unverwandt an.

»Guten Morgen. Ich habe gerade – ich habe gerade Kaffee gemacht«, stammelte er verlegen und bemühte sich dabei, nicht auf ihren Ausschnitt zu starren. Sie machte es ihm aber auch nicht leicht! »Setz dich doch. Bitte.«

»Gern.«

Eva zog sich einen Barhocker unter dem Frühstückstresen hervor und kletterte darauf. Dann schüttelte sie ihre dunklen, vom Duschen noch feuchten Locken und strahlte Jacob an, als wäre überhaupt nichts geschehen.

»Hast du gut geschlafen? Ich ja, wie ein Stein. Muss sehr müde gewesen sein gestern Abend. Aber den Brandy hätte ich wohl um die Zeit nicht mehr trinken dürfen, der hat mich echt umgehauen.« Sie lachte. »Nächstes Mal lieber Kaffee – koffeinfreien natürlich.«

Immerhin erinnerte sie sich an den Brandy, den er ihr eingeschenkt hatte, bevor sie zu Bett gegangen waren. Den Albtraum hingegen schien sie vergessen zu haben – war das nun ein Glück oder ein Grund zur Sorge? – Jacob wusste es nicht.

Laura legte Annie in ihre Wiege und deckte sie mit einem dünnen Baumwolltuch zu. Es war noch warm im Wintergarten, die Abendsonne schien durch die bodentiefen Fenster hinein und tauchte den Raum in ein sanftes, rotgelbes Licht. Nachdem sie noch eine Minute lang an der Wiege gestanden und ihr schlafendes Kind voller Liebe betrachtet hatte, wandte sie sich ab und ging zurück ins Wohnzimmer, wo Ian dabei war, den Tisch zu decken.

Mit einem verwunderten Blick zur Uhr meinte Ian: »Jacob und Eva müssten eigentlich längst hier sein. Sechs Uhr war ausgemacht gewesen – die Pizza ist jedenfalls fertig.«

»Es hat auch niemand angerufen, also denke ich doch, dass sie jeden Moment kommen. Wenn sie in zehn Minuten nicht da sind, sollten wir anfangen, es wird sonst zu spät für Lucy. Du weißt ja, wenn sie müde ist, isst sie nichts mehr. Wo steckt sie überhaupt?«

Ian reckte den Kopf in Richtung Fenster. »Im Garten. Sie spielt mit Ned von nebenan. Die beiden sind richtig gute Freunde geworden, wie es scheint.«

Laura runzelte die Stirn. »Ned ist erst vier – der müsste doch bestimmt bald ins Bett. Ruf deine Nichte herein, sonst bekommen wir am Ende die

Schuld, dass der junge Mann nicht rechtzeitig zum Abendessen heimkommt.«

»Ach, das ist bestimmt in Ordnung. Es ist noch sehr warm draußen, und außerdem ist morgen Sonntag, da schlafen die meisten Leute aus.« Ian warf seiner Frau einen Seitenblick zu. »Im Gegensatz zu uns armen, frischgebackenen Eltern. Wie spät war es eigentlich gestern Nacht?«

»Oh, gar nicht so spät – im Gegenteil, es war noch früh.« Laura grinste. »So gegen vier. Die Sonne ging gerade auf – sehr hübsch, so ein Sonnenaufgang über Rugby.«

Ian senkte schuldbewusst den Blick. »Sorry – diese Nacht bin ich dran, okay?«

»Ich nehme dich beim Wort. Jetzt habe ich ein Auto gehört – gehst du zur Tür? Dann schneide ich die Pizza auf. Der Salat ist fertig, oder?«

»Hallo, alle zusammen!«

Eva kam ins Esszimmer, einen Strauß frisch gepflückter Wiesenblumen in der Hand, die sie Laura überreichte. »Hier, für dich. Danke, dass du uns diesen Tag geschenkt hast – es war herrlich!«

»Das freut mich. Wir hatten auch einen sehr schönen Tag mit Lucy. Mmmh, die riechen aber gut! Ich stecke sie gleich in eine Vase – setzt euch doch schon mal, das Essen ist fertig. Ich hoffe, ihr habt ordentlich Hunger mitgebracht. Wo wart ihr denn überall?«

Eva folgte Laura fröhlich plaudernd in den Hauswirtschaftsraum, nicht ahnend, dass Jacob ihr dabei nachdenklich hinterhersah. Es schien ihm fast, als hätte Eva zwei Gesichter – das eine war fröhlich, neugierig und voller Lebenslust, das andere zurückhaltend, scheu, ja, beinahe ängstlich. Was in ihr vorgehen mochte, wenn sie von einer Stimmung in die andere rutschte, konnte er nur vage erahnen. Aber er ahnte jetzt, nach vierundzwanzig Stunden »Eva pur«, dass es ihn sehr viel Zeit, Geduld, Kraft und Liebe kosten würde, wenn er ihr helfen wollte, diese Angst zu überwinden – und das wollte er mehr als alles andere.

44

Immensee, den 29. Mai

Liebe Annika,

herzlichen Dank für deinen Brief. Wir freuen uns zu hören, dass es dir gut geht, dass du einen schönen Geburtstag hattest und dass du dich dort drüben immer noch so wohlfühlst. Wir freuen uns aber auch schon, wenn du zurückkommst. Hoffentlich kommst du dann mal einen Abend bei uns vorbei und bringst auch ein paar Fotos mit.

Die Adresse lege ich bei, wie versprochen. Wenn du ihm schreibst, machst du ihm damit eine riesengroße Freude, Annika. Von der Angst, die du ihm damit nimmst, brauche ich wohl gar nicht zu reden. Wenn du ihm das Gefühl gibst, dass er trotz allem noch ein liebenswerter Mensch ist, dann findet er vielleicht sogar den Mut nach Hause zu kommen. Oh, Annika, wenn du das für uns tun könntest!

Hier auf Immensee ist alles beim Alten, bis auf einen (noch) kleinen, süßen, puscheligen und etwas anstrengenden Neuzugang: Luther, ein Berner Sennen-Welpe, gerade erst zehn Wochen alt und schon jetzt ein ausgekochtes Schlitzohr. An dem werden Jürgen und Christina noch ihre helle Freude haben – es ist nämlich ihrer.

So, und nun muss ich los, ich habe einen Arzttermin in der Stadt und will den Brief unterwegs gleich einwerfen.

Sei lieb gegrüßt und umarmt von deiner Annemarie Feuerbach

Irgendwo zwischen Glencoe und Fort William, Schottland
31. Mai

Lieber Markus,

hier würdest du dich auch wohlfühlen – Schafe, Schafe, und noch mehr Schafe. Wetter: sehr norddeutsch – hin und wieder ein wenig Sonne, ansonsten Nebel, soweit das Auge reicht (wenn es denn einmal mehr als zehn Meter weit reicht), und manchmal ein paar Tropfen Regen. Ich vermisse dich, Markus. Bist du mir noch sehr böse? Es tut mir leid, dass ich mich so selbstsüchtig verhalten habe und nicht verstanden habe, wie du dich dabei fühlen musst. Wie war euer Besuch bei Hannes? Hat er sich sehr gefreut, euch zu sehen? Ich bin sicher, es war ziemlich aufregend für euch alle.

Bitte, Markus, glaube mir, ich meine es ehrlich. Verzeih mir! Bitte, bitte melde dich doch.

Annika

Edinburgh, den 3. Juni

Liebe Lucy,

stell dir vor, ich habe die Kronjuwelen gesehen! Sie sind wunderschön, tausend Mal schöner als auf der Postkarte – wenn dein Daddy dich mal nach Edinburgh bringt, müsst ihr unbedingt das Schloss besichtigen und sie euch ansehen. Ich habe ganz viele Fotos gemacht. Sag deinem Daddy Danke dafür, dass er mir seine Kamera geliehen hat. Wenn ihr nächstes Wochenende nach Rugby kommt, zeige ich euch die Bilder. Und natürlich habe ich auch ein schönes Andenken für euch gekauft. Ich freue mich auf euch!

Bis bald, deine Eva

Hattstedt, den 1. Juni

Liebe Eva,

zu deinem Geburtstag herzliche Glückwünsche von deiner Mutter. Du fehlst mir! Seit du weg bist, geht hier vieles drunter und drüber. Das Geschäft läuft nicht gut, und dein Vater hat wieder zu trinken angefangen. Wenn ich nur wüsste, wie ich dich dazu bewegen könnte, es dir noch einmal zu überlegen und nach Hause zurückzukommen! Aber du würdest es auch nicht für mich tun, oder? Nun, wenn es dir dort drüben besser geht, dann soll es wohl so sein.

Ich gebe den Brief bei Frau Köhler ab, sie wird ihn an Annikas Adresse schicken – kann sein, dass er dich deswegen nicht rechtzeitig erreicht. Aber ich werde natürlich an dich denken!

Herzliche Grüße, deine Mutter

Eva klappte die Karte zu und legte sie auf ihre Frisierkommode. Sie waren gestern von ihrer Reise zurückgekommen – ihren Geburtstag hatten sie in einem urgemütlichen Pub mit dem lustigen Namen *The Silent Woman* gefeiert (»So *kann* ein Pub gar nicht heißen – es gibt keine stillen Frauen!«, hatte Ian behauptet, als sie ihm davon erzählt hatte.). Eva konnte sich nicht erinnern, jemals so viel Spaß an ihrem Geburtstag gehabt zu haben. Und jetzt diese Karte!

Du würdest es auch nicht für mich tun, oder? – Oh nein, ganz bestimmt nicht. Nicht für dich, Mutter, nicht für den saufenden Mistkerl, der sich mein Vater nennt, nicht für Geld und gute Worte, nein – ich komme nicht zurück. Nie.

Eva seufzte. Das konnte sie natürlich nicht schreiben. Aber musste sie überhaupt auf die Karte ihrer Mutter antworten? Konnte sie nicht einfach warten, bis sie die Hochzeitseinladungen gedruckt hatten und davon eine schicken, einen kurzen Gruß hinzufügen, dass es ihr gut gehe und dass sie hier glücklich werden würde?

Andererseits war es vielleicht gerade als Christin ihre Pflicht, sich um ihre Mutter zu kümmern. Die hatte es schließlich auch nicht leicht. Sollte sie nicht …?

In diesem Moment klopfte es an der Tür.

Laura steckte ihren Kopf herein und fragte: »Wir fahren in die Stadt, ein bisschen einkaufen und gehen dann noch einen Cream Tea trinken. Kommst du mit?«

Eva warf einen letzten zögernden Blick auf die Karte. Dann stand sie auf, wandte sich Laura zu und erwiderte: »Gern. Gib mir fünf Minuten, dann bin ich fertig.«

Ihre Mutter konnte warten. Und in der Zwischenzeit konnte sie mit Jacob darüber reden und ihn um Rat fragen. Oder mit Laura. Aber sie ahnte schon, was sie ihnen sagen würden: Dass sie nichts für ihre Mutter tun könne, außer zu beten. Und das tat sie ohnehin. Gott hatte ihr geholfen, er würde bestimmt auch ihrer Mutter helfen.

Husum, den 7. Juni

Liebe Annika,

vielen Dank für deine neblige Postkarte aus Nirgendwo, Schottland. Sie war erstaunlich schnell hier, die Schafe, die dort oben die Post transportieren, müssen wirklich gerannt sein! Wahrscheinlich haben sie gewusst, dass es eilig ist …

Nun dauert es ja nicht mehr lange, bis du wiederkommst – ich kann dir gar nicht sagen, wie sehr ich mich freue, dich wiederzusehen! Natürlich verzeihe ich dir. Wir müssen dann noch mal in Ruhe über alles reden, wenn du wieder hier bist. Aber jetzt bin ich sicher, dass alles gut wird. Ruf mich an, sobald du wieder in Warwickshire bist. Ja?

Dein Markus

Rugby / Warwickshire, England, den 6. Juni

Lieber Hannes,

ich habe deine Mutter gebeten, mir deine Adresse zu geben und ich hoffe, es ist okay, wenn ich dir schreibe. Ich wollte dir nur sagen, dass

Annika ließ den Füller sinken und kratzte sich an einer Stelle im Nacken. Dann las sie sich den Satz, den sie eben geschrieben hatte, noch einmal durch, und schüttelte den Kopf. Nein, so konnte sie nicht anfangen. Energisch strich sie das Geschriebene durch und begann noch einmal von vorn, nur um auch dann alles wieder durchzustreichen. Das ging so lange, bis sich ein Stapel zerknüllten Papiers zu ihren Füßen gesammelt hatte, der so hoch war, dass sie ein Fußbad darin hätte nehmen können. Sie stapfte durch den Papierhaufen zur Tür, nahm dabei ihre Jacke vom Haken und sprang die Treppe hinunter.

Kurz darauf zog sie die Haustür hinter sich ins Schloss. Ein Spaziergang würde ihr jetzt guttun. Vielleicht kam ihr dabei eine Idee, was sie Hannes schreiben könnte.

Ich habe Dir verziehen, dass Du meinen Bruder getötet hast? – Nicht gut. Damit würde er sich nur noch schlechter fühlen, und sie fand, er hatte sich lange genug gequält.

Ich glaube, es ist an der Zeit, die Vergangenheit ruhen zu lassen und nach vorne zu sehen?

– Viel zu schwülstig, was sollte er nur von ihr denken?

Vielleicht können wir eines Tages Freunde werden …

– Aber konnten sie das? Angenommen, er kam nach Hause – konnte sie es überhaupt ertragen, ihn zu sehen, ohne ständig an ihren Bruder und den Unfall denken zu müssen?

Es war zum Verzweifeln. Sie wünschte mehr denn je, Markus wäre hier. Mit ihm könnte sie darüber reden, und er würde sie verstehen. Markus hatte sie immer verstanden – sie hingegen hatte sich manchmal nicht einmal Mühe gegeben, ihn verstehen zu wollen. Als er ihr erklärt hatte, warum er nach Sydney fliegen wollte, hatte sie an nichts anderes denken können als an den Schmerz, den *sie* dabei empfand. Den Schmerz darüber zu erkennen, dass seine Familie ihm wichtiger war als sie. Obwohl sie sich längst schon nicht mehr sicher war, ob das stimmte.

Tief in ihre Gedanken versunken, bemerkte sie die alte Frau mit ihrem Gehwägelchen nicht, die ihr auf dem Fußweg entgegenkam. Sie stießen zusammen und Annika verlor beinahe das Gleichgewicht. Verlegen lächelnd, entschuldigte sie sich bei der Dame.

»That's alright, love«, entgegnete diese jedoch nur freundlich und war kurz darauf mit ihrem Wägelchen um die Ecke verschwunden.

Als Annika gerade weitergehen wollte, fiel ihr Blick plötzlich auf etwas in dem Schaufenster des Kartenladens, den sie vorhin überhaupt nicht wahrgenommen hatte. – Entschlossen betrat sie den Laden und kam kurz darauf wieder heraus, eine braune Papiertüte in der Hand, die sie so fest umklammert hielt, als enthalte sie einen kostbaren Schatz.

Sie konnte es kaum erwarten, nach Hause zu kommen, und begann zu laufen.

45

Am Abend, bevor Katjas Eltern in Sydney landen sollten, saß Hannes am Esstresen in seiner Wohnung und löffelte eine Kiwi. Neben ihm auf dem Tisch lagen eine Liste mit Dingen, die er heute noch erledigen wollte, und ein Brief von Markus mit einigen Fotos, die er während seines Besuchs hier gemacht hatte. Eines der Bilder zeigte ihn mit Christina am Strand, tief in ein Gespräch verwickelt auf einem Felsen sitzend. Man konnte beinahe spüren, wie nahe sie sich standen, wenn man das Foto betrachtete. Sechzehn Jahre, und sie waren sofort wieder die besten Freunde gewesen, fast vom ersten Augenblick an. Mit Christina hatte er über seine Ängste und seine Hoffnungen reden können. Es war gut gewesen, zu spüren, wie sie ihn verstand, auch wenn sie nicht viel sagte. Ein sanfter Druck von ihrer Hand, ein liebevolles Lächeln im richtigen Augenblick.

Gott, wie hatte er Christina in all den Jahren vermisst!

Er legte den Löffel beiseite und nahm das Bild zur Hand, um es genauer zu betrachten. Dann fiel sein Blick auf ein anderes Foto, das ihn zusammen mit Markus zeigte. Sie waren gerade von einem frühen Morgenschwimmen zurückgekehrt und hatten noch ganz nasse Haare, aber beide grinsten übers ganze Gesicht, und die Ähnlichkeit war frappierend. Natürlich, Markus war viel jünger als er und hatte nicht die besten Jahre seines Lebens an Alkohol und Drogen verschwendet, aber …

Das hätte ihm wohl auch keiner gewünscht. *Wenn ich es mir hätte aussuchen können, dann …* Er schüttelte den Kopf. Es hatte keinen Sinn, darüber nachzugrübeln, was hätte sein können, wenn –. Was geschehen war, war geschehen, und alles, was er tun konnte, war, nach vorne zu sehen.

Also stand er auf, schob seinen Stuhl unter den Tresen und nahm seine Brieftasche vom Tisch. Blumen, dachte er im Hinausgehen, ich muss Blumen für Katja besorgen. Und die Karten für die Oper abholen.

Katja ging rastlos im Gästezimmer auf und ab. Zum wohl hundertsten Mal zog sie an der gestreiften Tagesdecke herum, die sie über das Bett gebreitet hatte, und roch an den Blumen, die sie schon am Nachmittag in die Vase auf dem Frisiertisch gestellt hatte. Alles war fertig, bereit für die Ankunft.

Sie seufzte. Warum war sie dann so schrecklich nervös? Es waren schließlich nur ihre Eltern! Und die Tatsache, dass sie trotzdem kamen – obwohl sie von dem Baby wussten –, zeigte doch nur, dass sie sie liebten und bereit waren, ihr zu verzeihen. Ihr und Hannes. Oder nicht?

Das Klingeln an der Haustür ließ sie aus ihren Gedanken aufschrecken. Hastig zog sie die Tür hinter sich zu, rannte die Treppe hinab und ließ einen überdimensional großen Blumenstrauß auf zwei Beinen hinein.

»Hannes! Du bist ja verrückt! Für wen sollen die denn noch sein? Für meine Eltern habe ich schon …«

»Wer hat gesagt, dass die hier für deine Eltern sind? Die können doch nicht alles Gute für sich beanspruchen.« Er beugte sich zu ihr herab, um sie zu küssen. »Die sind für dich, mein Liebling. Herzlichen Glückwunsch zum Eintritt in die einundzwanzigste Woche. Das ist dann jetzt der fünfte Monat, nehme ich an.«

Katja nahm ihm die Blumen ab und lachte. »Na, du bist mir vielleicht ein Held! Komm rein, ich mache uns eine Limonade. Es ist heiß draußen, hast du noch was im Auto?«

Auf ihren Wunsch hin hatten ihre Eltern ihren kleinen Polo verkauft, und von dem Geld hatte Samuel ihnen hier einen gebrauchten Kombi besorgt. »Das kann ich getrost dir überlassen. Ich verstehe nicht viel von Autos«, hatte Hannes gemeint. »Ich fahre sie nur.«

»Das ist auch gut so«, hatte Sam erwidert, als er ihm die Schlüssel für den schwarzen Rover in die Hand gedrückt hatte. »Als Familienvater muss man Auto fahren. Jedenfalls im Outback.«

Natürlich war Sydney nicht das Outback, aber Hannes wusste, was Sam meinte. Durch Katjas Schwangerschaft hatte er eine ganz andere Verantwortung. Er musste an die Zukunft denken, in der er nicht mehr nur für sich selbst verantwortlich sein würde, sondern auch für seine Frau und sein Kind. Doch dazu gehörte mehr als das Autofahren.

»Würdest du in Sydney bleiben wollen, wenn das Kind da ist?«, hatte Christina gefragt. »Ich meine, ihr habt hier unten keine Familie – keine Großeltern, die mal aufpassen, keine Tanten und Onkel, niemanden. Außer den Johnsons natürlich, aber die sind ja nun einmal keine echte Familie.«

»Aber sie kommen dem sehr nahe«, hatte Hannes leise entgegnet, und das stimmte auch. Sam und Ruth waren ihm die besten Ersatzeltern gewesen, die er sich in Anbetracht der Umstände hätte wünschen können. Sie hatten ihm nie das Gefühl gegeben, etwas anderes für sie zu sein als ein Sohn.

»Ja, ich weiß, was du meinst. Trotzdem … Wir hätten dich natürlich auch gerne wieder, weißt du?«

Nie würde er diesen Blick vergessen, mit dem seine Schwester ihn angesehen hatte – ganz viel Liebe hatte darin gelegen, und ein banges Hoffen auf seine Antwort. Normalerweise war Christina diejenige, die schwierige Situationen immer mit einer geradezu bewundernswerten Nüchternheit betrachtete und Probleme, die sich ihr in den Weg stellten, systematisch anging und nicht aufgab, bevor sie gelöst waren. Anders als in diesem Moment, in dem sie ihn ansah, als könne ein Wort von ihm über ihr ganzes Glück entscheiden.

Wir hätten dich natürlich auch gerne wieder.

Er hatte Christina in die Arme genommen und sie fest an sich gedrückt. »Ich werde darüber nachdenken. Versprochen.«

»Nein, nur die Karten für die Oper am Sonntag«, sagte er jetzt. »Wie versprochen. Mmh, das riecht aber gut, hast du etwas im Ofen?«

»Ich nicht, aber Ruth. Einen Schokoladen-Mokka-Kuchen mit viel Eiern, viel Butter und noch viel mehr Zucker.« Katja schüttelte sich. »Die reinste Kalorienbombe! Wenn ich bis jetzt noch nicht zur Kugel geworden bin, dann spätestens ab morgen. Ruth hat so viele leckere Sachen vorbereitet, australische und englische, alle gleichermaßen gehaltvoll, wie mir scheint. Davon können wir die ganze Woche über leben.«

Hannes nahm sie lachend in seine Arme und hielt sie fest umschlungen. »Ich liebe dich, Katja Schultze, so, wie du bist. Genau so, wie du bist … und Baby auch.« Er strich ganz zart über Katjas noch ziemlich flachen Bauch. »Hallo, kleines Wesen. Hörst du mich? Ich bin dein Papa. Daddy. Du kannst beides sagen, wenn du erstmal da bist … Ob wir uns auf dich freuen? Na, und ob! Was denkst denn du? Schließlich kommt es nicht alle Tage vor, dass sich zwei Deutsche in Down Under treffen und so gut zusammenpassen, dass daraus gleich etwas so Wundervolles entsteht wie du … Oh, du bist bestimmt wundervoll, daran haben wir keinerlei Zweifel – nicht wahr, Katja?«

Katja schob ihn lachend von sich und ging in die Küche, um die Blumen ins Wasser zu stellen. »Ich weiß gar nicht, ob Ruth so eine große Vase hat«, meinte sie, »aber irgendetwas werden wir schon finden. Bleibst du zum Abendessen?«

»Nein, ich muss ins *Haven*. Ich hätte längst da sein müssen, Pete ist alleine. Schließlich ist heute Samstag. Zu dumm, dass deine Eltern ausgerechnet an einem Sonntag ankommen. Aber ich sehe sie ja dann am Montag – wenn sie ausgeschlafen sind.« Er grinste. »Und dann haben wir auch gleich den ganzen Tag Zeit, ihnen die Stadt zu zeigen. Oder wolltest du zur Uni?«

Katja winkte ab. »Nicht am Montag. Aber Dienstag muss ich hin, sonst verpasse ich mein Seminar über Landeskunde, und das möchte ich nicht. Ich habe im Juli Prüfung, wie du weißt. Und die darf ich auf keinen Fall in den Sand setzen. Du kannst dann ja tagsüber für sie den Fremdenführer spielen …«

Mit einem Blick in sein entgeistertes Gesicht sagte sie: »Oder wir setzen sie morgens mit Sam und Ruth ins Auto, und sie können nach Parramatta hinausfahren, da sind sie den ganzen Tag über beschäftigt.«

»Das ist eine viel bessere Idee. Und wenn sie morgen nicht allzu müde sind, kannst du sie ja abends noch ins *Haven* ausführen, dann lernen sie mich gleich kennen und können beruhigt schlafen.«

Katja grinste. »Na, wenn du meinst, dass sie dann beruhigt sind …«

»Hey!«

Er nahm ihr den Blumenstrauß aus der Hand, zog sie lachend in seine Arme und hielt sie ganz fest. »Was soll das denn heißen?«

»Nichts, wieso? Nur, dass sie dann – beruhigt sind. Weil du ein ganz Lieber bist. Deswegen. No worries!«

Sie küsste ihn übermütig auf die Nasenspitze, wand sich geschickt aus seinem Griff und fuhr fort, die Blumen in den alten Steinkrug zu stecken, den sie auf der Terrasse entdeckt hatte. Dann öffnete sie den Kühlschrank, um zwei Flaschen Limonade herauszunehmen. »Zitrone okay? Orange ist gerade aus.«

»Sicher. Danke.« Hannes nahm die Flasche entgegen, schraubte mit der einen Hand gekonnt den Verschluss auf und nahm sich mit der anderen Hand ein Glas vom Regal über der Spüle. Er trank aus Prinzip nicht mehr aus der Flasche.

»Mmmh, das tut gut.« Katja trank ihre Limonade in einem Zug fast leer. »Hast du noch einen Augenblick Zeit? Dann können wir uns noch in den Garten hinaussetzen.«

»Leider nein«, antwortete er, »sonst könnten wir noch tausend andere schöne Dinge tun …« Er grinste. »Aber ich muss wirklich los. Kommst du später noch zu mir? Ich schließe allerdings nicht vor eins.«

Sie strahlte. »Ich werde da sein und auf dich warten – notfalls schlafend!«

Nachdem sie ihn zur Tür begleitet hatte, lehnte sie sich mit einem zufriedenen Seufzen an die angenehm kalte Steinwand im Flur und schloss die Augen. Ihr war ein wenig schwindelig, aber das lag wohl auch an der Hitze. Eigentlich war es viel zu heiß für diese Jahreszeit. So viel zum Thema australischer Winter, dachte Katja, und beschloss, nach oben zu gehen, um ein Bad zu nehmen. Die Anspannung wegen des bevorstehenden Besuchs zehrte allmählich an ihr. Wenn sie nicht aufpasste, konnte der Stress womöglich ihrem Baby schaden. So unvorstellbar dieser Gedanke vor drei Monaten noch für sie gewesen war, als sie mit Annika zusammen das Ergebnis des Schwangerschaftstests gesehen hatte: Dieses Baby war das Kostbarste, was ihr je geschenkt worden war, und sie würde alles tun, um es zu schützen.

Hannes fuhr direkt zur Bar. Er winkte Pete, als er hereinkam, und ging in die Küche, wo er eilig begann, seine Einkäufe zu verstauen. Dann goss er sich ein Glas Wasser ein und öffnete den Brief, der gerade mit der Post gekommen war, als er vorhin seine Wohnung verlassen hatte.

Er war von Annika.

Lieber Hannes!

Sicherlich bist du überrascht … ich dachte, es sei an der Zeit, dass ich dir schreibe, um dir zu sagen, dass ich mich über die Versöhnung zwischen dir und deiner Familie freue. Sie haben dich so vermisst! Sechzehn Jahre sind eine lange Zeit. Und ich möchte nicht, dass das, was damals geschehen ist, zwischen unseren Familien stehen bleibt, ich wünsche mir, dass wir uns auch miteinander aussöhnen können, irgendwann.

Das wird nicht gerade einfach sein, fürchte ich, aber ich zumindest will es versuchen. Bitte gib mir die Zeit, die ich brauche – ich werde auch mit meinen Eltern reden, vielleicht gibt es doch einen Weg. Aber auch das wird Zeit brauchen.

Ich hoffe, du hast Geduld mit uns allen. Glaube mir, ich wünsche mir nichts sehnlicher, als dass wir – du und Markus und Katja und ich – Freunde sein können! Ich freue mich auf das Baby. Bitte grüße Katja von mir und sage ihr, dass sie auf sich aufpassen soll. Aber das tust du vermutlich schon, oder?

Hoffentlich hattet Ihr eine schöne Zeit zusammen, du und Markus und Christina.

Annika

Hannes klappte die Faltkarte zu und betrachtete schmunzelnd das Bild auf der Vorderseite. Ein Schaf hing hilflos strampelnd über einem zerbrochenen Weidezaun und darunter stand: *Ich möchte gerne zu dir – reichst du mir eine Hand?*

Natürlich regnete es auf dem Bild. Schafe, Regen, grauer Himmel … Das könnte genauso gut irgendwo in Nordfriesland auf dem Deich sein – oder in England, was das anging.

Ich möchte gerne zu dir …

Er wischte sich verstohlen eine Träne aus dem Augenwinkel und klappte die Karte wieder auf. *Ich zumindest will es versuchen …*

Annika wollte ihm ihre Hand reichen, fühlte sich aber ihrer Familie gegenüber verpflichtet. Wenn ihre Eltern den Kontakt mit ihm verweigerten – an Schlimmeres mochte er gar nicht denken, aber nach dem, was Christina und Markus ihm über Annikas Eltern erzählt hatten, hielt er es für unwahrscheinlich, dass sie Anklage erheben würden –, würde sie es auch tun? Oder würde sie ihren eigenen Weg gehen? So, wie Markus sie beschrieben hatte, war sie ein recht eigenwilliges Mädchen. Und schließlich *hatte* sie ihm bereits geschrieben, hatte von sich aus den Kontakt aufgenommen. Sie musste entweder seine Eltern oder Markus nach seiner Adresse gefragt haben. Das bedeutete, dass sie das bewusst entschieden und seit Längerem geplant hatte.

Ich wünsche mir nichts sehnlicher, als dass wir – du und Markus und Katja und ich – Freunde sein können!

Er legte die Karte beiseite und fuhr sich mit den Fingern durch das Haar. Das wünschte er sich auch. Wenn er Katja heiratete, sollte Annika auch dabei sein, schließlich war sie Katjas Freundin. Und er rechnete es Annika hoch an, dass sie Katja nicht fallen gelassen hatte, als sie die Wahrheit über ihn erfahren hatte. Im Gegenteil, sie war für Katja da gewesen, als sie sie am meisten gebraucht hatte. Als sie auch *ihn* gebraucht hätte …

Erneut fuhr er sich mit den Fingern durch das Haar, seufzte.

So sehr er es sich wünschte, er konnte die Vergangenheit nicht mehr ändern. Was geschehen war, war geschehen, egal, wie weh das tat. Was sie hingegen ändern konnten, was in ihrer Hand lag, war die Zukunft. Annika hatte mit diesem Brief einen entscheidenden Schritt getan, und er würde so schnell wie möglich den nächsten tun.

Wenn er heimkam, wollte er sie sehen, wollte mit ihr auf dem Deich sitzen, zwischen den blökenden Schafen, und ihr persönlich sagen, wie leid es ihm tat. Und wie froh er war, dass alles ein gutes Ende genommen hatte.

Aber vielleicht war es besser, nicht zu viel zu erwarten – schon gar nicht, was Annika und ihre Familie anging. Wenn Annika ihm verzeihen konnte, war das eine Sache. Das hieß aber noch lange nicht, dass ihre Eltern es auch konnten. Und was passieren konnte, wenn…

»John?«

Pete steckte seinen Kopf zur Küche herein, ein Geschirrtuch in der Hand. »Alles okay?«

Hannes streifte sich schnell sein weißes T-Shirt mit dem *John's-Haven*-Logo über und nickte. »Klar. Bin gleich da.«

Nachdem Pete gegangen war, setzte Hannes sich auf einen Stuhl und betrachtete noch einmal Annikas Karte.

Irgendwie, dachte er mit einem wehmütigen Lächeln, sind Annika und ich uns ähnlich. Träumer, Poeten, Heimatverbundene …

Dann legte er die Karte beiseite und ging ins Lokal, leise eine Melodie vor sich hinsummend.

46

Als Annika ihre Schwester und ihren Vater am Mittwochnachmittag am Ortseingang von Rugby in Empfang nahm – sie waren mit dem Schiff über

Harwich gekommen –, war sie im ersten Moment so erschrocken, dass sie sich zwingen musste, Sylvia nicht anzustarren. Wie hatte sie in den zweieinhalb Monaten, in denen sie sich nicht gesehen hatten, so viel Gewicht verlieren können? Aß sie denn *gar* nichts mehr?

Doch dann fing sie sich wieder und fragte, was sie an diesem Abend machen wollten. »Wir könnten ein Stück am Kanal entlangspazieren und anschließend ins *Lockman's* gehen, das ist ein urgemütliches, kleines Pub, in dem man auch gut essen kann. Samantha und ich gehen öfters hin, wenn wir gerade mal keine Lust zum Kochen haben.«

Sylvia winkte gleich ab. »Ich bin müde. Können wir nicht bei dir was kochen – Spaghetti oder so was??«

Schade, dachte Annika. Sie hatte gehofft, Sylvia etwas aus der Reserve locken zu können, aber anscheinend wollte die nicht. Nun gut, vielleicht sollte sie am ersten Tag nicht gleich zu viel erwarten.

»Wie du willst«, meinte sie und ging zu ihrem Auto hinüber. »Dann also Spaghetti mit Soße. Papa, ich fahre voraus – einfach immer hinterher, okay?«

Robert hob die Daumen und setzte sich wieder hinters Steuer seines Audis. »Klar. Wir sehen uns dann in – wie hieß das noch?«

»Hillmorton, Papa. Aber den Namen musst du dir nicht unbedingt merken. Also, bis später!«

Während Annika die ihr bekannte Strecke durch die Stadt fuhr, dachte sie unentwegt an Sylvia. Wenn sie wirklich nichts aß, wie sollten sie dann die nächsten fünf Tage überstehen? Obwohl Annika selbst schon immer ziemlich dünn gewesen war, aß sie für ihr Leben gerne; besonders die englische Küche gefiel ihr inzwischen ausgesprochen gut und sie hatte – im Gegensatz zu ihrer Schwester – seit Ostern bestimmt zwei Kilo zugenommen. Am liebsten aß sie abends noch ein Stück von diesen süßen, klebrigen Kuchen mit dicker Vanillesoße – sie hatte schon einen gekauft und hoffte jetzt, dass Sylvia ihn wenigstens probieren würde.

Am Samstag machten Annika und Sylvia einen »Mädchenausflug« – Robert hatte sich bei der Bustour durch Stratford einen steifen Nacken geholt und wollte den Tag lieber in einem Liegestuhl im Garten verbringen. Also packte Annika gleich nach dem Frühstück den Picknickkorb, besorgte ihrem Vater noch eine Zeitung in dem kleinen Laden um die Ecke und machte sich mit Sylvia auf den Weg.

Sie fuhren nach Süden, in Richtung Cotswolds. An einem sonnigen Junitag wie diesem waren die malerischen Cotswold-Dörfer natürlich total überlaufen, aber das störte die beiden wenig. Mittags hielten sie in Bourton-on-the-Water und ließen sich ihr Picknick am Ufer des Windrush schmecken. Das heißt, Annika ließ es sich schmecken, Sylvia biss nur einmal in ihr Sandwich mit Käse und Tomate und meinte dann mürrisch: »Iih, die Butter ist ja gesalzen. Das mag ich nicht. Hast du einen Apfel? Dann esse ich lieber den. Ist sowieso viel gesünder bei diesem Wetter.«

Achselzuckend nahm Annika ihr das Sandwich ab und reichte ihr stattdessen einen Apfel.

Als sie später in Lower Slaughter Halt machten und in dem kleinen Andenkenladen bei der Wassermühle ein Eis kauften, fiel Sylvia prompt die Waffel aus der Hand, kaum, dass sie ein- oder zweimal daran geschleckt hatte.

»So ein Mist, jetzt ist mir mein Eis runtergefallen!«, jammerte sie und zeigte dabei kläglich auf den Boden, wo das Vanilleeis in Sekundenschnelle zu einer gelben, klebrigen Pfütze schmolz. »Wieso pressen die hier aber auch eine einzige große Kugel in eine so kleine, zerbrechliche Waffel?!«

Annika hätte schreien mögen. *Weil man es halt schnell aufisst bei dem Wetter und keinen Staatsakt daraus macht, so wie du!*

Doch sie zuckte wieder einmal nur mit den Achseln – eine Geste der Hilflosigkeit, die sie sich in den letzten Tagen angewöhnt hatte, um diese Essensszenen mit ihrer Schwester überhaupt zu überstehen – und sagte: »Mach dir nichts draus, ich hole dir ein neues. Oder hier, nimm meins. Ich bin noch so satt von den leckeren Sandwiches, von denen du ja leider keines gegessen hast, dass ich gut auf das Eis verzichten kann, auch wenn es wirklich köstlich schmeckt. Komm, wir setzen uns ins Gras. Ich schreibe inzwischen ein paar Postkarten.«

»Danke.«

Sylvia nahm das Eis und schleckte vorsichtig daran. Dann gab sie es Annika zurück und erklärte: »Das schmeckt mir nicht. Aber lass mal, du musst mir deswegen kein neues kaufen. Ich kann ebenso gut eine Fanta trinken. Warte, ich hole mir eine.«

Schon war sie von dem Rasenstück aufgesprungen, auf dem sie sich gerade niedergelassen hatten, und lief zum Laden zurück.

Annika versuchte ein zaghaftes Lächeln, als ihre Schwester kurz darauf mit einer Dose in der Hand zurückkam, doch es erstarb ihr auf den Lippen, als sie sah, dass es eine Diätlimonade war. Stattdessen schüttelte sie stumm den Kopf. Eine Scheibe Toast, ein Apfel, eine Diätlimo, zählte sie in Gedanken die Dinge auf, die Sylvia seit heute Morgen zu sich genommen hatte. Das war selbst an einem heißen Tag wie diesem zu wenig, oder? Wie lange würde es noch dauern, bis Sylvia so dünn geworden war, dass sie ständig zusammenbrach, weil ihr Kreislauf einfach nicht mehr mitmachte? Würde ihre Mutter dann endlich einmal aufwachen und etwas unternehmen? Oder würde sie Sylvia in eine Klinik stecken, wo man sich um sie kümmern würde – damit sie es nur ja nicht selbst tun musste.

Wenn es dafür nicht ohnehin schon zu spät ist, dachte Annika verzweifelt, während sie langsam und ohne große Lust ihr Eis aß.

Sylvia schien nicht einmal zu merken, dass ihre Schwester sie so traurig von der Seite ansah. Sie schrieb in ihrer krakeligen, kleinen Handschrift die Adresse ihrer Mutter auf eine der eben erstandenen Postkarten. »Ich schreibe, dass wir in der Sonne am Ufer eines hübschen, kleinen Bächleins sitzen und Eis essen, ja?«

Klar, dachte Annika. *Du* isst Eis – jede Menge. Und ich habe gerade einen Goldfisch mit der bloßen Hand gefangen.

Sie seufzte. Allmählich fiel es ihr schwer, Sylvia zu behandeln, als wäre sie ein ganz normaler Teenager. Sie war alles andere als normal, sie war krank – essgestört. Magersüchtig. Wusste Sylvia das denn nicht? War ihr überhaupt nicht klar, in was für eine Gefahr sie sich mit ihrem Verhalten brachte?

Aber selbst wenn sie es merkte, konnte sie dann überhaupt noch aus eigener Kraft umkehren?

Als sie am Abend zurückkehrten, konnte Annika nicht schnell genug ins Haus hineinkommen. Sie brauchte dringend einmal etwas Abstand von Sylvia, deren Nähe für sie allmählich zur Belastung wurde. Sie schämte sich zwar dafür, aber sie konnte ihre Schwester nicht ein einziges Mal auch nur ansehen, ohne entweder laut schreien oder einfach nur weinen zu wollen, so verzweifelt war sie inzwischen. Beides war natürlich sinnlos. Aber bevor sie sich jetzt wieder mit ihr an einen Tisch setzte, brauchte sie erst einmal eine Auszeit. Robert hatte Samanthas alten Grill aus dem Schuppen geholt und ihn mit Seifenlauge und Schwamm so lange bearbeitet, bis er halbwegs passabel aussah, und Würstchen und Kohle gekauft.

»Wenn du uns noch einen Kartoffelsalat machst, Annika, wird das ein wundervolles Essen. Ich habe die Kartoffeln schon gekocht, und Salat habe ich auch gekauft, den werde ich gleich putzen.« Mit einem Augenzwinkern fügte er hinzu: »Und eine Flasche Rosé liegt auch schon im Kühlschrank bereit. Ich weiß doch, dass du den im Sommer gern trinkst.«

»Klasse«, murmelte Annika, drückte ihm einen flüchtigen Kuss auf die Wange und flüsterte entschuldigend: »Ich brauche mal kurz eine Auszeit, ja? In einer halben Stunde bin ich wieder unten.«

»Da ist ein Brief für dich gekommen!«, rief ihr Vater ihr nach, als sie schon halb die Treppe hoch war. »Aus Australien! Bestimmt von Katja. Ich habe ihn dir aufs Bett gelegt.«

Mit klopfendem Herzen stürmte Annika in ihr Zimmer und schlug die Tür hinter sich zu. Nein, dachte sie, als sie den Umschlag sah, das ist definitiv nicht Katjas Handschrift. Es stand kein Absender auf dem Umschlag, aber sie wusste sofort, dass der Brief von Hannes war.

Er *konnte* nur von Hannes sein.

Hastig öffnete sie den Umschlag und nahm das dünne, blassblaue Luftpostpapier heraus, das darin lag. Es war eng beschrieben, in feinster, säuberlicher Druckschrift.

»Also gut«, murmelte sie und atmete tief durch, bevor sie zu lesen begann. »Auf geht's …«

Liebe Annika!

Vielen, vielen Dank für deinen lieben Brief. Ich muss dir wohl nicht erst sagen, wie sehr du mich damit überraschst hast. Nie hätte ich geglaubt, dass du mir schreiben würdest – gerade du, die du allen Grund hättest, mich zu verachten, ja, zu hassen. Aber aus deinem Brief lese ich nichts von alledem, nur eine tiefe Ratlosigkeit und eine Traurigkeit über das, was geschehen ist. Glaube mir, Annika, auch ich bin traurig und ratlos, auch heute noch. Oder vielleicht gerade heute noch.

Ich habe schwere Schuld auf mich geladen, Annika, als ich damals deinen Bruder überfuhr und mich dann versteckte, anstatt mich dem Ganzen zu stellen, die Verantwortung auf mich zu nehmen. Heute weiß ich, dass das falsch war, doch damals wusste ich es nicht besser – das heißt, wahrscheinlich wusste ich es schon, aber die Angst war größer. Ich war erst achtzehn, hatte den Führerschein noch nicht sehr lange und meine Eltern setzten große Hoffnungen in mich – wie hätte ich sie so bitter enttäuschen können?

Dass ich sie viel mehr enttäuscht habe, indem ich weggelaufen bin, ist mir erst Jahre später klar geworden, und dann glaubte ich, es sei zu spät, um noch umzukehren. Lieber wollte ich sterben, als zurückgehen und mich dem allen stellen. Ich war feige, Annika, feige und sehr, sehr dumm. Mein ganzes Leben hier war bis vor wenigen Monaten eine einzige, sinnlose Flucht vor der Vergangenheit. Wäre Katja nicht gewesen, wer weiß, vielleicht würde ich heute noch hier sitzen und mich selbst bedauern, in der tiefen Überzeugung, meine Eltern könnten mir ohnehin nie verzeihen.

Ich hätte es besser wissen sollen.

Bitte glaube mir, Annika, dass ich dir und deiner Familie niemals ein solches Leid antun wollte. Ich wünschte, ich könnte das, was damals geschah, ungeschehen machen, aber ich kann es nicht, so sehr ich es auch möchte – ich kann dir deinen Bruder nicht zurückgeben. Bitte, Annika, vergib mir. Wenn du es in deinem Herzen finden kannst, mir zu vergeben, dann habe ich Hoffnung.

Hannes

Die Schrift verschwamm vor Annikas Augen, und sie tastete mit der Hand nach der Schachtel mit den Papiertaschentüchern. Mit einem leisen *Plopp* fiel diese vom Nachttisch. Annika schniefte und beugte sich hinunter, um eines der Tücher aus der Schachtel zu ziehen. Sie trocknete sich die Augen, putzte sich die Nase und knüllte das Taschentuch dann zu einem festen Ball zusammen, während sie den Brief erneut las.

Lieber wollte ich sterben …

Annika schluckte. Sie wusste, dass er sehr leicht hätte sterben können, wenn Ruth und Samuel ihn nicht gefunden und in eine Klinik gebracht hätten. Katja hatte ihr davon erzählt. Es war wohl buchstäblich Rettung in letzter Minute gewesen. Samuel sei noch in derselben Nacht mit ihm losgefahren, um ihn in einem Rehabilitationszentrum in Newcastle unterzubringen.

Was, wenn er es in jener Nacht nicht geschafft hätte?

Sein Tod hätte den von Tom nicht aufgehoben – im Gegenteil, dachte Annika und presste den durchgeweichten Kleenexball an ihre Augen, er wäre ganz und gar sinnlos gewesen. Ganz und gar sinnlos …

»Annika?«

Annika erschrak heftig, als ihr Vater plötzlich im Zimmer stand.

»Schscht«, versuchte er sie zu beruhigen und legte ihr eine Hand auf die Schulter.

»Tut mir leid. Ich wollte dich nicht erschrecken. Ich hatte geklopft, aber … Alles okay? Gibt es schlechte Neuigkeiten?«

Annika schüttelte den Kopf, brach aber im nächsten Moment in Tränen aus.

Ihr Vater schloss sie in seine Arme und hielt sie schweigend, bis sie sich ein wenig beruhigt hatte und den Kopf hob, um ihren Vater anzusehen.

Jetzt oder nie, dachte sie, und atmete tief durch. »Ich habe vor einigen Wochen einen Brief an Hannes Feuerbach geschrieben. Dies hier«, sie deutete auf den Brief in ihrer Hand, »ist seine Antwort. Wenn du willst, kannst du ihn auch lesen«, fügte sie leise hinzu.

Wortlos nahm Robert ihr den Brief aus der Hand, setzte sich neben sie aufs Bett und begann zu lesen.

Annika beobachtete ihn die ganze Zeit über mit heftig klopfendem Herzen, doch sein Gesicht verriet nichts. Kein Nicken, kein Kopfschütteln, kein Stirnrunzeln – absolut nichts.

Als er fertig war, sprach er auch lange Zeit kein Wort, sondern starrte immer nur auf den Brief in seinen Händen.

Endlich – Annika konnte die Stille kaum noch ertragen – hob Robert den Blick und sah seine Tochter an. In seinen Augen standen Tränen.

Dann sagte er: »Es ist gut, Annika. Es ist gut …«

Er gab ihr den Brief zurück und ging ebenso leise, wie er gekommen war, aus dem Zimmer.

Annika konnte an diesem Abend lange nicht einschlafen. Immer wieder kreisten ihre Gedanken um Hannes, Tom und ihre Eltern. Wenn ihr Vater Hannes verzeihen konnte, würde dies den Keil zwischen ihm und ihrer Mutter vermutlich noch tiefer treiben. Margarete würde ihn des Hochverrats bezichtigen und ihn nie wieder sehen wollen, sollte er sich auf Hannes' Seite stellen.

Als ob es darum geht, dachte Annika und drehte sich seufzend im Bett herum. *Es geht um viel mehr – um so viel mehr …*

Ihr Blick fiel auf das Foto von Markus, das auf ihrem Nachttisch stand. Es zeigte ihn im Garten von Immensee, mit Sissi zu seinen Füßen im Gras liegend. Sissi war inzwischen gestorben, aber Annika liebte dieses Bild. Es war so sehr Markus – und so sehr Immensee.

Annika schluckte, während sie vorsichtig einen Finger ausstreckte, um das Bild zu berühren. Immensee. Sein Zuhause – und Hannes' Zuhause …

Würde es eines Tages auch ihr Zuhause sein?

47

Katja winkte ihren Eltern, bis sie nicht mehr zu sehen waren. Dann wandte sie sich mit einem Stoßseufzer an Hannes, der dicht neben ihr stand. »Bin ich froh, dass wir das hinter uns haben!«

Hannes legte ihr einen Arm um die Schulter. »Du hast deine Sache sehr gut gemacht. So schlimm sind sie außerdem gar nicht«, fügte er mit einem Augenzwinkern hinzu, »finde ich jedenfalls. Sie geben bestimmt ganz passable Schwiegereltern ab – und Großeltern.«

Sie lachte. »Na, das bleibt abzuwarten. Komm, ich habe Hunger. Lass uns irgendwo was essen gehen, ja? Dann helfe ich dir auch nachher im *Haven*.«

»Danke, aber ich finde, du solltest dich lieber ausruhen. Es war ein langer Tag – um ehrlich zu sein, eine lange Woche, und du hast dir eine Pause verdient. Wo wollen wir hingehen, zum Italiener oder zum Chinesen?«

»Zum Italiener, bitte. Ich habe Lust, mir eine große Pizza mit dir zu teilen.«

Er drückte ihre Hand. »Dann machen wir das.«

Beim Essen fragte er sie: »Und? Bist du denn zufrieden mit dem Besuch deiner Eltern?«

Katja zog die Stirn kraus, während sie über seine Frage nachdachte. »Im Großen und Ganzen schon. Dieses Gerede von der Kneipe in Kiel hätte es meiner Meinung nach nicht gebraucht, aber … okay, ich schätze, sie haben es einfach nur gut gemeint. Wie immer. So sind sie halt. Denken, dass man mit Geld alles kaufen kann.«

Ihr Vater hatte ihnen am vorletzten Abend, als sie beim Grillen auf der Terrasse der Johnsons gesessen hatten, vorgeschlagen, eine alkoholfreie Bar in Kiel aufzumachen. »Da habt ihr wenigstens immer dankbares Publikum – Studenten, Professoren wie ich, die am Abend noch eine Strecke zu fahren haben und deswegen lieber keinen Alkohol trinken möchten. Ich habe gehört, dass das *Pablo's* am Markt zugemacht hat. Die Räumlichkeiten werden also bald frei sein … Aber das würde euch vermutlich zu schnell gehen, oder?«

»Allerdings«, hatte Katja nach einem kurzen Blickwechsel mit Hannes entgegnet und ihren Vater dann durchdringend angesehen. »Ich denke, ihr müsst es schon uns überlassen, wie wir unsere Zukunft gestalten werden.«

»Das tun wir auch!«, hatte ihr Vater sich beeilt zu versichern, nachdem Monika ihm heimlich auf die Füße getreten war. Und mit einem zerknirschten Lächeln: »Entschuldigung, Katja – Entschuldigung, Hannes …«

Natürlich stammte die Idee mit dem Laden in Kiel ursprünglich von ihrer Mutter, das konnte Katja sich lebhaft vorstellen, aber ihr Vater war eben derjenige, der solche Vorschläge äußerte. Er war schließlich auch derjenige, der über das entsprechende Bankkonto verfügte. Doch mit Geld hatte man Katja noch nie locken können. Geld hatte ihr keine Freunde, kein Glück und schon gar keine Liebe kaufen können.

Was sie mit Hannes hatte, war etwas, das man mit keinem Geld der Welt kaufen konnte.

Es war spät, als Hannes an diesem Abend heimkam. Er fand Katja schlafend auf dem Sofa, ein Buch über das Relief der Erde in den Händen haltend, das er ihr sanft entzog und auf dem Couchtisch ablegte. Dann hob er Katja hoch und trug sie ins Schlafzimmer hinüber.

Eine Weile saß er auf der Bettkante und betrachtete Katja zärtlich. Wie jung sie aussah – so zart und zerbrechlich! Sie wirkte immer so stark und selbstbewusst, aber tief in ihrem Inneren, das wusste er, war sie ganz anders. Sie brauchte ihn – auch wenn sie das Kind, das sie von ihm erwartete, zur Not auch alleine bekommen und großgezogen hätte. Das hatte sie ihm gesagt, als er sie danach gefragt hatte, und er hatte keinen Grund, ihr nicht zu glauben. Katja war eine geborene Kämpferin – ganz anders als er. Aber vielleicht passten sie gerade deshalb so gut zusammen.

Doch auf seine Frage, wohin sie dann mit dem Kind gegangen wäre, hatte sie geantwortet: »So weit weg von hier wie irgend möglich. Aber nicht etwa, weil ich dich nicht lieb hätte, sondern gerade, weil ich dich so sehr liebe, dass ich weiß, dass ich es nicht hätte ertragen können, in deiner Nähe zu sein, ohne dass du dein Kind siehst.«

Es hatte ihm fast das Herz gebrochen, sie so reden zu hören. Schnell hatte er sie in seine Arme genommen und sie fest an sich gedrückt. »Ich weiß, mein Schatz. Ich weiß …«

Katja regte sich im Schlaf und er strich ihr liebevoll über das glatte, braune Haar. Es war ein langer Tag gewesen, ganz besonders für sie. Beim Frühstück hatte sie zum ersten Mal die Geduld verloren, als ihre Mutter wieder von Neuem angefangen hatte, sich Sorgen zu machen. »Jetzt hör endlich auf, Mama! Wir sind hier in Sydney, nicht im Outback, und ich bin bestens mit allem versorgt, was ich brauche. Hannes passt schon auf mich auf – nicht wahr, Liebling?«

Ja, er würde auf sie aufpassen. Auf sie und das Kind.

Er drückte ihr noch einen Kuss auf die Stirn und ging ins Badezimmer, um zu duschen.

Während er unter der Dusche stand, dachte Hannes über seine bevorstehende Heimkehr nach. Nur noch sieben Wochen, dann würde er alles wiedersehen – Immensee, seine Eltern, seine Geschwister … Die Zwillinge würden sich kaum noch an ihn erinnern, sie waren damals erst sechs gewesen. So alt wie seine Nichte Marie jetzt war, die er noch nie gesehen hatte. Ebenso wenig wie Daniel und Johanna. Was mochten diese Kinder von ihm denken? Von einem Onkel, der plötzlich wie aus dem Nichts auftauchte und sich zu ihnen an den Tisch setzte?

»Kinder denken da nicht so kompliziert wie Erwachsene«, hatte Christina ihm lachend erklärt, als er seine Bedenken geäußert hatte. »Sie werden dich zunächst neugierig beobachten, dann werden sie versuchen, dich auf ihre Seite zu bekommen – was ihnen leicht gelingen wird, da du ja so ein hoffnungsloses Weichei bist. Tja, und dann werden sie dich schon bald lieb gewinnen. Glaube mir, das geht ganz schnell!«

Schnell vergingen auch die nächsten Wochen. Eines Tages zeigte ihnen der Gynäkologe bei der Untersuchung ein Ultraschallbild und sagte: »Da haben Sie Ihren Sohn, Mr Fennell. Ist eindeutig, nicht wahr?«

Fennell – wie seltsam dieser Name auch nach all den Jahren noch in seinen Ohren klang. Er hatte seinen Namen ändern lassen, als er sein Lokal eröffnet hatte. Das sollte dann das endgültige Ende seiner Vergangenheit markieren – und den Beginn eines Neuanfangs. Genützt hatte es doch nicht viel, schließlich war er immer noch derselbe Mensch, egal, wie die Leute ihn nannten. Jetzt dachte er darüber nach, alles wieder rückgängig zu machen. Das schuldete er seiner Familie, und Katja. Warum sollte sie Katja Fennell heißen?

Die meisten Leute hier unten nannten ihn allerdings ohnehin nur beim Vornamen – John. Selbst Katja nannte ihn manchmal noch so. Sam und Ruth hatten wahrscheinlich längst vergessen, dass er in Wirklichkeit Hannes hieß.

»Dann nennen wir ihn Samuel, wenn es tatsächlich ein Junge wird. Samuel John Feuerbach«, erklärte Katja, als sie Arm in Arm die Praxis verließen. Sie wandte Hannes ihr strahlendes Gesicht zu. »Einverstanden?«

Schmunzelnd drückte er ihr einen zärtlichen Kuss auf die Stirn. »Einverstanden.«

Er öffnete ihr die Autotür und sah zu, wie sie sich erleichtert in den

Beifahrersitz sinken ließ. Der Rover war zwar nicht mehr der jüngste, aber immerhin hatte er schon eine Klimaanlage.

»Und?«, fragte sie, nachdem sie sich angeschnallt hatte. »Bist du schon ein bisschen nervös?«

»Weswegen? Wegen des Heimatbesuchs oder wegen des Babys?«

Sie lachte. »Beides! Nein, ich dachte eben gerade eher an Deutschland. Du hast letzte Nacht ziemlich unruhig geschlafen, und ein oder zwei Mal habe ich dich einen Namen rufen hören – ich glaube, es war Frau Köhlers …«

Hannes biss sich auf die Lippen. Dann startete er den Wagen, fuhr aus der Parklücke und fädelte sich in den fließenden Stadtverkehr ein. Er fuhr immer vorsichtig – überaus vorsichtig. Das würde er vermutlich sein Leben lang tun. Zu groß war die Angst, dass ihm so etwas wie damals noch einmal passieren könnte. Auch wenn er vom Verstand her wusste, dass ihn keine Schuld getroffen hatte, dass er den Unfall nicht hätte verhindern können, die Angst blieb.

»Hannes?«

Katja warf ihm einen besorgten Seitenblick zu. »Bist du okay? Bitte, sprich mit mir, sag mir, was dich quält … Bitte.«

Er seufzte, setzte den Blinker und bog in die stark befahrene Main Street ein. »Jetzt lass uns erstmal nach Hause fahren, ja? Ich muss mich auf den Verkehr konzentrieren.«

Sie wusste zwar, dass er ihr auswich – wie so oft –, nickte jedoch, legte eine Hand auf seinen Oberschenkel und sagte nur: »Okay.«

»Hey«, hörte sie seine heisere, tiefe Stimme dicht neben sich, und hob zögernd den Kopf.

Hannes wandte den Blick keine Sekunde lang von der Straße, aber er streckte eine Hand nach ihr aus. »Mach dir mal nicht so viele Sorgen. Es wird alles gut werden, wirst schon sehen.« »Ja«, murmelte sie und nickte. Dann fing sie plötzlich an zu lachen. »Weißt du was? Du hast wirklich süß ausgesehen, als die Sprechstundenhilfe vorhin fragte, ob du auch bei dem Geburtsvorbereitungskurs mitmachen möchtest. Völlig schockiert! Na, wie gut, dass der Kurs abends stattfindet, da kannst du ja eh nicht …«

Hannes zog ein Gesicht und tat, als wäre er gekränkt. »Man muss ja nicht alles mitmachen«, murmelte er. Doch sie wusste, dass er es nicht so meinte. Er war sehr stolz auf sie, hatte aber gleichzeitig auch ständig Angst, sie zu verlieren – sie oder das Kind. Manchmal erschreckte es sie fast, dass er sie so sehr liebte. Was sollte nur werden, wenn doch noch etwas schiefging? Wenn dem Kind vor der Geburt noch etwas zustieß, oder wenn es nicht gesund zur Welt kam? Auf dem Ultraschall sah alles normal aus, und die Herztöne waren auch regelmäßig. Sie hatten sie heute zum ersten Mal gehört – und Katja war nicht entgangen, dass Hannes' Augen plötzlich feucht geworden waren.

Ja, Hannes würde ein wundervoller Vater werden. Darum brauchte sie sich bestimmt keine Gedanken zu machen. Über sich selbst hingegen war sie sich nicht so sicher.

»Ich weiß nicht, ob ich das schaffe«, hatte sie erst gestern Ruth gestanden. »Ich fühle mich irgendwie noch gar nicht bereit dazu. Dabei bin ich gar nicht mehr so jung. Meine Mutter war kaum älter, als sie mich bekam, und Hannes' Mutter war sogar erst dreiundzwanzig. Aber …«

Ruth hatte ihr beruhigend eine Hand auf den Arm gelegt »Das ist vollkommen normal, Katie – glaubst du, mir ging es damals anders? Aber du schaffst das, Liebes, ganz bestimmt! Hab einfach etwas mehr Vertrauen in dich. Du bist doch sonst so eine starke, tapfere Frau. Hast du nicht gesagt, du hättest das Kind zur Not auch alleine bekommen?«

»Ich weiß. Das ist es ja auch gar nicht. Es ist nur, dass …«

Sie hatte Ruth mit großen Augen angesehen, in denen Tränen schimmerten. »Ich habe Angst, Ruth – Angst, dass ich seinen Erwartungen nicht genüge, und denen seiner Eltern. Die sind alle so fromm da und so – oh, so *gut*! Bestimmt hat nie eine einzige Feuerbach ein uneheliches Kind bekommen, und bestimmt …«

»Schhht! Nicht, Katie. Nicht. Das darfst du nicht – du darfst dich nicht so unter Druck setzen. Die Feuerbachs sind auch nur Menschen. Sie machen Fehler, treffen falsche Entscheidungen, genau wie wir alle. Aber du hast eine richtige Entscheidung getroffen, als du Hannes von dem Kind erzählt hast. Und du hast eine richtige Entscheidung getroffen, als du seinen Antrag angenommen hast. Was meinst du, wie froh die sind, dass du ihren Sohn so glücklich machst. Sie werden dich schon allein dafür lieben, dass du das geschafft hast – ihn aus seinem Versteck zu locken. Und damit meine ich nicht nur das hier in Sydney, ich meine vor allem das hier.« Sie deutete auf ihr Herz. »Das hat er all die Jahre über gut versteckt. Manch einer, der ihn in dieser Zeit kennenlernte, dachte zuerst, er hätte überhaupt kein Herz. Dass es nur krank war vor Kummer und Angst, haben die wenigsten gemerkt. Du bist diejenige, die es geschafft hat, ihn aus seiner Reserve zu locken, ihn zum Lachen zu bringen. In gewisser Weise bin ich fast froh darüber, dass ihr in eurer Verliebtheit so unvorsichtig wart, dass ein Kind daraus entstanden ist, denn dadurch wurde John zu einer Entscheidung gezwungen. Zum ersten Mal, seit er hier lebte, musste er für einen anderen Menschen als sich selbst Verantwortung übernehmen. Aber Verantwortung und Lügen passen nicht zusammen, also musste die Wahrheit ans Licht. Und was dabei herausgekommen ist, das siehst du ja – nächste Woche fliegt er nach Hamburg. *Nach Hause*, Katie!«

Ja, Hannes flog nach Hause. Aber er war nervös, weil er nicht wusste, was ihn erwartete. Würden ihm alle so wohlgesonnen sein wie Christina und Markus, die den ganzen Weg nach Sydney gekommen waren, um ihn zu sehen? Ihn, einen inzwischen fremd Gewordenen? Oder war er für sie nie ein Fremder, war er trotz allem immer nur der geliebte Bruder gewesen?

Katja stieg aus dem Auto und griff nach ihrer Tasche, die sie auf den Rücksitz geworfen hatte. Woher sollte sie etwas über Geschwisterliebe wissen?

»Alles in Ordnung?«

Hannes steckte noch einmal seinen Kopf ins Schlafzimmer. Er war auf dem Weg zur Arbeit, an diesem Wochenende würde das *Haven* zum letzten Mal vor der Winterpause öffnen, und er wollte seinen neuen Angestellten einarbeiten, den er mit Beginn der kommenden Saison freitags und samstags beschäftigen wollte. So würde er an den Wochenenden Zeit für seine kleine Familie haben.

Katja sah von ihrem Buch auf. Sie saß auf dem Bett, mit dem Rücken an das mit Kissen gepolsterte Kopfende gelehnt, und war eben im Begriff, sich eine Handvoll Lakritzkonfekt in den Mund zu stecken. »Natürlich ist alles in Ordnung. Komm und gib mir noch einen Kuss, und dann verschwinde. Ich komme schon zurecht – bin ich doch bis jetzt auch immer.«

Hannes ging auf sie zu, nahm sie bei den Händen und sah ihr tief in die Augen. »Das weiß ich. Ich bin trotzdem froh, dass du bei Sam und Ruth bist, wenn ich nach Hause fliege. Es kann ja immer mal was sein …«

Da war es wieder, dieses seltsame Flackern in seinen grünen Augen, wenn er von »Zuhause« sprach. Sie konnte es nicht recht deuten und das beunruhigte sie. *Nach Hause.* War das hier – oder war es tief in seinem Herzen immer Nordfriesland gewesen – Immensee? Und wie würde es ihm gehen, wenn er zurückkehrte? Würde er dann hier immer noch zu Hause sein? Oder ..?

»Hey.«

Hannes schüttelte sanft ihre Hände, die er noch immer in den seinen hielt. »Woran denkst du?«

Sie sah ihn einen Augenblick verwirrt an, dann lachte sie. »Ach, ich … ich habe mich nur wieder einmal über deine süße, vielleicht ein ganz klein wenig übertriebene Fürsorgepflicht gewundert. Warum glaubst du nur, immerzu auf mich aufpassen zu müssen?«

»Das ist nun mal bei Männern so«, gab er grinsend zurück. »Außerdem bist du schwanger. Und auf *schwangere* Frauen muss man bekanntlich besonders gut aufpassen.«

Sie verdrehte die Augen und gab ihm einen spielerischen Klaps auf die Schulter. »Klar! Ich könnte ja mal wieder die Treppe runterfallen.«

»Genau. Oder dich an einem viel zu großen Lakritzbonbon verschlucken.«

Damit nahm er ihr das größte Bonbon aus der Hand und steckte es sich selbst in den Mund. »Bis nachher! Warte nicht auf mich, es kann spät werden …«

Als die Wohnungstür hinter ihm ins Schloss gefallen war, nahm sie ihr Buch wieder zur Hand, aber sie konnte sich nicht darauf konzentrieren. Ihre Gedanken fuhren Achterbahn – wieder einmal. Lag das nun daran, dass sie schwanger war, oder daran, dass sie in dreieinhalb Wochen heiraten sollte – wollte! –? Oder daran, dass Hannes nach Hause flog?

Nun, vielleicht war es alles zusammen und doch nichts davon, wie Ruth immer so schön sagte!

48

Auf Immensee war man bereits in heller Aufregung wegen der bevorstehenden Rückkehr des ältesten Sohnes. Auch die Heimbewohner spürten, dass etwas in der Luft lag. Christina fand in einigen der alten Leute, die sie betreute, aufmerksame Zuhörer, wenn sie von Hannes erzählte. Persönlich kannte ihn hier niemand mehr außer ihrem Großvater, aber der litt schon seit einigen Jahren an Demenz und wusste inzwischen kaum mehr, wer sie war, geschweige denn, dass er sich an seinen Enkel erinnern würde.

Die alten Leute reagierten verwundert, ja bestürzt, wenn Christina davon berichtete, wie ihr Bruder damals in einer Nacht-und-Nebel-Aktion geflohen war und jahrelang nichts, oder nur sehr wenig von sich hatte hören lassen, sodass sie zwischendurch schon geglaubt hatten, ihn für immer verloren zu haben. Welche Gründe mochte einen jungen Menschen dazu bewegen, seine Familie und seine Heimat zu verlassen, um in der Ferne das zu suchen, was man gemeinhin unter *Glück* verstand? Die meisten Bewohner hatten ihr ganzes Leben hier oben hinterm Deich verbracht und waren oft nicht weiter gekommen als bis nach Husum oder vielleicht bis nach Hamburg. *Sydney* war so unvorstellbar weit weg, dass es ihnen beinahe unwirklich erschien, wenn Christina davon sprach.

Frieda Imbusch war eine der ältesten Bewohnerinnen. Sie war vor über zehn Jahren mit ihrem Mann hierhergezogen und lebte seit dessen Tod alleine in einem der winzigen Appartements. Schon immer hatte Christina Frau Imbusch besonders gern gehabt, weil sie so interessant und anschaulich von der »alten Zeit« erzählen konnte. Wenn Frau Imbusch erzählte, fühlte man sich sofort in diese Zeit hineinversetzt, stellte sich vor, man hätte blonde, geflochtene Zöpfe und würde hinten auf einem lustig dahinrumpelnden Anhänger über die Landstraßen fahren, um das vom Vater in den frühen Morgenstunden gebackene Brot, die Brötchen und die Torten für den Nachmittagskaffee in der Umgebung auszuliefern. Man konnte die frischen Brötchen förmlich riechen!

An diesem Freitagmorgen allerdings hatte Christina keine Zeit für solche Schwätzchen. Sie hatte sich nämlich vorgenommen, Hannes' altes Zimmer aufzuräumen – es war über die Jahre vollkommen unverändert geblieben, lediglich der Schreibtisch war erst zu Markus und dann zu Daniel ins Zimmer gewandert. Sogar die scheußlich gelben Tapeten mit den braun-grün-orangefarbenen Kreisen waren noch dieselben gewesen. Christina schüttelte es, wenn sie sie nur ansah. Außerdem hatte sie die Befürchtung, dass der Anblick dieses Zimmers Beklemmungen bei Hannes auslösen könnte. Wenn er am Dienstag heimkam, sollte er nicht das Gefühl haben, als wäre hier die Zeit stehen geblieben.

»Man fühlt sich ja fast wie in einem Museum, wenn man hier reinkommt«, erklärte Christina ihrem Vater, den sie gebeten hatte, ihr heute zu helfen.

Die Tapete hatten sie, Jürgen und Markus bereits letztes Wochenende in mühsamer Arbeit von den Wänden gekratzt und durch neue, cremefarbene ersetzt. Jetzt galt es, den alten, zerkratzten Holzdielenboden zu schrubben und die Möbel wieder hereinzutragen.

»Ja, aber er bleibt doch nur ein paar Wochen. Was willst du denn noch alles ändern? Wozu?«

Daraufhin stemmte Christina energisch die Hände in die Hüften und warf ihrem Vater ihren berühmten Jetzt-stell-dich-doch-nicht-dümmer-an-als-du-bist-Blick zu, den sie seiner Ansicht nach eigens für ihn reservierte.

»Papa! Wenn du nach sechzehn Jahren nach Hause kommen würdest, würdest du dann denken wollen, dass sich in all dieser Zeit nichts verändert hat? Oder würdest du dich über das freuen, was die Menschen, die du liebst, in dieser Zeit erreicht haben? Obwohl du nicht da warst. Oder vielleicht gerade, weil du nicht da warst? Die Zeit ist nicht stehen geblieben, auch für Hannes nicht. Nur in *diesem* Zimmer!« Damit zeigte sie energisch zur offenen Tür, durch die ein unangenehmer Geruch strömte, eine Mischung aus Tapetenkleister und Staub. Sie seufzte. »Ich will ja nur sauber machen und die Möbel wieder an ihren Platz stellen. Aber du könntest mir helfen, den schweren Kleiderschrank zu bewegen, und das Regal müsste auch angebracht werden. Ach ja, und das Bett natürlich, das kannst du aufbauen. Jetzt muss ich aber erstmal tüchtig schrubben. Fragst du Mama mal, wo sie die Kernseife hat? Damit kriegt man die ollen Dielen nämlich immer noch am besten sauber.«

Ihr Vater seufzte ebenfalls und wandte sich zum Gehen. »Ich bringe dir gleich die Seife, und dann kannst du mich ja rufen, wenn du so weit bist.

Aber mach nicht zu doll, Hannes guckt bestimmt nicht auf solche Kleinigkeiten.«

Na, da wäre ich mir nicht so sicher, dachte Christina grinsend, als sie an Hannes' makelloses Appartement in Sydney dachte. Selbst im Bad hätte man vom Fußboden essen können. Dann drehte sie sich um und wandte sich an ihre Tochter. »So, jetzt geht es aber los hier. Marie, du kannst mir helfen, willst du?«

Marie stand neben ihrer Mutter in der Zimmertür und zog die sommersprossige Stupsnase kraus, als sie die Eimer und den Schrubber erblickte. Dann schüttelte sie energisch den Kopf. »Nee, Mama, das kannst du mal schön alleine machen. Ich gehe lieber mit Luther in den Garten und sehe nach, wo Daniel ist. Hoffentlich spielt er nicht schon wieder Fußball mit diesem blöden Thore Ludwig. Der hat keine Geschwister und sagt, er kann Mädchen nicht leiden.«

Christina lachte und küsste ihre Tochter auf die Stirn. »Na, dann spielst du halt mit und zeigst ihm, was für eine famose kleine Kickerin du bist. Dann wird er seine Meinung ganz schnell ändern, wirst schon sehen!«

Als Marie hinuntergegangen war, ging Christina als Erstes zum Fenster und riss es weit auf, um ein wenig frische Luft hereinzulassen. Ein leichter Wind hatte sich vom Meer her erhoben und wehte über das dürre, durch die lange Hitzewelle ganz braun und trocken gewordene Gras und durch die hohen Eichen im Hof. Christina hörte Johannas helles Lachen, Luthers Bellen, und Marie, die ihrem Bruder etwas zurief, das sie nicht verstand. Sicherlich ging es um den Hund, der mal wieder etwas angestellt hatte. An dem würde Hannes seine Freude haben!

Schmunzelnd nahm sie den Besen, der in einer Ecke stand, und begann das Zimmer gründlich auszufegen. Ihr Vater kam und brachte ihr die Seife, und sie ging, um einen Eimer mit heißem Wasser zu füllen. Dann machte sie sich an die Arbeit: Quadratmeter für Quadratmeter wurde der Holzfußboden gründlich mit Seifenlauge und Bürste geschrubbt, bis er glänzte. Erschöpft, aber sehr zufrieden ließ Christina sich im Flur auf den Boden plumpsen und betrachtete ihr Werk.

Doch sie gönnte sich nur eine kurze Verschnaufpause. Sobald sie wieder etwas zu Kräften gekommen war, rief sie nach ihrem Vater, und gemeinsam schoben sie den Kleiderschrank, das Bett und die schwere Eichentruhe zurück ins Zimmer. Dann folgte sie ihrem Vater nach unten zum Kaffeetrinken – die Bettschubladen mussten zwar noch ausgeräumt und gereinigt werden, aber das musste jetzt warten. Das Wichtigste war auf jeden Fall geschafft, und wenn ihr Vater das Regal heute nicht mehr anbrachte, machte es auch nichts. Wenigstens war das Zimmer frisch und sauber.

Unglaublich, was sich in diesen Schubladen angesammelt hat, dachte Christina später, als sie den Inhalt der ersten Bettschublade auf dem Boden ausgekippt hatte: Bücher, Schallplatten, alte Comics, die sicherlich schon Sammlerwert hatten, und Spiele, die heutzutage wahrscheinlich kein Mensch mehr spielte. Als ihr ein uraltes Memory mit Naturmotiven in die Hände fiel, war ihr plötzlich, als sei sie wieder zehn Jahre alt und säße zusammen mit Hannes auf dem bunten Fleckenteppich vor seinem Bett und spielte …

Ganz versunken in den Anblick der abgegriffenen, quadratischen Kärtchen fand Annemarie ihre Tochter Stunden später, als das Gewitter bereits über Immensee tobte und sie die Kinder längst zum Abendessen hereingerufen hatte.

Annika schloss die Zimmertür hinter sich und ließ sich auf ihrem Bett nieder. Was für ein Tag – was für eine Woche! Am liebsten würde sie noch heute zurück nach England fahren, so sehr nervte sie die Situation hier im Haus. Ihre Mutter sah um so vieles älter aus, seit sie sie das letzte Mal gesehen hatte (war das wirklich erst drei Monate her?): Ihr Haar war deutlich grauer geworden, und in ihrem Gesicht schienen mehr Falten als vorher zu sein. Die blauen Augen blickten meist trübe, selten nur lachten sie. Annika fragte sich, ob sie sie überhaupt jemals wieder lachen sehen würde.

Gerade wollte sie sich ihren Schlafanzug anziehen und mit einem heiteren, anspruchslosen Liebesroman zu Bett gehen, als sie die Türglocke läuten hörte. Sie sah auf die Uhr: fast neun. Wer konnte denn so spät noch etwas von ihnen wollen? Ob etwas passiert war? Hastig zog sie ihr T-Shirt wieder über und eilte die Treppe hinunter.

»Annika!«, hörte sie in dem Moment ihre Mutter rufen. »Für dich!«

Die Schamesröte stieg Annika heiß ins Gesicht, als sie ihre Mutter im Jogginganzug, ein Glas Wein in der Hand, im Flur stehen sah, ungeduldig mit den Füßen wippend. Wahrscheinlich hatte sie es sich gerade vor dem Fernseher gemütlich gemacht und nicht damit gerechnet, zu so später Stunde noch Besuch empfangen zu müssen.

»Markus!«, rief sie, »was machst du denn hier um diese Zeit? Noch dazu bei diesem Wetter?!«

Markus schenkte ihr sein charmantestes Lächeln. »Dich besuchen, was sonst? Lust auf einen kleinen Spaziergang?«

»Nein. Nein!« Sie verschränkte demonstrativ die Arme vor der Brust. »Wie kommst du denn auf so eine verrückte Idee?«

»Ich dachte, dass du dich in dem Jahr auf der Insel doch an solches Wetter gewöhnt haben müsstest.«

»Es unterscheidet sich nicht im Wesentlichen von dem unsrigen«, bemerkte Annika trocken. »Und übrigens, ich wollte gerade ins Bett gehen.«

»Klingt auch verlockend, aber – danke, nein. Noch nicht. Vielleicht später.«

Was sollte das, fragte sie sich irritiert. Seit wann glaubt er, den großen Verführer spielen zu müssen? Ausgerechnet Markus!

»Es tut mir leid, aber ich verstehe dich nicht ganz. Was genau erwartest du jetzt von mir?« Sie sah ihn fragend an, die grauen Augen unruhig flackernd. Irgendetwas lag in der Luft, genau wie heute Nachmittag das Gewitter, das sich inzwischen wieder verzogen hatte. Nur der Regen prasselte noch immer herab. Wenn es wenigstens noch hell wäre oder ein paar Grad wärmer – aber bei fünfzehn Grad in der Dunkelheit im strömenden Regen spazieren zu gehen, war nicht gerade das, was sie unter einem romantischen Abend verstand.

Markus sah das offensichtlich anders. »Nun, entweder bittest du mich herein oder du kommst mit mir auf einen Spaziergang, wie ich glaube vorhin schon einmal erwähnt zu haben. Was hat der englische Wind mit deinen Ohren getan? Zu viel Sand hineingeweht?«

Sie schnitt eine Grimasse und öffnete dann die Zwischentür, die den Windfang vom Hauptflur trennte. »Na, also schön, komm herein. Ich ziehe mir nur schnell etwas an. Meinst du das wirklich ernst – das mit dem Spaziergang?«

»Klar, wieso nicht? Wenigstens ist der Strand nicht so überlaufen.«

Kopfschüttelnd stieg Annika die Treppe zu ihrem Zimmer hinauf, wo sie ihre gute, weiße Jeans gegen eine alte, blaue austauschte und das Poloshirt gegen ein warmes Sweatshirt. Dann nahm sie ihren wasserdichten, englischen Wachshut vom Haken hinter der Tür und kam die Treppe wieder heruntergehüpft.

Markus stand noch immer da und grinste breit. »Sehr gut, mein Schatz. Nun noch eine Jacke, die ein paar Tropfen Wasser verträgt, und dann kann's losgehen.«

Mit einem theatralischen Seufzer nahm Annika ihre Wachsjacke aus dem Dielenschrank und zog sie über, während sie Markus nach draußen folgte. Es goss wie aus Eimern, und der Himmel über ihnen war pechschwarz.

Zögernd blieb sie unter dem Vordach der Eingangstür stehen. »Bist du sicher?«

Markus legte einen Arm um ihre Schulter und zeigte auf sein Auto, das in der Auffahrt parkte. »Absolut. Und jetzt – lauf!«

»Wohin bringst du mich eigentlich?«, fragte Annika einige Zeit später, als sie die Bundesstraße entlangfuhren und Markus immer noch keine Anstalten machte, anzuhalten – nicht, dass sie unbedingt hätte aussteigen wollen, schon gar nicht, um bei diesem Wetter spazieren zu gehen. Aber er schüttelte nur grinsend den Kopf und schwieg beharrlich. Seufzend lehnte sich Annika in ihrem Sitz zurück und schloss die Augen. »Na gut. Wenn du mir nicht sagen willst, wohin wir fahren, dann weck mich doch einfach, wenn wir angekommen sind, ja?«

»Du wirst es schon noch sehen«, entgegnete Markus lachend. »Aber schlaf mal ruhig, ein halbes Stündchen wird's wohl noch dauern. Und guck mal, im Osten ist es ganz hell, keine Spur von Regen oder Gewitter.«

Na, das ist doch schon mal was, dachte Annika. Wenigstens hatte der Fiesta samtig weiche Veloursbezüge und nicht so kalte, glatte Polster wie ihr Golf. Eigentlich wollte sie überhaupt nicht schlafen – dafür war sie viel zu aufgeregt –, doch die Müdigkeit war einfach stärker, und so fiel ihr schon wenige Minuten später der Kopf auf die Brust und sie schlief tief und fest.

Als sie aufwachte, fuhren sie gerade von der Autobahn herunter. Sie schlug die Augen auf, setzte sich auf und erkannte sofort, wo sie waren.

»Hey, was machen wir denn in Kiel? Findet hier irgendeine Party statt, von der ich nichts weiß?«

Markus schmunzelte. »Vielleicht. Du wirst schon sehen. Jetzt reib dir mal den Schlaf aus den Augen und bleib wach, wir sind nämlich gleich da. Und wach sein solltest du schon. Wenn wir aussteigen, machen wir nämlich doch noch eine kleine Wanderung.«

»Eine ganz kleine«, fügte er hinzu, als Annika die Augen verdrehte und stöhnte. Daraufhin lachte Annika und setzte sich kerzengerade hin. Sie sah aus dem Fenster und beobachtete die Gegend genau. Sie fuhren zuerst in Richtung Förde, dann immer am Wasser entlang, vorbei an ihrem Studentenwohnheim – also doch keine Party, dachte sie bei sich und grinste – und Richtung Yachthafen. Kurz hinter dem Institut für Weltwirtschaft setzte Markus den Blinker und fuhr auf den leeren Parkplatz.

»So, meine Liebe«, sagte er und stellte den Motor ab. »Jetzt wird es ernst.«

Er stieg aus, ging zum Kofferraum und holte etwas heraus, das im Rückspiegel wie ein Korb aussah. Dann kam er an die Beifahrerseite, um Annika die Tür zu öffnen. »Bitte sehr, meine Dame. Endstation. Das letzte Stück gehen wir zu Fuß.«

»Und was machen wir jetzt hier?«

Annika sah sich verwundert auf der Waldlichtung um, zu der Markus sie geführt hatte. Mitten im Düsternbrooker Gehölz befand sich diese alte, halb zerfallene Freilichtbühne, in dessen Mitte sie nun standen. Eine Eule rief durch die Nacht, eine andere – oder war es ein Uhu? – antwortete, dann war wieder alles still. Nur hin und wieder hörte man aus der Ferne ein Auto vorbeifahren.

»Was wir hier jetzt machen? Das wirst du gleich sehen. Das heißt, im Moment wäre es mir lieber, wenn du nichts siehst. Kannst du noch mal kurz ein Stück allein spazieren gehen? Aber bleib bitte in der Nähe, damit du mich hörst, wenn ich rufe.«

Sie zog ein Gesicht, machte sich aber brav auf den Weg. Was immer Markus vorhatte, sie ahnte, dass es etwas mit einem Picknick und einer bestimmten Frage zu tun hatte. Vor Aufregung konnte sie kaum einen Fuß vor den anderen setzen. Anders als im Frühling, als er so völlig überraschend um ihre Hand angehalten hatte, war sie dieses Mal wenigstens darauf vorbereitet, und – was wichtiger war – sie war sich sicher, wie ihre Antwort lauten würde.

Während sie langsam den Weg weiterging, den sie gekommen waren, stiegen Erinnerungen in ihr auf, schöne und zugleich bestürzende Erinnerungen. Sie dachte an die Aufführung von *Arsen und Spitzenhäubchen* hier in Kiel. Wie oft hatten sie sich hier auf dieser verlassenen Waldbühne zum Proben getroffen, sie und Miriam, die die andere alte Dame gespielt hatte? Sie erinnerte sich an die Feier in der Forstbaumschule und an die Nacht mit Alan, in der er ihr sein wahres Gesicht gezeigt hatte. Dann an das unerwartete Wiedersehen in London – das streng genommen natürlich kein richtiges Wiedersehen gewesen war, weil Alan sie gar nicht gesehen hatte –, das ihren Träumen ein jähes, endgültiges Ende gesetzt hatte.

Das Höchste meines Lebens …

Und was war daraus geworden? Sie jedenfalls war eine andere geworden, so viel stand fest. Sie war nicht mehr die naive, ahnungslose Träumerin, die ihr Herz an die falschen Dinge – und Männer – im Leben hängte. Die Ereignisse der letzten achtzehn Monate hatten sie verändert, hatten sie zu einer erwachsenen, reiferen Frau gemacht, die endlich wusste, was sie wollte. Auch wenn ihr einiges noch unklar war, was die Zukunft anging – sie wusste, dass sie Markus liebte und dass sie für immer mit ihm zusammen sein wollte.

Ihr Herz flatterte, als sie versuchte, sich vorzustellen, wie Markus wohl dieses Mal um ihre Hand anhalten würde. Er würde doch um ihre Hand anhalten, oder? Wozu sonst sollte er sich die ganze Mühe gemacht haben, sie hierher zu bringen? Vielleicht hat er eine Szene aus *Romeo und Julia* vorbereitet, oder …

»Bist du fertig?«, rief Markus in diesem Augenblick.

Sie wandte sich rasch um und lief zu der Lichtung zurück. Im fahlen Mondlicht, das durch die Bäume fiel, konnte sie einen kleinen, quadratischen Tisch erkennen – wo um alles in der Welt mochte er den jetzt hergezaubert haben? –, über den Markus eine weiße Decke gebreitet hatte. Darauf standen ein dreiarmiger Kerzenleuchter, ein Teller mit Schokoladenkuchen und zwei dickbauchige, dunkelrote Gläser, die Annika aus Annemarie Feuerbachs Wohnzimmervitrine kannte.

Sprachlos vor Staunen blieb sie stehen und brachte ihre Fingerspitzen an ihren Mund.

»Ich hatte mir eigentlich vorgenommen, ein kleines Theaterstück daraus zu machen, aber wie du weißt, bin ich nicht so der große Poet – der sitzt drüben in Australien …«

Markus grinste und reichte Annika die Hand, um sie zu einem der drei Baumstümpfe zu führen, zwischen denen er den Klapptisch aufgestellt hatte. »Aber wenn ich eines ausgewählt hätte, darfst du dreimal raten, welches. Wenn du es beim ersten Mal rätst, gibt es einen Kuss, wenn du einen Tipp brauchst, zwei.«

»Oh«, lachte Annika und hielt ihm ihre Wange hin, »dann brauche ich gleich einen Tipp!«

»Und?«, fragte sie, nachdem er sie geküsst hatte, »wo bleibt der Tipp?«

»Es ist ein Stück von William Shakespeare. Das fand ich passend, wo du doch gerade ein Jahr im Shakespeare's County verbracht hast.«

»Richtig. Und der gute, alte William hat ja auch kaum viele Stücke geschrieben. Mmmh… lass mich raten: *Romeo und Julia*?«

»Dafür hätte ich dich nach Haus Düsternbrook gebracht. Da gibt's wenigstens einen großen Balkon.«

»Klar. Also, was dann? *Ein Mittsommernachtstraum*? Spielt im Wald.«

»Kann sein, ich kenne das Stück nicht. Na ja, das Stück, an das ich dachte, kenne ich auch nicht wirklich, aber du hast es erst in diesem Jahr gesehen. Mit Eva, in Kenilworth Castle …«

Annika schrie empört auf und knuffte ihn in die Seite. »*The Taming of the Shrew* – das soll wohl eine Anspielung sein, was? Na, warte, du Schuft!«

Lachend hielt er sie an den Handgelenken und rief: »Hey da, nicht so stürmisch, du machst ja dem Namen des Stücks alle Ehre! Wirst du mich nun heiraten, du kleine Widerspenstige, oder nicht?«

Sie schnappte nach Luft, hob den Kopf und sah ihn erstaunt an. Dann schlang sie beide Arme um seinen Hals und rief: »Ja! Oh, ja, ja, ja, ja, ja! Natürlich will ich!«

Er zog einen funkelnden Ring aus der Hosentasche und steckte ihn ihr an den Finger. »Na, endlich«, murmelte er, »irgendwann musstest du ja mal *Ja* sagen. So, und der bleibt jetzt dran. Dass du mir nicht noch einmal davonläufst, Annika Köhler.«

Glücklich lächelnd sah sie auf den Ring und dann in sein Gesicht. Tränen standen in ihren Augen, als sie den Kopf schüttelte und flüsterte: »Ich liebe dich, Markus. Ich will gerne deine Frau werden. Und ich laufe bestimmt nicht wieder weg.«

Leise lachend zog er sie in seine Arme. »Na, dann ist es ja gut. Übrigens, ich liebe dich auch. Mehr als du ahnst wahrscheinlich. Und jetzt wollen wir feiern, ja? Ich habe den Kuchen selbst gebacken.«

»Oh je«, stöhnte Annika, worauf sie ihrerseits einen Knuff von Markus erhielt.

»Ruhe! Sonst esse ich den Kuchen alleine auf.«

»Das gönne ich dir nicht. Mmh, der riecht aber wirklich lecker. Hast du ein Messer?«

»Klar.« Er schnitt den Kuchen an, goss Wein in die Gläser und reichte ihr eines davon. »Auf uns, Annika.«

»Auf uns«, erwiderte sie leise und wischte sich verstohlen eine Träne aus dem Augenwinkel.

49

Wieder einmal ausgeflogen, wieder einmal heimgekehrt, fand ich doch die alten Freunde und die Herzen unversehrt …

Hannes ließ das Büchlein leise zuklappen und lehnte sich mit geschlossenen Augen in seinem Sitz zurück. Nein, die alten Freunde würde er nicht mehr finden. Sie waren inzwischen in aller Welt verstreut und hatten ihn sicherlich seit Langem schon vergessen, und die Herzen – nun, die Herzen waren auch nicht alle unversehrt geblieben. Ganz bestimmt nicht. Das Herz der armen Frau Köhler zum Beispiel war gebrochen – durch seine Schuld –, und das seiner Mutter auch. Mit dem Unterschied, dass das Herz seiner Mutter wahrscheinlich wieder heilen würde, wenn er heimkam. Das von Annikas Mutter hingegen nicht.

Sie kann dir nicht verzeihen, weil ihr Herz verhärtet ist … Sie sagt, du sollst froh sein, dass sie dich nicht anzeigt. Wenigstens das hat sie mir versprochen, Hannes! Aber sonst hätte Papa sie sicherlich auch daran zu hindern gewusst, denn er möchte dir wirklich von Herzen verzeihen, das weiß ich. Ich glaube, er hat es längst getan.

Oh Hannes, es tut mir so leid. Ich wünschte, ich könnte irgendetwas für dich tun, aber ich weiß jetzt, dass es sinnlos ist. Es ist bereits alles gesagt worden, alles getan – und es ist doch alles vergebens geblieben …

Annikas zweiter Brief hatte ihn wenige Tage vor seiner Abreise erreicht, als er die Hoffnung, noch einmal von ihr zu hören, bevor er nach Hause kam, schon fast aufgegeben hatte. Jetzt aber, da er wusste, dass sie ihm vergeben wollte, fühlte er sich um einiges leichter im Herzen. Dass ihre Mutter es nicht konnte, überraschte ihn nicht. Warum sollte sie ihm verzeihen? Er hatte ihr doch alles genommen, was ihr jemals lieb gewesen war: ihren Sohn, ihren Mann, und jetzt auch noch Annika. Wenigstens schien sie das so zu empfinden.

Wenn ich Markus heirate, wird sie das sehr persönlich nehmen. Vielleicht will sie mich dann nie wieder sehen … aber eigentlich glaube ich das nicht. Irgendwann – und wenn es noch Jahre dauert – wird sie verstehen, warum. Irgendwann werden wir das alles verstehen, Hannes …

Hannes schreckte aus seinen Gedanken hoch, als eine Stewardess an seiner Seite auftauchte und ihn nach seinem Getränkewunsch fragte. Sein Nachbar, ein dicker, älterer Herr, trank Cola aus dem durchsichtigen Plastikbecher, den sie ihm hingestellt hatte, und Hannes bestellte, ohne zu zögern, ebenfalls eine Cola. Irgendetwas, damit sie nur ging und ihn wieder in Ruhe seinen Gedanken nachhängen ließ.

Immer schwerer wird das Päckchen, kaum noch trägt es sich allein, und in immer eng're Fesseln schlinget uns die Heimat ein.

Ja, die Fesseln der Heimat, sie schlangen auch ihn ein, das war nicht zu leugnen. Unruhig rutschte er auf seinem Sitz hin und her. Oh, wie sehnte er sich danach, endlich heimzukehren! Wie sehr sehnte er sich nach dem beständigen, eintönigen Rauschen des Meeres, nach dem scharfen Kreischen der Möwen, nach dem Hundegebell im Hof, nach der vertrauten Stimme seiner Mutter, die zum Essen rief.

Die letzte Stunde vor der Landung verbrachte er mit Fernsehen, wobei er die Bilder des Films mehr an sich vorbeirauschen ließ, als dass er einen Sinn wahrnahm. Endlich leuchtete das Anschnallsymbol auf, und die Stewardess kam wieder herum, um dieses Mal Minzbonbons und Kaugummis auszuteilen.

Als Hannes wenig später sein Handgepäck aus dem Fach über seinem Sitz nahm, spürte er, dass seine Knie zitterten und seine Beine bedrohlich schwankten. Er beschloss, sofort etwas essen zu gehen, sobald sie in Frankfurt gelandet waren. Er hatte seit dem Frühstück nichts mehr zu sich genommen. Mit einem Blick auf die Uhr stellte er fest, dass es noch ein langer Tag werden würde, wenn er nicht ungastlich erscheinen und nachmittags um vier ins Bett gehen wollte.

Während er, gestärkt durch einen Teller Gulaschsuppe und ein Roggenbrötchen, auf den Flug nach Hamburg wartete, nahm er noch einmal seine Gastgeschenke heraus und betrachtete sie, als müsse er sie einer letzten Prüfung unterziehen: je einen knuddeligen Koalabären für Marie und Johanna; ein kindersicheres Buschmesser für Daniel; einen Modellbausatz vom Opera House für Jürgen; je einen Opal für seine Mutter, Christina und die Zwillinge. Für Markus und für seinen Vater hatte er je einen dieser dunkelgrünen, breitkrempigen Buschhüte besorgt, von denen Markus beinahe einen gekauft hätte, als er in Australien war. Er hatte ihn schließlich doch noch davon überzeugen können, dass die Preise in den Touristenläden viel zu hoch waren. Dafür hatte er versprechen müssen, ihm woanders einen zu besorgen.

Endlich wurde sein Flug aufgerufen, und er machte sich raschen Schrittes auf den Weg zum Gate. In Singapur hatte er seinen Aufruf verpasst, weil er in einem Buchladen gewesen war – der Aufenthalt hatte über drei Stunden gedauert, innerhalb derer er irgendwann aufgehört hatte, ständig auf die Uhr zu sehen.

Er hatte endlos lange bis zum richtigen Gate laufen müssen, während sein Name immer wieder durch den Lautsprecher erklang. Schweißgebadet und vollkommen erschöpft war er schließlich im Flieger gelandet, um dann festzustellen, dass er das Buch, das er gekauft hatte, in dem Laden liegen gelassen hatte.

Eine deutsche Stewardess bot ihm Filterkaffee an. Dazu gab es ein nicht besonders appetitlich aussehendes, in Folie eingeschweißtes Stück Marmorkuchen, das er diskret zur Seite schob. Zu Hause würde es frischen Zwetschgenkuchen geben. Mit Schlagsahne natürlich.

Bei dem Gedanken lief ihm bereits das Wasser im Munde zusammen, und mit einem zufriedenen Lächeln auf dem müden, abgespannten Gesicht trank er seinen Kaffee aus, lehnte sich im Sitz zurück und versuchte, noch ein wenig zu schlafen.

Auf Immensee diskutierte man indessen, wer alles zum Flughafen mitfahren und wer zu Hause bleiben sollte, um Hannes' Ankunft vorzubereiten. Die Zwillinge waren bereits gestern aus Kiel gekommen, erklärten aber beide, dass sie lieber hierbleiben wollten, um den Bruder – den sie ja kaum kannten – am Flughafen nicht gleich so zu »überfallen«, wie sie es ausdrückten.

»Es werden noch genug Menschen und Eindrücke hier auf ihn einstürmen, da ist es bestimmt besser, wenn er erstmal nur euch drei am Flughafen sieht«, meinte Esther auf ihre nüchtern-pragmatische Art. Magdalene stimmte ihr rasch zu. Sie war zwar neugierig und sehr gespannt darauf, ihrem unbekannten Bruder endlich zu begegnen, doch sie hatte fast auch ein wenig Angst. Was für ein Mensch mochte hinter diesem Gesicht stecken, das sie eigentlich nur von Fotos kannte? Ein Mensch, der sein Zuhause und seine Familie zurückließ, nachdem er ein kleines Kind überfahren hatte, und dann plötzlich, sechzehn Jahre später, wie aus dem Nichts wieder auftauchte und – nach Hause kam. Das war ihr beinahe ein wenig unheimlich, auch wenn sie sich einredete, dass das albern war. Er war ihr Bruder, was sollte daran unheimlich sein? Aber sie musste immerzu an Theodor Storms Novelle *Hans und Heinz Kirch* denken, die sie gerade erst gelesen hatte. In dieser Novelle ging es ebenfalls um einen verloren geglaubten Sohn, der eines Tages ganz plötzlich und unerwartet wieder auftaucht. Nur, dass dessen Familie sich nicht sicher ist, ob es denn auch der Richtige ist …

War Hannes der Richtige? Aber ja, Christina und Markus waren doch dort gewesen, sie hätten doch gemerkt, wenn es der Falsche gewesen wäre. Oder?

»Magdalene, du träumst schon wieder. Kannst du mir sagen, wo mein Autoschlüssel ist?«

Magdalene fuhr herum und sah ihren Vater fragend an. »Entschuldige – was hast du gesagt?«

Seufzend griff Hans-Werner in die Jackentasche seiner Tochter und zog den Autoschlüssel heraus. »Da ist er ja. Entschuldigung, Magdalenchen, wollte dich nicht beim Träumen stören. Ihr beiden kommt also sicher nicht mit, nein?«

Mechanisch schüttelte Magdalene den Kopf. Ihre Zwillingsschwester hatte schon die Schürze ihrer Mutter vom Haken genommen und erklärte: »Wir backen inzwischen den Kuchen. Nicht wahr, Lene? Damit machen wir uns wenigstens nützlich.«

»Der Sandkuchen steht schon in der Vorratskammer, und für den Zwetschgenkuchen habe ich den Hefeteig angesetzt, der müsste bald so weit sein. Ihr müsst ihn dann nur noch ausrollen und belegen. Nehmt das große Blech, ich habe ein bisschen mehr gemacht. Und vergesst die Schlagsahne nicht – mit zwei Päckchen Vanillezucker!«, mahnte Annmarie überflüssigerweise und nahm ihren besten marineblauen Blazer vom Bügel im Dielenschrank.

Alle ihre Töchter konnten hervorragend kochen und backen, selbst die chaotischen Zwillinge. Esther schnitt eine Grimasse und zog ihre Schwester mit sich in die Küche. »Schon in Arbeit, Mama. Fahrt mal los, dann haben wir hier wenigstens unsere Ruhe.«

Annemarie ignorierte diese Äußerung und wandte sich stattdessen an ihre Älteste. »Christina, wie ist es mit dir, kommst du mit?«

»Würde ich gerne, aber ich denke, es ist besser, wenn ich hierbleibe und auf meine quirligen Kinder aufpasse. Johanna schläft ja auch noch, und Jürgen kommt heute spät, wahrscheinlich nicht vor halb fünf. Der trifft sich noch mit dem Schulleiter zur Stundenplanbesprechung, und das kann dauern.« Sie überlegte. »Es sei denn, Markus bleibt hier und …«

»Können wir nicht auch mit?«, bettelte Marie. »Bitte!«

Christina lächelte und strich ihrer Tochter übers Haar. »Nein, mein Schatz, so viel Platz ist dann doch nicht in Opas Auto. Und außerdem müsst ihr mir ja beim Tischdecken helfen. Wir wollen doch im Garten Kaffee trinken.« Dann wandte sie sich an ihren Bruder, der schon in der Haustür stand und ungeduldig von einem Fuß auf den anderen trat. Sein Vater hatte ihn gebeten zu fahren, weil er selbst ein wenig nervös war, und seine Mutter fuhr ohnehin nur sehr ungern. »Also, Markus, was ist dir lieber – auf die Kinder aufpassen und den Kaffeetisch vorbereiten oder nach Hamburg fahren?«

»Die Frage stellt sich gar nicht erst, würde ich sagen«, meinte er grinsend, den Autoschlüssel schon in der Hand. »Komm, Papa, komm, Mama, wir müssen los. Sonst steht Hannes am Ende genauso alleine da wie Christina und ich, als wir in Sydney gelandet sind. Vielleicht quatscht er dann auch fremde Leute an, nicht wahr, Christina?«

Seine Schwester streckte ihm die Zunge heraus und gab ihm einen Klaps auf den Rücken. »Hau bloß ab, und bring mir meinen Lieblingsbruder nach Hause.«

Markus salutierte. »Jawohl, Madam.«

Christina stand in der Tür und winkte den dreien nach, bis sie vom Hof gefahren waren. Dann wandte sie sich ab, um die beiden großen, weißen Tischtücher aus dem Bauernschrank in der Diele zu holen. Es würde wenigstens zweieinhalb, wenn nicht drei Stunden dauern, bis sie zurück waren. Da konnte sie sich die Zeit ebenso gut mit etwas Sinnvollem vertreiben. Denn auch wenn sie bei Weitem nicht so aufgeregt war wie ihre Eltern oder die Zwillinge, erwartete sie Hannes' Heimkehr doch mit einer gewissen Anspannung. Wie es ihm wohl gehen mochte, wenn er nach all dieser Zeit zum ersten Mal wieder seinen Fuß über diese Schwelle setzte?

Würde er sich wie zu Hause fühlen – oder wie ein Fremder? Erinnerte er sich an diese Diele, an die Nussbaumkommode, die an der langen Wand zwischen der Küche und dem Wohnzimmer stand, und auf der immer die Schlüssel lagen, und an den Bauernschrank, vor dem sie jetzt stand?

Christina nahm die Tischtücher heraus und atmete tief den Duft von Lavendel ein, der ihr aus dem feinen, weißen Stoff entgegenströmte. Ihre Mutter legte immer diese kleinen Duftsäckchen in die Wäscheschränke, die eine ihrer Freundinnen aus der Gemeinde selbst fertigte. Ob Hannes sich an diesen Duft erinnerte?

Ein jämmerliches Fiepen an ihrer Seite ließ sie aus ihren Gedanken hochfahren, und ein sehr viel unangenehmerer Geruch stieg ihr in die Nase, als sie sich umwandte. Da saß Luther mit hängenden Ohren und schuldbewusstem Blick vor einer riesigen Pfütze auf dem Dielenboden und sah wie Hilfe suchend zu seinem Frauchen empor.

»Na, Luther, war's mal wieder ein bisschen zu spät? Oder hat dich keiner rechtzeitig gehört? Komm, ab in den Garten mit dir, ich wisch das schnell auf. Na los, lauf!«

Sie öffnete die Tür und scheuchte den Welpen hinaus, der mit großen, ungelenken Sprüngen das Weite suchte.

Markus beobachtete die angespannten Gesichter seiner Eltern mit einem verständnisvollen Lächeln. Wie gut er ihnen nachempfinden konnte, wie sie sich jetzt fühlten! So ähnlich hatte er sich vor drei Monaten auch gefühlt, als sie in Sydney gelandet waren und er seinen Bruder zum ersten Mal wiedersehen sollte. Auch er hatte nicht gewusst, was ihn erwartet. Aber dann war Hannes gekommen, und all die Aufregung, die Anspannung und die Bauchschmerzen waren wie weggeblasen gewesen.

»Da vorne kommt er. Seht ihr ihn? Er trägt eine –«

»Denkst du denn, ich erkenne meinen eigenen Sohn nicht wieder?«, unterbrach seine Mutter ihn voller Ungeduld, und Markus grinste. »Schon gut, schon gut. Ich gehe dann mal ein Stück zur Seite, damit ihr euch in Ruhe begrüßen könnt, ja?«

Sein Vater reckte den Hals, um besser sehen zu können. »Aber *ich* sehe ihn nicht! Was, sagtest du, trägt er?«

»Hallo, Vater. Hallo, Mutter.«

Da stand Hannes bereits vor ihnen, eine Reisetasche in der einen, eine braune Lederjacke in der anderen Hand. Er lächelte, doch Markus sah, wie seine Augen feucht schimmerten, wie sich eine Träne ihren Weg durch die Wimpern bahnte und über seine unrasierte Wange rann.

Lange Zeit standen sie einander schweigend gegenüber, unfähig sich von der Stelle zu rühren oder das, was sie dachten, in Worte zu fassen. Selbst Markus fühlte wieder denselben, dicken Kloß im Hals, den er in Sydney auch schon nicht hatte hinunterschlucken können.

Von irgendwoher ertönte eine Lautsprecherdurchsage. Eine Mutter rief nach ihrem Kind, ein Mann schimpfte, weil ihm ein Koffer fehlte, und ein kleiner Hund bellte wie toll, als er sein Frauchen erblickte, das gerade durch die Absperrung kam.

Niemand hingegen schien das Quartett zu bemerken, das sich inmitten des ganzen Getümmels gegenüberstand und sich in glückseligem Schweigen ansah, so, als existierten die Menschen und all das Laute, Grelle und Hektische um sie herum überhaupt nicht.

Endlich streckte sich eine zitternde Hand Hannes' Gesicht entgegen und wischte die Tränen zärtlich fort, um sich gleich darauf wieder scheu zurückzuziehen. Doch Hannes nahm die Hand und drückte sie sanft, zog sie dann behutsam an seinen Mund, um sie zärtlich zu küssen.

»Mutter«, murmelte er dabei mit tränenerstickter Stimme. »Oh, Mutter …«

Weinend warf sie sich in seine Arme und schluchzte: »Mein Sohn! Ich habe meinen Sohn wieder! Oh, Herr Jesus Christ, dass du mich das erleben lässt! Danke, dass du mich das erleben lässt … Oh, Hannes, Hannes! Mein Hannes …«

Ihr Mann stand etwas verlegen dabei, die buschigen, weißen Brauen zu einem steilen Dreieck zusammengezogen, und wartete.

Als Hannes fühlte, dass sein Vater ihn ansah, streckte er einen Arm nach ihm aus und brachte mit rauer, brüchiger Stimme hervor: »Vater, ich – es tut mir so leid …«

Hans-Werner trat hinzu, nahm seinen Sohn in die Arme, und klopfte ihm dabei ein paar Mal gutmütig auf den Rücken. »Ist schon in Ordnung, Hannes. Ist schon in Ordnung …«

Er wusste nicht, was er sonst sagen sollte. Sein Sohn war zurückgekehrt, und das war alles, was zählte. Alles andere konnte warten, bis sie zu Hause waren und am Kaffeetisch saßen, oder noch länger. Das viele Reden war sowieso nicht seine Sache, das überließ er gern seiner Frau und den jüngeren Leuten, die mit Worten besser umgehen konnten als er.

»Hast du die Sahne schon geschlagen? Noch nicht? Dann mache ich das eben, ich wollte sowieso gerade Kaffee aufsetzen. Hier, nimm mir mal den Kuchen ab. Danke.«

Esther drückte ihrer Zwillingsschwester das Blech mit dem warmen Zwetschgenkuchen in die Hand und machte sich eilig auf den Weg zurück ins Haus. Sie sah zur Uhr: halb vier vorbei. Jetzt konnten sie jede Minute da sein. Ihr Herz klopfte heftig. Auch wenn sie es sich nicht so deutlich anmerken ließ, war sie doch ganz schön aufgeregt. Man bekam ja nicht alle Tage einen Bruder zurück. Ob Hannes sich überhaupt an sie erinnerte?

Christina kam auf sie zu. »Hey, da bist du ja. Ich habe dich schon gesucht. Hier, nimm doch schon mal das Tablett mit nach draußen, ich muss nur noch den Sandkuchen aufschneiden. Der Kaffee läuft – sag mal, hast du den kleinen Kobold irgendwo gesehen?«

»Wen, Luther? Der lag vorhin noch an der Hauswand in der Sonne und hat geschlafen. Die Sahne hast du aber noch nicht geschlagen, oder?«

Christina schüttelte den Kopf. »Das wollte eigentlich Marie machen, aber die ist schon wieder im Garten verschwunden, spielt hinten bei den Obstbäumen mit Daniel Fußball, wie ich sie kenne. Und Johanna schläft immer noch, die muss ich allmählich mal wecken.«

»Tu das. Wir decken derweil den Tisch.« Esther nahm das Tablett und ging nach draußen. Im nächsten Moment hörte sie Magdalenes hysterisches Schreien.

»Nein! Oh nein, nein, nein, nein, nein!«

Hastig stellte sie das Tablett auf einem alten Gartentisch neben der hinteren Eingangstür ab und rannte, so schnell sie konnte, in den Garten. »Was ist denn? Was ist denn los?«

»Der Hund! Dieser blöde, blöde Hund! Oh, ich könnte ihn umbringen! Guck dir das bloß an!«

Fassungslos sah Esther auf die Bescherung, die sich ihr bot. Das Kuchenblech lag umgekippt auf dem Rasen, und ein Großteil dessen, was vor wenigen Minuten noch drauf gewesen war, war verschwunden. Matschige Zwetschgen, Teigfetzen und eine beträchtliche Menge Krümel lagen überall im Gras verstreut. Luther, der ahnte, dass er etwas falsch gemacht hatte, saß ihnen mit dem kleinen, felligen, schwarzbraunen Hinterteil zugewandt unter einem Baum und tat, als würde er eingehend die Zweige über seinem Kopf betrachten.

»Das ist nicht wahr, oder?«, murmelte Esther. »Sag mir, dass das nicht wahr ist.«

Und an ihre Schwester gewandt sagte sie: »Wie konnte denn das passieren? Ich denke, du warst die ganze Zeit hier?«

Magdalene sah verlegen zu Boden. Dann hob sie trotzig den Kopf und erwiderte: »War ich ja auch, aber ich hatte gerade das Blech auf diesem Stuhl da –« Sie deutete auf den Gartenstuhl, neben dem die Kuchenreste im Gras lagen. »– abgestellt, weil ich die Tischdecke noch mal geradeziehen wollte, als Daniel nach mir rief. Ich war wirklich nur ganz kurz hinten, weil die Kinder mir was zeigen wollten. Luther lag doch vorher noch beim Haus, wie konnte ich wissen, dass er in dieser kurzen Zeit hierher gewackelt kommt und sich mir nichts, dir nichts den Kuchen schnappt??!«

Esther stemmte beide Hände in die Hüften und seufzte ein paar Mal kopfschüttelnd. Dann meinte sie: »Also gut, das lässt sich nun wohl nicht mehr ändern. Aber wir müssen uns schnell etwas einfallen lassen, wie wir jetzt zu einem akzeptablen Ersatz kommen. Hm. Am besten, du fährst gleich in die Stadt und holst bei Frau Kühl ein großes Blech Zwetschgenkuchen. Ich rufe inzwischen an und sage ihr, dass sie schon mal alles einpacken soll und eine Rechnung beilegt, das macht sie bestimmt. Okay?«

Magdalene nickte und machte sofort auf dem Absatz kehrt, um zum Haus zu laufen.

»Der Autoschlüssel liegt auf der Kommode im Flur!«, rief Esther ihr noch nach.

Doch Magdalene war bereits im Haus verschwunden. Zwei Minuten später fuhr sie mit quietschenden Reifen vom Hof. Eine ratlos die Stirn runzelnde Christina sah ihr hinterher.

Inzwischen machte sich Esther grimmigen Gesichtes daran, die Bescherung im Garten aufzuräumen. Dann zog sie den vor Entsetzen quiekenden jungen Hund am Nackenfell hinter sich her und sperrte ihn in den Schuppen. »Michel hätten sie dich nennen sollen«, murmelte sie, nachdem sie energisch die Tür hinter sich zugezogen hatte. »Michel aus Lönneberga. *Das* hätte gepasst!«

Hannes saß schweigend auf dem Beifahrersitz neben seinem Bruder und sah die ganze Zeit über aus dem Fenster, wo die Landschaft rasch an ihnen vorüberglitt. Sie hatten die Autobahn bei Schuby verlassen und näherten sich nun Husum, kamen dabei durch Silberstedt, Treia, Oster-Ohrstedt und Wester-Ohrstedt. Er schmunzelte in sich hinein. Das waren Orte, deren Namen man nicht vergaß, so nett, so gemütlich, so typisch norddeutsch.

»Na, kommt dir das schon wieder bekannt vor hier?«

Hannes wandte Markus sein Gesicht zu und grinste. »Und ob! Aber, ehrlich gesagt, kann ich es kaum erwarten, endlich das Meer zu sehen. Diese endlosen grünen Deiche, die friedlich weidenden Schafe, das Watt – all das …«

Seine Stimme verlor sich in einem rauen Flüstern, sein Blick ging wieder nach draußen, als suchte er dort in der Ferne nach etwas, das die anderen nicht sehen, nicht verstehen konnten …

Und dann endlich, nachdem sie Husum südwestlich hinter sich gelassen hatten – Markus hatte beschlossen den direkten Weg nach Immensee zu nehmen, wo sie mit Sicherheit auch schon sehnsüchtig erwartet wurden –, tauchte vor ihnen der weiße Turm der Hattstedter Dorfkirche auf. Jetzt waren es nur noch wenige Minuten, bis sie die Einfahrt zum Gut erreichen würden. Markus fühlte, wie seine Hände feucht wurden, sein Hals fühlte sich ganz trocken und kratzig an, obwohl er zuvor am Flughafen noch ein Glas Wasser getrunken hatte. Vorsichtig sah er zu Hannes hinüber. In dessen Gesicht war keinerlei Aufregung zu erkennen, im Gegenteil: Er wirkte vollkommen ruhig und gelassen, zumindest nach außen.

Doch Hannes war alles andere als ruhig, als Markus schließlich den Blinker setzte und sie die schlecht geteerte, holperige Auffahrt zum Gut entlangfuhren. Er fühlte, wie etwas in seiner Nase juckte, seine Augen zu brennen begannen. Die schwindelerregend hohen, alten Buchen standen noch immer da, in je einer langen Reihe zu ihrer Rechten und Linken, und auch die niedrige, graue Steinmauer, in dessen Ritzen sie als Kinder geheime Botschaften gesteckt hatten – in jungen Jahren an die Freunde, später an die Liebste oder den Liebsten –, verlief noch immer dahinter, als sei überhaupt keine Zeit vergangen. Aber was waren auch schon sechzehn Jahre für einen Baum, dessen Lebensringe ein Vielfaches an Lebensjahren aufzuweisen hatte? Oder für eine Mauer, von der keiner mehr wusste, wann oder von wem sie einmal errichtet worden war?

Zu Hause, schien eine leise Stimme ihm zuzuflüstern, du bist wieder zu Hause …

Er schluckte, als Markus den Wagen auf den Hof lenkte und das alte Reetdachhaus vor ihnen auftauchte: *Immensee*.

»Na, mein Junge? Das hast du lange nicht gesehen, was? Aber es steht noch – alles an seinem Platz, Stein auf Stein, und auch das Strohdach ist noch dasselbe, wir müssen es nur demnächst mal neu eindecken lassen …« Sein Vater verstummte, als er merkte, wie Hannes um Fassung rang. Stattdessen öffnete er die Wagentür, stieg aus und ging auf die andere Seite hinüber um seiner Frau die Tür zu öffnen.

Auf dem Weg zum Haus drehte Annemarie sich zu Hannes um, wollte etwas sagen, doch ein Blick genügte, um ihr zu zeigen, dass jetzt nicht der richtige Zeitpunkt war.

Hannes legte eine Hand auf den Türgriff und schob die Tür auf, zuerst nur eine Spalt weit, dann, nachdem er noch ein letztes Mal tief durchgeatmet hatte, ließ er sie weit aufschwingen. Nachdem er ausgestiegen war, blieb er an die Wagentür gelehnt stehen, legte eine Hand über seine Augen, um sie vor dem grellen Sonnenlicht zu schützen. Langsam schüttelte er den Kopf. *Immensee*. Er war zu Hause. Er war wirklich zu Hause!

»Hallo, da seid ihr ja!«

Hannes fuhr jäh herum, als er die fröhliche Stimme seiner Schwester hörte. Christina kam auf sie zu, ein Geschirrtuch schwenkend und ein noch ziemlich verschlafen aussehendes kleines Mädchen mit strohblonden Locken auf dem Arm. »Wir hatten ein kleines Malheur mit dem Kuchen, deshalb ist Magdalene noch mal in die Stadt gefahren, aber sie müsste jeden Moment zurück sein …« Dann blieb sie vor ihrem Bruder stehen und strahlte ihn an. »Hallo, Hannes, willkommen zu Hause.«

Hannes wollte schon einen Schritt auf sie zugehen, doch Johanna drückte sich ängstlich an die Schulter der Mutter, und er hielt inne. Natürlich, die Kleine hatte ihn noch nie gesehen und sie war vermutlich gerade aus ihrem Mittagsschlaf erwacht. Was konnte er in diesem Moment anderes erwarten, als dass sie scheu war? Trotzdem versetzte es ihm einen kleinen Stich, als Johanna sich so demonstrativ von ihm abwandte.

»Hey, kleines Mädchen – Johanna …«, flüsterte er, unsicher auf seine Schwester blickend, die ihn ermutigend ansah. »Ich bin Hannes. Du brauchst keine Angst vor mir zu haben. Ich fasse dich nicht an – versprochen! Ich wollte nur deiner Mutter guten Tag sagen. Okay?«

Johanna rührte sich nicht, doch ihre Mutter nickte Hannes zu, und er legte ihr kurz einen Arm um die Schulter. »Hallo, Christina. Schön, dich wiederzusehen«, sagte er leise.

Esther war ebenfalls hinzugetreten, ein leeres Tablett in der Hand, das sie etwas umständlich zu Boden stellte, um den Bruder zu begrüßen.

»Hallo, Hannes – willkommen zu Hause«, sagte sie und stellte sich auf die Zehenspitzen, um ihm einen zarten Kuss auf die Wange zu geben.

Hannes lächelte. »Danke, Esther. Ich freue mich, dich zu sehen – dich kennenzulernen, sollte ich wohl fast sagen.«

Ein erbarmungswürdiges Winseln ließ sie alle in Richtung des Schuppens blicken.

»Was habt ihr denn da drin?«, fragte Hannes stirnrunzelnd, »einen Hund oder ein ungezogenes Kind?«

»Beides!«, antwortete Esther prompt. »Einen ungezogenen kleinen Hund, genauer gesagt. Der hat nämlich den Zwetschgenkuchen gefressen. Deswegen musste Magdalene noch einmal los, um bei Kühl neuen zu besorgen.« Sie warf ihrer Mutter einen entschuldigenden Blick zu. »Der wird zwar bei Weitem nicht so gut schmecken wie der von Mama, aber in der kurzen Zeit, die uns noch blieb, nachdem das kleine Ungeheuer«, sie deutete auf den Schuppen, aus dem das Geheule immer lauter und verzweifelter klang, »alles aufgefressen hatte, konnten wir nun wirklich keinen neuen backen. 'Tschuldigung, Mama. 'Tschuldigung, Hannes.«

Während Annemarie verärgert den Kopf schüttelte, brach Hannes in schallendes Gelächter aus. Dann ging er eiligen Schrittes auf den Schuppen zu, öffnete die Tür – und hatte im nächsten Moment ein wolliges, braun-schwarz-weißes Fellknäuel auf dem Arm. Luther bellte und quietschte vor Freude, wedelte mit dem Stummelschwanz und leckte dem fremden Mann, der ihn aus seiner Gefangenschaft befreit hatte, zutraulich die Hände. Endlich einer, der mich versteht, schien sein kleines Hundegesicht zu sagen, als Hannes ihn in seinem Arm zum Haus trug und ihn vorsichtig im Gras absetzte. Sofort machte der Welpe eine Pfütze und ging dann, fröhlich mit dem Schwänzchen wedelnd, seiner Wege, als sei nichts geschehen.

Lachend sah Hannes ihm hinterher. »Na, da habt ihr euch ja was ins Haus geholt. Wer erzieht ihn denn, wenn ich fragen darf?«

Christina wurde rot. »Eigentlich ich. Aber ich habe eben auch nicht immer Zeit, und Augen habe ich – entgegen dem, was kleine Kinder oft glauben – auch nur ein Paar, und das ist vorne. Er heißt übrigens Luther.«

»Das passt gut zu ihm«, stimmte Hannes zu, der immer noch amüsiert den Kopf schüttelte. Dann wandte er sich an seine Mutter. »Sei nicht traurig, Mama, ich weiß ja, dass dein Kuchen der beste ist. Du kannst mir doch noch mal einen Zwetschgenkuchen backen, während ich hier bin, hm? So, und jetzt will ich mich erstmal frisch machen. Die beiden Koffer nehme ich auch gleich mit ins Haus. Soll ich in meinem alten Zimmer schlafen?«

Annemaries Augen füllten sich sogleich wieder mit Tränen. »Natürlich, mein Junge. Christina und Jürgen haben ein bisschen renoviert, also wundere dich nicht, wenn es nicht mehr ganz so aussieht wie früher. Aber sonst ist alles noch so …« … *wie du es kennst.*

Er nickte, legte ihr kurz eine Hand auf die Schulter und ging dann, gefolgt von Markus, ins Haus.

Seine Eltern, Christina und Esther sahen den Brüdern nach. »Er hat sich überhaupt nicht verändert, oder? Ist immer noch derselbe …«, meinte Annemarie und suchte in der Tasche ihres Blazers nach einem Taschentuch.

»Nun ja«, entgegnete Esther, wie immer etwas trocken, »ein bisschen älter geworden ist er aber schon, wie mir scheint. Ach, guckt mal, wer da kommt – gerade noch rechtzeitig zum Kaffee, würde ich sagen!«

Sie zeigte die Auffahrt hinunter, wo der alte Fiat Panda herangeknattert kam, den sie sich mit Magdalene teilte. »Hoffentlich hat sie den Zwetschgenkuchen dabei.«

50

Annika stand in der Küche und schnitt eine Galiamelone auf, während ihre Schwester – auf der Suche nach einem Becher Hüttenkäse, den sie »ganz bestimmt gestern gekauft und genau hier hineingestellt« hatte, mit dem Kopf im Kühlschrank steckte.

»Was wirst du jetzt tun?«, fragte Sylvia, den Becher mit einem Ausdruck stillen Triumphes in der Hand haltend. Sie schloss die Kühlschranktür und kam herüber, um die Melonenschiffchen zu begutachten, die Annika auf einer Porzellanplatte angerichtet hatte. Immerhin war es ihre Idee gewesen, Melone mit Hüttenkäse zum Mittag zu essen. Das hatte natürlich so gut wie überhaupt keine Kalorien, aber angesichts der Temperatur draußen – das Thermometer war im Laufe des Vormittags auf über dreißig Grad geklettert – war es Annika auch nicht wirklich nach Birnen, Bohnen und Speck zumute. Ihre Mutter war kurz nach dem Frühstück – Sylvia hatte ein ganzes Franzbrötchen gegessen und es ihres Wissens nach bis jetzt auch nicht wieder erbrochen – in die Schule gefahren, um sich ihren neuen Stundenplan abzuholen und »nur ein paar Sachen« für den ersten Schultag zu fotokopieren. Die Schwestern erwarteten sie nicht vor dem Abendessen zurück.

»Ich weiß es nicht, ehrlich gesagt«, seufzte Annika und starrte selbstkritisch auf die Melonenschiffchen. Sie drehte sich zu Sylvia um, die den Hüttenkäse in eine Glasschüssel füllte. Sylvia trug ein kobaltblaues Sommerkleid, das ihr bis zu den Knöcheln reichte, und darunter ein weißes Top mit Spitzenbesatz. Wie zerbrechlich sie darin aussah! Ein Hauch von einem Mädchen … War das dieselbe Sylvia, die sich noch im letzten Sommer von Eiscreme und Schokoladenwaffeln ernährt hatte? Annika konnte es kaum fassen, als sie ihre Schwester so ansah, und sie musste ein oder zwei Mal hart schlucken, bevor sie rasch den Blick wieder abwandte.

»Das ist aber keine sehr gute Antwort«, gab Sylvia zu bedenken.

»Ich weiß«, murmelte Annika und griff nach einem orangerot karierten Frotteetuch, um sich die Hände daran abzuwischen. Das Frotteetuch hatte sie ihrer Mutter zu Ostern geschenkt. Etwas Fröhliches, hatte sie gedacht. Aber Fröhlichkeit gab es in diesem Haus schon seit Langem keine mehr. Anscheinend war die mit Robert ausgezogen, da halfen auch keine bunt karierten Handtücher.

Annika nahm die Platte mit den Melonenschiffchen und trug sie zum Esstisch hinüber. »Aber es ist auch nicht gerade leicht, weißt du? Wenn ich hingehe, bekommt Mama das bald heraus, und dann bricht hier die Hölle auf Erden los, das kann ich dir sagen. Wenn ich aber nicht gehe, wird Markus – nun, zumindest wird er enttäuscht von mir sein.«

»Das könnte ich auch gut verstehen«, entgegnete Sylvia. »Immerhin hast du ihm gesagt, dass du Hannes verzeihst und dass du ihn auch sehen willst, wenn er da ist. Also –«

»Ja, ja, ja!«, rief Annika und fuhr sich verzweifelt durch das Haar. »Ich gehe ja! Nachher. Nach dem Essen. Okay?«

Sylvia grinste, sagte jedoch nichts. Schweigend aßen sie ihre Melone – Annika fünf, Sylvia drei Schiffchen – und räumten anschließend das Geschirr in die Spülmaschine. Dann zog Sylvia sich auf ihr Zimmer zurück, um zu telefonieren, und Annika holte ihr Fahrrad aus dem Schuppen. Ein wenig Strandluft würde ihr guttun, und Bewegung konnte auch nicht schaden. Wenn sie Markus heiratete, durfte sie kein Bewegungsmuffel sein. Sie stöhnte innerlich bei dem Gedanken daran, sonntags vor der Kirche fünf Kilometer joggen zu müssen, während andere noch gemütlich in ihren Betten lagen. Sie zog eine Grimasse. Erst joggen, dann beten. Na, das waren doch die allerbesten Aussichten. Hoffentlich durfte sie dazwischen wenigstens in Ruhe frühstücken.

Margarete starrte gleichmütig auf die Arbeitsbögen, die der Kopierer mit einem *Klack* auf der einen Seite ausspuckte, bevor er auf der anderen das nächste Blatt einzog. Wie jedes Jahr versuchte sie, sich die erste Schulwoche nach den Sommerferien ein wenig zu vereinfachen, indem sie möglichst viel Material kopierte und so abheftete, dass sie die Arbeitsbögen dann nur aus dem entsprechend markierten Ordner nehmen musste, wenn sie sie brauchte.

Sie dachte an ihre beiden Töchter, die beim Frühstück davon gesprochen hatten, dass sie später zum Baden fahren wollten. Sie würde vielleicht hinterherkommen, hatte sie gesagt, doch wirklich ernst gemeint hatte sie es nicht. Sie wusste, dass ihre Töchter es auch nicht von ihr erwarteten. Die beiden erwarteten gar nichts mehr von ihr, und sie ließen auch keine Gelegenheit aus, sie das wissen zu lassen. *Klack*.

Margarete seufzte, nahm den Stapel fertiger Arbeitsblätter aus der Ablage des Kopierers und legte sie sorgfältig auf den Tisch. Dann bereitete sie den nächsten Satz vor.

»Du kümmerst dich nicht genug um sie«, hatte Annika ihr vorgeworfen, als sie an einem der ersten Abende nach Annikas Rückkehr über Sylvia gesprochen hatten. »Aber du kümmerst dich ja sowieso um niemand anderen mehr als um dich selbst. Seit Papa weg ist – ach was, vorher auch schon! –, denkst du nur noch an dich. Das ist nicht fair!«

Wütend hatte sie sie aus ihren dunkelgrauen Augen angeblitzt. Noch bevor sie irgendetwas darauf hätte erwidern können, war sie fortgefahren: »Erst dachte ich noch; es würde dir guttun, mal ein bisschen mehr an dich zu denken. Ich war ja auch sauer auf Papa, weil er weggegangen ist. Aber ich hätte nicht gedacht, dass du dich nicht einmal mehr um Sylvia kümmerst, wenn ich weg bin. Wenn ich das geahnt hätte, wäre ich nie nach England gegangen!«

Margarete schloss für einen Moment die Augen. Nein, das wäre sie wohl nicht. Annika wäre hier geblieben und hätte sich um ihre Schwester gekümmert, wie sie es schon immer getan hatte – eigentlich von Anfang an. Annika hatte Sylvia bei den Hausaufgaben geholfen, sie zum Ballett gefahren, mit ihr Kleider eingekauft, ihr das Haar frisiert und ihr zugehört, wenn sie Kummer hatte. Die Wahrheit zu erkennen tat zwar weh, aber Margarete konnte sie jetzt, angesichts der Situation, in der sich ihre Familie befand, nicht mehr länger leugnen: Annika war es gewesen, die Sylvia zugehört hatte, nicht sie. Annika hatte ihrer Schwester gegenüber die Verantwortung übernommen, weil sie selbst sie nie hatte übernehmen wollen. Oder können. Aus Angst, ihr nicht gewachsen zu sein. *Klack.*

Margarete nahm die fertigen Arbeitsblätter und legte sie auf die andere Seite des Tisches, der schon von mehreren solcher Stapel belegt war. Noch eine Klasse, dann war sie fertig: eine Woche Deutsch für drei Klassen, und die ersten vier Stunden Leistungskurs Geschichte. Während der letzte Satz Arbeitsbögen durch den Kopierer lief, lehnte Margarete sich an die gegenüberliegende Wand und verschränkte die Arme im Rücken. Es war heiß und stickig im Schulgebäude, die Fenster waren vermutlich seit Wochen nicht geöffnet worden. Margarete sehnte sich danach, wieder nach draußen zu kommen. Vielleicht würde sie noch ein wenig bummeln gehen – die Sommerkleider bei Hanssons waren noch einmal reduziert worden – und ihre Töchter dann mit einer Platte Zwetschgenkuchen von Kühl überraschen, wenn sie heimkam. Auf der Terrasse würde es schön schattig sein, die Sonne wanderte erst im Laufe des Nachmittags herum, sodass sie an den Spätsommerabenden immer lange draußen sitzen konnten. Vielleicht würde sie sogar Robert anrufen. Der war am letzten Wochenende in seine neue Wohnung gezogen und saß bestimmt, wie sie ihn kannte, noch im Chaos. *Klack.*

Sie vermisste Robert. Wenn sie ehrlich war, fehlte er ihr so sehr, dass sie sich oft heimlich in den Schlaf weinte. Sie weinte aus Prinzip nie, wenn jemand anders es sehen konnte, ihr Stolz verbot es ihr. Dabei waren da so viele ungeweinte und lang zurückgehaltene Tränen, die ihr fast mehr wehtaten als die, die sie tatsächlich vergossen hatte. Alle wussten, dass sie um Tom weinte, doch keiner ahnte, dass sie auch um Robert, um Sylvia und sogar um Annika weinte. Sie würde Annika verlieren, wenn sie so weitermachte, das wusste sie. Aber sie konnte einfach nicht anders: Der Schmerz über den Verlust von Tom saß zu tief, sie konnte Hannes nicht verzeihen – sie könnte es nicht einmal dann, wenn sie es wollte. Und sie wollte nicht.

Sie nahm einen Stoß Arbeitsblätter an sich und hielt ihn vor ihre Brust, während sie über das nachdachte, was Annika ihr vorgeworfen hatte.

Du denkst nur an dich – du denkst doch immer nur an dich!

Hatte sie recht? Dachte sie wirklich nur an sich? – Vielleicht. Aber wer dachte sonst schon an sie? Wenn sie es nicht selbst tat, wer tat es dann? Im Moment jedenfalls schien ganz Hattstedt mit der Heimkehr des »armen«

Hannes Feuerbach beschäftigt zu sein, ihre eigene Familie eingeschlossen. Sogar Robert hatte gesagt, er wolle ihn sehen.

Margarete gab ein leises, sarkastisches Lachen von sich. Der *arme* Hannes! Was für ein Hohn. Und warum war er ein so armer und bemitleidenswerter Mensch? Was hatte er getan, um sich die Liebe und das Mitgefühl eines ganzen Dorfes zu verdienen? Er wurde empfangen wie ein Kriegsheld, dabei hatte er in Wirklichkeit einen Menschen getötet, ein unschuldiges Kind. Ihr Kind! Und dann war er nach Australien geflohen und hatte versucht, sich zu Tode zu trinken. Oh, hätte er es doch nur getan! Hätte er es doch nur getan …

Margarete biss sich auf die Lippen, bis sie bluteten, und zerrte voller Ungeduld das Papier aus dem Kopierer. Sie wischte sich mit einer Hand die Tränen aus den Augen und schaltete den Kopierer aus, dann schob sie alle Papierstapel auf einmal zusammen und warf sie achtlos in den bereitgestellten Korb. Damit war ihre ganze Ordnung dahin, aber das war ihr jetzt gleichgültig.

Sie hasste diesen Mann – sie hasste, hasste, hasste ihn!

Die Stimmung beim Abendessen war eisig. Zwar hatte Margarete dem Drängen ihrer Töchter nachgegeben und Robert zum Essen eingeladen, doch jetzt, als sie alle um den Gartentisch versammelt saßen, stocherte Sylvia nur lustlos in ihrem Salat herum, Annika schob die Würstchenstücke auf ihrem Teller hin und her, Margarete trank zu viel, und Robert hatte Mühe, sich zu beherrschen, weil er wusste, dass er explodieren würde, wenn nicht bald etwas geschah. Irgendwas, das dieses bedrückende Schweigen durchbrach.

Wie auf ein Stichwort schob Annika ihren Teller zurück, stand auf und verkündete: »Also, ich fahre jetzt nach Immensee. Ich werde Hannes begrüßen und ihn zu Hause willkommen heißen. Kommt jemand mit?«

Klirr.

Margaretes Gabel fiel zu Boden. Sie selbst war kreidebleich im Gesicht geworden und ihre Augen weiteten sich vor Entsetzen. »Das – das ist doch nicht dein Ernst, oder? Das willst du nicht wirklich tun?« Ungläubig starrte sie ihre Tochter an. »Sag mir bitte, dass du das nicht im Ernst gemeint hast.«

Doch Annika nickte energisch. »Oh doch, Mama, das ist mein Ernst. Und wenn keiner von euch mitkommt, dann gehe ich eben allein. Bis später!«

Ohne eine Antwort abzuwarten, wandte Annika sich ab und ging zum Schuppen, wo sie ihr Fahrrad herauszerrte und davonfuhr.

Das Weinglas in der zitternden Hand haltend, murmelte Margarete: »Das glaube ich einfach nicht. Das kann sie nicht machen. Sie kann doch nicht einfach da hinfahren, als – als wäre nichts geschehen ... oder?«

»Und warum nicht?«

Robert hielt ebenfalls sein Weinglas in der Hand und sah seine Frau eindringlich über dessen Rand hinweg an.

»Wenn sie nur einen Augenblick gewartet hätte, wäre ich mitgekommen. Aber, ehrlich gesagt, denke ich, dass es gut ist, wenn die beiden sich erst einmal allein begegnen. Nein, Margarete, jetzt rede ich!« Er hob eine Hand, um seine Frau, die etwas antworten wollte, zum Schweigen zu bringen.

»Du kannst hinterher noch genug lamentieren. Warum um alles in der Welt sollte Annika nicht an einem Freitagabend zu der Familie ihres Verlobten hinausfahren? Warum soll sie stattdessen hier sitzen und sich unsere düsteren Gesichter angucken? Sie will Hannes sehen, das hast du doch vorher gewusst. Sie will ihn sehen, weil er ein Teil der Familie ist, zu der auch sie in absehbarer Zeit gehören wird. Hannes wird ihr Schwager werden, Margarete – ihr Schwager!«

»Das ist es ja gerade ...«, murmelte sie, den Blick auf ihr Weinglas gerichtet.

»Was hast du gesagt?«

Margarete hob den Blick und sah ihren Mann trotzig an. »Du hast mich sehr wohl gehört, Robert Köhler. Ich sagte, *das ist es ja gerade – ihr Schwager*! Großartig. Meine Güte, Robert, der Kerl hat ihren Bruder überfahren, wie kann er –«

»Es reicht!!«

Robert stellte sein Glas mit einem Knall auf die Holzplatte des Tisches. Zornig funkelte er seine Frau an. »Hör endlich auf damit! Hannes hat das nie gewollt, das weißt du genau. Der Unfall ist Jahre her – sechzehn Jahre. Findest du nicht, dass es endlich an der Zeit ist, die Vergangenheit ruhen zu lassen?«

Etwas sanfter fuhr er fort: »Es hilft dir doch auch nichts, Margarete. Es hilft doch niemandem etwas, wenn du dich gegen ihn stellst. Hm?«

Ihre Hand, die das Glas noch immer umklammert hielt, zitterte jetzt so heftig, dass der Wein darin bedenklich hochschwappte. Robert streckte seine Hand nach dem Glas aus und löste es sanft aus Margaretes Griff. Dann nahm er ihre Hände in die seinen und streichelte sie.

Das war der Moment, in dem der Damm endgültig brach: Margarete warf sich schluchzend in die Arme ihres Mannes und weinte so bitterlich, als müsste all das, was sie über die Jahre so mühsam zurückgehalten hatte, nun seinen Weg nach draußen finden.

Sylvia rutschte unruhig auf ihrem Stuhl hin und her. Die ganze Szene war ihr unangenehm, sie fühlte sich hilflos und ziemlich überflüssig. Schließlich stand sie auf und begann leise das Geschirr abzuräumen. Sie trug die schmutzigen Teller nach drinnen, kam mit einem Tablett zurück, auf das sie die Gläser und Grillsaucen stellte, und verschwand dann im Haus, um sich mit einem Behälter Eiscreme auf ihr Zimmer zurückzuziehen. Sie hatte zum Geburtstag einen eigenen Fernseher bekommen, und heute Abend kam *Pretty Woman* – genau der richtige Film, um sich abzulenken und jede Menge Schokoladeneis in sich hineinzulöffeln. Hungern konnte sie immer noch – aber nicht heute. Nicht heute.

Die Sonne stand tief über dem Dach des Gutshauses, das sich schemenhaft gegen den rasch dunkler werdenden Himmel abhob. Ein leichter Wind war aufgekommen, und es schien, als würde das für die Nacht angekündigte Gewitter nicht mehr allzu lange auf sich warten lassen. Hannes war in den hinteren Teil des Gartens gegangen, in dem die alten Obstbäume standen, und genoss die Stille dieses Abends. Gerade dieser Teil des Gartens barg eine solche Fülle glücklicher Kindheitserinnerungen, dass Hannes fühlte, wie sein Herz von einer wunderbaren Wärme durchströmt wurde, als er sich gegen den Stamm eines Birnenbaums lehnte und die Augen schloss.

Hier hatten sie als Kinder gespielt, hatten sich Höhlen oder Baumhäuser aus Brettern, Paletten und alten, kratzigen, etwas muffig riechenden Pferdedecken, die sie in der Scheune gefunden hatten, gebaut. Hier hatten sie die Zwillinge auf den vom Großvater selbst gebauten Schaukelbrett zwischen den starken Ästen der Apfelbäume geschaukelt, höher und höher, bis ihnen die Arme wehtaten, und immer noch hatten die zwei nach mehr geschrien. *Esther würde das wahrscheinlich heute noch tun*, dachte Hannes schmunzelnd.

Er bückte sich, um einen heruntergefallenen Apfel aufzuheben. Jedes Jahr im Herbst hatten sie ihrem Vater bei der Apfelernte geholfen, hatten körbeweise Fallobst gesammelt und waren wagemutig zwischen den höchsten Ästen herumgeklettert, um auch noch den allerletzten roten Apfel zu erwischen, der am Ende eines Zweiges hing. Auch die Birnen hatten sie eifrig gepflückt, und im Sommer die saftigen, roten Kirschen. Nur vor der Johannisbeerernte hatten sie – wenngleich vergebens – immer versucht, sich zu drücken. Keiner von ihnen war wild darauf gewesen, zwischen den Spinnenweben herumzukriechen, um die Eimer mit den roten und schwarzen Früchten zu füllen, die ihre Mutter hinterher zu jenem abscheulich schmeckenden Saft verarbeitet hatte, der ihnen immer dann eingeflößt worden war, wenn einer von ihnen auch nur die geringsten Anzeichen einer Erkältung gezeigt hatte. Der einzige Spaß, den zumindest er und Markus dabei gehabt hatten, war, den Mädchen immer die dicksten Spinnen zu zeigen, um ihr entsetztes Kreischen zu hören, über das sie dann jedes Mal schallend gelacht hatten.

Aber sie waren ständig draußen gewesen – er, Markus und Christina, und wahrscheinlich auch die Zwillinge, soweit er sich erinnern konnte. Das Wetter musste schon ganz gruselig gewesen sein, um sie vom Spielen im Garten abzuhalten. Und selbst dann hatten sie es sich oft in der Scheune gemütlich gemacht und auf dem Heuboden herumgetobt.

Hannes' Blick schweifte durch den Garten. Der alte Zwetschgenbaum, von dessen Zweigen sie im August die reifen Früchte geschüttelt hatten, stand nicht mehr; an seiner Stelle war eine weiße, gusseiserne Bank aufgestellt worden, die an lauen Sommerabenden wie diesem zum Verweilen einlud. Wie gerne würde er jetzt mit Katja dort sitzen und ihr Geschichten aus seiner Kindheit erzählen! Von einer Zeit, in der eine seiner größten Sorgen noch die gewesen war, ob seine Mutter wohl schimpfte, wenn er sich mal wieder eine gute Hose beim Klettern zerrissen hatte. Oder ob die neugierigen Mädchen das Baumhaus entdecken würden, das er und Markus heimlich gebaut hatten.

Nachdenklich drehte Hannes den Apfel in seiner Hand. Heute hatte er ganz andere Sorgen – zum Beispiel die, ob Annika wohl noch kommen würde, um ihn zu sehen, oder ob der Mut sie am Ende doch verlassen hatte.

»Hannes.«

Er sprang auf, erschrocken über die Stimme, die so plötzlich die Stille durchbrach, und fuhr herum. Etwa zwanzig Meter entfernt von ihm konnte er die schlanke Silhouette einer jungen Frau mit schulterlangem, hellem Haar ausmachen: Annika.

Hannes schluckte, versuchte, einen Schritt auf sie zuzugehen, aber seine Beine wollten ihm nicht gehorchen. Er öffnete den Mund, um ihr etwas zuzurufen, ihren Gruß zu erwidern, doch er brachte keinen Ton heraus. Was war nur los mit ihm?

Auch Annika stand reglos da und machte keine Anstalten, näher zu kommen. Hatte sie Angst? Dann sah er, dass sie lächelte. Er erwiderte ihr Lächeln, ging auf sie zu – ganz langsam, um sie nicht zu erschrecken.

Doch Annika wich nicht zurück, sie stand unbeweglich da, lächelte – und wartete. Sie trug ein langes, dunkelblaues Kleid, ihr Haar wehte im Wind, und Hannes erkannte den Ring an ihrer linken Hand.

Auch Annika betrachtete Hannes aufmerksam. Sein Gesicht war kantig und hager, was ihm auf den ersten Blick ein raues, etwas harsches Aussehen verlieh. Und doch lag eine Weichheit darin, die sie nicht erwartet hätte. Er sah ernst aus, traurig, und sehr verletzlich. Annika fühlte eine Woge von Mitleid in sich aufsteigen. Fürchtete er, sie werde ihn nun doch verurteilen? Hatte er denn kein Vertrauen?

Zögernd, Schritt für Schritt, ging sie auf ihn zu. Ihr Herz klopfte, als müsste ihre Brust gleich zerspringen. Als sie endlich vor ihm stand, atmete sie noch einmal tief durch, bevor sie zu ihm aufsah – »Hier bin ich. Willkommen zu Hause, Hannes.«

Hannes schluckte. »Danke, Annika. Du weißt nicht, wie viel mir das bedeutet …«

Und plötzlich fingen beide gleichzeitig zu weinen an. Annika weinte so heftig, dass sie sich ohne zu überlegen in Hannes' Arme fallen ließ und sich an seinen Schultern festklammerte.

»Es tut mir so leid, Annika«, schluchzte er, »es tut mir so unsagbar leid!«

»Ich weiß«, flüsterte sie mit tränenerstickter Stimme. »Ich weiß, Hannes …«

Er zog sie näher an sich, bald schon war keinem von ihnen mehr klar, wer sich eigentlich an wem festhielt. So standen sie da, eng beieinander, bis Annika endlich den Kopf hob, um Hannes anzusehen. Als er ihre Verlegenheit bemerkte, ließ er sie los.

In ihren Augen schimmerten noch Tränen, doch ihr Mund lächelte scheu. »Weißt du was? Du siehst deinem Bruder ganz schön ähnlich.«

Er lächelte ebenfalls. »Wenn du es sagst. Was meinst du, sollen wir uns noch ein wenig auf die Bank setzen und reden, oder möchtest du lieber hinein? Markus wartet sicher auf dich. Hast du angerufen?«

Annika schüttelte den Kopf. »Nein, ich bin einfach losgefahren. Ich wollte dich sehen.«

Sie folgte ihm zu der Bank und ließ sich neben ihm nieder. Als sie den Apfel sah, den er noch immer in der Hand hielt, musste sie lachen. Es war ein leises, noch halb von Tränen ersticktes Lachen, doch in Hannes' Ohren klang es gut. Fröhlich. Hoffnungsvoll.

»Was ist?«, fragte er. »Warum lachst du?«

Annika stand auf, nahm ihm den Apfel aus seiner Hand, hielt ihn hoch und tat, als betrachte sie ihn kritisch. »Die verehrlichen Jungen«, begann sie mit fester, betont strenger Stimme und ernstem Blick, »welche heuer meine Äpfel und Birnen zu stehlen gedenken, ersuche ich höflichst bei diesem Vergnügen wo möglich insoweit sich zu beschränken, dass sie daneben auf den Beeten …«

»… mir die Wurzeln und Erbsen nicht zertreten.«

Annika sah ihn mit großen Augen an. »Du kennst es? Du kennst dieses Gedicht??«

»Natürlich kenne ich es. Es ist von Storm. Das *Inserat*. Wie sollte ich das wohl nicht kennen, ist es doch eines der wenigen vergnüglicheren Gedichte, die der gute Mann geschrieben hat. Es ist außerdem in dem Gedichtband enthalten, den ich seit meinem sechzehnten Lebensjahr mit mir herumschleppe.«

Annika sah ihn noch immer ganz verblüfft an. Dann setzte sie sich wieder und zog die Knie an sich. »Weißt du, Hannes, ich glaube, wir passen gut in eine – eine Familie. Ich meine, wenn ich Markus heirate und du Katja, dann sind wir doch …« Sie stockte.

Er lachte leise und nahm ihr den Apfel wieder aus der Hand. »Ja, Annika, dann sind wir eine Familie. Und ich bin froh, dass du Markus heiratest. Lass mal deinen Ring sehen – hübsch. Sehr hübsch …« Er biss in den Apfel und verzog das Gesicht. »Und dieser Apfel ist eindeutig noch nicht reif – pfui, Spinne, ist der sauer!«

Sie saßen noch eine ganze Weile da und erzählten sich voneinander, bis der Wind irgendwann unangenehm kalt wurde und Annika in ihrem dünnen Kleid zu frösteln begann. Da legte Hannes ihr fürsorglich einen Arm um die Schulter und ging mit ihr zum Haus, von wo ihnen Markus entgegenkam, der Annikas Fahrrad inzwischen im Hof hatte stehen sehen.

»Da seid ihr ja!«, rief er ihnen zu, als sei es die normalste Sache der Welt, dass sein Bruder mit seiner Verlobten am Arm durch den Garten schlenderte. Innerlich war er alles andere als ruhig – nicht aus Eifersucht, sondern weil er wusste, dass die beiden lange miteinander geredet haben mussten, bevor sie so innig daherkommen konnten. – Markus konnte nicht ahnen, dass es sehr viel schneller gegangen war, als er es sich erhofft hatte, weil sowohl Annika als auch Hannes keine Freunde vieler Worte waren, wenn es auch eine Umarmung tat. Und die hatte es getan. A good cry and a hug, wie der Engländer sagen würde. Oder der Australier.

»Es gibt gleich ein schreckliches Gewitter, wie mir scheint. Kommt schnell herein! – Hallo, Annika, schön, dass du da bist.«

Er beugte sich zu ihr hinunter, um sie zu küssen, und sie löste sich aus Hannes' Umarmung. »Na, das ist nett, dass mein Bruder nicht alle Küsse bekommt«, scherzte Markus und zwinkerte Hannes dabei zu.

Hannes grinste. Dann gingen sie zusammen ins Haus. Leise fiel die Tür hinter ihnen zu, und all das Leid, all die Tränen, all die Bitterkeit und die Verzweiflung schienen draußen zu bleiben, in der Tiefe der Nacht, die jetzt über die Nordsee hereinbrach.

Dank

Wenn ich sage, dass dieses Buch der Liebe, der Freundschaft und der Heimat gewidmet ist, dann darf ich dankbaren Herzens sagen, dass mir mein Ehemann Wolfgang all dies zusammen ist – das und noch viel mehr. Ich bin froh, dass der Pädagogische Austauschdienst uns damals in die Midlands geschickt hat – auch wenn wir beide ganz woanders hinwollten! – und wir uns dort kennenlernen durften. Dass das kein Zufall war, wissen wir beide längst. Unsere Kinder, Lukas und Rahel, sind der beste Beweis dafür, dass Gott einen guten Plan für unser Leben hatte, als wir uns begegneten. Ihr seid die allerliebsten Kinder, die ich mir jemals wünschen konnte, und ich bin so froh, dass es euch gibt! Danke, dass auch ihr immer so geduldig und nachsichtig mit mir seid, wenn ich mal wieder Stunden vor meinem Laptop hocke statt mit euch »Mensch-ärgere-dich-nicht« zu spielen.

Dieses Buch ist zugleich auch eine Erinnerung an meine Studentenzeit an der Kieler Förde – als ich damals zu einer Freundin sagte, pass auf, ich schreibe diese Geschichten hier alle mal auf, hätte ich mir nicht träumen lassen, dass ich genau dies einmal tun würde! Allerdings ist diese Geschichte hier – ebenso wie sämtliche darin vorkommende Personen – natürlich frei erfunden. Nur das Studentenwohnheim an der Förde, das gibt es wirklich, und ich habe sehr glückliche Jahre dort verbracht.

Ebenso dankbar blicke ich auf die Zeit zurück, in der ich auf dem Alvesloher Hof aushelfen durfte – dieser stand sozusagen Pate für Immensee, auch wenn die Familie Feuerbach ebenso frei erfunden ist wie alle anderen Personen in dem Buch auch.

Ja, Immensee … Genau wie Hannes, trage ich seit über zwanzig Jahren zwei kleine Büchlein mit mir, wohin ich auch gehe: das eine ist ein über siebzig Jahre altes Neues Testament in englischer Sprache (mit verblichenem Goldschnitt und zerfledderten Pergamentseiten), das andere ein weißes Büchlein, das eine Sammlung von Theodor Storms Gedichten enthält. Mein Lieblingsgedicht? – »An die Freunde« …

Nun bin ich am Ende sämtlicher »Geständnisse« und schließe mit einem herzlichen Dank an jene, die dieses Buch auf seinem langen, nicht immer ganz einfachen Weg begleitet haben: allen voran meinen Lektorinnen Sandra Binder und Ute Mayer vom SCM Hänssler für die super Teamarbeit und den Mut zum (norddeutschen!) Abenteuer. Außerdem möchte ich wie immer meinen Eltern und all den lieben Freunden danken, die mich in dieser Zeit mit Rat und Tat unterstützt oder mir einfach *nur* zugehört haben.

Am meisten aber möchte ich mit diesem Buch Gott die Ehre geben und schließe mit der Jahreslosung 2009: *Was bei den Menschen unmöglich ist, das ist bei Gott möglich* (Lukas 18,27).